16	3	2	13
5	10	11	8
9	6	7	12
4	15	14	1

Miguel de Cervantes

O ENGENHOSO FIDALGO
D. QUIXOTE DE LA MANCHA

Primeiro Livro

Tradução e notas de Sérgio Molina
Apresentação de Maria Augusta da Costa Vieira
Edição de bolso com texto integral

editora■34

EDITORA 34

Editora 34 Ltda.
Rua Hungria, 592 Jardim Europa CEP 01455-000
São Paulo - SP Brasil Tel/Fax (11) 3811-6777 www.editora34.com.br

Copyright © Editora 34 Ltda., 2010
Tradução © Sérgio Molina, 2010

A FOTOCÓPIA DE QUALQUER FOLHA DESTE LIVRO É ILEGAL e configura uma
apropriação indevida dos direitos intelectuais e patrimoniais do autor.

A presente tradução foi realizada graças ao apoio da Direção Geral do Livro,
Arquivos e Bibliotecas do Ministério da Educação, Cultura e Desporto da Espanha.

Edição conforme o Acordo Ortográfico da Língua Portuguesa.

Capa, projeto gráfico e editoração eletrônica:
Bracher & Malta Produção Gráfica

Revisão:
Alexandre Barbosa de Souza, Cide Piquet

1ª Edição - 2010, 2ª Edição - 2012 (1 Reimpressão),
3ª Edição - 2017 (2ª Reimpressão - 2025)

CIP - Brasil. Catalogação-na-Fonte
(Sindicato Nacional dos Editores de Livros, RJ, Brasil)

Cervantes, Miguel de, 1547-1616

C413e   O engenhoso fidalgo D. Quixote de La Mancha,
Primeiro Livro / Miguel de Cervantes; tradução e notas
de Sérgio Molina; apresentação de Maria Augusta da
Costa Vieira. — São Paulo: Editora 34, 2017 (3ª Edição).
704 p.

Tradução de: El ingenioso hidalgo don Quijote
de la Mancha

ISBN 978-85-7326-457-9

1. Romance espanhol. I. Molina, Sérgio.
II. Vieira, Maria Augusta da Costa. III. Título.

CDD - 863E

Sumário

Apresentação de D. Quixote	11
Nota à presente edição	35

Dedicatória	39
Prólogo	41
Versos preliminares	51

Primeira parte

I. Que trata da condição e do exercício do famoso fidalgo D. Quixote de La Mancha	67
II. Que trata da primeira saída que de sua terra fez o engenhoso D. Quixote	76
III. Onde se conta a curiosa maneira como D. Quixote foi armado cavaleiro	85
IV. Do que sucedeu ao nosso cavaleiro quando saiu da estalagem	93
V. Onde se prossegue a narração da desgraça do nosso cavaleiro	101
VI. Do gracioso e grande escrutínio que o padre e o barbeiro fizeram na biblioteca do nosso engenhoso fidalgo	108

VII. Da segunda saída do nosso bom cavaleiro
D. Quixote de La Mancha 121

VIII. Do bom sucesso que o valoroso D. Quixote
teve na espantosa e jamais imaginada aventura
dos moinhos de vento, mais outros
sucessos dignos de feliz lembrança 128

SEGUNDA PARTE

IX. Onde se conclui e dá fim à estupenda batalha que
o galhardo biscainho e o valente manchego travaram ... 141

X. Do que mais aconteceu a D. Quixote
com o biscainho e do perigo em que se viu
com uma turba de galegos 148

XI. Do que sucedeu a D. Quixote
com uns cabreiros 156

XII. Do que contou um cabreiro
aos que estavam com D. Quixote 165

XIII. Onde se dá fim ao conto da pastora Marcela,
mais outros sucessos 173

XIV. Onde se põem os versos desesperados
do finado pastor, mais outros não esperados sucessos ... 185

TERCEIRA PARTE

XV. Onde se conta a desgraçada aventura
com que topou D. Quixote
em topar com uns desalmados galegos 201

XVI. Do que sucedeu ao engenhoso fidalgo
na estalagem que ele imaginava ser castelo 211

XVII. Onde se prosseguem os inumeráveis trabalhos
que o bravo D. Quixote e seu bom escudeiro
Sancho Pança passaram na estalagem
que por seu mal pensou que era castelo 221

XVIII. Onde se contam as razões que trocou
Sancho Pança com seu senhor D. Quixote,
mais outras aventuras dignas de serem contadas 232

XIX. Das discretas razões que Sancho passava
com seu amo e da aventura que lhe sucedeu com um
corpo morto, mais outros acontecimentos famosos 246

XX. Da jamais vista nem ouvida aventura
que com menos perigo foi acabada por
famoso cavaleiro no mundo como a que acabou
o valoroso D. Quixote de La Mancha 256

XXI. Que trata da alta aventura e rico ganhamento
do elmo de Mambrino, mais outras coisas
acontecidas ao nosso invencível cavaleiro 272

XXII. Da liberdade que deu D. Quixote
a muitos desditosos que mau grado seu
eram levados aonde prefeririam não ir 286

XXIII. Do que sucedeu ao famoso D. Quixote
na Serra Morena, que foi uma das mais raras
aventuras que nesta verdadeira história se contam 299

XXIV. Onde se prossegue
a aventura da Serra Morena 314

XXV. Que trata das estranhas coisas
que na Serra Morena aconteceram ao valente
cavaleiro de La Mancha e da imitação que fez
da penitência de Beltenebros 325

XXVI. Onde se prosseguem as finezas que
D. Quixote fez de enamorado na Serra Morena 346

XXVII. De como conseguiram seu intento
o padre e o barbeiro, mais outras coisas
dignas de serem contadas nesta grande história 357

QUARTA PARTE

XXVIII. Que trata da nova e agradável
aventura acontecida ao padre
e ao barbeiro na mesma serra 379

XXIX. Que trata da discrição
da formosa Dorotea, mais outras coisas
de muito gosto e passatempo 396

XXX. Que trata do engraçado artifício e concerto
que se teve em tirar o nosso enamorado cavaleiro
da aspérrima penitência em que se pusera 410

XXXI. Das saborosas razões trocadas entre
D. Quixote e Sancho Pança, seu escudeiro,
mais outros sucessos 423

XXXII. Que trata do que sucedeu na estalagem
com toda a quadrilha de D. Quixote............................. 434

XXXIII. Onde se conta a
Novela do Curioso Impertinente................................... 443

XXXIV. Onde se prossegue a
Novela do Curioso Impertinente 466

XXXV. Onde se finda a
Novela do Curioso Impertinente 489

XXXVI. Que trata da brava e descomunal
batalha que D. Quixote teve
com uns odres de vinho tinto,
mais outros raros sucessos
que na estalagem lhe aconteceram 499

XXXVII. Onde se prossegue a história
da famosa infanta Micomicona,
mais outras engraçadas aventuras 511

XXXVIII. Que trata do curioso discurso
que D. Quixote fez das armas e das letras 524

XXXIX. Onde o cativo conta sua vida
e seus sucessos 529

XL. Onde se prossegue a história do cativo 540

XLI. Onde o cativo ainda prossegue seu caso 556

XLII. Que trata do que mais sucedeu
na estalagem e de outras muitas coisas
dignas de se saber 580

XLIII. Onde se conta a agradável história
do moço de mulas, mais outros estranhos
acontecimentos na estalagem sucedidos 589

XLIV. Onde se prosseguem
os inauditos sucessos da estalagem 602

XLV. Onde se acaba de averiguar a dúvida
do elmo de Mambrino e da albarda,
e outras aventuras acontecidas, com toda a verdade 612

XLVI. Da notável aventura dos quadrilheiros
e da grande ferocidade
do nosso bom cavaleiro D. Quixote 622

XLVII. Do estranho modo como foi encantado
D. Quixote de La Mancha,
mais outros famosos sucessos 633

XLVIII. Onde prossegue o cônego
a matéria dos livros de cavalarias,
mais outras coisas dignas do seu engenho 645

XLIX. Onde se trata do discreto colóquio
que Sancho Pança teve com seu senhor D. Quixote 655

L. Das discretas altercações que D. Quixote
e o cônego tiveram, mais outros acontecimentos 665

LI. Que trata do que contou o cabreiro
a todos os que levavam D. Quixote 673

LII. Da pendência que teve D. Quixote com
o cabreiro, mais a rara aventura dos disciplinantes,
à qual deu feliz fim à custa do seu suor 680

Sobre o autor 697
Sobre o tradutor 699

Apresentação de D. Quixote

Maria Augusta da Costa Vieira

O propósito desta apresentação não é outro senão o de chamar a atenção para alguns aspectos relacionados com a obra de Cervantes: algo sobre a condição do leitor de D. *Quixote*, ideias a respeito do modo como a obra foi interpretada em variados tempos e como foi recebida no Brasil. Não se trata, portanto, de apresentar análises literárias, comentar episódios e coisas do gênero, porque seria invadir territórios que, no momento, somente pertencem a você que, ao longo de sua leitura, terá a possibilidade de dialogar com o cavaleiro e seu escudeiro, com as demais personagens, com as vozes narrativas, com os tempos de Cervantes e — por que não? — com seus próprios botões.

Quando o atraso significa um ganho

Se você se enquadra entre aqueles que sabem muito bem da importância do *Quixote* como verdadeiro patrimônio da humanidade, mas, ao mesmo tempo, se inclui entre os que confessam a falta quase irreparável de ainda não ter lido a grande obra de Cervantes, abandone o constrangimento e considere-se um eminente leitor privilegiado.

Afinal, não deixa de ser grande vantagem poder ler o *Quixote* somente com idade mais madura, livre das ideias pré-concebidas, carregadas muitas vezes de interpretações motivadas pela vontade dos tempos que atravessam os seus quatrocentos anos de existência. Nem sempre D. Quixote foi visto exclusivamente como um cavaleiro sonhador e idealista que acreditou ser capaz de transformar o mundo de modo a torná-lo mais justo. Ao longo desses muitos anos, o cavaleiro e seu escudeiro contaram com interpretações bastante variadas que privilegiaram, em alguns momentos, a personagem que padece de uma loucura cômica, capaz de provocar muito divertimento; em outros, enfatizaram seu idealismo que conduz a um sentido trágico da vida humana.

Ao contrário do que ocorre nos países de língua espanhola, o *Quixote* não é um texto que integra o currículo das escolas brasileiras e, dessa forma, fica livre da leitura obrigatória, das múltiplas interpretações da obra e das eventuais análises morfológicas e sintáticas dos períodos cervantinos. É muito provável que grande parte dos leitores brasileiros chegue aos vinte anos sem ter tido jamais contato direto com a obra de Cervantes e sem maiores ideias sobre a história do cavaleiro, a não ser a do sonhador que quis transformar o mundo e que amou incondicionalmente sua dama inigualável, Dulcineia d'El Toboso. Fato invejável para alguns espanhóis que se encantariam com a possibilidade de chegar a essa idade sem ter lido a obra e poder, nesse momento, simplesmente descobri-la. Ao menos, assim se referiu Martín de Riquer ao focalizar esse leitor retardatário, quando recebeu o título de doutor *honoris causa* em uma universidade romana, em janeiro de 1990. Dentro dessa perspectiva, qualquer descuido no sentido de ainda não ter se aproximado da obra se torna, a partir de agora, um verdadeiro privilégio.

Além do mais, a escritura cervantina dedica cuidados especiais ao leitor, valendo-se de personagens e da voz narrativa para se dirigir inúmeras vezes a ele e às possibilidades de leitura, apoiando-se na ideia de que se trata de um texto aberto às diferentes idades e às diversas formas de compreensão. É Sansón Carrasco, personagem intrigante da segunda parte, que faz comentários sobre a primeira parte já publicada: "é tão clara que não traz dificuldade: as crianças a manuseiam, os moços a leem, os homens a entendem e os velhos a celebram" (*DQ* II, 3). É como se se tratasse de uma obra para toda a vida, reservando para cada época da existência um diferente modo de aproximação. Quem registrou com clareza essa diversidade na recepção do texto foi o romântico alemão Heinrich Heine, que, em 1837, redigiu um prólogo para a edição alemã do *Quixote*. Conta Heine que, ao adquirir certa fluência nas letras, o primeiro romance que leu foi a história do inusitado cavaleiro manchego. Para percorrer suas páginas, escapava de casa e se dirigia a um jardim próximo, onde escolhia sempre o mesmo banco de pedra. À medida que as aventuras iam passando, a obra aos poucos se configurava como a mais séria e infeliz das histórias. A leitura o ocupou desde os primeiros dias da primavera até os últimos mais cinzentos do outono e, progressivamente, as poucas glórias e os vários infortúnios do cavaleiro fascinavam e comoviam o jovem leitor. A cada cinco anos mais ou menos, Heine retornava ao texto e suas impressões iniciais ganhavam novos contornos. Com o tempo, o que antes fazia chorar, passou a ser fonte de grande divertimento e, na tristeza ou na alegria, o poeta confessa que o *Quixote* o acompanhou nas mais diversas circunstâncias da vida. O relato de Heine põe em evidência que o modo de ler a obra pode se alterar segundo o momento em que se tome contato com ela, podendo transitar de uma leitura que privilegia o aspecto trágico até uma outra que encontra seu centro na comicidade.

Na verdade, a questão da leitura no *Quixote* está no núcleo da obra e se manifesta de diferentes formas, a começar pelo próprio personagem que, antes de sair à luta pelos princípios da cavalaria andante, foi um inveterado leitor. Seus cinquenta anos de existência foram recheados por textos literários, o que o levou a se descuidar da propriedade, dos bens e do exercício da caça. Passava noites e dias mergulhado em livros e, como diz o narrador, "do pouco dormir e muito ler se lhe secaram os miolos, de modo que veio a perder o juízo" (*DQ* I, 1). Um tipo raro de loucura o de D. Quixote, que se origina, precisamente, no ato de leitura. Enquanto era um fidalgo decadente, Alonso Quijano foi projetando aos poucos uma nova vida a partir das muitas histórias de cavaleiros andantes até que decidiu se transformar em D. Quixote de La Mancha. A partir daí, toda a sua ação se voltou para a tentativa de introduzir na vida as aventuras fantasiosas dos cavaleiros. Ou seja, a questão da leitura ocupa lugar privilegiado na obra e constitui um tema recorrente na abordagem de questões da composição, na história das fortunas e adversidades de D. Quixote e Sancho Pança e incide com cuidado especial nos percursos do leitor. Em outros termos, seria possível dizer que a aproximação do texto possibilita a criação de um espaço crítico que faz com que o leitor não apenas acompanhe com variados humores as aventuras de D. Quixote, mas que também observe seus movimentos de composição, isto é, observe aspectos da criação literária. Tudo isso quer dizer que os leitores do *Quixote*, em maior ou em menor escala, se interessam tanto pelas aventuras disparatadas do cavaleiro e seu escudeiro quanto pelo modo como essas aventuras são narradas tendo em conta que a própria arquitetura da obra, em conjunto com a voz narrativa, convida o leitor a uma postura crítica diante da história que tem em mãos. Isso pode nos levar a afirmar com Riley, cervantista britânico que desvendou com qualidade particular a obra de Cervantes, que há escritores, há críticos e há escritores críticos: Cervantes, sem dúvida, foi um destes últimos.

"*Escribo como hablo*":
um preceito da literatura seiscentista

No século XVI ibérico os escritores, de um modo geral, passaram a ter a preocupação de fazer com que a escrita reproduzisse a fala. Além do propósito de dignificar a língua falada, havia também a ideia de conceder à língua escrita maior naturalidade, precisão, clareza e simplicidade, a ponto de criar uma escrita livre da artificialidade. Este preceito que circulava no universo cultural seiscentista aparece em *O cortesão*, de Baldassare Castiglione (1527), obra que logo contou com tradução para o espanhol e teve ampla difusão na Espanha. Trata-se de um longo diálogo que aborda múltiplas vertentes do estatuto do cortesão que de certa forma poderia ser considerado como um código de conduta da sociedade de corte. Em um momento, um dos interlocutores defende a ideia de que o escrito não é senão um modo de falar que permanece após o ato de fala.[1] A conversa se estende por este campo, criando o consenso entre os senhores aristocráticos de que a escrita deve seguir de perto a fala.

Poucos anos depois, entre 1535 e 1536, Juan de Valdés redige uma verdadeira apologia da língua vulgar castelhana sob o título *Diálogo de la lengua*, que será conhecido em forma de ma-

---

[1] "Paréceme luego estraña cosa juzgar en el escribir por buenas aquellas palabras que en ninguna suerte de hablar se sufren y querer que lo que totalmente y siempre parece mal en lo que se habla, parezca bien en lo que se escribe. Porque cierto, o a lo menos según mi opinión, lo escrito no es outra cosa sino una forma de hablar que queda después que el hombre ha hablado" (Baldassare Castiglione, *El cortesano*, edición de Mario Pozzi, trad. da introdução e notas de Mª de las Nieves Muñiz Muñiz, Madri, Cátedra, 1994, p. 151; edição brasileira: *O cortesão*, trad. Nilson Moulin, São Paulo, Martins Fontes, 1997).

nuscrito apenas na segunda metade do século XVI. Nessa obra está presente não apenas a defesa da língua vernácula frente ao latim, mas também a valorização da naturalidade na expressão.[2] No entanto, é preciso esclarecer que se os intelectuais da época, como Castiglione e Juan de Valdés, se lançavam à defesa da naturalidade no estilo, isto certamente não correspondia à facilidade de composição. Ao contrário, a tentativa de seguir o preceito do *"yo escribo como hablo"* supunha o exercício árduo de trazer para a escrita uma espontaneidade que na verdade seria fruto da ponderação, do cálculo, enfim, de uma criteriosa operação racional.

Quando Cervantes publica a primeira parte do *Quixote*, no início do século XVII, esta tendência já cedia espaço para uma orientação divergente que tratava de alargar a distância entre o referente e a metáfora, a fala e a escrita, de modo a criar uma nova forma poética extremamente ousada que, entre outras coisas, privilegiava a ideia de que *"no escribo para pocos sino para muy pocos"*. O grande representante desta orientação foi Gôngora, contemporâneo de Cervantes, com quem, aliás, não se entendeu jamais. Mas enfim, toda esta digressão em torno de um dos preceitos que orientou a literatura seiscentista se justifica porque, no caso do *Quixote*, muito provavelmente o leitor se dará conta de que a linguagem cervantina traz consigo esta naturalidade. O eixo de sustentação da obra é o longo diálogo entre D.

---

[2] "Para deziros la verdad, muy pocas cosas observo, porque el estilo que tengo me es natural, y sin afectación ninguna escrivo como hablo, solamente tengo cuidado de usar de vocablos que sinifiquen bien lo que quiero dezir, y dígolo quanto más llanamente me es possible, porque a mi parecer en ninguna lengua stá bien el afetación" (Juan de Valdés, *Diálogo de la lengua*, ed. de Antonio Comas, Barcelona, Editorial Bruguera, 1972, p. 179).

Quixote e Sancho que transparece para o leitor como um extenso e amplo ato de fala entre o cavaleiro e seu escudeiro: um deles, letrado e com vasta cultura literária; o outro, analfabeto.

No entanto, é preciso ter em conta que esta naturalidade no estilo guarda diferentes níveis de compreensão da obra, que podem transitar do anedótico, simplesmente, às questões mais complexas relacionadas com o próprio fazer literário. Além disso, ao que tudo indica, Cervantes não apenas optou por uma escrita pautada pela naturalidade como também soube ridicularizar tão bem como Erasmo no *Elogio da loucura* (1509) a erudição pedante. Em outros termos, soube alcançar a naturalidade almejada pelos autores do século XVI, ao mesmo tempo que revestiu seu texto de grande complexidade. Um bom exemplo destas opções cervantinas é, sem dúvida, o "Prólogo" da primeira parte do *Quixote*.

CONVERSA COM O LEITOR: O "PRÓLOGO"

Ao contrário de outros autores dos séculos XVI e XVII espanhol, Cervantes não deixou outros escritos, além de sua obra literária, que pudessem indicar aspectos de sua biografia e opiniões sobre temas variados, inclusive sobre a própria literatura. Não há cartas, diários, tratados ou discursos que evidenciem suas preferências, suas opiniões ou mesmo suas leituras. Tudo o que se pode saber sobre Cervantes, além de documentos históricos que delineiam os estudos biográficos, encontra-se em sua obra, fonte única para o conhecimento de seu pensamento. No caso específico de suas ideias sobre a arte da escrita, Cervantes introduz em seu texto questões de teoria literária como matéria primordial do enredo e o *Quixote*, sem dúvida, é um exemplo muito particular deste procedimento, pois trata das aventuras de um pretenso cavaleiro que, como foi dito acima, antes de qualquer coisa é um inveterado leitor. Assim sendo, as relações entre literatura e vida estão presentes a cada instante da obra: na voz narrativa, na história em si mesma e na própria leitura que propõe diferentes perspectivas de abordagem.

É possível dizer que, se por um lado se sente a falta de outros escritos, por outro, os prólogos cervantinos constituem momentos privilegiados de declaração de princípios estéticos, especialmente o "Prólogo" da primeira parte do *Quixote*. Não restam dúvidas de que os prólogos, no final das contas, oferecem pistas valiosas, mas é preciso dizer também que, por via de regra, Cervantes opta por formas inusitadas que em alguns casos poderiam ser consideradas como um "antiprólogo" ou um "metaprólogo". Um exemplo claro desta particularidade encontra-se justamente no "Prólogo" da primeira parte, que prima pela originalidade, tendo-se em conta o gosto e as convenções literárias que vigoravam em 1600.

Embora o "Prólogo" anteceda a história do inusitado cavaleiro e esteja nas páginas iniciais, na verdade trata-se de um epílogo, pois declaradamente foi redigido após a conclusão da primeira parte. Este "eu" que se diz padrasto de D. Quixote, confessa que em nenhum momento encontrou tanta dificuldade como a que encontra para compor o prefácio, o que evidencia que o que vem antes, na verdade, foi escrito depois, quando já se tem ideia completa das aventuras e desventuras do cavaleiro e seu escudeiro no final do *Quixote* de 1605.

Esta primeira pessoa que redige o "Prólogo" inicia uma conversa com o leitor, tratando de situar, a partir de sua perspectiva, a obra, a personagem e, especialmente, os movimentos do próprio leitor. Assim que confessa sua dificuldade por não saber como dar conta desta empresa, chega um amigo que lhe oferece ideias práticas e uma crítica declarada relativa aos bastidores dos prólogos, isto é, relativa às estratégias utilizadas por muitos para construir uma imagem, uma aparência adequada de erudição. Por meio das ideias do amigo e dos desabafos daquele que se diz padrasto de D. Quixote, o leitor assiste à prefação da obra que se constrói na antessala, numa conversa confidencial que desmascara artifícios e critica de forma alusiva literatos famosos, especialmente Lope de Vega.

É curioso observar que, para redigir essa apresentação, a voz do "autor" se desdobra em um diálogo como se o contraponto fosse elemento essencial na construção literária cervantina, assim como ao longo da obra, as aventuras do cavaleiro vão sempre acompanhadas de saborosos diálogos com Sancho Pança. Além do mais, no momento em que se espera um texto de caráter mais referencial, no caso de Cervantes o leitor esbarra com uma ficção — a visita do amigo — como se para abordar questões relacionadas com a composição literária fosse imprescindível inventar uma narrativa. Algo muito semelhante acontece com as aventuras de D. Quixote, pois, para contar a história de um pretenso cavaleiro andante, torna-se imprescindível enfocar temas relacionados com o próprio fazer literário. Além disso, o "Prólogo" contém uma estrutura paródica, pois no final das contas, o que o leitor tem em mãos é uma paródia do "gênero" prólogo que mais parece ser um "antiprólogo". Desta forma, a porta de entrada para a primeira parte reproduz a mesma estrutura da obra que, entre outras coisas, é uma paródia dos livros de cavalaria na medida em que narra uma série de aventuras, por via de regra, "anticavaleirescas".

Autoridade do autor e liberdade do leitor

É muito provável que a primeira impressão que você terá do "Prólogo" não coincida com as eventuais impressões de futuras leituras que por acaso venha a fazer quando, por algum motivo até mesmo pouco explícito, surgir a necessidade de retornar ao começo e retomar com certa distância o que na realidade se diz naquelas páginas iniciais. Num primeiro momento fica a ideia de que se trata de um "autor" com elevada dose de modéstia que confessa abertamente suas fraquezas e suas dificuldades. Em contrapartida, é concedido ao leitor um lugar soberano que lhe permite transitar livremente por julgamentos os mais variados sobre a obra.

No "Prólogo", esta modéstia excessiva apenas convence o leitor apressado. Na verdade, parece que a voz da autoria é extremamente sagaz e a descrição de sua situação precária acaba sendo um recurso para atingir determinados propósitos estéticos. Este "eu" do "Prólogo" que se diz tão incapaz para fazer a apresentação da obra indica as condições adversas que estiveram presentes nos momentos iniciais de sua criação. Para alguns, a redação teria germinado no período em que Cervantes esteve preso na Cárcel Real de Sevilla, em 1597, quando este espaço, pela superlotação, correspondia a um verdadeiro laboratório do crime. Como diz, "foi engendrado num cárcere, onde todo o desconforto tem assento e onde todo o triste ruído faz sua morada". Para outros, no entanto, não seria possível afirmar que Cervantes tivesse iniciado a criação do *Quixote* em 1597, em Sevilha, e, quando do diz que "foi engendrado num cárcere", estava se expressando em sentido metafórico. De qualquer modo, o "padrasto de D. Quixote" — como se define o autor — contou com uma condição precária durante a composição da obra e, no momento de criação do "Prólogo", é atacado por grande modéstia e timidez que não lhe permitem a desenvoltura na escrita além de sublinhar sua incapacidade para fazer a tal prefação e emitir juízos sobre a própria personagem que criou. Optar por um "Prólogo" repleto de citações e ornamentos, sonetos de autores famosos, epigramas e sentenças laudatórias antecedendo a obra poderia ser um modo de afirmar a autoridade como era costume entre muitos. No entanto, esta opção não correspondia aos propósitos e nem ao temperamento do "autor" que sequer consegue iniciar as primeiras linhas. A solução encontrada para compensar a modéstia e a paralisia foi o desdobramento da voz, de modo a introduzir o amigo imaginário que conhece as técnicas específicas para a fabricação de uma imagem de autoridade por meio de recursos voltados para impressionar especialmente os mais incautos que se deixam levar pelas aparências.

Com arrogância inescrupulosa, o amigo vai indicando como deve ser um prólogo, ao mesmo tempo em que o constrói aos olhos de quem redigiu toda a obra. Por intermédio desse desdobramento, Cervantes situa para o seu leitor duas posturas divergentes entre os autores da época: aquele que rejeita a autoridade baseada em artifícios enganosos e aquele que segue a tradição e se apoia na erudição pedante e artificial. Embora saiba quais são as estratégias para provocar determinadas reações, o amigo reconhece muito bem que a originalidade da história — a luta contra os livros de cavalaria — dispensa a recorrência às autoridades. Enfim, a voz do amigo situa com a ousadia que falta ao "autor" as qualidades de sua própria invenção.

Além das relações entre autor e obra, o amigo reconhece também a diversidade presente nas relações entre obra e público: "Procurai também que, lendo a vossa história, o melancólico se mova ao riso, o risonho o acrescente, o simples não se aborreça, o discreto se admire da invenção, o grave a não despreze, nem o prudente a deixe de elogiar". Em outros termos, a fala do amigo explicita que a obra tanto poderá ser desfrutada pelo leitor "discreto" quanto pelo leitor "vulgar": termos que tinham significados muito particulares nos tempos de Cervantes. Esta divisão do público em dois grupos era bastante usual entre os escritores dos séculos XVI e XVII ainda que os sentidos atribuídos aos dois termos carecessem de certa precisão. No entanto, como diz Riley, esta divisão era aceita por todos, mesmo sendo algo artificial. Os leitores "discretos" seriam os leitores cultos e com discernimento enquanto que os "vulgares" seriam incultos e néscios, mostrando completa incapacidade para discriminar. No caso, é preciso certa prudência do leitor atual pois nem o "discreto" que aparece no *Quixote* corresponde a "recatado", "reservado" e nem o "vulgar" se refere a uma classificação pautada por parâmetros sociais. Como diz o próprio D. Quixote a D. Diego de Miranda na segunda parte da obra: "e não penseis, senhor, que chamo vulgo só à gente plebeia e humilde; pois todo aquele que não sabe, ainda que seja senhor e príncipe, pode e deve entrar no número do vulgo" (*DQ* II, 16). Na verdade, o leitor "discreto" seria aquele que sabe apreciar a verdadeira obra de arte enquanto o "vulgar" não seria capaz de discriminar esta qualidade. No entanto, Cervantes sabia que a verdadeira arte, ainda que buscasse o leitor "discreto" não teria por que ser incompatível com o gosto do "vulgo". E, concordando com Riley,[3] o autor do *Quixote* também sabia que, ao contrário dos dramaturgos que dependiam da pluralidade do público e estavam condicionados a interesses co-

---

[3] E. C. Riley, *Teoría de la novela en Cervantes,* trad. de Carlos Sahagún, Madri, Taurus Ediciones, 1971, p. 185.

merciais, o autor de romance estabelecia uma relação individual com o leitor, com quem Cervantes soube estabelecer laços de simpatia em graus jamais superados. Assim sendo, seu propósito, quando escrevia romances, era o de se comunicar com um público o mais amplo possível sem, no entanto, comprometer a qualidade artística. Por este motivo, o *Quixote* será sempre "um sol que nasce para todos", como disse em certa ocasião Augusto Meyer, seja para o leitor "melancólico", para o "discreto", o "grave" ou mesmo o "vulgar". Muitas das ideias que aparecem no "Prólogo" serão retomadas ao longo dos diversos episódios por vários personagens e, de modo muito especial nos capítulos XLVII, XLVIII e XLIX da primeira parte, quando D. Quixote tem uma longa conversa com o padre e o cônego sobre a arte literária.

Enfim, caro leitor, você dispõe de amplo espaço dentro da obra e muito provavelmente será possível constatar que, por mais que se trate de um clássico da literatura universal, por mais distante que possa estar na linha do tempo, você tem em mãos uma obra que lhe oferece o espaço da sua liberdade.

MODOS DE LER, MODOS DE INTERPRETAR: BREVE HISTÓRIA DE COMO *D. QUIXOTE* FOI LIDO AO LONGO DOS TEMPOS

De um modo geral, os estudos sobre o *Quixote* tiveram o mesmo destino das pesquisas voltadas para as obras clássicas. Ao longo de sua história, observa-se o conflito entre duas tendências: por um lado, a abordagem da obra a partir dos pressupostos que orientaram sua criação com o intuito de resgatar os domínios possíveis da escritura e da leitura tendo em conta os leitores contemporâneos; por outro lado, a abordagem que se empenha em adequar o sentido aos referenciais próprios do leitor moderno, buscando seus possíveis significados a partir do que eventualmente o texto é capaz de dizer para o público de hoje.

A primeira tendência prima pelo academicismo e se pauta pelo rigor metodológico, circunscrevendo-se ao âmbito dos estudos literários, linguísticos e filológicos, empenhada em desvelar os sentidos do texto segundo os critérios que reinavam na época de sua composição. Em contrapartida, a segunda tem um caráter que caminha na direção da "espontaneidade", com o objetivo de acomodar a obra clássica aos tempos e às perspectivas atuais, regulando-se pela leitura e interpretação que dela se faz hoje. Ambas as tendências trazem consigo alguns problemas. A primeira encontra dificuldades na própria divulgação de sua pesquisa tendo em conta seu caráter especializado e, na maior parte das vezes, distante do público interessado na obra em questão. Assim sendo, corre o risco de dialogar exclusivamente com as fontes primárias, num âmbito puramente acadêmico. A segunda, por sua vez, embora mais democrática no sentido de poder divulgar mais amplamente seus resultados dado seu caráter de contemporaneidade, traz em si outro problema, que é o da abordagem literária pautada pelo anacronismo e, de certo modo, carente de conteúdo histórico, uma vez que o centro de sua atenção gira em torno dos eventuais sentidos que a obra suscita hoje, ou, em outros termos, como lemos determinado texto clássico, criado em épocas remotas, a partir de nossos próprios referenciais.[4]

---

[4] Para questões relacionadas com a recepção crítica do *Quixote* são fundamentais, entre outros, os estudos de Anthony Close, especialmente, *The Romantic Approach to Don Quixote: A Critical History of the Romantic Tradition in Quixote Criticism* (Cambridge, Cambridge University Press, 1978); *Don Quixote* (Cambridge, Cambridge University Press, 1978) e "Las interpretaciones del *Quijote*"

De um modo geral, o *Quixote* é exemplar no sentido de se adequar tanto a uma tendência quanto à outra, ou seja, tanto constitui uma fonte substanciosa e consistente para o estudo da poética nos séculos XVI e XVII quanto se mostrou prodigioso na criação do mito do cavaleiro manchego, permeável às mais diversas culturas e às mais variadas interpretações.

Numa breve retrospectiva de sua história crítica, é preciso ter em conta que a leitura que se fez da obra nos primeiros tempos, entre os séculos XVII e XVIII, se pautou sobretudo pelo destaque à paródia em relação aos livros de cavalaria. D. Quixote e Sancho foram vistos, especialmente, a partir dos múltiplos desvios que apresentavam com respeito aos seus modelos literários. Este viés de leitura se alterou radicalmente a partir do Romantismo Alemão, que encontrou no texto a plasmação de um novo gênero literário — o romance — e, na ação do cavaleiro, um sentido simbólico. Já não era o caso de destacar as conexões da obra com seu contexto histórico e literário mas sobretudo salientar, ou melhor, acomodar seu sentido à expressão das questões mais fundamentais do homem moderno, como se o texto contivesse em si a capacidade de desvendar a essência da condição humana muito além de seu tempo histórico específico. A interpretação romântica foi fecunda e se propagou pelos tempos, convidando a posições extremadas como as de Miguel de Unamuno, que chega a afirmar: "Que me importa o que Cervantes quis ou não pôr ali, e o que realmente pôs? O vivo é o que eu ali descubro, pusesse-o Cervantes ou não [...]".[5] Se com Unamuno se esbarra num radi-

---

(*Don Quijote*, ed. de Francisco Rico, Barcelona, Instituto Cervantes/Editorial Crítica, 1998, 2ª ed., pp. CXLII-CLXV).

[5] Miguel de Unamuno, *Do sentimento trágico da vida*, trad. de Eduardo Brandão, São Paulo, Martins Fontes, 1996, p. 294.

calismo, com os trabalhos de Ortega y Gasset e Américo Castro,[6] que tiveram presença marcante no pensamento espanhol do século XX, ocorrerá um redirecionamento dos estudos cervantinos, inaugurando assim o cervantismo moderno. Para indicar apenas dois aspectos dessas novas orientações, observa-se o afastamento da leitura centrada obsessivamente no herói e o destaque para o sistema coerente que organiza todo o repertório de Cervantes, capaz de aliar inseparavelmente arte e pensamento. A partir dessa ideia, ao longo do século XX, o cervantismo foi encontrando na contextualização histórica e na tradição literária referenciais fundamentais para sua análise e interpretação.

ROMÂNTICOS E REALISTAS: UM DEBATE DO SÉCULO XX

Em meados do século XX, um hispanista britânico, Peter Russell, publica um artigo intitulado *"Don Quixote* as a Funny Book"[7] em que reivindica o riso para a obra de Cervantes. Trata-se de um alerta para a crítica cervantina que vinha insistindo num esquecimento imperdoável: os estudiosos do *Quixote* já não levavam em conta que acima de tudo a obra tinha sido concebida para suscitar o riso. Ao contrário dos críticos modernos, tão

---

[6] De Ortega y Gasset, *Meditaciones del Quijote* (ed. de Julián Marías, Madri, Cátedra, 1990) e de Américo Castro, *El pensamiento de Cervantes* (Barcelona, Ed. Crítica, 1987).

[7] Inicialmente o artigo foi publicado no periódico *Modern Language Review* (LXIV, 1969, pp. 312-26) e posteriormente, numa coletânea de ensaios do próprio autor, *Temas de La Celestina y otros estudios* (trad. de A. Pérez, Barcelona, Ariel, 1978) sob o título *"Don Quijote y la risa a carcajadas".*

avessos às gargalhadas, os críticos antigos, até meados do século XVIII aproximadamente, encontravam nas aventuras do cavaleiro um verdadeiro prodígio do riso. No entanto, este território hilariante foi abalado drasticamente pela leitura romântica que desloca a comicidade de seu lugar privilegiado e instala a interpretação trágica na leitura das andanças de D. Quixote. O propósito de Russell é examinar o passado e recuperar um filão da fortuna crítica, reconhecendo desde já que o valor literário pode estar tanto no sério quanto no cômico.

Ao lado de Russell, Anthony Close investe na mesma direção e revisa a história crítica da obra preocupado em destacar os equívocos presentes na base da tendência romântica, que seriam essencialmente a idealização do herói que escamoteia o propósito satírico; a crença de que o romance é simbólico e que por meio deste simbolismo expressa ideias sobre a relação do espírito humano com a realidade ou com a natureza da história da Espanha; a interpretação de que a obra reflete a ideologia, a estética e a sensibilidade da era moderna. Close parte do pressuposto de que a tradição crítica romântica é "sentimental, séria, patriótica e subjetiva".

Fica evidente que a história crítica do *Quixote* contém uma cisão radical entre dois momentos: da publicação até o final do século XVIII, e do século XIX até meados do XX. Em linhas gerais, no primeiro período crítico a obra foi considerada como a paródia burlesca de um velho gênero: as novelas de cavalaria. Num segundo momento, isto é, a partir do século XIX, a obra passou a ser considerada como algo que vai muito além da paródia satírica e apresenta os fundamentos de um novo gênero: o romance. A interpretação romântica foi extremamente fecunda ao longo do século XIX e parte do XX, no entanto, por volta de 1960 outros vieses interpretativos passaram a se impor. Parte da crítica orientada por uma perspectiva realista, como Russell e Close, entre outros, propõe uma retomada da leitura inicial do *Quixote*, na tentativa de resgatar elementos fundamentais de sua composição. Esta reação julgou que a interpretação romântica havia se afastado enormemente dos princípios que orientaram a criação da obra e que haviam encontrado no texto cervantino sentidos alheios aos referenciais seiscentistas. Um ponto fundamental dessa revisão crítica se apoia na ideia de que a obra é cômica. Essa comicidade, por sua vez, se estrutura a partir da criação do burlesco, ou seja, do desequilíbrio entre o nível estilístico e o tema. Desequilíbrio que tanto pode estar na utilização de um estilo elevado para referir-se a temas banais quanto na criação de um estilo tosco para referir-se a grandes temas. Ou ainda, pode estar presente no descompasso entre a fala e a ação, isto é, a grandiloquência em meio a uma situação de declarada vulgaridade ou mesmo no estilo épico e pretensamente verídico que o autor ficcional, Cide Hamete Benengeli, quer imprimir à ficção. Fica implícita nessa revisão crítica uma preocupação com a textura artística da obra, que foi ofuscada pela abordagem romântica em função dos grandes temas e interpretações.

Essencialmente a abordagem romântica optou pela ideia de que seria uma pista falsa considerar o *Quixote* como puro divertimento, ou mesmo como algo escrito unicamente para ridicularizar os livros de cavalaria. O procedimento paródico, fundamental para a composição literária, foi suplantado por leituras de caráter mais filosófico e simbólico com a perspectiva de encontrar conteúdos que antecipassem questões fundamentais da modernidade. Além do mais, a interpretação romântica tratou de sublinhar o sentido trágico presente nas ações do cavaleiro e seu escudeiro que lutam constantemente contra as adversidades que se apresentam quando o que se pretende é transformar o mundo.

Por intermédio dessa perspectiva, a intenção declarada de Cervantes de combater os livros de cavalaria teria ido pelos ares a favor de ideias e objetivos considerados mais transcendentes.

Loucura e comicidade

Não reconhecer a loucura quixotesca, sem dúvida, significa distanciar-se do próprio conceito que, nos tempos de Cervantes, se atribuía à loucura. Ao longo do século XV e até meados do XVII, a loucura ainda estava integrada na vida social e, desde que não muito exagerada, ela continha boa dose de divertimento. A partir daí, no entanto, ela passa a ser excluída da sociedade, e os loucos, ao lado de outros indivíduos considerados diferentes, serão afastados, por meio do internamento, condenando a loucura ao silêncio. Se a loucura foi tratada como algo que deveria ser evitado no convívio social, nos séculos XVI e XVII ela ainda apaixonava os quatro cantos do velho continente e já era tema suficientemente popularizado por Erasmo. Para ele, nem toda demência seria prejudicial. Havia aquela que se manifestava através da fúria e se encontrava por trás das consciências criminosas, mas havia também outra demência que em nada se assemelhava a esta e que surgia quando "uma ilusão deliciosa fazia esquecer os cuidados da alma e se entregava às mais variadas formas de prazer".[8]

---

[8] Ver de Erasmo de Rotterdam, *Elogio da loucura* (trad. de Mª Isabel G. Tomás, Lisboa, Europa-América, 1973, p. 69) e também de Huarte de San Juan, *Examen de Ingenios* (ed. de Esteban Torre, Madri, Editorial Nacional, 1977), um tratado publicado em 1575 que desenvolve teorias a respeito da loucura a partir da teoria dos humores com base na fisiologia clássica.

Em certa medida, seria possível dizer que a interpretação romântica não podia aceitar a loucura de D. Quixote e, em lugar de reconhecer no personagem o louco de ideia fixa, se preferiu atribuir ao cavaleiro uma ampla e abnegada dimensão idealista. No entanto, caro leitor, seria uma perda irreparável não considerar que D. Quixote é um louco rematado e que Cervantes foi extremamente original quando introduziu na base da loucura quixotesca os grandes valores humanitários como os princípios de justiça, verdade, fidelidade e solidariedade. Seria possível afirmar que a leitura romântica não deu conta de aliar a boa-fé e a generosidade do cavaleiro à noção de loucura, uma vez que esta já estava preenchida por uma série de preconceitos. Desse modo, acabou sendo mais coerente com a visão romântica reconhecer o simbolismo em sua ação idealista que, por via de regra, conduz a um sentido trágico da existência.

Não apenas a loucura esteve revestida de preconceitos, como também o cômico sofreu alterações quanto à sua valoração. Nos tempos do *Quixote*, o cômico estava equiparado ao sério, ou seja, ainda não se atribuía à seriedade maior importância que à comicidade e, além disso, Cervantes compartilha da crença renascentista que encontra poderes terapêuticos no riso. Com a instauração da hierarquia dos gêneros, a partir do século XVII, o cômico será rebaixado ao limiar do literário, deixando de ser considerado como criação artística capaz de expressar a complexidade do mundo. No caso do cavaleiro, a leitura romântica tratou de encontrar um sentido trágico para o fracasso de suas aventuras, uma vez que privilegia os princípios humanitários em lugar de sua loucura de ideia fixa. Cá entre nós, caro leitor, para a interpretação romântica visualizar o trágico num louco rematado seria tão paradoxal quanto encontrar razão no desatino.

O *Quixote* no Brasil: início de conversa

As palavras e os gestos de D. Quixote ecoaram vibrantes na cultura brasileira ainda que algumas vezes tenham se expressado meio na surdina e em pouco tempo tenham se ocultado no esquecimento. Não foram poucas as vozes dispersas, às vezes solitárias, que se empenharam em registrar uma leitura da obra e destacar aspectos do enérgico cavaleiro e seu escudeiro. Leituras que, em relação ao traçado de Cervantes, definido e durável, se regeram muitas vezes pelo signo do efêmero, da pluralidade e também da invenção, distanciando-se em parte das tendências mais difundidas do cervantismo internacional. Leituras que percorreram os espaços dos estudos literários e do debate crítico como a conferência de Olavo Bilac, os estudos de José Veríssimo, Vianna Moog, Josué Montello, Brito Broca, San Tiago Dantas, José Carlos de Macedo Soares, entre outros. Da mesma forma a obra inspirou criações ousadas como as revistas de Ângelo Agostini e a de Bastos Tigre entre a última década do século XIX e as primeiras do século XX. Frequentou o Sítio do Pica-Pau Amarelo por intermédio das histórias de Dona Benta em *D. Quixote das crianças* de Monteiro Lobato. Também serviu como estímulo para a formação do "Grupo Quixote" de Porto Alegre em meados do século, ajustando-se aos interesses específicos do grupo que reuniu cabeças pensantes e atuantes voltadas para um projeto literário próprio. As aventuras quixotescas também foram a base para as ilustrações de Portinari que vieram acompanhadas pelos poemas de Carlos Drummond de Andrade, traduzindo em sonoridade e ritmo as imagens plásticas do cavaleiro e seu escudeiro. A obra ainda frequentou o romance e encarnou em alguns heróis a voz quixotesca como em *Triste fim de Policarpo Quaresma*, de Lima Barreto, e *Fogo morto*, de José Lins do Rego. Também subiu aos palcos e moveu plateias em várias adaptações para o teatro, como mais recentemente em D. *Quixote de La Mancha*, de Carlos Moreno e Fabio Namatame, que soube aliar loucura, comicidade e idealismo; *Farsas quixotescas*, com texto de Hugo Possolo, encenada pelo grupo Pia Fraus, e *Num lugar de La Mancha*, encenada pelos adolescentes da Febem, com texto de Mario García-Guillén e direção de Valéria Di Pietro, que resgata a dimensão do sonho e de um sentido quixotesco para a realidade árdua da vida.

De forma bastante resumida seria possível dizer que na recepção do *Quixote* no Brasil foi grande a presença das ideias de Unamuno, que abriu espaço declarado para uma apropriação da obra de Cervantes completamente independente da sua base histórica. Prevaleceu, de um modo geral, a leitura que tratou de ajustar as andanças do cavaleiro e seu escudeiro às nossas ideias, ao nosso modo de interpretá-lo e às questões mais candentes do nosso tempo, sublinhando, na maior parte das vezes, uma leitura que destacou o valor do idealismo quixotesco e dos elevados princípios humanitários.

A esta altura, certamente o leitor deverá pensar que por um lapso não foi mencionado Machado de Assis. É certo, faltou a menção, porém não por esquecimento. Mas esta, na verdade, é uma história mais longa e mais complexa que ficará para uma próxima vez.

"*En paz y enhorabuena*"

No momento, paciente leitor, apenas resta desejar-lhe boas andanças pelo texto cervantino. Se no início desta apresentação comentávamos que era um verdadeiro privilégio poder ler "tardiamente" o *Quixote*, seria importante dizer também que é outro privilégio entrar em contato com a obra a partir desta edição. Trata-se de uma tradução primorosa de Sérgio Molina que traz para o leitor brasileiro aspectos do texto que não se encontravam nas demais traduções para a língua portuguesa, como o ritmo da fala e o humor da prosa de Cervantes. Sem dúvida, a tradução que mais se difundiu no Brasil foi a dos Viscondes de Castilho e Azevedo, marcada pela linguagem lusitana e por uma interpretação própria do século XIX que, para grande prejuízo do leitor, dificulta sua aproximação das andanças de D. Quixote. Além do mais, a presente tradução tem como texto-base o da mais criteriosa edição do *Quixote*, dirigida por Francisco Rico, publicada pelo Instituto Cervantes em 1998 e relançada, com revisões, em 2004. Trata-se de uma edição que contou com grande colaboração de vários cervantistas e que se dirige tanto ao leitor não familiarizado com a história, a filologia e a obra de Cervantes quanto aos especialistas que buscam bibliografia e ensaios críticos sobre a obra.

Dito isto, caro leitor, é chegada a sua hora e a sua vez.

Nota à presente edição

A presente tradução de *D. Quixote* foi realizada com base no texto estabelecido na edição de Francisco Rico (Barcelona, Instituto Cervantes/Galaxia Gutenberg, 2004), confrontado com as edições de Florencio Sevilla Arroyo e Antonio Rey Hazas (Alcalá de Henares, Centro de Estudios Cervantinos, 1993), Martín de Riquer (Barcelona, Planeta, 1997) e Celina Sabor de Cortázar e Isaías Lerner (Buenos Aires, Eudeba, 2005), além do fac-símile da edição *princeps* de 1605.

O engenhoso fidalgo
D. Quixote de La Mancha

Dedicatória

Ao Duque de Béjar
Marquês de Gibraleón,
Conde de Benalcázar e de Bañares,
Visconde de Puebla de Alcocer,
Senhor das Vilas de Capilla,
Curiel e Burguillos[1]

Em fé do bom acolhimento e da honra que Vossa Excelência dá a toda sorte de livros, como príncipe tão inclinado a favorecer as boas artes, mormente aquelas que, por sua nobreza, não se abatem ao serviço nem aos granjeios do vulgo, determinei de trazer à luz o *Engenhoso fidalgo D. Quixote de La Mancha* ao abrigo do mui claro nome de Vossa Excelência, a quem, com o acatamento que devo a tanta grandeza, suplico que o receba agradavelmente sob sua proteção, para que, à sua sombra, ainda que despido daquele precioso ornamento de elegância e erudição de que soem andar vestidas as obras compostas nas casas dos homens que sabem, ouse aparecer seguro no juízo de alguns que, não se contendo nos limites da sua ignorância, soem condenar com mais rigor e menos justiça os trabalhos alheios; e as-

---

[1] D. Alonso López de Zúñiga y Sotomayor (1577-1619), sétimo duque de Béjar, Salamanca. Grande de Espanha solicitado como mecenas por vários poetas da época, entre eles Gôngora, que lhe dedicou suas *Soledades*.

sim, pondo a prudência de Vossa Excelência os olhos no meu bom desejo, confio que não desdenhará da pequenez de tão humilde serviço.[2]

Miguel de Cervantes Saavedra[3]

---

[2] A coincidência de frases inteiras desta dedicatória com outra de autoria do poeta Francisco de Herrera, mais os muitos erros tipográficos que apresenta na edição *princeps*, são considerados indícios de que este texto não foi escrito por Cervantes, e sim por seu impressor, já na hora de compor o livro.

[3] O sobrenome Saavedra, com o qual Miguel de Cervantes passa a assinar a partir de 1590, não pertence a nenhum dos seus antepassados diretos. Ao que parece, tomou-o de Gonzalo de Cervantes Saavedra, seu parente distante; o motivo é até hoje objeto de especulações.

PRÓLOGO

Desocupado leitor: sem meu juramento podes crer que eu quisera que este livro, como filho do entendimento, fosse o mais formoso, o mais galhardo e mais discreto[1] que se pudesse imaginar. Mas não esteve em minha mão contrariar a ordem da natureza, que nela cada coisa engendra sua semelhante. E assim, que poderá engendrar o estéril e malcultivado engenho meu, senão a história de um filho seco, mirrado, caprichoso e cheio de pensamentos vários e nunca imaginados por outro alguém, tal como quem foi engendrado num cárcere,[2] onde todo o desconforto tem assento e onde todo o triste ruído faz sua morada? O sossego, o lugar aprazível, a amenidade dos campos, a serenidade dos céus, o murmurar das fontes, a quietude do espírito dão bom azo para que as musas mais estéreis se mostrem fecundas e ofereçam ao mundo partos que o cumulem de maravilha e de contento. Não raro tem um pai um filho feio e sem graça alguma, mas o amor que tem por ele põe-lhe uma venda nos olhos para que não veja suas falhas, antes as toma por graças e discrições e as conta aos amigos como agudezas e donaires. Mas eu, que, se bem pareça pai, sou padras-

---

[1] A palavra é usada aqui e em todo o livro no sentido de "sensato, inteligente e agudo", não no de "reservado, circunspecto", hoje mais corrente em castelhano e em português.

[2] Provável referência ao encarceramento de Cervantes durante alguns meses de 1597, por dívidas, na prisão de Sevilha, onde teria concebido o argumento inicial do livro.

to de D. Quixote, não quero seguir a corrente do uso suplicando-te, quase com lágrimas nos olhos, como outros fazem, leitor caríssimo, que perdoes ou dissimules as falhas que neste meu filho vires, pois não és seu parente nem seu amigo, e tens a alma em teu corpo e teu livre-arbítrio no justo ponto, e estás na tua casa, onde és senhor dela, como o rei dos seus cobros, e sabes o que comumente se diz, que "debaixo do meu manto, o rei eu mato", todo o qual te isenta e livra de todo respeito e obrigação, e assim podes dizer da história tudo o que te parecer, sem temer que te caluniem pelo mal nem te premiem pelo bem que dela disseres.

Eu só quisera dar-ta enxuta e nua, sem o ornamento do prólogo nem da infinidade e catálogo dos costumados sonetos, epigramas e elogios que no início dos livros soem pôr. Pois sei dizer que, conquanto me tenha custado algum trabalho compô-la, nenhum foi maior que fazer esta prefação que vais lendo. Muitas vezes tomei da pena para o escrever, e muitas a deixei, por não saber o que escreveria; e estando numa delas suspenso, com o papel diante, a pena à orelha, o cotovelo na mesa e a mão no queixo, pensando no que diria, entrou de improviso um amigo meu, espirituoso e avisado. O qual vendo-me tão cismativo, me perguntou a causa, e não ocultando-lha eu, respondi que estava pensando no prólogo que tinha de fazer à história de D. Quixote, e que isto me punha de tal sorte que eu nem o queria fazer, nem trazer à luz as façanhas de tão nobre cavaleiro.

— Como quereis que não me tenha confuso o que dirá o velho legislador chamado vulgo quando vir que, ao cabo de tantos anos dormindo no silêncio do esquecimento, saio agora, com todos meus anos nas costas, trazendo por leitura uma legenda seca como um esparto, alheia de invenção, parca de estilo, pobre de conceitos e falta de toda erudição e doutrina, sem rubricas às margens nem notas ao fim, como vejo que têm outros livros, ainda que sejam fabulosos e profanos, tão cheios de sentenças de Aristóteles, de Platão e de toda a caterva de filósofos, que se admiram os ledores e reputam os seus autores por homens lidos, eruditos e eloquentes? E quando citam a Divina Escritura, então? Dirão quando menos que são uns Santos Tomases e outros doutores da Igreja, guardando nisso tão engenhoso decoro, que aqui pintam um enamorado licencioso para ali fazerem um sermãozinho cristão, que é um contento e um regalo ouvir ou ler. De tudo isto há de carecer o meu livro, pois nem tenho o que rubricar às margens, nem o que anotar ao final, nem menos sei que autores sigo nele para pôr no início, como fazem todos, pela ordem do abecê, começando por Aristóteles e acabando em Xenofonte e Zoilo ou Zêuxis, ainda que sejam maledicente o primeiro e pintor o segundo.[3] Também de sonetos no início há de carecer o meu livro, ao menos de sonetos cujos autores sejam duques, marqueses, condes, bispos, damas ou poetas celebérrimos; bem que, se eu os pedisse a dois ou três oficiais[4] meus amigos, sei que mos dariam, e seriam tais que os não igualariam os daqueles que mais nome têm em nossa Espanha. Enfim, senhor e amigo meu — prossegui —, eu determino que o senhor D. Quixote há de permanecer sepultado nos seus arquivos de La Mancha até que o céu proporcione quem o adorne de tantas coisas que lhe faltam, pois eu me acho incapaz de as remediar, por minha insuficiência e poucas letras, e por ser de natureza poltrão e preguiçoso no andar à

---

[3] Zoilo (IV a.C.): sofista e crítico grego, detrator de Homero, Platão e Isócrates. Zêuxis (IV-V a.C.): um dos principais pintores gregos de seu tempo. Reconhece-se nesse trecho uma alusão à lista de nomes históricos que Lope de Vega incluiu em vários de seus livros.

[4] Oficial: artesão com status entre aprendiz e mestre, mas também no sentido mais amplo, e então mais usual, de conhecedor do ofício.

cata de autores que digam o que eu bem sei dizer sem eles. Daí nasce, amigo, a suspensão e o arrebato em que me achastes, sendo causa bastante para me pôr nela a que de mim ouvistes.

Ouvindo o qual meu amigo, dando uma palmada na testa e disparando uma salva de risadas, me disse:

— Por Deus, irmão, que agora acabo de me desenganar do engano em que vivi todo o muito tempo que vos conheço, no qual sempre vos tive por discreto e prudente em todas as vossas ações. Mas vejo agora que estais tão longe de sê-lo como o céu está da terra. Como é possível que coisas de tão pouca monta e fácil remédio possam ter força para suspender e abismar um engenho tão maduro como o vosso, e tão afeito a vencer e atropelar outras dificuldades maiores? À fé que isto não nasce de falta de habilidade, e sim de sobra de preguiça e penúria de discurso.[5] Quereis ver como é verdade o que digo? Prestai atenção, e vereis como num abrir e fechar de olhos eu desfaço todas as vossas dificuldades e remedeio todas as faltas que dizeis que vos suspendem e acovardam para deixar de dar à luz do mundo a história do vosso famoso D. Quixote, luz e espelho de toda a cavalaria andante.

— Dizei — repliquei, em ouvindo o que me dizia — de que modo pensais preencher o vazio do meu temor e reduzir à claridade o caos da minha confusão?

Ao que ele disse:

— O primeiro em que reparais, dos sonetos, epigramas ou elogios que vos faltam para o princípio, e que sejam de figuras graves e de título, pode ser remediado com que vós mesmo vos deis ao trabalho de os fazer, e depois os podeis batizar com o nome que quiserdes, afilhando-os ao Preste João das Índias ou ao

---

[5] O termo aparece aqui e em todo o livro na sua acepção de "raciocínio, discernimento, tino", também corrente no português clássico.

Imperador da Trebizonda,[6] dos quais sei haver notícia de que foram famosos poetas; e se acaso o não foram e houver alguns pedantes e bacharéis que pelas costas vos mordam e murmurem dessa verdade, não se vos dê uma mínima, pois ainda que vos descubram a mentira, não vos haverão de cortar a mão com que a escrevestes. Quanto à citação dos livros e autores donde tirardes as sentenças e ditos que puserdes na vossa história, bastará fazer de jeito que venham a calhar algumas sentenças ou latins que saibais de cor, ou pelo menos que vos custem pouco trabalho lembrar, como será pôr, tratando de liberdade e cativeiro:

Non bene pro toto libertas venditur auro.[7]

Para em seguida, à margem, citar Horácio, ou lá quem o tenha dito. Se tratardes do poder da morte, haveis de logo acudir com

Pallida mors aequo pulsat pede pauperum tabernas regumque turres.[8]

---

[6] Preste João das Índias: monarca lendário de um Estado cristão localizado numa região incerta da Ásia, que teria apoiado os cruzados na tomada da Terra Santa. Trebizonda: cidade situada na costa meridional do mar Negro, na atual Turquia. Durante o século XIII, foi capital de uma das quatro partes em que se dividiu o Império Bizantino. Tanto o monarca quanto a cidade são recorrentes nas novelas de cavalarias.

[7] "Não há ouro que pague a liberdade". A frase não é de Horácio, mas de Walter o Inglês (ou Gualterius Anglicus), poeta e tradutor do século XII. O verso é a primeira parte do dístico com que ele encerra sua versão de uma das fábulas de Esopo.

[8] "A pálida morte bate igualmente à choça do pobre e ao palácio do rei" (Horácio, *Odes*, I, IV, 13-14).

Se da amizade e do amor que Deus manda ter pelo inimigo, atacai logo com a Divina Escritura, donde com um tantico de curiosidade podereis tirar, quando menos, as palavras do próprio Deus: "*Ego autem dico vobis: diligite inimicos vestros*".[9] Se tratardes dos maus pensamentos, recorrei ao Evangelho: "*De corde exeunt cogitationes malae*".[10] Se da instabilidade dos amigos, aí está Catão, que vos dará seu dístico:

> *Donec eris felix, multos numerabis amicos.*
> *Tempora se fuerint nubila, solus eris.*[11]

E com esses latins e outros quejandos vos terão, no mínimo, por gramático, e sê-lo não é de pouca honra e proveito nos dias de hoje.

No que toca a pôr anotações ao final do livro, certamente o podeis fazer desta maneira: se citardes algum gigante em vosso livro, fazei que seja o gigante Golias, pois só nisto, que vos custará quase nada, tereis uma grande anotação, em que podereis pôr: "O gigante Golias, ou Goliat, foi um filisteu que o pastor Davi matou de uma grande pedrada, no vale do Terebinto, como se conta no livro dos Reis...", no capítulo em que achardes que está escrito. Depois, para vos mostrardes homem erudito em letras humanas e cosmógrafo, fazei de modo que na vossa história alguém mencione o rio Tejo, e logo vos vereis com outra famosa anotação, pondo: "O rio Tejo foi assim chamado por um rei das

---

[9] "Pois eu vos digo: amai vossos inimigos" (Mateus, 5, 44).

[10] "Porque do coração provêm os maus pensamentos" (Mateus, 15, 19).

[11] "Enquanto fores feliz, contarás com muitos amigos. Se o tempo fechar, ficarás só". Versos de Ovídio (*Tristes*, I, IX, 5-6) convertidos em lugar-comum.

Espanhas; tem sua nascente em tal lugar e morre no mar Oceano, beijando os muros da famosa cidade de Lisboa, e é opinião que tem as areias de ouro" etc. Se tratardes de ladrões, eu vos contarei a história de Caco,[12] que sei de cor; se de mulheres rameiras, aí está o bispo de Mondoñedo, que vos emprestará Lamia, Laida e Flora,[13] cuja nota vos dará grande crédito; se de cruéis, Ovídio vos entregará Medeia; se de encantadores e feiticeiras, Homero tem Calipso e Virgílio, Circe; se de capitães valorosos, o próprio Júlio César vos emprestará a si mesmo nos seus *Comentários* e Plutarco vos dará mil Alexandres. Se tratardes de amores, com duas onças que souberdes de língua toscana, topareis com Leão Hebreu,[14] que vos dará o bastante para encher as medidas. E se não quiserdes andar por terras estranhas, em vossa casa tendes Fonseca e o seu *Del amor de Dios*,[15] onde vem cifrado tudo quanto vós e o mais engenhoso puderem desejar nessa matéria. Em resumo, bastará que trateis de citar esses nomes, ou tocar essas his-

---

[12] Filho de Vulcano que, enquanto Hércules dormia, roubou sorrateiramente alguns bois do rebanho que, em cumprimento ao décimo trabalho, este tomara de Gerião, conforme narrado na *Eneida* (VIII, 185 e ss.). O nome próprio incorporou-se ao castelhano como substantivo comum, sinônimo de ladrão reles.

[13] Alusão a uma das epístolas do frei Antonio de Guevara (1480-1545), em que ele se refere a três antigos amores (*Epístolas familiares*, LXIII, 1.539). O autor, bispo da cidade galega de Mondoñedo e predicador da corte de Carlos V, era conhecido por apresentar como verdadeiras histórias notoriamente falsas.

[14] Yehuda ben Isaac Abravanel (1460-1521?), poeta e pensador judeu que dividiu sua vida entre Portugal, Espanha e Itália. Seus *Dialoghi d'Amore* tiveram grande influência na obra de Camões, Sá de Miranda, Jorge de Montemor e do próprio Cervantes.

[15] Alusão ao *Tratado del amor de Dios* (Barcelona, 1592), do frei agostiniano Cristóbal de Fonseca, apontado por alguns estudiosos como um dos possíveis autores da continuação apócrifa de *D. Quixote*.

tórias na vossa, como aqui tenho dito, e deixai por minha conta as notas e rubricas; que voto a tal[16] encher as margens e gastar quatro cadernos no final do livro. Passemos agora à citação dos autores que os outros livros têm, e que no vosso faltam. O remédio disto é muito fácil, pois bastará que procureis um livro que os arrole todos, de A a Z, como dizeis. Então poreis esse mesmo abecedário em vosso livro; pois, posto que a mentira se veja às claras, dada a pouca necessidade que tínheis de deles vos valer, isso nada importará, e talvez haja até algum simplório que acredite que a todos recorrestes na simples e singela história vossa; e quando não servir de outra coisa, pelo menos há de servir aquele longo catálogo de autores para de improviso dar autoridade ao livro. E mais, que não haverá quem se ponha a averiguar se os seguistes ou não seguistes, nada ganhando com isto. Tanto mais que, se eu bem entendo, este vosso livro não tem necessidade de nenhuma dessas coisas que dizeis que lhe faltam, pois todo ele é uma invectiva contra os livros de cavalarias, dos quais nunca se lembrou Aristóteles, nem disse nada São Basílio, nem teve notícia Cícero, nem contam nos seus fabulosos disparates as pontualidades da verdade, nem as observações da astrologia, nem importam nele as medidas geométricas, nem a confutação dos argumentos de que se vale a retórica, nem tem para que predicar a ninguém, mesclando o humano com o divino, que é um gênero de mescla do qual não se há de vestir nenhum cristão entendimento. Tendes tão só que vos valer da imitação naquilo que fordes escrevendo, pois, quanto mais perfeita ela for, tanto melhor será o escrito. E como esta vossa escritura não mira a mais que a des-

---

[16] Fórmula eufemística que equivale a "voto a Deus", "juro por Deus", ou simplesmente "por Deus". A expressão era usual também em português.

fazer a autoridade e capacidade que no mundo e no vulgo têm os livros de cavalarias, não há razão para que andeis a mendigar sentenças de filósofos, conselhos da Divina Escritura, fábulas de poetas, orações de retóricos, milagres de santos, e sim procurar que lhanamente, com palavras significativas, honestas e bem colocadas, saiam vossa oração e período sonoros e festivos, representando vossa intenção em tudo o que alcançardes e for possível, dando a entender vossos conceitos sem os intricar nem obscurecer. Procurai também que, lendo a vossa história, o melancólico se mova ao riso, o risonho o acrescente, o simples não se aborreça, o discreto se admire da invenção, o grave a não despreze, nem o prudente a deixe de elogiar. Enfim, levai a mira posta a derribar a malfundada máquina desses cavaleirosos livros, detestados por tantos e elogiados por muitos mais; pois, se tanto alcançardes, não terás alcançado pouco.

Com grande silêncio estive escutando o que meu amigo me dizia, e de tal maneira se imprimiram em mim as suas razões[17] que, sem as pôr em disputa, as aprovei por boas e delas mesmas resolvi fazer este prólogo, no qual verás, leitor suave, a discrição do meu amigo, a minha boa ventura em achar tal conselheiro em tempo tão necessitado e o teu alívio em receber tão sincera e tão sem rodeios a história do famoso D. Quixote de La Mancha, de quem é opinião, entre todos os habitantes do distrito do Campo de Montiel,[18] que foi o mais casto enamorado e o mais valente cavaleiro que de muitos anos a esta parte se viu naqueles contor-

---

[17] O termo comparece, aqui e em muitas outras passagens, no sentido de "palavra", "argumento".

[18] Comarca de La Mancha, situada entre as atuais províncias de Ciudad Real e Albacete, onde D. Quixote começará suas andanças.

nos. Não quero encarecer o serviço que te faço em dar-te a conhecer tão nobre e tão honrado cavaleiro; mas quero que me agradeças o conhecimento que terás do famoso Sancho Pança, seu escudeiro, em quem, no meu entender, te dou cifradas todas as graças escudeiras que na caterva dos vãos livros de cavalarias estão dispersas. E com isto, que Deus te dê saúde e de mim não se esqueça. *Vale.*[19]

---

[19] *Vale*: fórmula latina de despedida, comum nas cartas familiares.

VERSOS PRELIMINARES

AO LIVRO DE
D. QUIXOTE DE LA MANCHA,
URGANDA A DESCONHECIDA[1]

Se em achegar-te aos discre-,	[tos]
livro, fores com estu-,	[do]
não te dirá algum frandu-	[no]
que não acertas os de-.	[dos]
Mas, se comes cru e sem ten-	[to]
por ir à mão dos idio-,	[tas]
verás da mão para a bo-	[ca]
nem uma acertar no cra-,	[vo]
por muito que as mãos se ra-	[lem]
por mostrar que são curio-.[2]	[sas]

---

[1] Urganda a desconhecida: feiticeira protetora do cavaleiro Amadis (ver nota 9, a seguir), assim chamada porque "muitas vezes se transformava e desconhecia". Os versos são compostos em décimas "de cabo roto", tendo a última sílaba omitida (aqui acrescentada entre colchetes), recurso jocoso popular no início do século XVII. O conteúdo do texto é de difícil interpretação, não só pela forma escolhida, mas pelos duplos sentidos sarcásticos, recheados de alusões históricas e literárias, frases feitas, modismos e ditados. Nas notas a este poema glosaremos superficialmente cada estrofe, acrescentando algumas referências entre parênteses. Vale lembrar que a ambiguidade de algumas passagens, sobretudo da quarta estrofe, continua a desafiar os especialistas.

[2] Livro, se tiveres o cuidado de te aproximares dos bons ("chega-te aos bons e serás um deles", aconselha o ditado), nenhum presunçoso poderá dizer que não

E como a experiência re-   [za]
que ao que a bom tronco se arri-   [ma]
boa sombra sempre abri-,   [ga]
em Béjar tua boa estre-   [la]
um tronco real te ce-   [de]
que dá príncipes por fru-,   [tos]
no qual floresceu um du-   [que]
que é novo Alexandre Mag-:   [no]
chega à sua sombra, que a ousa-   [dos]
protege sempre a fortu-.[3]   [na]

De um bom fidalgo manche-   [go]
contarás as aventu-,   [ras]
a quem ociosas leitu-   [ras]
transtornaram a cabe-;   [ça]
damas, armas, cavalei-,   [ros]
provocaram-no de mo-   [do]
que, qual Orlando furio-,   [so]
com têmpera enamora-,   [da]

---

sabes o que fazes (que "não acertas os dedos" como quem toca mal um instrumento de cordas). Mas, se não vês a hora (*"el pan no se te cuece"* [não deixas assar o pão], ou, por apressado, comes cru) de ir logo à mão de qualquer idiota, verás como nesse descuido ("da mão à boca se perde a sopa", reza o refrão) nunca conseguirás o que queres (não darás "uma no cravo e uma na ferradura", como se diz), por mais que te roas de vontade de mostrar tua habilidade.

[3] Como a experiência ensina que da escolha do protetor depende a boa proteção ("Quem a boa árvore se acolhe, de boa sombra se cobre", diz o ditado), tua boa estrela te aproximou de uma nobre família de Béjar, dentre cujos muitos filhos principais há um duque (o mecenas a quem é dedicado o livro) tão generoso quanto Alexandre Magno. Pede a ele proteção, pois a sorte ajuda os audazes (*"Audentes fortuna juvat"*, lê-se na *Eneida*).

ganhou à força de bra-   [ço]
Dulcineia d'El Tobo-.[4]   [so]

Indiscretos hierogli-   [fos]
não queiras gravar no escu-,   [do]
pois, quando é tudo figu-,   [ra]
com baixos trunfos se envi-.   [da]
Se no dedicar te humi-,   [lhas]
ninguém te dirá por chu-:   [fa]
"Qual Dom Álvaro de Lu-,   [na]
qual Aníbal de Carta-,   [go]
qual rei Francisco na Espa-   [nha]
vem se queixar da fortu-!".[5]   [na]

Uma vez que ao céu não prou-   [ve]
que saísses tão ladi-   [no]
como o negro Juan Lati-,   [no]
recitar latins recu-.   [sa]
Não te figures de agu-,   [do]
nem me venhas com filó-,   [sofos]

---

[4] Contarás as aventuras de um bom fidalgo castelhano que enlouqueceu de tanto ler tolices. E a tal ponto ele foi transtornado por damas, armas e cavaleiros que, como Orlando furioso e fortalecido no amor (como Orlando enamorado), conquistou à fina força a sua Dulcineia. Vale salientar que, em "damas armas, cavaleiros" há uma alusão direta ao primeiro verso do poema de Ariosto: "*Le donne, i cavallier, l'arme, gli amori...*".

[5] Não adornes teu escudo com nenhum desenho esquisito (como fizeram os livros de Lope de Vega), pois só com figuras pouco se pode ganhar (como em certos jogos de cartas). Mas, se na dedicatória te mostrares humilde, ninguém te poderá dizer com sarcasmo: "Esse tal se queixa da sorte mais que D. Álvaro de Luna (ao ser degolado), que Aníbal o Cartaginês (ao se suicidar) ou que o rei Francisco I (o da França), ao ser preso na Espanha".

pois, torcendo a um lado a bo-,   [ca]
dirá quem entende a tre-,   [ta]
ao mesmo pé da tua ore-:   [lha]
"Comigo não valem lo-".[6]   [gros]

Não entres em garabu-,   [lhas]
nem cuides na vida alhe-,   [ia]
pois do que ao caso não ve-   [nha]
passar ao largo é cordu-,   [ra]
que não raro a carapu-   [ça]
mais serve a quem mais grace-;   [ja]
queimar as pestanas de-   [ves]
só no ganhar boa fa-,   [ma]
pois quem deita neceda-   [des]
ao prelo as deixa em perpé-.[7]   [tuo]

Atenta que é desati-,   [no]
sendo de vidro o telha-,   [do]
pedras nas mãos apanha-   [res]
para atirar no vizi-.   [nho]
Deixa que o homem de si-   [so]
nas obras que ele compo-   [nha]

---

[6] Já que Deus não te quis dar a manha que deu ao negro Juan Latino (que, de escravo, chegou a catedrático e ganhou fama como latinista), evita recitar latinadas. Não tentes passar por esperto nem venhas com altas filosofias, pois quem conhece essas tretas torcerá a boca e te dirá ao pé do ouvido: "Comigo esses truques não pegam".

[7] Não te metas em confusões nem na vida alheia, deixando de lado tudo o que não venha ao caso, pois quem muito escarnece costuma sair-se mal. Deves, sim, dedicar-te a conquistar boa fama, pois quem imprime tolices o que faz é perpetuá-las.

vá com tento e sem afo-,   [go]
pois quem traz a lume le-   [tras]
para distrair donze-   [las]
escreve às tontas e à to-.[8]   [a]

Amadis de Gaula[9]
a D. Quixote de La Mancha

Soneto

Tu, que imitaste a lastimosa vida
que tive, ausente e desdenhado, sobre
os altos alcantis da Penha Pobre
de alegre a penitência reduzida;

tu, a quem os olhos deram a bebida
de abundante licor, porém salobre,
deixando-te sem prata, estanho ou cobre,
te deu a terra em terra sua comida,[10]

---

[8] Repara que é grande imprudência atirar pedras no vizinho quando se tem telhado de vidro. Deixa o homem sensato escrever com o devido cuidado, pois quem publica livros para a distração de mocinhas espalha bobagens.

[9] Protagonista do ciclo de livros de cavalarias do século XV tido como paradigma do gênero (ver cap. VI, nota 1). Evoca-se aqui o episódio em que o herói, desprezado por sua amada Oriana, se retira em penitência à ilha da Penha Pobre.

[10] Isto é, em pratos de barro, por não dispor de baixela ("deixando-te sem prata, estanho ou cobre").

vive bem certo de que eternamente,
enquanto Apolo pela quarta esfera
com seu carro de fogo deslizar,

terás claro renome de valente;
tua pátria será em todas a primeira;
teu sábio autor, no mundo só e sem par.

D. BELIANIS DE GRÉCIA[11]
A D. QUIXOTE DE LA MANCHA

SONETO

Rompi, cortei, malhei e disse e fiz
mais que no mundo cavaleiro andante;
fui destro, fui valente e arrogante;
agravos mil vinguei, cem mil desfiz.

Façanhas dei à fama que eternize;
fui comedido e regalado amante;
anão foi para mim todo gigante,
e o duelo em todo ponto eu satisfiz.

Tive a meus pés Fortuna prosternada,
e presa pela grenha a minha cordura
a calva Ocasião trouxe a reboque.

---

[11] Protagonista da novela de cavalarias *El libro primero del valeroso e invencible príncipe don Belianís de Grecia* (Burgos, 1547-79), de Jerónimo Fernández.

Se nos cornos da lua sempre alçada
assenta-se minha próspera ventura,
invejo-te inda assim, grande Quixote!

A SENHORA ORIANA[12]
A DULCINEIA D'EL TOBOSO

SONETO

Oh quem tivera, formosa Dulcineia,
por mais comodidade e mais repouso,
o Miraflores[13] transposto em El Toboso,
trocando a sua Londres com tua aldeia!

Oh, quem dos teus desejos e libreia
alma e corpo adornara, e do famoso
cavaleiro que fizeste venturoso
olhara alguma luta rija e feia!

Oh, quem tão castamente se escapara
do senhor Amadis qual conseguiste
do cândido fidalgo Dom Quixote!

Que assim, sem invejar, fora invejada,
e fora alegre o tempo que foi triste,
e desfrutara os gostos sem escote.

---

[12] A senhora dos pensamentos de Amadis de Gaula.

[13] Castelo onde vivia Oriana, nas proximidades de Londres.

GANDALIM, ESCUDEIRO DE AMADIS DE GAULA,
A SANCHO PANÇA, ESCUDEIRO DE D. QUIXOTE

SONETO

Salve, varão famoso, a quem Fortuna,
quando te pôs na profissão do escudo
com tanta complacência te armou tudo,
que tu passaste sem desgraça alguma.

Enxada e foice agora não repugnam
a andantes exercícios, pois é uso
o trato do escudeiro, com que acuso
o soberbo que ousa pisar a lua.

Invejo o teu jumento e o teu nome,
e os teus alforjes igualmente invejo,
que mostraram teu tino e providência.

Salve outra vez, oh Sancho!, tão bom homem,
que só a ti o nosso Ovídio ibero
um piparote dá por reverência.

DO DONOSO, POETA ENTREMEADO,[14]
A SANCHO PANÇA E ROCINANTE

A SANCHO PANÇA

Sou Sancho Pança, escudei-   [ro]

---

[14] Reconheceu-se no *"poeta entreverado"* o amigo de Cervantes Gabriel

do manchego Dom Quixo-;   [te]
pus os pés em polvoro-,   [sa]
que à discrição viver que-,   [ro]
tal vila-diogo reve-   [la]
toda sua razão de Esta-   [do]
em tácita retira-,[15]   [da]
como diz *A Celesti-*,[16]   [na]
livro, no meu ver, divi-,   [no]
se mais encobrisse o huma-.   [no]

A ROCINANTE

Sou Rocinante o famo-   [so]
bisneto do bom Babie-;[17]   [ca]
por pecados de fraque-   [za]

Lobo Lasso de la Vega (1559-1629), cuja obra *Manojuelo de romances* (Barcelona, 1601) diz "*mezclar veras y burlas/ juntando gordo con magro*" ("misturar verdades e mentiras [ou brincadeiras]/ juntando gordo com magro"), como no toucinho entremeado.

[15] Alusão burlesca ao "tacitismo", doutrina e prática política que, na trilha de Maquiavel e Tácito, consolidou a ideia de uma razão de Estado que prevalece sobre tudo, até sobre as leis. Dentro dessa doutrina, é importante a recomendação de recuar a tempo, sempre entendendo a fuga — o "dar às de Vila-Diogo" — como "retirada estratégica".

[16] Alusão à *Comedia de Calisto y Melibea* (Burgos, 1499), de Fernando de Rojas, mais conhecida como *La Celestina* [A Alcoviteira]. No ato XII dessa "peça para ler", um dos personagens recomenda a um colega: "*Apercíbete, a la primera voz que oyeres, tomar calzas de Villadiego*" ("Trata de, assim que ouvires o primeiro grito, dar às de vila-diogo").

[17] Cavalo de D. Ruy Díaz de Vivar, dito El Cid Campeador, paladino castelhano, protagonista da gesta anônima *Cantar del mio Cid* (c. 1140).

parei nas mãos de um Quixo-.   [te]
Parelhas corri a frou-,   [xo]
mas à unha de cava-   [lo]
não se me escapou ceva-;   [da]
pois ganhei do Lazari-   [lho]
quando, pra furtar o vi-   [nho]
do cego, lhe dei a pa-.[18]   [lha]

ORLANDO FURIOSO[19]
A D. QUIXOTE DE LA MANCHA

SONETO

Se não és par,[20] tampouco algum hás tido,
e par puderas ser entre mil pares,
nem pode haver algum onde te achares,
invicto vencedor, jamais vencido.

---

[18] Referência à novela anônima *Vida de Lazarillo de Tormes y de sus fortunas y adversidades* (Burgos, 1554), modelo inaugural da narrativa picaresca. Cita o episódio em que Lázaro, o protagonista, bebe o vinho do copo de seu patrão utilizando uma palha como canudo, para que este, que é cego, não se dê conta do roubo.

[19] Personagem-título do *Orlando furioso* (Ferrara, 1516-32), de Ludovico Ariosto (1474-1533), obra que retoma Roland (Rolando ou Roldão) de Roncesvalles, paladino das gestas carolíngias e protagonista de *La chanson de Roland*.

[20] Joga-se com duas acepções de "par": a de vassalo eminente, como os Doze Pares de França eram do imperador Carlos Magno, e também a de semelhante, parelho.

Orlando sou, Quixote, que, perdido
por Angélica, vi remotos mares,
oferecendo à fama em seus altares
o meu valor, que não matou o olvido.

Não te posso igualar, e este decoro
se deve a tuas proezas e à tua fama,
posto que, como eu, perdeste o tino.

Mas tu a mim poderás, se o ufano mouro
e o cita derrotares,[21] pois nos chamam
aos dois iguais no amor com mau destino.

O Cavaleiro do Febo[22]
a D. Quixote de La Mancha

Soneto

Co'a vossa espada a minha não porfia,
Febo espanhol, curioso cortesão,
nem teu alto valor co'a minha mão,
que raio foi nos dois cabos do dia.

---

[21] Referência a dois cavaleiros sarracenos rivais de Orlando, o gigante Ferraù (Ferrabrás) e Sacripante, apresentado no poema como rei da Circássia, região incluída no grande território da Ásia centro-meridional que ainda na Idade Média era conhecido como Cítia.

[22] Herói do livro de cavalarias *Espejo de príncipes y caballeros* (Saragoça, 1555), de Diego Ortúñez de Calahorra, e de várias continuações.

Impérios desprezei e a monarquia
que me ofertou o Oriente rubro em vão,
por ver de perto o rosto altivo e são
de Claridiana, aurora bela minha.

Amei-a por milagre único e raro,
e ausente em sua desgraça o próprio inferno
temeu o braço que domou sua chama.

Mas vós, godo Quixote, ilustre e claro,
por Dulcineia sois no mundo eterno,
e ela por vós, famosa e sábia dama.

DE SOLISDÃO[23]
A D. QUIXOTE DE LA MANCHA

SONETO

Macar, senhor Quixote, que sandices
vos tenham o casquete arruinado,
jamais sereis por outro reprochado
qual homem de obras ruins ou imundices.

Serão vossas façanhas os juízes,
pois desfazendo o mal tendes andado
sendo infinitas vezes espancado
por ruins facinorosos infelizes.

---

[23] Personagem de identidade incerta; discute-se se seria um herói cavaleiresco não identificado, um nome inventado por Cervantes, um anagrama ou uma simples deformação de Solimão (Solimán), personagem do *Amadis*.

E quando a vossa linda Dulcineia
com seu menosprezar vos malhe e trote,
ou tenha a vossas coitas mau talante,

saber talvez sossegue a vossa veia
que Sancho não saiu bom alcaiote:
foi parvo, ela ruim, vós não amante.

DIÁLOGO ENTRE BABIECA E ROCINANTE

SONETO

B. Como estás, Rocinante, tão mirrado?
R. Porque nunca se come, e se trabalha.
B. Mas que é da cevada e da tua palha?
R. Não me deixa meu dono nem bocado.

B. Eia, senhor, que estais bem malcriado,
   pois vossa língua de asno o dono malha.
R. Asno já se é do berço até a mortalha.
   Quereis ver um? Olhai o enamorado.

B. É necedade amar?   R. Não é sabença.
B. Metafísico estais.   R. É que não como.
B. Queixai-vos do escudeiro.   R. Não é bastante.

Como hei de me queixar desta doença,
se amo e escudeiro, seu mordomo,
são tão rocins quanto este Rocinante?

PRIMEIRA PARTE[1]

---

[1] O *Quixote* de 1605, isto é, o volume intitulado *El ingenioso hidalgo...*, foi publicado dividido em quatro partes de extensão desigual. Intitulando-se a continuação de 1615 *Segunda parte del ingenioso caballero...*, sem as divisões internas, o conjunto anterior passou a ser conhecido como *Primera parte*, o que criou uma coincidência conflituosa com o título da sua primeira seção. Nas edições posteriores tentou-se resolver o problema, ora dividindo também o segundo livro em partes, ora suprimindo a divisão do primeiro. Optou-se aqui por preservar a divisão interna deste primeiro volume nas suas *partes* originais e, para evitar o conflito com a titulação dos dois *Quixotes*, chamar este de "Primeiro Livro".

Capítulo I

QUE TRATA DA CONDIÇÃO[2] E DO EXERCÍCIO
DO FAMOSO FIDALGO D. QUIXOTE DE LA MANCHA

Num lugarejo em La Mancha, cujo nome ora me escapa, não há muito que viveu um fidalgo desses de lança em armeiro, adarga antiga, rocim magro[3] e cão bom caçador. Uma olha com mais vaca que carneiro, salpicão nas mais noites, *duelos y quebrantos* aos sábados, lentilhas às sextas-feiras e algum pombinho por luxo aos domingos consumiam três quartos de sua renda.[4] O resto ia-se num saio de lustrilho e uns calções de veludo para os dias santos, com seus pantufos do mesmo, honrando-se nos da semana com sua mais fina burelina. Tinha ele em casa uma ama que pas-

---

[2] Refere-se tanto à posição social como ao temperamento do personagem. O termo será largamente utilizado na obra neste segundo sentido.

[3] Segundo registros da época, um "fidalgo de aldeia" que se prezasse devia ter "uma lança atrás da porta, um rocim no estábulo e uma adarga na câmara". A adarga, já em desuso em fins do século XVI, era um escudo leve, com a forma aproximada de um coração, feito de couro costurado.

[4] O cozidão chamado "olha" constituía o prato principal da dieta castelhana da época. Por ser a carne bovina menos apreciada que a de carneiro, uma boa olha devia conter mais da segunda. *Duelos y quebrantos* era certo prato que não rompia a abstinência de carnes, observada aos sábados. Provavelmente, uma espécie de mexido de ovos com toucinho, cujo nome, numa tradução literal, significa "lutos e mágoas". A citação do "luxuoso" pombinho sugere a posse de um pombal, direito tradicionalmente restrito a fidalgos e ordens religiosas.

sava dos quarenta e uma sobrinha que não chegava aos vinte, além de um moço de campo e esporas que tanto selava o rocim como empunhava a podadeira. Beirava o nosso fidalgo a casa dos cinquenta. Era de compleição rija, seco de carnes, enxuto de rosto, grande madrugador e amigo da caça. Há quem diga que tinha por sobrenome "Quijada", ou "Quesada",[5] não chegando a concordar os autores que sobre a matéria escreveram, ainda que de conjeturas verossímeis se possa tirar que se chamava "Quijana". Mas isso pouco importa ao nosso conto: basta que a narração dele não se desvie um só ponto da verdade.

Cumpre então saber que esse tal fidalgo, nas horas em que estava ocioso (que eram as mais do ano), se dava a ler livros de cavalarias com tanto empenho e gosto que esqueceu quase por completo o exercício da caça e até a administração da sua fazenda; e a tal ponto chegou sua curiosidade e seu desatino, que vendeu muitos alqueires de terra de semeadura para comprar livros de cavalarias que ler, e assim levou para casa tantos quantos do gênero pôde conseguir; e dentre todos nenhum lhe parecia tão bom como aqueles compostos pelo famoso Feliciano de Silva,[6] pois a clareza da sua prosa e aquelas intricadas razões suas lhe pareciam autênticas pérolas, e mais quando lia aquelas galantarias e cartas de desafios[7] onde não raro achava escrito: "A razão da des-

---

[5] Como substantivos comuns, os nomes significam "queixada" (mandíbula) e "queijada" (torta de queijo).

[6] Autor de uma *Segunda Celestina* (1534) e de várias continuações do *Amadis de Gaula* (*Lisuarte de Grecia*, 1514; *Amadis de Grecia*, 1530; *Florisel de Niquea*, 1532) citadas ao longo do *Quixote*.

[7] Também chamadas "cartéis", são as cartas em que os cavaleiros dispostos a travar combate expunham os motivos e as condições do duelo. Constituíam um gênero textual comum à realidade e à literatura.

razão que à minha razão se faz, de tal guisa a minha razão languesce que com razão me queixo da vossa fermosura". E também quando lia: "Os altos céus que da vossa divindade com as estrelas divinamente fortificam-vos e fazem-vos merecedora do merecimento que a vossa grandeza merece...". Nessas razões perdia o juízo o pobre cavaleiro, desvelando-se por entendê-las e desentranhar-lhes o sentido, sem atinar que nem o mesmíssimo Aristóteles o extrairia nem as entenderia se ressuscitasse só para isso.

O que o não chegava a convencer eram os ferimentos que D. Belianis dava e recebia, pois imaginava que, por melhores que fossem os cirurgiões que o curavam, não deixaria de ter ele o rosto e o corpo inteiros cobertos de cicatrizes e sinais. Mas, com tudo isso, apreciava em seu autor aquele terminar o livro com a promessa daquela interminável aventura, e muitas vezes foi assaltado pelo desejo de tomar da pena e cumprir ao pé da letra o que ali se oferece;[8] e sem dúvida alguma assim teria feito e conseguido seu propósito se outros maiores e constantes pensamentos o não tivessem estorvado. Travou muitos debates com o padre do lugar (que era homem douto, graduado em Sigüenza[9]) sobre quem teria sido melhor cavaleiro: se Palmeirim de Inglaterra[10] ou Amadis

---

[8] No final do *Belianís*, afirma-se que o sábio Fristão (Fristón), autor fictício da obra, perdeu os originais que traziam a continuação da história. Jerónimo Fernández termina o livro dando licença a quem se habilitar a compor a sua segunda parte.

[9] Referência à universidade de Sigüenza, cidade próxima de Alcalá de Henares. Por ser uma instituição das chamadas *menores*, os graus por ela concedidos não gozavam de muito prestígio.

[10] Personagem-título de uma novela de cavalarias portuguesa cuja única tradução ao castelhano alcançou grande popularidade na Espanha quinhentista (ver cap. VI, nota 17).

de Gaula; mas mestre[11] Nicolás, barbeiro da mesma povoação, dizia que nenhum dos dois chegava aos pés do Cavaleiro do Febo e que, se algum se lhe podia comparar, era D. Galaor, irmão de Amadis de Gaula, por ter boa condição para tudo, não sendo cavaleiro tão melindroso nem choramingas como o irmão, e em valentia tampouco lhe ficava atrás.

Enfim, tanto ele se engolfou em sua leitura, que lendo passava as noites de claro em claro e os dias de sombra a sombra; e assim, do pouco dormir e muito ler se lhe secaram os miolos, de modo que veio a perder o juízo. Encheu-se-lhe a fantasia de tudo aquilo que lia nos livros, tanto de encantamentos como de contendas, batalhas, desafios, ferimentos, galantarias, amores, borrascas e disparates impossíveis; e se lhe assentou de tal maneira na imaginação que era verdade toda aquela máquina daquelas soadas sonhadas invenções que lia, que para ele não havia no mundo história mais certa. Dizia que El Cid Ruy Díaz fora muito bom cavaleiro, mas que não se comparava ao Cavaleiro da Ardente Espada,[12] que de um só revés partira ao meio dois feros e descomunais gigantes. E mais prezava a Bernardo del Carpio, pois em Roncesvalles dera morte a Roldão, o Encantado,[13] valen-

---

[11] Ou *maese*, tratamento dado aos cirurgiões e aos barbeiros habilitados a praticar pequenas intervenções, como as populares sangrias.

[12] Epíteto do personagem-título de *Amadis de Grecia*, de Feliciano de Silva, assim chamado por ter estampada no peito da armadura uma espada cor de fogo.

[13] Bernardo del Carpio é um herói semilendário da independência de Castela, protagonista de uma parte importante do romanceiro velho espanhol. Entre suas muitas e grandes proezas consta a vitória sobre o cavaleiro Roldão (Roland, Roldán ou Orlando) em Roncesvalles, relatada no poema épico *Segunda parte de Orlando, con el verdadero suceso de la famosa batalla de Roncesvalles* (1555), de Nicolás Espinosa. *Roldán el encantado* é o epíteto com que o paladino

do-se da indústria de Hércules em sufocar Anteu, o filho da Terra, entre seus braços.[14] Dizia muito bem do gigante Morgante, porque ainda sendo daquela geração gigântea, em que são todos soberbos e descomedidos, era ele o único afável e bem-criado.[15] Mas seu maior apreço era por Reinaldo de Montalvão,[16] sobretudo quando o via deixar o seu castelo e roubar todos aqueles que topava, e quando além-mar roubou aquele ídolo de Maomé que era todo em ouro, segundo conta sua história. Por deitar uma boa mão de pontapés naquele traidor do Ganelão,[17] daria ele a ama que tinha em casa, e ainda acresceria a paga com a sobrinha.

Então, já rematado seu juízo, veio a dar com o mais estranho pensamento com que jamais deu algum louco neste mundo, e foi que lhe pareceu conveniente e necessário, tanto para o aumento de sua honra como para o serviço de sua república,[18] fa-

---

franco é por vezes nomeado no romanceiro espanhol, embora apareça mais frequentemente como *Roldán el esforzado*.

[14] Artimanha com que Hércules matou o gigante Anteu, agarrando-o entre os braços e suspendendo-o para que não recuperasse suas forças em contato com a Terra, sua mãe. Recurso similar teria sido usado por Bernardo del Carpio para matar Roldão.

[15] Protagonista do poema narrativo *Morgante maggiore* (c. 1465), de Luigi Pulci (1432-1484). Morgante é um dos três gigantes que Roldão enfrenta, mas lhe poupa a vida e o converte ao cristianismo, tornando-se daí em diante dois companheiros inseparáveis.

[16] Ou Renaud de Montauban, um dos Doze Pares de França, companheiro de armas de Roldão e seu rival em amores. No *Espejo de caballerías* (ver cap. VI, nota 9), narram-se suas aventuras além-mar e sua inclinação a "roubar os pagãos da Espanha".

[17] Ou Ganelon, padrasto de Roldão que, na *Canção*, traiu seus companheiros e desencadeou a derrota dos francos em Roncesvalles.

[18] Aqui e em todo o livro, no sentido de "corpo político de cidadãos".

zer-se cavaleiro andante e sair pelo mundo com suas armas e seu cavalo em busca de aventuras e do exercício em tudo aquilo que lera que os cavaleiros andantes se exercitavam, desfazendo todo gênero de agravos e pondo-se em transes e perigos que, vencidos, lhe rendessem eterno nome e fama. Imaginava-se o pobre homem já coroado pelo valor do seu braço, quando menos do império de Trebizonda; e assim, com tais e tão gratos pensamentos, movido pelo estranho prazer que deles tirava, se deu pressa em pôr em efeito aquilo que desejava. E a primeira coisa que fez foi limpar uma armadura dos bisavós que, coberta de ferrugem e azinhavre, longos séculos havia que estava posta e esquecida a um canto. Tratou de limpá-la e amanhá-la o melhor que pôde; mas viu que apresentava uma grande falha, que era não ter celada de encaixe, mas um morrião espanhol;[19] problema que logo resolveu a sua indústria, pois com papéis gomados fez ele uma sorte de viseira que, encaixada no morrião, lhe dava a aparência de uma celada completa. É verdade que, para comprovar se era forte e podia resistir a uma cutilada, sacou da sua espada e lhe deu dois golpes, desfazendo com o primeiro e num ápice o que levara uma semana em fazer. Não deixou de o preocupar a facilidade com que a despedaçara e, para se guardar desse perigo, a refez com umas barras de ferro por dentro, de tal maneira que ficou satisfeito da sua fortaleza, e não querendo pô-la à prova outra vez, a reputou e teve por finíssima celada de encaixe.

---

[19] Celada: capacete semiesférico típico da armadura dos cavaleiros. Era "de encaixe" quando se acoplava diretamente à couraça, sem necessidade de uma peça intermediária, o gorjal. Morrião: capacete alongado, próprio dos arcabuzeiros, sem proteção para a face nem para a nuca. O morrião espanhol tem apenas uma aba estreita, sem nenhum adorno.

Logo foi ver o seu rocim e, bem que tivesse mais quartos que um real[20] e mais tachas que o cavalo de Gonela, que *"tantum pellis et ossa fuit"*,[21] pareceu-lhe que nem o Bucéfalo de Alexandre, nem Babieca, o de El Cid, a ele se igualavam. Quatro dias levou a imaginar que nome lhe daria; pois (segundo o que ele mesmo se dizia) não era razão que o cavalo de um cavaleiro tão famoso, e de per si tão bom, andasse sem nome conhecido; e assim procurava algum que declarasse tanto quem tinha sido antes de ser de um cavaleiro andante como o que era agora; pois estava convencido de que, mudando de estado o amo, mudasse ele também de nome, recebendo algum de fama e estrondo, como convinha à nova ordem e ao novo exercício que ele já professava; e assim, depois dos muitos nomes que formou, apagou e riscou, acrescentou, desfez e tornou a fazer em sua memória e imaginação, veio por fim a chamá-lo "Rocinante", nome, a seu parecer, alto, sonoro e significativo do que havia sido quando rocim, antes do que era agora, o anteprimeiro de quantos rocins há no mundo.

Tendo dado nome, e um tão do seu agrado, ao seu cavalo, quis dar-se um a si mesmo, e nesse pensamento passou mais oito dias, ao cabo dos quais veio a se chamar "D. Quixote";[22] donde,

---

[20] Falhas nos cascos das cavalgaduras, mas também moedas de baixo valor, equivalentes a 4 maravedis. Como o real de prata valia 34 maravedis, um real podia ser trocado por pouco mais de 8 *cuartos*.

[21] "Era pura pele e ossos", fórmula encontrada em Plauto (*Aulularia*, III, VI, 564), retomada no epigrama de Merlin Cocai (Teofilo Folengo, 1491-1544), para referir-se ao cavalo de Gonela, um bufão da corte de Ferrara.

[22] O tratamento de *don*, comuníssimo nos livros de cavalarias, era na vida civil um direito exclusivo de cavaleiros e grandes, portanto vedado aos fidalgos. O *quijote* era a peça da armadura que protegia a coxa (em português, "coxote").

como já foi dito, os autores desta tão verdadeira história tiraram que sem dúvida houvera de se chamar "Quijada", e não "Quesada", como outros quiseram dizer. Mas ele então se lembrou que o valoroso Amadis não se contentara em chamar-se "Amadis", sem mais, tendo ajuntado o nome do seu reino e pátria, para sua maior fama, chamando-se "Amadis de Gaula", e assim quis ele, como bom cavaleiro, ajuntar ao seu próprio o nome da sua e se chamar "D. Quixote de La Mancha", com o qual a seu parecer declarava bem vivamente a sua linhagem e pátria, e a honrava tomando-a por epíteto.

Tendo então limpado sua armadura, feito do morrião celada, batizado o seu rocim e crismado a si mesmo, deu-se a entender que nada mais lhe faltava senão buscar uma dama da qual se enamorar, pois um cavaleiro andante sem amores era árvore sem folhas e sem fruto e corpo sem alma. Dizia ele para si:

— Se eu, por mal dos meus pecados, ou por minha boa estrela, topar por aí com algum gigante (como de ordinário acontece aos cavaleiros andantes) e o derribar de um encontro, ou partir-lhe o corpo ao meio, ou, finalmente, o vencer e render, não seria bem ter a quem o enviar em presente? E que este entrasse e caísse de joelhos aos pés da minha doce senhora, e dissesse com voz humilde e rendido: "Eu, senhora, sou o gigante Caraculiambro, senhor da ínsula Malindrânia,[23] vencido em singular batalha[24] pelo nunca bastantemente elogiado cavaleiro D. Quixote de

---

A terminação do nome evoca, por um lado, o herói do ciclo arturiano Lancelote (Lançarote) e, por outro, tem uma forte marca burlesca.

[23] Não ilha, retomando o arcaísmo próprio dos livros de cavalarias.

[24] Confronto entre apenas dois cavaleiros, no sentido em que o adjetivo era usado no contexto dos combates e torneios cavaleirescos.

La Mancha, o qual mandou-me apresentar ante vossa mercê, para que a vossa grandeza disponha de mim ao seu talante"?

Oh, quanto se regozijou o nosso bom cavaleiro ao fazer semelhante discurso, e mais quando achou a quem nomear sua dama! E aconteceu, ou assim se acredita, que num lugarejo próximo do seu havia uma moça lavradora de muito bom parecer, de quem ele andara enamorado algum tempo (ainda que, segundo se entende, ela nunca o tivesse sabido nem suspeitado). Chamava-se Aldonza Lorenzo, e a ela houve ele por bem dar o título de senhora dos seus pensamentos; e procurando-lhe um nome que não destoasse muito do seu e que soasse e tendesse ao de princesa e grande senhora, veio a chamá-la "Dulcineia d'El Toboso"[25] por ser ela natural de El Toboso: nome, a seu parecer, músico, peregrino e significativo, como todos os outros que a si e às suas coisas tinha dado.

---

[25] Como o nome da rústica Aldonza era proverbialmente vulgar na época ("*A falta de moza, buena es Aldonza*", dizia um ditado), D. Quixote a rebatiza como Dulcinea, acolhendo a associação tradicional entre Aldonza e Dulce. A terminação evoca nomes de heroínas literárias de grande prestígio, como Melibeia e Claricleia.

Capítulo II

QUE TRATA DA PRIMEIRA SAÍDA
QUE DE SUA TERRA FEZ O ENGENHOSO D. QUIXOTE

Feitas pois tais prevenções, não quis ele aguardar mais tempo para pôr em efeito o seu pensamento, apertado pela falta que pensava fazer no mundo a sua tardança, tais eram os agravos que pensava desfazer, os tortos que endireitar, as sem-razões que emendar, e os abusos que corrigir, e as dívidas que saldar. E assim, sem dar parte da sua intenção a pessoa alguma e sem que ninguém o visse, uma manhã, antes do dia, que era um dos mais quentes do mês de julho, armou-se de todas as suas armas, montou sobre Rocinante, posta a sua malcomposta celada, embraçou a sua adarga, tomou a sua lança e pela porta falsa dos fundos de um quintal saiu para o campo, com grandíssimo contento e alvoroço de ver com quanta facilidade dava princípio ao seu bom desejo. Mas apenas se viu no campo, quando foi assaltado por um terrível pensamento, e foi tal que por pouco o não fez deixar a começada empresa; e foi que lhe veio à memória que ainda não era armado cavaleiro e que, conforme a lei da cavalaria, não podia nem devia terçar armas com nenhum cavaleiro e, ainda que o fora, houvera de portar armas brancas,[1] como cavaleiro novel, sem emblema no escudo, até que por seu esforço o ganhasse. Tais pensamentos o fizeram vacilar no seu propósito; mas podendo

---

[1] Armadura sem emblema, pintado só depois que o cavaleiro provava ser merecedor dele mediante alguma proeza.

mais a sua loucura que outra razão alguma, propôs de se fazer armar cavaleiro pelo primeiro que topasse, à imitação de outros muitos que assim fizeram, segundo lera nos livros que assim o deixaram. Quanto às armas brancas, pensava, em havendo ocasião, em limpar as suas de tal maneira que o seriam mais do que um arminho; e com isto sossegou e prosseguiu o seu caminho, sem tomar outro que o que o seu cavalo queria, pensando nisso consistir a força das aventuras.

Então, caminhando o nosso reluzente aventureiro, ia falando consigo mesmo e dizendo:

— Quem duvida que nos vindouros tempos, quando vier a lume a verdadeira história dos meus famosos feitos, o sábio que os escrever não há de pôr, à hora de contar esta minha primeira saída tão de manhã, desta maneira?: "Mal havia o rubicundo Apolo espraiado pela face da larga e espaçosa terra os dourados fios dos seus formosos cabelos, e mal os pequenos e pintados passarinhos com suas farpadas e harpeantes línguas haviam saudado com doce e melíflua harmonia a chegada da rósea aurora, que, deixando a branda cama do ciumento marido, pelas portas e balcões do manchego horizonte aos mortais se mostrava, quando o famoso cavaleiro D. Quixote de La Mancha, deixando as ociosas penas, montou sobre seu famoso cavalo Rocinante e começou a caminhar pelo antigo e conhecido Campo de Montiel". — E era verdade que por ele caminhava. E acrescentou, dizendo: — Ditosa idade e século ditoso aquele a cuja luz saírem as famosas façanhas minhas, dignas de se gravarem em bronzes, esculpirem em mármores e pintarem em tábuas, para a memória do futuro. Oh tu, sábio encantador, quem quer que sejas, a quem caberá ser cronista desta peregrina história! Rogo-te que não te esqueças do meu bom Rocinante, companheiro meu eterno em todos meus caminhos e carreiras.

Depois voltava à carga dizendo, como se estivesse realmente enamorado:

— Oh, princesa Dulcineia, senhora deste cativo coração! Grande agravo haveis-me feito em despedir-me e reprochar-me com o rigoroso aferro de mandar-me não aparecer ante a vossa fermosura. Praza a vós, senhora minha, memorar este vosso sujeito coração, que tantas coitas pelo vosso amor padece.

Com estes ia engranzando outros disparates, todos à maneira daqueles que seus livros lhe haviam ensinado, imitando a sua linguagem o quanto podia. Com isto caminhava tão devagar, e o sol subia tão depressa e com tanto ardor, que teria bastado para derreter-lhe os miolos (se algum tivesse).

Aquele dia quase inteiro caminhou sem que lhe acontecesse coisa alguma digna de conto, do qual se desesperava, pois quisera logo topar com quem pôr à prova o valor do seu forte braço. Autores há que dizem ter sido sua primeira aventura a de Puerto Lápice; outros, que a dos moinhos de vento; mas o que eu pude averiguar neste caso, e o que achei escrito nos anais de La Mancha, é que ele andou todo aquele dia, e ao anoitecer, seu rocim e ele se acharam cansados e mortos de fome, e que olhando por toda a parte, por ver se divisava algum castelo ou alguma malhada de pastores aonde se recolher e onde pudesse remediar sua muita fome e necessidade, avistou, não longe do caminho que seguia, uma estalagem, e foi como se avistasse uma estrela que, não aos portais, mas aos alcáceres da sua redenção o encaminhasse. Apressou o passo e chegou a ela ao tempo em que anoitecia.

Estavam por acaso à porta duas mulheres moças, dessas que chamam da vida, as quais iam a Sevilha com uns arreeiros que na estalagem aquela noite haviam acertado de pousar; e como ao nosso aventureiro tudo quanto pensava, via ou imaginava parecia ser feito e acontecer ao jeito do que tinha lido, tão logo viu a estalagem, se lhe afigurou ser um castelo com suas quatro torres e coruchéus de reluzente prata, sem faltar a ponte levadiça sobre um fundo fosso, e todos aqueles adereços com que semelhantes castelos se pintam. Foi-se achegando à estalagem que lhe parecia castelo, e a breve distância dela colheu as rédeas de Rocinante, esperando que algum anão surgisse entre as ameias para com alguma trombeta dar sinal de que chegara cavaleiro ao castelo. Mas ao ver que demoravam e que Rocinante se dava pressa por chegar à cavalariça, se achegou à porta da estalagem e viu as duas moças que ali estavam à toa, que a ele pareceram duas formosas donzelas ou duas graciosas damas que aos portões do castelo estavam a folgar. Nisto calhou de um porcariço que estava num restolhal recolhendo uma manada de porcos (sem perdão assim chamados) tocar um corno, a cujo sinal eles se recolhem, e no mesmo instante se afigurou a D. Quixote aquilo que desejava, que era que algum anão dava sinal da sua chegada; e assim, com estranho contentamento se achegou à estalagem e às damas, as quais, ao ver um homem daquele jeito armado, e com lança e adarga, cheias de medo foram entrando; mas D. Quixote, coligindo da sua fuga o seu medo, levantando a viseira de papelão e descobrindo o seu seco e poeirento rosto, com gentis maneiras e voz mansa lhes disse:

— Non fuxan as vossas mercês, nem temam desaguisado algum, ca à ordem de cavalaria que professo non toca nem tange fazê-lo a nenguém, quanto mais a tão subidas donçelas como as vossas presenças demonstram.

As moças o olhavam buscando seu rosto, que a má viseira lhe encobria; mas ao ouvir que as chamava donzelas, coisa tão alheia à sua profissão, não puderam conter o riso, e foi tanto que D. Quixote enfim se viu ofendido e lhes disse:

— Bem parece a mesura na fermosas, sendo outrossi por

demais sandio o riso que de leve causa procede; mas não vo-lo digo para vos coitardes nem mostrardes mau talante, que o meu não é al que o de servir-vos.

A linguagem, não entendida pelas senhoras, e a má presença do nosso cavaleiro acrescentava nelas o riso, e nele a ira, e muito além teria chegado se nesse instante não saísse o estalajadeiro, homem que, por ser muito gordo, era muito pacífico, o qual, vendo aquela figura malconformada, armada de armas tão desiguais como eram arreios de bridão, lança, adarga e corselete,[2] esteve a ponto de acompanhar as donzelas nas mostras do seu contento. Mas, temendo a máquina de tantos petrechos, determinou de lhe falar comedidamente, e assim lhe disse:

— Se vossa mercê, senhor cavaleiro, busca pousada, que não leito (porque nesta estalagem não há nenhum), tudo o mais encontrará nela em muita abundância.

Vendo D. Quixote a humildade do alcaide da fortaleza, que tal lhe pareceram o estalajadeiro e a estalagem, respondeu:

— Para mim, senhor castelão, qualquer coisa basta, pois "meus arreios são as armas, meu descanso o pelejar"[3] etc.

Pensou o hospedeiro que o chamara castelão por tê-lo tomado por um são de Castela, bem que ele fosse andaluz,[4] e dos da

---

[2] As armas e petrechos correspondem a duas maneiras diferentes de montar: bridão e lança, próprios da montaria "à brida", para o combate em justas ou na cavalaria pesada; adarga e corselete, da ligeira montaria "à gineta".

[3] "*Mis arreos son las armas, — mi descanso el peleare*" são versos do romance velho "Moriana y Galván", recolhido em antologias desde meados do século XVI. A resposta do estalajadeiro retoma a sequência da estrofe: "*mi cama, las duras peñas, — mi dormir siempre velare*".

[4] Trocadilho com a expressão "*sano de Castilla*", que significava, por um lado, "homem honrado, sem malícia (contrastando os castelhanos aos andaluzes,

Playa de Sanlúcar:[5] não menos ladrão que Caco nem menos malicioso que estudadíssimo pajem. E assim lhe respondeu:

— Então, as camas de vossa mercê serão duras penhas, e o seu dormir, sempre velar; e assim sendo, já bem se pode apear, com a certeza de achar nesta choça ocasião e ocasiões para não dormir num ano inteiro, quanto mais numa noite.

Dizendo isto, foi segurar o estribo a D. Quixote, que apeou com muita dificuldade e trabalho, como quem em todo o dia não quebrara o seu jejum.

Disse em seguida ao hospedeiro que cuidasse muito bem do seu cavalo, pois era a melhor peça a pastar sobre o mundo. Olhou-o o estalajadeiro, mas não lhe pareceu tão bom como D. Quixote dizia, nem sequer a metade; e depois de o recolher à cavalariça, voltou para ver o que mandava seu hóspede, que ia sendo desarmado pelas donzelas, já com ele reconciliadas; as quais, bem que lhe tinham tirado o peito e as costas do corselete, não souberam nem puderam desencaixar a gorjeira nem tirar a malposta celada, atada como estava com umas fitas verdes, que era preciso cortar, por ser impossível desfazer os nós; mas ele o não quis consentir de nenhuma maneira, e assim passou toda aquela noite com a celada posta, fazendo a mais cômica e estranha figura que se possa pensar; e ao ser desarmado (como ele imaginava que aquelas perdidas e procuradas que o desarmavam eram um par de principais senhoras e damas daquele castelo) declamou com grande donaire:

---

que tinham a fama contrária) e, por outro, na gíria picaresca, "ladrão dissimulado". Na língua-fonte, o jogo se completa com a ambivalência da palavra *castellano*, que designa tanto o alcaide do castelo como o natural de Castela.

[5] Praia no golfo de Cádis que, no tempo de Cervantes, era polo de reunião de pícaros e fugitivos da justiça.

— Nunca fora um cavaleiro
de damas tão bem servido
como fora D. Quixote
quando da sua aldeia vindo:
donzelas curavam dele;
princesas, do seu rocim,[6]

ou Rocinante, que este é o nome, senhoras minhas, do meu cavalo, e D. Quixote de La Mancha o meu; e posto que eu não me quisesse revelar antes que as façanhas feitas em vosso serviço e prol me revelassem, a força de acomodar à presente ocasião este romance velho de Lançarote foi a causa de conhecerdes o meu nome antes de toda sazão; mas tempo virá em que as vossas senhorias hão de mandar e eu obedecer, e o valor do meu braço revelará o desejo que tenho de servir-vos.

As moças, que não eram afeitas a ouvir semelhantes retóricas, não responderam palavra; só lhe perguntaram se queria comer alguma coisa.

— Qualquer uma eu manducaria — respondeu D. Quixote —, pois entendo que me seria de grande proveito.

Calhou de aquele dia ser sexta-feira, e não havia em toda a estalagem nada além de umas rações de um peixe que em Castela chamam abadejo, e na Andaluzia bacalhau, e noutras partes *curadillo*, e noutras ainda *truchuela*.[7] Perguntaram-lhe se porventura

---

[6] Adaptação dos versos iniciais do romance "Lanzarote y el orgulloso": "*Nunca fuera caballero — de damas tan bien servido/ como fuera Lanzarote — cuando de Bretaña vino:/ que dueñas curaban dél — princesas del su rocino*".

[7] O nome *truchuela*, genérico para peixe seco e salgado, é interpretado erroneamente por D. Quixote como diminutivo de *trucha* (truta). Por outro lado,

comeria ele *truchuelas*, pois não havia outro peixe que dar-lhe de comer.

— Como haja muitas *truchuelas* — respondeu D. Quixote —, poderão servir como truta, e a mim tanto se me dá receber oito reais em moeda miúda ou numa peça de oito. Ainda mais que poderia ser que fossem as tais *truchuelas* como a vitela, que é melhor que a vaca, como o cabrito é melhor que o cabrão.[8] Mas, seja como for, que venha logo, pois o trabalho e o peso das armas não se podem levar sem o governo das tripas.

Puseram-lhe a mesa à porta da estalagem, para que tomasse a fresca, trazendo-lhe o hospedeiro uma porção de um mal demolhado e pior cozido bacalhau e um pão tão preto e sujo quanto a armadura do hóspede; e era matéria de grande riso vê-lo comer, porque, como estava com a celada posta e segurando a viseira, não podia usar as mãos e levar nada à boca se outro não lha desse e levasse, e uma daquelas senhoras o servia nesse mister. Mas dar-lhe de beber desse modo era impossível, e continuaria a sê-lo se o estalajadeiro não furasse um caniço e, pondo-lhe uma ponta na boca, pela outra fosse vertendo o vinho; e tudo isto ele aceitava com paciência, a troco de que não lhe cortassem as fitas da celada.

Estando nisso calhou de chegar à estalagem um castrador de porcos, e assim como chegou tocou a sua gaita de caniços quatro ou cinco vezes, donde acabou de confirmar D. Quixote que estava nalgum famoso castelo e que o serviam com música e que

---

tanto *abadejo* como *trucha* são designações de prostitutas: velha e barata a primeira, cara e jovem a segunda.

[8] Já na época o superlativo de "cabro" comportava, em ambas as línguas, a acepção injuriosa de "cornudo".

o bacalhau eram trutas, o pão de trigo candial, e as rameiras damas e o estalajadeiro castelão, e por tudo isto dava por bem proveitosa sua determinação e saída. Mas o que mais o desgostava era não se ver armado cavaleiro, por cuidar que não se poderia pôr legitimamente em aventura alguma sem antes receber a ordem da cavalaria.

Capítulo III

ONDE SE CONTA A CURIOSA MANEIRA COMO D. QUIXOTE FOI ARMADO CAVALEIRO

E assim desgostoso desse pensamento, abreviou seu peregrino e limitado jantar, acabado o qual chamou o estalajadeiro e, fechando-se com ele na cavalariça, se ajoelhou a seus pés, dizendo-lhe:

— Jamais me levantarei donde estou, valoroso cavaleiro, enquanto a vossa cortesia não me outorgar um dom que pedir-lhe quero, o qual redundará em louvor vosso e prol do gênero humano.

O estalajadeiro, vendo seu hóspede a seus pés e ouvindo semelhantes razões, o olhava confuso, sem saber o que fazer nem dizer, e forcejava com ele para que se levantasse, o que não quis de modo algum, até que teve de dizer que ele lhe outorgava o dom que lhe pedia.

— Não esperava menos da grande magnificência vossa, senhor meu — respondeu D. Quixote —, e assim vos digo que o dom que vos pedi e por vossa liberalidade foi-me outorgado é que amanhã sem tardança me armeis cavaleiro, e esta noite na capela deste vosso castelo velarei as armas, e amanhã, como tenho dito, cumprir-se-á o que tanto desejo, para poder como se deve ir por tôdalas quatro partes do mundo em busca de aventuras, em prol dos necessitados, como é cargo da cavalaria e dos cavaleiros andantes, como eu sou, cujo desejo a semelhantes façanhas é inclinado.

O estalajadeiro, que, como já foi dito, era um pouco chocarreiro e tinha já as suas suspeitas da falta de juízo do seu hóspede, acabou de confirmá-las quando acabou de ouvir dele semelhantes razões e, para ter do que rir naquela noite, determinou de lhe seguir o humor; e assim lhe disse ser muito acertado o seu desejo e pedido e que tal propósito era próprio e natural dos cavaleiros tão principais como ele parecia e a sua galharda presença mostrava; e que ele também, nos anos da sua mocidade, se dera àquele honroso exercício, andando por diversas partes do mundo em busca das suas aventuras, incluindo Percheles de Málaga, Islas de Riarán, Compás de Sevilha, Azoguejo de Segóvia, Olivera de Valência, Rondilla de Granada, Playa de Sanlúcar, Potro de Córdova e Ventillas de Toledo[1] e outras várias partes onde exercitara a ligeireza dos pés e a sutileza das mãos, fazendo muitos tortos, requestando muitas viúvas, desfazendo algumas donzelas e enganando alguns pupilos e, finalmente, dando-se a conhecer por quantas audiências e tribunais há em quase toda a Espanha; e que, por fim, se recolhera àquele seu castelo, onde vivia com sua fazenda e as alheias, acolhendo nele todos os cavaleiros andantes, da qualidade e condição que fossem, só pelo muito apreço que lhes tinha, e para que repartissem com ele seus haveres em paga do seu bom desejo.

Disse-lhe também que naquele seu castelo não havia capela alguma onde velar as armas, porque fora derrubada para ser feita de novo, mas ele sabia que em caso de necessidade podiam ser veladas onde quer que fosse, e que naquela noite as poderia velar num pátio do castelo, que de manhã, sendo Deus servido, fariam as devidas cerimônias de maneira que ele ficasse armado cavaleiro, e tão cavaleiro como nenhum outro no mundo poderia ser.

Perguntou-lhe se trazia dinheiro; respondeu D. Quixote que

---

[1] Bairros de má fama na Espanha do final do século XVI.

não trazia nem uma *blanca*,[2] porque ele nunca havia lido nas histórias dos cavaleiros andantes que algum o levasse. Ao que o estalajadeiro respondeu que se enganava, pois, ainda que nas histórias isso não se escrevesse, por terem entendido os autores delas que não era preciso escrever coisa tão clara e tão necessária de levar como eram dinheiro e camisas limpas, nem por isso se devia de pensar que os não levassem; e assim tivesse ele como certo e averiguado que todos os cavaleiros andantes, dos quais tantos livros estão cheios e abarrotados, levavam bem forradas as bolsas para o que lhes pudesse acontecer, e que também levavam camisas e uma pequena arqueta cheia de unguentos para curar as feridas que recebiam, porque nem sempre nos campos e desertos onde combatiam e eram feridos havia quem os curasse, isso quando não tinham por amigo algum sábio encantador para logo os socorrer, trazendo pelo ar nalguma nuvem alguma donzela ou anão com alguma redoma de água de tal virtude que, em provando dela uma gota, logo saravam das suas chagas e feridas, como se mal algum tivessem sofrido; mas que, caso isto não houvesse, tiveram os passados cavaleiros por coisa atinada que seus escudeiros fossem providos de dinheiro e de outras coisas necessárias, como eram chumaços e unguentos para se curarem; e quando acontecia não terem escudeiro os tais cavaleiros (que eram poucas e raras vezes), eles mesmos levavam tudo dentro de uns alforjes muito sutis, que quase não se notavam às ancas do cavalo, como coisa da maior importância, porque, não sendo por semelhante causa, o levar alforjes não era coisa muito bem-vista entre os cavaleiros andantes; e por isso lhe dava por conselho, o qual já lhe podia ditar como a seu afilhado, pois bem logo o ha-

---

[2] Moeda de cobre de baixo valor, equivalente a meio maravedi.

veria de ser, que em diante nunca andasse sem dinheiro e sem as referidas prevenções, e veria quanto proveito delas tiraria quando menos o esperasse.

Prometeu-lhe D. Quixote fazer o que se lhe aconselhava, com toda a pontualidade; e assim logo se deu ordem de que velasse as armas num grande pátio que havia junto à estalagem, e recolhendo-as todas D. Quixote, colocou-as sobre uma pia junto a um poço. E embraçando a sua adarga, agarrou da sua lança e com gentil compostura começou a rondar a pia; e quando começou a ronda, começava a cair a noite.

Contou o estalajadeiro a todos na estalagem a loucura do seu hóspede, o velamento das armas e a armação de cavalaria que esperava. Admiraram-se de tão estranho gênero de loucura e o foram olhar de longe, e viram que, com sossegado jeito, ora rondava, ora, escorado em sua lança, fitava os olhos nas armas, sem delas os afastar por um bom espaço. Acabou de cair a noite, mas era tanta a claridade da lua que podia competir com aquele que lha emprestava, de tal maneira que tudo quanto o novel cavaleiro fazia era bem visto por todos. Resolveu então um dos arreeiros que estavam na estalagem ir dar água a sua récua, tendo de retirar as armas de D. Quixote que estavam sobre a pia; este, ao vê-lo chegar, a altas vozes lhe disse:

— Oh tu, quem quer que sejas, atrevido cavaleiro, que ousas tocar as armas do mais valoroso andante que jamais tomou espada! Cuida no que fazes, e não as toques, se não queres deixar a vida em paga do teu atrevimento.

Não curou o arreeiro dessas razões (e melhor fora que se tivesse curado, pois seria curar-se em saúde), mas, agarrando-a das correias, atirou a armadura longe de si. Vendo isto D. Quixote, ergueu os olhos ao céu, e posto o pensamento — ao que pareceu — em sua senhora Dulcineia, disse:

— Acorrei-me, senhora minha, nesta primeira desafronta que a este vosso avassalado peito se oferece; que não me falte neste primeiro transe o vosso favor e amparo.

E dizendo estas e outras semelhantes razões, soltando a adarga, ergueu a lança com as duas mãos e deu com ela tão grande golpe na cabeça do arreeiro que o derrubou no chão, tão estropiado que, se o secundasse com outro, nem teria necessidade de cirurgião para o curar. Isto feito, recolheu suas armas e tornou a rondar com a mesma calma que dantes. Pouco depois, sem saber o que se passara (porque ainda estava atordoado o arreeiro), veio outro com a mesma intenção de dar água aos seus mulos, e ousando tirar as armas para desembaraçar a pia, sem dizer D. Quixote palavra nem pedir o favor de ninguém, soltou outra vez a adarga e ergueu outra vez a lança, e, sem a terçar nem quebrar, em mais de três quebrou a cabeça do segundo arreeiro, pois a partiu em quatro. Ao ruído acorreu toda a gente da estalagem, e entre eles o estalajadeiro. Vendo isto D. Quixote, embraçou sua adarga e, posta a mão em sua espada, disse:

— Oh, senhora da fermosura, esforço e vigor do debilitado coração meu! Ora é tempo de volveres os olhos da tua grandeza a este teu cativo cavaleiro, que tamanha aventura está atendendo.

Com isto cobrou a seu parecer tanto ânimo que, se o acometessem todos os arreeiros do mundo, nem assim arredaria pé. Os companheiros dos feridos, ao vê-los assim, começaram de longe a chover pedras sobre D. Quixote, que se reparava atrás da sua adarga o melhor que podia e não ousava se afastar da pia, para não desamparar as armas. O estalajadeiro dava vozes que o deixassem, pois já lhes dissera como era louco, e que por louco se livraria, ainda que matando a todos. Também D. Quixote as dava, e maiores, chamando-os aleivosos e traidores, e que o senhor do castelo era um velhaco e malnascido cavaleiro, pois consentia que semelhante trato se desse aos andantes cavaleiros; e que, se ele já tivesse recebido a ordem de cavalaria, boa lição lhe daria por sua aleivosia:

— Mas de vós outros, soez e baixa canalha, não faço caso algum: atirai, chegai, vinde e ofendei-me o quanto puderdes, que logo vereis a paga que recebereis pela vossa sandice e demasia.

Dizia isto com tanto brio e denodo que infundiu um terrível temor naqueles que o atacavam; e assim por isto como pelas persuasões do estalajadeiro, pararam de o apedrejar, e ele deixou retirar os feridos e voltou ao velamento de suas armas com a mesma calma e sossego que de primeiro.

Não pareceram bem ao estalajadeiro as tropelias do seu hóspede, e determinou de abreviar e dar-lhe logo a negra ordem de cavalaria, antes que outra desgraça acontecesse. E assim achegando-se a ele, desculpou-se da insolência que aquela gente baixa com ele havia usado, sem que ele soubesse coisa alguma, mas que bem castigados estavam do seu atrevimento. Disse-lhe, como lhe dissera, que naquele castelo não havia capela, mas para o que faltava fazer tampouco era necessária, pois, segundo o que sabia do cerimonial da ordem, o principal para ser armado cavaleiro era a espaldeirada e a pescoçada, coisa que até no meio do campo podia ser feita, e que ele já havia cumprido com sua parte ao velar as armas, pois só duas horas de velamento bastavam, e ele já havia passado mais de quatro. Em tudo acreditou D. Quixote, e disse que estava ali pronto para obedecê-lo, e que concluísse com a maior brevidade que pudesse; porque se fosse outra vez acometido quando já armado cavaleiro, não pensava deixar pessoa viva no castelo, salvo aquelas que lhe mandasse, que em respeito a ele pouparia.

Advertido e medroso disso o castelão, trouxe logo um livro onde levava a conta da palha e da cevada que dava aos arreeiros, e com um coto de vela que lhe trazia um rapaz, e com as duas já ditas donzelas, foi aonde D. Quixote estava, a quem mandou ajoelhar; e lendo do seu manual como se dissesse alguma devota oração, em meio à fabulosa leitura ergueu a mão e lhe deu um bom golpe no pescoço e, em seguida, com sua mesma espada, uma gentil espaldeirada, sempre murmurando entre dentes, como se rezasse. Isto feito, mandou uma daquelas damas cingir-lhe a espada, a qual o fez com muita desenvoltura e discrição, porque não foi mister pouca para não rebentar a rir a cada passo da cerimônia; mas as proezas que já haviam visto do novel cavaleiro eram bastantes para lhes frear o riso. Ao cingir-lhe a espada, disse a boa senhora:

— Deus faça vossa mercê mui venturoso cavaleiro e lhe dê ventura nas lides.

D. Quixote lhe perguntou como se chamava, para que dali em diante ele soubesse a quem era obrigado pela mercê recebida, pois pensava em lhe dar parte da honra que alcançasse pelo valor do seu braço. Ela respondeu com muita humildade que se chamava La Tolosa, e que era filha de um remendão natural de Toledo, que vivia perto da praça de Sancho Bienaya, e que onde quer que ela estivesse o serviria e teria por senhor. D. Quixote replicou que, por seu amor, fizesse a mercê de doravante usar de *don* e chamar-se "Doña Tolosa". Ela assim lho prometeu, e a outra lhe calçou as esporas, com quem teve quase o mesmo colóquio que com aquela da espada. Perguntou-lhe o nome, e ela disse chamar-se La Molinera e ser filha de um honrado moleiro de Antequera; à qual também rogou D. Quixote que usasse de *don* e se chamasse "Doña Molinera", oferecendo-lhe novos serviços e mercês.

Feitas pois a galope e às pressas essas nunca vistas cerimônias, não via a hora D. Quixote de se ver a cavalo em busca das aventuras, e selando em seguida o seu Rocinante, montou nele, e abraçando o seu hospedeiro, lhe disse coisas tão estranhas, agradecendo-lhe a mercê de o ter armado cavaleiro, que não é possível achar maneira de referi-las. O estalajadeiro, para o ver logo fora da estalagem, com não menos retóricas, porém mais breves palavras, respondeu às suas, e sem lhe cobrar a custa da pousada, deixou-o ir em boa hora.

Capítulo IV

DO QUE SUCEDEU AO NOSSO CAVALEIRO
QUANDO SAIU DA ESTALAGEM

A da aurora seria quando D. Quixote saiu da estalagem tão contente, tão galhardo, tão alvoroçado por já se ver armado cavaleiro, que o seu júbilo rebentava pelas cilhas do cavalo. Mas vindo-lhe à memória os conselhos do seu hospedeiro acerca das provisões tão necessárias que havia de levar consigo, em especial a de dinheiro e camisas, determinou de voltar para sua casa e lá munir-se de tudo, e também de um escudeiro, fazendo tenção de tomar um lavrador seu vizinho, que era pobre e com filhos, mas bem talhado para o ofício escudeiro da cavalaria. Com este pensamento guiou Rocinante para sua aldeia, o qual, quase conhecendo a querença, com tanta vontade começou a caminhar que parecia nem tocar os pés no chão.

Não tinha andado muito quando lhe pareceu que à sua destra mão, da espessura de um bosque que ali havia, chegavam umas vozes delicadas, como de alguém a se lamentar; e tão logo as ouviu, disse:

— Graças dou ao céu pela mercê que me faz, pois tão prestemente me depara ocasiões onde eu possa cumprir com o que devo à minha profissão e onde possa colher o fruto dos meus bons desejos. Essas vozes, sem dúvida, são de algum necessitado ou necessitada que tem necessidade do meu favor e ajuda.

E virando as rédeas, encaminhou Rocinante para onde lhe pareceu que vinham as vozes. E a poucos passos que adentrou no bosque, viu amarrada uma égua a um carvalho, e amarrado a outro um rapaz, nu da cintura acima, de uns quinze anos de idade, que era quem as vozes dava, e não sem motivo, pois estava dando-lhe com uma cinta muitos açoites um lavrador de bom porte, e cada açoite acompanhava de uma repreensão e conselho. Pois dizia:

— Boca fechada e olho aberto.

E o rapaz respondia:

— Não voltará a acontecer, senhor meu; pela paixão de Deus, que não voltará a acontecer, e juro ter por diante mais cuidado com a malhada.

E vendo D. Quixote o que se passava, com voz colérica disse:

— Descortês cavaleiro, mal parece que vos batais com quem defender-se não pode; montai no vosso cavalo e tomai vossa lança — pois também tinha uma lança encostada no carvalho onde estava amarrada a égua —, que vos mostrarei ser cobardia isto que estais fazendo.

O lavrador, ao ver sobre si aquela figura cheia de armas, brandindo a lança sobre seu rosto, teve-se por morto, e com boas palavras respondeu:

— Senhor cavaleiro, este rapaz que estou castigando é um meu criado que me serve em guardar um rebanho de ovelhas que tenho nestes contornos, e é ele tão descuidado que a cada dia me falta uma; e porque castigo seu descuido, ou velhacaria, diz ele que o faço por miserável, para não lhe pagar a soldada que lhe devo, e por Deus e minha alma juro que ele mente.

— "Mente" na minha presença,[1] ruim vilão? — disse D.

---

[1] A acusação de mentira, ou *mentís*, era uma grave afronta para quem a recebia e uma descortesia para quem a testemunhava, sobretudo se havia tomado partido do ofendido.

Quixote. — Pelo sol que nos alumia, que estou prestes a atravessar-vos de parte a parte com esta lança. Pagai-lhe de uma vez e sem mais réplica; se não, pelo Deus que nos rege que vos rematarei e aniquilarei num pronto. Desatai-o já.

O lavrador baixou a cabeça e, sem responder palavra, desatou o seu criado, ao qual perguntou D. Quixote quanto lhe devia seu amo. Respondeu o rapaz que nove meses, a sete reais por mês. Fez a conta D. Quixote e achou que dava setenta e três reais, e disse ao lavrador que os desembolsasse logo, se não quisesse morrer por isso. Respondeu o medroso vilão dando fé, pelo transe em que se encontrava e pelo juramento que fizera — sendo que ainda nada havia jurado —, que não eram tantos, pois se deviam contar e descontar três pares de sapatos que lhe dera, e um real por duas sangrias que lhe fizeram estando doente.

— Bem parece tudo isso — replicou D. Quixote —, mas fiquem os sapatos e as sangrias pelos açoites que sem culpa lhe destes, pois, se ele rasgou o couro dos sapatos que lhe pagastes, vós rasgastes o do corpo dele, e se o barbeiro o sangrou estando doente, vós lho fizestes em saúde; portanto dessa parte não vos deve nada.

— O problema, senhor cavaleiro, é que não tenho aqui dinheiro algum: que venha Andrés comigo até a minha casa, que eu lhe pagarei real sobre real.

— Ir eu com ele? — disse o rapaz. — Mas qual?! Não, senhor, nem por sonho, pois em se vendo só vai me esfolar como a um São Bartolomeu.

— Não fará tal — replicou D. Quixote. — Basta o meu mandato para que me acate; e jurando-me ele pela lei da cavalaria que recebeu, deixá-lo-ei seguir em liberdade e garantirei a paga.

— Olhe bem vossa mercê, senhor, o que está dizendo — disse o rapaz —, que este meu amo não é cavaleiro, nem recebeu ordem de cavalaria alguma, pois é Juan Haldudo,[2] o rico, vizinho de Quintanar.

— Isso pouco importa — respondeu D. Quixote —, pois Haldudos pode haver cavaleiros; quanto mais que cada qual é filho das suas obras.

— É verdade — disse Andrés. — Mas este meu amo de que obras é filho, se me nega a soldada pelo meu suor e trabalho?

— Não a nego, irmão Andrés — respondeu o lavrador —, e praza-vos vir comigo, pois por todas as ordens que de cavalarias há no mundo juro pagar-vos, como tenho dito, real sobre real, mais uns cobres.

— Dos cobres vos dispenso — disse D. Quixote. — Dai-lhe tudo em prata, que isto me contenta; e cuidai de cumprir como jurastes: se não, pelo mesmo juramento juro voltar para buscar-vos e castigar-vos, e hei de vos encontrar, inda que vos escondais mais que uma lagartixa. E se quereis saber quem tal vos manda, para com todas as veras ficar obrigado a cumprir o mandamento, sabei que eu sou o valoroso D. Quixote de La Mancha, o desfazedor de agravos e sem-razões, e com Deus ficai, e que não vos saia da mente o prometido e jurado, sob pena da sobredita pena.

E em dizendo isto, picou seu Rocinante e logo se afastou deles. Seguiu-o o lavrador com os olhos, e quando viu que havia transposto o bosque e que não mais aparecia, virou-se para seu criado Andrés e lhe disse:

— Vinde cá, filho, que vos quero pagar o que vos devo, tal como aquele desfazedor de agravos deixou mandado.

---

[2] A figura do lavrador rico é frequente na literatura da época, muitas vezes em contraste com a do fidalgo empobrecido. Como adjetivo comum, *haldudo* (fraldoso) qualifica o sujeito hipócrita, fingido.

— Isto juro eu — disse Andrés —, e bem faz vossa mercê em cumprir o mandamento daquele bom cavaleiro, que mil anos viva, pois tão valoroso e bom juiz é que, se vossa mercê não pagar, por meus santos que voltará a executar o que disse!

— Também o juro eu — disse o lavrador —, mas, pelo bem que vos quero, quero acrescentar a dívida para acrescentar a paga.

E agarrando-o pelo braço, tornou a amarrá-lo no carvalho, onde lhe deu tantos açoites que o deixou por morto.

— Chamai agora, senhor Andrés — dizia o lavrador —, o desfazedor de agravos: vereis como não desfaz este; e ainda creio que não se acabou de fazer, pois a minha vontade agora é esfolar-vos vivo, tal como temíeis.

Mas por fim o desatou e lhe deu licença de ir buscar seu juiz, para que executasse a anunciada sentença. Andrés partiu muito vexado, jurando ir buscar o valoroso D. Quixote de La Mancha e contar-lhe ponto por ponto o ocorrido, que o haveria de pagar com juros. Mas, com tudo isso, ele partiu chorando, e o seu amo ficou rindo.

E desta maneira desfez o agravo o valoroso D. Quixote; o qual, contentíssimo do sucedido, crendo assim ter dado felicíssimo princípio às suas altas cavalarias, com grande satisfação de si mesmo seguia a caminho de sua aldeia, dizendo a meia-voz:

— Bem podes chamar-te ditosa dentre todas as que hoje vivem sobre a terra, oh, bela entre as belas Dulcineia d'El Toboso! Pois coube-te em sorte ter sujeito e rendido a toda a tua vontade e talante um tão valente e nomeado cavaleiro como é e será D. Quixote de La Mancha. O qual, como todo o mundo sabe, inda ontem recebeu a ordem de cavalaria e hoje já desfez o maior torto e agravo que formou a sem-razão e cometeu a crueldade: hoje tirou o flagelo da mão daquele desapiedado inimigo que tão sem razão vapulava um tão delicado infante.

Nisto chegou a uma estrada que em quatro se dividia, e logo lhe veio à imaginação a encruzilhada onde os cavaleiros andantes se punham a pensar qual daqueles caminhos tomariam; e por imitá-los esteve ele algum tempo quedo, e ao cabo de tê-lo muito bem pensado, soltou as rédeas de Rocinante, entregando sua vontade à do rocim, o qual seguiu o seu primeiro intento, que foi tomar o caminho de sua cavalariça. E tendo andado perto de duas milhas, descobriu D. Quixote um grande tropel de gente, os quais, como depois se soube, eram mercadores toledanos que iam a Múrcia comprar seda. Eram seis, cada qual com seu guarda-sol de sela, com quatro criados a cavalo e três muleteiros a pé. Apenas os divisou D. Quixote, quando imaginou ser coisa de nova aventura. E por imitar em tudo quanto lhe parecia possível os passos que lera em seus livros, pareceu-lhe de encomenda um que pensava fazer. E assim, com denodo e gentil compostura, afirmou-se bem nos estribos, apertou a lança, chegou a adarga ao peito e, postado no meio do caminho, esperou que aqueles cavaleiros andantes chegassem, pois como tais ele já os tinha e julgava; e quando chegaram a uma distância em que o podiam ver e ouvir, alteou D. Quixote a voz e com jeito arrogante disse:

— Detenha-se todo o mundo, se todo o mundo não confessar que não há no mundo todo donzela mais formosa que a Imperatriz de La Mancha, a sem-par Dulcineia d'El Toboso.

Pararam os mercadores ao som dessas razões e para ver a estranha figura de quem as dizia; e pela figura e pelas razões logo se lhes mostrou aos olhos a loucura do seu dono, mas quiseram saber melhor no que consistia aquela confissão que lhes pedia, e um deles, que era um pouco pulhista e um mui muito discreto, lhe disse:

— Senhor cavaleiro, nós não sabemos quem é essa boa senhora que dizeis. Mostrai-no-la, que, se ela for dona de tanta formosura como significais, de bom grado e sem pejo algum confessaremos a verdade que da vossa parte é-nos pedida.

— Se vo-la mostrara — replicou D. Quixote —, nada valeria confessardes tão notória verdade. A importância está em que, sem vê-la, haveis de crê-la, confessá-la, afirmá-la, jurá-la e defendê-la; senão, comigo estais em batalha, gente descomunal e soberba. Quer venhais um por um, como manda a ordem da cavalaria, quer todos juntos, como é costume e má usança dos de vossa raleia, aqui vos aguardo e espero, escorado na razão que da minha parte tenho.

— Senhor cavaleiro — replicou o mercador —, suplico a vossa mercê, em nome de todos estes príncipes que aqui estamos, que, para não carregar nossa consciência confessando coisa por nós jamais vista nem ouvida, e mais sendo tão em menoscabo das imperatrizes e rainhas de Alcarria e Estremadura, seja vossa mercê servido de mostrar-nos algum retrato dessa senhora, ainda que seja do tamanho de um grão de trigo, pois pelo fio tiraremos o novelo e ficaremos assim satisfeitos e convencidos, e vossa mercê contente e pago. E acho até que já estamos tão da parte dela que, ainda que o seu retrato nos mostrasse ser balda de um olho e do outro verter mínio e enxofre, com tudo isso, por comprazer a vossa mercê, diremos em seu favor tudo o que quiser.

— Não verte, canalha infame — respondeu D. Quixote colérico —, não verte, digo, isso que dizeis, e sim âmbar e algália preciosa; e não é balda nem corcovada, e sim mais direita que um fuso de Guadarrama.[3] Mas vós pagareis a grande blasfêmia que haveis dito contra tamanha beldade como é a da minha senhora.

---

[3] A expressão "ser mais direito que um fuso" é reforçada pela evocação dos esguios pinheiros das serras de Guadarrama, chamados *husos*, justamente por sua retidão.

E em dizendo isso, arremeteu com a lança baixa contra aquele que o dissera, com tamanha cólera e fúria que, se a boa sorte não fizesse que no meio do caminho tropeçasse e caísse Rocinante, mau trago passara o atrevido mercador. Caiu Rocinante, e foi rodando o seu amo por um bom trecho de campo; e ao tentar se levantar jamais o conseguiu: tal era o estorvo que lhe causavam lança, adarga, esporas e celada, mais o peso da velha armadura. E enquanto pelejava por se levantar, sem conseguir, ia dizendo:

— Non fuxais, gente cobarde; gente ruim, atentai que não por culpa minha, mas do meu cavalo, estou cá deitado por terra.

Um muleteiro dos que lá vinham, que não devia de ser muito bem-intencionado, ouvindo do pobre caído tantas arrogâncias, não as pôde suportar sem lhe dar a resposta nas costelas. E chegando-se a ele, tomou-lhe a lança e, depois de fazê-la em pedaços, com um deles começou a dar no nosso D. Quixote tantas pauladas que, a despeito e pesar da sua armadura, o moeu como a um grão na mó. Gritavam-lhe seus amos que não lhe batesse tanto e que o deixasse; mas já estava o moço picado e não quis largar o jogo até envidar toda sua cólera; e recolhendo os demais pedaços da lança, acabou de os desfazer sobre o miserável caído, que, com toda aquela dura tempestade que sobre ele chovia, não fechava a boca, ameaçando céus e terra, mais aqueles bandidos, que tal lhe pareciam.

Cansou-se o moço, e os mercadores seguiram seu caminho, levando consigo para toda a viagem o que contar do pobre espancado. O qual, quando se viu só, tentou de novo se levantar; mas se o não pudera fazer quando são e bom, como o faria agora moído e quase desfeito? Mas ele ainda se tinha por ditoso, parecendo-lhe aquela desgraça coisa própria de cavaleiros andantes, atribuindo-a inteira à falha do seu cavalo; e era-lhe impossível levantar, de tão sovado que tinha todo o corpo.

Capítulo V

Onde se prossegue a narração
da desgraça do nosso cavaleiro

Vendo pois que de feito não se podia mexer, atinou de recorrer ao seu ordinário remédio, que era pensar nalguma passagem dos seus livros, e lhe trouxe sua loucura à memória aquele de Valdovinos e do marquês de Mântua, quando Carloto[1] o deixou ferido na mata, história sabida pelas crianças, não ignorada pelos moços, celebrada e até acreditada pelos velhos, e com tudo isso não mais verdadeira que os milagres de Maomé. Pois esta lhe pareceu de encomenda para o transe em que se encontrava, e assim, com mostras de grande sentimento, começou a rolar pela terra e a dizer com debilitado alento o mesmo que dizem que dizia o ferido cavaleiro do bosque:

> — Onde estás, senhora minha,
> que te não dói o meu mal?

---

[1] Os versos lembrados por D. Quixote não provêm de um livro de cavalarias, e sim do romance velho de tema carolíngio "De Mantua sale el marqués", que narra a derrota de Valdovinos (Baudoin), sobrinho de Urgel el Danés (Ogier le Danois) — que no poema é identificado anacronicamente com o marquês de Mântua —, diante de Carloto (Charlot), filho do imperador Carlos Magno. Esse poema, popularíssimo no século XVI e até usado como leitura escolar, já fora objeto de paródia burlesca na peça anônima *Entremés de los romances* (c. 1592), cujo protagonista, depois de ser espancado com sua própria lança, recita os mesmos trechos que D. Quixote evoca aqui.

Ou o não sabes, senhora,
ou és falsa e desleal.[2]

E assim foi prosseguindo o romance, até aqueles versos que dizem:

— Oh nobre marquês de Mântua,
meu tio e senhor carnal![3]

E quis a sorte que, ao chegar a este verso, acertasse de passar por ali um lavrador do seu mesmo lugar e seu vizinho, que vinha de levar uma carga de trigo ao moinho; o qual vendo aquele homem ali deitado, se achegou a ele e lhe perguntou quem era e que mal sentia, que tão tristemente se queixava. D. Quixote pensou sem dúvida que aquele era o marquês de Mântua, seu tio, e assim não lhe respondeu outra coisa que não fosse prosseguir com seu romance, onde dava conta da sua desgraça e dos amores do filho do Imperante com sua esposa, tudo da mesma maneira que o romance o canta.

O lavrador estava admirado ouvindo aqueles disparates; e tirando-lhe a viseira, já despedaçada pelas pauladas, limpou-lhe o rosto, que estava coberto de terra; apenas o limpou, reconheceu-o e lhe disse:

— Senhor Quijana — pois assim se devia chamar quando

---

[2] Estes versos não correspondem aos do romance tradicional, e sim a uma versão mais recente, incluída em *Flor de varios romances nuevos*, de Pedro de Moncayo (1591), a mesma que recita o protagonista do entremez comentado acima.

[3] Faz-se aqui uma inversão jocosa do verso, tal como consta no romance tradicional e no entremez: "*mi señor tío carnal*".

ainda tinha juízo e não passara de fidalgo sossegado a cavaleiro andante —, quem deixou vossa mercê dessa sorte?

Mas ele continuava com seu romance em resposta a todas as perguntas. Vendo isto o bom homem, tirou-lhe com todo o cuidado o corselete, para ver se tinha algum ferimento, mas não viu sangue nem sinal algum. Tratou de o levantar do chão, e não com pouco trabalho o montou sobre o seu jumento, por parecer-lhe cavalaria mais sossegada. Recolheu as armas, até os pedaços da lança, e atou-as sobre Rocinante, o qual tomou das rédeas, e do cabresto seu asno, e se encaminhou para o seu lugar, bem pensativo de ouvir os disparates que D. Quixote ia dizendo; e não menos ia D. Quixote, pois, de tão moído e alquebrado, mal se aguentava sobre o burrico e de quando em quando dava uns suspiros de chegar aos céus, tão fundos que de novo obrigaram o lavrador a rogar que lhe dissesse que mal sentia; e parece que o diabo lhe trazia à memória os contos acomodados à ocasião, pois nesse ponto, esquecendo Valdovinos, se lembrou do mouro Abindarráez, quando o alcaide de Antequera, Rodrigo de Narváez, o prendeu e o levou cativo para sua alcaidaria.[4] De sorte que, quando o lavrador tornou a lhe perguntar como estava e o que sentia, lhe respondeu as mesmas palavras e razões que o cativo Abencerraje respondia a Rodrigo de Narváez, do mesmo modo que ele havia lido em *La Diana*, de Jorge de Montemor, onde se escreve a história, aproveitando-se dela tão a propósito que o lavrador ia praguejando por ouvir tamanha máquina de necedades; donde

---

[4] Referência à *Historia del Abencerraje y la hermosa Jarifa* (1561), novela mourisca de grande sucesso, ambientada no início do século XV e recontada no livro IV da *Diana*, de Jorge de Montemor. Narra as peripécias do abencerrage granadino Abindarráez depois de ser preso pelo castelão da praça de Antequera, Rodrigo de Narváez, quando ia se casar com sua prometida, a bela Jarifa.

conheceu que seu vizinho estava louco, e se dava pressa de chegar à vila por escusar o enfado que D. Quixote lhe causava com sua longa arenga. Ao cabo da qual disse:

— Saiba vossa mercê, senhor D. Rodrigo de Narváez, que esta formosa e nobre dama que acabo de mentar é agora a bela Dulcineia d'El Toboso, por quem eu fiz, faço e farei os mais famosos feitos de cavalarias que jamais se viram, veem nem verão no mundo.

A isto respondeu o lavrador:

— Olhe vossa mercê, senhor, que este pecador que lhe fala não é D. Rodrigo de Narváez, nem o marquês de Mântua, e sim Pedro Alonso, seu vizinho; nem vossa mercê é Valdovinos, nem Abindarráez, e sim o honrado fidalgo senhor Quijana.

— Eu sei quem sou — respondeu D. Quixote —, e sei que posso ser, não só os que tenho dito, mas todos os Doze Pares de França, e ainda todos os nove da Fama,[5] pois a todas as façanhas que eles todos juntos e cada um por si fizeram hão de avantajar as minhas.

Nesses colóquios e outros semelhantes chegaram ao lugar, à hora do anoitecer, mas o lavrador aguardou até que fosse um pouco mais de noite, para que não vissem o moído fidalgo tão mau cavaleiro. Chegada pois a hora que lhe pareceu, entrou na vila e na casa de D. Quixote, a qual achou em grande alvoroço, estando nela o padre e o barbeiro do lugar, que eram grandes amigos de D. Quixote, aos quais a ama ia dizendo a altas vozes:

---

[5] Nove heróis tidos como modelo cavaleiresco, exaltados na *Crónica llamada del triunfo de los nueve más preciados varones de la Fama* (1530), de Antonio Rodríguez Portugal. São eles três judeus, Josué, Davi, Judas Macabeu; três pagãos, Heitor, Alexandre o Grande, Júlio César; e três cristãos, o rei Artur, Carlos Magno e o cruzado Godofredo de Bulhão.

— Que me diz vossa mercê, senhor licenciado[6] Pero Pérez — que assim se chamava o padre —, da desgraça do meu senhor? Três dias faz que não há sinal dele, nem do rocim, nem da adarga, nem da lança, nem das armas. Ai de mim! Pois eu aqui entendo, e à fé que isto é verdade como que eu nasci para morrer, que esses malditos livros de cavalarias que ele tem e tão de ordinário costuma ler lhe transtornaram o juízo; e agora me lembro de o ter ouvido dizer muitas vezes, falando sozinho, que queria armar-se cavaleiro andante e ir buscar as aventuras por esses mundos. Encomendados sejam a Satanás e a Barrabás esses livros, que assim botaram a perder o mais delicado entendimento que havia em toda La Mancha.

A sobrinha dizia o mesmo, e ainda dizia mais:

— Saiba, senhor mestre Nicolás — que este era o nome do barbeiro —, que muitas vezes aconteceu ao meu senhor tio estar lendo nesses desalmados livros de desventuras dois dias com suas noites, ao cabo dos quais atirava o livro longe, e arrancava a espada, e andava às cutiladas com as paredes; e quando estava muito cansado dizia que tinha matado quatro gigantes como quatro torres, e o suor que suava do cansaço dizia ser o sangue dos ferimentos sofridos na batalha, e bebia em seguida uma grande jarra de água fria, e ficava então bom e sossegado, dizendo ser aquela água uma preciosíssima bebida, presente do sábio Esquifo,[7] um grande encantador e amigo seu. Mas eu tenho a culpa de tudo,

---

[6] Tratamento que se dispensava a advogados, estudantes e a qualquer letrado que vestisse hábitos longos.

[7] Deformação de Alquife, o mago esposo de Urganda que aparece no ciclo dos Amadises e é também o autor fictício de *Amadis de Grecia*. *Esquife*, na gíria picaresca, equivale a "rufião", mas o nome pode também remeter ao italiano *schifo* (nojo).

por não ter avisado vossas mercês dos disparates do meu senhor tio, para que remediassem o dano antes que chegasse ao que chegou, e queimassem todos estes excomungados livros, que muitos deles bem merecem ser abrasados como coisa de hereges.

— O mesmo digo eu — disse o padre —, e à fé que não há de passar o dia de amanhã sem que deles se faça ato público[8] e sejam condenados ao fogo, porque não deem azo a quem os ler de fazer o que o meu bom amigo deve de ter feito.

Tudo isso iam ouvindo o lavrador e D. Quixote, com o que acabou de entender o lavrador o mal do seu vizinho, e assim pegou a dar vozes:

— Abram vossas mercês para o senhor Valdovinos e o senhor marquês de Mântua, que vem malferido, e para o senhor mouro Abindarráez, que traz cativo o valoroso Rodrigo de Narváez, alcaide de Antequera.

A essas vozes saíram todos, e como reconhecessem uns seu amigo, outras seu amo e tio, que ainda não apeara do jumento, porque não podia, correram a abraçá-lo. Ele disse:

— Detenham-se todos, pois venho malferido, por culpa do meu cavalo. Levem-me ao meu leito, e chamem, se for possível, a sábia Urganda para que cure e cuide meus ferimentos.

— Eia, eramá! — disse a ama nesse ponto. — Eu bem que palpitava de que pé coxeava o meu senhor! Suba vossa mercê embora, pois sem que venha essa tal Purganda, nós aqui saberemos curá-lo. Malditos, digo, sejam outra vez e outras cem esses livros de cavalarias, que assim deixaram vossa mercê!

---

[8] Leitura e execução pública da sentença de um tribunal, especialmente da Inquisição, em auto de fé.

Levaram-no logo à cama e, procurando-lhe os ferimentos, não acharam nenhum; e ele disse que era tudo moedura, por ter levado um grande tombo com Rocinante, seu cavalo, ao se bater com dez gigantes, os mais desaforados e atrevidos de quantos há em grande parte da terra.

— Tá, tá! — disse o padre. — Até gigantes vêm à baila? Por meus hábitos que os hei de queimar amanhã antes que a noite chegue.

Fizeram a D. Quixote mil perguntas, mas a nenhuma quis ele responder outra coisa senão que lhe dessem de comer e o deixassem dormir, que era o que mais queria. Assim fizeram, e o padre se informou de longo com o lavrador sobre o modo como encontrara D. Quixote. Aquele lhe contou tudo, com os disparates que ao encontrá-lo e trazê-lo dissera, o que veio a acrescentar o desejo do licenciado de fazer o que no dia seguinte fez, que foi chamar seu amigo o barbeiro mestre Nicolás e com este voltar à casa de D. Quixote.

Capítulo VI

Do gracioso e grande escrutínio que o padre e o barbeiro fizeram na biblioteca do nosso engenhoso fidalgo

O qual então ainda dormia. Pediu o padre à sobrinha as chaves do aposento onde estavam os livros autores do dano, e ela as entregou de muito bom grado. Entraram ali todos, e a ama com eles, e encontraram mais de cem grandes volumes, muito bem encadernados, e outros pequenos; e assim como a ama os viu, tornou a sair do aposento com grande pressa, e logo voltou trazendo uma escudela de água benta e um hissope, e disse:

— Tome vossa mercê, senhor licenciado; benza este aposento, caso haja aqui algum encantador dos muitos que têm esses livros e nos encante em revide da pena que lhe queremos dar expulsando-os do mundo.

Causou riso ao licenciado a simplicidade da ama e mandou ao barbeiro que lhe fosse dando aqueles livros um a um, para ver do que tratavam, pois alguns podia haver que não merecessem castigo de fogo.

— Não — disse a sobrinha —, não há para que perdoar nenhum, pois todos foram danadores: melhor será atirá-los pelas janelas ao pátio e fazer com eles um monte e tocar-lhes fogo; ou se não levá-los ao curral e lá fazer a fogueira, para que a fumaça não ofenda.

O mesmo disse a ama: tal era a gana que as duas tinham de dar morte àqueles inocentes; mas o padre não concordou com isso

108

sem antes ao menos ler os títulos. O primeiro que mestre Nicolás lhe deu nas mãos foi *Los cuatro de Amadis de Gaula*,[1] e disse o padre:

— Parece isto coisa de mistério, pois, segundo ouvi dizer, este livro foi o primeiro de cavalaria a se imprimir na Espanha, e todos os mais tiveram princípio e origem neste; e assim me parece que, como ao dogmatizador de uma seita tão ruim, devemos sem remissão alguma condená-lo ao fogo.

— Não, senhor — disse o barbeiro —, pois também ouvi dizer que é o melhor de todos os livros que desse gênero se escreveram; e assim como único em sua arte deve ser perdoado.

— Tal é verdade — disse o padre —, e por esta razão se lhe poupa a vida por ora. Vejamos estoutro que está junto dele.

— É — disse o barbeiro — *Las sergas de Esplandián*, filho legítimo de Amadis de Gaula.[2]

— Pois em verdade — disse o padre — que não há de valer ao filho a bondade do pai. Tomai, senhora ama, abri essa janela e atirai-o ao pátio, e que dê princípio ao monte da fogueira que se há de fazer.

---

[1] *Los cuatro libros del virtuoso caballero Amadis de Gaula*, de Garcí Rodríguez de Montalvo (Saragoça, 1508, na edição mais antiga conservada). É provavelmente adaptação de um original português hoje perdido, de autoria de Vasco (ou João) Lobeira. Seja como for, a obra de Montalvo é tida como inaugural do ciclo.

[2] Continuação do ciclo dos Amadises, cujo título completo é *El ramo que de los cuatro libros de Amadis de Gaula sale, llamados de las sergas del muy esforzado caballero Esplandián, hijo del excelente rey Amadis de Gaula* (Sevilha, 1510), de autoria do mesmo Rodríguez de Montalvo. O protagonista, Esplandián, é filho natural de Oriana e Amadis, legitimado com o casamento dos pais no final da história.

Assim fez a ama com grande contento, e lá foi o bom do Esplandião voando para o pátio, esperando com toda a paciência o fogo que o ameaçava.

— Continuemos — disse o padre.

— Este que o segue — disse o barbeiro — é *Amadis de Grecia*,[3] e todos os desta parte, pelo que vejo, são da mesma linhagem do Amadis.

— Que vão todos para o curral — disse o padre —, pois por queimar a rainha Pintiquinestra, e o pastor Darinel com suas églogas, e as endiabradas e arrevesadas razões do seu autor, queimaria eu com eles o pai que me gerou, se ele andasse em figura de cavaleiro andante.

— Do mesmo parecer sou eu — disse o barbeiro.

— E eu também — acrescentou a sobrinha.

— Se assim é — disse a ama —, que venham, e ao curral com eles.

A ela os entregaram, e eram muitos, e ela poupou escada botando-os janela abaixo.

— Quem é esse tijolo? — disse o padre.

— Este é — respondeu o barbeiro — *D. Olivante de Laura*.[4]

— O autor desse livro — disse o padre — foi o mesmo que compôs *Jardín de flores*,[5] e em verdade não sei determinar qual

---

[3] *Nono libro de Amadis de Gaula, que es la crónica del muy valiente y esforzado príncipe y Caballero de la Ardiente Espada Amadis de Grecia...* (Cuenca, 1530), de Feliciano de Silva (ver cap. I, notas 6 e 12).

[4] *Historia del invencible caballero don Olivante de Laura, príncipe de Macedonia, que por sus admirables hazañas vino a ser emperador de Constantinopla* (Barcelona, 1564), de Antonio de Torquemada.

[5] *El jardín de las flores curiosas* (Salamanca, 1570), de Antonio de Torque-

dos dois é mais verdadeiro ou, para o dizer melhor, menos mentiroso; só sei dizer que este irá para o curral, por disparatado e arrogante.

— Este que o segue é *Florismarte de Hircania*[6] — disse o barbeiro.

— Aí está o senhor Florismarte? — replicou o padre. — Pois à fé que irá logo para o curral, apesar do seu estranho nascimento e soadas aventuras, por não merecer outra coisa a dureza e secura do seu estilo. Ao curral com ele, e com estoutro, senhora ama.

— Com prazer, senhor meu — respondia ela, e com muita alegria ia executando o que lhe mandavam.

— Este é *El caballero Platir*[7] — disse o barbeiro.

— Antigo livro é esse — disse o padre —, e não acho nele coisa que mereça vênia. Que acompanhe os demais sem réplica.

E assim foi feito. Abriu-se outro livro, e viram que tinha por título *El caballero de la Cruz*.[8]

---

mada, coleção de histórias rebuscadas que serviram de fonte para algumas passagens de *Persiles y Sigismunda*, de Cervantes.

[6] *Primera parte de la grande historia del muy animoso y esforzado príncipe Felixmarte de Hircania y de su estraño nascimiento* (Valladolid, 1556), de Melchor Ortega. A estranheza do seu nascimento reside no parto, estando sua mãe sozinha num ermo, em que é auxiliada por uma selvagem. Ao longo da história, o protagonista muda seu nome de Florismarte para Felixmarte, com o qual será citado outras vezes no *Quixote*.

[7] *La crónica del muy valiente y esforzado caballero Platir, hijo del invencible emperador Primaleón* (Valladolid, 1533), livro anônimo, terceiro da série dos Palmeirins.

[8] Pode referir-se a dois livros: *La crónica de Lepolemo, llamado el caballero de la Cruz...* (Valência, 1521), de Alonso de Salazar, ou *Libro segundo del esforzado Caballero de la Cruz Lepolemo...* (Toledo, 1563), de Pedro de Luján.

— Pelo nome tão santo que este livro tem, podia-se perdoar a ignorância sua ignorância; mas também se usa dizer que "atrás da cruz se esconde o diabo". Para o fogo.

Apanhando o barbeiro outro livro, disse:

— Este é o *Espejo de caballerías.*[9]

— Já conheço a sua graça — disse o padre. — Aí anda o senhor Reinaldo de Montalvão com seus amigos e companheiros, mais ladrões que Caco, e os Doze Pares, com o verdadeiro historiador Turpin,[10] e em verdade estou a ponto de os condenar não mais que a desterro perpétuo, quando menos por terem parte na invenção do famoso Matteo Boiardo, com cujo fio também teceu o seu pano o cristão poeta Ludovico Ariosto;[11] o qual, se aqui o encontrar falando em outra língua que não a sua, não lhe terei respeito algum, mas se falar no seu idioma, sobre a cabeça o porei.[12]

— Pois eu o tenho em italiano — disse o barbeiro —, mas não o entendo.

---

[9] Tradução adaptativa, em prosa, de *Orlando innamorato*. Dos três livros que compõem a obra, os dois primeiros são de autoria de Pedro López de Santamaría; o terceiro, de Pedro de Reinosa. Todos foram reunidos em um volume publicado em 1586, em Medina del Campo, edição à qual parece referir-se o padre.

[10] Jean Turpin (?-800), arcebispo de Reims entre 753 e 794, dado nas gestas carolíngias como um dos Pares de França e conselheiro de Carlos Magno. É o pretenso autor da *Historia Karoli Magni et Rotholandi* e narrador fictício dos dois *Orlandos* italianos.

[11] Matteo Boiardo (1441-1494): poeta italiano, autor do já citado *Orlando enamorado*. Ludovico Ariosto (1474-1533): autor do *Orlando furioso* que retoma o poema de Boiardo.

[12] Em sinal de respeito, como coisa excelente. A expressão metafórica provém da cerimônia de pôr sobre a cabeça, como prova de acatamento e vassalagem, as ordens reais ou as bulas papais.

— E não seria bem que o entendêsseis[13] — devolveu o padre —; e aqui perdoaríamos ao senhor capitão que o não tivesse trazido à Espanha e feito castelhano, pois nisto lhe tirou muito do seu natural valor, e o mesmo farão todos aqueles que livros de versos tentarem verter a outra língua; que por mais cuidado que ponham e habilidade que mostrem, jamais alcançarão o ponto que eles têm no seu primeiro nascimento. Digo então que este livro e todos os que se encontrarem que tratem dessas coisas de França se joguem e depositem num silo até que com mais tento se veja o que fazer deles, excetuando um *Bernardo del Carpio*[14] que anda por aí, e outro chamado *Roncesvalles*;[15] pois estes, em chegando às minhas mãos, hão de passar às da ama, e delas às do fogo, sem remissão alguma.

Tudo isto confirmou o barbeiro e deu por bom e por coisa muito certa, por entender ser o padre tão bom cristão e tão amigo da verdade que por nada deste mundo dela arredaria. E abrindo outro livro viu que era *Palmerín de Oliva*,[16] e junto dele ha-

---

[13] Referência às passagens consideradas obscenas, atenuadas ou expurgadas na versão castelhana de Jerónimo Jiménez de Urrea, dito "El Capitán".

[14] Provavelmente o poema de Agustín Alonso *Historia de las hazañas y hechos del invencible caballero Bernardo del Carpio* (Toledo, 1585). Para o personagem, ver cap. I, nota 13.

[15] A brevidade do título não permite determinar com precisão se se trata do poema de Francisco Garrido Villena, *El verdadero suceso de la famosa batalla de Roncesvalles* (Valência, 1555; Toledo, 1583), ou da continuação do *Orlando furioso* assinada por Nicolás de Espinosa, *La segunda parte del Orlando, con el verdadero suceso de la famosa batalla de Roncesvalles* (Saragoça, 1555; Alcalá, 1579).

[16] Atribuído a Francisco Vázquez, é o primeiro livro da série luso-espanhola dos Palmeirins (Salamanca, 1511).

via outro chamado *Palmeirim de Inglaterra*;[17] e ao vê-lo disse o licenciado:

— Que essa oliva logo se parta e se queime, e não restem dela nem as cinzas, mas que essa palma da Inglaterra se guarde e se conserve como coisa única, e se faça para tanto outra caixa como a que encontrou Alexandre nos despojos de Dario, reservando-a para nela guardar as obras do poeta Homero.[18] Este livro, senhor compadre, tem autoridade por duas coisas: primeiro, por ser per si muito bom; segundo, porque é fama que foi composto por um discreto rei de Portugal. Todas as aventuras do castelo de Miraguarda[19] são boníssimas e de grande artifício; as razões, cortesãs e claras, pois guardam e miram o decoro de quem fala, com muita propriedade e entendimento. Digo, pois, salvo o vosso bom parecer, senhor mestre Nicolás, que este e o *Amadis de Gaula* fiquem livres do fogo, e todos os demais, sem mais sonda nem ronda, pereçam.

— Não, senhor compadre — replicou o barbeiro —, que este que aqui tenho é o afamado *D. Belianís*.[20]

---

[17] Um dos mais populares livros de cavalarias do século XVI, de autoria do português Francisco de Moraes Cabral, por muito tempo atribuída ao rei D. João II. A versão castelhana, de 1547, atribuída a Luis de Hurtado, era já à época tida como muito ruim. Pelos elogios do padre, cabe supor que o exemplar em questão fosse o original português, hoje perdido.

[18] Diz a lenda, recolhida por Plutarco (*Vidas paralelas*) e Plínio (*História Natural*), que Alexandre o Grande possuía uma cópia da *Ilíada* anotada por Aristóteles, que ele guardava dentro de uma caixa, pilhada do rei persa Dario III, da qual nunca se separava.

[19] Nome de uma infanta, personagem do *Palmeirim de Inglaterra*.

[20] Ver Versos preliminares, nota 11.

— Pois esse — replicou o padre —, mais sua segunda, terceira e quarta partes, têm necessidade de um pouco de ruibarbo para purgar a demasiada cólera sua, e é mister tirar-lhes toda aquela coisa do castelo da Fama e outras impertinências de mais importância, para o qual se lhes dá licença *sine die* e, como emendarem, assim se usará com eles de misericórdia ou de justiça; e entrementes tende-o vós, compadre, em vossa casa, mas não deixeis que ninguém os leia.

— Com prazer — respondeu o barbeiro.

E sem querer cansar-se mais lendo livros de cavalarias, mandou à ama que tomasse todos os grandes e os lançasse ao curral. E não o disse a lerda nem surda, mas a quem tinha mais vontade de os queimar que de dar-se aos lençóis, por mais largos e finos que estes fossem; e apanhando quase oito de uma vez, aventou-os janela afora. Por pegar muitos juntos, deixou cair um aos pés do barbeiro, o qual quis ver de quem era, e viu que dizia *Historia del famoso caballero Tirante el Blanco*.[21]

— Valha-me Deus — disse o padre, dando uma grande voz —, se não é o Tirante! Dai-mo cá, compadre, que cuido ter achado um tesouro de contentos e uma mina de passatempos. Aqui está D. Quirieleison de Montalbán, valoroso cavaleiro, e seu irmão Tomás de Montalbán, e o cavaleiro Fonseca, com a batalha que o valente do Tirante travou com o alão, e as agudezas da donzela Plazerdemivida, mais os amores e embustes da viúva Reposada, e da senhora Imperatriz, apaixonada por Hipólito, seu es-

---

[21] Título da tradução castelhana de *Tirant lo Blanch* (Valência, 1490), livro de cavalarias do valenciano Joanot Martorell (1415?-1468). A rara versão a que Cervantes provavelmente teve acesso (Valladolid, 1511) não creditava nem a autoria de Martorell, nem a tradução.

cudeiro. Digo em verdade, senhor compadre, que por seu estilo é este o melhor livro do mundo: aqui comem os cavaleiros, e dormem e morrem em suas camas, e fazem testamento antes da sua morte, coisas estas de que todos os outros livros do seu gênero carecem. Com tudo isso vos digo que bem merecia aquele que o compôs, pois não fez tantas necedades de indústria, que o dessem às galés por todos os dias de sua vida.[22] Levai-o para casa e lede-o, e vereis que é verdade tudo quanto dele vos digo.

— Assim será — respondeu o barbeiro —, mas que faremos destes pequenos livros que restam?

— Estes — disse o padre — não devem de ser de cavalarias, e sim de poesia.

E abrindo um, viu que era a *Diana* de Jorge de Montemor,[23] e disse, crendo serem todos os mais do mesmo gênero:

— Estes não merecem ser queimados como os demais, pois não fazem nem farão o dano que os de cavalarias fizeram, pois são livros de entretenimento sem prejuízo de terceiros.

— Ai, senhor! — disse a sobrinha —, bem pode vossa mercê mandá-los queimar como aos demais, pois não seria estranho que, tendo sarado meu senhor tio da doença cavaleiresca, lendo estes resolvesse fazer-se pastor e andar pelos bosques e prados cantando e tangendo, ou pior ainda, fazer-se poeta, que segundo dizem é doença incurável e contagiosa.

---

[22] Joga-se aqui, ambiguamente, com a dupla acepção de "galés" (*galeras*), que significa tanto o navio em que remavam os condenados a trabalhos forçados, como a bandeja de composição dos livros.

[23] *Los siete libros de la Diana*, a mais antiga novela pastoril e modelo do gênero. Foi escrita em castelhano, embora o seu autor, Jorge de Montemor, ou Montemayor, (1520-1561) fosse português. A edição mais antiga do livro de que se tem notícia é a valenciana de 1559.

— Verdade diz esta donzela — disse o padre —, e bem faremos em tirar do nosso amigo tal tropeço e ocasião diante. E já que começamos pela *Diana* de Montemor, sou de opinião que o livro não se queime, mas que se lhe tire tudo aquilo que trata da sábia Felícia e da água encantada,[24] e quase todos os versos maiores, e fique em paz a prosa e a honra de ser o primeiro de semelhantes livros.

— Este que segue — disse o barbeiro — é a *Diana*, dita segunda, do salmantino; e este, outro que tem o mesmo nome, cujo autor é Gil Polo.[25]

— Que a do salmantino — respondeu o padre — acompanhe e acrescente o número dos condenados ao fogo, e a de Gil Polo se guarde como se fosse a do mesmíssimo Apolo; e siga adiante, senhor compadre, e a mais pressa, que se vai fazendo tarde.

— Este livro é — disse o barbeiro abrindo outro — *Los diez libros de Fortuna de amor*, compostos por Antonio de Lofraso, poeta sardo.[26]

---

[24] Na *Diana*, os problemas dos enamorados, insolúveis dentro da ideologia neoplatônica do livro, são resolvidos com a chegada dos pastores ao palácio da sábia Felícia (sábia no sentido de "maga", como nos livros de cavalarias).

[25] *Segunda parte de la Diana* (Salamanca, 1563), de Alonso Pérez, médico salmantino. Foi muitas vezes impressa acompanhando a de Montemor para formar um volume comercialmente atraente. A referência a Gil Polo deve-se ao seu *La Diana enamorada* (Valência, 1564), livro tido como superior ao de Alonso Pérez.

[26] Poeta nascido em Alghero, em 1540, na Sardenha então sob a coroa de Aragão. Embora seu idioma materno fosse o catalão, escreveu a novela pastoril *Los diez libros de Fortuna de amor* (Barcelona, 1573) em castelhano. A ironia da remissão do livro se redobra se lembrarmos que Cervantes, em seu *Viaje del Parnaso* (1614), proporia atirar Lofraso ao estreito de Messina, como "merecido sacrifício".

— Pelas ordens que recebi — disse o padre — que, desde que Apolo foi Apolo, e as musas musas, e os poetas poetas, tão gracioso nem tão disparatado livro como esse jamais se compôs, e que, por seu rumo, é o melhor e o mais único de quantos do seu gênero vieram à luz do mundo, e quem o não leu pode estar certo de jamais ter lido coisa de gosto. Dai-mo cá, compadre, que mais prezo este achado que se me tivessem presenteado uma batina da melhor florença.

Apartou-o com grandíssimo gosto, e o barbeiro prosseguiu dizendo:

— Estes que se seguem são *El pastor de Iberia*, *Ninfas de Henares* e *Desengaños de celos*.[27]

— Aqui não há o que fazer — disse o padre —, senão entregá-los ao braço secular[28] da ama, e não me pergunteis o porquê, que seria um nunca acabar.

— Este a seguir é *El pastor de Fílida*.[29]

— Não é ele pastor — disse o padre —, e sim assaz discreto cortesão: que se guarde como joia preciosa.

— Este grande que aqui vem se intitula — disse o barbeiro — *Tesoro de varias poesías*.[30]

---

[27] Três novelas pastoris: *El pastor de Iberia* (Sevilha, 1591), de Bernardo de la Vega; *Ninfas y pastores del Henares* (Alcalá, 1587), de Bernardo González de Bobadilla; *Desengaño de celos* (Madri, 1586), de Bartolomé López de Enciso.

[28] Justiça criminal à qual o tribunal da Inquisição entregava seus condenados para que executasse a sentença.

[29] Obra impressa em 1582, de autoria de Luis Gálvez de Montalvo, amigo de Cervantes que compôs um dos sonetos preliminares de *La Galatea*.

[30] Poemário do frei Pedro de Padilla, outro amigo de Cervantes, impressa em 1580. Cervantes elogiou sua poesia numa passagem de *La Galatea* e em dois de seus sonetos.

— Como elas não fossem tantas — disse o padre —, seriam mais estimadas: é mister que esse livro se joeire e limpe de algumas baixezas que entre suas grandezas tem; que se guarde, porque o seu autor é amigo meu, e em honra de outras mais heroicas e subidas obras que escreveu.

— Este é — prosseguiu o barbeiro — o *Cancionero* de López Maldonado.[31]

— Também o autor desse livro — replicou o padre — é grande amigo meu, e seus versos em sua boca admiram a quem os ouve, e tal é a suavidade da voz com que os canta, que encanta. Alonga-se algum tanto nas éclogas, e nunca o bom foi dilatado; que se guarde com os escolhidos. Mas que livro é esse ao lado dele?

— *La Galatea*, de Miguel de Cervantes[32] — disse o barbeiro.

— Muitos anos há que é grande amigo meu esse Cervantes, e sei que é mais versado em desgraças do que em versos. Seu livro tem algo de boa invenção: propõe algo, mas não conclui nada; cabe esperar a prometida segunda parte: talvez com a emenda alcance de todo a misericórdia que agora se lhe nega; e enquanto isto se espera, tende-o recluso na vossa morada, senhor compadre.

— Com prazer — respondeu o barbeiro. — E aqui vêm três todos juntos: *La Araucana*, de D. Alonso de Ercilla;[33] *La Aus-*

---

[31] Livro de Gabriel López Maldonado, editado em 1586, que continha duas composições poéticas de Cervantes. Maldonado, por seu lado, contribuiu com poesias laudatórias a *La Galatea*.

[32] Novela pastoril do próprio Cervantes publicada em 1585. A promessa da continuação nunca se realizou, sendo renovada já no leito de morte, na dedicatória de *Persiles y Sigismunda*.

[33] Célebre poema épico de Alonso de Ercilla, impresso em 1579, no qual se narram episódios da conquista do Chile.

triada, de Juan Rufo,[34] vedor de Córdova, e *El Monserrato*, de Cristóbal de Virués,[35] poeta valenciano.

— Todos esses três livros — disse o padre — são os melhores que em verso heroico em língua castelhana foram escritos, e podem competir com os mais famosos da Itália. Que se guardem como as mais ricas prendas de poesia que tem a Espanha.

Cansou-se o padre de ver tantos livros, e assim, por grosso, determinou que todos os outros fossem queimados; mas já havia o barbeiro aberto um, que se chamava *Las lágrimas de Angélica*.[36]

— Eu as derramaria — disse o padre em ouvindo o nome — se tal livro mandara queimar, pois foi seu autor um dos famosos poetas do mundo, e não só da Espanha, sendo felicíssimo na tradução de algumas fábulas de Ovídio.

---

[34] Poema épico de Juan Rufo, impresso em 1584. A obra trata das façanhas de D. Juan de Áustria, entre elas a vitória na batalha de Lepanto, da qual Cervantes participou.

[35] Canto de autoria de Cristóbal de Virués, publicado em 1587, que relata a fundação do mosteiro catalão de Montserrat. Entre outras visões proféticas do monge, nele se anuncia a vitória sobre os turcos em Lepanto.

[36] Poema de Luis Barahona de Soto, tradutor de Ovídio e amigo de Cervantes, impressa em 1586. A obra desenvolve o episódio dos amores de Angélica e Medoro narrado no *Orlando furioso*.

Capítulo VII

Da segunda saída do nosso bom cavaleiro
D. Quixote de La Mancha

Nisto começou a dar vozes D. Quixote, dizendo:

— Aqui, aqui, valorosos cavaleiros, aqui é mister mostrar a força dos vossos valorosos braços, pois os cortesãos vão levando a melhor do torneio!

Por acudir a tal ruído e estrondo, interrompeu-se o escrutínio dos demais livros que restavam, e assim parece que foram direto para o fogo, sem vistas nem recurso, *La Carolea*[1] e *León de España*,[2] mais os feitos do Imperador compostos por D. Luís de Ávila,[3] que sem dúvida haviam de estar entre os restantes, e se o padre os visse talvez não recebessem tão rigorosa sentença.

Quando chegaram a D. Quixote, já estava ele levantado da cama e prosseguia em suas vozes e seus desatinos, dando cutila-

---

[1] *Primera parte de la Carolea, que trata de las victorias del emperador Carlos V, rey de España* (Valência, 1560), poema épico de Jerónimo Sempere, que inclui um episódio sobre a batalha de Lepanto.

[2] *Primera y segunda parte de El León de España* (Salamanca, 1586), poema de Pedro de la Vecilla Castellanos que relata a história da cidade de Leão.

[3] Não se conhece nenhum livro com esse título. Luís de Ávila y Zúñiga escreveu, em prosa, uns *Comentarios* [...] *de la guerra de Alemaña, hecha de Carlos V* (Veneza, 1548). Outra hipótese é que se trate de um lapso de Cervantes, que teria escrito "Ávila" em vez de "Zapata". Neste caso, o livro em questão poderia ser *Carlo famoso* (Valência, 1566), longo poema de Luis Zapata.

das e reveses a torto e a direito, tão desperto como se nunca tivesse dormido. Abraçaram-se a ele e à força o devolveram ao leito; e depois de sossegado um pouco, voltando-se para falar com o padre, lhe disse:

— Por certo, senhor arcebispo Turpin, que é grande desonra dos que nos chamamos Doze Pares deixar, tão sem mais nem mais, os cavaleiros cortesãos levarem a vitória deste torneio, tendo nós, os desafiantes, ganhado o prêmio nos três dias anteriores.

— Cale-se vossa mercê, senhor meu compadre — disse o padre —, que Deus há de haver por bem que a sorte mude e que o que hoje se perde se ganhe amanhã; e por ora atenda vossa mercê à sua saúde, pois entendo que deve de estar por demais cansado, se é que não malferido.

— Ferido, não — disse D. Quixote —, mas moído e alquebrado, sem dúvida, pois aquele bastardo do D. Roldão me moeu os costados com um tronco de carvalho, e tudo por inveja, pois vê que sou o único rival das suas valentias; mas eu não me chamaria Reinaldo de Montalvão[4] se, em me levantando deste leito, ele mo não pagar, a despeito de todos os seus encantamentos; e agora tragam-me do que manjar, pois sei que é o que mais vem ao meu caso, e que fique a vingança ao meu cargo.

Assim fizeram: deram-lhe de comer, caindo ele outra vez no sono, e eles na admiração da sua loucura.

Nessa mesma noite queimou e abrasou a ama quantos livros havia no curral e em toda a casa, e devem de ter ardido alguns que

---

[4] Alusão ao combate entre Orlando e Rinaldo no *Orlando enamorado*, de Boiardo. A rivalidade entre os dois Pares, que também aparece no *Orlando furioso* e em alguns romances de tema carolíngio, deve-se à disputa pelo amor de Angélica.

mereciam ser guardados em perpétuos arquivos; mas tal não permitiu sua sorte e a preguiça do escrutinador, e assim se cumpriu neles o ditado de que às vezes paga o justo pelo pecador.

Um dos remédios que o padre e o barbeiro então conceberam para o mal do seu amigo foi mandar murar e vedar o aposento dos livros, para que quando se levantasse os não achasse (talvez retirando a causa cessasse o efeito),[5] dizendo-lhe que um encantador os levara, com o aposento e tudo; e assim foi feito com muita presteza.

Dali a dois dias levantou-se D. Quixote, e a primeira coisa que fez foi ir ver os seus livros; e como não encontrasse o aposento onde o deixara, andava de um lado para o outro à sua procura. Chegava aonde antes ficava a porta e tateava a parede, e voltava e corria os olhos por tudo, sem dizer palavra; mas ao cabo de um bom termo perguntou à ama em que parte ficava o aposento dos seus livros. A ama, que já estava bem advertida do que havia de responder, lhe disse:

— Que aposento é esse que vossa mercê procura? Já não há aposento nem livros nesta casa, pois tudo foi levado pelo diabo em pessoa.

— Não era diabo — replicou a sobrinha —, e sim um encantador que uma noite apareceu sobre uma nuvem, depois do dia em que vossa mercê partiu daqui, e apeando de uma serpe em que vinha cavaleiro, entrou no aposento e fez lá dentro não sei quê, pois daí saiu voando pelo telhado e deixou a casa cheia de fumaça, e quando atinamos a olhar o que tinha feito, não vimos livro nem aposento algum. Só nos lembra muito bem, a mim e à ama, que à hora de partir aquele mau velho disse em altas vozes que

---

[5] Versão do aforismo jurídico "Sublata causa, tollitur effectus".

pela inimizade secreta que tinha com o dono daqueles livros e aposento deixava feito naquela casa o dano que logo se veria. Disse também que se chamava "o sábio Carochão".

— "Frestão" terá dito — disse D. Quixote.

— Não sei — respondeu a ama — se o nome dele era "Frestão" ou "Fritão", só sei que acabava em *ão*.

— Assim é — disse D. Quixote —, pois é esse um sábio encantador, grande inimigo meu, que me tem ojeriza porque sabe por suas artes e letras que, correndo o tempo, virei a lutar em singular batalha com um cavaleiro que ele favorece e que hei de vencer sem que ele mo possa atalhar, e por isso procura causar-me todos os dissabores que pode; e por minha palavra que mal poderá ele contradizer nem evitar o que no céu está escrito.

— Quem duvida disso? — disse a sobrinha. — Mas quem põe vossa mercê nessas pendências, senhor meu tio? Não será melhor ficar em paz na sua casa, e não sair pelo mundo procurando sarna para se coçar, sem cuidar que muitos vão buscar lã e voltam tosquiados?

— Ah, sobrinha minha — respondeu D. Quixote —, quanto te enganas! Antes de me tosquiarem terei pelado e arrancado as barbas de quantos imaginarem tocar-me a ponta de um cabelo.

Não quiseram as duas replicar-lhe mais, por verem que sua cólera já ia fervendo.

É pois o caso que ele passou quinze dias em casa muito sossegado, sem dar mostras de querer secundar seus primeiros devaneios, nos quais dias teve curiosíssimos colóquios com seus dois compadres, o padre e o barbeiro, em que ele dizia que a coisa de que mais o mundo necessitava era de cavaleiros andantes e de que nele se ressuscitasse a cavalaria andantesca. O padre por vezes o contradizia e por vezes concordava, porque se não guardasse tal artifício, nada poderia averiguar dele.

Nesse tempo chamou D. Quixote um lavrador seu vizinho, homem de bem (se é que esse título se pode dar a quem é pobre), mas com pouco sal na moleira.[6] Enfim, tantas lhe disse, tanto porfiou e lhe prometeu, que o pobre vilão determinou de sair com ele e lhe servir de escudeiro. Disse-lhe D. Quixote, entre outras coisas, que podia ir com ele de bom grado, pois alguma vez podia acontecer-lhe uma aventura que lhe ganhasse, do pé para a mão, alguma ínsula e o deixasse por governador dela. Com essas promessas e outras que tais, Sancho Pança,[7] que assim se chamava o lavrador, deixou mulher e filhos e se assentou como escudeiro do seu vizinho.

Deu então D. Quixote ordem de ajuntar dinheiro e, vendendo uma coisa, penhorando outra e malbaratando todas, reuniu uma razoável quantia. Muniu-se também de uma rodela que pediu emprestada a um amigo e, amanhando sua rota celada o melhor que pôde, avisou seu escudeiro Sancho do dia e da hora em que pensava pôr-se a caminho, para que ele se provesse do que achasse que mais havia mister. Sobretudo encareceu-lhe que levasse alforjes; disse aquele que os levaria e que também pensava em levar um asno que tinha muito bom, porque não era dado a andar muito a pé. Quanto ao asno, hesitou um pouco D. Quixote, tentando lembrar se algum cavaleiro andante levara escudeiro cavaleiro asnal, mas nenhum lhe veio à memória; mas, com tudo isso, determinou que o levasse, fazendo tenção de lhe arranjar

---

[6] A expressão "pôr sal na moleira", que evoca o ritual do batismo católico, significa dar juízo, prudência etc, a quem é um tanto pueril.

[7] Sancho é personagem de diversos provérbios e frases feitas tradicionais castelhanas, muitas vezes revestido de uma qualidade que aqui soará irônica: o saber calar.

mais honrada cavalaria em havendo ocasião para tanto, tomando o cavalo do primeiro descortês cavaleiro que topasse. Proveu-se de camisas e das demais coisas que pôde, conforme o conselho do estalajadeiro. Tudo isto feito e cumprido, sem se despedir Pança dos filhos e da mulher, nem D. Quixote da ama e da sobrinha, uma noite deixaram o lugar sem que pessoa alguma os visse; na qual caminharam tanto, que ao amanhecer se convenceram de que os não achariam por mais que os procurassem.

Ia Sancho Pança sobre o seu jumento como um patriarca, com seus alforjes e sua bota de vinho, e com muito desejo de se ver logo governador da ínsula que seu amo lhe prometera. Acertou D. Quixote de seguir a mesma derrota e caminho que seguira na primeira viagem, que foi pelo campo de Montiel, pelo qual agora caminhava com menos pesar que da feita passada, pois por ser bem de manhã e feri-los de través, os raios do sol os não fatigavam. Disse então Sancho Pança ao seu amo:

— Cuide vossa mercê, senhor cavaleiro andante, de não se esquecer daquela promessa da ínsula, que eu bem saberei governar, por maior que ela seja.

Ao que respondeu D. Quixote:

— Hás de saber, amigo Sancho Pança, que foi costume muito usado dos cavaleiros andantes antigos nomear seus escudeiros governadores das ínsulas ou dos reinos que ganhavam, e eu tenho determinado de que por mim não há de faltar tão penhorada usança, antes penso avantajar-me nela; porque eles às vezes, e talvez as mais delas, esperavam que seus escudeiros fossem velhos para, só depois de fartos de servir e sofrer maus dias e piores noites, dar-lhes algum título de conde, ou quando muito de marquês, dalgum vale ou província de somenos; mas se tu viveres e eu viver, bem poderei antes de seis dias ganhar um tal reino que há de ter outros aderentes e algum sob medida para dele coroar-te rei.

E não tenhas isto a muito, pois coisas e casos acontecem aos tais cavaleiros por modos tão nunca vistos nem pensados, que com facilidade eu te poderia dar ainda mais do que prometo.

— Então — respondeu Sancho Pança —, se por algum desses milagres que diz vossa mercê, eu fosse rei, Juana Gutiérrez, a minha costela, viria a ser nada menos que rainha, e os meus filhos infantes.

— Quem duvida disso? — respondeu D. Quixote.

— Eu duvido — replicou Sancho Pança —, pois tenho para mim que, ainda que Deus chovesse reinos sobre a terra, nenhum assentaria bem na cabeça de Mari Gutiérrez. Saiba, senhor, que ela não vale dois maravedis[8] para rainha; condessa lhe cairá melhor, e isso com a ajuda de Deus.

— Encomenda-o a Deus, Sancho — respondeu D. Quixote —, que Ele saberá dar; mas não apouques tanto o teu ânimo que te venhas a contentar com menos que ser adiantado.[9]

— Não o farei, senhor meu — respondeu Sancho —, e mais tendo um amo tão principal como vossa mercê, que saberá me dar tudo aquilo que me vier bem e eu puder levar.

---

[8] Moeda espanhola, que circulou também em Portugal, sob o nome de "morabitino", cujo valor variou ao longo do tempo. Na época em que o *D. Quixote* foi escrito, equivalia a 1/34 do real de prata e a 1/375 do ducado de ouro.

[9] Governador plenipotenciário de uma província fronteiriça ou recém-conquistada. No século XVI, "adiantado" não passava de um título honorífico, sem poderes reais, mas D. Quixote dá ao termo seu valor antigo, tal como se conservava no romanceiro.

Capítulo VIII

DO BOM SUCESSO QUE O VALOROSO D. QUIXOTE
TEVE NA ESPANTOSA E JAMAIS IMAGINADA
AVENTURA DOS MOINHOS DE VENTO,
MAIS OUTROS SUCESSOS DIGNOS DE FELIZ LEMBRANÇA

Nisto avistaram trinta ou quarenta moinhos de vento dos que há naqueles campos, e assim como D. Quixote os viu, disse ao seu escudeiro:

— A ventura vai guiando as nossas coisas melhor do que pudéramos desejar. Vê lá, amigo Sancho Pança, aqueles trinta ou poucos mais desaforados gigantes, com os quais penso travar batalha e tirar de todos a vida, com cujos despojos começaremos a enriquecer, que esta é boa guerra, e é grande serviço de Deus varrer tão má semente da face da terra.

— Que gigantes? — disse Sancho Pança.

— Aqueles que ali vês — respondeu seu amo —, de longos braços, que alguns os chegam a ter de quase duas léguas.

— Olhe vossa mercê — respondeu Sancho — que aqueles que ali aparecem não são gigantes, e sim moinhos de vento, e o que neles parecem braços são as asas, que, empurradas pelo vento, fazem rodar a pedra do moinho.

— Bem se vê — respondeu D. Quixote — que não és versado em coisas de aventuras: são gigantes, sim, e se tens medo aparta-te daqui, e põe-te a rezar no espaço em que vou com eles me bater em fera e desigual batalha.

E isto dizendo, deu de esporas em seu cavalo Rocinante, sem atentar às vozes que o seu escudeiro Sancho lhe dava, advertindo-lhe que sem dúvida alguma eram moinhos de vento, e não gigantes, aqueles que ia acometer. Mas ele ia tão certo de que eram gigantes, que nem ouvia as vozes do seu escudeiro Sancho, nem via o que eram, apesar de já estar bem perto, antes ia dizendo em altas vozes:

— Non fuxades, cobardes e vis criaturas, que um só cavaleiro é este que vos acomete.

Nisto se levantou um pouco de vento, e as grandes asas começaram a girar, o qual visto por D. Quixote, disse:

— Ainda que movais mais braços que os do gigante Briaréu,[1] haveis de pagar-me.

E isto dizendo, e encomendando-se de todo coração à sua senhora Dulcineia, pedindo-lhe que em tal transe o socorresse, bem coberto da sua rodela, com a lança enristada, arremeteu a todo o galope de Rocinante e investiu contra o primeiro moinho que tinha diante e, ao lhe acertar a lançada numa asa, empurrou-a o vento com tanta fúria que fez a lança em pedaços, levando consigo cavalo e cavaleiro, que foi rodando pelo campo muito estropiado. Acudiu Sancho Pança ao seu socorro, a todo o correr do seu asno, e ao chegar viu que não se podia mexer: tal foi o tombo que deu com ele Rocinante.

— Valha-me Deus! — disse Sancho. — Eu não disse a vossa mercê que olhasse bem o que fazia, que não eram senão moinhos de vento, e só o podia ignorar quem tivesse outros na cabeça?

---

[1] Gigante da mitologia greco-latina, chamado Egeon na *Ilíada*, filho de Urano e da Terra, irmão de Coto e Giges. Os três possuíam cinquenta cabeças e cem braços, sendo por isso chamados hecatônquiros, ou centímanos.

— Cala, amigo Sancho — respondeu D. Quixote —, que as coisas da guerra mais que as outras estão sujeitas a contínua mudança; e mais quando penso, e assim é verdade, que aquele sábio Frestão que me roubou o aposento e os livros mudou esses gigantes em moinhos, para me roubar a glória do seu vencimento, tal e tanta é a inimizade que me tem, mas ao cabo do cabo de pouco valerão as suas más artes contra a bondade da minha espada.

— Que faça Deus o que puder — respondeu Sancho Pança.

E ajudando-o a levantar, tornou a montá-lo sobre Rocinante, que meio derreado estava. E falando na passada aventura, tomaram o caminho para Puerto Lápice, pois dizia D. Quixote não ser possível deixar de encontrar lá muitas e diversas aventuras, por ser lugar muito passageiro. Mas ia muito pesaroso pela falta da lança, e dizendo-o ao seu escudeiro, disse:

— Eu me lembro de ter lido que um cavaleiro espanhol chamado Diego Pérez de Vargas, tendo numa batalha partido a espada, arrancou de um carvalho um pesado ramo ou tronco, e com ele fez tais coisas naquele dia e machucou tantos mouros, que recebeu a alcunha de "Machuca", e assim ele como seus descendentes desse dia em diante se chamaram "Vargas y Machuca".[2] Digo-te estas coisas porque do primeiro carvalho ou azinheira que se me deparar penso arrancar outro tronco, tão grande e bom como aquele, que imagino e penso com ele fazer tais façanhas, que deves ter-te por bem-afortunado por teres merecido vir vê-las e testemunhar coisas que mal se poderão crer.

---

[2] Diego Pérez de Vargas é personagem histórico que se destacou da batalha de Xerez (1223) contra os mouros. O episódio da lança improvisada é narrado na *Primera crónica general*, no *Valerio de las historias escolásticas y de España*, de Diego Rodríguez de Almela, e ecoado no *Romancero* de Lorenzo de Sepúlveda.

— Seja como Deus quiser — disse Sancho. — Eu creio em tudo que vossa mercê me diz; mas se aprume um pouco, que parece ir meio de lado, e deve de ser por causa da moedura do tombo.

— Assim é a verdade — respondeu D. Quixote —, e se não me queixo da dor é porque não é dado aos cavaleiros andantes queixar-se de ferimento algum, ainda que por ele lhes saiam as tripas.

— Se é assim, não tenho o que discutir — respondeu Sancho —; mas sabe Deus quanto eu folgaria se vossa mercê se queixasse das suas dores. De mim sei dizer que vou me queixar da mais mínima dor que sentir, se é que não vale também para os escudeiros dos cavaleiros andantes essa lei do não se queixar.

Não deixou de se rir D. Quixote da simplicidade do seu escudeiro, e assim declarou que ele podia muito bem se queixar como e quando quisesse, sem vontade ou com ela, pois nunca lera nada em contrário na ordem de cavalaria. Disse-lhe Sancho que cuidasse que era hora de comer. Respondeu-lhe seu amo que ainda não havia mister, mas que comesse ele quando bem quisesse.

Com essa licença, ajeitou-se Sancho o melhor que pôde sobre seu jumento e, tirando dos alforjes o que neles metera, ia caminhando e comendo atrás do seu amo muito sossegado, e de quando a quando empinava a bota de vinho, com tanto gosto que faria inveja ao mais regalado bodegueiro de Málaga. E enquanto ia daquela maneira amiudando tragos, não lhe lembrava nenhuma promessa do seu amo, nem tinha por nenhum trabalho, e sim por muito descanso, andar buscando aventuras, por mais perigosas que fossem.

Enfim, passaram aquela noite entre umas árvores, e de uma delas arrancou D. Quixote um galho seco que quase lhe podia servir de lança, e nele encaixou a ponta que tirou daquela que se lhe quebrara. Toda a noite não dormiu D. Quixote, pensando na sua senhora Dulcineia, por imitar o que tinha lido em seus livros, quando os cavaleiros passavam muitas noites sem dormir em bosques e despovoados, entretidos na memória de suas senhoras. Bem outra foi a noite de Sancho Pança, que, tendo o estômago cheio, e não de água de chicória,[3] varou-a de um sono só, e não teriam força para o acordar, se o seu amo o não chamasse, os raios do sol ferindo-lhe o rosto, nem o canto das aves, que muitas e com muito regozijo saudavam a chegada do novo dia. Ao se levantar, tomou da bota e achou-a algum tanto mais magra que na véspera, e se lhe encolheu o coração, por cuidar que não iam encaminhados a tão cedo remediar sua míngua. Não quis desjejuar D. Quixote, porque, como já foi dito, deu de se sustentar de saborosas memórias. Retomaram seu começado caminho para Puerto Lápice,[4] e por volta de três da tarde o avistaram.

— Aqui podemos, irmão Sancho Pança — disse ao vê-lo D. Quixote —, meter as mãos até os cotovelos nessa massa que chamam aventuras. Mas atenta que, ainda que me vejas nos maiores perigos do mundo, não hás de arrancar a espada para me defender, isto se não vires que quem me ofende é canalha e gente baixa, pois nesse caso bem me poderás ajudar; mas se forem cavaleiros, de modo algum te é lícito nem concedido pelas leis da cavalaria que me ajudes, enquanto não fores armado cavaleiro.

— Tenha por certo, senhor — respondeu Sancho —, que vossa mercê será muito bem obedecido nisto, e mais, saiba que sou por natureza pacífico e inimigo de me meter em confusões e

---

[3] Cozido de bulbo de chicória torrado e moído. Era usado como beberagem sedativa.

[4] Passo entre duas colinas na estrada real entre La Mancha e Andaluzia, também chamado Ventas de Puerto Lápice.

contendas. É verdade que, no que toca a defender a minha pessoa, não terei muita conta dessas leis, pois as divinas e humanas permitem que cada qual se defenda de quem o quiser agravar.

— Disso não duvido — respondeu D. Quixote —, mas quanto a me ajudares contra cavaleiros, hás de refrear teus naturais ímpetos.

— Digo que assim farei — respondeu Sancho — e que guardarei esse preceito tão bem como o dia de domingo.

Estando nessas razões, apareceram pela estrada dois frades da ordem de São Bento, montados em dois dromedários, pois não eram menores as duas mulas em que vinham. Traziam seus antolhos de estrada[5] e seus guarda-sóis de sela. Atrás deles vinha um coche, acompanhado de quatro ou cinco a cavalo e dois muleteiros a pé. Vinha no coche, como depois se soube, uma senhora biscainha[6] que ia para Sevilha, onde estava seu marido, de partida para as Índias com um muito honroso cargo. Não iam os frades com ela, conquanto seguissem o mesmo caminho; mas apenas os divisou D. Quixote, quando disse ao seu escudeiro:

— Ou muito me engano, ou esta será a mais famosa aventura que jamais se viu, pois aqueles vultos negros que ali aparecem devem de ser e o são sem dúvida alguns encantadores levando naquele coche alguma furtada princesa, e é mister desfazer este torto com todo meu poderio.

— Pior será isto que os moinhos de vento — disse Sancho. — Olhe, senhor, que aqueles são frades de São Bento, e o coche

---

[5] Máscara de tafetá com rodelas de cristal de rocha usada pelos viajantes para proteger os olhos da poeira e do vento.

[6] Não necessariamente natural da província da Biscaia, mas de qualquer uma das três províncias bascas em que se fala o dialeto biscainho (Álava e Guipúzcoa, além da própria Biscaia).

deve de ser de alguma gente passageira. Olhe o que estou dizendo que veja bem o que vai fazer, para não cair em enganos do diabo.

— Já te disse, Sancho — respondeu D. Quixote —, que pouco sabes da matéria de aventuras. O que digo é verdade, e agora o verás.

E dizendo isto se adiantou e postou no meio do caminho por onde vinham os frades, e quando lhe pareceu que estavam perto o bastante para ouvir o que dissesse, em alta voz disse:

— Gente endiabrada e descomunal, deixai agora e sem detença as altas princesas que nesse coche levais forçadas; senão aprestai-vos para receber pronta morte, como justo castigo pelas vossas más obras.

Frearam os frades suas mulas, admirados tanto da figura de D. Quixote como das suas razões, às quais responderam:

— Senhor cavaleiro, nós não somos endiabrados nem descomunais, e sim dois religiosos beneditinos seguindo o nosso caminho, e não sabemos se nesse coche vem ou não qualquer forçada princesa.

— Comigo não valem palavras mansas, pois já vos conheço, fementida canalha — disse D. Quixote.

E sem esperar nova resposta picou Rocinante e, de lança baixa, arremeteu contra o primeiro frade, com tanta fúria e denodo que se o frade não se deixasse cair da mula ele o teria deitado por terra a seu malgrado, e até malferido, quando não morto. O segundo religioso, em vendo o trato dado a seu companheiro, meteu calcanhares na fortaleza da sua boa mula e se pôs a correr por aquela campina, mais veloz que o próprio vento.

Sancho Pança, ao ver o frade no chão, apeando-se velozmente do seu asno arremeteu a ele e começou a tirar-lhe os hábitos. Nisto chegaram dois criados dos frades e lhe perguntaram por que o estava desnudando. Respondeu-lhes Sancho que aquilo lhe cabia legitimamente como despojo da batalha que o seu senhor D. Quixote acabara de ganhar. Os criados, que não estavam para burlas nem entendiam aquela história de despojos e batalhas, vendo que D. Quixote já estava longe falando com as gentes que no coche vinham, arremeteram contra Sancho e, deitando-o por terra, arrepelaram suas barbas e o moeram a pontapés, deixando-o estirado no chão, sem alento nem sentido. Num abrir e fechar de olhos, o frade tornou a montar, todo temeroso e acovardado e sem cores no rosto, e quando se viu cavaleiro, picou a mula atrás do seu confrade, que a um bom trecho dali o aguardava, esperando ver onde parava aquele sobressalto, e sem querer aguardar o fim de todo aquele começado episódio seguiram o seu caminho, com mais credos na boca que se o diabo os encalçasse.

D. Quixote estava, como foi dito, falando com a senhora do coche, dizendo-lhe:

— A vossa fermosura, senhora minha, pode fazer da sua pessoa o que mais e melhor lhe aprouver, porque já a soberba dos vossos raptores jaz por terra, derribada por este meu forte braço; e porque não peneis por saber o nome do vosso libertador, sabei que me chamo D. Quixote de La Mancha, cavaleiro andante e aventureiro, e cativo da bela e sem-par Dª Dulcineia d'El Toboso; e como paga do benefício que de mim recebestes quero tão somente que vos desvieis para El Toboso e que da minha parte vos apresenteis à tal senhora e lhe digais o feito que por vossa liberdade fiz.

Tudo isto que D. Quixote dizia era ouvido por um escudeiro dos que acompanhavam o coche, que era biscainho, o qual, vendo que D. Quixote não queria dar passagem ao coche, dizendo que se havia de desviar para El Toboso, foi até ele e, segurando-o da lança, lhe falou, em má língua hispânica e pior biscainha, desta maneira:

— Anda, cavaleiro que mal andes, pelo Deus que criou-me, se não deixas coche, assim te matas como aí estás biscainho.

Entendeu-o muito bem D. Quixote, e com muita calma lhe respondeu:

— Se fosses cavaleiro, como o não és, já teria eu castigado a tua sandice e atrevimento, abjeta criatura.

Ao que replicou o biscainho:

— Eu não cavaleiro? Juro a Deus muito mentes como cristão. Se lança jogas e espada arrancas, língua bem logo a tua dobrarás! Biscainho na terra, fidalgo no mar, fidalgo no inferno, e mentes tu se outra dizes coisa.

— Agora vereis, como disse Agraxes[7] — respondeu D. Quixote.

E jogando a lança no chão, arrancou a espada, embraçou sua rodela e arremeteu contra o biscainho com determinação de lhe tirar a vida.

O biscainho, ao vê-lo vir assim, ainda tentou apear da mula (da qual, por ser de aluguel, não se havia de fiar), mas não pôde senão arrancar sua espada; e por seu bem calhou de estar junto ao coche, donde pôde apanhar um coxim que lhe serviu de escudo, e assim logo investiram um contra o outro, como dois mortais inimigos. Os demais trataram de apartá-los, mas não o conseguiram, pois dizia o biscainho em suas travadas razões que, se o não deixassem terminar sua batalha, ele mesmo havia de ma-

---

[7] Fórmula proverbial de ameaça atribuída a Agraxes (ou Agrajes) primo de Amadis de Gaula, embora o personagem não a utilize em nenhuma passagem dos textos conservados.

tar sua ama e toda a gente que o estorvasse. A senhora do coche, admirada e temerosa do que via, mandou o cocheiro se afastar um pouco dali e de longe se pôs a olhar a rigorosa contenda, no discorrer da qual acertou o biscainho uma grande cutilada no ombro de D. Quixote por cima da rodela, que, se o tocasse sem defesa, o abrira até a cintura. D. Quixote, ressentindo o afrontamento daquele desaforado golpe, deu uma grande voz, dizendo:

— Oh, senhora da minha alma, Dulcineia, flor da fermosura! Socorrei este vosso cavaleiro que, por satisfazer a vossa muita bondade, neste rigoroso transe se acha!

Dizer isto, e aferrar a espada, e cobrir-se bem com a rodela, e arremeter contra o biscainho foi tudo a um tempo, determinado a tudo aventurar num só golpe.

O biscainho, que assim o viu avançar contra si, bem percebeu no seu denodo a sua coragem, e determinou de fazer o mesmo que D. Quixote, e assim o aguardou bem coberto por seu coxim, sem conseguir voltear a mula, que de puro cansaço e não afeita a semelhantes folguedos não conseguia dar um passo.

Vinha pois, como se disse, D. Quixote contra o cauto biscainho com a espada em alto, determinado de o partir ao meio, e o biscainho o aguardava também com a espada arvorada e coberto com seu coxim, e todos os circunstantes estavam temerosos e suspensos do fim que haviam de ter aqueles tremendos golpes com que se ameaçavam, e a senhora do coche com suas criadas estavam fazendo mil votos e promessas para todas as imagens e ermidas da Espanha, para que Deus livrasse o seu escudeiro e elas próprias daquele tão grande perigo em que se achavam.

Mas o dano disso tudo é que, neste ponto e termo, deixou pendente esta batalha o autor desta história, pretextando não ter achado dessas façanhas de D. Quixote nada mais escrito além do referido. Bem é verdade que o segundo autor desta obra se negou a crer que tão curiosa história estivesse entregue às leis do esquecimento, nem que tão pouco curiosos fossem os engenhos de La Mancha que não tivessem guardado em seus arquivos ou suas gavetas alguns papéis que deste famoso cavaleiro tratassem, e assim, com essa imaginação, não se desesperou de achar o fim desta grata história, o qual, com o favor do céu, ele achou do modo que se contará na segunda parte.

Segunda parte

Capítulo IX

ONDE SE CONCLUI E DÁ FIM À ESTUPENDA BATALHA
QUE O GALHARDO BISCAINHO
E O VALENTE MANCHEGO TRAVARAM

Deixamos na primeira parte desta história o valoroso biscainho e o famoso D. Quixote com as espadas alteadas e nuas, em jeito de desfechar dois furibundos e fendentes golpes, tais que, se em cheio se acertassem, quando nada partiriam e fenderiam um ao outro de cima a baixo e se abririam como romãs; e naquele transe tão incerto parou e ficou truncada tão saborosa história, sem nos dar notícia o seu autor de onde se poderia achar o que dela faltava.

Causou-me isto grande pesar, pois o gosto de ter lido tão pouco se mudava em desgosto de pensar no árduo caminho que se me oferecia para achar o muito que ao meu ver faltava de tão saboroso conto. Pareceu-me coisa impossível e fora de todo bom costume que a tão bom cavaleiro tivesse faltado algum sábio que tomasse para si o encargo de escrever suas nunca vistas façanhas, coisa que não faltou a nenhum dos cavaleiros andantes,

> desses que dizem as gentes
> que vão às suas aventuras,[1]

---

[1] Os versos guardam semelhança com os da versão castelhana dos *Trionfi*, de Petrarca, realizada por Gómez de Ciudad Real, presumivelmente incorporados a algum romance popular hoje desaparecido.

pois cada um deles tinha um ou dois sábios como de encomenda, que não só escreviam seus feitos como pintavam seus mais mínimos pensamentos e ninharias, por mais escondidas que fossem. E não havia de ser tão infausto um tão bom cavaleiro, que a ele faltasse o que sobejou a Platir[2] e outros semelhantes. E assim não podia inclinar-me a crer que tão galharda história tivesse ficado manca e estropiada, e punha a culpa na malignidade do tempo, devorador e consumidor de todas as coisas, o qual, ou a tinha oculta, ou consumida.

Por outra parte, parecia-me que, uma vez que entre seus livros se achavam uns tão modernos como *Desengaño de celos* e *Ninfas y pastores de Henares*, também sua história devia de ser moderna e que, não estando escrita, estaria na memória de gente da sua aldeia e suas circunvizinhas. Tal imaginação me tinha confuso e desejoso de saber real e verdadeiramente toda a vida e milagres do nosso famoso espanhol D. Quixote de La Mancha, luz e espelho da cavalaria manchega e o primeiro que em nossa idade e nosso tão calamitoso tempo se votou ao trabalho e exercício das andantes armas, e ao de desfazer agravos, socorrer viúvas e amparar donzelas, daquelas que andavam com seus açoites e palafréns e com toda sua virgindade às costas, de ermo em ermo e de vale em vale; pois donzelas houve nos passados tempos que, não sendo forçadas por algum velhaco ou vilão de machado e capelina ou por algum descomunal gigante, ao cabo de oitenta anos sem dormir uma só noite sob teto, desceram à sepultura tão inteiras como a mãe que as pariu.

---

[2] *La crónica del caballero Platir* (ver cap. VI, nota 7) tinha por compilador fictício o sábio Galteno. Era traço comum ao gênero cavaleiresco apresentar suas histórias como tendo sido extraídas dos escritos de sábios magos, ou "encantadores", como Galerim, Xarton, Elisabat, Artidoro, Novarco, Fristão etc.

Digo pois que por estes e outros muitos respeitos é digno o nosso galhardo Quixote de contínuos e memoráveis elogios, que a mim também não se me devem negar, pelo trabalho e diligência que empenhei em buscar o final desta agradável história; conquanto eu bem saiba que, sem a ajuda do céu, do acaso e da fortuna, o mundo ficaria falto do passatempo e sem o gosto que por bem quase duas horas poderá gozar aquele que a ler com atenção. Deu-se pois o achado desta maneira:

Estando eu um dia no mercado da Alcaná de Toledo,[3] veio um rapaz vender uns cartapácios e papéis velhos para um mercador de seda, e como sou afeiçoado a ler até os papéis rotos das ruas, levado deste meu natural pendor tomei um cartapácio dos que o rapaz vendia e vi nele caracteres que conheci serem arábicos. E como, bem que os reconhecesse, não os sabia ler, estive olhando se aparecia por ali algum mourisco aljamiado[4] que os lesse, e não foi muito difícil achar tal intérprete, pois lá o acharia ainda que procurasse um de outra melhor e mais antiga língua. Enfim, a sorte me deparou um que, dizendo-lhe eu o meu desejo e pondo-lhe o livro nas mãos, o abriu ao acaso e, lendo um pouco nele, começou a rir-se.

Perguntei-lhe do que se ria, e me respondeu que de uma coisa que aquele livro tinha escrita à margem por anotação. Pedi-lhe que ma dissesse, e ele, sem deixar o riso, disse:

— Está, como eu disse, escrito aqui à margem o seguinte: "Esta Dulcineia d'El Toboso, tantas vezes nesta história referida, dizem que tinha a melhor mão para salgar porcos que qualquer mulher em toda La Mancha".

---

[3] A rua mercantil de Toledo.

[4] O mourisco que domina a "aljamia", isto é, qualquer idioma peninsular cristão, e mais especificamente o castelhano, escrito com caracteres árabes.

Quando ouvi aquele "Dulcineia d'El Toboso", fiquei atônito e suspenso, pois logo cuidei que continham aqueles cartapácios a história de D. Quixote. Com essa imaginação, dei-lhe pressa a que lesse o início, e assim fazendo, vertendo de improviso do arábico, disse que dizia: *História de D. Quixote de La Mancha, escrita por Cide Hamete Benengeli, historiador arábico.*

Muita discrição me foi precisa para disfarçar meu contento quando aos meus ouvidos chegou o título do livro, e adiantando--me ao mercador, comprei do rapaz todos os papéis e cartapácios por meio real, que se ele fosse mais discreto e percebesse o quanto eu os desejava, bem pudera ter pedido e tirado mais de seis reais da minha compra. Logo me apartei com o mourisco pelo claustro da igreja matriz e lhe roguei que me vertesse aqueles cartapácios, todos os que tratassem de D. Quixote, para a língua castelhana, sem nada lhes tirar nem pôr, oferecendo-lhe em troca a paga que ele quisesse. Contentou-se com duas arrobas de passas e duas fangas de trigo,[5] e prometeu traduzi-los bem e fielmente e com muita brevidade. Mas eu, para mais facilitar a tarefa e não dar de mão tão feliz achado, o levei à minha casa, onde em pouco mais de mês e meio traduziu ele a história inteira, do mesmo modo que aqui se refere.

Estava no primeiro cartapácio pintada muito ao natural a batalha de D. Quixote com o biscainho, postos na mesma postura que a história representa, levantadas as espadas, um coberto com sua rodela, o outro com o coxim, e a mula do biscainho tão vivamente que a tiro de balestra se via que era de aluguel. Trazia o biscainho escrito ao pé uma legenda que dizia "D. Sancho de Az-

---

[5] Medida de capacidade de secos equivalente a cerca de 50 litros. Passas e sêmola de trigo eram os ingredientes básicos do cuscuz magrebino, prato muito apreciado pelos mouros.

petia",[6] que, sem dúvida, devia de ser o seu nome, e aos pés de Rocinante havia outra que dizia "D. Quixote". Estava Rocinante maravilhosamente pintado, tão de longo e tão comprido, tão desmaiado e magro, com tanto espinhaço, tão héctico confirmado, que mostrava bem às claras com quanto avisamento e propriedade se lhe pusera o nome de "Rocinante". Junto dele estava Sancho Pança, segurando seu asno pelo cabresto, aos pés do qual havia outro rótulo que dizia "Sancho Sancos", e havia de ser porque, pelo que a pintura mostrava, tinha ele a barriga grande, o tronco breve e as pernas finas e longas, e por isso deve de ter recebido o nome de "Pança" e de "Sancos", que com essas duas alcunhas o chama por vezes a história.

Outras quantas minúcias havia que advertir, mas todas são de pouca monta e não importam ao caso na verdadeira relação da história, que nenhuma é má como seja verdadeira. Se a esta se pode fazer alguma objeção acerca da sua verdade, não poderá ser outra que ter sido o seu autor arábico, sendo muito próprio dos dessa nação ser mentirosos; ainda que, por serem eles tão nossos inimigos, antes se pode entender ter sido nela mais parco que demasioso. E assim me parece, pois quando se poderia e deveria estender a pena nos elogios de tão bom cavaleiro, parece que de indústria o autor lhes guarda silêncio: coisa malfeita e pior pensada, tendo e devendo de ser os historiadores pontuais, verdadeiros e em nada apaixonados, que nem o interesse nem o medo, o rancor nem a afeição os desviem do caminho da verdade, cuja mãe é a história, êmula do tempo, depósito das ações, testemunha do passado, exemplo e aviso do presente, advertência do porvir. Nesta sei que se achará tudo que se pode desejar na mais gra-

---

[6] Atual Azpeitia, vila da província basca de Guipúzcoa.

ta; e se algo de bom nela faltar, tenho para mim que será por culpa do cão do autor, antes que por falta do sujeito. Enfim, sua segunda parte, segundo a tradução, começava desta maneira:

Postas e levantadas em alto as cortadoras espadas dos dois valorosos e furibundos combatentes, pareciam com todas as veras ameaçar o céu, a terra e o abismo: tal era o denodo e o jeito que mostravam. E o primeiro que foi desfechar um golpe foi o colérico biscainho, o qual foi dado com tanta força e tanta fúria que, a não se desviar a espada no caminho, aquele único golpe bastara para pôr fim à rigorosa contenda e a todas as aventuras do nosso cavaleiro. Mas a boa sorte, que para maiores coisas o guardava, torceu a espada do seu rival, de modo que, apesar de acertar-lhe o ombro esquerdo, não lhe fez mais dano que desarmar desse lado toda a armadura, levando de roldão grande parte da celada, com meia orelha junto, e em pavorosa ruína foi tudo por terra, deixando-o muito estropiado.

Valha-me Deus! Quem pudera aqui boamente contar a raiva que tomou o coração do nosso manchego vendo-se daquela maneira! Não se diga mais senão que foi de maneira que ele se endireitou de novo nos estribos e, apertando mais a espada entre as duas mãos, com tamanha fúria a desfechou sobre o biscainho, acertando-o em cheio sobre o coxim e sobre a cabeça, que, sem ser bastante essa tão boa defesa, como se uma montanha lhe caísse em cima, começou ele a botar sangue pelo nariz e pela boca e pelos ouvidos, e a dar sinais de cair da mula abaixo, donde sem dúvida teria caído se não se lhe abraçasse ao pescoço; mas, com tudo isso, logo safou os pés dos estribos e afrouxou os braços, e a mula, espantada do terrível golpe, pegou a correr pelo campo, e com uns poucos corcovos deitou seu dono por terra.

Estava-o com muito sossego olhando D. Quixote e, assim como o viu cair, saltou do seu cavalo e com grande ligeireza se achegou a ele e, pondo-lhe a ponta da espada nos olhos, disse que se rendesse; se não, que lhe cortaria a cabeça. Estava o biscainho tão atordoado que não atinava a responder palavra; e mau fim tivera, tão cego estava D. Quixote, se as senhoras do coche, que até então com grandes desmaios acompanhavam a contenda, não fossem aonde ele estava e lhe rogassem com muito encarecimento que lhes fizesse a grande mercê e favor de poupar a vida daquele seu escudeiro. Ao que D. Quixote respondeu, com muito entono e gravidade:

— Por certo, fermosas senhoras, com grande contento farei o que me pedis, mas há de ser sob uma condição e concerto: e é que este cavaleiro me prometa ir ao lugar de El Toboso e apresentar-se da minha parte à sem-par Dona Dulcineia, para que ela faça dele o que mais for da sua vontade.

Sem reparar a temerosa e desconsolada senhora no que D. Quixote pedia nem perguntar quem era Dulcineia, prometeram-lhe que o escudeiro faria tudo aquilo que da sua parte lhe fosse mandado.

— Então, em fé dessa palavra, não lhe farei mais mal algum, posto que bem mo merecesse.

Capítulo X

DO QUE MAIS ACONTECEU A D. QUIXOTE
COM O BISCAINHO E DO PERIGO EM QUE SE VIU
COM UMA TURBA DE GALEGOS[1]

Já então se levantara Sancho Pança, algum tanto maltratado pelos criados dos frades, e estivera atento à batalha do seu senhor D. Quixote, rogando a Deus no seu coração que fosse servido de lhe dar vitória e que nela ganhasse alguma ínsula da qual o fizesse governador, como lhe tinha prometido. Vendo pois já acabada a contenda e que seu amo voltava a montar sobre Rocinante, foi segurar-lhe o estribo e, antes que montasse, se ajoelhou diante dele e, tomando-o pela mão, lha beijou e lhe disse:

— Seja vossa mercê servido, senhor D. Quixote meu, de dar-me o governo da ínsula que nessa rigorosa contenda ganhou, que, por grande que seja, eu me sinto com força de a saber governar tal tão bem como qualquer outro que tenha governado ínsulas no mundo.

Ao que respondeu D. Quixote:

---

[1] O título do capítulo não corresponde a seu conteúdo, e sim ao do capítulo XV. Além disso, a edição *princeps* traz *yangueses* (naturais de Yanguas, povoado na atual província de Soria) na epígrafe e *gallegos* no corpo do capítulo em que os arreiros aparecem. A partir da segunda edição, substituiu-se *gallegos* por *yangueses* em todas as ocorrências. Nossa opção foi padronizar o texto com a alternativa oposta, qual seja, substituindo sempre "ianguês" por "galego".

148

— Cuidai, irmão Sancho, que esta aventura e outras semelhantes não são aventuras de ínsulas, e sim de encruzilhadas, nas quais não se ganha coisa alguma senão a cabeça quebrada, ou uma orelha a menos. Tende paciência, que aventuras hão de se oferecer nas quais não só vos poderei fazer governador, mas bem mais.

Agradeceu-lho muito Sancho e, beijando-lhe outra vez a mão e a fralda da loriga, ajudou-o a montar sobre Rocinante, e ele montou sobre seu asno e começou a seguir o seu senhor, que a marcha picada, sem se despedir nem falar mais com as do coche, entrou por um bosque que ali perto havia. Seguia-o Sancho a todo o trote do seu jumento, mas tanto caminhava Rocinante que, vendo-se ficar para trás, foi-lhe forçoso dar vozes para o amo que o esperasse. Assim fez D. Quixote, tendo as rédeas de Rocinante até que chegasse seu cansado escudeiro, o qual em chegando lhe disse:

— Parece-me, senhor, que seria acertado irmos nos recolher nalguma igreja, pois tão estropiado ficou aquele com quem combatestes, que não será muito darem notícia do caso à Santa Irmandade[2] e virem nos prender; e à fé que, se o fizerem, antes de sair da prisão havemos de suar o topete.

— Cala — disse D. Quixote. — Onde viste ou leste jamais que algum cavaleiro andante tenha sido levado à justiça por mais homicídios que tivesse cometido?

— Eu não sei nada de homizios — respondeu Sancho — e nunca na vida guardei nenhum; só sei que a Santa Irmandade tem que ver com quem briga no campo, e no resto não me meto.

---

[2] Corpo armado regularizado pelos Reis Católicos em 1476. Tinha jurisdição policial e condenatória, sem direito a apelação, sobre os delitos cometidos em zonas despovoadas. Seus membros, os quadrilheiros, eram temidos e odiados pela população, fosse por sua violência e venalidade, fosse por sua incapacidade de garantir a segurança dos viajantes contra bandoleiros e salteadores.

— Não te aflijas, amigo — respondeu D. Quixote —, pois se eu te salvarei das mãos dos magos caldeus, que dirá das da Irmandade. Mas dize-me, por vida tua: viste em todo o descoberto da terra mais valoroso cavaleiro que eu? Leste em histórias outro que tivesse ou tenha tido mais brio em acometer, mais alento no perseverar, mais destreza no ferir, nem mais manha no derribar?

— Na verdade — respondeu Sancho —, nunca li história alguma, pois não sei ler nem escrever; mas o que posso apostar é que mais atrevido amo que vossa mercê não servi em todos os dias da minha vida, e praza a Deus que esses atrevimentos não se paguem onde tenho dito. O que rogo a vossa mercê é que cure essa orelha, pois está perdendo muito sangue, e eu trago aqui nos alforjes uns chumaços e um pouco de unguento camelo.[3]

— Tudo isto seria bem escusado — respondeu D. Quixote — se eu me lembrasse de fazer uma redoma do bálsamo de Ferrabrás,[4] que com uma só gota dele pouparíamos tempo e remédios.

— Que redoma e que bálsamo é esse? — disse Sancho Pança.

— É um bálsamo — respondeu D. Quixote —, cuja receita sei de cor, com o qual não há por que temer a morte, nem pensar em morrer de ferida alguma. E assim, quando eu o fizer e to der,

---

[3] Pomada supostamente anti-inflamatória, anti-infecciosa e cicatrizante, composta de cera, alvaiade, litargo e óleo de rosas. O medicamento foi incorporado ao adagiário como coisa que serve para tudo mas não resolve nada.

[4] Panaceia fabulosa com que Jesus Cristo teria sido ungido antes do sepultamento. Seu nome se deve a Fierabras (de "*fier à bras*" — braço bravo), protagonista de uma canção de gesta francesa do século XII, que ressurge nos *Orlandos* italianos como Ferraù. Esse gigante cavaleiro sarraceno, filho de um rei andaluz, rouba a sagrada relíquia no saque de Roma, até que, vencido por Oliveiros, é convertido à fé católica e entrega o bálsamo a Carlos Magno. O remédio milagroso é também citado em *Don Belianís de Grecia*.

bonitamente bastará que, quando vires que nalguma batalha me partiram o corpo ao meio (como muitas vezes sói acontecer), coloques a parte do corpo que tiver caído no chão, com muita sutileza, antes que o sangue se talhe, sobre a outra metade que tiver ficado na sela, cuidando de encaixá-las igual e justamente. Em seguida me darás de beber só dois goles do bálsamo que tenho dito, e me verás ficar mais são que um pero.

— Se é isso tudo — disse Pança —, eu renuncio desde agora ao governo da prometida ínsula, e como paga dos meus muitos e bons serviços só peço que vossa mercê me dê a receita desse extremado licor, pois tenho para mim que há de valer em qualquer parte mais de dois reais a onça, e eu não tenho precisão de mais para passar esta vida honrada e folgadamente. Só falta saber se custa muito a sua feitura.

— Com menos de três reais se podem fazer três azumbres[5] — respondeu D. Quixote.

— Pecador de mim! — replicou Sancho. — Então, o que espera vossa mercê para o fazer e mo ensinar?

— Cala, amigo — respondeu D. Quixote —, que maiores segredos penso ensinar-te, e maiores mercês fazer-te; mas agora curemo-nos, que esta orelha me dói mais do que eu quisera.

Tirou Sancho dos alforjes chumaços e unguento. Mas quando D. Quixote viu o dano da sua celada, pensou perder o juízo e, posta a mão na espada e erguendo os olhos para o céu, disse:

— Juro ao Criador de todas as coisas e aos santos quatro Evangelhos, onde consta por extenso, de levar a vida que levou o grande marquês de Mântua quando jurou de vingar a morte do seu sobrinho Valdovinos, que foi de não comer à mesa posta, nem

---

[5] Medida espanhola de líquidos, equivalente a cerca de dois litros.

com mulher folgar,[6] mais outras coisas que, bem que delas não me lembre, dou-as aqui por ditas, até tomar inteira vingança de quem tamanho desaguisado me fez.

Ouvindo isto, Sancho lhe disse:

— Cuide, senhor D. Quixote, que, se o cavaleiro cumpriu o que vossa mercê lhe deixou ordenado, de ir se apresentar ante da minha senhora Dulcineia d'El Toboso, já terá cumprido com o que devia, e não merece outra pena se não cometer novo delito.

— Falaste e apontaste muito bem — respondeu D. Quixote —, e assim anulo o juramento no que toca a tomar nova vingança; mas o faço e confirmo de novo de levar a vida que disse enquanto não tirar à força de outro cavaleiro outra celada tão boa como esta. E não penses, Sancho, que isto é fumo de palha, pois bem tenho a quem imitar neste ponto, pois o mesmo se passou ao pé da letra com o elmo de Mambrino,[7] que tão caro custou a Sacripante.[8]

— Dê vossa mercê aos diabos tais juramentos, senhor meu

---

[6] Citação do trecho do romance do marquês de Mântua em que o protagonista jura, junto ao corpo do sobrinho, *"de no comer a manteles — ni a mesa me asentare"*. A segunda parte do juramento, porém, não consta nesse poema, e sim no *Cantar de Mio Cid*, quando Ximena amaldiçoa o rei, dizendo: *"Rey que no haze justicia — no devía de reinar [...]/ ni comer pan a manteles — ni con la reina folgar"*.

[7] Nos *Orlandos* italianos, o elmo do rei mouro Mambrino tem propriedades mágicas que protegem a vida de quem o usa. No poema de Ariosto, o elmo é arrebatado do dono original por Reinaldo; no de Boiardo, o pagão Dardinello d'Almonte (Dardinel) morre na tentativa de recuperá-lo.

[8] D. Quixote troca o nome de dois personagens dos *Orlandos*, o Dardinel citado na nota acima com o rei mouro Sacripante, que luta com Reinaldo pelo amor de Angélica.

— replicou Sancho —, que são muito em dano da saúde e muito em prejuízo da consciência. Se não diga-me agora: se acaso em muitos dias não toparmos com nenhum homem armado com celada, o que faremos? Vai-se cumprir o juramento, apesar de tantos inconvenientes e incomodidades, como será o dormir vestido e o não dormir em povoado,[9] e outras mil penitências que continha o juramento daquele louco velho do marquês de Mântua, que vossa mercê quer agora revalidar? Olhe bem vossa mercê que por todos estes caminhos não andam homens armados, e sim arreeiros e carreiros, que não só não trazem celadas, como talvez em toda a vida nem tenham ouvido falar nelas.

— Muito te enganas — disse D. Quixote —, pois não teremos andado nem duas horas por estas encruzilhadas, quando veremos mais armados que os que foram a Albraca em conquista de Angélica a Bela.[10]

— Basta pois, que assim seja — disse Sancho —, e praza a Deus que tudo corra para o nosso bem e que chegue logo o tempo de ganhar essa ínsula que tão cara me custa, e morra eu logo.[11]

— Já te disse, Sancho, que quanto a isso não deves ter cuidado algum, que à falta ínsula, aí está o reino da Dinamarca, ou

---

[9] Conforme a continuação do romance do marquês de Mântua e sua jura "de no vestir otras ropas — ni renovar mi calzare,/ de no entrar en poblado — ni las armas me quitare".

[10] No *Orlando enamorado*, uma multidão de exércitos cristãos e pagãos cerca o castelo do rei Galafronte de Catai (China), no alto do penhasco de Albraca, para libertar a princesa Angélica, que lá vivia trancafiada pelo pai. Só as hostes do rei tártaro Agricane somavam mais de dois milhões de cavaleiros.

[11] Citação de um vilancete muito popular na segunda metade do século XVI, que diz "*véante mis ojos, — y muérame yo luego,/ dulce amor mío — y lo que yo más quiero*".

o de Sobradisa,[12] que te cairão como uma luva, a mais que, por serem em terra firme, mais te deves alegrar. Mas deixemos estas coisas para o seu devido tempo, e olha se trazes algo de comer nesses alforjes, para depois irmos em busca de algum castelo onde pousar esta noite e fazer aquele bálsamo, pois eu te voto por Deus que a orelha já me vai doendo muito.

— Trago aqui uma cebola e um pouco de queijo, e não sei quantos pedaços de pão velho — disse Sancho —, mas não são manjares próprios de tão valente cavaleiro como vossa mercê.

— Quão enganado estás! — respondeu D. Quixote. — Faço-te saber, Sancho, que é honra dos cavaleiros andantes nada comer em um mês e, em comendo, que seja daquilo que encontram mais à mão; e tudo isto terias por certo se tivesses lido tantas histórias como eu, bem que, sendo elas muitas, em nenhuma achei relação daquilo que os cavaleiros andantes comem, se não acaso em alguns suntuosos banquetes que lhes ofereciam, e os demais dias os passavam à brisa. E bem que se entenda não poderem passar sem comer nem fazer todos os outros misteres naturais, pois eram com efeito homens como nós, há que se entender também que, andando o mais do tempo da sua vida por florestas e despovoados, e sem cozinheiro, sua mais ordinária comida seria de viandas rústicas, tais como as que agora me ofereces. Assim sendo, Sancho amigo, não te avexe o que me dá gosto, nem queiras tu fazer mundo novo, nem tirar a cavalaria andante do seu eixo.

— Perdoe-me vossa mercê — disse Sancho —, pois, como eu não sei ler nem escrever, como já lhe disse, não sei nem pude co-

---

[12] Nome de um reino fabuloso citado nos *Amadises* cujo soberano era Galaor, já citado no capítulo I.

nhecer as regras da profissão cavaleiresca; e daqui por diante proverei os alforjes de todo gênero de fruta seca para vossa mercê, que é cavaleiro, e para mim os proverei, pois o não sou, doutras coisas voláteis e de mais sustança.

— Não digo, Sancho — replicou D. Quixote —, que seja forçoso aos cavaleiros andantes não comer outra coisa além dessas frutas que dizes, mas que seu mais ordinário sustento devia de ser delas e de algumas ervas que achavam pelos campos, que eles conheciam e eu também conheço.

— É virtude — respondeu Sancho — conhecer essas ervas, pois segundo o que vou imaginando, qualquer dia será mister usar desse conhecimento.

E tirando então o que dizia trazer, comeram os dois em boa paz e companhia. Mas desejosos de encontrar onde pousar naquela noite, acabaram com muita brevidade sua pobre e seca refeição. Puseram-se logo a cavalo e se deram pressa por chegar a alguma povoação antes do anoitecer, mas junto a umas choças de uns cabreiros lhes faltou o sol e a esperança de alcançar o que desejavam, e assim determinaram de passá-la ali; e o quanto foi de pesar para Sancho não chegar a povoação foi de contento para seu amo dormi-la a céu aberto, por entender que cada vez que isto lhe sucedia fazia ele um ato de posse que facilitava a prova da sua cavalaria.

Capítulo XI

Do que sucedeu a D. Quixote com uns cabreiros

Foi acolhido de bom grado pelos cabreiros, e tendo Sancho acomodado o melhor que pôde Rocinante e seu jumento, foi atrás do cheiro que desprendiam certas peças de cabra que cozendo ao fogo num caldeirão estavam; e se bem ele quisesse naquele mesmo instante ver se estavam no ponto de passar do caldeirão para seu estômago, deixou de o fazer porque os cabreiros as tiraram do fogo e, estendendo no chão umas peles de carneiro, puseram com muita pressa sua rústica mesa e com mostras de muito boa vontade ofereceram aos dois o que tinham. Seis deles, que eram os que na malhada estavam, sentaram-se à roda das peles, tendo antes com rústicas mesuras rogado a D. Quixote que se sentasse sobre uma gamela que emborcada lhe puseram. Sentou-se D. Quixote, e ficou Sancho em pé para encher-lhe a taça, que era feita de chifre. Vendo-o em pé seu amo, lhe disse:

— Para que vejas, Sancho, o bem que em si encerra a andante cavalaria e quão a pique estão os que em qualquer ministério dela se exercitam de virem logo a ser honrados e estimados pelo mundo, quero que aqui ao meu lado e na companhia desta boa gente te sentes, e que sejas uma mesma coisa comigo, que sou teu amo e natural senhor; que comas do meu prato e bebas donde eu beber, pois da cavalaria andante se pode dizer o mesmo que do amor se diz: que todas as coisas iguala.

— Grande mercê! — disse Sancho. — Mas sei dizer a vossa

mercê que, como eu tivesse do que bem comer, tão bem ou melhor o comeria em pé e a sós comigo que sentado ao lado de um imperador. E se se vai dizer a verdade, muito melhor me sabe o que eu como no meu canto sem melindres nem respeitos, ainda que seja pão com cebola, que os perus de outras mesas onde me seja forçoso mastigar devagar, beber pouco, limpar-me a todo instante, não espirrar nem tossir quando me vem vontade, nem fazer outras coisas que a solidão e a liberdade trazem consigo. Portanto, senhor meu, essas honras que vossa mercê me quer dar por ser ministro e aderente da cavalaria andante, como o sou sendo escudeiro de vossa mercê, troque-as por outras coisas que me sejam de mais serventia e proveito; pois destas, inda que as dê por bem recebidas, renuncio daqui para todo o sempre.

— Com tudo isso te hás de sentar, porque Deus exalta a quem se humilha.[1]

E tomando-o pelo braço, forçou-o a sentar ao seu lado.

Não entendiam os cabreiros aquela parlenda de escudeiros e cavaleiros andantes, e não faziam mais que comer e calar e olhar seus hóspedes, que com muito donaire e gana tragavam nacos tamanhos como punhos. Acabado o serviço de carne, espalharam sobre as peles grande quantidade de doces, e junto puseram meio queijo, mais duro que se fosse de argamassa. Nesse entretanto não ficara ocioso o chifre, pois corria a roda tão amiúde, ora cheio, ora vazio, como alcatruz de nora, que com facilidade esvaziou um chaguer[2] dos dois que ali se viam. Depois de ter D. Quixote bem

---

[1] Citação da passagem do Evangelho (Lucas, 14, 11) em que Jesus diz mais ou menos o mesmo dirigindo-se, justamente, aos comensais de um banquete.

[2] Alcatruz de nora: "alcatruzes" são os vasos dispostos em série no engenho chamado "nora", próprio para tirar água de poço. Evoca-se aqui o refrão, ge-

satisfeito seu estômago, tomou um punhado de bolotas na mão e, olhando-as atentamente, soltou a voz nas seguintes razões:

— Ditosa idade e séculos ditosos aqueles a que os antigos chamaram de ouro, e não porque neles o áureo elemento (que nesta nossa idade de ferro tanto se estima) se conseguisse naquela venturosa sem fadiga alguma, mas porque então os que nela viviam ignoravam estas duas palavras de "teu" e "meu". Eram naquela santa idade todas as coisas comuns: a ninguém era necessário para obter o seu diário sustento dar-se a outro trabalho que estender a mão e colher dos robustos carvalhos, que liberalmente lhes presenteavam seu doce e sazonado fruto. As claras fontes e correntes rios, em magnífica abundância, saborosas e transparentes águas lhes ofereciam. Nas brechas das fragas e no oco das árvores formavam sua república as laboriosas e discretas abelhas, oferecendo a qualquer mão, sem interesse algum, a fértil colheita de seu dulcíssimo trabalho. Os valentes sobreiros desprendiam de si, sem outro artifício que o de sua cortesia, suas grossas e leves cortiças, com que se começaram a cobrir as casas, sobre rústicas estacas sustentadas, somente para a defesa das inclemências do céu. Tudo era paz então, tudo amizade, tudo concórdia: ainda não se atrevera a pesada relha do curvo arado a lanhar nem visitar as piedosas entranhas de nossa mãe primeira, pois ela, sem ser forçada, oferecia por todas as partes do seu fértil e espaçoso seio tudo quanto pudesse fartar, sustentar e deleitar os filhos que então a possuíam. Então sim que andavam as cândidas e formosas zagaletas de vale em vale e de outeiro em outeiro, em trança e em cabelo, sem mais vestidos que os que haviam mister para

---

ralmente aplicado à bebida, "*arcaduz de noria, el que lleno viene, vacío torna*" ("alcatruz de nora, quando cheio vem, vazio torna"). Chaguer: recipiente de couro próprio para resfriar líquidos.

cobrir honestamente o que a honestidade quer e sempre quis que se cubra, e não eram os seus adornos desses que agora se usam, que a púrpura de Tiro e a tão martirizada seda encarecem, mas de algumas folhas verdes de bardana e hera entrelaçadas, com o que talvez andassem elas tão pomposas e bem-compostas como andam agora as nossas cortesãs cobertas com os raros e peregrinos disfarces que a curiosidade ociosa lhes mostrou. Então se declaravam os conceitos amorosos da alma simples e singelamente, ao mesmo jeito e maneira que ela os concebia, sem buscar artificioso rodeio de palavras para os encarecer. Não existia a fraude, o engano nem a malícia misturados à verdade e à lisura. A justiça estava nos seus próprios termos, sem que a ousassem perturbam nem ofender os do favor e do interesse, que tanto agora a menoscabam, perturbam e perseguem. O arbítrio ainda não se assentara no entendimento do juiz, pois à época não havia o quê nem a quem julgar. As donzelas e a honestidade andavam, como tenho dito, por toda a parte, sozinhas e altaneiras, sem temor de que a alheia desenvoltura e a lasciva tenção as desgraçassem, e a sua perdição nascia de seu gosto e própria vontade. E agora, nestes nossos detestáveis séculos, nenhuma está segura, nem mesmo oculta e enclausurada noutro novo labirinto como o de Creta; porque lá, pelos resquícios ou pelo ar, com o estro da maldita requesta, entra-lhes a amorosa pestilência que põe a perder todo o seu recolhimento. Para cuja segurança, andando mais os tempos e crescendo mais a malícia, instituiu-se a ordem dos cavaleiros andantes, a fim de defender as donzelas, amparar as viúvas e socorrer os órfãos e os necessitados. Desta ordem sou eu, irmãos cabreiros, a quem agradeço o regalo e bom acolhimento que dais a mim e ao meu escudeiro. Pois ainda que pela lei divina e natural todos sejam obrigados a favorecer os cavaleiros andantes, por saber que sem saberdes vós de tal obrigação me acolhestes e regalastes, é razão que com a melhor vontade a mim possível eu agradeça à vossa.

Toda essa longa arenga (que se pudera muito bem escusar) disse o nosso cavaleiro, porque as bolotas oferecidas lhe trouxeram à memória a idade do ouro, e resolveu oferecer aquele inútil arrazoado aos cabreiros, que, sem dizer palavra, embevecidos e suspensos, ficaram a escutá-lo. Sancho assim mesmo calava e comia bolotas, e visitava muito amiúde o segundo chaguer que para esfriar o vinho haviam pendurado de um sobreiro.

Mais demorou em falar D. Quixote que em acabar-se o jantar, ao fim do qual um dos cabreiros lhe disse:

— Para que com mais veras possa vossa mercê dizer, senhor cavaleiro andante, que o acolhemos com pronta e boa vontade, queremos oferecer-lhe recreio e contento fazendo com que cante um companheiro nosso que logo há de estar aqui; o qual é um zagal muito discreto e apaixonado que sabe além disso ler e escrever, e músico ao arrabil[3] como melhor não se pode querer.

Apenas havia o cabreiro acabado de dizer isto, quando chegou aos seus ouvidos o som do arrabil seguido por aquele que o tangia, que era um moço de uns vinte e dois anos, de muito boa graça. Perguntaram-lhe os seus companheiros se havia jantado, e respondendo este que sim, aquele que fizera os oferecimentos lhe disse:

— Então, Antonio, bem poderias nos fazer o gosto de cantar um pouco, para que veja este senhor nosso hóspede que também pelos montes e matas há quem saiba de música. Já lhe falamos das tuas boas habilidades e desejamos que agora as mostres

---

[3] Arrabil: espécie de rabeca mourisca de uma ou duas cordas friccionáveis com um arco tosco, que é tocada apoiando-a sobre o joelho.

e não nos desmintas; assim, rogo pela tua vida que te sentes e cantes o romance dos teus amores, aquele que compôs teu tio, o beneficiado,[4] e que na vila tanto agradou.

— Com prazer — respondeu o moço.

E, sem mais se fazer rogar, se sentou no tronco desgalhado de um carvalho e, afinando seu arrabil, dali a pouco, com muito boa graça, começou a cantar, dizendo desta maneira:

ANTONIO

— Sei, Olalla, que me adoras,
bem que nunca o tenhas dito
nem c'os olhos sussurrado,
mudas línguas de amoricos.

Por saber que és avisada,
em que me queres me afirmo,
pois nunca foi desditoso
o amor que foi conhecido.

É bem verdade também
que, Olalla, me deste indício
de teres de bronze a alma
e o peito feito granito.

Mas inda nos teus reproches
e honestíssimos desvios,
talvez a esperança mostre
a borda do seu vestido.

---

[4] Clérigo que recebe pagamento, dito "benefício", por exercer funções em paróquia ou capela particular.

Ao chamariz se abalança
minha fé, sem ter podido,
nem minguar por enjeitado,
nem crescer por escolhido.

Se o amor é cortesia,
da que tu mostras colijo
que o fim da minha esperança
há de ser qual imagino.

E se os serviços têm força
de o peito fazer benigno,
alguns dos que tenho feito
fortalecem meu partido.

Porque se cuidaste nisso,
mais de uma vez terás visto
que bem portei às segundas
o que me honrava aos domingos.

Seguindo o amor e a gala
ambos o mesmo caminho,
em todo o tempo a teus olhos
quis eu mostrar-me polido.

Deixo o bailar por tua causa,
nem outras canções recito
que as que te oferto a desoras
e ao canto do galo primo.

Nem falo dos mil louvores
que à tua beleza dedico,
pois, inda que verdadeiros,
têm-me de algumas malquisto.

Teresa del Barrocal,
a invejosa, deu ao bico:
"Pretende que adora um anjo
e o que ele adora é um bugio,

mercê dos seus muitos brincos
e dos cabelos postiços,
e de tantos arrebiques,
que enganam até Cupido".

Desmenti-a e espinhou-se;
veio por ela seu primo,
desafiou-me, e tu já sabes
o fim que teve comigo.

Não te quero eu de baldão,
nem te pretendo e te sirvo
pensando em barregania,
pois mais alto é meu desígnio.

Ajoujos tem a Igreja
que são qual laços de sirgo;
põe teu pescoço no jugo:
verás que c'o meu te sigo.

Quando não cá mesmo eu juro
pelo santo mais bendito
de não sair destas serras
se não for p'ra capuchinho.

Assim findou o cabreiro seu canto, e por mais que D. Quixote lhe tenha rogado que algo mais cantasse, não o consentiu

Sancho Pança, porque estava mais para dormir que para ouvir canções, e assim disse ao seu amo:

— Bem pode vossa mercê se acomodar desde já onde vai pousar esta noite, pois o trabalho que estes bons homens têm todo o dia não lhes permite passar as noites cantando.

— Bem te entendo, Sancho — respondeu D. Quixote —, pois bem se me dá a ver que as visitas ao chaguer pedem mais recompensa de sono que de música.

— A todos nos vem bem, por Deus bendito — respondeu Sancho.

— Isso não nego — replicou D. Quixote —, mas acomoda-te lá onde quiseres, que os da minha profissão melhor se acham velando que dormindo. Mas, com tudo isso, Sancho, seria bom que tornasses a curar esta minha orelha, que já me vai doendo além da conta.

Fez Sancho o que se lhe mandava, e vendo um dos cabreiros o ferimento, disse que não se afligisse, que ele lhe daria um remédio com que facilmente sararia. E apanhando algumas folhas de alecrim, do muito que ali crescia, mascou-as e misturou-as com um pouco de sal e, aplicando-as sobre a orelha, vendou-a muito bem, assegurando-lhe que não havia mister de outra medicina, e assim foi a verdade.

Capítulo XII

DO QUE CONTOU UM CABREIRO
AOS QUE ESTAVAM COM D. QUIXOTE

Nisto chegou outro moço dos que traziam da aldeia o bastimento, dizendo:

— Sabeis o que se passa lá no lugar, companheiros?

— Como o podemos saber? — respondeu um deles.

— Pois sabei — prosseguiu o moço — que esta manhã morreu aquele famoso pastor estudante chamado Grisóstomo, e se murmura que foi de amores daquela endiabrada moça da Marcela, filha de Guillermo, o rico, aquela que anda por estes ermos em hábito de pastora.

— Por Marcela dirás? — disse um.

— Por essa digo — respondeu o cabreiro. — E o melhor é que no testamento ele mandou que o enterrassem no campo, como se fosse mouro, e ao pé do penedo da fonte do sobreiro, porque, segundo é fama e dizem que ele disse, aquele lugar é onde a viu da vez primeira. Também mandou outras coisas, e tais que os padres do lugar dizem que não se hão de cumprir nem é bem que se cumpram, pois parecem coisa de gentios. A tudo isso responde aquele seu grande amigo Ambrosio, o estudante, que com ele também se vestiu de pastor, que se há de cumprir tudo, sem falta de nada, tal como o deixou mandado Grisóstomo, e por isso anda alvoroçado o lugar; mas, pelo que se diz, por fim se fará o que Ambrosio e todos os pastores seus amigos querem, e amanhã vêm para o enterrar com grande pompa onde tenho dito. E tenho para mim que há de ser coisa muito para ver; eu pelo menos não deixarei de ir vê-la, ainda que por isso não possa voltar amanhã ao lugar.

— Todos faremos o mesmo — responderam os cabreiros —, e jogaremos sortes para ver quem ficará guardando as cabras de todos.

— Bem dizes, Pedro — disse outro deles —, mas não será mister usar desse expediente, pois eu ficarei por todos; e não por virtude ou pouca curiosidade minha, mas porque não me deixa andar o garrancho que outro dia me furou este pé.

— Ainda assim to agradecemos — respondeu Pedro.

E D. Quixote rogou a Pedro que lhe dissesse que morto era aquele e que pastora aquela. Ao que Pedro respondeu que o que ele sabia era que o morto era um filho d'algo rico, vizinho de um lugar daquelas serras, que fora estudante por muitos anos em Salamanca, ao cabo dos quais voltara ao seu lugar com fama de muito sábio e muito lido.

— Principalmente diziam que sabia a ciência das estrelas, e de tudo o que o sol e a lua passam lá no céu, pois pontualmente nos dizia o cris do sol e da lua.

— *Eclipse* se chama, amigo, e não *cris*, o escurecer desses dois luminares maiores — disse D. Quixote.

Mas Pedro, não reparando em ninharias, prosseguiu seu conto dizendo:

— Também adevinhava quando havia de ser o ano abundante ou estio.

— *Estéril* quereis dizer, amigo — disse D. Quixote.

— Estéril ou estio — respondeu Pedro —, dá no mesmo. E digo que com essas coisas que ele dizia se fizeram seu pai e seus amigos, que lhe davam crédito, muito ricos, porque faziam o que ele lhes aconselhava, dizendo-lhes: "semeai este ano cevada, não trigo; neste podeis plantar grão-de-bico, e não cevada; o que vem será de guilha de azeitonas; nos três seguintes não se colherá grão".

— Essa ciência se chama astrologia — disse D. Quixote.

— Eu não sei como se chama — replicou Pedro —, mas sei que tudo isto sabia ele, e até mais. Finalmente, passados não muitos meses de chegar de Salamanca, apareceu ele um dia vestido de pastor, com seu cajado e seu pelico, tendo largado a beca que como escolar usava; e juntamente se vestiu com ele de pastor um outro seu grande amigo, chamado Ambrosio, que tinha seu colega nos estudos. Ia-me esquecendo de dizer que Grisóstomo, o falecido, foi grande homem de compor coplas: tanto que ele fazia os vilancetes para a noite do Nascimento do Senhor e os autos para o dia de Corpus, que eram representados pelos moços do nosso povoado, e todos diziam que eram cabais. Quando a gente do lugar viu os dois escolares tão de improviso vestidos de pastores, ficou admirada e não podia adivinhar a causa daquela tão estranha mudança. Já por esse tempo era morto o pai do nosso Grisóstomo, deixando por herança muita quantidade de bens, tanto móveis como de raiz, e uma não pequena quantidade de gado grosso e miúdo, e uma grande quantia de dinheiro; de tudo isso ficou o moço senhor soluto, e em verdade ele tudo merecia, pois era muito bom companheiro e caridoso e amigo dos bons, e tinha uma cara que era uma bênção. Depois se veio a saber que a mudança de trajes não foi por outra coisa que por andar por estes despovoados atrás daquela pastora Marcela que o nosso zagal disse em antes, da qual já estava enamorado o pobre falecido Grisóstomo. E quero vos dizer agora, pois é bem que o saibais, quem é essa rapariga; quem sabe, ou sem saber, não ouvireis semelhante coisa em todos os dias da vossa vida, ainda que vivais mais anos que a sarna.

— Que "Sara"[1] direis — replicou D. Quixote, não podendo sofrer a troca das palavras do cabreiro.

— Demais vive a sarna — respondeu Pedro. — E se a cada passo vierdes me espezinhar os vocábulos, senhor, não acabaremos nem num ano.

— Perdoai, amigo — disse D. Quixote —, por haver tanta diferença entre "sarna" a "Sara" vo-lo disse; mas vós respondestes muito bem, pois mais vive a sarna que Sara, e prossegui a vossa história, que não vos replicarei mais em nada.

— Digo, pois, senhor meu da minha alma — disse o cabreiro —, que na nossa aldeia havia um lavrador chamado Guillermo, ainda mais rico que o pai de Grisóstomo, e a quem Deus deu, além de muitas e grandes riquezas, uma filha de cujo parto morreu a mãe, que foi a mais honesta mulher que houve em todos estes contornos. Parece que ainda a vejo, com aquela cara que de um lado tinha o sol e do outro a lua; e era sobretudo trabalhadeira e amiga dos pobres, pelo que eu creio que ora agora há de estar a sua alma na paz de Deus no outro mundo. Do pesar da morte de tão boa mulher morreu seu marido Guillermo, deixando a filha Marcela, moça e rica, aos cuidados de um tio dela, sacerdote e beneficiado do nosso lugar. Cresceu a menina com tanta beleza que nos lembrava a da mãe, que a teve grandíssima; e com tudo isso se achava que a da filha logo a haveria de sobejar. E assim foi, pois quando chegou à idade de catorze a quinze anos ninguém a olhava sem dar graças a Deus bendito, que tão formosa a criara, e os mais caíam perdidos de amores por ela. Seu tio a guardava com muito zelo e recato; mas com tudo isso a fama da

---

[1] A esposa do patriarca Abraão, que segundo o Gênesis viveu 127 anos, sendo por isso incorporada à fraseologia ibérica para denotar coisa muito velha ou duradoura, a exemplo de Matusalém.

sua muita formosura correu de tal maneira que, assim por ela como por suas muitas riquezas, não só do nosso povoado, mas dos de muitas léguas em roda, e pelos melhores partidos, era rogado, solicitado e importunado seu tio para que lha desse por mulher. Mas ele, que é bom cristão e às direitas, bem que a quisesse casar logo, por vê-la na idade, não quis fazê-lo sem o consentimento dela mesma, sem olhos para o ganho e granjeio que lhe oferecia a tença dos bens da moça adiando o seu casamento. E à fé que isso se disse em mais de um corrilho na vila, em elogio do bom sacerdote; pois quero que saiba, senhor andante, que por estes lugarejos tudo se comenta e tudo se murmura, e tende para vós, como eu tenho para mim, que há de ser por demais bom o clérigo que obriga seus paroquianos a bendizer dele, especialmente nas aldeias.

— Assim é a verdade — disse D. Quixote —, e segui adiante, que o conto é muito bom, e vós, meu bom Pedro, o contais com muito boa graça.

— A do Senhor não me falte, que é a que vem ao caso. E no mais sabereis que, se bem o tio apresentava à sobrinha os muitos que por mulher a pediam e lhe dizia as qualidades de cada um em particular, rogando-lhe que se casasse e escolhesse a seu gosto, ela jamais respondeu outra coisa senão que ainda não se queria casar e que, por ser tão moça, não se sentia pronta para levar a carga do matrimônio. Ouvindo essas, ao parecer, justas escusas que ela dava, deixava o tio de importuná-la, à espera de quando ela tivesse um pouco mais de idade e soubesse escolher a companhia do seu gosto. Porque, dizia ele, e o dizia muito bem, não devem os pais dar estado[2] aos filhos contra sua própria vontade.

---

[2] Casar ou internar em convento ou mosteiro; prover para o futuro.

Mas eis aqui que, de um dia para o outro, aparece a melindrosa Marcela feita pastora; e sem fazer caso do tio nem de todos no povoado, que lho desaconselhavam, porfiou de sair ao campo para se juntar às demais zagalas do lugar e de guardar seu próprio gado. E quando ela saiu a público e sua beleza se viu a descoberto, não vos poderei boamente dizer quantos ricos mancebos, fidalgos e lavradores tomaram os trajes de Grisóstomo e andam por estes campos a requebrá-la; um deles, como aqui já foi dito, era o nosso falecido, de quem diziam que mais que amá-la a adorava. E não se pense que, por ter Marcela entrado naquela liberdade e vida tão solta e de tão pouco ou nenhum recolhimento, tenha ela, nem por sombras, dado algum indício que pudesse vir em menoscabo da sua honestidade e recato: antes é tal e tanta a vigilância com que ela olha por sua honra, que de quantos a servem e solicitam nenhum se gabou nem com verdade se poderá gabar de ter dela recebido a mais mínima esperança de alcançar o seu desejo. Pois, ainda que não fuja nem se esquive da companhia e da conversa dos pastores, e os trate cortês e amigavelmente, em chegando qualquer um deles a lhe revelar sua intenção, ainda que seja tão justa e santa como a do matrimônio, ela os põe a correr como com foguetes. E com essa guisa de condição causa mais danos nesta terra do que se nela fosse entrada a peste, pois sua afabilidade e formosura move o coração dos que com ela tratam a servi-la e a amá-la; mas o seu desdém e desengano os leva aos termos do desespero, e assim não sabem que dizer-lhe, senão gritar-lhe cruel e ingrata, mais outros títulos a estes semelhantes que a qualidade da sua condição bem manifestam. E se aqui estivésseis, senhor, certos dias, veríeis ressoar estas serras e estes vales com os lamentos dos desenganados que a seguem. Não muito longe daqui há um bosquete com quase duas dúzias de altas faias, e não há nenhuma que na sua lisa casca não tenha gravado e escrito o nome de Marcela, e por cima de algumas uma coroa gravada nas mesmas árvores, como se mais claramente dissesse o seu amante que a de toda a formosura humana Marcela merece e leva. Aqui suspira um pastor, ali geme um outro, acolá se ouvem amorosas canções, cá desesperadas endechas. Qual há que passa todas as horas da noite sentado ao pé de algum carvalho ou penhasco, e ali, sem pregar os chorosos olhos, embevecido e transportado nos seus pensamentos, o acha o sol da manhã; e qual há que, sem dar respiro nem trégua aos seus suspiros, em meio ao ardor da mais enfadosa sesta de verão, deitado na ardente areia, ergue suas queixas ao piedoso céu. E deste e daquele, e daqueles e destes, livre e desenfadadamente triunfa a bela Marcela, e todos os que a conhecemos esperamos saber onde há de parar a sua altivez e quem há de ser o bendito que virá domar tão terrível condição e gozar de tão extremada formosura. Por ser tudo o que aqui tenho contado tão averiguada verdade, entendo que também há de sê-lo o que o nosso zagal disse que se diz da causa da morte de Grisóstomo. E portanto vos aconselho, senhor, que não deixeis de estar amanhã no seu enterro, que será muito para ver, pois Grisóstomo tem muitos amigos, e não há nem meia légua deste lugar até aquele onde mandou que o enterrassem.

— Bem em conta o tenho — disse D. Quixote —, e agradeço-vos o gosto que me haveis dado com a narração de tão saboroso conto.

— Oh! — replicou o cabreiro. — Ainda não sei nem metade dos casos acontecidos aos amantes de Marcela, mas pode ser que amanhã topemos no caminho com algum pastor que mais nos conte. E agora bem será que vos recolhais a dormir sob teto, pois o sereno vos poderia fazer mal à ferida; se bem que é tão bom o remédio que vos foi dado que não há por que temer contrário acidente.

Sancho Pança, que já maldizia o muito falar do cabreiro, pediu por seu turno que seu amo entrasse a dormir na choça de Pedro. Fez ele assim, e todo o mais da noite passou em memórias de sua senhora Dulcineia, à imitação dos amantes de Marcela. Sancho Pança se acomodou entre Rocinante e seu jumento e dormiu, não como enamorado desfavorecido, mas como homem moído de pancada.

Capítulo XIII

ONDE SE DÁ FIM AO CONTO DA PASTORA MARCELA,
MAIS OUTROS SUCESSOS

Mas apenas começou a despontar o dia pelos balcões do Oriente, quando cinco dos seis cabreiros se levantaram e foram acordar D. Quixote e lhe perguntar se ainda tinha o propósito de assistir ao famoso enterro de Grisóstomo, e que eles lhe fariam companhia. D. Quixote, que outra coisa não desejava, se levantou e mandou Sancho arrear e albardar de pronto, o que ele fez com muita diligência, e com a mesma logo se puseram todos a caminho. E não tinham andado um quarto de légua quando, ao cruzar de uma vereda, viram chegar seis pastores vestidos com pelicos negros e coroadas as cabeças com grinaldas de cipreste e de amarga adelfa.[1] Trazia cada qual na mão um grosso bordão de azevinho. Com eles iam ainda dois gentis-homens a cavalo, muito bem-vestidos para viagem, acompanhados de três criados a pé. Em se chegando a encontrar, cumprimentaram-se cortesmente e, perguntando-se uns aos outros aonde iam, souberam que todos se encaminhavam para o lugar do enterro, e assim seguiram caminho todos juntos.

Um dos homens a cavalo, falando com seu companheiro, lhe disse:

— Parece-me, senhor Vivaldo, que havemos de dar por bem empregada a tardança que tivermos por ver esse famoso enterro,

---

[1] Na tradição pastoril, as flores de adelfa eram usadas em sinal de luto.

que não poderá deixar de ser famoso, pelo que estes pastores nos contaram de estranhezas, assi do morto pastor como da pastora homicida.

— Assim também me parece — respondeu Vivaldo —, e já não digo um dia, mas quatro, eu tardaria a troco de o ver.

Perguntou-lhes D. Quixote que era o que tinham ouvido de Marcela e de Grisóstomo. Disse o viajante que naquela madrugada tinham-se encontrado com aqueles pastores e que, por vê--los naquele tão triste traje, lhes perguntaram a ocasião de irem daquele jeito; que um deles lho contou, contando a estranheza e a formosura de uma pastora chamada Marcela e os amores de muitos que a requestavam, mais a morte daquele Grisóstomo a cujo enterro iam. Finalmente, contou ele tudo o que Pedro a D. Quixote contara.

Cessou essa conversa e começou outra, perguntando aquele que se chamava Vivaldo a D. Quixote qual era a razão que o levava a andar armado daquela maneira por terra tão pacífica. Ao que respondeu D. Quixote:

— A profissão do meu exercício não consente nem permite que eu ande de outra maneira. O sossego, o regalo e o repouso se inventaram lá para os frouxos cortesãos; já o trabalho, a inquietude e as armas só se inventaram e fizeram para aqueles que o mundo chama cavaleiros andantes, dos quais eu, ainda que indigno, sou de todos o benjamim.

Apenas o ouviram dizer isto, quando todos o tiveram por louco; e para melhor averiguá-lo e ver que gênero de loucura era o dele, tornou a lhe perguntar Vivaldo que queria dizer aquilo de "cavaleiros andantes".

— Nunca leram vossas mercês — respondeu D. Quixote — os anais e histórias de Inglaterra, onde se referem as famosas façanhas do rei Artur, que no nosso romance de contínuo chamamos "El-Rei Artus", de quem é tradição antiga e corrente em todo aquele reino da Grã-Bretanha que não morreu, mas por arte de encantamento se transformou o dito rei em corvo, e que passado o tempo há de voltar a reinar e recuperar seu reino e cetro, por cuja causa não se deu desde aquele tempo até o presente que nenhum inglês tenha matado corvo algum? Pois no tempo desse bom rei foi instituída aquela famosa ordem de cavalaria dos cavaleiros da Távola Redonda, e se deram pontualmente os amores que lá se contam de D. Lançarote do Lago com a rainha Ginevra, sendo medianeira e sabedora deles aquela tão honrada duenha Quintañona, donde nasceu aquele tão conhecido romance, e tão cantado nesta nossa Espanha, que diz

> Nunca fora um cavaleiro
> de damas tão bem servido
> como fora Lançarote
> quando da Bretanha vindo,[2]

com aquele prosseguimento tão doce e tão suave dos seus amorosos e fortes feitos. Pois desde então de mão em mão foi aquela ordem de cavalaria se estendendo e dilatando por muitas e diversas partes do mundo, e nela foram famosos e conhecidos por seus feitos o valente Amadis de Gaula, com todos os seus filhos e netos, até a quinta geração, e o valoroso Felixmarte de Hircânia, e o nunca bastantemente louvado Tirante o Branco, e já quase nos nossos dias vimos e tratamos e ouvimos o invencível e valoroso

---

[2] Versos do romance de Lançarote, já citado no capítulo II, que conta os amores adúlteros da rainha Ginevra, esposa de Artur, com Lancelote do Lago, mediados pela aia (duenha) Quintañona. A alcoviteira é personagem exclusivo do romanceiro espanhol, não aparecendo no enredo original do ciclo arturiano.

cavaleiro D. Belianis de Grécia. É isto, senhores, ser cavaleiro andante, e a ordem que tenho dito é a da sua cavalaria, na qual (como também tenho dito) eu, ainda que pecador, fiz profissão, e o mesmo que professaram os referidos cavaleiros professo eu. E assim vou por estas solidões e despovoados em busca de aventuras, com ânimo deliberado de oferecer o meu braço e a minha pessoa à mais perigosa que a sorte me deparar, em socorro dos fracos e desvalidos.

Por essas razões que disse acabaram de conhecer os viajantes que era D. Quixote falto de juízo e o gênero de loucura que o senhoreava, o que os encheu da mesma admiração que enchia a quem tomava novo conhecimento dela. E Vivaldo, que era pessoa muito discreta e de alegre condição, por trilhar mais ligeiro o pouco trecho que diziam faltar, ao chegar à serra do enterro, quis dar-lhe ocasião a que passasse adiante nos seus disparates, e assim lhe disse:

— Parece-me, senhor cavaleiro andante, que vossa mercê professou uma das mais estreitas profissões que há na terra, e tenho para mim que nem a dos frades cartuxos é assim tão estreita.

— Tão estreita bem pode ser — respondeu o nosso D. Quixote —, mas tão necessária ao mundo, estou a um triz de o pôr em dúvida. Porque, se se vai dizer a verdade, não faz menos o soldado que executa o que seu capitão lhe manda que o mesmo capitão que lho ordena. Quero dizer que os religiosos, com toda paz e sossego, pedem ao céu o bem da terra, mas somos os soldados e cavaleiros que pomos em execução o que eles pedem, defendendo-a com o valor dos nossos braços e o fio das nossas espadas, não a coberto, mas a céu aberto, postos por alvo dos insofríveis raios do sol no verão e dos eriçados gelos do inverno. Somos portanto ministros de Deus na terra e braços pelos quais nela se executa a sua justiça. E como as coisas da guerra e as que a ela tocam e concernem não se podem pôr em execução senão suando, lidando e trabalhando, segue-se que aqueles que a professam têm sem dúvida maior trabalho que quem em sossegada paz e repouso vive rogando a Deus que favoreça aqueles que pouco podem. Não quero eu dizer, nem me passa pelo pensamento, que seja tão bom estado o de cavaleiro andante como o do religioso de clausura; quero somente inferir, pelo que eu padeço, que sem dúvida é o primeiro mais trabalhoso e mais aporreado, e mais faminto e sedento, miserável, roto e piolhento, pois não há dúvida de que os cavaleiros andantes passados passaram muita má ventura no discorrer da sua vida; e se alguns chegaram a imperadores pelo valor do seu braço, à fé que lhes custou um bom tanto do seu sangue e do seu suor, e que, se aos que a tão alto grau subiram faltassem encantadores e sábios para os ajudar, haviam de ficar bem frustrados os seus desejos e bem desenganadas as suas esperanças.

— Desse mesmo parecer sou — replicou o viajante —, mas uma coisa dentre outras muitas me parece muito mal dos cavaleiros andantes, e é que, quando se veem na ocasião de acometer uma grande e perigosa aventura, em que se vê manifesto o perigo de perderem a vida, nunca nesse instante de acometê-la se lembram eles de encomendar-se a Deus, como todo cristão é obrigado a fazer em perigos semelhantes, antes se encomendam a suas damas, com tanta vontade e devoção como se elas fossem seu Deus, coisa que me parece ter um certo cheiro de gentilidade.

— Senhor — respondeu D. Quixote —, isso não pode de nenhuma maneira ser diferente, e em grande erro cairia o cavaleiro andante que outra coisa fizesse, pois é uso e costume da cavalaria andantesca que, ao acometer algum grande feito de armas, tenha o cavaleiro andante bem presente a sua senhora, volte a ela os olhos branda e amorosamente, como a pedir-lhe com eles que o favoreça e ampare no incerto transe que acomete. E ainda que ninguém o escute, é obrigado a dizer algumas palavras entre dentes, nas quais de todo coração se lhe encomende, e disto temos inumeráveis exemplos nas histórias. E não se há de entender por isto que deixam eles de encomendar-se a Deus, pois tempo e lugar lhes resta para fazê-lo no discorrer da obra.

— Com tudo isso — replicou o viajante —, ainda me resta um escrúpulo, e é que muitas vezes li que dois andantes cavaleiros travam conversa e, de palavra em palavra, acontece de se lhes acender a cólera e voltearem os cavalos e tomarem um bom trecho de campo, e logo, sem mais nem mais, a todo o correr deles tornarem a se encontrar, e no meio da carreira se encomendarem a suas damas; e do encontro sói resultar que cai um deles pelas ancas do cavalo varado de parte a parte pela lança do contrário, enquanto o outro, por seu lado, a não se agarrar às crinas do seu, não pudera deixar de também ir ao chão. E não entendo como o morto poderia ter tempo de se encomendar a Deus no discorrer dessa tão acelerada obra. Melhor fora que as palavras que na carreira gastou encomendando-se a sua dama as gastasse naquilo que devia e era obrigado como cristão. De mais a mais, tenho para mim que nem todos os cavaleiros andantes têm damas a quem se encomendar, pois nem todos são enamorados.

— Tal não pode ser — respondeu D. Quixote. — Digo que não pode ser que haja cavaleiro andante sem dama, pois é tão próprio e tão natural deles serem enamorados como do céu ter estrelas, e garanto que nunca se viu história onde se encontrasse cavaleiro andante sem amores; e se os não tivesse, não seria tido por legítimo cavaleiro, e sim por bastardo e entrado na fortaleza da dita cavalaria não pela porta, mas por sobre os muros, qual salteador e ladrão.

— Com tudo isso — disse o viajante —, creio ter lido, se não me falha a memória, que D. Galaor, irmão do valoroso Amadis de Gaula, nunca teve dama assinalada a quem se pudesse encomendar; mas nem por isso foi tido a menos, tendo sido um assaz valente e famoso cavaleiro.

Ao que respondeu nosso D. Quixote:

— Senhor, uma só andorinha não faz verão. Tanto mais, que eu sei que em segredo estava esse cavaleiro muito bem enamorado; fora que aquilo de querer bem a tantas quantas bem lhe apareciam era coisa própria da sua natureza, à qual não podia dar de mão. Mas, enfim, averiguado está, e muito bem, que ele tinha uma só dama a quem fizera senhora da sua vontade, à qual se encomendava muito amiúde e secretamente, porque se prezou de secreto cavaleiro.

— Logo, se é da essência de todo cavaleiro andante ser enamorado — disse o viajante —, bem se pode crer que vossa mercê também o seja, pois é da profissão. E se é que vossa mercê não se preza de ser tão secreto como D. Galaor, com todas as veras lhe suplico, em nome de toda esta companhia e no meu próprio, que nos diga nome, pátria, qualidade e formosura de sua dama, pois ela se terá por ditosa de que todo o mundo saiba que é amada e servida de um tal cavaleiro como vossa mercê parece.

Aqui deu um grande suspiro D. Quixote e disse:

— Não poderei afirmar se a doce minha inimiga gosta ou não de que o mundo saiba que a sirvo. Só sei dizer, respondendo ao que com tanto comedimento se me pede, que seu nome é Dulcineia; sua pátria, El Toboso, um lugar de La Mancha; sua qualidade há de ser pelo menos de princesa, pois é rainha e senhora minha; sua formosura, sobre-humana, pois nela vêm-se fazer verdadeiros todos os impossíveis e quiméricos atributos de beleza que os poetas dão às suas damas: que seus cabelos são ouro, sua fronte campos elísios, suas sobrancelhas arcos-celestes, seus olhos sóis, suas faces rosas, seus lábios corais, pérolas seus dentes, alabastro seu colo, mármore seu peito, marfim suas mãos, sua brancura neve, e as partes que da vista humana a honestidade encobriu são tais, segundo eu penso e entendo, que só a discreta consideração pode encarecê-las e não compará-las.

— A linhagem, prosápia e estirpe quiséramos saber — replicou Vivaldo.

Ao que respondeu D. Quixote:

— Não é dos antigos Cúrcios, Gaios e Cipiões romanos; nem dos modernos Colonas e Ursinos; nem dos Moncadas e Requesenes da Catalunha; nem tampouco dos Rebellas e Villanovas de Valência; Palafoxes, Nuzas, Rocabertis, Corellas, Lunas, Alagões, Urreas, Foces e Gurreas de Aragão; Cerdas, Manriques, Mendozas e Guzmões de Castela; Alencastros, Palhas e Meneses de Portugal; mas é dos de El Toboso de La Mancha, linhagem, se bem moderna, tal que pode dar generoso princípio às mais ilustres famílias dos vindouros séculos. E que ninguém me replique nisto, quando não seja com a condição que gravou Cervino ao pé do troféu das armas de Orlando, que dizia:

Ninguém as mova
que estar não possa com Roldão à prova.[3]

— Bem que o meu seja dos Cachopins de Laredo[4] — respondeu o viajante —, não o ousarei medir com o de El Toboso de La

---

[3] Tradução dos versos de *Orlando furioso* (XXIV, 66-67) "[*come volesse dir:*] *nessun la muova/ che star non possa con Orlando a prova*", comentário à inscrição "*Armatura d'Orlando paladino*" que, como prova de gratidão, o príncipe escocês Cervino (Zerbin) gravara no tronco onde estava pendurada a armadura do seu libertador.

[4] Linhagem nobre existente na realidade, originária das montanhas de San-

Mancha, posto que, a dizer a verdade, semelhante sobrenome até agora não me chegara aos ouvidos.

— Um isto[5] que não chegou! — replicou D. Quixote.

Com grande atenção iam escutando todos os demais a conversa dos dois, e até os cabreiros e pastores conheceram a demasiada falta de juízo do nosso D. Quixote. Só Sancho Pança pensava que tudo quanto seu amo dizia era verdade, sabendo ele quem era e tendo-o conhecido desde seu nascimento. Só o que duvidava um pouco era em crer naquilo da bela Dulcineia d'El Toboso, pois jamais tivera notícia de tal nome nem de tal princesa, ainda que morasse tão perto de El Toboso.

Nessas conversas estavam quando viram que, pela quebrada entre duas altas montanhas, desciam perto de vinte pastores, todos com pelicos de negra lã vestidos e coroados com grinaldas, que, como depois se viu, eram umas de teixo e outras de cipreste. Entre seis deles traziam umas andas, cobertas com muita variedade de flores e de ramos.

Em vendo o qual, um dos cabreiros disse:

— Aqueles que ali vêm são os que trazem o corpo de Grisóstomo, e o pé daquela montanha é o lugar onde ele mandou que o enterrassem.

Por isso se deram pressa em chegar, e foi ao tempo em que os do séquito acabavam de pôr as andas no chão, e quatro deles com agudas enxadas estavam cavando a sepultura, junto a uma dura penha.

---

tander. O pajem Fabio, personagem da *Diana* de Jorge de Montemor, alega ter o mesmo sobrenome ao proclamar sua fidalguia.

[5] O "isto" (*esto*) era uma figa com o dedo médio estendido com que se reforçava uma negativa.

Receberam-se uns a outros cortesmente, e logo D. Quixote e os que com ele vinham se puseram a olhar as andas, e nelas viram coberto de flores um corpo morto vestido de pastor, que aparentava os seus trinta anos; e ainda morto mostrava que vivo fora de rosto formoso e disposição galharda. Em volta dele havia nas mesmas andas alguns livros e muitos papéis, abertos e fechados. E tanto os que isto olhavam como os que cavavam a sepultura, e todos os demais que ali havia, guardavam um maravilhoso silêncio. Até que um daqueles que o morto trouxeram disse a outro:

— Vede bem, Ambrosio, se é este o lugar que Grisóstomo disse, já que quereis que tão pontualmente se cumpra o que ele deixou mandado no seu testamento.

— Este é — respondeu Ambrosio —, pois nele muitas vezes me contou o meu desditoso amigo a história de sua desventura. Ali me disse ele que viu da vez primeira aquela inimiga mortal da linhagem humana, e ali foi também onde da primeira vez lhe declarou o seu pensamento, tão honesto quanto enamorado, e ali foi a última vez em que Marcela acabou de o desenganar e desdenhar, de sorte que pôs fim à tragédia de sua miserável vida. E aqui, em memória de tantas desventuras, quis ele que o depositassem nas entranhas do eterno esquecimento.

E voltando-se para D. Quixote e os viajantes, prosseguiu dizendo:

— Esse corpo, senhores, que com piedosos olhos estais olhando, foi depositário de uma alma em que o céu pôs infinita parte de suas riquezas. Esse é o corpo de Grisóstomo, que foi único no engenho, ímpar na cortesia, extremo na gentileza, fênix na amizade, magnífico sem medida, grave sem presunção, alegre sem baixeza e, finalmente, primeiro em tudo o que é ser bom, e sem segundo em tudo o que foi ser desditoso. Se bem quis, foi detestado; se adorou, foi desdenhado; rogou a uma fera, importunou um mármore, correu empós do vento, deu vozes às soledades, serviu à ingratidão, da qual teve por prêmio ser despojo da morte no meio do caminho da sua vida, à qual deu fim uma pastora que ele procurava eternizar para que vivesse na memória das gentes, o que bem poderiam mostrar esses papéis que estais olhando, se não mos tivesse mandado entregar ao fogo em tendo ele entregado o seu corpo à terra.

— De mais rigor e crueldade usareis vós com eles — disse Vivaldo — que o seu próprio dono, pois não é justo nem certo que se cumpra a vontade de alguém cuja ordem contraria todo razoável discurso. E não o tivera bom Augusto César se consentisse que se pusesse em execução o que o divino mantuano deixou em seu testamento mandado.[6] Portanto, senhor Ambrosio, já que dareis o corpo do vosso amigo à terra, não queirais dar seus escritos ao esquecimento, pois se ele ordenou como agravado, não é bem que vós cumprais como indiscreto; antes fazei, dando vida a estes papéis, com que a tenha sempre a crueldade de Marcela, para que, nos tempos que estão por vir, sirva de exemplo aos viventes, para que se previnam e fujam de cair em semelhantes abismos; pois já sei eu, e todos os que aqui viemos, a história desse vosso enamorado e desesperado amigo, e sabemos da amizade vossa e da ocasião de sua morte, e do que deixou mandado ao terminar da vida, de cuja lamentável história se pode tirar quão grandes foram a crueldade de Marcela, o amor de Grisóstomo, a fé da amizade vossa, mais o paradeiro que têm os que à rédea solta correm pela trilha que o desvairado amor diante dos olhos lhes põe. Ontem

---

[6] Segundo a tradição, Virgílio – o divino mantuano – deixou registrado o pedido de que sua *Eneida*, que ele considerava imperfeita, fosse queimada após sua morte. A vontade do poeta não foi atendida pelo imperador Augusto, que providenciou a publicação do poema.

183

soubemos da morte de Grisóstomo e que neste lugar havia de ser enterrado, e assim por curiosidade e pena, torcemos o nosso direito rumo e determinamos de vir ver com os olhos o que tanto nos apenara ouvir. E como paga dessa pena e do desejo que em nós nasceu de o remediar se pudéssemos, te rogamos, oh discreto Ambrosio!, ao menos eu te suplico da minha parte que, deixando de abrasar esses papéis, me deixeis apanhar alguns deles.

E sem esperar que o pastor respondesse, estendeu a mão e tomou alguns dos que mais perto estavam; em vista do qual, Ambrosio disse:

— Por cortesia consentirei que fiqueis, senhor, com os que já tomastes; mas pensar que deixarei de abrasar os que restam é pensamento vão.

Vivaldo, que desejava ver o que os papéis diziam, abriu logo um deles e viu que tinha por título "Canção desesperada". Ouviu-o Ambrosio, e disse:

— Esse é o último papel que o desditoso escreveu; e por que vejais, senhor, os termos a que o levaram suas desventuras, lede-o de maneira que sejais ouvido, que bem vos dará lugar a isto o que se tardará em cavar a sepultura.

— Assim farei de muito bom grado — disse Vivaldo.

E como todos os circunstantes eram do mesmo desejo, logo o rodearam, e ele, lendo em voz clara, viu que assim dizia:

Capítulo XIV

ONDE SE PÕEM OS VERSOS DESESPERADOS
DO FINADO PASTOR,
MAIS OUTROS NÃO ESPERADOS SUCESSOS

CANÇÃO DE GRISÓSTOMO[1]

Já que queres, cruel, que se publique
de boca em boca e de uma a outra gente
do teu duro rigor a viva força,
farei que o mesmo inferno comunique
ao triste peito meu um som dolente,
que o uso costumado da voz torça.
E a par do meu desejo, que se esforça
dizendo a minha dor e tuas façanhas,
desta espantável voz irá o acento,
nele mescladas, por maior tormento,
pedaços de minhas míseras entranhas.

---

[1] A *canzone disperata*, a que corresponde este poema, é um gênero poético originário da tradição literária italiana, raro na literatura espanhola. Compõe-se de estrofes de dezesseis decassílabos, com rima encadeada no último par (o final do penúltimo rimando com o hemistíquio do último), mais uma estrofe final (envio) de cinco versos. Vale registrar que, no século XIX, foi encontrada na biblioteca de Sevilha outra versão do poema, com significativas diferenças em relação a esta, o que levou muitos estudiosos a deduzir de que a "Canção de Grisóstomo" foi composta antes da redação do *Quixote*.

Escuta pois e presta atento ouvido,
não ao pausado som, e sim ao ruído
que do mais fundo deste amargo peito,
levado dum forçoso desconcerto,
por meu contento sai, e a teu despeito.

O rugir do leão, do lobo fero
o temeroso aulido, o silvo hediondo
de escamosa serpente, o espantável
bradado de algum monstro, o agoureiro
grasnar da gralha fosca, mais o estrondo
do vento contrastado ao mar instável;
do já vencido touro o implacável
bramido, e da pombinha desvalida
o carpido arrulhar;[2] o triste canto
do mocho invejado,[3] mais o pranto
da inteira e infernal negra partida,
saiam co'a minha alma em sombra a eito
mesclados em um som, e de tal jeito,
que se confundam os sentidos todos,
pois a pena cruel que em mim encontro
para seu conto pede novos modos.

De tanta confusão, jamais as águas
ouçam do Tejo pai os tristes ecos,

---

[2] Segundo o tópico da pomba viúva que pranteia a morte do companheiro, muito caro à poesia do Século de Ouro espanhol.

[3] Acolhendo a crença popular de que as demais aves de rapina invejam os belos olhos do mocho.

nem do famoso Betis[4] as olivas,
que ali se espalharão as minhas mágoas
em altas penhas e profundos pegos,
com morta língua e com palavras vivas,
ou em escuros vales ou esquivas
praias, despidas de contrato humano,
ou onde o sol jamais mostrou seu lume,
ou entre o venenoso e vil cardume
de feras que alimenta o líbio plaino.[5]
Pois inda que nos páramos desertos
os ecos roucos do meu mal incertos
soem com teu rigor tão sem segundo,
por privilégio dos meus curtos fados,
serão levados pelo vasto mundo.

Mata um desdém, aterra a paciência,
quer verdadeira ou falsa, uma suspeita;
matam os zelos com rigor mais forte
e desconcerta a vida longa ausência;
contra um temor de olvido não sustenta
firme esperança na ditosa sorte.
Em tudo há certa, inevitável morte,
mas eu (milagre nunca visto) vivo
zeloso, ausente, desdenhado e absorto
nessas suspeitas que me mantêm morto,
e neste olvido em que meu fogo avivo.

---

[4] Nome romano do rio Guadalquivir, que atravessa a Andaluzia.

[5] Os desertos da Líbia, conforme o tópico literário que dá essa região como infestada de animais peçonhentos.

E entre tantos tormentos, nunca alcança
a vista a ver em sombras a esperança,
nem eu desesperado a procuro,
antes, por me extremar nesta querela,
estar sem ela eternamente juro.

Pode-se porventura num instante
esperar e temer, e é bem fazê-lo,
em sendo as causas do temor mais certas?
Tenho, se o duro zelo está diante,
de fechar os meus olhos, se hei de vê-lo
por mil feridas na minh'alma abertas?
E quem pode suas portas ter cerradas
à dura desconfiança, quando avista
às claras o desdém, e mil suspeitas
(oh amarga conversão!) verdades feitas,
e em mentira a verdade mais benquista?
Oh no reino de amor feros tiranos
zelos!, ponde-me ferros nestas mãos.
Dá-me desdém uma torcida soga.
Mas ai de mim, que com cruel vitória
vossa memória o meu penar afoga.

Eu morro enfim, e porque não espero
ventura, nem na morte nem na vida,
pertinaz estarei na fantasia.
Direi que é bem querer tal como eu quero,
e que é mais livre a alma mais rendida
à de amor antiga tirania.
Direi que a inimiga sempre minha
formosa a alma como o corpo tem,

que seu olvido é só por meu pecado
e quando assim nos deixa lastimados,
do amor o império em justa paz mantém.
E nesta opinião e um duro laço,
acelerando o miserável prazo
a que me conduziram seus desdéns,
ofertarei aos ventos corpo e alma,
sem louro ou palma de futuros bens.

Tu que com tantas sem-razões demonstras
a razão que me obriga a que esta faça
contra a cansada vida que aborreço;
pois já vês que te dá notórias mostras
o meu chagado peito ardendo em brasa
de quão alegre ao teu rigor me of'reço,
se por acaso entendes que mereço
que o claro céu dos teus olhos formosos
com meu morrer se turve, não concedas,
pois não quero jamais que te arrependas
ao dar-te da minha alma estes despojos.
Antes com riso na ocasião funesta
descobre que o meu fim foi tua festa.
Mas cuido ser tolice que isto alerte
pois sei que é tua glória conhecida
que minha vida chegue ao fim tão preste.

Que venha, é tempo já, do precipício
Tântalo sedento; Sísifo venha
dobrado sob o peso do seu canto;
Também com seu abutre venha Tício
e com sua roda Ixião não se detenha,

nem tampouco as irmãs que lidam tanto,[6]
e todos juntos seu mortal quebranto
trasladem ao meu peito, e sussurrando
(se a um desesperado são devidas)
cantem exéquias tristes, doloridas,
ao corpo a que se nega o campo-santo.
E o porteiro infernal, o de três rostos,[7]
com outras mil quimeras e mil monstros,
contrapontem a dor num só conjunto
que outra pompa melhor não me parece
que a que merece um amador defunto.

Canção desesperada, não te queixes
quando esta triste companhia deixes;
pois, como a causa de que tu surgiste

---

[6] A estrofe alude a uma série de figuras da mitologia greco-romana que têm em comum o sofrimento de suplícios sem fim nos abismos infernais. As quatro primeiras foram reunidas por Ovídio no livro IV das *Metamorfoses* e retomadas por diversos poetas, entre eles Camões (Canção II). Tântalo: por afrontar o Olimpo, foi condenado a fome e sede insaciáveis, pois os rios lhe negavam suas águas e as árvores, seus frutos. Sísifo: como punição por suas trapaças, foi entregue à eterna tarefa de empurrar uma rocha até o alto de uma montanha, para vê-la sempre rolar antes de atingir o topo. Tício: pela tentativa de estupro de Leto, recebeu o mesmo suplício que o titã Prometeu. Ixião (Íxion): depois de tentar seduzir Hera e alardear a falsa conquista, foi amarrado com serpentes a uma roda que gira eternamente sobre chamas. As irmãs: as 49 Danaides que, à diferença de sua irmã Hipernestra, obedeceram ao mandato do pai, o rei Danao, e degolaram seus maridos na noite de núpcias, sendo por isso condenadas pelos deuses a encher de água um tonel sem fundo.

[7] Referência ao Cérbero, o cão mitológico de três cabeças que guardava as portas do Hades/Averno.

com meu finar aumenta sua ventura,
sequer à sepultura estejas triste.

Agradou a canção de Grisóstomo aos que a escutaram, conquanto quem a leu dissesse que não lhe parecia se ajustar à relação que ele ouvira do recato e da bondade de Marcela, pois nela se queixava Grisóstomo de ciúmes, suspeitas e de ausência, tudo em prejuízo do bom crédito e da boa fama de Marcela. Ao que respondeu Ambrosio, como aquele que sabia até dos mais secretos pensamentos do seu amigo:

— Para desfazer essa vossa dúvida, senhor, é bem que saibais que, quando este desditoso escreveu esta canção, estava ele ausente de Marcela, de quem se ausentara por sua própria vontade, para ver se a ausência obrava nele com seus ordinários poderes, E como ao enamorado ausente não há coisa que não fatigue nem temor que não alcance, assim fatigavam a Grisóstomo os ciúmes imaginados e as suspeitas temidas como se fossem verdadeiras. E com isto fica por desmentir a proclamada verdade sobre a bondade de Marcela, a quem, afora o ser cruel, e um pouco arrogante, e um muito desdenhosa, a mesma inveja não lhe deve nem pode imputar falta alguma.

— Assim é a verdade — respondeu Vivaldo.

E querendo ler outro papel dos que havia resgatado do fogo, interrompeu-o uma maravilhosa visão, pois tal parecia ela, que imprevistamente se lhe ofereceu aos olhos; e foi que, sobre a penha a cuja sombra se cavava a sepultura, apareceu a pastora Marcela, tão bela que superava sua fama sua beleza. Os que até então não a tinham visto a olhavam com admiração e silêncio, e os que já estavam acostumados a vê-la não ficaram menos absortos que os que nunca a tinham visto. Mas apenas a vira Ambrosio, quando, com mostras de ânimo indignado, lhe disse:

— Vens porventura ver, oh fero basilisco destas montanhas!, se com tua presença vertem sangue as feridas deste desventurado[8] a quem tua crueldade tirou a vida? Ou vens ufanar-te das cruéis façanhas da tua condição? Ou ver do alto, como outro impiedoso Nero, o incêndio de sua abrasada Roma? Ou tripudiar arrogante sobre este desditoso cadáver, como a ingrata filha sobre o de seu pai, Tarquínio?[9] Dize-nos logo ao que vens ou que é aquilo que mais queres, pois, por saber que os pensamentos de Grisóstomo jamais deixaram de obedecer-te em vida, farei que, estando ele morto, te obedeçam os de todos que se disseram amigos dele.

— Não venho, oh Ambrosio!, por nada do que disseste — respondeu Marcela —, mas volto por mim mesma para trazer à luz a desrazão de todos aqueles que de suas penas e da morte de Grisóstomo me culpam; e assim rogo a todos os que aqui estais que presteis atenção, que não será mister muito tempo nem gastar muitas palavras para persuadir uma verdade aos discretos. Fez-me o céu, segundo afirmais, formosa, e de tal maneira que, sem serdes poderosos a outra coisa, a que me ameis vos move a minha formosura, e pelo amor que me mostrais dizeis e até quereis que seja eu obrigada a vos amar. Eu entendo, com o senso natural que Deus me deu, que tudo que é formoso seja amável;

---

[8] Segundo a crença popular de que o cadáver do assassinado sangra na presença do assassino.

[9] Evocação de uma antiga lenda romana. Segundo o relato original, porém, não foi o cadáver do marido, Tarquínio o Soberbo, que Túlia profanou esmagando sob as rodas de seu carro, e sim o de seu próprio pai, o rei Sérvio Túlio, que ela mandara assassinar para que seu marido pudesse reinar. A confusão já se encontra no romanceiro espanhol.

mas não alcanço que, por razão de ser amado, seja obrigado o amado por formoso a amar a quem o ama. E mais, que poderia acontecer ser feio o amador do formoso, e sendo o feio digno de ser detestado, muito mal diz o dito "Quero-te por formosa, hás de me amar ainda que eu seja feio". Mas em caso de que sejam iguais as formosuras, nem por isso hão de correr iguais os desejos, pois nem toda formosura enamora: algumas há que alegram a vista mas não rendem a vontade; pois se todas as belezas enamorassem e rendessem, seria um andarem as vontades confusas e desencaminhadas, sem saber em qual parar, porque sendo infinitos os sujeitos formosos, infinitos seriam os desejos. E segundo ouvi dizer, o verdadeiro amor não se divide, e há de ser voluntário, e não forçoso. Sendo isto assim, como eu creio que é, por que quereis que renda a minha vontade por força, obrigada não mais que por dizerdes que me quereis bem? Senão dizei-me: se como o céu me fez formosa me tivesse feito feia, seria justo que eu me queixasse de vós por não me amardes? Tanto mais que haveis de considerar que eu não escolhi a formosura que tenho, a qual recebi do céu de graça, tal como é, sem que eu a pedisse nem escolhesse. E assim como a serpente não merece ser culpada pela peçonha que tem, ainda que com ela mate, por tê-la recebido da natureza, eu também não mereço ser repreendida por ser formosa, pois a formosura na mulher honesta é como o fogo apartado ou como a espada aguda, que nem ele queima nem ela corta quem deles não se aproxima. A honra e as virtudes são adornos da alma, sem as quais o corpo, ainda que o seja, não deve de parecer formoso. Pois se a honestidade é uma das virtudes que mais adornam e formoseiam corpo e alma, por que há de perdê-la a mulher amada por formosa, só por corresponder à intenção daquele que, por seu gosto, com todas as suas forças e indústrias procura que a perca? Eu nasci livre, e para poder viver livre escolhi a solidão dos campos. As árvores destas montanhas são minha companhia; as claras águas destes regatos, meus espelhos; às árvores e às águas comunico meus pensamentos e formosura. Fogo sou apartado e espada posta longe. Aqueles que enamorei com a vista desenganei com palavras; e se os desejos se alimentam de esperanças, não havendo eu dado nenhuma a Grisóstomo, nem aos de outro algum cedido, bem se pode dizer que antes o matou sua porfia que minha crueldade. E se me alegarem que eram honestos seus pensamentos e que por isto era eu obrigada a correspondê-los, direi que, quando neste mesmo lugar onde agora se cava sua sepultura ele a mim descobriu a bondade da sua intenção, eu lhe disse que a minha era viver em perpétua solidão e só à terra entregar o fruto do meu recolhimento e os despojos da minha formosura; e se ele, a despeito de tal desengano, quis porfiar contra a esperança e navegar contra o vento, estranha ter soçobrado no mar do seu desatino? Se eu o entretivesse, seria falsa; se o contentasse, atentaria contra a minha melhor tenção e propósito. Porfiou desenganado, desesperou sem ser detestado: vede agora se é razão que da sua pena me culpem! Pode queixar-se o enganado, desesperar aquele a quem faltaram prometidas esperanças, confiar-se quem eu solicitar, ufanar-se quem eu aceitar; mas que não me chame cruel nem homicida aquele a quem não prometo, engano, solicito nem aceito. O céu até agora não quis que eu ame por destino, e vão é pensar que hei de amar por escolha. Que este geral desengano sirva a cada um dos que me solicitam para o seu particular proveito; e entenda-se daqui em diante que, se alguém por mim morre, não morre de ciúmes nem despeito, pois quem a ninguém ama a ninguém deve dar ciúmes, e os desenganos não se hão de lançar à conta dos desdéns. Quem me chama fera e basilisco que me deixe como coisa prejudicial e má; quem me chama ingrata não me sirva; quem desconhecida, não me conheça; quem cruel, que não me siga; e esta fera, este basilisco, esta ingrata, esta cruel e esta desconhecida não vos buscará, servirá, conhecerá nem seguirá de modo algum. Pois se Grisóstomo foi morto por sua impaciência e destemperado desejo, por que se há de culpar o meu honesto proceder e recato? Se conservo a minha limpeza na companhia das árvores, por que há de querer que a perca quem deseja que eu tenha a dos homens? Eu, como sabeis, tenho riquezas próprias e não cobiço as alheias; tenho livre condição e não gosto de sujeitar-me; não amo nem detesto ninguém; não engano este nem solicito aquele; não desfruto de um nem me entretenho com outro. A conversa honesta das zagalas destas aldeias e o cuidado das minhas cabras me entretêm. Têm meus desejos por termo estas montanhas, e quando daqui saem é para contemplar a beleza do céu, passos com que caminha a alma para sua morada primeira.

E em dizendo isto, sem querer ouvir resposta alguma, virou as costas e entrou no mais cerrado de um bosque que ali perto havia, deixando admirados tanto de sua discrição como de sua formosura a todos os que lá estavam. E alguns fizeram menção (dentre os que da poderosa flecha dos raios de seus belos olhos estavam feridos) de querê-la seguir, sem nada aproveitar do manifesto desengano que tinham ouvido. Em vendo o qual D. Quixote, parecendo-lhe que ali cumpria fazer uso da sua cavalaria, socorrendo as donzelas necessitadas, pôs a mão no punho de sua espada e em altas e inteligíveis vozes disse:

— Que pessoa alguma, seja do estado e condição que for, se atreva a seguir a formosa Marcela, sob pena de cair na furiosa indignação minha. Ela mostrou com claras e suficientes razões a pouca ou nenhuma culpa que teve da morte de Grisóstomo e quão longe vive de condescender aos desejos de qualquer dos seus amantes; pelo qual é justo que, em vez de ser seguida e perseguida, seja honrada e estimada por todos os bons do mundo, pois mostra ser nele a única que com tão honesta intenção vive.

Quer fosse pelas ameaças de D. Quixote, ou porque Ambrosio os urgiu a concluir o que a seu bom amigo deviam, nenhum dos pastores se moveu nem arredou dali até que, terminada a sepultura e abrasados os papéis de Grisóstomo, puseram seu corpo nela, não sem muitas lágrimas dos circunstantes. Fecharam a sepultura com uma grande pedra, enquanto não se fazia a lápide que, segundo Ambrosio disse, pensava encomendar com um epitáfio que haveria de dizer assim:

> Jaz aqui dum amador
> o pobre corpo gelado,
> que foi um pastor de gado,
> perdido por desamor.
>
> Morreu nas mãos do rigor
> duma esquiva e bela ingrata,
> com quem seu poder dilata
> a tirania de amor.

Em seguida espalharam por cima da sepultura muitas flores e ramos e, dando todos os pêsames a seu amigo Ambrosio, despediram-se dele. O mesmo fizeram Vivaldo e seu companheiro, e D. Quixote se despediu de seus anfitriões e dos viajantes, os quais lhe rogaram que fosse com eles até Sevilha, por ser lugar tão propício para achar aventuras, que em cada rua e ao dobrar de cada esquina se oferecem mais que em nenhum outro. D. Quixote agradeceu-lhes o aviso e o ânimo que mostravam de lhe fazer mercê, e disse que por ora não queria nem devia ir a Sevilha, até que houvesse despojado todas aquelas serras de ladrões facinorosos, dos quais era fama que todas estavam cheias. Vendo sua firme determinação, não quiseram os viajantes importuná-lo mais e, despedindo-se outra vez, o deixaram e seguiram seu caminho, no qual não lhes faltou do que falar, tanto da história de Marcela e Grisóstomo como das loucuras de D. Quixote. O qual determinou de ir em busca da pastora Marcela e oferecer-lhe tudo o que ele podia em seu serviço; mas não lhe aconteceu como pensava, segundo se conta no discorrer desta verdadeira história, findando aqui a segunda parte.

Terceira parte

Capítulo XV

ONDE SE CONTA A DESGRAÇADA AVENTURA
COM QUE TOPOU D. QUIXOTE
EM TOPAR COM UNS DESALMADOS GALEGOS[1]

Conta o sábio Cide Hamete Benengeli que, assim como D. Quixote se despediu de seus anfitriões e de todos os que se encontravam no enterro do pastor Grisóstomo, ele e seu escudeiro entraram pelo mesmo bosque onde viram que tinha entrado a pastora Marcela, e depois de andar mais de duas horas por ele, procurando-a por toda a parte, sem acertar a achá-la, foram dar num prado cheio de fresca grama, junto ao qual corria um regato ameno e fresco, tanto que os convidou e forçou a passarem ali o calor da sesta, que com rigor já vinha chegando.

Apearam D. Quixote e Sancho e, deixando o jumento e Rocinante pastarem à larga da muita grama que ali havia, atacaram os alforjes e, sem cerimônia alguma, em boa paz e companhia, amo e criado comeram o que neles acharam. Não cuidara Sancho de pôr peias a Rocinante, certo de o conhecer como muito manso e pouco brioso, tanto que nem todas as éguas do pastio de Córdova o desencaminhariam. Mas quis a sorte, e o diabo (que

---

[1] A epígrafe da edição *princeps*, assim como a do capítulo X, traz "*desalmados yangueses*" (ver cap. X, nota 1). O paralelismo entre as duas epígrafes, mais a incongruência da primeira com o texto que encabeça, deu lugar a muitas especulações. Uma delas é que Cervantes teria a intenção de delimitar um trecho diferencial entre os capítulos X e XV.

nem sempre dorme), que andasse por aquele vale pastando uma manada de éguas galizianas[2] de uns arreeiros galegos, dos quais é costume sestear sua récua em lugares e paragens de pasto e água, e aquele onde acertou de estar D. Quixote lhes vinha bem a propósito.

Aconteceu pois que Rocinante teve o desejo de se refocilar com as senhoras hacaneias, e saindo, assim como as farejou, do seu natural rumo e costume, sem pedir licença ao dono, deu um trotezinho algum tanto aceso e foi participá-las de sua necessidade. Mas elas, que pelo visto deviam de ter mais vontade de pastar que de outra coisa, o receberam com as ferraduras e com os dentes, de tal maneira que logo se lhe romperam as cilhas, ficando sem sela, em pelo. Mas o que ele mais deve de ter sentido foi que, vendo os arreeiros que suas éguas eram forçadas, acudiram com bordões, e tantas bordoadas lhe deram que o deixaram estropiado no chão.

Já nisto D. Quixote e Sancho, que tinham visto a sova de Rocinante, já chegavam arfando, e disse D. Quixote a Sancho:

— Pelo que vejo, amigo Sancho, estes não são cavaleiros, mas gente soez e de baixa raleia. Digo-o porque bem me podes ajudar a tomar a devida vingança do agravo que diante dos nossos olhos foi feito a Rocinante.

— Que diabo de vingança havemos de tomar — respondeu Sancho —, se eles são mais de vinte, e nós apenas dois, ou quem sabe um e meio?

— Eu valho por cento — replicou D. Quixote.

E sem fazer mais discursos arrancou a espada e arremeteu

---

[2] Raça de cavalos de baixa estatura, porém fortes. Também eram chamadas "mulas galicianas" as matreiras e ariscas.

contra os arreeiros, e o mesmo fez Sancho Pança, incitado e movido pelo exemplo de seu amo; e de saída acertou D. Quixote uma cutilada num deles, abrindo-lhe o gibão de couro que vestia, com grande parte das costas.

Os arreeiros, ao se verem maltratar por aqueles dois homens sozinhos, sendo eles tantos, agarraram de seus bordões e, cercando os dois, deram neles com grande afinco e veemência. Verdade é que num toque deitaram Sancho por terra, o mesmo acontecendo com D. Quixote, sem que lhe valesse sua destreza e coragem, e quis sua sorte que viesse a cair aos pés de Rocinante, que ainda não se levantara: o que bem mostra com que fúria moem bordões postos em mãos rústicas e iradas.

Vendo então os arreeiros o estrago que haviam feito, reuniram sua récua com a maior presteza possível e seguiram seu caminho, deixando os dois aventureiros em mau estado e pior talante. O primeiro a dar por si foi Sancho Pança; e achando-se junto a seu senhor, com voz franzina e lastimosa disse:

— Senhor D. Quixote? Ai, senhor D. Quixote!

— Que queres, irmão Sancho? — respondeu D. Quixote, com o mesmo tom afeminado e dolente que Sancho.

— Quisera, se possível — respondeu Sancho Pança —, que vossa mercê me desse dois goles daquela bebida do feio Brás,[3] se é que vossa mercê a tem aí à mão, que talvez seja de proveito para a quebradura de ossos como o é para as feridas.

— Se aqui a tivesse, ai de mim, que mais nos faltaria? — respondeu D. Quixote. — Mas juro, Sancho Pança, à fé de cavaleiro andante, que em menos de dois dias, se a fortuna não man-

---

[3] Sancho deforma o nome de Ferrabrás, talvez cruzando-o com o *Blas*, frequente no teatro espanhol na figura do aldeão bronco.

da outra coisa, hei de tê-la em meu poder, ou muito ruim me será a mão.

— E em quantos acredita vossa mercê que poderemos mexer os pés? — replicou Sancho Pança.

— De mim sei dizer — disse o moído cavaleiro D. Quixote — que não saberia marcar termo a esses dias. Mas eu tenho a culpa de tudo, pois não devia ter arrancado a espada contra homens que não são armados cavaleiros como eu; e assim creio que em pena por eu ter quebrado as leis da cavalaria permitiu o deus das batalhas que se me desse este castigo. Portanto, Sancho Pança, convém que estejas bem advertido disto que agora te direi, pois muito importa à saúde de nós ambos; e é que, quando vejas que semelhante canalha nos faz algum agravo, não esperes que eu arranque a espada contra eles, porque não o farei de maneira alguma: mas arranca tu a tua espada e castiga-os bem ao teu sabor, que, se em sua ajuda e defesa acudirem cavaleiros, eu te saberei defender, e ofendê-los com todo meu poder, que já viste por mil sinais e experiências até onde chega o valor deste meu forte braço.

Tamanha arrogância entrou no pobre senhor depois do vencimento do valente biscainho. Mas não pareceu tão bem a Sancho Pança o aviso de seu amo, que deixasse de responder dizendo:

— Senhor, eu sou homem pacífico, manso, sossegado, e sei sofrer calado qualquer injúria, pois tenho mulher e filhos para sustentar e criar. Receba então vossa mercê também o aviso, já que não pode ser mandato, que de maneira alguma arrancarei a espada, nem contra vilão, nem contra cavaleiro, e que juro a Deus perdoar quantos agravos me fizeram e fizerem, quer mos tenha feito ou faça ou venha a fazer pessoa alta ou baixa, rico ou pobre, fidalgo ou peiteiro, sem excetuar estado nem condição alguma.

O qual ouvido por seu amo, lhe respondeu:

— Quisera eu ter alento para poder falar com algum descanso, e que a dor que sinto nesta costela se aplacasse algum tanto, para dar-te a entender, Pança, o erro em que incorres. Mas escuta, pecador: se o vento da fortuna, até agora tão adverso, ao nosso favor soprar, enfunando-nos as velas do desejo para que seguros e sem contraste algum aportemos numa das ínsulas que te tenho prometida, que seria de ti se, ganhando-a eu, te fizesse senhor dela? Sem dúvida o impossibilitarias, por não seres cavaleiro, nem quereres sê-lo, nem teres valor nem intenção de vingar as tuas injúrias e defender o teu senhorio. Pois hás de saber que nos reinos e províncias novamente conquistados nunca estão tão tranquilos os ânimos dos seus naturais nem tão de parte do novo senhor que não haja temor de que façam alguma novidade para de novo alterar as coisas e voltar, como se diz, a tentar sorte; e assim é mister que o novo possessor tenha entendimento para saber-se governar e valor para ofender e defender-se em qualquer acontecimento.

— Neste de agora — respondeu Sancho — quisera eu ter tal entendimento e tal valor que vossa mercê diz; mas juro, à fé de pobre homem, que estou mais para cataplasmas que para conversas. Olhe vossa mercê se consegue se levantar, para ajudarmos Rocinante, ainda que o não mereça, pois foi ele a causa principal desta sova. Nunca esperaria tal coisa de Rocinante, pois o tinha por pessoa casta e tão pacífica quanto eu. Enfim, bem dizem que é mister muito tempo para conhecer as pessoas, e que nada é certo nesta vida. Quem diria que, depois daquelas tão grandes cutiladas que vossa mercê deu naquele desgraçado cavaleiro andante, viria em seguida tamanha tempestade de bordoadas como a que nos choveu no costado?

— O teu, Sancho — replicou D. Quixote —, ainda há de estar afeito a semelhantes borrascas; mas o meu, criado entre saraças e holandas, é claro que sentirá mais a dor desta desgraça. E se não fosse porque imagino..., que digo?, sei bem ao certo, que todas estas tribulações são muito inerentes ao exercício das armas, aqui me entregaria à morte de puro vexame.

Ao que replicou o escudeiro:

— Senhor, já que tais desgraças são da colheita da cavalaria, diga-me vossa mercê se acontecem muito amiúde ou se têm seu tempo certo de vingar; pois cuido que com duas colheitas ficaremos inúteis para a terceira, se Deus na sua infinita misericórdia não nos socorrer.

— Deves saber, amigo Sancho — respondeu D. Quixote —, que a vida dos cavaleiros andantes é sujeita a mil perigos e desventuras, e que nem mais nem menos está em potência propínqua de tornar os cavaleiros andantes em reis e imperadores, como bem mostra a experiência em muitos e diversos cavaleiros, de cujas histórias eu tenho inteira notícia. E poderia contar-te agora, se a dor me desse lugar, de alguns que só pelo valor do seu braço subiram aos altos graus que conto, e ainda estes se viram antes e depois disso em várias calamidades e misérias. Porque o valoroso Amadis de Gaula se viu em poder do seu mortal inimigo Arcalaus, o encantador, de quem se tem por averiguado que lhe deu, tendo-o preso, mais de duzentos açoites com as bridas do seu cavalo, amarrado a uma coluna de um pátio. E há ainda um autor secreto, e de não pouco crédito, que diz do Cavaleiro do Febo que, tendo sido apanhado num certo castelo com uma certa armadilha, que afundou debaixo dos seus pés, ao cair achou-se ele num profundo fosso debaixo da terra, atado de pés e mãos, e ali lhe meteram um clister com uma dessas ditas mezinhas, de água de neve com areia, que por pouco não deu cabo dele, e se não fosse socorrido naquela grande coita por um sábio grande amigo seu, muito mau bocado teria passado o pobre cavaleiro. Portanto bem posso eu passar entre tanta boa gente, pois maiores são as afrontas que estes passaram que as que agora passamos nós. E quero fazer-te sabedor, Sancho, que não afrontam as feridas dadas com os instrumentos que por acaso se acham à mão, e isto consta nas leis do duelo, escrito em palavras expressas; que se o sapateiro bate em outro com a fôrma que tem à mão, por mais que esta doa qual panca, nem por isso se poderá dizer que sofreu espancamento aquele em quem deu com ela. Digo isto para que não penses que fomos afrontados nesta contenda, ainda que dela tenhamos saído muito bem moídos, porque as armas que aqueles homens traziam, com as quais nos sovaram, eram tão só os seus bordões, e nenhum deles, que eu me lembre, tinha estoque, espada nem punhal.

— Não me deram tempo — respondeu Sancho — de reparar nessas coisas; pois, mal arranquei a minha tiçona,[4] vieram me coçar os ombros com aquelas toras, de tal maneira que me roubaram a luz dos olhos e a força dos pés, dando comigo onde agora jazo e onde pouco se me dá saber se foram ou não afronta as bordoadas, enquanto muito me dá a dor dos golpes, que me hão de deixar marcas tão fundas na memória como no costado.

— Com tudo isso, faço-te saber, irmão Pança — replicou D. Quixote —, que não há memória de que o tempo não dê cabo, nem dor que a morte não consuma.

— E pode haver maior desgraça — replicou Pança — que a que espera o tempo que a consuma e a morte que lhe dê cabo? Se esta nossa fosse das que se curam com um par de cataplasmas, ainda vá lá; mas vejo que nem todos os emplastros de um hospital bastarão neste caso.

---

[4] Nome da espada do Cid Campeador.

— Deixa disso, Sancho, e faze da fraqueza força — respondeu D. Quixote —, que assim farei eu, e vejamos como está Rocinante, que, ao que me parece, não coube ao coitado a menor parte desta desgraça.

— Não há por que se maravilhar disso — respondeu Sancho —, sendo ele tão bom cavaleiro andante; do que eu me maravilho é de que o meu jumento tenha saído livre e sem custa do que nós saímos sem costelas.

— Sempre deixa a ventura uma porta aberta nas desgraças para que se possam remediar — disse D. Quixote. — Digo isto porque essa bestiola poderá agora suprir a falta de Rocinante, levando-me daqui até algum castelo onde eu seja curado dos meus ferimentos. E digo mais, que não terei tal cavalaria por desonra, pois lembro-me de ter lido que aquele bom e velho Sileno, aio e pedagogo do alegre deus do riso, quando entrou na cidade das cem portas ia muito a seu prazer cavaleiro de um belo asno.[5]

— Verdade seja que ele andasse cavaleiro como vossa mercê diz — respondeu Sancho —, mas há uma grande diferença entre ir cavaleiro e ir largado nos lombos qual saca de imundícia.

Ao que respondeu D. Quixote:

— Os ferimentos recebidos em batalha antes dão honra que a tiram. Portanto, amigo Pança, não me repliques mais, e sim, como já te disse, levanta-te o melhor que puderes e põe-me da maneira que mais te agradar em cima do teu jumento, e vamos embora daqui, antes que a noite venha e nos assalte neste despovoado.

---

[5] Aio e mestre de Baco, Sileno costumava ser representado montado em um asno. Era nascido em Tebas de Beócia, e não na Tebas egípcia, "a cidade das cem portas", segundo Homero. A confusão entre as duas era muito comum na época.

— Pois eu ouvi vossa mercê dizer — disse Pança — que é coisa bem de cavaleiros andantes dormir nos páramos e desertos o mais do ano, e que o têm por grande ventura.

— Isto — disse D. Quixote — quando outra coisa não podem ou quando estão enamorados; e isto é tão verdade, que já houve cavaleiro que passou dois anos sobre uma penha, sob o sol e a sombra e as inclemências do céu, sem que o soubesse sua senhora. E um destes foi Amadis, quando, chamando-se Beltenebros, retirou-se na Penha Pobre, nem sei se por oito anos ou oito meses, que não estou bem certo da conta. Basta dizer que ele esteve por lá fazendo penitência, por mor de não sei que sensaboria que lhe fizera a senhora Oriana. Mas deixemos isto, Sancho, e acaba logo, antes que aconteça ao jumento outra desgraça como a Rocinante.

— Isso já seria o diabo — disse Sancho.

E soltando trinta ais e sessenta suspiros e cento e vinte tesconjuros e tarrenegos contra quem ali o levara, se levantou, ficando derreado no meio do caminho, como um arco turquesco,[6] sem conseguir se endireitar de todo; e com esses trabalhos arreou seu asno, que também andara algum tanto desencaminhado com a demasiada liberdade daquele dia. Depois levantou Rocinante, o qual, se tivesse língua para se queixar, decerto que nem Sancho nem seu amo lhe seriam páreo.

Enfim, Sancho pôs D. Quixote sobre o asno e Rocinante à arreata deste, e levando o asno pelo cabresto, se encaminhou pouco mais ou menos aonde lhe pareceu que podia ficar a estrada real. E quando nem uma légua tinha andado, a sorte, que ia

---

[6] Por ser muito grande, o arco turco era acionado fincando-se uma das pontas no chão, com o que se conseguia dobrá-lo ao máximo.

guiando suas coisas de bem a melhor, lhe deparou a estrada, na qual descobriu uma estalagem, que a seu pesar e para gosto de D. Quixote havia de ser castelo. Porfiava Sancho em que era estalagem, e seu amo que não, e sim castelo; e tanto durou a porfia que tiveram lugar de, sem acabá-la, chegar a ela, onde Sancho entrou sem mais averiguações, com toda sua récua.

Capítulo XVI

Do que sucedeu ao engenhoso fidalgo na estalagem que ele imaginava ser castelo

O estalajadeiro, ao ver D. Quixote atravessado no asno, perguntou a Sancho que mal ele trazia. Sancho lhe respondeu que não era nada, só um tombo que levara de uma penha abaixo que vinha com as costelas algum tanto magoadas.

Tinha o estalajadeiro por mulher uma não da condição que soem ter as de semelhante trato, pois era naturalmente caridosa e se condoía das calamidades de seus próximos, e assim logo acudiu a curar D. Quixote e mandou que uma filha sua, donzela, jovem e de muito bom parecer, a ajudasse a curar seu hóspede. Também servia na estalagem uma moça asturiana de cara larga, pescoço curto e nariz achatado, cega de um olho e do outro não muito sã. Verdade é que a galhardia do seu corpo supria as demais falhas: não tinha sete palmos dos pés à cabeça, e as costas, algum tanto encurvadas, faziam com que olhasse para o chão mais do que gostaria. Pois essa gentil moça ajudou a donzela, e as duas prepararam para D. Quixote uma malíssima cama num desvão que dava manifestos indícios de noutros tempos e por muitos anos ter servido de palheiro; no qual também pousava um arreeiro, cuja cama estava um pouco além da do nosso D. Quixote, e ainda que feita das albardas e xairéis dos seus mulos, em muito avantajava a de D. Quixote, que só continha quatro mal rasadas tábuas sobre dois não muito iguais bancos e um colchão que de tão sutil parecia colcha, cheio de pelotas que, se não mostrassem por alguns buracos serem de lã, ao tato semelhavam calhaus por sua dureza, e dois lençóis feitos de couro de adarga, e um cobertor cujos fios quem os quisesse contar não perderia nenhum em sua conta.

Nessa maldita cama se deitou D. Quixote, e logo a estalajadeira e sua filha o emplastaram da cabeça aos pés, iluminadas por Maritornes, que esse era o nome da asturiana; e como, ao entrapá-lo, visse a estalajadeira tantas mossas espalhadas pelo corpo todo, disse que aquilo mais parecia obra de pancadas que de queda.

— Não foram pancadas — disse Sancho —, acontece que a penha tinha muitas pontas e tropeços, fazendo cada um a sua mossa.

E também lhe disse:

— Faça vossa mercê, senhora, de maneira que sobre alguma estopa, que não faltará quem dela precise, pois eu também tenho aqui um pouco de dor nos costados.

— Então — respondeu a estalajadeira —, também vós caístes?

— Não caí — disse Sancho Pança —, mas, do susto que levei ao ver meu amo cair, meu corpo dói tanto como se tivesse levado mil bordoadas.

— Bem pode ser isso — disse a donzela —, pois já me aconteceu muitas vezes sonhar que caía de uma torre e que nunca acabava de chegar ao chão, e ao acordar do sonho estar tão moída e quebrada como se realmente tivesse caído.

— Aí é que está o ponto, senhora — respondeu Sancho Pança —, pois eu, sem nada sonhar, estando mais desperto do que estou agora, tenho aqui poucas menos mossas que o meu senhor D. Quixote.

— Como se chama este cavaleiro? — perguntou a asturiana Maritornes.

— D. Quixote de La Mancha — respondeu Sancho Pança —, e é cavaleiro aventureiro, dos melhores e mais fortes que de longos tempos para cá se viram no mundo.

— Que é cavaleiro aventureiro? — replicou a moça.

— Tão nova sois no mundo, que o não sabeis? — respondeu Sancho Pança. — Pois sabei, minha irmã, que cavaleiro aventureiro é uma coisa que em duas palhetadas se vê espancado ou imperador. Hoje é a mais desgraçada criatura do mundo e a mais necessitada, e amanhã terá duas ou três coroas de reinos para dar a seu escudeiro.

— E como é que vós, sendo um deste tão bom senhor — disse a estalajadeira —, não tendes, ao que parece, pelo menos algum condado?

— Ainda é cedo — respondeu Sancho —, porque não faz nem um mês que andamos buscando aventuras, e até agora não topamos com nenhuma que o seja; e às vezes se procura uma coisa e se encontra outra. Verdade é que, se o meu senhor D. Quixote sarar deste ferimento, ou queda, e eu não sair dela aleijado, não trocaria minhas esperanças pelo melhor título da Espanha.

Todas essas conversas estava escutando D. Quixote com atenção e, sentando-se no leito como pôde, tomando da mão da estalajadeira, lhe disse:

— Crede, fermosa senhora, que vos podeis chamar venturosa por neste vosso castelo terdes alojado a minha pessoa, sendo ela tal que, se a não louvo, é em atenção àquilo que se diz que o elogio em boca própria é vitupério; mas o meu escudeiro vos dirá quem sou. Só vos digo que terei eternamente escrito na minha memória o serviço que me haveis feito, para vo-lo agradecer enquanto a vida me durar. E prouvera aos altos céus que o amor não me tivesse tão rendido e tão sujeito às suas leis e aos olhos daquela bela ingrata, que evoco entre dentes, que os desta fermosa donzela seriam senhores da minha liberdade.

Confusas estavam a estalajadeira e sua filha e a boa Maritornes ouvindo as razões do andante cavaleiro, pois as entendiam como se falasse grego, mas bem percebiam que eram todas a jeito de oferecimentos e galanterias; e como não eram usadas a semelhante linguagem, fitavam-no admiradas, e aquele lhes parecia outro homem dos que se usavam; e agradecendo-lhe seus oferecimentos com estalajadeiras razões o deixaram, e a asturiana Maritornes curou Sancho, que disso precisava não menos que seu amo.

Tinha o arreeiro concertado com ela que naquela noite se refocilariam juntos, e ela lhe dera sua palavra de que, em estando sossegados os hóspedes e dormindo seus patrões, iria procurá-lo para satisfazer seu gosto em tudo que lhe mandasse. E conta-se dessa moça dama que jamais descumpriu semelhantes palavras, ainda que as desse num monte e sem testemunha alguma, pois muito se timbrava de fidalga, e não tinha por afronta estar naquele exercício de servir na estalagem, pois dizia que desgraças e maus sucessos a levaram àquele estado.

O duro, estreito, acanhado e fementido leito de D. Quixote estava logo à entrada daquele estrelado estábulo, e ao lado dele fez Sancho o seu, que não continha mais que uma esteira de taboa e uma manta que mais parecia cilício de penitente. Sucedia a estes dois leitos o do arreeiro, feito, como foi dito, das albardas e de todo o arreio dos dois melhores mulos que levava, que eram ao todo doze, luzentes, gordos e famosos, pois era ele um dos ricos arreeiros de Arévalo, segundo diz o autor desta história, que desse arreeiro faz particular menção porque o conhecia muito bem, havendo até quem diga que era um primo seu. Afora que Cide Mahamate Benengeli foi historiador muito curioso e muito pontual em todas as coisas, o que bem salta à vista, pois as que aqui são referidas, ainda que tão mínimas e tão rasteiras, ele não quis silenciar; do que poderão tomar exemplo os historiadores sérios, que nos contam as ações tão curta e sucintamente que mal lhes sentimos o gosto, deixando no tinteiro, seja por descuido, por malícia ou ignorância, o mais substancial da obra. Bem haja mil vezes o autor de *Tablante de Ricamonte*,[1] e aquele do outro livro onde se contam os feitos do conde Tomillas,[2] que com tanta pontualidade descrevem tudo!

Digo pois que, tendo o arreeiro visitado sua récua e dado a ela o segundo penso, se acomodou nas suas albardas e se pôs a esperar por sua pontualíssima Maritornes. Já estava Sancho entrapado e deitado, e bem que tentasse dormir, não lho consentia a dor nas suas costelas; e D. Quixote, com a dor nas suas, tinha os olhos arregalados como uma lebre. Toda a estalagem estava em silêncio, e em toda ela não havia outra luz senão a de uma lâmpada que pendurada no meio do portal ardia.

Essa maravilhosa quietude, mais os pensamentos que o nosso cavaleiro sempre trazia dos fatos que a cada passo se contam nos livros autores da sua desgraça, lhe trouxe à imaginação uma

---

[1] *La crónica de los nobles caballeros Tablante de Ricamonte y Jofre, hijo de Donasón* [...], *sacada de las crónicas y grandes hazañas de los caballeros de la Tabla Redonda* (Toledo, 1513), tradução anônima em prosa de um romance provençal do século XII. Em suas páginas se conta que o soberbo cavaleiro Tablante, depois de aprisionar o conde D. Milián, manda açoitá-lo duas vezes por dia, sem considerar sua condição de convalescente.

[2] Personagem secundário do livro *Historia de Enrique, fi de Oliva, rey de Jherusalem, emperador de Constantinopla* (Sevilha, 1498), derivado de *Doon de la Roche*, canção de gesta francesa do século XII. Tomillas é o caluniador que desonra a mãe do protagonista.

das mais estranhas loucuras que boamente se podem imaginar; e foi que imaginou ter chegado a um famoso castelo (pois, como já foi dito, castelos eram a seu parecer todas as estalagens onde pousava) e que a filha do estalajadeiro o era do senhor do castelo, a qual, rendida à sua gentileza, dele se enamorara e prometera que naquela noite, a furto dos pais, viria jazer com ele um bom bocado; e com toda essa quimera que ele para si fabricara por firme e válida, começou a coitar-se e a pensar no perigoso transe em que sua honestidade se haveria de ver, e propôs em seu coração de não cometer aleivosia contra sua senhora Dulcineia d'El Toboso, ainda que a mesmíssima rainha Ginevra com sua dama Quintañona se lhe pusessem diante.

Pensando, pois, nesses disparates, chegou o tempo e a hora (que para ele foi minguada)[3] da vinda da asturiana, a qual em camisa e descalça, presos os cabelos sob uma coifa de fustão, com tácitos e tenteadores passos entrou no aposento onde os três pernoitavam, à procura do arreeiro. Mas apenas chegou à porta, quando D. Quixote a ouviu e, sentando-se na cama, apesar dos seus emplastros e da dor nas costelas, estendeu os braços para receber sua fermosa donzela. A asturiana, que toda recolhida e calada ia com as mãos estendidas à procura de seu amante, topou com os braços de D. Quixote, que a segurou fortemente de um pulso e, puxando-a para si, sem que ela ousasse dizer palavra, a fez sentar na cama. Tateou-lhe então a camisa e, bem que fosse de aniagem, cuidou ele ser de finíssimo e delgado soprilho. Trazia nos pulsos umas contas de vidro, mas que aos olhos dele deram vislumbres de preciosas pérolas orientais. Os cabelos, de certo jeito tirantes a crinas, ele os teve por madeixas de luzidíssimo

---

[3] Hora minguada: momento aziago, em que tudo de ruim pode acontecer.

ouro da Arábia, cujo brilho o do mesmo sol ofuscava; e o hálito, que sem dúvida alguma cheirava a salada azeda e amanhecida, pareceu-lhe que lançava da boca um olor suave e aromático; e finalmente ele a pintou em sua imaginação com o mesmo traço e jeito qual lera em seus livros daquela outra princesa que fora ver o malferido cavaleiro rendida aos seus amores, com todos os sobreditos adornos. E era tanta a cegueira do pobre fidalgo que nem o tato, nem o hálito, nem outras coisas que trazia em si a boa donzela o desenganavam, as quais fariam vomitar qualquer outro que não fosse arreeiro; antes cuidava ter entre os braços a mesmíssima deusa da beleza. E tendo-a bem segura, com voz amorosa e baixa principiou a lhe dizer:

— Quisera achar-me em condições, fermosa e alta senhora, de poder pagar tamanha mercê que com a visão da vossa grande fermosura me fizestes; mas quis a fortuna, que se não cansa de perseguir os bons, pôr-me aqui neste leito, onde jazo tão moído e alquebrado que, ainda que a minha vontade fosse satisfazer a vossa, tal fora impossível. E mais, a esta impossibilidade soma-se outra maior, que é a prometida fé que tenho dada à sem-par Dulcineia d'El Toboso, única senhora dos meus mais escondidos pensamentos; se tal não houvesse de permeio, não seria eu tão néscio cavaleiro para deixar passar em branco a venturosa ocasião que a vossa grande bondade me oferece.

Maritornes estava aflitíssima e suando frio por se ver tão presa de D. Quixote e, sem entender nem atentar às razões que lhe dizia, tentava se desprender sem dizer palavra. O bom do arreeiro, cujos maus desejos tinham bem desperto, que sentira sua dama desde o momento em que ela cruzara a porta, ficou atentamente escutando tudo o que D. Quixote dizia e, suspeitoso de que a asturiana lhe estivesse faltando com a palavra em favor de outro, foi-se chegando ao leito de D. Quixote e ao lado dele ficou bem quieto para ver aonde iam parar aquelas razões que ele não podia entender; mas como viu que a moça forcejava por safar-se e D. Quixote pelejava por retê-la, não levou a burla a bem e, erguendo o braço em alto, descarregou tão terrível punhada sobre as magras queixadas do enamorado cavaleiro que lhe banhou a boca inteira em sangue; e não contente com isto, montou sobre suas costelas e com os pés a trote tripudiou sobre cada uma de cabo a cabo.

O leito, que era um tanto frágil e de não bem firmes fundamentos, não podendo suportar a crescença do arreeiro, desabou e com seu grande ruído acordou o estalajadeiro, que logo imaginou que deviam de ser tropelias de Maritornes, pois, tendo-a chamado em altas vozes, não tivera resposta. Com essa suspeita se levantou, acendeu um candeeiro e se encaminhou para onde ouvira a pendenga. A moça, sabendo que seu patrão vinha e que era de condição terrível, toda medrosa e alvoroçada se acolheu na cama de Sancho Pança, que ainda dormia, e ali se aconchegou e enrodilhou. O estalajadeiro entrou dizendo:

— Onde estás, puta? Aposto que é mais uma das tuas.

Nisto acordou Sancho e, sentindo aquele fardo quase sobre si, pensou que fosse a bruxa dos pesadelos e se pôs a dar punhadas a torto e a direito, e não sei quantas colheram Maritornes, a qual, sentida da dor, mandou às favas a honestidade e deu tão inteiro o troco a Sancho que, muito a seu pesar, lhe tirou o sono; o qual, vendo-se tratar daquela maneira, e sem saber por quem, ergueu-se como pôde, agarrou Maritornes, e começaram os dois a mais renhida e engraçada escaramuça do mundo.

Vendo então o arreeiro, à luz que trazia o estalajadeiro, o transe em que estava sua dama, deixou D. Quixote e acudiu a lhe dar o necessário socorro. O mesmo fez o estalajadeiro, mas com outra intenção, que foi castigar a criada, pensando sem dúvida que era ela a única causa de toda aquela harmonia. E assim, como se diz, "o gato ao rato, o rato à corda, a corda ao pau", dava o arreeiro em Sancho, Sancho na criada, a criada nele, o estalajadeiro na criada, e todos amiudavam seus golpes com tanta pressa que não se davam lugar a trégua; e para completar o quadro, apagou-se o candeeiro do estalajadeiro, e como ficaram às escuras se davam tão sem dó e todos à uma, que onde punham as mãos não deixavam nada são.

Pousava por acaso aquela noite na estalagem um quadrilheiro dos chamados da Santa Irmandade Velha de Toledo,[4] o qual, ouvindo também o estranho estrondo da briga, tomou de sua meia vara e da caixa de lata de seus títulos,[5] e entrou no aposento às escuras, dizendo:

— Em nome da justiça! Em nome da Santa Irmandade!

E o primeiro com quem topou foi o pisoteado D. Quixote, que estava em seu derribado leito, deitado de costas e sem sentido algum; e colhendo às cegas suas barbas, não parava de dizer:

— Favor à justiça!

Mas vendo que quem ele segurava não se mexia nem meneava, entendeu que estava morto e que os que ali dentro estavam eram seus matadores, e, com esta suspeita, reforçou a voz, dizendo:

— Fechem-se as portas da estalagem! Cuidem que ninguém saia, que aqui mataram um homem!

---

[4] A corporação policial, com poderes judiciários, que se estabeleceu no século XIII no antigo reino de Toledo, chamada "velha" para diferenciá-la da que se constituiu no século XV, com jurisdição sobre todos os reinos de Castela e menos privilégios (ver cap. X, nota 2).

[5] Os chefes dos pelotões da Santa Irmandade portavam como insígnia um pequeno bastão verde chamado "meia vara". Também carregavam um canudo de folha de flandres contendo suas credenciais.

Essa voz sobressaltou a todos, e cada qual deixou a pendência no ponto em que a voz o apanhou. Retirou-se o estalajadeiro a seu aposento, o arreeiro às suas albardas, a moça a seu cubículo; só os desventurados D. Quixote e Sancho não se puderam mover de onde estavam. O quadrilheiro então soltou a barba de D. Quixote e saiu à procura de luz para buscar e prender os delinquentes, mas não a encontrou, porque o estalajadeiro, de indústria, matara o pavio ao se retirar a seu quarto, tendo o quadrilheiro que acudir ao fogão, onde depois de muito trabalho e tempo acendeu outro candeeiro.

Capítulo XVII

ONDE SE PROSSEGUEM OS INUMERÁVEIS TRABALHOS QUE O BRAVO D. QUIXOTE E SEU BOM ESCUDEIRO SANCHO PANÇA PASSARAM NA ESTALAGEM QUE POR SEU MAL PENSOU QUE ERA CASTELO

Já então D. Quixote tinha voltado do seu paroxismo e, com o mesmo tom de voz com que na véspera chamara pelo seu escudeiro, quando estava prostrado no vale dos bordões,[1] se pôs agora a chamar, dizendo:

— Sancho amigo, dormes? Dormes, amigo Sancho?

— Quem me dera dormir, pobre de mim — respondeu Sancho, muito amofinado e desgostoso —, pois parece que todos os diabos se pegaram comigo esta noite!

— Podes crer que assim foi, sem dúvida — respondeu D. Quixote —, pois, ou eu pouco sei, ou este castelo é encantado. Porque hás de saber... mas isto que agora te quero dizer, hás de jurar que o guardarás em segredo até depois da minha morte.

— Jurado está — respondeu Sancho.

— Isto digo — insistiu D. Quixote — por ser inimigo de que se manche a honra de ninguém.

— Já disse que jurado está — tornou a dizer Sancho. — Tudo calarei até depois de terminados os dias de vossa mercê, e praza a Deus que o possa dessegredar amanhã.

---

[1] A frase ecoa um célebre romance velho que diz: "*Por el val de las estacas — el buen Cid pasado había*".

— Tanto mal te faço, Sancho — respondeu D. Quixote —, que me queres ver morto com tanta brevidade?

— Não é por isso — respondeu Sancho —, mas porque sou inimigo de guardar demais as coisas, e não quisera que apodrecessem aqui dentro.

— Seja como for — disse D. Quixote —, mais me fio do teu amor e da tua cortesia; e assim hás de saber que esta noite me aconteceu uma das mais estranhas aventuras que eu soubera encarecer, e, para ser breve no conto, saberás que há pouco veio a mim a filha do senhor deste castelo, que é a mais bem-posta e formosa donzela que em grande parte da terra se pode achar. Que te poderia eu dizer do adorno da sua pessoa? Que do seu galhardo entendimento? Que doutras coisas ocultas, que, por guardar a fé que devo à minha senhora Dulcineia d'El Toboso, deixarei passar em branco e em silêncio? Só te direi que, invejoso o céu de tanto bem quanto a ventura me pusera às mãos, ou, e é isto o mais certo, por ser encantado este castelo, como tenho dito, quando eu estava com ela em dulcíssimos e amorosíssimos colóquios, sem vê-la nem saber donde vinha, veio uma mão na ponta de um braço de algum descomunal gigante e me assestou uma punhada nas queixadas, tão forte que as tenho todas banhadas em sangue; e depois me moeu de tal sorte que estou pior que ontem quando encontramos aqueles arreeiros que, por demasias de Rocinante, nos fizeram o agravo que bem sabes. Donde conjeturo que o tesouro da formosura desta donzela deve ser guardado por algum encantado mouro, e não deve de ser para mim.

— Nem para mim — respondeu Sancho —, que levei uma sova de mais de quatrocentos mouros, de jeito que, perto dela, as bordoadas de ontem foram como cócegas. Mas diga-me, senhor, como pode chamar boa e rara esta aventura, tendo saído dela como saímos. Para vossa mercê, pelo menos, nem tudo foi tão ruim, pois teve nas mãos aquela incomparável formosura que disse; mas e eu, que não recebi mais que as maiores porradas que penso levar em toda a minha vida? Pobre de mim e da mãe que me pariu, que não sou cavaleiro andante nem penso sê-lo jamais, e que de todas as mal-andanças me cabe a maior parte!

— Então, também tu foste aporreado? — respondeu D. Quixote.

— Já não lhe disse que sim, pelas barbas do cão? — disse Sancho.

— Não te aflijas, amigo — disse D. Quixote —, que eu farei agora o bálsamo precioso, com o qual haveremos de sarar num abrir e fechar de olhos.

Nisto o quadrilheiro acabou de acender o candeeiro e entrou para olhar quem ele pensava estar morto; e quando Sancho o viu entrar, vindo em camisão e com seu pano de cabeça e o candeeiro na mão, e com uma muito má catadura, perguntou a seu amo:

— Senhor, não será esse, acaso, o mouro encantado que volta para nos castigar, caso ainda lhe tenha ficado algo no tinteiro?

— Não pode ser o mouro — respondeu D. Quixote —, porque os encantados não se deixam ver por ninguém.

— Mas bem se deixam sentir — disse Sancho —; que o digam as minhas costas.

— Também o poderiam dizer as minhas — respondeu D. Quixote —, mas isto não é indício bastante para crer que este que vemos seja o encantado mouro.

Chegou o quadrilheiro e, ao ver os dois em tão sossegada conversa, ficou pasmo. Bem é verdade, porém, que D. Quixote ainda estava prostrado sem se poder mexer, de tão moído e emplastrado. Chegou-se a ele o quadrilheiro e lhe disse:

— E então, bom homem, como vai?

— Se eu fosse vós — respondeu D. Quixote —, falaria mais

bem-criado.[2] Acaso é costume nesta terra usar de tamanha sem-
-cerimônia com os cavaleiros andantes, malhadeiro?

O quadrilheiro, vendo-se tratar tão mal por um homem de
tão mau parecer, não o pôde suportar e, erguendo o candeeiro
com todo o seu azeite, deu com ele na cabeça de D. Quixote, de
jeito que o deixou muito bem descalabrado; e como tudo ficou às
escuras, logo saiu, e Sancho Pança disse:

— Sem dúvida, senhor, que esse era o mouro encantado, e
deve de guardar o tesouro para outros, e para nós só guarda as
punhadas e as candeeiradas.

— Assim é — respondeu D. Quixote —, mas não há que
fazer caso dessas coisas de encantamentos, nem para quê entrar
em cólera ou zanga contra elas, pois, sendo invisíveis e fantásti-
cas, nunca acharemos de quem tomar vingança, por mais que o
tentemos. Levanta, Sancho, se puderes, chama o alcaide desta
fortaleza e pede-lhe um pouco de azeite, vinho, sal e alecrim para
fazer o salutífero bálsamo; pois em verdade creio que dele muito
preciso agora, que perco muito sangue pelo ferimento que esse
fantasma me fez.

Levantou-se Sancho com grandes dores nos ossos e se encaminhou às escuras aonde estava o estalajadeiro; mas, topando
com o quadrilheiro, que estava à escuta por saber do seu inimigo, lhe disse:

— Senhor, quem quer que sejais, fazei-nos a mercê e o benefício de dar-nos um pouco de alecrim, azeite, sal e vinho, que é
mister para curar um dos melhores cavaleiros andantes que há na
terra, o qual jaz naquela cama malferido pelas mãos do encantado mouro que há nesta estalagem.

---

[2] Tratar alguém de "*buen hombre*" era tido como ofensa.

Ouvindo isso o quadrilheiro, tomou-o por homem falto de juízo; e como já começava a amanhecer, abriu a porta da estalagem, chamou o estalajadeiro e lhe disse o que aquele bom homem queria. O estalajadeiro o proveu de tudo quanto pedia, e Sancho tudo levou para D. Quixote, que estava com as mãos na cabeça, queixando-se da dor da candeeirada, que não lhe fizera mais mal que levantar-lhe dois galos um tanto crescidos, e o que ele pensava ser sangue era tão só o suor que ele tressuava pela aflição da passada borrasca.

Enfim, ele tomou seus ingredientes, dos quais fez um composto, misturando-os todos e cozendo-os por um bom espaço, até que lhe pareceu que estavam no ponto. Pediu então uma redoma onde vertê-lo, mas, como não havia nenhuma na estalagem, resolveu de colocá-lo numa almarraxa ou azeiteira de folha de flandres, da qual o estalajadeiro lhe fez doação graciosa, e então disse sobre a azeiteira mais de oitenta pais-nossos e outras tantas ave-marias, salve-rainhas e credos, acompanhando cada palavra de uma cruz, a modo de bênção; todo o qual foi presenciado por Sancho, pelo estalajadeiro e pelo quadrilheiro, pois já o arreeiro estava sossegadamente entregue ao cuidado dos seus mulos.

Feito isso, quis ele mesmo experimentar a virtude daquele precioso bálsamo que imaginava ter feito, e assim bebeu da porção que não coubera na azeiteira e restava na panela do cozimento quase meio azumbre; e apenas o acabou de beber, quando começou a vomitar, de tal maneira que não lhe restou nada no estômago; e com as ânsias e a agitação do vômito lhe deu um suor copiosíssimo, pelo qual mandou que o enroupassem e o deixassem só. Assim fizeram, e dormiu ele mais de três horas, ao cabo das quais acordou e se sentiu aliviadíssimo do corpo e de tal maneira melhor do seu quebrantamento, que se teve por sarado e verdadeiramente acreditou que tinha acertado com a fórmula do bálsamo de Ferrabrás e que com aquele remédio poderia dali em diante acometer sem temor algum quaisquer ruínas, batalhas e contendas, por perigosas que fossem.

Sancho Pança, que também teve por milagre a melhora do seu amo, rogou-lhe que lhe desse o tanto que ainda restava na panela, que não era pouco. Concedeu-lho D. Quixote, e aquele, tomando-a com as duas mãos, com boa-fé e melhor talante a despejou goela abaixo e emborcou bem pouco menos que seu amo. É pois o caso que o estômago do pobre Sancho não devia ser tão delicado como o de seu amo, e assim, antes de vomitar, sofreu tantas ânsias e vascas, com tantos suores e vertigens, que ele pensou que certa e verdadeiramente era chegada sua hora final; e vendo-se em tal aflição e agonia, maldizia o bálsamo e o ladrão que lho dera. Ao vê-lo D. Quixote assim, lhe disse:

— Parece-me, Sancho, que todo esse teu mal resulta de não seres armado cavaleiro, pois tenho para mim que este licor não deve de aproveitar a quem o não seja.

— Se vossa mercê sabia disso — replicou Sancho —, maldito seja eu e toda a minha parentela!, por que consentiu que o provasse?

Então fez seu efeito a beberagem e começou o pobre escudeiro a se desaguar por ambos os canais, e com tanta pressa que nem a esteira sobre a qual tornara a se deitar, nem a manta com que se cobria tiveram mais serventia. Suava e tressuava com tais desmaios e acidentes, que não só ele mas todos pensaram que se lhe acabava a vida. Durou-lhe essa borrasca e mal-andança quase duas horas, ao cabo das quais não ficou como seu amo, e sim tão moído e quebrantado que nem conseguia ter-se em pé.

Mas D. Quixote, que, como já foi dito, sentia-se aliviado e são, quis logo partir em busca de aventuras, cuidando que todo o tempo que ali se demorava o furtava do mundo e dos que nele necessitavam do seu favor e amparo, ainda mais agora, com a certeza e a confiança que tinha em seu bálsamo. E assim movido desse desejo, ele mesmo selou Rocinante e albardou o jumento do seu escudeiro, a quem também ajudou a se vestir e a montar no asno. Pôs-se então a cavalo e, chegando-se a um canto da estalagem, apanhou um chuço que ali estava, para que lhe servisse de lança.

Estavam a olhá-lo todos os que havia na estalagem, que passavam de vinte pessoas; olhava-o também a filha do estalajadeiro, e ele também não tirava os olhos dela, e de quando em quando lançava um suspiro que parecia arrancado do mais profundo das suas entranhas, e todos pensavam que fosse da dor que sentia nas costelas — ao menos assim pensavam aqueles que na véspera o viram emplastrar.

Já estando os dois a cavalo, postado à porta da estalagem, chamou o estalajadeiro e com voz muito sossegada e grave lhe disse:

— Muitas e mui grandes são as mercês, senhor alcaide, que neste vosso castelo recebi, e obrigadíssimo fico de lhas agradecer todos os dias da minha vida. Se vo-las posso pagar em tomar vingança de algum soberbo que vos tenha feito algum agravo, sabei que o meu ofício não é outro senão valer os que pouco podem e vingar os que sofrem tortos e castigar aleivosias. Vasculhai vossa memória, e se encontrardes alguma coisa de tal jaez para encomendar-me, bastará que ma digais, que eu vos prometo pola ordem de cavaleiro que recebi dar plena satisfaçom e paga a toda a vossa vontade.

O estalajadeiro lhe respondeu com o mesmo sossego:

— Senhor cavaleiro, não tenho necessidade de que vossa mercê me vingue agravo algum, pois eu sei tomar a vingança que me parece, quando mo fazem. Basta que vossa mercê me pague sua despesa desta noite na estalagem, tanto em palha e cevada de suas duas bestas como em comida e camas.

— Então, é isto uma estalagem? — replicou D. Quixote.

— E das mais honestas — respondeu o estalajadeiro.

— Enganado estive até agora — respondeu D. Quixote —, pois à vera pensei que era castelo, e não dos piores; mas, se não é castelo, e sim estalagem, o que por ora se poderá fazer é que me perdoeis a paga, pois não posso contravir a ordem dos cavaleiros andantes, dos quais sei ao certo, sem que até agora tenha lido nada em contrário, que jamais pagaram pousada nem outra coisa em estalagem onde estiveram, porque se lhes deve por lei e de direito qualquer bom acolhimento que se lhes faça, como paga dos insofríveis trabalhos que padecem buscando as aventuras noite e dia, no inverno e no verão, a pé e a cavalo, com sede e com fome, com calor e com frio, sujeitos a todas as inclemências do céu e a todos os desconfortos da terra.

— Pouco tenho eu com isso — respondeu o estalajadeiro. — Que se me pague o devido, e deixemo-nos de contos e de cavalarias, que eu não levo conta de outra coisa senão de cobrar o que me cabe.

— Pois sois um néscio e mau hospedeiro — respondeu D. Quixote.

E dando de pernas em Rocinante e empolgando seu chuço, saiu da estalagem sem que ninguém o retivesse, e, sem olhar se seu escudeiro o seguia, se alongou um bom trecho.

O estalajadeiro, ao vê-lo partir sem pagar, foi cobrar de Sancho Pança, o qual lhe respondeu que, como seu senhor não quisera pagar, tampouco ele pagaria, pois, sendo ele, como era, escudeiro de cavaleiro andante, a mesma regra e razão valia tanto para ele como para o seu amo no tocante a não pagar coisa alguma em albergarias e estalagens. Agastou-se muito com isto o estalajadeiro e o ameaçou, se não pagasse, de lhe cobrar a dívida de jeito que muito lhe pesaria. Ao que Sancho respondeu que, pela lei da cavalaria que seu amo recebera, não pagaria um só cornado,[3] ainda que isto lhe custasse a vida, porque não haveria ele de atentar assim contra a boa e antiga usança dos cavaleiros andantes, nem se haveriam de queixar dele os escudeiros daqueles que estavam por vir ao mundo, culpando-o pelo quebrantamento de tão justo foro.

Quis a má sorte do pobre Sancho que entre as pessoas que estavam na estalagem se encontrassem quatro cardadores de Segóvia, três agulheiros de Potro de Córdova e dois vizinhos de Feria de Sevilha, todos gente alegre, bem-intencionada, maliciosa e brincalhona, os quais, como que instigados e movidos por um mesmo espírito, se achegaram a Sancho e, enquanto o apeavam do asno, um deles foi buscar a manta da cama do hóspede, e, jogando-o nela, ergueram os olhos e viram que o teto era um tanto mais baixo que o necessário para sua obra e determinaram de sair para o pátio, que tinha o céu por limite; e ali, posto Sancho no meio da manta, começaram a jogá-lo para o alto e a folgar com ele como com cão no carnaval.[4]

As vozes que dava o mísero manteado foram tais que chegaram aos ouvidos de seu amo, o qual, parando a escutar com atenção, cuidou que alguma nova aventura se anunciava, até que claramente conheceu que quem gritava era seu escudeiro; e volteando as rédeas, num árduo galope chegou à estalagem e, achan-

---

[3] A moeda de mais baixo valor entre as correntes na época, equivalente à sexta parte de um maravedi.

[4] Referência à brincadeira, comumente praticada durante o carnaval, de mantear cachorros. Mantear é pôr alguém sobre uma manta segura pelas pontas e, sacudindo-a com força, lançar o "manteado" repetidas vezes para o alto.

do-a fechada, rodeou-a para ver se achava por onde entrar; mas, mal chegando junto ao muro do pátio, que não era muito alto, viu a má peça que se estava pregando a seu escudeiro. Viu-o descer e subir pelo ar com tanta graça e presteza que, não fosse a cólera que o tomava, tenho para mim que se riria. Tentou subir do cavalo ao muro, mas estava tão moído e quebrantado que nem apear conseguiu, e assim de cima do cavalo pegou a dizer tantas injúrias e impropérios aos que manteavam Sancho que não é possível transcrevê-los aqui; mas nem por isso cessavam eles com seu riso e sua obra, nem o voador Sancho deixava suas queixas, mescladas ora com ameaças, ora com súplicas; mas tudo de nada aproveitava, nem aproveitou até que de puro cansaço o deixaram. Trouxeram-lhe então seu asno e, depois de nele o montar, o enrouparam com seu gabão; e a compassiva Maritornes, vendo-o tão vexado, achou por bem socorrê-lo com uma caneca de água, e assim trouxe-lha do poço, por estar mais fria. Tomou Sancho a caneca e, ao levá-la à boca, atentou às vozes que seu amo lhe dava, dizendo:

— Sancho, filho, não bebas água; não a bebas, filho, que te matará. Vê, tenho aqui o santíssimo bálsamo — e lhe mostrava a azeiteira da beberagem —, e com duas gotas que dele bebas sararás sem dúvida.

A essas vozes voltou Sancho seus olhos, como de esguelha, e disse com outras maiores:

— Acaso esqueceu vossa mercê que não sou cavaleiro, ou quer que eu acabe de vomitar as entranhas que me sobraram de ontem? Guarde seu licor com todos os diabos, e deixe-me em paz.

Acabar de dizer isto e começar a beber foi tudo um; mas, como ao primeiro gole viu que era água, não quis continuar e pediu a Maritornes que lhe trouxesse vinho, e assim fez ela de muito bom grado, pagando-o de seu próprio bolso: porque, de feito, dela se diz que, conquanto estivesse naquele trato, tinha umas sombras e longes de cristã.

Assim como Sancho bebeu, deu de calcanhares em seu asno e, abrindo-se-lhe o portão da estalagem de par em par, saiu dela muito contente por não ter pagado nada e ter saído com sua intenção, ainda que à custa dos seus costumados fiadores, que eram os seus costados. Verdade é que o estalajadeiro ficou com seus alforjes como paga do que lhe deviam; mas Sancho não deu por falta deles, tão atordoado saiu. Quis o estalajadeiro trancar bem o portão assim como o viu fora, mas não lho consentiram os manteadores, pois eram gente que, ainda que D. Quixote realmente fosse um dos cavaleiros andantes da Távola Redonda, em pouco ou nada o teriam.

Capítulo XVIII

Onde se contam as razões que trocou
Sancho Pança com seu senhor D. Quixote,
mais outras aventuras dignas de serem contadas

Chegou Sancho junto a seu amo desfalecente e murcho, tanto que não conseguia arrear seu jumento. Ao vê-lo assim D. Quixote, lhe disse:

— Agora acabo de entender, meu bom Sancho, que aquele castelo, ou estalagem, era sem dúvida encantado, pois aqueles que tão atrozmente tomaram passatempo contigo, que outra coisa podiam ser senão fantasmas e gente do outro mundo? E isto confirmo por ter visto, quando estava junto ao muro do pátio olhando os atos da tua triste tragédia, que não me foi possível subir nele, nem sequer pude apear de Rocinante, e tudo porque me devem de ter encantado; pois juro pela fé de quem sou que, se eu pudesse subir ou apear, te houvera vingado de tal maneira que aqueles velhacos e patifes se lembrariam da troça para sempre, ainda que nisto soubesse contravir as leis da cavalaria, que, como já muitas vezes te disse, não consentem que cavaleiro arranque espada contra quem o não seja, salvo em defesa da sua própria vida e pessoa, em caso de urgente e grande necessidade.

— Também me vingaria eu se pudesse, fosse ou não armado cavaleiro, e não pude; mas tenho para mim que aqueles que folgaram comigo não eram fantasmas nem homens encantados, como diz vossa mercê, e sim homens de carne e osso como nós; e todos eles, segundo ouvi enquanto me jogavam pelo ar, tinham seus nomes: um se chamava Pedro Martínez, e o outro Tenório Hernández, e o estalajadeiro ouvi que se chamava Juan Palomeque, o Canhoto. Portanto, senhor, o não poder saltar o muro do pátio nem apear do cavalo foi por al que encantamentos. E o que eu tiro a limpo de tudo isto é que estas aventuras que andamos buscando ao cabo do cabo trarão tantas desventuras que não saberemos onde temos o pé direito. E o melhor e mais acertado, segundo o meu curto entendimento, seria voltarmos ao nosso lugar, agora que é tempo da ceifa e de cuidar da colheita, deixando-nos de andar de ceca em meca e de Herodes para Pilatos, como diz o outro.

— Quão pouco sabes, Sancho — respondeu D. Quixote —, do achaque da cavalaria! Cala e tem paciência, pois virá o dia em que testemunharás de vista a grande honra que é andar neste exercício. Senão, dize-me: que maior contento pode haver no mundo ou que prazer pode igualar-se ao de vencer uma batalha e triunfar do seu inimigo? Nenhum, sem dúvida alguma.

— Assim deve de ser — respondeu Sancho —, posto que eu não o saiba; só sei que, depois que somos cavaleiros andantes, ou que vossa mercê o é (pois não há razão para que eu conte em tão honroso número), nunca vencemos batalha alguma, afora a do biscainho, e ainda daquela saiu vossa mercê com meia orelha e meia celada a menos; e de lá para cá foi tudo sova e mais sova, punhada e mais punhada, levando eu de quebra a manteação, e feita por pessoas encantadas, de quem não me posso vingar para saber até onde chega o gosto do vencimento do inimigo, como diz vossa mercê.

— Essa é a mágoa que eu tenho e a que tu deves ter, Sancho — respondeu D. Quixote —, mas daqui em diante procurarei ter à mão alguma espada feita de tal ciência que quem a levar consigo não possa sofrer nenhum gênero de encantamentos; e ainda poderia ser que a ventura me deparasse aquela do Amadis, quando se chamava Cavaleiro da Ardente Espada, que foi uma das melhores espadas que já teve cavaleiro no mundo, pois, além de ter a dita virtude, cortava como uma navalha e não havia armadura, por mais forte e encantada que fosse, que pudesse com ela.

— Eu sou tão venturoso — disse Sancho —, que, quando isso fosse e vossa mercê viesse a achar semelhante espada, esta só viria a servir e aproveitar aos armados cavaleiros, como o bálsamo: e os escudeiros que se danem no inferno.

— Não temas, Sancho — disse D. Quixote —, pois Deus olha por ti.

Nesses colóquios andavam D. Quixote e seu escudeiro, quando viu D. Quixote que pela estrada que seguiam vinha a eles uma grande e espessa nuvem de poeira; e em vendo-a, virou-se para Sancho e lhe disse:

— Este é o dia, oh Sancho!, em que se verá o bem que a minha sorte me tem reservado; este é o dia, digo, em que se mostrará, como em nenhum outro, o valor do meu braço, e em que hei de fazer obras que ficarão escritas no livro da fama por todos os vindouros séculos. Vês aquela poeira que ali se levanta, Sancho? Pois toda ela está coalhada de um copiosíssimo exército que de diversas e inumeráveis gentes por ali vem marchando.

— Por essa conta, devem de ser dois — disse Sancho —, pois desta parte contrária se levanta outra semelhante poeira.

Voltou-se D. Quixote a olhá-la e viu que era verdade e, alegrando-se sobremaneira, pensou sem dúvida alguma que eram dois exércitos que se vinham investir e encontrar no meio daquela espaçosa planície. Porque a toda hora e momento tinha ele a fantasia cheia daquelas batalhas, encantamentos, sucessos, desatinos, amores, desafios, que nos livros de cavalaria se contam, e tudo quanto falava, pensava ou fazia era encaminhado a coisas semelhantes. E a poeira que tinha visto era levantada por duas grandes manadas de ovelhas e carneiros que por aquele mesmo caminho de duas diferentes partes vinham, as quais, com a poeira, não se deixaram ver até que chegaram perto. E com tanto afinco afirmava D. Quixote que eram exércitos, que Sancho veio a acreditá-lo a dizer:

— E nós, senhor, que havemos de fazer então?

— Como quê? — disse D. Quixote. — Favorecer e ajudar os necessitados e desvalidos. E hás de saber, Sancho, que aquele que vem à nossa frente é conduzido e guiado pelo grande imperador Alifanfarão, senhor da grande ilha Taprobana;[1] estoutro que às minhas costas marcha é o do seu inimigo, o rei dos garamantes,[2] Pentapolim do Regaçado Braço, porque sempre entra nas batalhas com o braço direito nu.

— Mas por que se querem tão mal esses dois senhores? — perguntou Sancho.

— Querem-se mal — respondeu D. Quixote — porque esse Alifanfarão é um furibundo pagão e está enamorado da filha de Pentapolim, que é uma mui fermosa e agraciada senhora, e é cristã, e seu pai não quer entregá-la ao rei pagão se este antes não abandonar a lei do seu falso profeta Maomé e se acolher à de Cristo.

— Por minhas barbas — disse Sancho —, que faz muito bem Pentapolim, e o tenho de ajudar naquilo que puder!

---

[1] Antigo nome do Ceilão, que também podia valer para Sumatra. Aqui, porém, é empregado para indicar um lugar fabuloso, remoto e vago.

[2] Antiga tribo de origem camita que habitava o sul da Líbia; seu nome por muito tempo foi usado pelos europeus para referir-se genericamente aos povos do extremo sul da terra conhecida.

— Assim farás o que deves, Sancho — disse D. Quixote —, pois para entrar em semelhantes batalhas não se requer ser armado cavaleiro.

— Bem sei disso — respondeu Sancho —, mas onde deixaremos este asno com a certeza de o achar passada a refrega? Porque entrar nela em semelhante cavalaria não me parece coisa usada até hoje.

— É verdade — disse D. Quixote. — O que dele podes fazer é deixá-lo à sua ventura, quer se perca ou não, pois serão tantos os cavalos que teremos depois de sairmos vencedores que até Rocinante corre o risco de ser trocado por outro. Mas presta atenção e olha, que quero dar-te conta dos cavaleiros mais principais que nestes dois exércitos vêm. E para que melhor os vejas e notes, subamos naquele alto que ali se ergue, donde se devem de descobrir os dois exércitos.

Assim fizeram e se postaram sobre um outeiro, donde bem se veriam as duas manadas que para D. Quixote eram exércitos, se as nuvens de poeira que levantavam não lhes empanassem e cegassem a visão; mas com tudo isso, vendo na imaginação o que não via nem havia, em voz bem alta começou a dizer:

— Aquele cavaleiro que ali vês das armas jalnes, que traz no escudo um leão coroado, rendido aos pés de uma donzela, é o valoroso Laurcalco, senhor da Ponte de Prata;[3] o outro das armas com flores de ouro, que traz no escudo três coroas de prata em campo azul, é o temido Micocolembo, grande duque da Quirócia; o outro, dos membros gigânteos, que está à sua direita mão, é o nunca medroso Brandabarbarã de Boliche, senhor das três

---

[3] Diversos personagens de novelas de cavalarias ostentam esse epíteto; também pode ecoar o ditado "a inimigo que foge, ponte de prata".

Arábias,[4] que vem armado daquele couro de serpente e por escudo traz uma porta, que é fama ser do templo derribado por Sansão quando com sua morte se vingou dos seus inimigos. Mas volta os olhos a estoutra parte e verás diante e à testa destoutro exército o sempre vencedor e jamais vencido Timonel de Carcassona, príncipe da Nova Biscaia, que vem armado com as armas partidas em quartéis, azuis, verdes, brancas e amarelas, e traz no escudo um gato de ouro em campo leonado, com uma divisa que diz "Miau", que é o início do nome de sua dama, que, segundo se diz, é a sem-par Miulina, filha do duque Alfenidém do Algarve;[5] o outro que carrega e oprime os lombos daquele poderoso frisão, que traz as armas qual neve brancas e o escudo branco e sem divisa alguma, é um cavaleiro novel, de nação francês, chamado Pierres Papin, senhor das baronias de Utrique;[6] o outro que com os ferrados calcanhares pica as ilhargas daquela pintada e lépida zebra, portando as armas de veiros azuis, é o poderoso duque de Nérbia, Espartafilardo do Bosque, que traz por emblema no escudo um aspargo, com uma divisa em castelhano que diz: "*Rastrea mi suerte*".

---

[4] Nome composto a partir do italiano *brando* (espada), a exemplo de outros da ficção cavaleiresca como Bradimarte ou Brandafuriel. *Boliche*, na gíria picaresca, designava local de jogo, sobretudo quando vinculado a um prostíbulo. As três Arábias são, segundo a poética da época, Pétrea, Feliz e Deserta.

[5] Joga-se aqui com "alfenim", certo doce de açúcar, mas também pessoa excessivamente delicada, numa provável alusão à fama de sentimentais dos portugueses do Algarve, conhecidos como "açucarados".

[6] Pierres Papin é figura de provérbios ligados ao jogo, identificada com um personagem real, um francês corcunda dono de uma casa de tavolagem em Sevilha. Cervantes tornará a citá-lo em sua peça *El rufián dichoso* (1615). Quanto às baronias de Utrique, alguns a identificaram com Utrecht, outros como uma redução burlesca do grau de doutor *in utroque jure* (em ambos os direitos).

E dessa maneira foi nomeando muitos cavaleiros de um e outro esquadrão que ele imaginava, e a todos deu suas armas, cores, divisas e motes de improviso, levado da imaginação de sua nunca vista loucura, e sem parar, prosseguiu dizendo:

— Este esquadrão fronteiro é formado e feito por gentes de diversas nações: aqui estão os que bebiam das doces águas do famoso Xanto; os monteses que pisam os massilos campos; os que crivam o finíssimo e miúdo ouro na sabeia e feliz Arábia; os que gozam das famosas e frescas ribeiras do claro Termodonte; os que sangram por muitas e diversas vias o dourado Pactolo; os númidas, duvidosos nas suas promessas; os persas, arcos e flechas famosos; os partos, os medos, que lutam fugindo; os árabes de mudáveis casas; os citas, tão cruéis como brancos; os etíopes, de perfurados lábios, e outras infinitas nações, cujos rostos conheço e vejo, ainda que dos seus nomes não me lembre.[7] Nestoutro esquadrão vêm os que bebem das correntes cristalinas do olivífero Betis; os que alisam e pulem o seu rosto com o licor do sempre rico e dourado Tejo; os que gozam das proveitosas águas do divino Genil; os que pisam os tartéssios campos,[8] de pastos abundantes;

---

[7] Parodia-se aqui a técnica de descrição geográfica herdada de Homero e Virgílio e imitada por muitos autores da época, incluído Lope de Vega, em sua *Arcadia*. Xanto, ou Escamandro, era o rio que atravessava Troia; os massilos campos, os da antiga região da Massila, no que corresponde ao atual Magrebe; Termodonte, um rio da Capadócia; Pactolo, um da Lídia, onde teriam surgido pepitas de ouro depois que o rei Midas se banhou em suas águas. Os númidas ocupavam o território entre a Mauritânia e Cartago; os partos e os medos são povos que habitavam a Pérsia; os citas, nômades da Ásia central que se estabeleceram nas proximidades do mar Cáspio e do mar Negro, famosos pela brancura da pele e pela crueldade.

[8] Os campos situados nas atuais províncias de Cádis e Huelva, região do reino pré-romano de Tartessos.

os que se alegram nos elísios prados de Xerez; os manchegos, ricos e coroados de louras espigas; os de ferro vestidos, relíquias antigas do sangue godo; os que se banham no Pisuerga, famoso pela mansidão da sua corrente; os que o seu gado pascem nos estendidos prados do tortuoso Guadiana, celebrado por seu escondido curso;[9] os que tremem com o frio do silvoso Pireneu e com os brancos flocos do alteroso Apenino; enfim, todos quantos a Europa inteira em si contém e encerra.

Valha-me Deus! Quantas províncias disse, quantas nações nomeou, dando a cada uma com maravilhosa presteza os atributos que lhe cabiam, todo absorto e embebido no que lera em seus livros mentirosos!

Estava Sancho Pança suspenso de suas palavras, sem dizer nenhuma, e de quando em quando voltava a cabeça para ver se via os cavaleiros e gigantes que seu amo nomeava; e como não descobriu nenhum, lhe disse:

— Ao diabo encomendo homem, gigante e cavaleiro de quantos vossa mercê diz haver ali, senhor. Eu, pelo menos, não vejo nenhum. Talvez tudo seja encantamento, como os fantasmas de ontem.

— Como dizes? — respondeu D. Quixote. — Não ouves o relinchar dos cavalos, o toque dos clarins, o ruído dos atambores?

— Não ouço coisa alguma — respondeu Sancho — além de muitos balidos de ovelhas.

E isto era verdade, pois já chegavam perto os dois rebanhos.

— O medo que tens, Sancho — disse D. Quixote —, não te deixa ver nem ouvir às direitas, pois um dos efeitos do medo é embotar os sentidos e fazer com que as coisas não pareçam o que

---

[9] Alguns dos principais rios da Espanha.

são; e se tanto temes, põe-te à parte e deixa-me só, que eu só basto para dar a vitória à parte que receber a minha ajuda.

Isto dizendo, deu de esporas em Rocinante e, enristada a lança, desceu a lomba como um raio.

Deu-lhe vozes Sancho, dizendo-lhe:

— Volte vossa mercê, senhor D. Quixote, pois voto a Deus que são carneiros e ovelhas o que vai atacar. Volte, pelo pai que me engendrou! Que loucura é essa? Olhe que não há gigante nem cavaleiro algum, nem gatos, nem armas, nem escudos partidos nem inteiros, nem veiros azuis nem endiabrados. Que está fazendo? Meu Deus! Ai de mim!

Nem por essas voltou D. Quixote, antes em altas vozes ia dizendo:

— Eia, cavaleiros, os que seguis e militais sob a bandeira do valoroso imperador Pentapolim do Regaçado Braço, segui-me todos! Vereis quão facilmente tomo vingança do seu inimigo Alifanfarão da Taprobana!

Isto dizendo, entrou pelo meio do esquadrão das ovelhas e começou a lanceá-las com tanta coragem e bravura como se deveras lanceasse seus mortais inimigos. Os pastores e criadores que acompanhavam a manada lhe davam vozes de que não fizesse aquilo; mas, vendo que de nada aproveitavam, desataram as fundas e começaram a lhe afagar as orelhas com pedras tamanhas como punhos. D. Quixote não tomava tento das pedras, antes, discorrendo aos quatro ventos, dizia:

— Onde estás, soberbo Alifanfarão? Vem a mim, que um só cavaleiro sou, que deseja, braço a braço, provar a tua força e tirar-te a vida, em pena da que dás ao valoroso Pentapolim Garamante.

Chegou nisto um calhau de riacho que, acertando-o num flanco, sepultou-lhe duas costelas no corpo. Vendo-se assim magoado, pensou sem dúvida que estava morto ou malferido e, lembrando-se de seu licor, sacou de sua azeiteira, colocou-a à boca e começou a despejar licor no estômago; mas antes que acabasse de envasilhar o que lhe parecia bastante, chegou outra lapada e lhe acertou a mão e a azeiteira tão em cheio que a fez em pedaços, levando de roldão três ou quatro dentes e machucando-lhe muito dois dedos da mão.

Tal foi o primeiro golpe e tal o segundo que por força o pobre cavaleiro caiu do cavalo. Achegaram-se-lhe os pastores e pensaram que o tinham matado e, assim, com muita pressa recolheram seu gado e recolheram as reses mortas, que passavam de sete, e sem mais nada averiguar se foram.

Todo esse tempo estivera Sancho sobre o outeiro olhando as loucuras que seu amo fazia, e se arrancara as barbas, maldizendo a hora e o ponto em que a fortuna lho dera a conhecer. Vendo-o, pois, deitado por terra, e que já os pastores tinham partido, desceu da colina e se achegou a ele, achando-o muito mal, se bem não tinha perdido os sentidos, e lhe disse:

— Eu não lhe dizia, senhor D. Quixote, que voltasse, que aqueles que ia acometer não eram exércitos, e sim manadas de carneiros?

— Coisas como essa pode desparecer e contrafazer aquele ladrão do sábio meu inimigo. Deves saber, Sancho, que é assaz fácil para esses tais fazer-nos parecer o que querem, e esse maligno que me persegue, invejoso da glória que viu que eu havia de obter desta batalha, mudou os esquadrões de inimigos em manadas de ovelhas. Se não, faze uma coisa, Sancho, por minha vida, para que te desenganes e vejas que é verdade o que te digo: sobe em teu asno e segue-os a tento e verás como, em se afastando daqui algum tanto, tornam ao seu ser primeiro e, deixando de ser carneiros, são homens-feitos tal qual tos pintei de primeiro. Mas não vás agora, que preciso do teu favor e ajuda: chega-te a mim e olha quantos dentes me faltam, pois cuido que não me resta nenhum na boca.

Chegou-se Sancho tão perto que quase lhe enfiava os olhos na boca, e foi justo quando o bálsamo já obrava seu efeito no estômago de D. Quixote; e quando Sancho estava olhando-lhe a boca, lançou de si, mais rijo que uma espingarda, quanto tinha dentro e deu com tudo nas barbas do compassivo escudeiro.

— Virgem santa! — disse Sancho. — Que é isso? Sem dúvida este pecador está ferido de morte, que vomita sangue pela boca.

Mas, reparando um pouco mais naquilo, percebeu pela cor, pelo sabor e pelo cheiro que não era sangue, e sim o bálsamo da azeiteira que ele o tinha visto beber; e foi tanto seu nojo que, revirando-se-lhe o estômago, vomitou até as tripas ali mesmo sobre seu amo, ficando os dois um primor. Acudiu Sancho a seu asno para tirar dos alforjes algo com que se limpar e com que curar seu amo e, como não os achou, esteve a ponto de perder o juízo: de novo se amaldiçoou e propôs em seu coração de deixar seu amo e voltar para sua terra, ainda que perdesse o salário pelo já servido e as esperanças do governo da prometida ínsula.

Levantou-se nisto D. Quixote e, apertando a boca com a mão esquerda para que os dentes não se lhe acabassem de cair, tomou com a outra as rédeas de Rocinante, que em nenhum momento saíra de junto de seu amo — tão leal e bem-criado era —, e foi aonde seu escudeiro estava, debruçado em seu asno, com o rosto apoiado na mão, à guisa de homem por demais pensativo. E vendo-o D. Quixote daquele jeito, com mostras de tanta tristeza, lhe disse:

— Sabe, Sancho, que nenhum homem é mais que outro, se não faz mais que outro. Todas estas borrascas que nos ocorrem são sinais de que logo se há de serenar o tempo e as nossas coisas hão de correr bem, porque não podem o mal nem o bem durar para sempre, e daí se segue que, tendo durado muito o mal, o bem já está próximo. Não deves portanto afligir-te pelas desgraças que a mim ocorrem, pois a ti não cabe parte delas.

— Como não? — respondeu Sancho. — Por acaso aquele que ontem mantearam era outro que não o filho do meu pai? E os alforjes que hoje me faltam com todas as minhas alfaias são de outro que não do mesmo?

— Dizes que te faltam os alforjes, Sancho? — perguntou D. Quixote.

— Isso digo — respondeu Sancho.

— Então, não teremos o que comer hoje — devolveu D. Quixote.

— Assim seria — respondeu Sancho — se faltassem por estes prados as ervas que vossa mercê diz conhecer, com as quais costumam suprir semelhantes faltas os tão mal-aventurados andantes cavaleiros como vossa mercê.

— Ainda assim — respondeu D. Quixote —, comeria eu agora uma braçada de pão ou uma boa fogaça e duas cabeças de sardinha salmourada de melhor grado que todas as ervas descritas por Dioscórides, ainda que fossem as daquele livro ilustrado pelo doutor Laguna.[10] Mas, com tudo isso, monta em teu jumento, meu bom Sancho, e vem atrás de mim, que Deus, que tudo provê, não nos há de faltar, e mais andando tão em seu serviço como andamos, pois não desampara os mosquitos do ar nem os bichi-

---

[10] Referência a um importante tratado de botânica de autoria de Pedacio Dioscórides, botânico grego que viveu entre os séculos I e II a.C., republicado em Veneza em 1499. O médico e filósofo Andrés Laguna (1511-1559) traduziu-o ao castelhano, com o título *Acerca de la materia y de los venenos mortíferos...* (Antuérpia, 1555).

nhos da terra nem os girinos da água, e é tão piedoso que faz nascer seu sol sobre os bons e os maus e chove sobre injustos e justos.[11]

— Mais valeria vossa mercê — disse Sancho — para pregador que para cavaleiro andante.

— De tudo sabiam e devem de saber os cavaleiros andantes, Sancho — disse D. Quixote —, pois já houve nos passados séculos cavaleiro andante que parasse para fazer sermão ou prédica no meio de um campo real como se fosse graduado pela Universidade de Paris; donde se infere que nunca a lança embotou a pena, nem a pena a lança.

— Pois bem, que seja assim como vossa mercê diz — respondeu Sancho —; vamos embora daqui e procuremos onde pousar esta noite, e praza a Deus que seja onde não haja mantas nem manteadores nem fantasmas nem mouros encantados, pois se os houver, darei ao diabo o que ao diabo cabe.

— Encomenda-te a Deus, filho — disse D. Quixote —, e guia por onde quiseres, que desta vez quero deixar à tua escolha o nosso pouso. Mas chega aqui a tua mão e tateia com o dedo para ver bem quantos dentes me faltam deste lado direito, no fundo da queixada de cima, que é onde sinto a dor.

Meteu Sancho os dedos e, tateando-o, lhe disse:

— Quantos costumava vossa mercê ter desta parte?

— Quatro — respondeu D. Quixote —, afora o do siso, todos inteiros e muito sãos.

— Olhe bem vossa mercê o que diz, senhor — respondeu Sancho.

— Digo que eram quatro, se não cinco — respondeu D. Qui-

---

[11] Citação do Evangelho (Mateus, 5, 45).

xote —, porque em toda a minha vida nunca me tiraram dente nenhum da boca, nem perdi nenhum comido de cárie nem de reima alguma.

— Pois nesta parte de baixo — disse Sancho — não tem vossa mercê mais que dois e meio dos de trás; e na de cima, nem meio, nem nenhum, pois toda ela está lisa como a palma da mão.

— Desventurado de mim! — disse D. Quixote, ouvindo as tristes novas que seu escudeiro lhe dava —, quanto preferira que me tivessem cortado um braço, não fosse o da espada. Pois faço-te saber, Sancho, que a boca sem dentes é como moinho sem mó, e muito mais se há de estimar um dente que um diamante; mas a tudo isto estamos sujeitos os que professamos a estreita ordem da cavalaria. Monta, amigo, e guia, que eu te seguirei ao passo que quiseres.

Assim fez Sancho e se encaminhou para onde lhe pareceu que podia achar acolhida, sem sair da estrada real, pois por ali ia bem direito. Indo-se pois a passo e passo, porque a dor nas queixadas de D. Quixote não o deixava sossegar nem se dar pressa, quis Sancho entretê-lo e diverti-lo dizendo-lhe alguma coisa, e entre outras que lhe disse está o que se dirá no seguinte capítulo.

Capítulo XIX

DAS DISCRETAS RAZÕES QUE SANCHO PASSAVA COM SEU AMO
E DA AVENTURA QUE LHE SUCEDEU COM UM CORPO MORTO,
MAIS OUTROS ACONTECIMENTOS FAMOSOS

— Eu acho, senhor meu, que todas estas desventuras que nestes
dias nos aconteceram sem dúvida foram em castigo pelo pecado
que vossa mercê cometeu contra a ordem da sua cavalaria, de não
cumprir o juramento que fez de não comer pão à mesa posta nem
com a rainha folgar, mais tudo o que disto se segue e vossa mercê jurou de cumprir até tirar aquele elmete do Malandrino, ou lá
como se chame o mouro, que não me lembro bem.

— Tens muita razão, Sancho — disse D. Quixote —, mas
para dizer a verdade, isto me fugira da memória, e também podes ter por certo que pela culpa de não mo teres lembrado a tempo te aconteceu aquilo da manta; mas eu farei a emenda, pois
para tudo há jeito de composição[1] na ordem da cavalaria.

— Mas eu jurei algo, por acaso? — respondeu Sancho.

— Não importa que não tenhas jurado — disse D. Quixote
—, basta que eu entenda que de participantes[2] não estás bem seguro, e, pelo sim ou pelo não, não será mau prover-nos de remédio.

---

[1] Referência às bulas ditas "de composição", ou "de remissão", emitidas pela Igreja quando acatava recurso eclesiástico para revogar uma excomunhão.

[2] Os que, por terem trato com excomungados, incorriam em motivo de excomunhão.

— Sendo assim — disse Sancho —, cuide vossa mercê de não se esquecer disso como fez com o juramento: sabe Deus se os fantasmas não voltam a ter vontade de tomar divertimento comigo, ou até com vossa mercê, se o virem tão contumaz.

Nessas e noutras conversas os topou a noite no meio do caminho, sem terem nem descobrirem onde pernoitar; e o mau disso era que iam morrendo de fome, pois a falta dos alforjes os privara de vitualhas e matalotagem. E para acabar de confirmar essa desgraça lhes sucedeu uma aventura que, sem artifício algum, verdadeiramente o parecia. E foi que a noite se fechou com certa escuridão, mas, com tudo isso, seguiam caminho, pensando Sancho que, sendo aquela estrada real, por força haveria nela uma estalagem a uma ou duas léguas.

Indo pois desta maneira, a noite escura, o escudeiro faminto e o amo com vontade de comer, viram que pelo mesmo caminho que seguiam vinha a eles uma grande multidão de luzes, que não pareciam senão estrelas em movimento. Pasmou-se Sancho ao vê-las, e D. Quixote não lhe ficou atrás: um puxou do cabresto seu asno, e o outro das rédeas seu rocim, e ficaram quietos, olhando atentamente o que podia ser aquilo, e viram que as luzes iam-se aproximando deles e, quanto mais se achegavam, maiores pareciam. A cuja visão Sancho começou a tremer da cabeça aos pés, e se ouriçaram os cabelos de D. Quixote, o qual, cobrando algum ânimo, disse:

— Esta, Sancho, sem dúvida há de ser uma grandíssima e perigosíssima aventura, onde terei de mostrar todo o meu valor e esforço.

— Ai de mim! — respondeu Sancho. — Se por desgraça esta aventura for de fantasmas, como vai parecendo, com que costelas a sofrerei?

— Por mais fantasmas que sejam — disse D. Quixote —,

não consentirei que toquem nem o pelo da tua roupa; pois, se da outra vez burlaram de ti, foi porque não pude eu saltar os muros do pátio, mas agora estamos em campo raso, onde eu poderei esgrimir a minha espada como bem quiser.

— E se o encantarem e entrevarem como da outra vez — disse Sancho —, que aproveitará estar em campo aberto ou não?

— Com tudo isso — replicou D. Quixote —, eu te peço, Sancho, que tenhas ânimo, pois a experiência te dará a entender o que eu tenho.

— Hei de tê-lo, com a graça de Deus — respondeu Sancho.

E pondo-se os dois à beira da estrada, tornaram a olhar atentamente por ver o que podiam ser aquelas luzes que caminhavam, e dali a muito pouco descobriram uma tropa encamisada, cuja temerosa visão liquidou de vez o ânimo de Sancho Pança, o qual começou a entrebater os dentes, como quem tem calafrios de quartã; e mais cresceu o bater e dentar quando distintamente viram o que era, pois descobriram cerca de vinte encamisados, todos a cavalo, com suas tochas acesas nas mãos, atrás dos quais vinha uma liteira coberta de luto, seguida de outros seis a cavalo, enlutados até os pés das mulas, que bem viram não ser cavalos no vagar do seu passo. Iam os encamisados murmurando entre si em voz baixa e condolente. Essa estranha visão, a tais horas e em tal despovoado, bastava para encher de medo o coração de Sancho, e até o de seu amo; e bem seria que assim fosse D. Quixote, pois Sancho já esgotara todo seu esforço. O contrário ocorreu a seu amo, a cuja imaginação nesse instante se representou ao vivo que era aquela uma das aventuras de seus livros.

Afigurou-se-lhe que a liteira eram andas onde devia de ir algum malferido ou morto cavaleiro, cuja vingança só a ele estava reservada, e sem pensar duas vezes enristou seu chuço, se aprumou na sela, e com gentil brio e jeito se postou no meio do caminho por onde os encamisados forçosamente haveriam de passar e, quando os viu perto, ergueu a voz e disse:

— Detende-vos, cavaleiros, ou quem quer que sejais, e dai-me conta de quem sois, donde vindes, aonde ides, que é o que naquelas andas levais; pois, polo que vejo, ou haveis feito ou vos fizeram algum desaforo, e convém e é mister que eu o saiba, ou bem para castigar-vos do mal que fizestes, ou bem para vingar-vos do torto que vos fizeram.

— Vamos com pressa — respondeu um dos encamisados —, e está a estalagem longe, e não podemos parar a dar tanta conta do que pedis.

E, picando a mula, seguiu em frente. Ressentiu-se D. Quixote grandemente dessa resposta e, travando as bridas, disse:

— Detende-vos, sede mais bem-criado e dai-me conta do que vos perguntei; se não, comigo sois todos em batalha.

Era a mula espantadiça e, ao ser tomada das bridas, se assustou de maneira que, empinando, jogou seu dono pelas ancas ao chão. Um moço que vinha a pé, vendo cair o encamisado, começou a injuriar D. Quixote; o qual, já encolerizado, sem esperar mais, enristando seu chuço arremeteu contra um dos enlutados e o deitou por terra malferido; e revolvendo-se aos demais, era coisa para ver a presteza com que os acometia e desbaratava, pois parecia que naquele instante tinham nascido asas em Rocinante, tão ligeiro e brioso ele andava.

Todos os encamisados eram gente medrosa e desarmada e, assim, com facilidade logo abandonaram a refrega e começaram a correr por aquele campo, com as tochas acesas, parecendo tal e qual mascarados correndo em noite de folia e festa. Os enlutados, por seu lado, revoltos e envoltos em suas opas e batinas, não se podiam mover, o que deu lugar a D. Quixote de sovar a todos muito a seu salvo e fazê-los debandar mau grado seu, pensando não ser ele homem, e sim diabo do inferno que lhes vinha tirar o corpo morto que na liteira levavam.

Tudo olhava Sancho, admirado do ardor de seu amo, e dizia para si:

— Sem dúvida, este meu amo é tão valente e esforçado como ele diz.

Havia uma tocha ardendo no chão, junto àquele primeiro que a mula derrubara, a cuja luz D. Quixote o pôde ver, e, achegando-se a ele, pôs-lhe a ponta do chuço no rosto, mandando-lhe que se rendesse: se não, o mataria. Ao qual respondeu o caído:

— Já bem rendido estou, pois não me posso mover com uma perna quebrada; suplico a vossa mercê, se é cavaleiro cristão, que não me mate, pois cometerá um grande sacrilégio, sendo eu licenciado e tendo as primeiras ordens.[3]

— E quem diabos vos trouxe aqui — disse D. Quixote —, sendo homem da Igreja?

— Quem, senhor? — replicou o caído. — Minha desventura.

— Pois outra maior vos ameaça — disse D. Quixote —, se me não satisfizerdes em tudo quanto de primeiro vos perguntei.

— Com facilidade será vossa mercê satisfeito — respondeu o licenciado — e assim saberá vossa mercê que, se antes eu disse que era licenciado, verdade é que não sou mais que bacharel, de nome Alonso López; sou natural de Alcobendas;[4] venho da cidade de Baeza, com outros onze sacerdotes, que são aqueles que fugiram com as tochas; vamos à cidade de Segóvia acompanhan-

---

[3] Ordens menores, que permitem exercer alguns ministérios ou desfrutar de benefícios eclesiásticos, mas não celebrar missa nem administrar os sacramentos. O direito canônico condenava com a excomunhão quem maltratasse um eclesiástico.

[4] Vila situada a cerca de vinte quilômetros de Madri.

do um corpo morto que vai naquela liteira, que é de um cavaleiro que morreu em Baeza, onde foi depositado, e agora, como digo, levávamos seus ossos para sua sepultura, que fica em Segóvia, donde é natural.

— E quem o matou? — perguntou D. Quixote.

— Deus, por meio de umas febres pestilentas que o tomaram — respondeu o bacharel.

— Desta sorte — disse D. Quixote —, tirou-me Nosso Senhor o trabalho que eu houvera de ter na vingança da sua morte, se outro algum o tivesse matado; mas, tendo-o matado quem o matou, não resta senão calar e encolher os ombros, pois o mesmo faria se a mim mesmo me matasse. E quero que saiba vossa reverência que eu sou um cavaleiro de La Mancha chamado D. Quixote, e é meu ofício e exercício andar pelo mundo endireitando tortos e desfazendo agravos.

— Não sei como será isso de endireitar tortos — disse o bacharel —, pois a mim que era bem direito me entortastes, deixando-me uma perna quebrada, a qual não se há de endireitar em todos os dias da sua vida; e o agravo que me desfizestes foi deixar-me agravado de tal maneira que para sempre hei de ficar agravado; e muita desventura foi topar convosco que vais buscando aventuras.

— Nem todas as coisas — respondeu D. Quixote — acontecem de um mesmo modo. O mal foi, senhor bacharel Alonso López, virdes como vínheis, de noite, vestidos com aquelas sobrepelizes, com as tochas acesas, rezando, cobertos de luto, que propriamente semelháveis coisa ruim e do outro mundo; e assim não pude deixar de cumprir com a minha obrigação acometendo-vos, e vos acometeria ainda que verdadeiramente soubesse que éreis os mesmos satanases do inferno, que por tais sempre vos julguei e tive.

— Já que assim o quis minha sorte — disse o bacharel —, suplico a vossa mercê, senhor cavaleiro andante que tanta mal-andança me deu, que me ajude a sair de debaixo desta mula, que me tem presa uma perna entre o estribo e a sela.

— Demais calastes! — disse D. Quixote. — Até quando aguardáveis para me dizer vossa aflição?

Deu então vozes a Sancho Pança para que viesse, mas este não fez caso do chamado, pois andava ocupado despojando os alforjes de uma mula de carga que traziam aqueles bons senhores, bem abastecida de coisas de comer. Fez Sancho uma trouxa com seu gabão e, recolhendo tudo o que pôde e ali coube, carregou seu jumento, e depois acudiu às vozes de seu amo e o ajudou a tirar o senhor bacharel da opressão da mula, e, montando-o nela, lhe deu a tocha; e D. Quixote lhe disse que seguisse a derrota dos seus companheiros, aos quais de sua parte pedisse perdão pelo agravo que não estivera em sua mão deixar de fazer. Disse-lhe também Sancho:

— Se acaso quiserem saber esses senhores quem foi o valoroso que assim os pôs, diga vossa mercê que é o famoso D. Quixote de La Mancha, também chamado o Cavaleiro da Triste Figura.

Com isto se foi o bacharel, e D. Quixote perguntou a Sancho o que o movera a desta vez chamá-lo "o Cavaleiro da Triste Figura".

— Eu lhe direi — respondeu Sancho —, foi porque o estive olhando um pouco à luz daquela tocha que leva aquele mal-andante, e verdadeiramente tem vossa mercê a mais má figura que já vi de um tempo a esta parte; e deve de ser por causa do cansaço do combate ou da falta de dentes.

— Não é isso — respondeu D. Quixote —, e sim que o sábio a cujo encargo há de estar a escritura da história das minhas façanhas deve de ter havido por bem que eu tome alguma alcunha como tomavam todos os passados cavaleiros: qual se chamava o da Ardente Espada; qual, o do Unicórnio; aquele, o das Donzelas; este, o da Ave Fênix; outro, o cavaleiro do Grifo; estoutro, o da Morte;[5] e por tais nomes e insígnias eram conhecidos por toda a redondeza da terra. E assim digo que o dito sábio há de ter posto agora em tua boca e teu pensamento que me chamasses o Cavaleiro da Triste Figura, como penso chamar-me de hoje em diante; e para que melhor me quadre tal nome, determino de fazer pintar, quando haja lugar, no meu escudo uma mui triste figura.

— Não há por que gastar tempo e dinheiro em fazer essa figura — disse Sancho —, basta que vossa mercê descubra a sua e mostre o rosto a quem o olhar para, sem mais e sem outra imagem nem escudo, ser logo chamado o da Triste Figura; e acredite que lhe digo a verdade, pois garanto a vossa mercê, senhor (e isto seja dito em burla), que tão má cara lhe faz a fome e a falta dos dentes que, como já disse, poderá muito bem escusar a triste pintura.

Riu-se D. Quixote da graça de Sancho; mas, contudo, propôs de se chamar daquele nome, em podendo pintar seu escudo ou rodela como imaginara. Nisto voltou o bacharel e disse a D. Quixote:

---

[5] Diversos epítetos de personagens da literatura cavaleiresca, todos pintados no escudo ou na armadura de quem o recebe: Cavaleiro da Ardente Espada corresponde a Amadis de Grécia; do Unicórnio, a D. Belianís ou, no *Orlando*, a Ruggiero; das Donzelas, ao príncipe Florandino da Macedônia em *Caballero de la Cruz*; da Ave Fênix, a Florarlán de Trácia em *Florisel de Niquea*, ou a Marfisa vestida de homem no *Orlando furioso*; do Grifo, a um personagem do *Filesbián da Candaria*; o da Morte, de novo a Amadis de Grécia, em *Don Florisel*.

— Já me esquecia de advertir vossa mercê que foi excomungado por ter posto as mãos violentamente em coisa sagrada, *iuxta illud*, *"Si quis suadente diabolo"* etc.[6]

— Não entendo esse latim — respondeu D. Quixote —, mas sei bem que não lhe pus as mãos, mas só este chuço; de resto, não pensei que ofendesse sacerdotes nem coisas da Igreja, que respeito e adoro como católico e fiel cristão que sou, e sim fantasmas e avejões do outro mundo. E ainda que assim fosse, trago na memória o acontecido a El Cid Ruy Díaz, quando quebrou a cadeira do embaixador daquele rei diante de Sua Santidade o Papa, razão pela qual este o excomungou, e naquele dia andou o bom Rodrigo de Vivar como muito honrado e valente cavaleiro.

Em ouvindo isto o bacharel, foi-se embora, como já foi dito, sem replicar palavra. Quis D. Quixote ver se o corpo que vinha na liteira eram ossos ou não, mas Sancho o não consentiu, dizendo-lhe:

— Senhor, vossa mercê saiu desta perigosa aventura o mais a seu salvo de todas as que eu vi; mas essa gente, ainda que vencida e desbaratada, poderia se dar conta de que a venceu uma só pessoa e, mordida e vexada disto, voltar para nos procurar e nos dar um bom trabalho. O jumento está como convém; a montanha, perto; a fome aperta: não há outra coisa a fazer senão nos retirarmos a bom compasso de pés, e, como dizem, o morto que vá ao chão e o vivo ao pão.

E, picando seu asno, suplicou a seu senhor que o seguisse; o qual, entendendo que Sancho tinha razão, o seguiu sem mais réplicas. E a pouco trecho de caminharem por entre dois montes,

---

[6] Frase truncada de um decreto tridentino, que trata da excomunhão a quem agredir um religioso. Significa: "segundo aquele [cânone], 'se alguém, incitado pelo demônio...'".

se acharam num espaçoso e escondido vale, onde apearam e Sancho aliviou o jumento; e deitados sobre a verde relva, com o tempero de sua fome, desjejuaram, almoçaram, merendaram e jantaram de uma só vez, satisfazendo o estômago com mais de um farnel que os senhores clérigos do defunto — que não se tratavam nada mal — na mula de carga traziam.

Mas lhes sucedeu outra desgraça, para Sancho a pior de todas, e foi não terem vinho para beber, nem sequer água para chegar à boca; e acossados pela sede, disse Sancho, vendo que o prado onde estavam estava coberto de verde e miúda relva, o que se dirá no seguinte capítulo.

Capítulo XX

DA JAMAIS VISTA NEM OUVIDA AVENTURA QUE COM MENOS PERIGO FOI ACABADA POR FAMOSO CAVALEIRO NO MUNDO COMO A QUE ACABOU O VALOROSO D. QUIXOTE DE LA MANCHA

— Esta relva, senhor meu, só pode dar testemunho de que aqui perto há alguma fonte ou regato que a relva umedece, e assim será bem irmos um pouco mais adiante, pois logo toparemos onde possamos mitigar esta terrível sede que nos rói, que sem dúvida causa maior pena que a fome.

Teve D. Quixote por bom o conselho e, tomando Rocinante das rédeas, e Sancho o seu asno do cabresto, depois de pôr sobre este os sobejos do jantar, começaram a caminhar pelo prado acima muito a tento, porque a escuridão da noite não lhes deixava ver coisa alguma; mas não tinham andado nem duzentos passos quando chegou a seus ouvidos um grande ruído de água, como se de algumas grandes e alterosas fragas se despenhasse. Alegrou-os o ruído sobremaneira e, parando para escutar de que lado vinha, ouviram de súbito outro estrondo que lhes aguou o contento da água, especialmente a Sancho, que era naturalmente medroso e de pouco ânimo. Digo que ouviram que davam uns golpes compassados, com um certo ringir de ferros e cadeias que, acompanhados do furioso estrondo da água, encheriam de pavor qualquer outro coração que não o de D. Quixote.

Era a noite, como já se disse, escura, e eles acertaram de entrar por entre umas árvores altas, cujas folhas, bulidas pelo brando vento, faziam um temeroso e manso ruído, de tal maneira que a solidão, o lugar, a escuridão, o ruído da água mais o sussurro das folhas, tudo causava horror e espanto, e mais quando viram que nem os golpes cessavam, nem o vento adormecia, nem a manhã chegava, somando-se a tudo isto a ignorância do lugar onde se achavam. Mas D. Quixote, acompanhado do seu intrépido coração, saltou sobre Rocinante e, embraçando sua rodela, terçou o seu chuço e disse:

— Sancho amigo, hás de saber que eu nasci por querer do céu nesta nossa idade de ferro para nela ressuscitar a de ouro, ou dourada, como se usa chamar. Eu sou aquele a quem se reservam os perigos, as grandes façanhas, os valorosos feitos. Eu sou, torno a dizer, quem há de ressuscitar os da Távola Redonda, os Doze de França e os Nove da Fama, e quem há de pôr em esquecimento os Platires, os Tablantes, Olivantes e Tirantes, os Febos e Belianises, com toda a caterva dos famosos cavaleiros andantes dos passados tempos, fazendo neste em que me acho tais grandezas, estranhezas e feitos de armas que ofusquem as mais claras que eles fizeram. Bem notas, escudeiro fiel e bom, as trevas desta noite, seu estranho silêncio, o surdo e confuso estrondo destas árvores, o temeroso ruído daquela água em cuja busca viemos, que parece despenhar-se e desabar dos altos montes da Lua,[1] e aquele incessante bater que fere e magoa os ouvidos, as quais coisas todas juntas e cada uma por si são bastantes para infundir medo, temor e espanto no peito do mesmo Marte, quanto mais naquele que não está acostumado a semelhantes sucessos e aventuras. Pois isto que eu te digo são incentivos e despertadores do meu ânimo, que faz o meu coração rebentar no peito com o desejo que tem de

---

[1] Nascentes do Nilo, segundo a lenda atribuída a Ptolomeu.

acometer esta aventura, por mais dificultosa que se mostre. Então trata de apertar um pouco as cilhas de Rocinante, e fica com Deus, e espera-me aqui não mais que três dias, findos os quais, se eu não voltar, podes tu voltar à nossa aldeia e de lá, por fazer-me mercê e boa obra, irás até El Toboso, onde dirás à sem-par senhora minha Dulcineia que o seu cativo cavaleiro morreu por acometer coisas que o fizessem digno de se poder dizer seu.

Quando Sancho ouviu as palavras do seu amo, começou a chorar com a maior ternura do mundo e a dizer:

— Senhor, eu não sei por que quer vossa mercê acometer tão temerosa aventura. Agora é noite, aqui não nos vê ninguém: bem podemos torcer o caminho e nos desviar do perigo, ainda que não bebamos em três dias; e como não há quem nos veja, menos haverá quem nos tache de covardes, quanto mais que eu ouvi o padre do nosso lugar, que vossa mercê bem conhece, predicar que quem procura o perigo nele perece. Portanto, não é bem tentar a Deus acometendo tão desaforado feito, do qual só se pode escapar por milagre, e já bastam aqueles que o céu já fez a vossa mercê em livrá-lo de ser manteado como eu fui e em tirá-lo vencedor, livre e salvo dentre tantos inimigos como acompanhavam o defunto. E se tudo isto não mover nem abrandar o seu duro coração, mova-o o pensar e acreditar que, apenas vossa mercê se retire daqui, eu de medo darei a minha alma a quem a quiser levar. Eu saí da minha terra e deixei mulher e filhos por vir a serviço de vossa mercê, pensando valer mais e não menos; mas como a cobiça rompe o saco, a mim rasgou as minhas esperanças, pois quando mais vivas eu as tinha de conseguir aquela negra e malfadada ínsula que tantas vezes vossa mercê me prometeu, vejo agora que como paga e em troca dela quer me deixar num lugar tão apartado do trato humano. Por Deus todo-poderoso, senhor meu, ca non se me faça tal desaforo; e se ainda assim vossa mercê não quiser desistir de acometer este feito, espere pelo menos até de manhã, que, pelo que me mostra a ciência que aprendi quando pastor, não devem faltar daqui até a alvorada nem três horas, pois a boca da Buzina[2] está sobre a cabeça, e é meia-noite quando faz linha com o braço esquerdo.

— Como podes tu, Sancho — disse D. Quixote —, ver qual linha se faz, nem onde está essa boca ou esse cachaço que dizes, se esta noite é tão escura que não se vê estrela alguma em todo o céu?

— É verdade — disse Sancho —, mas tem o medo muitos olhos e vê as coisas sob a terra, quanto mais no céu acima, ainda que baste o bom discurso para entender que falta pouco para o dia.

— Falte o que faltar — respondeu D. Quixote —, não se há de dizer de mim, nem agora nem em tempo algum, que lágrimas e súplicas me arredaram de fazer o que é minha obrigação de cavaleiro; e portanto eu te suplico, Sancho, que cales, pois Deus, que me pôs no coração agora acometer tão jamais vista e temerosa aventura, terá o cuidado de olhar por minha saúde e consolar a tua tristeza. O que hás de fazer é apertar bem as cilhas de Rocinante e ficar aqui, que eu logo estarei de volta, vivo ou morto.

Vendo Sancho a última resolução de seu amo e quão pouco valiam com ele suas lágrimas, conselhos e súplicas, determinou de fazer uso de sua indústria e fazê-lo esperar até o dia amanhecer, se pudesse; e assim, quando apertava as cilhas do cavalo, bela e sorrateiramente atou os pés de Rocinante com o cabresto do seu asno, de jeito que, quando D. Quixote quis partir, não conseguiu,

---

[2] A Constelação da Ursa Menor; a figura da buzina é formada tomando a Estrela Polar como a embocadura e as estrelas extremas como o pavilhão.

porque o cavalo não se podia mover senão aos saltos. Vendo Sancho Pança o bom sucesso da sua manobra, disse:

— Eia, senhor, que o céu, comovido das minhas lágrimas e rogos, ordenou que Rocinante não se possa mover; e se quereis porfiar esporeando e picando o vosso cavalo, tal será afrontar a fortuna e, como dizem, dar coices contra o aguilhão.

Desesperava-se com isto D. Quixote e, por mais que desse de pernas no cavalo, nada o podia mover; e sem dar tento da peia houve por bem sossegar e esperar, ou que amanhecesse, ou que Rocinante se mexesse, acreditando sem dúvida que aquilo vinha de outra parte que não da indústria de Sancho; e assim lhe disse:

— Sendo fato, Sancho, que Rocinante não se pode mover, contente sou de esperar que raie o dia, ainda que chorando sua tardança.

— Não há razão para choro — respondeu Sancho —, pois eu o distrairei contando contos daqui até a alvorada, isto se vossa mercê não quiser apear e se deitar a dormir um pouco sobre a verde relva, ao uso dos cavaleiros andantes, para se achar mais descansado quando chegar o dia e a hora de acometer tão incomparável aventura como a que o espera.

— Qual apear, qual dormir? — disse D. Quixote. — Sou acaso desses cavaleiros que tomam repouso nos perigos? Dorme tu, que nasceste para dormir, ou faze o que bem quiseres, que eu farei o que cuide mais avir à minha intenção.

— Não se zangue vossa mercê, senhor meu — respondeu Sancho —, que não o falei por mal.

E, achegando-se a ele, pôs uma das mãos no arção dianteiro e a outra no outro, de modo que ficou abraçado à coxa esquerda de seu amo, sem ousar afastar-se dele um dedo: tamanho era seu medo dos golpes que ainda alternadamente soavam. Disse-lhe D. Quixote que contasse algum conto para entretê-lo, tal como prometera; ao que Sancho devolveu que assim faria, se o deixasse o pavor daquele estrondo.

— Mas, com tudo isso, eu me esforçarei em dizer uma história que, se conseguir contá-la sem me cortarem a rodada, será a melhor das histórias; e esteja vossa mercê atento, pois já começo. "Era uma vez o que era, se é bem, que para todos venha, se mal, para quem o for buscar..." E repare vossa mercê, senhor meu, que o princípio que os antigos davam às suas histórias não era coisa à toa, pois foi uma sentença de Catão Sonsorino, o romano,[3] que diz "e o mal, para quem o for buscar", que cai agora como uma luva, para que vossa mercê esteja quieto e não vá buscar o mal em parte alguma, e sim voltemos por outro caminho, pois ninguém nos força a seguir por este onde tantos medos nos sobressaltam.

— Segue o teu conto, Sancho — disse D. Quixote —, e, quanto ao caminho que havemos de seguir, deixa isto ao meu cuidado.

— Digo, pois — prosseguiu Sancho —, que num certo lugar de Estremadura vivia um pastor cabreiro, quero dizer que guardava cabras, o qual pastor, ou cabreiro, como digo do meu conto, se chamava Lope Ruiz; e esse Lope Ruiz andava enamorado de uma pastora que se chamava Torralba; a qual pastora chamada Torralba era filha de um criador rico; e esse criador rico...

— Se dessa maneira contares o teu conto, Sancho — disse D. Quixote —, repetindo duas vezes o que vais dizendo, não acabarás em dois dias: dize-o seguidamente e conta-o como homem de entendimento, ou, senão, não digas nada.

— Dessa maneira que conto — respondeu Sancho — é que

---

[3] Catão o Censor, ou Censorino, alterado por contaminação de *sonso* (tolo). A citação de Sancho, contudo, provém do folheto anônimo *Castigos y ejemplos de Catón*, versão popularíssima dos *Disticha* de Dionísio Catão, não raro confundido com o político romano.

se contam na minha terra todas as histórias, e eu não sei contar de outra, nem é bem que vossa mercê me peça que faça usos novos.

— Dize como quiseres — respondeu D. Quixote — e já que a sorte quer que eu não possa deixar de escutar-te, prossegue.

— Aconteceu, senhor meu da minha alma — prosseguiu Sancho —, que, como tenho dito, esse pastor andava enamorado da Torralba, a pastora, que era uma moça roliça, arisca e puxando um pouco a machona, pois tinha um tantico de bigode, que parece que a estou vendo.

— Então tu a conheceste? — disse D. Quixote.

— Conhecer, não conheci — respondeu Sancho. — Mas quem me contou esse conto me disse que era coisa tão certa e verdadeira que podia muito bem, quando o contasse a outro, afirmar e jurar que vi tudo com meus próprios olhos. Aconteceu então que, correndo os dias, o diabo, que não dorme e que tudo enreda, fez de jeito que o amor que o pastor sentia pela pastora virasse jeriza e má vontade; e a causa foi, segundo as más línguas, um certo ciúme que ela lhe deu, e foi tamanho que passou das raias e chegou ao vedado; e tanto o pastor a detestou dali em diante que, para a não ver, determinou de se ausentar daquela terra e ir aonde seus olhos jamais a vissem. A Torralba, ao se ver desprezada pelo Lope, agora o quis bem, como nunca antes o tinha querido.

— Essa é a natural condição das mulheres — disse D. Quixote —, desprezar a quem as quer e amar a quem as detesta. Segue adiante, Sancho.

— Aconteceu — disse Sancho — que o pastor pôs por obra sua determinação e, tangendo suas cabras, se encaminhou pelos campos de Estremadura, para passar aos reinos de Portugal. A Torralba, ao saber disso, foi atrás dele, seguindo-o de longe, a pé e descalça, com um bordão na mão e uns alforjes ao pescoço, onde levava, segundo é fama, um pedaço de espelho e outro de um pente e não sei que potezinho de unturas para o rosto; mas levasse o que levasse, que não vou agora me meter a descobri-lo, só direi que dizem que o pastor chegou com seu gado às margens do rio Guadiana, que andava cheio e quase transbordando a madre, e por onde ele chegou não havia barca nem barco, nem quem o pudesse atravessar, nem a ele nem ao seu gado, para a outra banda, o que muito o aborreceu porque via que a Torralba já estava perto e havia de atazaná-lo com seus rogos e lágrimas; e tanto ele olhou, que achou um pescador junto de um barco, mas tão pequeno que nele não podia caber mais que uma pessoa e uma cabra; e, com tudo isso, falou com o tal pescador e concertou que os atravessasse, a ele e às trezentas cabras que levava. Entrou o pescador no barco e passou uma cabra; voltou e passou mais uma; tornou a voltar e tornou a passar mais uma. Leve vossa mercê a conta das cabras que o pescador vai passando, porque, se perder uma da memória, o conto se acabará, e não será possível contar nem mais uma palavra dele. Continuo, pois, e digo que a margem da outra banda estava cheia de lama e escorregadia, e muito demorava o pescador em ir e voltar. Com tudo isso, voltou por outra cabra, e outra, e mais outra...

— Faze conta que já atravessou todas — disse D. Quixote —, não andes indo e vindo dessa maneira, que não acabarás de atravessá-las em um ano.

— Quantas atravessaram até agora? — disse Sancho.

— Que diabo! Eu lá sei? — respondeu D. Quixote.

— Pois foi o que eu lhe disse: que levasse bem a conta. Agora, por Deus que se acabou o conto, e não há como continuar.

— Como pode ser isso? — respondeu D. Quixote. — Tão da essência da história é saber ao certo quantas cabras atravessaram que, errando-se uma do seu número, não podes prosseguir com ela?

— Não, senhor, de maneira alguma — respondeu Sancho

—; pois quando eu perguntei a vossa mercê quantas cabras tinham atravessado, e me respondeu que não sabia, naquele mesmo instante me fugiu da memória o quanto me faltava dizer, e à fé que era de muita virtude e contento.

— De modo — disse D. Quixote — que a história já está acabada?

— Tão acabada como a minha mãe — disse Sancho.

— Digo-te com todas as veras — respondeu D. Quixote — que contaste uma das mais novas fábulas, conto ou história que alguém pôde pensar no mundo, e que tal jeito de contá-la e deixá-la jamais se poderá ver nem terá visto em toda a vida, bem que eu não esperasse outra coisa do teu bom discurso; mas não me maravilho, pois talvez estes golpes que não cessam tenham embotado o teu entendimento.

— Tudo pode ser — respondeu Sancho —, mas o que eu sei do meu conto é que dele não há mais nada a dizer, pois se acaba onde começa o erro na conta da travessia das cabras.

— Pois que se acabe onde for, e seja embora — disse D. Quixote —, e vejamos se Rocinante pode andar.

Tornou a lhe dar de pernas, e o cavalo tornou a dar saltos e a estacar, tão bem peado estava.

Nisto, fosse porque o frio da madrugada já ia chegando, ou porque Sancho tinha jantado algumas coisas lenitivas, ou porque fosse coisa natural — que é o mais certo —, veio-lhe a vontade e o desejo de fazer algo que outro não poderia fazer por ele; mas era tanto o medo que tomara o seu coração, que não ousava se afastar um fio de cabelo de seu amo. Como não fazer o que tinha vontade tampouco era possível, o que ele fez, a bem de sua paz, foi soltar a mão direita, que agarrava o arção traseiro, e com ela, belamente e sem rumor algum, soltar a laçada corrediça que sozinha segurava os calções, os quais, uma vez desamarrados, logo arrearam e foram ficar aos seus pés como grilhões; em seguida suspendeu ele a camisa o quanto pôde e pôs a arejar seu par de alcatras, que não eram lá muito pequenas. Feito isto, que ele pensou ser a melhor coisa a fazer para sair daquele terrível aperto e angústia, sobreveio outra maior, que foi sentir que não poderia esvaziar os aposentos sem estrépito nem ruído, e começou a cerrar os dentes e a encolher os ombros, segurando o fôlego o quanto podia; mas, apesar dessas diligências, foi tão desafortunado que ao cabo do cabo veio a fazer algum ruído, bem diferente daquele que tanto o apavorava. Ouviu-o D. Quixote e disse:

— Que rumor é esse, Sancho?

— Não sei, senhor — respondeu ele. — Alguma coisa nova deve de ser, pois as aventuras e desventuras nunca vêm sós.

Tornou outra vez a tentar a sorte, e esta lhe foi tão propícia, que, sem mais ruído nem alvoroço que o já passado, se achou livre da carga que tanto lhe pesava. Mas como D. Quixote tinha o sentido do olfato tão vivo como o dos ouvidos, e Sancho estava tão junto e agarrado a ele, que quase em linha reta acima subiam os vapores, não pôde evitar que alguns chegassem a seus narizes; e tão logo chegaram, foi ele ao seu socorro, apertando-os entre os dois dedos, e com voz um tanto fanhosa disse:

— Parece-me, Sancho, que tens muito medo.

— Tenho, sim — respondeu Sancho —, mas em que o percebe vossa mercê agora mais do que nunca?

— Em que agora mais do que nunca cheiras, e não a âmbar — respondeu D. Quixote.

— Bem pode ser — disse Sancho —, mas a culpa não é minha, e sim de vossa mercê, que me traz a desoras e por estes não trilhados passos.

— Arreda então três ou quatro, amigo — disse D. Quixote (tudo isto sem destapar o nariz) —, e, daqui por diante, tende mais cuidado com a tua pessoa e com o que deves à minha, pois a muita conversa que tenho contigo engendrou este menosprezo.

— Aposto — replicou Sancho — que pensa vossa mercê que eu fiz da minha pessoa algo que não devia.

— Mais vale não bulir, amigo Sancho — respondeu D. Quixote.

Nesses colóquios e outros semelhantes passaram a noite amo e criado; mas vendo Sancho que a manhã já ia chegando a marcha batida, com muito tento desatou Rocinante e amarrou os calções. Quando Rocinante se viu livre, se bem não fosse por si nada brioso, parece que se ressentiu e começou a dar patadas, pois corcovos (Deus que o perdoe) não sabia. Vendo pois D. Quixote que Rocinante já se movia, teve isto por bom sinal de que, a seu juízo, chegara a hora de acometer aquela temerosa aventura.

Nisto acabou de se descobrir a aurora, e de aparecerem distintamente as coisas, e viu D. Quixote que estava entre umas árvores altas, que eram castanheiros, que dão uma sombra muito escura. Ouviu também que o bater não cessava, mas não viu quem o podia causar, e assim, sem mais detença, fez Rocinante sentir as esporas e, tornando a se despedir de Sancho, mandou-lhe que ali o aguardasse por três dias, a mais tardar, como já da outra vez lhe dissera, e que, se ao cabo deles não voltasse, tivesse por certo que Deus fora servido de que naquela perigosa aventura se acabassem os seus dias. Tornou a referir o recado e a embaixada que havia de levar de sua parte à sua senhora Dulcineia, e que não se preocupasse quanto à paga dos seus serviços, pois ele deixara escrito seu testamento antes de sair do seu lugar, no qual se acharia gratificado de todo o tocante ao seu salário, *pro rata* ao tempo que tivesse servido; mas que, se Deus o tirasse daquele perigo são e salvo e sem gravame, podia ter ele por muito mais que certa a prometida ínsula.

De novo tornou a chorar Sancho ouvindo de novo as lastimosas razões do seu bom senhor, e determinou de não deixá-lo até o último trânsito e fim daquela empresa.

Destas lágrimas e determinação tão honesta de Sancho Pança tira o autor desta história que devia de ser ele bem-nascido ou pelo menos cristão-velho. Tal sentimento enterneceu um tanto seu amo, mas não o bastante para que mostrasse fraqueza alguma, antes, disfarçando o melhor que pôde, começou a caminhar para o lado donde lhe pareceu que chegava o ruído da água e das batidas.

Seguia-o Sancho a pé, levando, como era seu costume, do cabresto o seu jumento, perpétuo companheiro em suas prósperas e adversas fortunas; e tendo andado um bom trecho por entre aqueles castanheiros e aquelas árvores sombrias, deram num pradozinho que ao pé de umas altas penhas se abria, das quais se precipitava uma grandíssima queda-d'água. Ao pé dessas penhas havia umas casas malfeitas, que mais que casas pareciam ruínas de edifícios, dentre as quais perceberam que vinha o ruído e estrondo daquele bater que ainda não cessara.

Alvoroçou-se Rocinante com o estrondo da água e das batidas, e, sossegando-o D. Quixote, foi-se achegando pouco a pouco às casas, encomendando-se de todo coração à sua senhora, suplicando-lhe que naquela temerosa jornada e empresa o favorecesse, e de passagem também se encomendou a Deus, que o não esquecesse. Não saía Sancho de junto dele, esticando o quanto podia o pescoço e a vista por entre as patas de Rocinante, por ver se via de uma vez o que tão suspenso e medroso o tinha.

Mais cem passos deviam de ter andado quando, de trás de uma pedra, apareceu descoberta e patente a causa mesma, sem que outra pudesse ser, daquele horríssono e para eles terrível ruído que tão suspensos e medrosos toda a noite os tivera. E eram (não te zangues nem aborreças, oh leitor!) seis maças de pisão,[4] que com suas alternadas batidas aquele estrondo faziam.

Quando D. Quixote viu o que era, emudeceu e pasmou de cima a baixo. Olhou-o Sancho e viu que tinha a cabeça inclinada sobre o peito, com mostras de estar vexado. Olhou também D. Quixote para Sancho e viu que tinha as bochechas infladas e a boca cheia de riso, com evidentes mostras de nele querer rebentar, e não pôde sua melancolia tanto que à vista de Sancho pudesse deixar de se rir; e ao ver Sancho que seu amo começara, soltou a presa de maneira que teve de apertar a barriga com os punhos, para não rebentar de tanto rir. Quatro vezes sossegou, e outras tantas voltou a seu riso, com o mesmo ímpeto que de primeiro; com o qual já se começava a danar D. Quixote, e mais quando o ouviu dizer, como a jeito de mofa:

— "Hás de saber, oh Sancho amigo!, que eu nasci por querer do céu nesta nossa idade de ferro para nela ressuscitar a dourada, ou de ouro. Eu sou aquele a quem se reservam os perigos, as grandes façanhas, os valorosos feitos..."

E assim foi repetindo todas ou as mais razões que D. Quixote tinha dito da vez primeira em que ouviram as temerosas batidas.

D. Quixote, vendo que Sancho fazia pouco dele, vexou-se e zangou-se de tal maneira que levantou o chuço e lhe assestou duas pauladas, tamanhas que, se, em vez de nas costas, lhas tivesse acertado na cabeça, ficaria livre de pagar-lhe o salário, quando não seja aos seus herdeiros. Vendo Sancho que não estava para

---

[4] Engenho para bater tecido ou couro. Consiste em grossas maças de madeira acionadas, neste caso, por uma roda-d'água. Na gíria picaresca, "*mazo de batán*" pode significar também "rufião digno de ser açoitado".

burlas e levava a sua tão à vera e a mal, temendo que o seu amo fosse além, com muita humildade lhe disse:

— Sossegue vossa mercê, que por Deus que o fiz por burla.

— Pois é porque o fizestes por burla, que não burlo eu — respondeu D. Quixote. — Vinde cá, senhor alegre: pensais que, se, em vez de maças de pisão, houvesse aqui outra perigosa aventura, não teria eu mostrado o ânimo que convinha para empreendê-la e acabá-la? Sou por acaso obrigado, sendo como sou cavaleiro, a conhecer e distinguir os sons e saber quais são de pisão? E mais, que poderia ser, como é verdade, que os não tivesse visto em toda a vida, como vós os tereis visto, como ruim vilão que sois, criado e nascido entre eles. Se não, fazei com que estas seis maças se tornem em seis gigantes, e lançai-mos às barbas um após o outro, ou todos à uma, e, se eu não os despachar todos muito bem descalabrados, fazei de mim a burla que quiserdes.

— Basta, senhor meu — replicou Sancho —, que eu confesso que andei um pouco risonho demais. Mas diga-me vossa mercê, agora que estamos em paz, e queira Deus tirá-lo de todas as aventuras que lhe ocorrerem tão são e salvo como o tirou desta: não foi coisa de se rir, como o é de se contar, o grande medo que passamos? Pelo menos o que eu passei, pois de vossa mercê já bem sei que o não conhece, nem sabe o que é temor nem espanto.

— Não nego — respondeu D. Quixote — que o que nos sucedeu seja coisa digna de riso, mas não é digna de ser contada, pois nem todas as pessoas têm discrição bastante para pôr as coisas em seu ponto.

— Pelo menos vossa mercê — respondeu Sancho — soube pôr o chuço em seu ponto, apontando-me à cabeça e acertando-me as costas, graças a Deus e à minha diligência em me jogar de lado. Mas vá lá, que por fim tudo se tira a limpo; pois eu ouvi dizer: "Quem bem ama bem castiga"; e mais que costumam os principais senhores, depois de dizerem palavras duras a um criado, dar-lhe em seguida umas calças, bem que eu não saiba o que usam dar depois de lhes acertar umas pauladas, se é que os cavaleiros andantes não dão depois de pauladas ínsulas, ou reinos em terra firme.

— Tal poderiam rolar os dados — disse D. Quixote —, e tudo quanto dizes vir a ser verdade; e perdoa o passado, pois és discreto e sabes que dos primeiros movimentos não tem mão o homem, e fica daqui em diante advertido de uma coisa, para que te abstenhas e moderes no falar demais comigo: que em todos os livros de cavalaria que tenho lido, que são infinitos, nunca vi nenhum escudeiro que falasse tanto com seu senhor como tu com o teu. E em verdade que o tenho por grande falta, tua e minha: tua, por me estimares pouco; minha, por não me fazer estimar mais. É fato, aliás, que Gandalim, escudeiro de Amadis de Gaula, chegou a conde da Ínsula Firme, e dele se lê que sempre falava com seu senhor com o gorro na mão, baixa a cabeça e dobrado o corpo ao modo turquesco. E que dizer de Gasabal, escudeiro de D. Galaor, tão calado que, para melhor se declarar a excelência do seu maravilhoso silêncio, só uma vez se escreve o seu nome em toda aquela tão grande quanto verdadeira história? De tudo o que tenho dito hás de inferir, Sancho, que é mister fazer diferença entre amo e criado, entre senhor e servo e entre cavaleiro e escudeiro. Portanto, de hoje em diante havemos de nos tratar com mais respeito, sem nos darmos tanta trela, pois, se eu me zangar convosco, de todo jeito se há de quebrar o cântaro.[5] As mercês e benefícios que vos tenho prometidas chegarão em seu devido tem-

---

[5] Referência ao ditado "Se der o cântaro na pedra ou a pedra no cântaro, mal para o cântaro", que denota o repetido prejuízo da parte mais fraca.

po; e se não chegarem, o salário pelo menos não se há de perder, como já vos disse.

— Está bem tudo quanto vossa mercê diz — disse Sancho —, mas eu gostaria de saber, caso não chegue o tempo das mercês e seja preciso recorrer aos salários, quanto ganhava um escudeiro de um cavaleiro andante naqueles tempos, e se a paga era por mês ou à jorna, como a dos peões de alvenaria.

— Não creio — respondeu D. Quixote — que jamais os tais escudeiros tenham estado a salário, e sim à mercê; e se eu agora to leguei no testamento cerrado que deixei na minha casa, foi pensando no que podia vir a acontecer, pois não sei como obra a cavalaria nestes tão calamitosos tempos nossos, e não quisera que por coisas de somenos penasse a minha alma no outro mundo. Pois quero que saibas, Sancho, que nele não há estado mais perigoso que o dos aventureiros.

— Isto é verdade — disse Sancho —, pois só o ruído das maças de um pisão pôde alvoroçar e desassossegar o coração de um tão valoroso andante aventureiro como vossa mercê. Mas pode estar bem certo de que daqui em diante não abrirei a boca para burlar das coisas de vossa mercê, só o fazendo para honrá-lo como a meu amo e senhor natural.

— Desse modo — replicou D. Quixote — viverás em paz na terra, pois, abaixo dos pais, é aos amos que se deve o maior respeito, como se o fossem.

Capítulo XXI

Que trata da alta aventura e rico ganhamento do elmo de Mambrino, mais outras coisas acontecidas ao nosso invencível cavaleiro

Nisto começou a chover um pouco, e quisera Sancho que entrassem no moinho dos pisões, mas tamanha ojeriza tomara deles D. Quixote, por causa da pesada burla, que de maneira alguma quis entrar ali; e assim, torcendo o caminho para a direita, deram em outra estrada como a que haviam seguido no dia dantes.

Dali a pouco, descobriu D. Quixote um homem a cavalo que trazia na cabeça uma coisa que brilhava como se fosse de ouro, e ainda apenas ele o viu, quando se voltou para Sancho e lhe disse:

— Parece-me, Sancho, que não há refrão que não seja verdadeiro, pois todos são sentenças tiradas da mesma experiência, mãe das ciências todas, especialmente aquele que diz: "Quando Deus fecha uma porta, abre sempre uma janela". Digo isto porque, se ontem nos fechou a ventura a porta daquela que buscávamos, enganando-nos com os pisões, agora nos abre outra de par em par para outra melhor e mais certa aventura, que, se eu não acertar de entrar por ela, minha será a culpa, sem que a possa pôr na pouca notícia de pisões nem na escuridão da noite. Digo isto porque, se não me engano, a nós vem vindo um alguém que traz na cabeça o elmo de Mambrino, sobre o qual eu fiz o juramento que sabes.

— Olhe bem vossa mercê o que diz e melhor o que faz — disse Sancho —, que eu não gostaria que outros pisões nos acabassem de apisoar e aporrear o sentido.

— Valha-te o diabo por homem! — replicou D. Quixote. — Que é que o elmo tem a ver com os pisões?

— Não sei de nada — respondeu Sancho —, mas à fé que, se eu pudesse falar tanto quanto costumava, talvez desse tais razões que vossa mercê veria que se enganava no que diz.

— Como posso me enganar no que digo, traidor escrupuloso? — disse D. Quixote. — Dize-me, não vês aquele cavaleiro que a nós vem, sobre um cavalo rosilho rodado, que traz na cabeça um elmo de ouro?

— O que eu vejo e lobrigo — respondeu Sancho — é só um homem montado num asno pardo, como o meu, que traz na cabeça uma coisa que brilha.

— Pois esse é o elmo de Mambrino — disse D. Quixote. — Aparta-te e deixa-me a sós com ele: verás quão sem palavra, por poupança de tempo, concluo esta aventura e fica por meu o elmo que tanto desejo.

— Aparto-me por meu cuidado — replicou Sancho —, mas praza a Deus, torno a dizer, que orégano seja e não pisões.[1]

— Já vos disse, irmão, que não mais menteis nem em pensamento esses malditos pisões — disse D. Quixote —, pois juro, e só uma vez, que bem apisoada tereis a alma.

Calou-se Sancho, temeroso de que seu amo cumprisse a jura que lhe lançara, redonda como uma bola.

---

[1] Segundo o ditado "*a Dios plega que oregáno sea y no se nos vuelva alcaravea*" ("Deus queira que seja orégano e que não vire alcaravia" [um tipo de cominho]). As duas ervas têm empregos medicinais e culinários, mas a primeira é muito mais apreciada que a segunda.

É pois o caso que o elmo e o cavalo e o cavaleiro que D. Quixote via eram isto: que naqueles contornos havia dois lugares, um tão pequeno que não tinha botica nem barbeiro, e o outro, que ficava perto, o tinha; e por isso o barbeiro do maior servia no menor, onde um doente houve necessidade de uma sangria, e outro, de fazer a barba, para o qual vinha o barbeiro e trazia uma bacia de açofra; e quis a sorte que em seu trajeto começasse a chover, e para que não se lhe manchasse o chapéu, que devia de ser novo, colocou a bacia sobre a cabeça, e, como estava limpa, rebrilhava a meia légua. Vinha sobre um asno pardo, tal como Sancho disse, e isto foi o que a D. Quixote pareceu cavalo rosilho rodado e cavaleiro e elmo de ouro, pois todas as coisas que via com muita facilidade as acomodava às suas desvairadas cavalarias e mal-andantes pensamentos. E quando ele viu que o pobre cavaleiro chegava perto, sem com ele ter razões, a todo o correr de Rocinante investiu com o chuço baixo, levando tenção de vará-lo de parte a parte; mas, quando a ele ia chegando, sem deter a fúria de sua carreira, lhe disse:

— Defende-te, abjeta criatura, ou entrega-me por tua vontade o que com tanta razão me é devido!

O barbeiro, que tão de surpresa e improviso viu aquele fantasma vindo contra si, não teve outro remédio, para se guardar do golpe da lança, que se jogar do asno ao chão; e nem o tinha tocado quando se levantou mais ligeiro que um gamo e começou a correr por aquela planície, tanto que nem o vento o alcançaria. Deixou a bacia no chão, o que muito contentou D. Quixote, que disse ter sido discreto o pagão em imitar o castor, que, vendo-se acuado pelos caçadores, se lacera e farpa com os dentes aquilo pelo qual, por seu instinto natural, sabe ele que o perseguem. Mandou Sancho recolher o elmo, e este, tomando-a nas mãos, disse:

— Por Deus que é boa a bacia e há de valer oito reais como um maravedi.

E, entregando-a a seu amo, este logo a pôs na cabeça, virando-a de um lado ao outro à procura do encaixe, e, como o não achava, disse:

— Sem dúvida o pagão a cuja medida se forjou primeiro este famoso elmo devia de ter grandíssima cabeça; e o pior é que lhe falta a outra metade.

Quando Sancho ouviu chamar a bacia de "elmo", não pôde conter o riso, mas se lembrou da cólera de seu amo e o calou na metade.

— Do que te ris, Sancho? — disse D. Quixote.

— Rio — respondeu ele — de considerar a grande cabeça que tinha o pagão dono deste elmete, que semelha tal e qual uma bacia de barbeiro.

— Sabes o que imagino, Sancho? Que esta famosa peça deste encantado elmo por algum estranho acidente há de ter caído em mãos de quem não soube conhecer nem estimar o seu valor e, sem saber o que fazia, vendo-a de ouro puríssimo, deve de ter fundido metade dela para se aproveitar do preço, e da outra metade fez esta que parece bacia de barbeiro, como tu dizes. Mas seja como for, para mim que a conheço, pouco importa a sua transmutação, pois tratarei de compô-la no primeiro lugar onde haja um ferreiro, e de tal sorte que a não há de avantajar nem igualar aquela feita e forjada pelo deus das ferrarias para o deus das batalhas; e neste ínterim a portarei como puder, pois mais vale pouco que nada, quanto mais que bem me valerá como defesa de alguma pedrada.

— Isto — disse Sancho — se não vier atirada com funda, como as que se atiraram na batalha dos dois exércitos, quando lhe afagaram os dentes e lhe quebraram a azeiteira onde vinha aquela benditíssima beberagem que me fez vomitar as tripas.

— Não lamento tanto a sua perda, pois bem sabes, Sancho — disse D. Quixote —, que trago a receita na memória.

— Eu também a trago — respondeu Sancho —; mas, se a fizer ou provar outra vez na vida, que chegue agora a minha hora. Quanto mais que não penso em me pôr em ocasião de dela precisar, pois penso em me guardar com todos os meus cinco sentidos de ser ferido e de ferir quem quer que seja. Quanto a ser outra vez manteado não digo nada, pois semelhantes desgraças mal se podem prevenir e, se acontecem, não resta senão encolher os ombros, prender o fôlego, fechar os olhos e se deixar levar por onde a sorte e a manta bem entenderem.

— Mau cristão és, Sancho — disse D. Quixote ouvindo isto —, porque nunca esqueces a injúria que uma vez te fizeram; pois sabe que é de peitos nobres e generosos não fazer caso de ninharias. Saíste coxo de um pé, com uma costela quebrada ou com a cabeça partida para não esqueceres aquela burla? Que, bem apurada a questão, burla foi e passatempo, pois, se eu o não entendesse assim, já teria voltado lá e feito em tua vingança mais estragos que os que fizeram os gregos por causa da roubada Helena. A qual, se fosse neste nosso tempo, ou minha Dulcineia naquele seu, poderia estar certa de que não teria tanta fama de formosa como tem.

E aqui deu ele um suspiro e o levantou às nuvens. E disse Sancho:

— Que seja por burla, já que a vingança não pode ser à vera; mas eu sei de que qualidade foram as veras e as burlas e sei também que não me sairão da memória, como jamais dos meus costados. Mas, deixando isto de parte, diga-me vossa mercê o que faremos desse cavalo rosilho rodado que parece asno pardo, que deixou aqui desamparado aquele Martino que vossa mercê derrubou, e que, da maneira que deu ele com os pés em polvorosa às de vila-diogo, leva jeito de nunca jamais voltar pelo animal. E por minhas barbas que é bom o rosilho!

— Jamais costumo — disse D. Quixote — despojar os vencidos, nem é uso da cavalaria tirar-lhes os cavalos e deixá-los a pé, salvo que o vencedor tenha perdido o seu na contenda, pois nesse caso é lícito tomar o do contrário, como ganho em guerra lícita. Portanto, Sancho, deixa esse cavalo ou asno ou lá o que queiras que seja, pois, quando seu dono nos vir alongados daqui, voltará por ele.

— Deus sabe o quanto eu gostaria de o levar — replicou Sancho —, ou pelo menos trocar por este meu, que não me parece tão bom. São de feito estreitas as leis da cavalaria, pois não se estendem a deixar trocar um asno por outro; e gostaria de saber se pelo menos poderia trocar os arreios.

— Disso não estou bem certo — respondeu D. Quixote —, e, em face da dúvida, até estar mais bem-informado, digo que os troques, se é que tens deles extrema necessidade.

— Tão extrema — respondeu Sancho — que, se fossem para minha mesma pessoa, não teria deles mais mister.

E então, habilitado com aquela licença, fez *mutácio caparum*[2] e pôs o seu jumento às mil lindezas, beneficiando-o em terço e quinto.[3]

Feito isto, desjejuaram com os despojos que da mula haviam tomado, beberam da água do riacho dos pisões, sem se voltarem

---

[2] Alteração de *mutatio capparum* (troca de capas), cerimônia celebrada na Páscoa, quando cardeais e prelados trocavam as capas forradas de pele por outras de seda.

[3] Frase jurídica usada em testamentos. O testador podia beneficiar algum dos seus herdeiros na proporção máxima de um terço mais um quinto do total dos bens herdados.

para olhá-los: tamanha era a ojeriza que lhes tinham pelo medo que lhes causaram.

Cortada pois a cólera, e até a malenconia, montaram e, sem tomar determinado caminho, por ser bem de cavaleiros andantes o não tomar nenhum certo, puseram-se a caminhar por onde a vontade de Rocinante quis, levando atrás de si a de seu amo, e também a do asno, que sempre o seguia por onde quer que guiasse, em bom amor e companhia. Com tudo isso, voltaram à estrada real e seguiram por ela à ventura, sem outro desígnio algum.

Indo, pois, assim caminhando, disse Sancho a seu amo:

— Senhor, dá-me vossa mercê licença de ter um pouco consigo? Acontece que, depois que me pôs aquele áspero mandamento do silêncio, já se me apodreceram umas tantas coisas aqui no estômago guardadas, e só uma que tenho agora debaixo da língua não gostaria que se deitasse a perder.

— Dize-a — disse D. Quixote —, mas sê breve no teu arrazoar, que nenhum dá gosto quando é longo.

— Digo, pois, senhor — respondeu Sancho —, que de alguns dias a esta parte tenho considerado quão pouco se ganha e granjeia no andar buscando essas aventuras que vossa mercê busca por estes desertos e encruzilhadas de caminhos, onde, por mais que se vençam e acabem as mais perigosas, não há quem as veja nem saiba, e assim hão de ficar em perpétuo silêncio e em prejuízo da intenção de vossa mercê e do que elas merecem. E assim me parece que seria melhor, salvo melhor parecer de vossa mercê, irmos servir a algum imperador ou outro grande príncipe que tenha alguma guerra, em cujo serviço vossa mercê mostre o valor de sua pessoa, suas grandes forças e maior entendimento; pois, em vendo isto o senhor a quem servirmos, por força nos há de remunerar a cada qual segundo seus méritos, e então não faltará quem ponha por escrito as façanhas de vossa mercê, para perpé-

278

tua memória. Das minhas não digo nada, pois não hão de sair dos limites escudeiros; mas sei dizer que, se é uso na cavalaria escrever façanhas de escudeiros, penso que não deveriam de ficar as minhas perdidas nas entrelinhas.

— Não dizes mal, Sancho — respondeu D. Quixote —, mas antes de chegar a esse termo é mister andar pelo mundo, como em provação, buscando as aventuras, para, em levando algumas a cabo, ganhar nome e fama tais que, quando for à corte de algum grande monarca, já seja o cavaleiro conhecido pelas suas obras, e que tão logo o vejam entrar os rapazes pelos portões da cidade, todos logo o sigam e rodeiem dando vozes, dizendo: "Este é o Cavaleiro do Sol", ou da Serpe, ou de outra insígnia alguma sob a qual tenha levado a cabo grandes façanhas. "Este é — dirão — aquele que venceu em singular batalha o gigantão Brocabruno da Grande Força; que desencantou o Grande Mameluco da Pérsia do longo encantamento em que esteve quase novecentos anos." E assim, de boca em boca, irão apregoando seus feitos, e logo, ao alvoroço dos rapazes e da demais gente, assomará às fenestras do seu real palácio o rei daquele reino, e assim como veja o cavaleiro, conhecendo-o pelas armas ou pelo emblema do escudo, por força há de dizer: "Eia, sus! Saiam meus cavaleiros, quantos em minha corte estão, para receber a flor da cavalaria, que ali vem". A cujo mandamento sairão todos, e ele descerá até o meio das escadarias e o abraçará estreitíssimamente, e o beijará no rosto em sinal de grande estima, e em seguida o levará pela mão até os aposentos da senhora rainha, onde o cavaleiro a achará com a infanta, sua filha, que há de ser uma das mais fermosas e acabadas donzelas que em boa parte do descoberto da terra a duras penas se possa achar. Acontecerá então, logo incontinenti, que ela deitará os olhos no cavaleiro, e ele nos dela, e cada um parecerá ao outro coisa mais divina que humana, e, sem saber como nem como não, ficarão presos e enlaçados na intrincada rede amorosa, com grande coita no coração, por não saberem como se poderão falar para se descobrirem as suas ânsias e sentimentos. Dali sem dúvida o levarão a algum quarto do palácio, ricamente adereçado, onde, depois de tirar-lhe as armas, hão de trazer-lhe um rico manto de escarlate para que se cubra; e ele, se bem parecera armado, tão bem ou melhor há de parecer em tão leves trajes. Vinda a noite, jantará com o rei, a rainha e a infanta, sem nunca tirar os olhos dela, olhando-a a furto dos presentes, e ela fará o mesmo, com a mesma sagacidade, pois, como tenho dito, é mui discreta donzela. Levantar-se-ão as tábuas, e entrará de improviso pela porta da sala um feio e pequeno anão, com uma fermosa dona que entre dois gigantes atrás do anão vem, propondo certo desafio da indústria de um antiquíssimo sábio, que quem o levar a termo será tido pelo melhor cavaleiro do mundo. Mandará logo o rei que todos os presentes provem sorte, e nenhum lhe dará cabo nem solução senão o cavaleiro hóspede, muito em prol da sua fama, do qual ficará contentíssima a infanta, e se terá por contente e bem paga por ter posto e colocado seus pensamentos em tão alta parte. E o melhor é que esse rei ou príncipe ou lá o que seja tem uma muito renhida guerra com outro tão poderoso quanto ele, e o cavaleiro hóspede lhe pede, ao cabo de alguns dias na sua corte, licença para ir servi-lo naquela tal guerra. Dar-lha-á o rei de muito bom grado, e o cavaleiro lhe beijará cortesmente as mãos pela mercê recebida. E nessa noite se despedirá da sua senhora a infanta pelas grades de um jardim, que dá no aposento onde ela dorme, pelas quais já outras muitas vezes lhe falara, sendo medianeira e sabedora de tudo uma donzela de quem a infanta muito se fiava. Suspirará ele, desmaiará ela, trará água a donzela, muito se acuitará porque já vem a manhã e não quisera que fossem descobertos, pela honra da sua senhora. Finalmente, a infanta voltará a si e dará suas brancas mãos pela grade ao cavaleiro, o qual as beijará mil e mil vezes, e as banhará em lágrimas. Ficará concertado entre os dois o modo como se haverão de comunicar seus bons ou maus sucessos, e rogar-lhe-á a princesa que se detenha o menos que puder; prometer-lho-á ele com muitas juras; torna-lhe a beijar as mãos e despede-se com tanto sentimento que por pouco não se lhe acabará a vida. Vai-se dali ao seu aposento, deita-se no seu leito, não o deixa dormir a dor da partida, madruga assaz de manhã, vai-se despedir do rei e da rainha e da infanta; dizem-lhe, tendo-se despedido dos dois, que a senhora infanta está indisposta e que não pode receber visita; pensa o cavaleiro que é do pesar de sua partida, punge-lhe o coração, e por um triz não dá manifesto indício da sua coita. Está a donzela medianeira defronte, há de tudo notar, vai dizê-lo à sua senhora, a qual a recebe com lágrimas e lhe diz que uma das suas maiores coitas é não saber quem é seu cavaleiro, se de linhagem de reis ou não; assegura-lhe a donzela que não pode caber tanta cortesia, gentileza e valentia como a do seu cavaleiro senão em pessoa real e grave; consola-se com isto a coitada: procura consolar-se, para não dar mau indício de si aos seus pais, e ao cabo de dois dias sai a público. Já é partido o cavaleiro; peleja na guerra, vence o inimigo do rei, conquista muitas cidades, triunfa em muitas batalhas, volta à corte, vê sua senhora onde costumava, concerta-se que a peça a seu pai por mulher em paga dos seus serviços; não lha quer dar o rei porque não sabe quem ele é; mas, com tudo isso, seja roubada ou de outra qualquer sorte, vem a infanta a ser sua esposa, e seu pai vem a tê-lo por grande ventura, pois descobriu-se que o tal cavaleiro é filho de um valoroso rei de não sei que reino, que penso que nem deve de estar no mapa. Morre o pai, herda a infanta, fica rei o cavaleiro, em quatro palavras. É sazão de fazer mercê ao seu escudeiro e a todos aqueles que o ajudaram a subir a tão alto estado: casa o seu escudeiro com uma donzela da infanta, que por certo há de ser aquela que obrara de terceira nos seus amores, filha ela de um duque mui principal.

— Isto peço, sem engano — disse Sancho —, e em tal me fio, pois tudo ao pé da letra há de acontecer, chamando-se vossa mercê o Cavaleiro da Triste Figura.

— Não duvides, Sancho — replicou D. Quixote —, porque do mesmo modo e pelos mesmos passos que contei chegam e têm chegado os cavaleiros andantes a ser reis e imperadores. Basta agora buscar um rei dos cristãos ou dos pagãos que tenha guerra e filha formosa; mas tempo haverá para pensar nisto, pois, como já te disse, antes de acudir à corte, há que ganhar fama noutras partes. Também me falta outra coisa: é que, dando-se o caso de eu achar um rei com guerra e filha formosa, já tendo ganhado incrível fama por todo o universo, não sei como se poderá achar que eu seja de linhagem de reis, ou pelo menos primo segundo de imperador, porque não me quererá o rei dar sua filha por mulher se de primeiro não estiver muito inteirado nisso, por mais que o mereçam os meus famosos feitos. Assim, por esta falta temo perder o que o meu braço tem bem merecido. É bem verdade que sou filho d'algo de solar conhecido, de posses e propriedade e de vindicar quinhentos soldos,[4] e poderia ser que o sábio que escrevesse a minha história deslindasse de tal maneira a minha parentela e descendência que me descobrisse neto quinto ou sexto de rei. Porque te faço saber, Sancho, que há no mundo duas sortes de linhagens: a dos que trazem e derivam sua descendência de prín-

---

[4] Fidalgo cuja família teve ou tem paço, isto é, cuja fidalguia se deve à origem de sua linhagem, e não a compra ou mercê. A lei garantia ao fidalgo, em caso de injúria, uma indenização de quinhentos *sueldos*, antiga moeda do sistema carolíngio que permanecia como unidade de cálculo.

cipes e monarcas, e que pouco a pouco o tempo desfaz, até acabar em ponta, como pirâmide posta de cabeça para baixo; outros têm origem de gente baixa e vão subindo de grau em grau, até chegarem a ser grandes senhores; de modo que está a diferença em que uns foram, mas já não são, e outros são, mas já não foram; e bem pudera eu ser destes cuja origem, depois de averiguada, se mostrasse alta e famosa, com o qual se houvera de contentar o rei meu sogro que o houvera de ser; e quando não, a infanta me há de amar de tal maneira que, apesar do seu pai, bem que claramente saiba que sou filho dum aguadeiro, me aceite por senhor e esposo; e se não, será o caso de roubá-la e levá-la aonde seja mais do meu gosto, pois o tempo ou a morte há de curar a mágoa de seus pais.

— Aí vem a calhar também — disse Sancho — aquilo que dizem alguns desalmados: "Não peças de grado o que podes tomar por força"; se bem que mais quadraria dizer: "Mais vale salto de cerca que rogo de homem-bom". Digo isto porque, se o senhor rei, sogro da sua mercê, não lhe quiser entregar a minha senhora infanta, só restará, como diz sua mercê, roubá-la e levá-la embora. Mas o mal disso é que, enquanto não fizerem as pazes para gozar pacificamente do reino, poderá o pobre do escudeiro ficar à míngua no negócio das mercês, isto se a terceira donzela que há de ser sua mulher não vier com a infanta e ele passar com ela sua má ventura, até que o céu ordene outra coisa; porque bem poderá, creio eu, dar-lha seu senhor por legítima esposa.

— Isto não há quem tire — disse D. Quixote.

— Pois, como isto seja — respondeu Sancho —, bastará que nos encomendemos a Deus e deixemos a sorte correr por onde bem o encaminhar.

— Deus queira — respondeu D. Quixote — como eu desejo e tu, Sancho, tens mister, e ruim seja quem por ruim se tem.

283

— Por Deus será — disse Sancho —, pois eu sou cristão-velho, e para ser conde isto me basta.

— E até sobra — disse D. Quixote —, e, se o não fosses, isto nem viria ao caso, porque, sendo eu o rei, bem te posso dar nobreza, sem que a compres nem me sirvas com nada. Pois, em te fazendo conde, serás de pronto cavaleiro, e digam o que disserem; que à fé hão de chamar-te senhoria, muito a seu pesar.

— E pode apostar que eu bem saberia autorizar o tito! — disse Sancho.

— *Título* hás de dizer, e não *tito* — disse seu amo.

— Que seja — respondeu Sancho Pança. — Digo que eu bem o saberia portar, pois por minha vida que já fui andador de uma confraria, e que me assentava tão bem a roupa de andador que todos diziam que eu tinha presença para ser principal da mesma confraria. Imagine como será quando eu jogar um roupão ducal nos costados ou me vestir de ouro e de pérolas, ao uso de conde estrangeiro? Tenho para mim que me verão a cem léguas.

— Bem parecerás — disse D. Quixote —, mas será mister que te rapes as barbas amiúde, pois, como as tens de espessas, aborrascadas e malpostas, se não as rapares à navalha a cada dois dias pelo menos, a tiro de espingarda saltará aos olhos o que és.

— Bastará então — disse Sancho — tomar um barbeiro e tê-lo em casa a salário. E até, se for mister, farei que ande atrás de mim, como cavalariço de grande.

— E como sabes — perguntou D. Quixote — que os grandes levam seus cavalariços atrás de si?

— Vou lhe dizer — respondeu Sancho. — Anos atrás passei um mês na corte, e ali vi que, passeando um senhor muito pequeno, que diziam que era muito grande, um homem o seguia a cavalo em todas as voltas que dava, que parecia tal e qual o seu rabo. Perguntei como aquele homem não se emparelhava com o outro, mas sempre andava atrás dele. Disseram que era seu cavalariço e que era uso de grandes levar os tais atrás de si. Desde então sei disso tão bem que nunca o esqueci.

— Digo que tens razão — disse D. Quixote — e que assim poderás levar o teu barbeiro, pois os usos não vieram todos juntos nem se inventaram à uma, e podes ser tu o primeiro conde que leve atrás de si o seu barbeiro, sendo até de mais confiança fazer a barba que selar um cavalo.

— Que fique o negócio do barbeiro ao meu encargo — disse Sancho —, e ao de sua mercê, o tratar de vir a ser rei e me fazer conde.

— Assim será — respondeu D. Quixote.

E, erguendo os olhos, viu o que se dirá no seguinte capítulo.

Capítulo XXII

DA LIBERDADE QUE DEU D. QUIXOTE
A MUITOS DESDITOSOS QUE MAU GRADO SEU
ERAM LEVADOS AONDE PREFERIRIAM NÃO IR

Conta Cide Hamete Benengeli, autor arábico e manchego, nesta gravíssima, altissonante, minuciosa, doce e imaginada história, que, depois que o famoso D. Quixote de La Mancha e Sancho Pança, seu escudeiro, trocaram aquelas razões que no fim do capítulo vinte e um foram referidas, D. Quixote ergueu os olhos e viu que pela estrada que seguia vinha bem uma dúzia de homens a pé, engranzados como contas a uma grande cadeia de ferro pelo pescoço, e todos com algemas nas mãos; vinham também com eles dois homens a cavalo e dois a pé: os que vinham a cavalo, com espingardas de pederneira, os que vinham a pé, com dardos e espadas; e que assim como Sancho Pança os viu, disse:

— Essa é cadeia de galeotes, gente forçada do rei, que vai às galés.

— Como assim gente forçada? — perguntou D. Quixote. — É possível que o rei force gente alguma?

— Não digo isso — respondeu Sancho —, mas que é gente que por seus delitos vai condenada a por força servir ao rei nas galés.

— Em suma — replicou D. Quixote —, seja como for, esta gente, ainda que levada, vai à força, e não por sua vontade.

— Assim é — disse Sancho.

— Pois, sendo assim — disse seu amo —, calha aqui a execução do meu ofício: desfazer forçamentos e socorrer e acudir os miseráveis.

— Atente vossa mercê — disse Sancho — que a justiça, que é o rei mesmo, não faz força nem agravo contra semelhante gente, mas os castiga em pena dos seus delitos.

Chegou nisto a cadeia dos galeotes, e D. Quixote com cortesíssimas razões pediu àqueles que vinham em sua escolta que fossem servidos de lhe informar e dizer a causa ou causas de levarem aquela gente daquele modo.

Um dos guardas a cavalo respondeu que eram galeotes, gente de Sua Majestade, que iam às galés, e que não havia mais o que dizer, nem ele mais o que saber.

— Com tudo isso — replicou D. Quixote —, gostaria de saber de cada um deles em particular a causa da sua desgraça.

Acrescentou a estas outras tais e tão comedidas razões para os mover a que lhe dissessem o que desejava, que o outro guarda a cavalo lhe disse:

— Bem que levemos aqui o registro e a fé das sentenças de cada um destes mal-aventurados, não é tempo agora de os deter para as tirar nem ler: vossa mercê se chegue a eles mesmos e lhes pergunte, que eles o dirão se quiserem, e decerto o hão de querer, pois é gente que tem gosto em fazer e dizer velhacarias.

Com essa licença, que D. Quixote tomaria ainda que não lha dessem, chegou-se à cadeia e ao primeiro perguntou por que pecados ia de tão má guisa. Ele lhe respondeu que por enamorado[1] ia daquele jeito.

---

[1] Além da acepção usual, "enamorado", na gíria picaresca, tinha o sentido eufêmico de ladrão descuidista.

— Só por isso? — replicou D. Quixote. — Mas se por enamorados mandam às galés, dias há em que eu bem pudera estar vogando nelas.

— Não são esses amores como os que vossa mercê pensa — disse o galeote. — Os meus estiveram em muito querer uma cesta cheia de roupa-branca, e por isso abraçá-la tão fortemente que, se a justiça não ma tirasse à força, ainda agora a não teria largado por minha vontade. Foi em flagrante, não houve lugar para tormento, concluiu-se a causa, deram-me um cento nos costados, mais três anos de *gurapa*, e acabou-se a história.

— Que são "gurapas"? — perguntou D. Quixote.

— "Gurapas" são as galés — respondeu o galeote.

Era ele um moço de uns vinte e quatro anos de idade, e disse ser natural de Piedrahíta. O mesmo perguntou D. Quixote ao segundo, o qual não respondeu palavra, tão triste e malencônico estava, mas respondeu por ele o primeiro, dizendo:

— Este, senhor, vai por canário, digo, por músico e cantor.

— Mas como? — replicou D. Quixote. — Por músicos e cantores vão também às galés?

— Sim, senhor — respondeu o galeote —, pois não há pior coisa que cantar no horto.

— Eu sempre ouvi dizer — disse D. Quixote — que quem canta seus males espanta.

— Pois aqui se dá o contrário — disse o galeote —: quem canta uma vez chora a vida toda.

— Não entendo — disse D. Quixote.

Um dos guardas então lhe disse:

— Senhor cavaleiro, "cantar no horto" quer dizer entre esta gente *non sancta* confessar em tormento. Esse pecador recebeu tormento e confessou o seu delito, que era ser quatreiro, que é ser ladrão de gado, e por confessar o condenaram a seis anos nas galés, além dos duzentos açoites que já leva às costas; e vai sempre pensativo e triste porque os demais ladrões que lá ficaram e os que aqui vão o maltratam e menoscabam e escarnecem e têm em pouco, porque confessou e não teve ânimo de manter a nega. Porque dizem eles que tantas letras tem um "não" como um "sim" e que muita ventura tem todo delinquente, por ter sua vida ou sua morte na própria língua, e não na das testemunhas nem nas provas; e eu tenho cá para mim que não estão muito errados.

— Eu também o entendo assim — respondeu D. Quixote.

E, passando ao terceiro, perguntou o mesmo que aos outros; o qual logo e com muito despejo respondeu dizendo:

— Eu vou por cinco anos às senhoras gurapas pela falta de dez ducados.

— Eu daria vinte de muito bom grado — disse D. Quixote — por vos livrar de tal agrura.

— Isto agora — respondeu o galeote — é como ter um tesouro no meio do mar e estar morrendo de fome, não havendo onde comprar o que se tem mister. Digo-o porque, se a seu tempo eu tivesse esses vinte ducados que vossa mercê agora me oferece, teria com eles molhado a pena do escrivão e avivado o engenho do procurador, de maneira que hoje estaria no meio da praça de Zocodover de Toledo,[2] e não nesta estrada, atrelado como um galgo; mas Deus é grande: paciência, e basta.

Passou D. Quixote ao quarto, que era um homem de venerável rosto, com uma barba branca que lhe passava do peito; o qual, ouvindo-se perguntar da causa por que ali vinha, começou a chorar e não respondeu palavra; mas o quinto condenado lhe serviu de língua e disse:

---

[2] Praça da cidade de Toledo frequentada por criminosos.

— Este homem honrado vai por quatro anos às galés, depois de passear pelas ruas costumadas, vestido, em pompa e a cavalo.

— Isto quer dizer — disse Sancho Pança —, se não me engano, que foi levado à vergonha pública.

— É verdade — replicou o galeote —, e o crime pelo qual a essa pena o condenaram foi ter sido corretor de negócios, quando não de amores. De feito, quero dizer que este cavalheiro vai por alcoviteiro e por ter também lá sua ponta e seus fumos de feiticeiro.

— Não tivesse acrescentado tais fumos e tal ponta — disse D. Quixote —, só por ser puro e simples alcoviteiro, não mereceria ele ir vogar nas galés, e sim governá-las e ser delas general. Porque não é coisa à toa o ofício de alcoviteiro, e sim ofício de discretos e necessaríssimo para a república bem ordenada, tanto que só deveria ser exercido por gente muito bem-nascida; e ainda houvera de ter vedor e inspetor, tal qual os demais ofícios, com nomeação e registro reconhecidos, como os corretores de mercadorias, e desse modo se escusariam muitos males causados por andar tal ofício e exercício nas mãos de gente idiota e de pouco entendimento, como são mulherzinhas de pouco ou nenhum préstimo, pajenzinhos e maganos de pouca idade e experiência que, na mais necessária ocasião e quando há mister alguma manha de mais monta, botam os pés pelas mãos e não sabem onde têm uns nem outras. Quisera seguir adiante e expor as razões por que conviria fazer eleição dos que na república haviam de exercer tão necessário ofício, mas não é este o lugar para tal: um dia o direi a quem o possa prover e remediar. Só digo agora que a pena que me causara ver essas brancas barbas e esse rosto venerável sofrendo tais fadigas por alcovitagem tirou-me o aditamento de ser seu dono feiticeiro. Conquanto eu bem saiba não existir feitiço no mundo capaz de mover e forçar a vontade, como pensam alguns simples, pois é livre o nosso arbítrio e não há erva nem encanto que o possa forçar: o que usam fazer algumas mulherzinhas simples e alguns embusteiros velhacos é preparar certas misturas e venenos com que enlouquecem os homens, dando a entender que têm força para fazer querer bem, quando, como digo, é coisa impossível forçar a vontade. .

— Assim é — disse o bom velho —, e em verdade, senhor, em feitiçaria não tenho culpa alguma; em alcovitagem, não o posso negar, mas nunca pensei que com isso fizesse mal, pois toda minha intenção era que todo o mundo folgasse e vivesse em paz e sossego, sem pendências nem penas; mas em nada me aproveitou esse bom desejo para deixar de ir donde não espero voltar, pelo muito peso dos anos e de um mal de urina que sofro, que não me dá momento de descanso.

E aqui voltou ao seu pranto como de primeiro; e teve-lhe Sancho tanta compaixão que tirou um real de quatro do peito e lho deu de esmola.

Seguiu adiante D. Quixote e perguntou a outro seu delito, o qual respondeu com não menos, mas muita mais galhardia que o anterior:

— Eu vou aqui porque folguei demasiadamente com duas primas-irmãs minhas e com outras duas irmãs que não eram minhas; finalmente, tanto folguei com todas, que resultou da folgança tão intrincada crescença da parentela que não há diabo que a destrince. Provou-se-me tudo, faltou-me favor, não tive dinheiro, vi-me a pique de perder a gorja, sentenciaram-me às galés por seis anos, consenti: castigo é da minha culpa; moço sou: dure a vida, pois com ela tudo se alcança. Se vossa mercê, senhor cavaleiro, leva alguma coisa com que socorrer estes pobretes, Deus lho pagará no céu e nós cuidaremos na terra de nas nossas preces rogar a Deus pela vida e saúde de vossa mercê, que seja tão longa e tão boa como a sua boa presença merece.

Este ia em hábito de estudante, e disse um dos guardas que era assaz grande falador e gentil ladino.

Atrás de todos estes vinha um homem, nos seus trinta anos, de muito bom parecer, salvo porque ao olhar cruzava um pouco a vista. Vinha diferentemente atado dos demais, pois trazia uma cadeia aos pés, tão grande que se lhe enroscava por todo o corpo, e duas argolas ao pescoço, uma delas ligada à cadeia e a outra das chamadas "guarda-amigo" ou "pé de amigo", da qual desciam dois ferros que lhe chegavam à cintura, nos quais se prendiam duas algemas, onde levava ele as mãos, trancadas com um grosso cadeado, de maneira que nem as mãos podia chegar à boca nem podia baixar a cabeça para chegá-la às mãos. Perguntou D. Quixote por que ia aquele homem com tantos ferros mais que os outros. Respondeu-lhe o guarda que tinha aquele nas costas mais delitos que todos os outros juntos e que era tão atrevido e tão grande velhaco que, se bem o levassem daquela maneira, não iam seguros dele, mas temiam que lhes pudesse fugir.

— Que delitos pode ter — disse D. Quixote —, que não mereceram mais castigo que as galés?

— Lá vai ele por dez anos — replicou o guarda —, que é como morte civil. Basta saber que este bom homem é o famoso Ginés de Pasamonte, por outros chamado Ginesillo de Parapilla.[3]

— Senhor aguazil — disse então o galeote —, tenha tento e não venha agora embaralhar nomes e alcunhas. Ginés me chamo,

---

[3] Reconheceu-se neste personagem uma alusão ao escritor aragonês Jerónimo de Pasamonte, que alguns identificaram com o autor da continuação apócrifa de *D. Quixote*. Parapilla pode tanto ser um italianismo, de *parapiglia* (tumulto), como um composto de *parar* e *pillar* (roubar, surpreender), que na gíria da época designava o jogador trapaceiro. Pasamonte é também o nome de um gigante, irmão de Morgante, que é morto por Orlando no *Morgante maggiore*, de Luigi Pulci.

e não Ginesillo, e Pasamonte é minha estirpe, e não Parapilla, como vossancê diz; e cada qual cuide de si, que já não fará pouco.

— Abaixe o tom no falar — replicou o aguazil —, senhor ladrão de marca maior, se não quer que o faça calar mau grado seu.

— Bem parece — respondeu o galeote — que o homem aqui vai como Deus quer, mas um dia hão de saber se me chamo Ginesillo de Parapilla ou não.

— Acaso não é assim que te chamam, embusteiro? — disse o guarda.

— É, sim — respondeu Ginés —, mas farei que não mais me chamem, ou me pelaria pelo que digo entre dentes. Senhor cavaleiro, se tem algo para nos dar, dê-no-lo já e vá com Deus, que já começa a aporrear com tanto querer saber vidas alheias; e se a minha quer saber, saiba que eu sou Ginés de Pasamonte, cuja vida está escrita por estes dedos.

— Diz a verdade — disse o aguazil —, pois ele mesmo escreveu sua história, e é das boas, tanto que deixou o livro empenhado no cárcere a duzentos reais.

— E penso quitá-lo — disse Ginés —, ainda que o penhor fosse de duzentos ducados.

— É tão bom assim? — disse D. Quixote.

— Tão bom — respondeu Ginés —, que pobre do *Lazarillo de Tormes* e de todos os que do gênero se escreveram ou vierem a escrever. O que eu sei dizer a vossancê é que traz verdades, e são verdades tão lindas e portentosas que nenhuma mentira pode a elas se igualar.

— E qual o título do livro? — perguntou D. Quixote.

— *La vida de Ginés de Pasamonte* — respondeu o mesmo.

— E está acabado? — perguntou D. Quixote.

— Como pode estar acabado — respondeu ele —, se ainda

não está acabada a minha vida? O que está escrito vai desde o meu nascimento até o ponto em que desta vez me mandam às galés.

— Então já outra vez estivestes nelas? — disse D. Quixote.

— Para servir a Deus e ao rei, outra vez estive lá quatro anos, e já sei bem a que sabe o biscoito e o açoite — respondeu Ginés —; mas não me pesa muito ir a elas, pois lá terei lugar de acabar o meu livro, que ainda me restam muitas coisas por dizer, e nas galés da Espanha há mais sossego do que seria mister, bem que não seja mister muito para o que tenho a escrever, porque sei tudo de cor.

— Hábil pareces — disse D. Quixote.

— E desditoso — respondeu Ginés —, pois as desditas perseguem sempre o bom engenho.

— Perseguem é aos velhacos — disse o aguazil.

— Já lhe disse, senhor aguazil — respondeu Pasamonte —, que vá mais a tento, pois aqueles senhores não lhe deram essa vara para que maltratasse os pobretes que aqui vamos, mas para que nos guiasse e levasse aonde Sua Majestade manda. Se não, por vida de... E não digo mais, pois no lavar roupa suja muitas manchas se descobrem, e que todo o mundo cale e viva bem e fale melhor, e caminhemos, pois já vai longe a burla.

Levantou a vareta o aguazil para descê-la em Pasamonte, em resposta a suas ameaças, mas D. Quixote se pôs ao meio rogando-lhe que o não maltratasse, pois não era muito que quem levava as mãos tão atadas tivesse a língua um tanto solta. E dirigindo-se a todos os acorrentados, disse:

— De tudo quanto me dissestes, irmãos caríssimos, pude tirar a limpo que, se bem castigados por vossas culpas, as penas que ides padecer não vos fazem muita graça e que ides a elas muito de mau grado e contra a vossa vontade, e que poderia ser que o pouco ânimo que aquele teve no tormento, a falta de dinheiro deste, o pouco favor do outro e, finalmente, o torto juízo do juiz tenha sido causa da vossa perdição e de não vingar a justiça que do vosso lado tínheis. Todo o qual se me representa agora na memória de tal guisa que me está dizendo, persuadindo e até forçando a mostrar convosco o fim para o qual o céu me pôs no mundo e nele me fez professar a ordem de cavalaria que professo e o voto que nela fiz de favorecer os necessitados e opressos dos maiores. Mas, como sei que uma das qualidades da prudência é que o que se pode fazer por bem não se faça por mal, quero rogar a estes senhores guardiães e aguazil que sejam servidos de vos desprender e deixar ir em paz, que não faltarão outros que sirvam ao rei em melhores ocasiões, pois me parece feia coisa fazer escravo a quem Deus e a natureza fizeram livre. Quanto mais, senhores guardas — acrescentou D. Quixote —, que estes pobres nada cometeram contra vós. Cada qual que se haja lá com seu pecado; Deus há no céu, que não descuida de castigar o mau nem de premiar o bom, e não é direito que homens honrados sejam carrascos de outros homens, não lhes indo nada nisso. Tal vos peço com esta mansidão e sossego porque, se o cumprirdes, bem vos agradecerei; e se de bom grado o não fizerdes, esta lança e esta espada, com o valor do meu braço, farão que o façais por força.

— Boa história! — respondeu o aguazil. — Vede a graça com que por fim se saiu! Os forçados do rei quer que lhe deixemos, como se tivéssemos autoridade para os soltar, ou ele a tivesse para nos mandar! Vá-se embora vossa mercê, senhor, por seu caminho adiante e ajeite esse bacio que traz na cabeça, e não se meta a gato mestre.

— Sois vós o gato e o rato e o velhaco! — respondeu D. Quixote.

E, dizendo e fazendo, arremeteu contra ele com tanta presteza que, sem lhe dar lugar para defesa, o deitou no chão malferido de uma lançada; e tal lhe foi bem, pois este era o da espingarda. Os demais guardas ficaram atônitos e suspensos com o inesperado acontecimento, mas voltando a si arrancaram suas espadas os que vinham a cavalo, e os que vinham a pé seus dardos, e arremeteram contra D. Quixote, que com muito sossego os aguardava, e sem dúvida mau bocado teria passado, se os galeotes, vendo a ocasião que se lhes oferecia de alcançar a liberdade, a não tivessem procurado, tratando de romper a cadeia onde vinham engranzados. Foi tal a revolta que os guardas, fosse por acudir aos galeotes que se desatavam, fosse por acometer a D. Quixote que os acometia, não fizeram coisa que fosse de proveito.

Ajudou Sancho por seu lado à soltura de Ginés de Pasamonte, que foi o primeiro a saltar ao campo livre e desembaraçado, e, arremetendo contra o aguazil caído, lhe tirou a espada e a espingarda, com a qual, mirando a um e apontando a outro, sem nunca disparar, logo não ficou guarda em todo o contorno, pois fugiram todos, tanto da espingarda de Pasamonte como das muitas pedradas que os já soltos galeotes lhes atiravam.

Muito se entristeceu Sancho com o acontecido, pois cuidou que os fugitivos haveriam de dar notícia do caso à Santa Irmandade, a qual com os sinos a rebate sairia no encalço dos delinquentes, e assim o disse ao seu amo, e lhe rogou que logo dali partissem e se emboscassem na serra, que estava perto.

— Não é má ideia — disse D. Quixote —, mas eu sei o que agora convém fazer.

E, chamando todos os galeotes, que estavam em alvoroço e tinham despojado o aguazil até deixá-lo em pelo, puseram-se todos à roda dele para ver o que lhes mandava, e assim lhes disse:

— É de gente bem-nascida agradecer os benefícios recebidos, e um dos pecados que a Deus mais ofende é a ingratidão. Digo isto porque já vistes, senhores, com manifesta experiência, o que de mim recebestes; em paga do qual quisera e é minha vontade que, carregados dessa cadeia que tirei do vosso pescoço, logo vos ponhais a caminho e vades à cidade de El Toboso e ali vos apresenteis diante da senhora Dulcineia d'El Toboso e lhe digais que o seu cavaleiro, o da Triste Figura, vos envia recomendados, e lhe conteis ponto por ponto todos os que teve esta famosa aventura até vos pôr na desejada liberdade; e feito isto, podereis ir aonde quiserdes, à boa ventura.

Respondeu por todos Ginés de Pasamonte, dizendo:

— O que vossa mercê nos manda, senhor e libertador nosso, é impossível de cumprir de toda impossibilidade possível, porque não podemos ir juntos pelos caminhos, e sim a sós e divididos, cada qual por seu lado, procurando meter-se nas entranhas da terra, para não ser achado pela Santa Irmandade, que sem dúvida alguma há de sair à nossa caça. O que vossa mercê pode fazer e é justo que faça é trocar esse serviço e tributo da senhora Dulcineia d'El Toboso por alguma quantidade de ave-marias e credos, que nós rezaremos pela intenção de vossa mercê, e isto é coisa que se poderá cumprir de noite e de dia, fugindo ou descansando, em paz ou em guerra; mas pensar que voltaremos agora às cebolas do Egito, digo, a apanhar a nossa cadeia e a seguir caminho para El Toboso, é pensar que é agora de noite, que ainda não são dez da manhã, e é o pedir-nos isso como buscar figos na ameixeira.

— Pois voto a tal — disse D. Quixote, já tomado de cólera —, D. filho da puta, D. Ginesillo de Paropillo, ou lá como vos chameis, que haveis de ir vós sozinho, com o rabo entre as pernas, com toda a cadeia às costas.

Pasamonte, que não era nada sofrido, já sabendo que D. Quixote não tinha muito juízo, pois cometera o disparate de lhes querer dar liberdade, vendo-se tratar daquela maneira, piscou para os companheiros e, apartando-se à parte, começaram a chover tantas pedras sobre D. Quixote que este não tinha mãos em se cobrir com a rodela; e o pobre do Rocinante não fazia mais caso da espora, como se fosse feito de bronze. Sancho se pôs atrás do seu asno e com ele se defendia da granizada que sobre os dois chovia. Não conseguiu se escudar tão bem D. Quixote que não lhe acertassem não sei quantos calhaus no corpo, com tanta força que o derrubaram no chão; e apenas tinha ele caído, quando avançou sobre ele o estudante e lhe tirou a bacia da cabeça e lhe deu com ela três ou quatro golpes nas costas e outros tantos na terra, com o que a despedaçou. Tiraram-lhe uma jaqueta que vestia sobre as armas, e até as ceroulas lhe teriam tirado, se as grevas não lho impedissem. De Sancho tiraram o gabão e, deixando-o em pelote, repartindo entre si os demais despojos da batalha, se foram cada qual por seu lado, com mais cuidado de escapar da temida Irmandade que de carregar a cadeia e ir-se apresentar perante a senhora Dulcineia d'El Toboso.

Ficaram sós jumento e Rocinante, Sancho e D. Quixote: o jumento, cabisbaixo e pensativo, sacudindo as orelhas de quando em quando, pensando que ainda não cessara a borrasca das pedras que lhe perseguiam os ouvidos; Rocinante, caído junto a seu amo, pois também viera ao chão de uma pedrada; Sancho, em pelote e temeroso da Santa Irmandade; D. Quixote, amofinadíssimo de se ver assim tão maltratado pelos mesmos a quem tanto bem havia feito.

Capítulo XXIII

DO QUE SUCEDEU AO FAMOSO D. QUIXOTE NA SERRA MORENA, QUE FOI UMA DAS MAIS RARAS AVENTURAS QUE NESTA VERDADEIRA HISTÓRIA SE CONTAM

Vendo-se D. Quixote assim tão maltratado, disse ao seu escudeiro:

— Sempre ouvi dizer, Sancho, que fazer bem a vilão ruim é deitar água ao mar. Se eu tivesse acreditado no que me disseste, teria escusado este dissabor; mas já está feito: agora, paciência, e escarmentar para daqui em diante.

— Tanto escarmentará vossa mercê — respondeu Sancho —, como eu sou turco; mas, já que está dizendo que se tivesse acreditado em mim teria escusado este dano, acredite-me agora e escusará outro maior, pois lhe faço saber que com a Santa Irmandade não vale o uso de cavalarias, pois não se lhe dá meio cobre por quantos cavaleiros andantes há no mundo, e saiba que já sinto as setas como que zunindo rente aos meus ouvidos.[1]

— Naturalmente és covarde, Sancho — disse D. Quixote —, mas por que não digas que sou contumaz e que nunca faço caso do que me aconselhas, desta vez quero tomar o teu conselho e arredar-me da fúria que tanto temes, mas há de ser com uma condição: que jamais na vida nem na morte hás de dizer a ninguém que me retirei e arredei deste perigo por medo, e sim por atender

---

[1] A Santa Irmandade tinha o mandato de, no caso dos delitos mais graves, executar sumariamente a pena de morte, em geral por asseteamento.

às tuas súplicas; se outra coisa disseres mentirás, e desde agora até então e desde então até agora eu te desminto e digo que mentes e mentirás sempre que o pensares ou disseres.[2] E não me repliques mais, que só de pensar que me arredo e retiro de algum perigo, especialmente deste que parece que leva algum és não és de sombra de medo, estou quase por ficar e aguardar aqui, sozinho, não somente a Santa Irmandade que dizes e temes, mas os irmãos das doze tribos de Israel e os sete Macabeus e Castor e Pólux, e mais todos os irmãos e irmandades que há no mundo.

— Senhor — respondeu Sancho —, a retirada não é fuga, nem a espera é cordura quando o perigo é mais que a esperança, e é de sábios se guardar hoje para amanhã e não aventurar tudo num dia. E saiba que, se bem rústico e vilão, ainda me alcança um pouco disso que chamam bom governo; não se arrependa portanto de seguir o meu conselho, mas monte em Rocinante, se puder, que se não eu o ajudarei, e siga-me; pois algo aqui me diz que agora teremos mais mister dos pés que das mãos.

Montou D. Quixote sem replicar mais palavra, e, guiando Sancho sobre seu asno, entraram por uma parte da Serra Morena que ficava ali perto, levando Sancho intenção de atravessá-la inteira e sair em Viso ou Almodóvar del Campo[3] e se esconder por alguns dias naquelas asperezas, para não serem achados se a Irmandade os procurasse. Animou-o a isto ver que a despensa que

---

[2] "Desde agora até então e desde então até agora": inversão da fórmula cartorial por meio da qual se outorga um poder ou adquire uma obrigação durante um tempo. "Eu te desminto e digo que mentes e mentirás sempre que o pensares ou disseres": fórmula de desmentido própria das cartas de desafio.

[3] Viso (del Marqués) e Almodóvar del Campo (de Calatrava): localidades de La Mancha, hoje província de Ciudad Real.

sobre seu asno vinha escapara da refrega dos galeotes, coisa que teve por milagre, dado o quanto levaram e buscaram os galeotes.[4]

Naquela noite chegaram ao meio das entranhas da Serra Morena, onde Sancho houve por bem de passar aquela noite, e mais alguns outros dias, ao menos todos aqueles que durasse a matalotagem que levava, e assim buscaram abrigo entre duas pe-nhas e entre muitos sobreiros. Mas a sorte fatal, que, segundo a opinião dos que não têm a luz da verdadeira fé, tudo guia, guisa e compõe ao seu jeito, quis que Ginés de Pasamonte, o famige-rado embusteiro e ladrão que das cadeias por virtude e loucura de D. Quixote escapara, levado pelo medo da Santa Irmandade, que com justa razão temia, determinara de se esconder naquelas montanhas, e levou-o sua sorte e seu medo à mesma parte aonde levara D. Quixote e Sancho Pança, a tempo e hora de podê-los reconhecer e a ponto de deixá-los dormir. E como sempre os maus são ingratos, e a necessidade dá a ocasião de fazer o que não se deve, e o remédio presente vence o por vir, Ginés, que não era nem agradecido nem bem-intencionado, decidiu furtar o asno de Sancho Pança, descuidando de Rocinante, por ser peça tão ruim para empenhar como para vender. Dormia Sancho Pança, furtou--lhe seu jumento e, antes que amanhecesse, já estava bem longe de poder ser achado.

Raiou a aurora alegrando a terra e entristecendo Sancho Pança; o qual, ao dar por falta do seu jerico, principiou o mais

---

[4] A edição *princeps* não inclui todo o trecho a seguir, grafado em itálico. Na continuação de 1615, a ausência dessa passagem é imputada ao impressor, o que confirmou ser mesmo de autoria de Cervantes. O lugar em que foi inserida e a não correção de outras menções ao asno, porém, criaram novas incongruências, que se tentariam resolver nas edições de 1607 (Bruxelas, daqui em diante, Bx) e 1608 (Madri, daqui em diante, Md).

triste e doloroso pranto do mundo, e foi tal que D. Quixote acordou com as vozes, e ouviu que nelas dizia:

— Oh, filho das minhas entranhas, nascido na minha casa, brinquedo dos meus filhos, regalo da minha mulher, inveja dos meus vizinhos, alívio das minhas cargas e, finalmente, sustentador de metade da minha pessoa, pois com os vinte e seis maravedis que ganhavas por dia, meava eu o meu mantimento!

D. Quixote, como viu o pranto e lhe soube a causa, consolou Sancho com as melhores razões que pôde, e lhe pediu que tivesse paciência, prometendo de lhe fazer uma carta de doação determinando que em sua casa lhe entregassem três dos cinco que lá deixara.

Consolou-se Sancho com isto e enxugou suas lágrimas, amainou os soluços e agradeceu a D. Quixote a mercê que lhe fazia. Ao qual, assim como entrou por aquelas montanhas, alegrou-se-lhe o coração, parecendo-lhe aqueles lugares perfeitos para as aventuras que buscava. Acudiam-lhe à memória os maravilhosos acontecimentos que em semelhantes solidões e asperezas tinham sucedido a cavaleiros andantes. Ia pensando nessas coisas tão embevecido e transportado que nenhuma outra lhe lembrava. Nem Sancho cuidava em outra coisa, depois que lhe pareceu que caminhava por lugar seguro, senão satisfazer seu estômago com as sobras que do despojo clerical haviam restado, e assim seguia atrás de seu amo, montado à amazona sobre seu jumento, tirando de um costal e guardando na pança;[5] e, en-

---

[5] O trecho "montado à amazona sobre seu jumento, tirando de um costal e guardando na pança" foi substituído pelos seguintes: "tirando de quando em quando de um costal que Rocinante levava nos costados por falta do asno...", em Bx; e "carregado com tudo aquilo que houvera de levar o jerico, tirando de um costal...", em Md.

quanto fosse daquela maneira, não daria nada por achar outra aventura.

Nisto ergueu os olhos e viu que seu amo estava parado e tentando com a ponta do chuço levantar não sei que coisa que havia no chão, pelo qual se deu pressa em chegar para ajudá-lo caso houvesse mister, chegando justo quando com a ponta do chuço levantava uma garupa e uma maleta presa a ela, meio podres, ou podres de todo, e desfeitas; mas pesavam tanto que foi preciso que Sancho se apeasse[6] para as apanhar, e lhe mandou seu amo que visse o que a maleta continha.

Assim fez Sancho com muita presteza e, ainda que a maleta viesse fechada com uma cadeia e seu cadeado, pelo rasgado e podre dela viu o que nela havia, que eram quatro camisas de fina holanda e outras coisas de linho não menos curiosas que limpas, e num lenço achou um bom montinho de escudos de ouro;[7] e, assim como os viu, disse:

— Bendito seja todo o céu, que nos deparou uma aventura de proveito!

E, procurando mais, achou um livrete de memórias ricamente decorado. Este lhe pediu D. Quixote, mandando-lhe que guardasse o dinheiro e o tomasse para si. Beijou-lhe as mãos Sancho pela mercê e, desemalando a maleta da sua lençaria, colocou-a no costal da despensa. Vendo tudo isto D. Quixote, disse:

— Parece-me, Sancho, e não é possível que seja outra coisa, que algum caminheiro desencaminhado há de ter passado por esta Serra e, salteado por bandidos, estes o devem de ter matado e trazido a enterrar neste lugar escondido.

---

[6] "que Sancho se apeasse": em Bx, "que Sancho os levantasse".

[7] Moeda de ouro. Quando não especificado, o escudo valia meio dobrão.

— Tal não pode ser — respondeu Sancho —, porque, se fossem ladrões, não teriam deixado aqui este dinheiro.

— É verdade o que dizes — disse D. Quixote —, e assim não adivinho nem atino o que isto possa ser; mas espera, vejamos se neste livrete de memórias há algo escrito por onde possamos rastrear e conhecer o que desejamos.

Abriu-o e o primeiro que achou nele, escrito como que em rascunho, ainda que de muito boa letra, foi um soneto, que, lendo-o alto, para que Sancho também o ouvisse, viu que dizia assim:

> Ou é que falta a Amor conhecimento,
> ou sobra-lhe maldade, ou esta pena
> não quadra à ocasião que me condena
> ao gênero mais duro de tormento.
>
> Porém se Amor é deus, é argumento
> que nada lhe ignora, e é razão plena
> que um deus não seja cruel. Pois quem ordena
> a dura dor que sinto, adoro e mento?
>
> Pensando, Fili, em vós eu desacerto,
> pois tanto mal em tanto bem não cabe
> nem pode vir do céu esta ruína.
>
> Prestes já de morrer, sei isto ao certo:
> do mal de cuja causa não se sabe
> milagre é acertar a medicina.

— Por essa trova — disse Sancho — não se pode saber nada, salvo que por esse fio que aí está se tire o novelo de tudo.

— De que fio falas? — disse D. Quixote.

— Parece-me — disse Sancho — que vossa mercê falou aí num certo fio.

— O que eu disse foi "Fili" — respondeu D. Quixote —, e este sem dúvida é o nome da dama da qual se queixa o autor deste soneto; e à fé que deve de ser razoável poeta, ou eu pouco sei da arte.

— Então — disse Sancho — vossa mercê também entende de trovas?

— Mais do que imaginas — respondeu D. Quixote —, e logo o verás, quando levares uma carta, escrita em verso de cima a baixo, à minha senhora Dulcineia d'El Toboso. E quero que saibas, Sancho, que todos ou os mais cavaleiros andantes da passada idade eram grandes trovadores e grandes músicos, pois estas duas habilidades, ou graças, por melhor dizer, são anexas aos enamorados andantes. Verdade é que as cantigas dos passados cavaleiros têm mais de espírito que de primor.

— Leia mais vossa mercê — disse Sancho —, que há de achar algo que nos satisfaça.

Virou a página D. Quixote e disse:

— Isto é prosa e parece carta.

— Carta missiva, senhor?[8] — perguntou Sancho.

— De início não parece senão de amores — respondeu D. Quixote.

— Então leia vossa mercê alto — disse Sancho —, que eu gosto muito dessas coisas de amores.

— Com prazer — disse D. Quixote.

E lendo-a alto como Sancho lhe pedira, viu que dizia assim:

---

[8] A que se escreve para dar notícia de alguma coisa, em contraste com os documentos oficiais ou mercantis também chamados cartas (precatória, de crédito, de liberdade, de venda etc.).

Tua falsa promessa e minha certa desventura me levam a partes donde antes chegarão a teus ouvidos as novas de minha morte que as razões de minhas queixas. Enjeitaste-me — oh ingrata! — em favor de quem tem mais, e não de quem vale mais que eu. Mas, se a virtude fosse riqueza que se estimasse, não invejaria eu ditas alheias nem chorara desditas próprias. O que alçou tua formosura derribaram tuas obras: por ela entendi que eras anjo e por elas conheço que és mulher. Fica em paz, causadora de minha guerra, e queira o céu que os enganos do teu esposo sejam sempre encobertos, para que tu não te arrependas do que fizeste e eu não tome vingança do que não desejo.

Acabando de ler a carta, disse D. Quixote:

— Menos por esta que pelos versos se pode tirar que o autor destes escritos é algum desprezado amante.

E folheando quase todo o livrete, achou outros versos e cartas, alguns dos quais pôde ler e outros não. Mas o que todos continham eram queixas, lamentos, desconfianças, sabores e dissabores, favores e desdéns, solenizados uns e chorados outros.

Enquanto D. Quixote repassava o livro, repassava Sancho a maleta, sem deixar nela inteira nem na garupa um só canto por vasculhar, esquadrinhar e inquirir, nem costura por desfazer, nem maranha de lã por carmear, para que nada lhe escapasse por pressa ou descuido: tamanha era a gulodice que nele haviam despertado os achados escudos, que passavam de cem. Mas ainda sem achar mais que o achado, deu por bem empregados os voos da manta, o vomitar da beberagem, os afagos dos bordões, as punhadas do arreeiro, a falta dos alforjes, o roubo do gabão, e toda a fome, a sede e o cansaço que passara a serviço do seu bom senhor, parecendo-lhe que estava mais que bem pago e repago com a recebida mercê da entrega do achado.

Com grande desejo ficou o Cavaleiro da Triste Figura de saber quem seria o dono da maleta, conjeturando pelo soneto e pela carta, pelo dinheiro em ouro e pelas tão boas camisas, que havia de ser algum principal enamorado, a quem desdéns e maus-tratos de sua dama deviam de ter levado a um desesperado termo. Mas, como naquele lugar inabitável e escabroso não aparecia pessoa alguma com quem se pudesse informar, não atinou a mais que seguir adiante, sem outro rumo que o escolhido por Rocinante — que era por onde ele podia caminhar —, sempre com a imaginação de que não podia faltar naquelas brenhas alguma rara aventura.

Indo, pois, com tal pensamento, viu que por sobre um monte que diante dos olhos se lhe oferecia ia saltando um homem de pedra em pedra e de moita em moita com estranha ligeireza. Cuidou que ia nu, com a barba negra e espessa, os cabelos muitos e amarrados, os pés descalços e as pernas sem reparo algum; as coxas estavam cobertas por calções, parecendo de veludo leonado, mas tão rotos que por muitas partes descobriam as carnes, e levava a cabeça descoberta. Todas essas minudências, apesar de mostradas naquela ligeireza, viu e notou o Cavaleiro da Triste Figura, mas se bem o tentasse, não o pôde seguir, porque não era dado à debilidade de Rocinante andar por aquelas asperezas, e mais sendo ele por si passeiro e fleumático. Logo imaginou D. Quixote que aquele era o dono da garupa e da maleta, e propôs de o procurar, ainda que para encontrá-lo tivesse de andar um ano por aquelas montanhas, e assim mandou Sancho apear do asno[9] e atalhar por um lado da montanha, que ele iria pelo outro, e

---

[9] "mandou Sancho apear do asno": omitido em Bx.

poderia ser que com tal diligência topassem com aquele homem que com tanta presteza lhes sumira da vista.

— Não poderei fazer isso — respondeu Sancho —, porque, em me afastando de vossa mercê, logo é comigo o medo, que me assalta com mil gêneros de sobressaltos e visões. E sirva-lhe isto que digo de aviso, para que daqui em diante não me afaste um dedo de sua presença.

— Assim será — disse o da Triste Figura —, e muito me contenta que te queiras valer do meu ânimo, o qual não te há de faltar, por mais que te falte a alma do corpo. E vem agora atrás de mim a passo e passo, ou como puderes, e faze dos olhos lanternas; rodearemos esta pequenina serra: talvez topemos com aquele homem que vimos, o qual sem dúvida alguma não é outro que o dono do nosso achado.

Ao que Sancho respondeu:

— Muito melhor seria não procurá-lo, porque, se o acharmos e calhar de ser ele mesmo o dono do dinheiro, é claro que o terei de devolver; e assim seria melhor, sem fazer esta inútil diligência, possuí-lo eu de boa-fé, até que por outra via menos curiosa e diligente aparecesse seu verdadeiro senhor, e talvez fosse já em tempo de o ter gastado, e então o rei me fazia franco.[10]

— Nisso te enganas, Sancho — respondeu D. Quixote —, pois, tendo já a suspeita de quem seja o dono e tão próximo, somos obrigados a procurá-lo e devolver-lhe o que lhe pertence; se o não procurarmos, a veemente suspeita que temos de que ele o seja já nos porá em tanta culpa como se de feito o fosse. Portanto,

---

[10] A expressão denota o perdão de tributo ou dívida; no caso da fiança, por falta de posses. No contexto, joga-se também com o sentido de "franco" como generoso e sincero.

Sancho amigo, não te dê pena a busca, pela que a mim me aliviará o seu achado.

E assim picou Rocinante, seguindo-o Sancho em seu costumado jumento,[11] e, tendo rodeado parte da montanha, acharam junto a um regato caída, morta e meio roída de cães e picada de gralhas, uma mula selada e arreada, tudo isto confirmando neles a suspeita de que aquele fugitivo era o dono da mula e da garupa.

Estando a olhá-la, ouviram um silvo como de pastor guardando gado, e à sua mão sinistra apareceu de improviso uma boa quantidade de cabras, e atrás delas, acima da montanha, apareceu o cabreiro que as guardava, que era um homem velho. Deu-lhe vozes D. Quixote pedindo-lhe que descesse aonde estavam. Ele respondeu aos gritos perguntando quem os tinha levado àquele lugar, rara ou nenhuma vez pisado senão por pés de cabras, ou de lobos e outras feras que por ali andavam. Disse-lhe Sancho que descesse, que de tudo lhe dariam boa conta. Desceu o cabreiro e, em chegando aonde D. Quixote estava, disse:

— Aposto que está olhando a mula de aluguel que está morta nesse fundão. Pois à vera fé que há já seis meses que está nesse lugar. Digam-me, toparam por aí seu dono?

— Não topamos ninguém — respondeu D. Quixote —, mas tão só uma garupa e uma maleta que não longe deste lugar achamos.

— Também a achei eu — respondeu o cabreiro —, mas nunca a quis levantar nem a ela me chegar, temendo alguma praga ou que ma tomassem por furto, pois é o diabo sutil, e embaixo dos

---

[11] "Sancho em seu costumado jumento": em Bx, "a pé, consolado da perda de seu jumento com a esperança dos três burricos..."; em Md, "a pé e carregado, mercê de Ginesillo de Pasamonte...".

pés do homem bota coisa onde tropece e caia sem saber como foi nem como não.

— Isso mesmo é o que eu digo — respondeu Sancho —, que também eu a achei, mas não quis chegar perto dela; ali a deixei e ali ficou como estava, pois não quero rabos de palha nem cão com guizo.

— Dizei-me, bom homem — disse D. Quixote —, sabeis vós quem é o dono dessas coisas?

— O que eu sei dizer — disse o cabreiro — é que faz coisa de seis meses, pouco mais ou menos, chegou a uma malhada de pastores que fica como a três léguas deste lugar um mancebo de gentil porte e apostura, cavaleiro dessa mesma mula que aí está morta, e com a mesma garupa e maleta que dizeis ter achado e não tocado. Perguntou-nos qual parte desta serra era a mais áspera e escondida; dissemos que era esta onde agora estamos, e isto é verdade, porque se entrardes meia légua adentro, dificilmente acertareis a sair: e estou maravilhado de terdes conseguido chegar aqui, pois não há caminho nem trilha que a este lugar encaminhe. Digo, pois, que, em ouvindo a nossa resposta o mancebo, volteou as rédeas e se encaminhou para o lugar que lhe apontamos, deixando a todos contentes do seu bom porte e admirados da sua demanda e da pressa com que o vimos caminhar e seguir para a serra; e não mais o vimos, até alguns dias depois, quando saiu ao caminho de um dos nossos pastores e, sem dizer nada, avançou contra ele e lhe deu muitas punhadas e pontapés, e depois atacou a burrica do farnel e lhe roubou todo o pão e o queijo que carregava; e feito isso, com estranha ligeireza voltou a se emboscar na serra. Assim como soubemos disso, alguns cabreiros passamos na busca dele quase dois dias pelo mais cerrado desta serra, no fim dos quais o achamos metido no oco de um grosso e valente sobreiro. Veio ele a nós muito manso, já roto seu trajo e o rosto desfigurado e tostado de sol, de tal sorte que mal o conhecemos, como não fosse pelos trajos, que, se bem rotos, com a lembrança que deles tínhamos nos deram a entender que era quem procurávamos. Cumprimentou com cortesia e em poucas e boas razões nos disse que não nos maravilhássemos de vê--lo andar daquele jeito, porque assim lhe convinha para cumprir certa penitência imposta por mor dos seus muitos pecados. Rogamos que nos dissesse quem era ele, mas não houve jeito de o dobrar. Pedimos também que, quando houvesse mister de sustento, sem o qual não podia passar, nos dissesse onde o podíamos achar, pois com muito amor e cuidado lho levaríamos; e que, se isso tampouco fosse do seu gosto, que pelo menos o viesse pedir e não o roubasse dos pastores. Agradeceu o nosso oferecimento, pediu perdão pelos assaltos passados e prometeu dali em diante sempre pedir pelo amor de Deus, sem mais ninguém molestar. Quanto ao lugar da sua habitação, disse não ser outro que o que lhe oferecia a ocasião onde a noite o apanhava; e findou sua fala com um tão terno pranto que bem seríamos de pedra os que escutando estávamos se nele não o acompanhássemos, considerando como o tínhamos visto da vez primeira e como o víamos então. Pois, como já disse, era ele um muito gentil e agraciado mancebo, e na cortesia e compostura da sua fala mostrava ser bem-nascido e pessoa muito cortesã; pois, ainda que os que ali o escutávamos fôssemos rústicos, sua gentileza era tanta que bastava para dar-se a conhecer à mesma rusticidade. E estando no melhor da sua fala, parou e emudeceu; cravou os olhos no chão por um bom tempo, deixando a todos nós quedos e suspensos, esperando no que havia de dar aquele abismamento, com não pouca pena de o ver, pois por aquele seu arregalar os olhos, e fitar o chão parado sem nem piscar por grande trecho, e outras vezes os fechar, cerrando os lábios e arqueando as sobrancelhas, facilmente conhecemos que estava atacado de algum acidente de loucura. E ele logo deu a entender que era verdade o que pensávamos, pois com grande fúria se levantou do chão, onde se deitara, e arremeteu contra o primeiro que achou perto de si, com tal denodo e raiva que, se o não apartássemos, decerto o mataria a punhadas e dentadas; e tudo isto fazia aos gritos de: "Ah fementido Fernando! Aqui, aqui me pagarás a sem-razão que me fizeste, estas mãos te arrancarão o coração onde moram e têm guarida todas as maldades juntas, principalmente a fraude e o engano!". E a estas acrescentava outras razões, todas encaminhadas a maldizer daquele tal Fernando e a tachá-lo de traidor e fementido. Então o apartamos, com não pouco trabalho, e ele, sem dizer mais palavra, se afastou e se emboscou correndo por entre esses matos e brenhas, de maneira que o não pudemos seguir. Daí calculamos que a loucura o atacava de tempos em tempos, e que algum Fernando devia de ter obrado com ele algum malfeito, tão grave como mostrava o termo a que o levara. Tudo isso foi confirmado de lá para cá nas vezes, que foram muitas, em que ele saiu ao caminho dos pastores, umas para lhes pedir do que levam para comer, outras para tomá-lo à força; porque, quando está com o acidente da loucura, por mais que os pastores lho ofereçam de bom grado, ele nunca o aceita, mas o toma às punhadas; e quando está no seu juízo sempre o pede pelo amor de Deus, cortês e comedidamente, e dá por isso muitas graças, e não sem lágrimas. E em verdade vos digo, senhores — prosseguiu o cabreiro —, que ontem determinamos eu e mais quatro zagais, dois deles criados e dois amigos meus, de buscá-lo até o acharmos e, depois de achá-lo, seja à força, seja de bom grado, levá-lo à vila de Almodóvar, que fica a oito léguas daqui, onde o poderemos curar, se é que o seu mal tem cura, ou saber quem é ele quando está no seu juízo, e se tem parentes a quem dar notícia da sua desgraça. Isto é, senhores, o que eu sei vos dizer do que me haveis perguntado; e entendei que o dono das coisas que achastes é o mesmo que vistes passar tão ligeiro quanto despido — pois já D. Quixote lhe dissera como vira passar aquele homem saltando pela serra.

O qual ficou admirado das razões que do cabreiro tinha ouvido e ficou com mais desejo de saber quem era o infeliz louco, e propôs para si algo que já vinha pensando: de o procurar por toda a montanha, sem nela deixar recanto nem cova por olhar, até o achar. Mas fez melhor a sorte do que ele pensava e esperava, porque naquele mesmo instante apareceu por entre uma quebrada da serra que dava onde eles estavam o mancebo que buscava, o qual vinha falando para si coisas que não podiam ser entendidas de perto, quanto mais de longe. Seu traje era tal qual foi pintado, só que, chegando perto, viu D. Quixote que um colete esfarrapado que sobre si trazia era de ambarada pelica, donde acabou de entender que pessoa que tais hábitos usava não devia de ser de ínfima qualidade.

Em chegando a eles o mancebo, cumprimentou-os com voz destemperada e rouca, mas com muita cortesia. D. Quixote lhe devolveu as saudações com não menos mesuras e, apeando-se de Rocinante, com gentil compostura e donaire, foi abraçá-lo e o teve um bom tempo estreitamente entre seus braços, como se de longos tempos o conhecesse. O outro, a quem podemos chamar "o Roto da Má Figura" (como a D. Quixote o da Triste), depois de se deixar abraçar, o apartou um pouco de si e, postas as mãos nos ombros de D. Quixote, o esteve fitando, como que querendo ver se o conhecia, talvez não menos admirado de ver a figura, o porte e as armas de D. Quixote que D. Quixote estava de vê-lo a ele. Enfim, o primeiro a falar depois do abraçamento foi o Roto, dizendo o que se dirá a seguir.

Capítulo XXIV

Onde se prossegue
a aventura da Serra Morena

Diz a história que era grandíssima a atenção com que D. Quixote escutava o astroso Cavaleiro da Serra, o qual, prosseguindo sua fala, disse:

— Por certo, senhor, quem quer que sejais, pois eu não vos conheço, agradeço as mostras e a cortesia que comigo haveis usado e quisera eu achar-me em termos que com mais que a vontade pudesse retribuir a que haveis mostrado ter por mim no acolhimento que me destes; mas não quer minha sorte dar-me outra coisa com que corresponder às boas obras que me fazem além do bom desejo de satisfazê-las.

— O meu — respondeu D. Quixote — é o de vos servir, tanto que já estava determinado a não deixar estas serras até achar-vos e de vós saber se para a dor que na estranheza da vossa vida mostrais ter se pode achar algum gênero de remédio e, se houvesse mister de buscá-lo, buscá-lo com toda a diligência possível. E quando a vossa desventura fosse daquelas que têm fechadas as portas a todo gênero de consolação, pensava ajudar-vos a chorá-la e pranteá-la como melhor pudesse, pois é sempre consolo nas desgraças achar quem delas se doa. E se é que a minha boa tenção merece ser agradecida com algum gênero de cortesia, eu vos suplico, senhor, pela muita que vejo que em vós se encerra, e a par vos conjuro pelo que nesta vida mais amastes ou amais, que me digais quem sois e a causa que vos trouxe a viver e a morrer nes-

314

tas solidões qual bruto animal, morando entre eles tão esquecido de vós mesmo como mostra vosso traje e vossa pessoa. E juro
— acrescentou D. Quixote — pela ordem de cavalaria que recebi, ainda que pecador e dela indigno, e pela profissão de cavaleiro andante, que, se nisto, senhor, me comprouverdes, hei de servir-vos com todas as veras a que me obriga o ser quem sou, ou
bem remediando vossa desgraça, se ela tiver remédio, ou bem
ajudando-vos a chorá-la, como vo-lo prometi.

O Cavaleiro do Bosque, ouvindo falar assim o da Triste Figura, não fazia senão olhá-lo e reolhá-lo e o tornar a olhar de
cima a baixo; e depois de o ter bem olhado, lhe disse:

— Se têm algo para dar-me de comer, pelo amor de Deus mo
deem, que depois de ter comido farei tudo aquilo que me mandam, em agradecimento por tão bons desejos como os que por
mim têm mostrado.

Logo tiraram, Sancho de seu costal e o cabreiro de seu sur-
rão, algo com que saciou o Roto sua fome, comendo o que lhe
deram como pessoa perturbada, tão depressa que não dava espaço entre um bocado e outro, pois antes os tragava que engolia; e
enquanto comia nem ele nem os que o olhavam falavam palavra.
Assim como acabou de comer, acenou-lhes para que o seguissem,
o que fizeram, e ele os levou a uma verde e breve campina que ao
contornar uma penha um tanto retirada dali se encontrava. Em
chegando a ela, sentou-se no chão, sobre a relva, e os demais fizeram o mesmo, e tudo isto sem que ninguém falasse, até que o
Roto, depois de ter-se acomodado em seu assento, disse:

— Se gostais, senhores, que vos diga em breves razões a
imensidão das minhas desventuras, me haveis de prometer de que
com nenhuma pergunta nem outra coisa interrompereis o fio da
minha triste história; pois no ponto em que o fizerdes, aí parará
o conto.

Essas razões do Roto trouxeram à memória a D. Quixote o conto que lhe contara seu escudeiro, quando não acertou ele o número de cabras que haviam cruzado o rio, ficando a história pendente. Mas, voltando ao Roto, prosseguiu dizendo:

— Esta prevenção que faço é porque prefiro passar brevemente pelo conto das minhas desgraças, pois trazê-las à memória não me serve de outra coisa senão acrescentar-lhes outras novas, e, quanto menos me perguntardes, antes acabarei eu de as dizer, sem que por isso deixe eu de contar coisa alguma que seja de importância nem de todo satisfazer o vosso desejo.

D. Quixote assim o prometeu em nome dos demais, e o outro, com tal penhor, começou desta maneira:

— Meu nome é Cardenio; minha pátria, uma cidade das melhores desta Andaluzia; minha linhagem, nobre; meus pais, ricos; minha desventura, tanta, que muito a devem de ter chorado meus pais e sentido minha linhagem, sem podê-la aliviar com sua riqueza, pois para remediar desditas do céu pouco soem valer os bens de fortuna. Vivia nessa mesma terra um céu, onde pôs o amor toda a glória que eu acertara a desejar: tal é a formosura de Luscinda, donzela tão nobre e tão rica como eu, porém de mais ventura e menos firmeza que a que a meus honrados pensamentos se devia. Esta Luscinda amei, quis e adorei desde meus tenros e primeiros anos, e ela também me amou, com a singeleza e o bom ânimo que sua pouca idade permitia. Sabiam nossos pais das nossas intenções e tal não lhes pesava, pois bem viam que, quando passassem adiante, não podiam ter outro fim senão o nosso casamento, coisa que quase determinava a igualdade da nossa linhagem e riquezas. Cresceu a idade, e com ela o amor de ambos, de modo que o pai de Luscinda entendeu ser obrigado pelo bom respeito a me negar a entrada de sua casa, quase imitando nisto os pais daquela Tisbe tão decantada pelos poetas. E veio esta negação acrescentar chama à chama e desejo ao desejo, pois, inda que pondo silêncio às línguas, não o puderam pôr à pena, que com mais liberdade que as línguas sói dar a entender aos amantes o que na alma encerram, pois muitas vezes a presença da coisa amada embaraça e emudece a intenção mais determinada e a língua mais atrevida. Ah, céus, quantos bilhetes lhe escrevi! Quão regaladas e honestas respostas tive! Quantas canções compus e quantos apaixonados versos, onde a alma declarava e trasladava seus sentimentos, pintava seus ardentes desejos, entretinha suas memórias e recreava sua vontade! Com efeito, vendo-me aflito, e que minha alma se consumia no desejo de vê-la, determinei de pôr por obra e acabar de uma vez o que me pareceu que mais convinha para ter o meu desejado e merecido prêmio, que era pedi-la a seu pai por legítima esposa, como fiz; ao que ele me respondeu que me agradecia a vontade que eu mostrava de honrá-lo e de querer honrar-me com prendas suas, mas que, sendo meu pai vivo, a ele cabia por justo direito fazer aquela demanda, pois, se não fosse com muita vontade e gosto seu, não seria Luscinda mulher de se tomar nem dar a furto. Eu lhe agradeci sua boa tenção, cuidando ter razão no que dizia e que meu pai conviria nisso assim como lho dissesse; e com essa tenção naquele mesmo instante fui logo dizer a meu pai o que desejava. E ao entrar no aposento onde ele estava, achei-o com uma carta aberta na mão, a qual, antes que eu lhe dissesse palavra, me entregou dizendo: "Por esta carta verás, Cardenio, a vontade que o duque Ricardo tem de te fazer mercê". Esse duque Ricardo, como vós, senhores, deveis de saber, é um grande de Espanha, que tem seu estado no melhor desta Andaluzia. Tomei a carta e a li, a qual vinha tão encarecida que até a mim mesmo pareceu mal que meu pai deixasse de cumprir o que nela o duque lhe pedia, que era que de imediato me enviasse aonde ele estava, pois queria que eu fosse companheiro, não criado, de seu filho primeiro, e que ele tomava a seu cargo alçar-me a estado que correspondesse à estima em que me tinha. Li a carta e emudeci ao lê-la, e mais quando ouvi meu pai dizer: "Daqui a dois dias partirás, Cardenio, para fazer a vontade do duque, e dá graças a Deus, que assim te vai abrindo caminho por onde alcançar o que eu sei que mereces". Acrescentou a estas outras razões de pai conselheiro. Chegou o termo de minha partida, falei uma noite com Luscinda, contei-lhe o que se passava, e o mesmo fiz com seu pai, suplicando-lhe que por algum tempo dilatasse qualquer resolução e a guardasse de tomar estado até que eu visse o que o duque Ricardo de mim queria; ele mo prometeu e ela mo confirmou com mil juras e mil desmaios. Fui, enfim, aonde o duque Ricardo estava. Fui por ele tão bem recebido e tratado, que desde logo começou a inveja a fazer a sua parte, tendo-ma os criados antigos por crerem que as mostras que o duque dava de me fazer mercê haveriam de ser em prejuízo deles. Mas quem mais se regozijou com a minha ida foi o filho segundo do duque, chamado Fernando, moço galhardo, gentil-homem, liberal e namoradiço, o qual em pouco tempo quis que eu fosse tão seu amigo, que dava a todos que dizer; e se o mais velho me queria bem e me fazia mercê, não chegou ao extremo com que D. Fernando me queria e tratava. É pois o caso que, como entre amigos não há segredo que não se comunique, e a privança que eu tinha com D. Fernando deixava já de sê-lo por tornar-se em amizade, todos os seus pensamentos me declarava, especialmente um de amores, que o trazia um tanto desassossegado. Queria bem a uma lavradora, vassala de seu pai, e eram os dela tão ricos, e ela tão formosa, recatada, discreta e honesta, que ninguém que a conhecia se determinava em qual dessas coisas tinha mais excelência nem mais se avantajava. Essas tão boas prendas da formosa lavradora subjugaram a tal termo o desejo de D. Fernando que este resolveu, para poder realizá-lo e tomar a honra da lavradora, dar-lhe a palavra de ser seu esposo, pois de outra maneira seria tentar o impossível. Eu, obrigado por sua amizade, com as melhores razões que soube e com os mais vivos exemplos que pude, procurei dissuadi-lo e arredá-lo de tal propósito, mas, vendo que não aproveitava, determinei de contar o caso ao duque Ricardo, seu pai; mas D. Fernando, sendo astuto e bem-avisado, receou-se e temeu disso, por cuidar que, à lei de bom criado, tinha eu por obrigação não ocultar do duque algo que tão em prejuízo de sua honra viria; e assim, para me desviar e enganar, disse não achar melhor remédio para tirar da memória a formosura que tão sujeito o tinha que se ausentar por alguns meses, e que queria que a ausência se desse em irmos nós dois à casa de meu pai, dando ao duque o pretexto de que era para ver e feirar uns boníssimos cavalos que havia na minha cidade, que é mãe dos melhores do mundo. Apenas o ouvi dizer isso quando, movido da minha afeição, ainda que sua determinação não fosse tão boa, aprovei-a como das mais acertadas que se pudessem imaginar, por ver quão boa ocasião e conjuntura me oferecia de rever a minha Luscinda. Com tal pensamento e desejo, aprovei seu parecer e apoiei seu propósito, dizendo-lhe que o pusesse por obra com a máxima brevidade possível, pois, de feito, a ausência fazia sua parte a despeito dos mais firmes pensamentos. Já quando me veio a dizer isso, segundo eu soube depois, tinha ele desfrutado da lavradora com título de esposo e esperava a ocasião de o poder revelar a seu salvo, temeroso do que o duque seu pai faria ao conhecer seu disparate. Sucedeu pois que, como o amor nos moços no mais das vezes o não é, e sim mero apetite, o qual, tendo por fim último o deleite, se acaba quando o alcança, e de força volta atrás aquilo que parecia amor, porque não pode ir além do termo que lhe pôs a natureza, termo esse que não se põe ao que é verdadeiro amor, quero dizer que, assim como D. Fernando desfrutou da lavradora, aplacaram-se-lhe os desejos e arrefeceram seus afincos; e se antes fingia querer ausentar-se por remediá-los, à vera procurava ir-se para os não pôr em execução. Deu-lhe o duque licença e me mandou que o acompanhasse. Fomos à minha cidade, recebeu-o meu pai como quem era, logo vi minha Luscinda, reviveram (bem que nunca houvessem estado mortos nem amortecidos) meus desejos, dos quais dei conta, para minha desgraça, a D. Fernando, por parecer-me que, à lei da muita amizade que ele mostrava, não lhe devia ocultar nada. Elogiei-lhe a formosura, donaire e discrição de Luscinda, de tal maneira que meus elogios puseram nele o desejo de querer ver donzela de tão boas prendas adornada. Atendi-o eu, para minha curta sorte, mostrando-lha uma noite, à luz de uma vela, por uma janela onde os dois usávamos nos falar. Viu-a em camisão, de tal maneira que esqueceu todas as belezas até então por ele vistas. Emudeceu, perdeu o sentido, ficou absorto e, finalmente, tão enamorado qual vereis no discorrer do conto da minha desventura. E para mais lhe acender o desejo (que ele de mim calava e ao céu, a sós, descobria), quis a fortuna que achasse um dia um bilhete dela pedindo-me que a pedisse a seu pai por esposa, tão discreto, tão honesto e tão enamorado que, em lendo-o, disse-me ele que só em Luscinda se encerravam todas as graças de formosura e entendimento que nas demais mulheres do mundo estavam repartidas. Bem é verdade, e o quero confessar agora, que, se bem eu visse com quão justas causas D. Fernando elogiava Luscinda, pesava-me de ouvir aqueles elogios de sua boca, e comecei, com razão, a recear-me dele, pois não se passava momento em que não quisesse que falássemos de Luscinda, e ele puxava o assunto, ainda que fosse pelos cabelos, coisa que despertava em mim um não sei quê de ciúmes, não porque temesse algum revés da bondade e da fé de Luscinda, mas porque, apesar disto, fazia-me temer a minha sorte o mesmo que ela me assegurava. Procurava sempre D. Fernando ler os papéis que eu a Luscinda enviava e os que ela me respondia, a título de muito gostar da discrição dos dois. Aconteceu pois que, tendo-me pedido Luscinda um livro de cavalarias para ler, do qual era ela muito aficionada, que era o de *Amadis de Gaula*...

Apenas ouviu D. Quixote a menção ao livro de cavalarias, quando disse:

— Se vossa mercê tivesse dito logo ao começar sua história que sua mercê a senhora Luscinda era aficionada a livros de cavalarias, não haveria mister de mais louvores para dar-me a entender a alteza do seu entendimento, que o não teria tão bom como vós, senhor, o haveis pintado, se carecesse do gosto de tão saborosa leitura: porquanto para comigo não há mister de gastar mais palavras em declarar-me sua formosura, valor e entendimento, pois só em conhecer sua afeição a confirmo como a mais formosa e mais discreta mulher do mundo. E quisera eu, senhor, que vossa mercê lhe houvesse enviado junto com o *Amadis de Gaula* o bom do *Don Rugel de Grecia*,[1] pois sei que muito gostaria a senhora Luscinda de Daraida e Garaya e das discrições do pastor Darinel e daqueles admiráveis versos de suas bucólicas, cantadas e representadas por ele com toda a graça, discrição e desenvoltura. Mas tempo poderá vir em que se emende essa falta, e não tardará em fazer-se a emenda mais que o que vossa mercê leve em ser servido de vir comigo até a minha aldeia, pois ali poderei dar-lhe mais de trezentos livros que são o regalo da minha alma e o entretenimento da minha vida; se bem tenho para mim que já não

---

[1] *Tercera parte de la crónica de don Florisel de Niquea*, de Feliciano de Silva. Daraida e Garaya são os nomes que os príncipes Agesilao e Arlanges recebem quando vestidos de mulher.

tenho nenhum, mercê da malícia de maus e invejosos encantadores. E perdoe-me vossa mercê por contravir a promessa de não interromper a sua fala, pois, em ouvindo coisas de cavalarias e de cavaleiros andantes, assim é em minha mão deixar de falar deles como o é na dos raios do sol deixar de aquecer, ou umedecer na dos da lua. Portanto perdão, e prossigamos, que é o que agora vem mais ao caso.

Enquanto D. Quixote ia dizendo o que fica dito, caíra a Cardenio a cabeça sobre o peito, dando ele mostras de estar profundamente pensativo. E posto que D. Quixote por duas vezes lhe dissesse que prosseguisse sua história, nem levantava a cabeça nem respondia palavra; mas ao cabo de um bom trecho a levantou e disse:

— Não me sai do pensamento, nem haverá no mundo quem mo tire nem outra coisa me dê a entender, e seria um malhadeiro quem o contrário entendesse ou acreditasse, senão que aquele velhacão do mestre Elisabat estava amancebado com a rainha Madásima.[2]

— Isso não, voto a tal! — respondeu com muita cólera D. Quixote, lançando-lhe a jura completa como era seu costume —, e é essa uma grandíssima malícia, ou velhacaria, por melhor dizer: a rainha Madásima foi uma mui principal senhora, e não há como presumir que tão alta princesa se houvesse de amancebar com qualquer mata-sanos; e quem o contrário entender, mente como grandíssimo velhaco, e eu lho darei a entender a pé ou a

---

[2] Personagens do *Amadis de Gaula*. Na novela aparecem três Madásimas, mas nenhuma é rainha nem tem relação alguma com Elisabat — tutor e acompanhante de Amadis, sacerdote e mestre em todas as artes, que em várias ocasiões cura os ferimentos do herói.

cavalo, armado ou desarmado, de noite ou de dia, ou como for mais do seu gosto.

Fitava-o Cardenio com muita atenção, ao qual já viera o acidente da sua loucura e não estava mais para prosseguir sua história, nem tampouco D. Quixote lha ouviria, pelo muito que o desgostara aquilo que sobre Madásima lhe ouvira. Estranho caso, pois ele saiu em sua defesa como se ela verdadeiramente fosse sua verdadeira e natural senhora, a tal termo o levaram seus excomungados livros! Digo, pois, que, como já Cardenio estava louco e se ouviu tratar de mentiroso e de velhaco, mais outros insultos semelhantes, levou a burla a mal e apanhou um calhau que achou junto de si e deu com ele no peito de D. Quixote tamanho golpe que o fez tombar de costas. Sancho Pança, ao ver seu senhor receber tal tratamento, arremeteu contra o louco de punho cerrado, e o Roto o recebeu de tal sorte que com uma punhada deu com ele a seus pés, para em seguida montar-se sobre ele e sovar-lhe as costelas muito a seu sabor. O cabreiro, que o tentou defender, sofreu a mesma sorte. E depois que teve todos bem rendidos e moídos, os deixou e se foi airoso e sossegado emboscar na montanha.

Levantou-se Sancho e, com a raiva que tinha de se ver aporreado tão sem merecimento, foi tomar vingança do cabreiro, dizendo-lhe que era dele a culpa por não ter-lhes avisado que de tempo em tempo aquele homem era tomado da loucura, pois, se o soubessem, teriam ficado de sobreaviso para poder se defender. Respondeu o cabreiro que bem o dissera e que, se o não ouvira, não era sua culpa. Replicou Sancho Pança e tornou a replicar o cabreiro, e acabaram as réplicas agarrando-se os dois pelas barbas dando-se tais punhadas que, se D. Quixote os não pusesse em paz, acabariam em pedaços. Dizia Sancho, pegando-se com o cabreiro:

— Deixe-me vossa mercê, senhor Cavaleiro da Triste Figura, que deste, que é vilão como eu e não é armado cavaleiro, posso muito a meu salvo tirar satisfação do agravo que me fez, brigando com ele mão por mão, como homem honrado.

— Que seja — disse D. Quixote —, mas eu sei que ele não tem culpa alguma do sucedido.

Com isto os apaziguou, e tornou D. Quixote a perguntar ao cabreiro se seria possível encontrar Cardenio, pois ficara com grandíssimo desejo de saber o fim da sua história. Disse-lhe o cabreiro o mesmo que de primeiro lhe dissera, que era não saber ao certo sua guarida, mas que se andasse muito por aqueles contornos, não deixaria de achá-lo, ou são ou louco.

Capítulo XXV

QUE TRATA DAS ESTRANHAS COISAS
QUE NA SERRA MORENA ACONTECERAM
AO VALENTE CAVALEIRO DE LA MANCHA
E DA IMITAÇÃO QUE FEZ
DA PENITÊNCIA DE BELTENEBROS[1]

Despediu-se D. Quixote do cabreiro e, montando outra vez em Rocinante, mandou que Sancho o seguisse, quem o fez, com seu jumento,[2] muito a contragosto. Iam aos poucos entrando no mais áspero da montanha, e Sancho morria por conversar com seu amo e desejava que ele começasse, por não contravir o seu mandamento; mas não podendo sofrer tanto silêncio, lhe disse:

— Senhor D. Quixote, vossa mercê me dê sua bênção e sua licença, pois daqui quero voltar para minha casa e minha mulher e meus filhos, com os quais pelo menos falarei e conversarei tanto quanto quiser; pois querer vossa mercê que o acompanhe noite e dia por estas solidões sem lhe falar quando me dá vontade é enterrar-me em vida. Ao menos se a sorte quisesse que os animais falassem, como falavam nos tempos do Guisopete,[3] menos mal,

---

[1] "O belo tenebroso", em provençal. É o nome que Amadis adota quando, rejeitado por Oriana, se retira em penitência à ilha da Penha Pobre.

[2] "com seu jumento": omitido em Bx.

[3] Referência a Esopo, creditado nos fabulários da época como Isopete. A pronúncia Guisopete era corrente na fala rural.

pois conversaria eu com o meu jumento[4] o que bem quisesse e com isto passaria a minha má ventura; mas é duro e difícil de sofrer à paciência este andar toda a vida buscando aventuras sem nada ganhar além de coices e manteações, tijolaços e punhadas e, para cúmulo, ter de coser a boca, sem poder o cristão dizer o que traz no peito, como se fosse mudo.

— Já entendi o que queres, Sancho — respondeu D. Quixote —: morres por que eu levante o interdito que impus à tua língua. Podes dá-lo por suspenso e dizer o que quiseres, com a condição de que não há de durar tal suspensão além do tempo que passarmos nestas serras.

— Que seja — disse Sancho —, falarei agora, que o futuro a Deus pertence; e começando a gozar deste salvo-conduto, pergunto por que vossa mercê tomou a defesa daquela rainha Magámissa, ou lá como se chame. E o que lhe importava se aquele tal abade era ou não amigo dela? Se vossa mercê, não sendo seu juiz, não entrasse nessas pendências, tenho certeza de que o louco seguiria com a sua história, com o que se teriam poupado a pedrada e os pontapés, e eu bem meia dúzia de sopapos.

— À fé, Sancho — respondeu D. Quixote —, que, se tu soubesses como eu sei quão honrada e principal senhora era a rainha Madásima, eu sei que dirias que fui até por demais paciente não tendo partido a boca donde tais blasfêmias saíram; porque é grandíssima blasfêmia dizer ou pensar que uma rainha viva amancebada com um cirurgião. A verdade do conto é que aquele mestre Elisabat que o louco disse foi um homem assaz prudente e de saníssimos conselhos que serviu a rainha como aio e médico; mas pensar que ela era sua amiga é disparate digno de enorme casti-

---

[4] Em Bx, "conversaria com Rocinante, já que minha curta ventura não permitiu que possa ser com meu jumento".

go. E para que vejas que Cardenio não sabia o que dizia, hás de notar que quando o disse já estava fora do seu juízo.

— Pois é o que eu digo — disse Sancho —, que não tinha vossa mercê por que fazer caso das palavras de um louco; que, se a boa sorte não o tivesse ajudado e lhe encaminhasse o calhau à cabeça como o encaminhou ao peito, bem arrumados estaríamos por tomar vossa mercê a defesa daquela minha senhora que Deus confunda. Pois, arre, como não dar Cardenio por louco!?

— Contra sãos e contra loucos é obrigado todo cavaleiro andante a defender a honra das mulheres, quaisquer que elas sejam, quanto mais de uma rainha de tão alta qualidade e prol como foi a rainha Madásima, por quem tenho especial estima mercê das suas boas prendas; pois, afora ser fermosa, foi também mui prudente e mui sofrida nas suas calamidades, que as teve muitas, e os conselhos e a companhia do mestre Elisabat foi-lhe e foram-lhe de muito proveito e alívio para poder aturar seus trabalhos com prudência e paciência. E daí tomou ocasião o vulgo ignorante e mal-intencionado de dizer e pensar que ela era sua manceba; e mentem, digo outra vez, e mentirão outras duzentas todos os que tal coisa pensarem e disserem.

— Eu aqui não digo nem penso — respondeu Sancho. — Eles lá que se amanhem e colham sua semeadura: se viveram ou não amancebados, a Deus que prestem contas. Eu sigo meu trilho, não sei de nada nem sou amigo de saber vidas alheias, pois quem compra e mente, na bolsa o sente. Quanto mais, que nu nasci e nu estou: não perco nem ganho. E se eles acaso o fossem, que teria eu com isso? Pois às vezes são mais as vozes que as nozes. Mas quem pode pôr rédeas ao vento? Quanto mais, que até Deus foi malfalado.

— Valha-me Deus, Sancho — disse D. Quixote —, que fieira de necedades! Que tem que ver o que tratamos com os ditados que desfias? Por tua vida, Sancho, cala, e daqui em diante trata de esporear o teu asno,[5] e não te metas no que não é da tua conta. E entende com todos os teus cinco sentidos que tudo quanto fiz, faço e fizer vai bem-posto em razão e bem conforme às regras de cavalaria, que eu as sei melhor que quantos cavaleiros as professaram no mundo.

— Senhor — respondeu Sancho —, é boa regra de cavalaria andarmos perdidos por estas montanhas, sem trilha nem rumo, à procura de um louco, a quem, depois de achado, talvez resolva terminar o começado, não no seu conto, e sim na cabeça de vossa mercê e nas minhas costelas, acabando de as quebrar de todo?

— Cala-te, Sancho, repito — disse D. Quixote —, pois faço-te saber que não só me traz por estas partes o desejo de achar o louco, como o que tenho de nelas fazer uma façanha com a qual hei de ganhar perpétuo nome e fama em todo o descoberto da terra; e será tal que com ela porei o selo a tudo aquilo que pode fazer perfeito e famoso um andante cavaleiro.

— E é de grande perigo essa façanha? — perguntou Sancho Pança.

— Não — respondeu o da Triste Figura —, bem que os dados possam correr com a sorte contrária; mas tudo depende da tua diligência.

— Da minha diligência? — disse Sancho.

— Sim — disse D. Quixote —, porque, se voltares logo donde penso enviar-te, logo se acabará a minha pena e logo começará a minha glória. E por não ser bem que te mantenha suspenso, à espera donde hão de parar as minhas razões, quero, Sancho, que saibas que o famoso Amadis de Gaula foi um dos mais perfeitos

---

[5] Em Bx, "trata de servir o teu amo".

cavaleiros andantes. Não disse bem ao dizer "foi um": foi ele o único, o primeiro, o sem-par, o senhor de todos quantos no mundo houve em seu tempo. Pobre e coitado do D. Belianis e de todos aqueles que disserem ter-se-lhe igualado em algo, porque se enganam, juro à vera. Digo outrossim que, quando algum pintor quer ser famoso em sua arte, procura imitar os originais dos mais excelentes pintores que conhece, e essa mesma regra vale para todos os mais ofícios ou exercícios de monta que servem para adorno das repúblicas, e assim o há de fazer e faz quem quer ganhar renome de prudente e sofrido, imitando Ulisses, em cuja pessoa e trabalhos nos pinta Homero um retrato vivo de prudência e de sofrimento, como também nos mostrou Virgílio na pessoa de Eneias o valor de um filho piedoso e a sagacidade de um valente e atilado capitão, não o pintando aquele nem o descobrindo este como eles foram, e sim como haviam de ser para deixar aos vindouros homens o exemplo das suas virtudes. Dessa mesma sorte, Amadis foi o norte, a estrela-guia, o sol dos valentes e enamorados cavaleiros, que havemos de imitar todos aqueles que sob a bandeira de Amor e da cavalaria militamos. Sendo pois isto assi, como é, acho eu, Sancho amigo, que o cavaleiro andante que mais o imitar mais perto estará de alcançar a perfeição da cavalaria. E um dos transes em que mais este cavaleiro mostrou a sua prudência, coragem, valentia, sofrimento, firmeza e amor foi quando se retirou, desdenhado pela senhora Oriana, a fazer penitência na Penha Pobre, mudado seu nome no de "Beltenebros", nome por certo significativo e próprio para a vida que de sua vontade escolhera. Portanto me é mais fácil imitá-lo nisto que em fender gigantes, descabeçar serpentes, matar endríagos,[6] desbaratar exér-

---

[6] Forma antiga para "dragão".

citos, fracassar armadas e desfazer encantamentos. E sendo estes lugares tão acomodados para tais efeitos, não há por que deixar passar a ocasião, que agora com tanta comodidade me oferece suas guedelhas.

— Mas, afinal — disse Sancho —, que é que vossa mercê quer fazer em tão remoto lugar como este?

— Já não te disse — respondeu D. Quixote — que quero imitar Amadis, fazendo aqui de desesperado, de sandeu e de furioso, isto último por imitar juntamente o valente D. Roldão, quando achou numa fonte os sinais de que Angélica a Bela cometera vilania com Medoro, por cuja mágoa enlouqueceu, e arrancou as árvores, turvou as águas das claras fontes, matou pastores, arrasou rebanhos, incendiou choças, derrubou casas, arrastou éguas e fez outras cem mil insolências dignas de eterno nome e escritura? E bem que eu não pense em imitar Roldão, ou Orlando, ou Rotolando (pois todos esses três nomes tinha ele), ponto por ponto, em todas as loucuras que fez, disse e pensou, esboçarei como melhor puder aquelas que me parecem mais essenciais. E pode ser que venha a contentar-me com a mera imitação de Amadis, que sem fazer loucuras de dano, senão de choros e sentimentos, ganhou fama sem igual.

— Eu acho aqui comigo — disse Sancho — que os cavaleiros que assim fizeram foram provocados e tiveram motivo para fazer tais necedades e penitências; mas vossa mercê que motivo tem para enlouquecer? Que dama o desdenhou, ou que sinais achou que lhe deem a entender que a senhora Dulcineia d'El Toboso fez alguma tolice com algum mouro ou cristão?

— Aí é que está o ponto — respondeu D. Quixote — e a fineza do meu intento, pois um cavaleiro andante enlouquecer com motivo não tem gosto nem graça: o ponto está em desatinar sem ocasião e dar a entender à minha dama que, se a seco faço isto, o que não faria molhado? Quanto mais, que sobeja ocasião tenho na longa ausência que levo da sempre senhora minha Dulcineia d'El Toboso, pois, como já ouviste daquele tal pastor que sabes, Ambrosio, quem está ausente todos os males tem e sente. Portanto, Sancho amigo, não gastes tempo em me aconselhar que desista de tão rara, tão feliz e tão nunca vista imitação. Louco sou, louco hei de ser até que voltes com a resposta de uma carta que contigo penso enviar à minha senhora Dulcineia; se ela for tal qual a minha fé merece, acabar-se-á a minha sandice e a minha penitência; se for ao contrário, serei louco deveras e, sendo-o, não sentirei nada. Sendo assim, responda ela como responder, sairei do conflito e do trabalho em que me deixares gozando, por são, o bem que me trouxeres, ou não sentindo, por louco, o mal que me portares. Mas dize-me, Sancho, trazes bem guardado o elmo de Mambrino, pois vi que o levantaste do chão quando aquele ingrato o quis despedaçar mas não o conseguiu, donde salta aos olhos a fineza de sua têmpera?

Ao que Sancho respondeu:

— Por Deus, senhor Cavaleiro da Triste Figura, não posso sofrer nem levar com paciência algumas coisas que vossa mercê diz, e por elas venho a imaginar que tudo quanto me diz de cavalarias e de conquistar reinos e impérios, de dar ínsulas e de fazer outras mercês e grandezas, como é uso dos cavaleiros andantes, que tudo isso deve de ser coisa de vento e mentira, e tudo pataranha, ou patranha, ou como o quisermos chamar. Porque quem ouve vossa mercê dizer que uma bacia de barbeiro é o elmo de Mambrino, sem arredar desse erro em mais de quatro dias, que pode pensar senão que quem isto diz e afirma deve de ser fraco do juízo? A bacia trago aqui no meu costal, toda amassada, e se a trago é para consertá-la em minha casa e nela fazer a barba, se Deus me der a grande graça de um dia voltar a ver minha mulher e meus filhos.

— Olha, Sancho, pelo mesmo que antes juraste eu te juro — disse D. Quixote — que tens o mais curto entendimento que tem nem teve escudeiro no mundo. Será possível que neste tempo que andas comigo não tenhas percebido que todas as coisas dos cavaleiros andantes parecem quimeras, necedades e desatinos, e que são todas feitas às avessas? E não porque seja isto assi, mas porque sempre anda entre nós uma caterva de encantadores que todas as nossas coisas mudam e trocam, e as tornam segundo seu prazer e segundo a vontade que têm de nos favorecer ou destruir; e assim, isto que a ti parece bacia de barbeiro a mim parece o elmo de Mambrino e a outro parecerá outra coisa. E foi rara providência do sábio que está a meu favor fazer que a todos pareça bacia o que real e verdadeiramente é elmo de Mambrino, uma vez que, sendo tão valioso, todo o mundo me perseguiria para mo tirar, mas como veem que não passa de uma bacineta de barbeiro, não cuidam de o tomar, como bem mostrou aquele que tentou quebrá-lo e o deixou no chão sem o levar, pois à fé que, se o reconhecesse, jamais o deixaria. Guarda-o, amigo, que por ora dele não tenho mister, pois antes devo despojar-me de todas estas armas e ficar nu como quando nasci, isto se não me der vontade de nesta minha penitência seguir mais Roldão que Amadis.

Chegaram nessas conversas ao pé de uma alta montanha, que quase como penha talhada se erguia acima das outras muitas que a rodeavam. Corria por seu sopé um manso riacho, e medrava por todo seu contorno um prado tão verde e viçoso que dava contento aos olhos que o fitavam. Havia por ali muitas árvores silvestres e algumas plantas e flores, que faziam o local ameno. Esse lugar escolheu o Cavaleiro da Triste Figura para fazer sua penitência e assim, em vendo-o, começou a dizer em voz alta, como se estivesse sem juízo:

— Este é o lugar, oh céus!, que deputo e escolho para chorar a desventura em que vós mesmos me pusestes. Esta é a paragem onde o humor dos meus olhos acrescentará as águas deste pequeno regato, e meus contínuos e profundos sospiros moverão de contínuo as folhas destas montarazes árvores, em testemunho e sinal da pena que o meu tribulado coração padece. Oh, vós, quem quer que sejais, rústicos deuses que neste inabitável lugar tendes a vossa morada: ouvi as queixas deste desditoso amante, ao qual uma longa ausência e uns imaginados ciúmes trouxeram a lamentar-se entre estas asperezas e a queixar-se da dura natureza daquela ingrata e bela, termo e fim de toda humana formosura! Oh, vós, napeias e dríades, que tendes por costume habitar nas espessuras dos montes: que os ligeiros e lascivos sátiros, de quem sois em vão amadas, jamais perturbem o vosso doce sossego, e que me ajudeis a lamentar a minha desventura, ou ao menos não vos canseis de ouvi-la! Oh, Dulcineia d'El Toboso, dia da minha noite, glória da minha pena, norte dos meus caminhos, estrela da minha ventura: que o céu ta dê boa em tudo quanto lhe pedires, e consideres o lugar e o estado a que tua ausência me conduziu, e que em bom termo correspondas ao que a minha fé merece! Oh, solitárias árvores, que de hoje em diante haveis de acompanhar a minha solidão, dai-me indício com o brando movimento dos vossos ramos que não vos desagrada a minha presença! Oh tu, escudeiro meu, agradável companheiro nos meus prósperos e adversos sucessos, guarda bem na memória o que aqui me verás fazer, para contares e recitares à causa total disso tudo!

E, dizendo isto, apeou de Rocinante e num instante lhe tirou o freio e a sela e, dando-lhe uma palmada nas ancas, lhe disse:

— Liberdade te dá quem sem ela fica, oh cavalo tão extremado por tuas obras quão desditoso por tua sorte! Vai por onde quiseres, que à testa levas escrito que te não igualou em ligeireza o Hipogrifo de Astolfo, nem o nomeado Frontino, que tão caro custou a Bradamante.[7]

Vendo isto Sancho, disse:

— Bem haja quem nos poupou o trabalho de agora desalbardar o jerico,[8] pois à fé que não seriam poucas as palmadinhas por lhe dar nem as coisas por lhe dizer em seu elogio; mas, se ele aqui estivesse, eu não consentiria que ninguém o desalbardasse, pois não haveria por quê, não tendo ele profissão de enamorado nem de desesperado, pois não o estava seu amo, que era eu, quando Deus queria. E em verdade, senhor Cavaleiro da Triste Figura, que se é que minha partida e a loucura de vossa mercê são a valer, será bem voltar a arrear Rocinante, para assim suprir a falta do jerico e encurtar o tempo da minha ida e volta, pois, se a fizer a pé, não sei quando chegarei nem quando voltarei, porque, enfim, sou mau caminhante.

— Digo, Sancho — respondeu D. Quixote —, que seja como tu quiseres, pois não me parece mal o teu desígnio; e digo que daqui a três dias partirás, porque quero que nesse tempo vejas o que por ela faço e digo, para que lho digas.

— E o que mais hei de ver — disse Sancho — além do que já vi?

— Bem pouco sabes do conto! — respondeu D. Quixote. — Ainda me falta rasgar as vestes, dispersar as armas e dar testadas por estas rochas, mais outras coisas do mesmo jaez, que hão de admirar-te.

---

[7] Hipogrifo: cavalo alado, cruzamento de égua e grifo, que aparece em *Orlando furioso*; montado nele, Astolfo sobe até a Lua, onde, com sua ajuda, recupera o juízo perdido de Orlando. Frontino: cavalo de Ruggiero, presente de sua dama Bradamante.

[8] Primeira alusão ao sumiço do asno na edição *princeps*.

— Pelo amor de Deus — disse Sancho —, olhe bem vossa mercê como dá essas testadas, pois em tal rocha poderá bater e de tal jeito que com a primeira se acabe a intenção desta penitência; e eu diria que, já que vossa mercê acha que são necessárias testadas e que não se pode fazer esta obra sem elas, se contentasse, uma vez que tudo isto é fingido e coisa contrafeita e de burla, se contentasse, digo, com dá-las na água, ou em alguma coisa mole, como o algodão; e deixe o resto comigo, pois direi à minha senhora que vossa mercê as dava numa quina de rocha, mais dura que a de um diamante.

— Agradeço a tua boa intenção, amigo Sancho — respondeu D. Quixote —, mas quero fazer-te sabedor de que todas estas coisas que faço não são por burla, mas bem à vera, pois do contrário seria contravir as ordens de cavalaria, que nos mandam que não digamos mentira alguma, sob pena de relapsos,[9] e fazer uma coisa por outra é o mesmo que mentir. Portanto as minhas testadas hão de ser verdadeiras, firmes e válidas, sem que tenham nada de sofístico nem de fantástico. E será necessário que me deixes alguns chumaços para curar-me, já que a ventura quis que nos faltasse o bálsamo que perdemos.

— Pior foi perder o asno — respondeu Sancho —, pois com ele se perderam os chumaços e tudo. E suplico a vossa mercê que não lembre mais aquela maldita beberagem, que só ouvi-la mentar me revira a alma, além do estômago. E mais lhe suplico: que faça conta que já se passaram os três dias que me pôs como termo para ver as loucuras que faz, pois já as dou por vistas e passadas em julgado, e direi maravilhas à minha senhora; e escreva

---

[9] A que se aplica aos criminosos reincidentes, ou relapsos. Nos processos inquisitoriais, a pena de morte.

a carta e me despache logo, pois tenho grande desejo de voltar para tirar vossa mercê deste purgatório onde o deixo.

— Purgatório o chamas, Sancho? — disse D. Quixote. — Melhor farias em chamá-lo inferno, e até pior, se tal houvesse.

— "Quem há no inferno — respondeu Sancho — *nula es retencio*",[10] segundo ouvi dizer.

— Não entendo o que quer dizer *retencio* — disse D. Quixote.

— *Retencio* — respondeu Sancho — é que quem está no inferno nunca sai dele, nem pode. Mas com vossa mercê será ao contrário, ou mal andarei eu dos pés, se é que levarei esporas para avivar Rocinante; e à certa que, em chegando a El Toboso, e pondo-me diante da minha senhora Dulcineia, eu lhe direi tais coisas das necedades e loucuras, que é tudo o mesmo, que vossa mercê fez e fica fazendo, que a deixarei mais suave que uma luva, ainda que a encontre mais dura que um sobreiro; com cuja resposta doce e melificada voltarei pelos ares como bruxo e tirarei vossa mercê deste purgatório, que parece inferno e o não é, pois há esperança de sair dele, a qual, como tenho dito, não a têm os que estão no inferno, nem creio que vossa mercê diga outra coisa.

— Assim é a verdade — disse o da Triste Figura —, mas como faremos para escrever a carta?

— E a livrança burrical também — acrescentou Sancho.

— Tudo será lavrado — disse D. Quixote —; e seria bom, já que não há papel, que a escrevêssemos, como faziam os antigos, em folhas de árvores ou numas tabuletas de cera, bem que isto seja agora tão difícil de achar como o papel. Mas já me veio

---

[10] Deformação das palavras do Ofício de Defuntos "*quia in inferno nulla est redemptio*" ("pois no inferno não há nenhuma redenção").

à memória onde será bem, e até mais que bem, escrevê-la, que é no livrete de memórias que foi de Cardenio, e tu terás o cuidado de fazê-la trasladar em papel, de boa letra, no primeiro lugar que achares onde haja mestre-escola ou, se não, qualquer sacristão a trasladará; só não a dês a trasladar a nenhum escrivão, que estes fazem letra processual, que nem Satanás entenderá.

— E o que fazer quanto à assinatura? — disse Sancho.

— Nunca as cartas de Amadis são assinadas — respondeu D. Quixote.

— Está bem — respondeu Sancho —, mas a livrança forço-samente se há de assinar, e essa, se for trasladada, dirão que tem assinatura falsa e ficarei sem meus burricos.

— A cédula irá no mesmo livrete, e assinada, pois, em ven-do-a minha sobrinha, não porá empecilho em cumpri-la. E no que toca à carta de amores, porás por assinatura: "Vosso até a mor-te, o Cavaleiro da Triste Figura". E pouco importará que seja de punho alheio, pois, pelo que me lembro, Dulcineia não sabe es-crever nem ler e nunca na vida viu letra nem carta minha, uma vez que meus amores e os dela foram sempre platônicos, sem irem além de um honesto olhar. E mesmo isto tão de quando em quan-do, que com verdade ousarei jurar que, nos doze anos em que a venho amando mais que o lume destes olhos que a terra há de comer, não a vi nem quatro vezes, e até pode ser que nessas qua-tro vezes não tenha ela reparado num único olhar meu: tal é o recato e encerramento com que seu pai, Lorenzo Corchuelo, e sua mãe, Aldonza Nogales, a criaram.

— Tá, tá! — disse Sancho. — Então é a filha de Lorenzo Corchuelo a senhora Dulcineia d'El Toboso, por outro nome cha-mada Aldonza Lorenzo?

— Essa é — disse D. Quixote —, e é ela quem merece ser se-nhora de todo o universo.

— Bem a conheço — disse Sancho —, e sei dizer que joga barra[11] tão bem como o mais forçudo zagal do lugar. Pelo Dador, que é moça das boas, feita e benfeita e de peito forte, e que pode tirar da lama o pé de qualquer cavaleiro andante ou por andar que a tenha por senhora! Ah, fideputa, que nervo que tem, e que voz! Basta dizer que um dia subiu no campanário da aldeia e se pôs a chamar uns zagais seus que andavam numa roça de seu pai e, se bem estavam a mais de meia légua dali, assim a ouviram como se estivessem ao pé da torre. E o melhor dela é que não é nada melindrosa, pois tem muito de cortesã: com todos brinca e de tudo faz burla e graça. Agora digo, senhor Cavaleiro da Triste Figura, que vossa mercê não só pode e deve fazer loucuras por ela, mas com justo título pode desesperar e se enforcar, que ninguém que o saiba deixará de dizer que o fez por demais bem, ainda que o diabo o leve. E queria já estar a caminho, só para vê-la, pois há muito que não a vejo e já deve de estar mudada, porque gasta muito a face das mulheres andar sempre no campo, ao sol e ao vento. E confesso a vossa mercê uma verdade, senhor D. Quixote: que até aqui estive numa grande ignorância, pois pensava bem e fielmente que a senhora Dulcineia fosse alguma princesa de quem vossa mercê estava enamorado, ou alguma pessoa tal que merecesse os ricos presentes que vossa mercê lhe enviou, tanto o do biscainho como o dos galeotes, além de outros muitos que deve ter, segundo devem de ser muitas as vitórias que vossa mercê tem ganho e ganhou no tempo em que eu ainda não era seu escudeiro. Mas, pensando bem, o que há de importar à senhora Aldonza Lorenzo, digo, à senhora Dulcineia d'El Toboso, que vão se ajoelhar diante dela os vencidos que vossa mercê lhe envia e há

---

[11] Jogar a barra é um esporte rústico tradicional, uma prova de virilidade que consiste no arremesso de uma barra de ferro o mais longe possível.

de enviar? Pois poderia ser que no tempo em que eles chegassem estivesse ela rastelando o linho ou malhando nas eiras, e eles se vexassem de vê-la, e ela se risse e desgostasse do presente.

— Já te disse antes muitas vezes, Sancho — disse D. Quixote —, que és demais grande falador e que, se bem tenhas o engenho bruto, muitas vezes te excedes em agudezas; mas, para que vejas quão néscio és tu e quão discreto sou eu, quero que me escutes um breve conto. Hás de saber que uma viúva formosa, moça, livre e rica, e sobretudo desembaraçada, se enamorou de um donato, roliço e benfeito; chegando o fato ao conhecimento do prior, este um dia disse à boa viúva, à guisa de fraternal repreensão: "Maravilhado estou, senhora, e não por pouca causa, de que uma mulher tão principal, tão formosa e tão rica como vossa mercê se tenha enamorado de um homem tão soez, tão baixo e tão idiota como Fulano, havendo nesta casa tantos mestres, tantos aspirantes e tantos teólogos entre os quais vossa mercê pudera escolher como entre peras, e dizer: Este eu quero, estoutro eu não quero". Mas ela lhe respondeu com muito donaire e desenvoltura: "Vossa mercê, senhor meu, está muito enganado e pensa muito à antiga se pensa que errei ao escolher Fulano, por lhe parecer idiota; pois, para aquilo que o quero, sabe ele tanta ou mais filosofia que Aristóteles". Portanto, Sancho, para o querer que tenho por Dulcineia d'El Toboso, vale ela tanto quanto a mais alta princesa da terra. Pois nem todos os poetas que louvam damas sob um nome escolhido ao seu arbítrio as têm de verdade. Pensas tu que as Amarílis, as Filis, as Sílvias, as Dianas, as Galateias, as Fílidas e outras dessas que povoam os livros, os romances, as barbearias e os teatros de comédia foram verdadeiramente damas de carne e osso, e senhoras daqueles que as celebram e celebraram? Não, por certo, as mais delas são por eles fingidas para dar mote aos seus versos e para que os tenham por enamorados e por homens com valor para o serem. E assim basta-me pensar e crer que a boa Aldonza Lorenzo é formosa e honesta, e quanto à linhagem, pouco importa, pois dela ninguém há de levantar informação para dar-lhe algum hábito,[12] e eu faço conta de que é a mais alta princesa do mundo. Porque hás de saber, Sancho, se o não sabes, que só duas coisas incitam a amar mais que qualquer outra, que são a muita formosura e a boa fama, e estas duas coisas se acham consumadamente em Dulcineia, pois em formosura nenhuma se lhe iguala, e na boa fama poucas lhe chegam. E para concluir com tudo, imagino que tudo o que digo é assim, sem sobra nem míngua, e a pinto na minha imaginação tal como a desejo, assim na beleza como na principalidade, e nem Helena a iguala, nem Lucrécia a alcança, nem outra alguma das famosas mulheres das idades pretéritas, grega, bárbara ou latina. E diga cada qual o que quiser; pois, se por isto eu for repreendido por ignorantes, não serei castigado por rigorosos.

— Digo que em tudo tem razão vossa mercê — respondeu Sancho — e que eu sou um asno. E não sei por que me veio o asno à boca, pois não se deve falar de corda em casa de enforcado. Mas que saia logo essa carta, e adeus, que eu já me mudo.

Tirou o livro de memórias D. Quixote e, apartando-se a uma parte, com muito sossego começou a escrever a carta, e, em acabando-a, chamou Sancho e lhe disse que lha queria ler para que a guardasse de memória, se acaso a perdesse no caminho, pois da sua desdita tudo se podia temer. Ao qual respondeu Sancho:

— Escreva vossa mercê a sua carta duas ou três vezes aí no livro e mo dê, que eu o levarei bem guardado; porque pensar que

---

[12] Alusão à prova de pureza de sangue, então exigida para ingressar em ordens militares e religiosas.

eu a guardarei de memória é disparate, sendo a minha tão má que muitas vezes esqueço o meu próprio nome. Mas, ainda assim, diga-a vossa mercê, que eu muito folgarei em ouvi-la, pois deve de estar como de encomenda.

— Escuta então, que assim diz — disse D. Quixote.

CARTA DE D. QUIXOTE
PARA DULCINEIA D'EL TOBOSO

Soberana e alta senhora:
O ferido a ponta de ausência[13] e o chagado nos entrefolhos do coração, dulcíssima Dulcineia d'El Toboso, envia-te a saúde que ele não tem. Se a tua fermosura me despreza, se o teu valor não é em meu prol, se os teus desdéns são em meu afrontamento, bem que eu seja mui sofrido, mal poderei suportar esta coita, que, além de forte, é demais duradoura. Meu bom escudeiro Sancho dar-te-á inteira relação, oh bela ingrata, amada inimiga minha!, do modo como por tua causa fico: se gostares de acorrer-me, teu sou; se não, faze o que mais se acomode ao teu gosto, que dando cabo da minha vida satisfarei a tua crueldade e o meu desejo. Teu até a morte,

O Cavaleiro da Triste Figura

— Pela vida do meu pai — disse Sancho em ouvindo a carta —, que é a mais alta coisa que jamais ouvi. Arre! Como lhe diz

---

[13] Citação de uma carta de Oriana a Amadis, em que ela afirma ser "donzela ferida a ponta de espada no coração".

aí vossa mercê tudo o que quer, e como fica bem na assinatura "O Cavaleiro da Triste Figura"! Digo de verdade que é vossa mercê o próprio diabo e que não há coisa que não saiba.

— Tudo é mister — respondeu D. Quixote — para o ofício que levo.

— Eia, então — disse Sancho —, ponha vossa mercê nestoutra folha a cédula dos três burricos, e assine com muita clareza, para que, em vendo-a, a reconheçam.

— Com prazer — disse D. Quixote.

E, tendo-a escrito, leu-a, que dizia assim:

Mandará vossa mercê por esta primeira livrança de burricos, senhora sobrinha, dar a Sancho Pança, meu escudeiro, três dos cinco que deixei em casa e estão a cargo de vossa mercê. Os quais três burricos eu os mando livrar e pagar por outros tantos aqui recebidos de contado, pois com a presente mais sua carta de pagamento serão bem dados. Lavrada nas entranhas de Serra Morena, aos vinte e dois de agosto do presente ano.

— Boa está — disse Sancho —, assine-a vossa mercê.

— Não há mister de assiná-la — disse D. Quixote —, mas somente pôr minha rubrica, que é o mesmo que a assinatura, e para três asnos, e até para trezentos, é o bastante.

— Eu me fio em vossa mercê — respondeu Sancho. — Deixe-me ir arrear Rocinante, e prepare-se vossa mercê para me dar sua bênção, pois penso em partir logo, sem ver as sandices que vossa mercê há de fazer, e eu direi que o vi fazer tantas, que não queira mais.

— Pelo menos, Sancho, quero, e é mister que assim seja,

quero, digo, que me vejas em pelo fazendo uma ou duas dúzias de loucuras, que as farei em menos de meia hora, para que, tendo-as visto com teus olhos, possas jurar a teu salvo sobre as demais que quiseres acrescentar; e te asseguro que não dirás tu tantas quantas eu penso fazer.

— Pelo amor de Deus, senhor meu, não me faça ver vossa mercê em pelo, que me dará muita pena e não poderei deixar de chorar, e tenho a cabeça de tal jeito, do pranto que ontem deitei pelo jerico, que não estou para me meter em novos choros; e se vossa mercê faz questão de que eu veja algumas loucuras, faça--as vestido, breves e as que lhe vierem mais a gosto. Quanto mais que por mim não seria mister nada disso e, como já tenho dito, quero o quanto antes estar de volta, que há de ser com as novas que vossa mercê deseja e merece. E se não, que se prepare a senhora Dulcineia, pois, se ela não responder como é razão, faço a quem posso voto solene de que hei de tirar-lhe a boa resposta do estômago a pontapés e a bofetões. Pois onde já se viu um cavaleiro andante tão famoso como vossa mercê enlouquecer, sem quê nem para quê, por uma...? Que não mo faça dizer a senhora, pois por Deus que perderei as estribeiras e entornarei o caldo, que há de queimar. Não sou de engolir dessas! Mal me conhece! Pois à fé que, se me conhecesse, de mim se cuidaria!

— À fé, Sancho — disse D. Quixote —, que, ao que parece, não estás tu mais são que eu.

— Não estou tão louco — respondeu Sancho —, mas estou mais colérico. Mas, deixando isto de parte, o que há de comer vossa mercê enquanto eu não voltar? Há de sair ao caminho, como Cardenio, para tomá-lo dos pastores?

— Não te aflija esse cuidado — respondeu D. Quixote —, pois, ainda que o tivesse, não comeria eu outra coisa que as ervas e frutos que este prado e estas árvores me derem, sendo a fineza do meu negócio o não comer e fazer outras asperezas equivalentes.

— Adeus, pois. Mas sabe vossa mercê o que temo? Que eu não acerte a voltar a este lugar onde agora o deixo, sendo ele tão escondido.

— Guarda bem os sinais, que eu procurarei não sair destes contornos — disse D. Quixote — e terei até o cuidado de subir a essas mais altas penhas, por ver se te avisto quando voltares. E o mais acertado será, para que me encontres e não te percas, que cortes algumas giestas das muitas que por aqui há e as vás deixando de trecho em trecho, até saíres ao campo, as quais te servirão de marco e sinal para que me aches quando voltares, à imitação do fio do labirinto de Perseu.

— Assim farei — respondeu Sancho Pança.

E, cortando algumas, pediu a bênção a seu senhor e, não sem muitas lágrimas de ambos, se despediu dele. E montando em Rocinante, a quem D. Quixote encomendou muito e que olhasse por ele como por sua própria pessoa, se pôs a caminho da planície, deixando de trecho em trecho os ramos de giesta, como seu amo lhe aconselhara. E assim se foi, se bem ainda o importunasse D. Quixote com que o visse fazer pelo menos duas loucuras. Mas não tinha andado cem passos, quando voltou e disse:

— Digo, senhor, que vossa mercê disse muito bem: para que eu possa jurar sem cargo de consciência que o vi fazer loucuras, será bem que veja ao menos uma, ainda que já bem grande a tenha visto na ficada de vossa mercê.

— Pois não te dizia eu? — disse D. Quixote. — Espera, Sancho, que num credo as farei.

E, despojando-se a toda pressa dos calções, ficou em camisa e com as carnes à mostra e, em seguida, sem mais nem mais, deu dois pinotes e duas cabriolas de pernas para o ar, descobrindo coisas que, para não vê-las outra vez, volteou Sancho as rédeas de Rocinante e se deu por convencido e satisfeito de poder jurar que seu amo ficava louco. E assim o deixaremos seguir o seu caminho, até a volta, que foi breve.

Capítulo XXVI

Onde se prosseguem as finezas
que D. Quixote fez de enamorado
na Serra Morena

E voltando a contar o que fez o da Triste Figura depois que se viu
só, diz a história que, assim como D. Quixote acabou de dar as
cabriolas ou piruetas, nu da cintura aos pés e vestido da cintura
acima, e viu que Sancho se fora sem querer ver mais sandices,
subiu ao topo de uma alta penha e ali tornou a pensar naquilo que
outras muitas vezes pensara sem jamais se ter decidido, e era o
que lhe seria mais acertado e conveniente: se imitar Roldão nas
loucuras desaforadas que fizera, ou Amadis nas malencônicas; e
falando consigo mesmo, dizia:

— Se Roldão foi tão bom cavaleiro e tão valente como todos dizem, é isto acaso alguma maravilha, pois afinal era encantado, e ninguém o podia matar senão fincando-lhe um alfinete
daqueles mais preciosos na planta do pé, e ele usava sempre os
sapatos com sete solas de ferro? Se bem que suas tretas de nada
lhe valeram contra Bernardo del Carpio, que as entendeu e o su-
focou entre os braços em Roncesvalles. Mas, deixando sua valentia à parte, vejamos sua perda de juízo, que é certo que o perdeu,
pelos sinais que achou na fontana e pelas novas que lhe deu o
pastor de que Angélica dormira mais de duas sestas com Medoro,
um mourelho de encaracolados cabelos e pajem de Agramante;
mas se ele entendeu que isto era verdade e que sua dama lhe cometera algum desaforo, tampouco fez muito em enlouquecer. E

como posso eu imitá-lo nas loucuras, se o não imito na ocasião delas? Porque minha Dulcineia d'El Toboso ousarei eu jurar que em todos os dias da sua vida não viu mouro algum, assi como eles são, em seu mesmo traje, e que ela está hoje tão inteira como a mãe que a pariu; e far-lhe-ia agravo manifesto se, imaginando outra coisa dela, eu enlouquecesse daquele gênero de loucura de Roldão, o furioso. Por outra parte, vejo que Amadis de Gaula, sem perder o juízo e sem fazer loucuras, alcançou incomparável fama de enamorado, pois o que fez, segundo sua história, não foi mais que, por ver-se desdenhado da sua senhora Oriana, que lhe mandara não aparecer ante a sua presença enquanto não fosse sua vontade, retirar-se à Penha Pobre na companhia de um ermitão, e ali fartar-se de chorar e de encomendar-se a Deus, até que o céu o acorreu em meio à sua maior coita e necessidade. E se isto é verdade, como é, para que vou eu agora dar-me ao trabalho de despir-me de todo e causar pesar a estas árvores, que não me fizeram mal algum? Nem tenho razão para turvar as águas claras destes regatos, os quais me darão de beber quando tiver sede. Viva a memória de Amadis, e que em tudo quanto puder o imite D. Quixote de La Mancha, de quem se dirá o que daquele se disse, que, se não acabou grandes coisas, morreu por acometê-las; e se eu não sou desprezado nem desdenhado por Dulcineia d'El Toboso, basta-me, como tenho dito, estar ausente dela. Eia pois, mãos à obra: vinde à minha memória, coisas de Amadis, e mostrai-me por onde tenho de começar a imitar-vos. Bem sei que o que ele mais fez foi rezar e encomendar-se a Deus; mas o que usarei eu de rosário, se o não tenho?

Nisto lhe veio ao pensamento como fazê-lo, e foi rasgar uma grande tira das fraldas da camisa, que andavam soltas, e dar-lhe onze nós, um mais grosso que os demais, o que lhe serviu de rosário no tempo que ali esteve, onde rezou um milhão de ave-marias.[1] E algo que muito o desgostava era não achar por ali outro ermitão com quem se confessar e consolar;[2] e assim se entretinha passeando pelo pradozinho, escrevendo e gravando nas cascas das árvores e na fina areia muitos versos, todos adequados a sua tristeza, e alguns em louvor de Dulcineia. Mas os que se puderam achar inteiros e que se podiam ler depois que lá o acharam foram só estes que aqui se seguem:

> Árvores, ervas e plantas
> que em tal paragem estais,
> tão altas, verdes e tantas,
> se do meu mal não zombais,
> ouvi minhas queixas santas.
>
> Minha dor vos não garrote,
> que me atormenta e me preia,
> pois por pagar-vos escote
> aqui chorou D. Quixote
> ausências de Dulcineia
> d'El Toboso.
>
> É este o lugar adonde
> o amador mais leal
> da sua senhora se esconde
> e vem findar assim mal
> sem saber como ou por onde.

---

[1] Na segunda edição, o trecho que começa em "e de encomendar-se a Deus", no parágrafo anterior, foi substituído por "e assim farei./ E lhe serviram de contas os grandes bugalhos de um sobreiro, que ele engranzou, fazendo um rosário simples". Em Portugal, foi expurgado pela Inquisição.

[2] Alusão a Andalod, o ermitão que Amadis encontrou na Penha Pobre.

Amor o flagela a cote,
pois é de assaz má raleia;
e assim enchendo um pipote,
aqui chorou D. Quixote
ausências de Dulcineia
     d'El Toboso.

Buscando suas aventuras
por entre tão duras penhas,
maldizendo entranhas duras,
entre penedos e brenhas
acha o triste desventuras,

fere-o amor co' chicote,
e não co'a branda correia,
e em lhe tocando o cangote
aqui chorou D. Quixote
ausências de Dulcineia
     d'El Toboso.

Não causou pouco riso aos que acharam os referidos versos o aditamento "d'El Toboso" ao nome de Dulcineia, pois imaginaram que devia D. Quixote ter imaginado que, se, em nomeando Dulcineia, não dissesse também "d'El Toboso", não se poderia entender a cantiga; e assim foi a verdade, como ele mais tarde confessou. Outros muitos escreveu, mas, como já foi dito, não se puderam tirar a limpo e inteiros mais que essas três coplas. Nisso e em suspirar e chamar pelos faunos e silvanos daqueles bosques, pelas ninfas dos rios, pela dolorosa e úmida Eco,[3] rogando

---

[3] Ninfa apaixonada por Narciso, que foi por ele desprezada. Em algumas

que lhe respondesse, consolassem e escutassem, foi-se entretendo, e em buscar algumas ervas com as quais se sustentar enquanto Sancho não voltava; e se este, em vez de três dias, demorasse três semanas, o Cavaleiro da Triste Figura ficaria tão desfigurado que não o conheceria nem a própria mãe que o pariu.

E será bem deixá-lo aqui às voltas com seus suspiros e versos, para contar o que sucedeu a Sancho Pança em seu mandado. E foi que, em saindo à estrada real, se pôs em busca da de El Toboso, e no dia seguinte chegou à estalagem onde lhe acontecera a desgraça da manta, e apenas a tinha visto, quando lhe pareceu que outra vez andava pelos ares, e não quis entrar lá, apesar de ter chegado à hora em que o pudera e devera fazer, por ser a de comer e ter desejos de provar algo quente, pois havia dias que era tudo só vianda fria.

Essa necessidade o forçou a chegar-se à estalagem, ainda hesitante se entraria ou não. E estando nisso saíram da estalagem duas pessoas que logo o conheceram; e disse um ao outro:

— Diga-me, senhor licenciado, aquele ali do cavalo não é Sancho Pança, aquele que a ama do nosso aventureiro disse que saiu com seu senhor por escudeiro?

— É sim — disse o licenciado —, e aquele é o cavalo do nosso D. Quixote.

E tão bem o conheceram por serem eles o padre e o barbeiro de seu mesmo lugar e aqueles que fizeram o escrutínio e auto de fé dos livros. Os quais, assim como acabaram de conhecer Sancho Pança e Rocinante, desejosos de saber de D. Quixote, foram até ele, e o padre o chamou pelo nome, dizendo-lhe:

---

versões da fábula, quando Narciso morre afogado, a ninfa se desmancha em lágrimas para fundir-se com o rio, dela restando apenas a voz.

— Amigo Sancho Pança, onde está o vosso amo?

Conheceu-os logo Sancho Pança e determinou de ocultar o lugar e a sorte onde e como seu amo ficara, e assim lhes respondeu que seu amo ficara ocupado em certa parte e em certa coisa de muita importância, que ele não podia revelar, pelos seus olhos.[4]

— Não, não, Sancho Pança — disse o barbeiro —, se não nos disserdes onde ele está, imaginaremos, como já imaginamos, que vós o haveis matado e roubado, pois vindes sobre seu cavalo. Em verdade que nos haveis de mostrar o dono do rocim, senão, vereis.

— Não valem comigo ameaças, pois eu não sou homem de roubar nem matar ninguém: cada qual que morra por mão da sua ventura, ou de Deus, que a fez. Meu amo ficou fazendo penitência no meio desta montanha, muito ao seu sabor.

E em seguida, de enfiada e sem parar, lhes contou de que sorte ficara, as aventuras que lhe aconteceram e como levava ele a carta para a senhora Dulcineia d'El Toboso, que era a filha de Lorenzo Corchuelo, por quem estava enamorado até os fígados.

Ficaram os dois admirados do que Sancho Pança lhes contava; e se bem já conhecessem a loucura de D. Quixote e o gênero dela, sempre que a ouviam se admiravam de novo. Pediram a Sancho Pança que lhes mostrasse a carta que levava para a senhora Dulcineia d'El Toboso. Ele disse que ia escrita num livro de memórias e que era ordem do seu senhor que a fizesse trasladar em papel no primeiro lugar aonde chegasse; disse então o padre que lha mostrasse, que ele a trasladaria de muito boa letra. Me-

---

[4] Jura muito enfática, eufemismo de "*por mis cojones*" (por meus colhões).

teu Sancho Pança a mão no peito, procurando o livrete, mas não o achou, nem o poderia achar se o procurasse até agora, pois D. Quixote ficara com ele e não lho dera, nem ele se lembrara de pedi-lo.

Quando Sancho viu que não achava o livro, pôs-se-lhe o rosto como de morto; e tornando a apalpar o corpo todo com muita pressa, tornou a ver que o não achava e, sem mais nem mais, deu com ambos os punhos nas barbas e arrancou metade delas, e depressa e sem parar se deu meia dúzia de punhadas no rosto e no nariz, banhando-o todo em sangue. À vista do qual o padre e o barbeiro perguntaram o que lhe tinha acontecido, que tão mal se punha.

— Que me havia de acontecer — devolveu Sancho —, senão que perdi, de uma mão para a outra e num ázimo, três burricos, que eram cada um como um castelo!

— Como assim? — replicou o barbeiro.

— Perdi o livro de memórias — respondeu Sancho — onde vinha a carta para Dulcineia e uma letra assinada pelo meu senhor, pela qual mandava que sua sobrinha me desse três burricos dos quatro ou cinco que tinha em casa.

E então lhes contou a perda do jerico. Consolou-o o padre e lhe disse que, em achando o seu senhor, ele o faria confirmar a doação e tornar a fazer a livrança em papel, como era uso e costume, porque as que se faziam em livros de memória jamais se aceitavam nem cumpriam.

Com isto se consolou Sancho, e disse que, sendo assim, não o preocupava a perda da carta de Dulcineia, pois ele a sabia quase de memória, da qual se poderia trasladar onde e quando quisessem.

— Então dizei-a, Sancho — disse o barbeiro —, que logo a trasladaremos.

Pôs-se Sancho Pança a coçar a cabeça para puxar a carta pela memória e, ora se apoiando num pé, ora no outro, por vezes fitando o chão, por vezes o céu, depois de roer meia unha e ter suspensos os que esperavam que a dissesse de uma vez, disse ao cabo de um grandíssimo tempo:

— Por Deus, senhor licenciado, que os diabos levem o pouco que da carta me lembro, mas sei que começava dizendo: "Alta e bem sovada senhora".

— Não diria — disse o barbeiro — "bem sovada", e sim "abençoada" ou "venerada senhora".

— Assim era — disse Sancho. — Depois, se mal não me lembro, continuava: "O leso e falto de sono, e o ferido beija de vossa mercê as mãos, ingrata e mui desconhecida formosa", e não sei que mais dizia da saúde e da doença que lhe enviava, e ia por aí escorrendo, até acabar em "Vosso até a morte, o Cavaleiro da Triste Figura".

Não pouco se divertiram os dois em vendo a boa memória de Sancho Pança, e muito a elogiaram e lhe pediram que dissesse a carta outras duas vezes, para que eles também a guardassem de memória para trasladá-la a seu tempo. Tornou a dizê-la Sancho outras três vezes, e outras tantas voltou a dizer outros três mil disparates. Em seguida, contou também as coisas de seu amo, mas não disse palavra da manteação que lhe acontecera naquela estalagem na qual se recusava a entrar. Disse também como seu senhor, em levando-lhe o bom despacho que lhe daria a senhora Dulcineia d'El Toboso, havia de pôr-se a caminho de virar imperador, ou pelo menos monarca, pois assim ficara acertado entre os dois, e era coisa por demais fácil ele o vir a ser, tal era o valor da sua pessoa e a força do seu braço; e que, em sendo-o, havia de casá-lo, pois já seria viúvo, que não podia ser menos, e lhe havia de dar por mulher uma donzela da imperatriz, herdeira de um rico e grande estado em terra firme, sem ínsulos nem ínsulas, que não mais as queria.

Dizia Sancho essas coisas com tanto repouso, limpando o nariz de quando em quando, e com tão pouco juízo, que os dois se admiraram de novo, considerando quão veemente era a loucura de D. Quixote, pois levara de roldão o juízo daquele pobre homem. Não se quiseram cansar em tirá-lo do erro em que estava, parecendo-lhes que, por não lhe trazer dano à consciência, era melhor deixá-lo nele, enquanto para eles seria de mais gosto ouvir suas necedades. E assim lhe disseram que rogasse a Deus pela saúde de seu senhor, pois era coisa bem possível e fazível que com o discorrer do tempo ele viesse a ser imperador, como dizia, ou pelo menos arcebispo ou outra dignidade equivalente. Ao que respondeu Sancho:

— Senhores, se a fortuna virasse as coisas de jeito que o meu amo não mais quisesse ser imperador, e sim arcebispo, eu quisera saber agora o que costumam dar os arcebispos andantes aos seus escudeiros.

— Costumam lhes dar — respondeu o padre — algum benefício, simples ou curado,[5] ou alguma sacristania, que lhes vale rendas fixas, além do pé de altar, que sói render outro tanto.

— Para isso será mister — replicou Sancho — que o escudeiro não seja casado e que saiba pelo menos ajudar à missa; e sendo assim, pobre de mim, que sou casado e não sei nem a primeira letra do abecê! O que será de mim se o meu amo resolver ser arcebispo, e não imperador, como é uso e costume dos cavaleiros andantes?

---

[5] Qualquer cargo eclesiástico remunerado. "Simples", quando com ordens menores (ver cap. XIX, nota 3); "curado", quando com ordens maiores e cura de almas (ministério dos sacramentos).

— Não vos aflijais, Sancho amigo — disse o barbeiro —, que aqui rogaremos ao vosso amo, e lho aconselharemos e até lho apresentaremos como caso de consciência, que ele seja imperador e não arcebispo, pois o primeiro lhe será mais fácil, sendo ele mais valente que estudante.

— Assim me pareceu — respondeu Sancho —, se bem eu saiba dizer que para tudo tem ele habilidade. O que eu da minha parte penso em fazer é rogar a Nosso Senhor que o mande a partes onde ele mais valha e onde mais mercês me faça.

— Isto dizeis por discreto — disse o padre — e fareis por bom cristão. Mas o que agora se há de fazer é tratar de tirar o vosso amo daquela inútil penitência que dizeis que ficou fazendo; e para pensarmos o modo como havemos de obrar, e para comer, que já é hora, será bem entrarmos nesta estalagem.

Sancho disse que entrassem eles, que ele esperaria ali fora, e que depois lhes diria a causa pela qual não entrava nem lhe convinha nela entrar, mas que lhes rogava que lhe trouxessem dali de dentro algo de comer, que fosse quente, e também cevada para Rocinante. Eles entraram e o deixaram, e dali a pouco o barbeiro lhe trouxe de comer. Depois, tendo bem pensado entre os dois o modo de conseguir o que desejavam, ocorreu ao padre um pensamento bem adequado ao gosto de D. Quixote e ao que eles queriam; e disse então ao barbeiro o que tinha pensado, e era que ele se vestiria em hábito de donzela andante, e que o barbeiro trataria de se disfarçar de escudeiro o melhor que pudesse, e que assim iriam aonde D. Quixote estava, fingindo ser ela uma donzela aflita e desvalida, e lhe pediria um dom, que ele não poderia deixar de outorgar-lhe, como valoroso cavaleiro andante. E que o dom que lhe pensava pedir era que fosse com ela aonde ela o levasse, para desfazer-lhe um agravo que um mau cavaleiro lhe fizera; e suplicava-lhe outrossi que non lhe mandasse tirar o véu, nem nada lhe indagasse sobre a sua pessoa e condiçam, até que a houvesse desforrado daquele mau cavaleiro; e podia acreditar sem dúvida que D. Quixote concederia tudo quanto lhe pedisse nesses termos, e que assim o tirariam dali e o levariam de volta ao seu lugar, onde tratariam de ver se havia remédio para sua estranha loucura.

Capítulo XXVII

DE COMO CONSEGUIRAM SEU INTENTO
O PADRE E O BARBEIRO, MAIS OUTRAS COISAS
DIGNAS DE SEREM CONTADAS NESTA GRANDE HISTÓRIA

Não pareceu mal ao barbeiro o plano do padre, e sim tão bem que logo o puseram por obra. Pediram à estalajadeira um vestido e umas toucas, deixando-lhe em penhor uma batina nova. O barbeiro fez uma grande barba com um rabo de boi entre ruço e vermelho, onde o estalajadeiro pendurava seu pente. Perguntou-lhes a estalajadeira para que lhe pediam aquelas coisas. O padre lhe contou em breves razões a loucura de D. Quixote e como convinha aquele disfarce para tirá-lo da montanha onde se encontrava. Viram logo o estalajadeiro e a estalajadeira que o louco era seu hóspede, o do bálsamo, e senhor do manteado escudeiro, e contaram ao padre tudo o que a seu lado lhes acontecera, sem calar o que tanto calava Sancho. Enfim, a estalajadeira vestiu o padre de modo que era muito para ver. Pôs-lhe um vestido de flanela, cruzado de faixas de veludo preto de um palmo em largura, todas acutiladas, e uns corpetes de veludo verde guarnecidos com debruns de cetim branco, que deviam de ser, eles e o vestido, do tempo do rei Bamba.[1] Não consentiu o padre que o toucassem, mas pôs na cabeça um gorro de linho estofado que levava para

---

[1] Frase feita que denota tempos muito remotos, evocando o soberano que reinou na Hispânia visigótica de 672 a 680.

dormir, e cingiu à testa uma liga de tafetá preto, e com outra liga fez um véu com que cobriu muito bem as barbas e o rosto; encasquetou seu chapéu, tão grande que bem podia servir de umbela, e, cobrindo-se com seu ferragoulo, montou em sua mula à amazona, e o barbeiro na sua, com uma barba que lhe chegava à cintura, entre vermelha e branca, que, como já se disse, era feita do rabo de um boi barroso.

Despediram-se de todos, até a boa Maritornes, que prometeu rezar um terço, apesar dos seus pecados, para que Deus lhes desse bom sucesso em tão árdua e tão cristã empresa como a que começavam.

Mas apenas tinha saído da estalagem, quando veio ao padre um pensamento: que fizera mal em se vestir daquela maneira, sendo coisa indecente um sacerdote andar assim, por mais necessário que isso fosse; e dizendo isto ao companheiro, pediu-lhe que trocassem de trajes, pois era mais justo o barbeiro ser a donzela necessitada e ele fazer de escudeiro, com o que sua dignidade seria menos profanada; e que, se o não quisesse fazer, estava determinado a não seguir adiante, ainda que o diabo levasse D. Quixote.

Nisto chegou Sancho, e ao ver os dois naqueles trajes não pôde conter o riso. O barbeiro de feito consentiu em tudo aquilo que o padre quis, e, depois de trocado o disfarce, foi-lhe informando o padre os modos que haveria de ter e as palavras que haveria de dizer a D. Quixote para movê-lo e forçá-lo a vir com ele e abandonar a querença do lugar que escolhera para sua vã penitência. O barbeiro respondeu que, sem mister dessas lições, ele faria tudo bem e pontualmente. Não se quis vestir enquanto não chegassem perto do lugar onde D. Quixote estava, e assim dobrou seus vestidos, e o padre guardou sua barba, e seguiram seu caminho, guiados por Sancho Pança; o qual lhes foi contando o ocorrido com o louco que acharam na serra, ocultando, porém, o achado da maleta e do que nela havia, pois, se bem tolo, era um tanto cobiçoso o mancebo.

No dia seguinte chegaram ao lugar onde Sancho deixara os sinais dos ramos para atinar com o lugar onde deixara seu senhor e, reconhecendo-o, lhes disse que aquela era a entrada e que eles já se podiam vestir, se é que aquilo vinha ao caso para a liberdade do seu senhor: porque já lhe haviam dito que ir daquela sorte e vestir-se daquele modo era o mais certo para tirar seu amo daquela má vida que escolhera, encarecendo-lhe muito que não dissesse ao seu amo quem eles eram, nem que os conhecia; e se ele lhe perguntasse, como lhe haveria de perguntar, se entregara a carta a Dulcineia, dissesse que sim e que, por não saber ler, ela lhe respondera de palavra, dizendo-lhe que lhe mandava, sob pena do seu desfavor, que logo e sem demora viesse ter com ela, que era coisa que muito lhe importava; assim, com isto e com o que eles pensavam dizer, tinham como coisa certa reduzi-lo a melhor vida e fazer com que logo se pusesse a caminho de virar imperador ou monarca, pois quanto a ser arcebispo não havia o que temer.

Tudo escutou Sancho e guardou bem na memória, agradecendo-lhes muito a intenção que tinham de aconselhar a seu senhor que fosse imperador, e não arcebispo, pois ele tinha para si que, no fazer mercês a seus escudeiros, mais podiam os imperadores que os arcebispos andantes. Também lhes disse que seria bem ele ir à frente para o procurar e lhe dar a resposta de sua senhora, pois isto já bastaria para tirá-lo daquele lugar, sem que eles se dessem a tanto trabalho. Pareceu-lhes bem o que Sancho Pança dizia, e assim determinaram de aguardá-lo até que voltasse com as novas do achado de seu amo.

Entrou Sancho por aquelas quebradas da serra, deixando os dois numa por onde corria um pequeno e manso regato, sobre o qual faziam sombra agradável e fresca outras penhas e algumas árvores que ali havia. O calor, e o dia em que ali chegaram, um dos do mês de agosto, que por aquelas paragens costuma ser por demais ardente; a hora, as três da tarde; tudo isso fazia o lugar mais agradável, convidando a que ali esperassem a volta de Sancho, como fizeram.

Estando, pois, os dois ali sossegados e à sombra, chegou a seus ouvidos uma voz que, sem ser acompanhada pelo som de outro instrumento algum, doce e regaladamente soava, do que não pouco se admiraram, por lhes parecer que aquele não era lugar onde se pudesse encontrar quem tão bem cantasse. Porque, se bem se costuma dizer que pelas selvas e campos se acham pastores de vozes extremadas, isto é mais encarecimento de poetas que verdade; e mais ao notar que o que ouviam cantar eram versos, não de rústico cabreiro, mas de discreto cortesão. E confirmou essa verdade serem os versos que ouviram os seguintes:

> Quem menoscaba meus bens?[2]
> Desdéns.
> Quem me acresce o pesadume?
> O ciúme.
> E quem me prova a paciência?
> Ausência.
>
> Sendo assim, nesta doença
> nenhum remédio se alcança,

---

[2] O poema se enquadra no gênero chamado *ovillejo* (ao pé da letra, pequeno novelo), com estrofes de dez versos, sendo três heptassílabos interrogativos intercalados com a resposta em dissílabos, seguidos de uma redondilha. Não há registro de outro *ovillejo* anterior a este.

pois me matam a esperança
desdéns, ciúmes e ausência.

Quem me causa tanta dor?
    Amor.
Quem tem-me a glória roubado?
    O fado.
Quem me quer tão neste breu?
    O céu.

Sendo assim, é pavor meu
morrer deste mal tirano,
pois se unem em meu dano
o amor, o fado e o céu.

Quem me há de emendar a sorte?
    A morte.
E o bem de amor, quem alcança?
    Mudança.
E os seus males, quem os cura?
    Loucura.

Sendo assim, não é cordura
querer curar a paixão,
quando seus remédios são
morte, mudança e loucura.

A hora, o tempo, a solidão, a voz e a destreza de quem cantava causaram admiração e contento nos dois ouvintes, que ficaram quedos, esperando se alguma outra coisa ouviam; mas, vendo que o silêncio se demorava algum tanto, determinaram de ir procurar o músico que com tão boa voz cantava. E ao aceno de o fazer, a mesma voz os deteve, a qual chegou de novo aos seus ouvidos cantando este soneto:

SONETO

Santa amizade, que com leves asas,
deixando tua aparência em térreo assento,
junto co'as almas do alto firmamento
subiste alegre até as empíreas casas.

De lá nos assinalas, quando praza,
a justa paz oculta em velamentos
que dão a ver o zelo, por momentos,
do malfazer que feito em bem se passa.

Deixa o céu, amizade, ou não permitas
que o engano se revista com tuas cores,
com que destrói toda intenção sincera;

Pois, se tuas aparências não lhe quitas,
logo há de ver-se o mundo em meio às dores
da tão discorde confusão primeira.

O canto se acabou com um profundo suspiro, e os dois com atenção voltaram a esperar se mais se cantava; mas, vendo que a música se mudara em soluços e em lastimosos ais, concertaram de averiguar quem era aquele triste assim tão extremado na voz como doloroso nos gemidos, e não tinham andado muito quando, ao dobrar da esquina de uma penha, viram um homem do mesmo porte e figura que Sancho Pança lhes pintara ao lhes contar o conto de Cardenio; o qual homem, quando os viu, sem sobressalto ficou quieto, com a cabeça inclinada sobre o peito, à guisa de homem pensativo, sem erguer os olhos para eles mais que da vez primeira, quando de improviso chegaram.

O padre, que era homem bem-falante, tendo já notícia de sua desgraça, pois pelos sinais o conhecera, se chegou a ele e com breves mas discretíssimas razões lhe rogou e aconselhou que deixasse aquela tão miserável vida, para ali não a perder, que era esta a maior das desgraças. Estava Cardenio então em seu bom juízo, livre daquele furioso acidente que tão amiúde o tirava de si mesmo; e assim, vendo os dois em trajes tão desusados entre os que naquelas solidões andavam, não deixou de se admirar algum tanto, e mais ainda quando ouviu que lhe falavam do seu caso como de coisa sabida (porque as razões que o padre lhe disse assim o deram a entender); e assim, respondeu desta maneira:

— Bem vejo, senhores, quem quer que sejais, que o céu, que tem o cuidado de socorrer os bons, e até os maus muitas vezes, sem que eu o mereça me envia, a estes lugares tão remotos e afastados do trato comum das gentes, algumas pessoas que, pondo- -me diante dos olhos com vivas e várias razões quão sem ela estou em fazer a vida que faço, procuram me levar desta para melhor parte; mas, como não sabem que eu sei que, em saindo deste dano, hei de cair noutro maior, talvez me tenham por homem de fracos discursos, e até, o que pior seria, de nenhum juízo. E não seria maravilha que assim fosse, pois a mim mesmo se transluz que a força da imaginação das minhas desgraças é tão intensa e tanto pode na minha perdição que, sem que eu tenha o poder de evitá-lo, costumo ficar como pedra, falto de todo o bom tino e conhecimento; e venho a saber desta verdade quando alguns me contam e mostram sinais das coisas que fiz enquanto aquele terrível acidente me senhoreava, e só sei me doer em vão e maldizer sem proveito a minha ventura, e dar por desculpa das minhas loucuras a relação de sua causa a quantos ouvi-la querem; porque, vendo os sãos qual é a causa, não se maravilharão dos efeitos e, se não me derem remédio, ao menos não me darão culpa, convertendo-se seu aborrecimento pela minha desmesura em pena das minhas desgraças. E se é que vós, senhores, tendes a mesma intenção que outros trouxeram, antes de seguir adiante em vossas discretas persuasões rogo-vos que escuteis o conto, que não tem fim, das minhas desventuras, porque talvez, depois de entendido, vos poupareis do trabalho que teríeis em consolar um mal que de todo consolo é incapaz.

Os dois, que não desejavam outra coisa que saber por sua mesma boca a causa do seu mal, lhe rogaram que a contasse, oferecendo-lhe de não fazer outra coisa senão a que ele quisesse em seu remédio ou consolo; e com isto o triste cavaleiro principiou sua lastimosa história, quase com as mesmas palavras e pelos mesmos passos com que a contara a D. Quixote e ao cabreiro poucos dias atrás, quando, por causa do mestre Elisabat e dos escrúpulos de D. Quixote em defender o decoro da cavalaria, ficou o conto imperfeito, como a história o deixa contado. Mas quis a boa sorte que se detivesse o acidente da loucura, dando lugar de contá-lo até o fim; e assim, chegando ao passo do bilhete que achara D. Fernando dentro do livro de *Amadis de Gaula*, disse Cardenio que o guardava bem na memória e que dizia desta maneira:

LUCINDA A CARDENIO

Cada dia descubro em vós valores que me obrigam e forçam a que mais vos estime; e assim, se quiserdes quitar-me desta dívida sem me executar a honra penhorada, bem o podereis fazer. Pai tenho, que vos conhece e me quer bem, o qual, sem forçar minha von-

tade, cumprirá aquela que é justo que tenhais, se é que
me estimais como dizeis e como eu creio.

— Por esse bilhete me animei a pedir Luscinda por esposa,
como já vos disse, e foi por ele que Luscinda ficou na opinião de
D. Fernando como uma das mais discretas e avisadas mulheres do
seu tempo; e esse bilhete foi o que lhe acendeu o desejo de me
destruir antes que o meu se efetuasse. Contei então a D. Fernando
o reparo do pai de Luscinda, que era que meu pai lha pedisse, a
quem eu não o ousava dizer, temendo que o não concedesse, não
porque não tivesse bem conhecida a qualidade, bondade, virtude e formosura de Luscinda, a qual tinha prendas bastantes para
enobrecer qualquer outra linhagem da Espanha, mas porque, no
meu entender, ele desejava que não me casasse tão cedo, por ver
o que o duque Ricardo fazia comigo. Enfim, eu disse a D. Fernando que o não ousava dizer a meu pai, assim por aquele inconveniente como por outros muitos que me acovardavam, sem saber
quais eram, mas me parecia que o que eu desejasse jamais havia
de ter efeito. A tudo isto me respondeu D. Fernando que ele trataria de falar com meu pai e fazê-lo falar com o de Luscinda. Oh,
Mário ambicioso! Oh, Catilina cruel! Oh, Sila facinoroso! Oh,
Ganelão embusteiro! Oh, Vellido traidor! Oh, Julião vingativo!
Oh, Judas cobiçoso![3] Traidor, cruel, vingativo e embusteiro, que
deslealdade te fizera este triste que com tanta lhaneza te revelou

---

[3] Mário, Catilina, Sila: personagens da história romana, famosos por sua
crueldade. Ganelão: o padrasto de Roldão que entregou os pares de França em
Roncesvalles. Vellido Dolfos: o traidor que provocou a morte do rei Sancho junto
às muralhas de Zamora, em 1073. Julião, o conde, que segundo a lenda incitou a
invasão da Espanha pelos mouros para vingar o rapto da filha por Rodrigo, o último rei godo. Os três últimos são personagens consagrados pelo romanceiro.

os segredos e contentos do seu coração? Que ofensa eu te fiz? Que palavras te disse, ou que conselhos te dei, que não fossem todos encaminhados a acrescentar a tua honra e o teu proveito? Mas do que me queixo, desventurado de mim, pois é coisa certa que quando seguem as desgraças a trilha das estrelas, como vêm de alto a baixo, abatendo-se com furor e com violência, não há força na terra que as detenha, nem indústria humana que preveni-las possa? Quem poderia imaginar que D. Fernando, cavaleiro ilustre, discreto, penhorado dos meus serviços, poderoso de alcançar tudo o que o desejo amoroso lhe pedisse onde quer que fosse, havia de se assanhar, como se diz, tomando de mim a única ovelha que ainda não possuía?[4] Mas fiquem estas considerações à parte, como inúteis e sem proveito, e emendemos o rompido fio da minha infeliz história.

"Digo, pois, que, cuidando D. Fernando que minha presença lhe era inconveniente para pôr em execução seu falso e mau pensamento, determinou de me enviar a seu irmão mais velho, a fim de lhe pedir um dinheiro para pagar seis cavalos, que de indústria, e só para fazer com que eu me ausentasse, para melhor se sair no seu malvado intento, no mesmo dia em que se ofereceu para falar a meu pai os comprou, e quis que eu fosse pelo dinheiro. Pude eu prevenir essa traição? Pude porventura atinar a imaginá-la? Não, por certo, antes com grandíssimo gosto me dispus a partir logo, contente da boa compra feita. Naquela noite falei com Luscinda e disse a ela o que com D. Fernando concertara, e que tivesse firme esperança de que teriam efeito os nossos bons e justos desejos. Ela me disse, tão desprevenida como eu da traição

---

[4] Referência à parábola bíblica (II Samuel, 12, 4) com que o profeta Natã repreende o rei Davi por ter tomado Betsabé por mulher, depois de urdir o assassinato do marido dela.

de D. Fernando, que procurasse voltar logo, pois acreditava que não tardaria mais a conclusão da nossa vontade que o tempo de o meu pai falar com o dela. Não sei o que houve que, em acabando de dizer isto, se lhe encheram os olhos de lágrimas e um nó lhe atravessou a garganta, que não a deixava falar palavra das outras muitas que me pareceu que tentava me dizer. Fiquei admirado desse novo acidente, até então nunca visto nela, pois sempre nos falávamos, quando a boa fortuna e a minha diligência o concediam, com todo o regozijo e contentamento, sem mesclar em nossas conversas lágrimas, suspiros, ciúmes, suspeitas ou temores. Tudo era eu engrandecer a minha ventura, por ter-ma dado o céu por senhora: exaltava a sua beleza, me admirava do seu valor e entendimento. Dava-me ela o troco, elogiando em mim o que, por enamorada, parecia-lhe digno de elogio. Com isto nos contávamos cem mil ninharias e acontecimentos dos nossos vizinhos e conhecidos, e o mais longe a que chegava a minha desenvoltura era tomar-lhe, quase por força, uma de suas belas e brancas mãos e chegá-la à minha boca o quanto dava lugar a estreiteza de uma grade que nos separava. Mas na noite que precedeu o triste dia da minha partida ela chorou, gemeu e suspirou, e se foi, e me deixou cheio de confusão e sobressalto, espantado de ver em Luscinda tão novas e tão tristes mostras de dor e sentimento; mas, por não destruir minhas esperanças, tudo atribuí à força do seu amor por mim e à dor que sói causar a ausência naqueles que se querem bem. Enfim, eu parti triste e pensativo, cheia a alma de imaginações e suspeitas, sem saber o que ela suspeitava nem imaginava: claros indícios que me mostravam o triste sucesso e a desventura a mim reservados. Cheguei ao lugar aonde era enviado, entreguei as cartas ao irmão de D. Fernando, fui bem recebido, mas não bem despachado, porque me mandou aguardar, muito ao meu desgosto, oito dias, e num lugar onde o duque seu pai não me visse, porque o irmão lhe escrevera que lhe enviasse certo dinheiro sem o seu conhecimento; e foi tudo invenção do falso D. Fernando, pois não faltava ao irmão dinheiro para me despachar logo. Ordem e mandato que me pôs a termos de o não obedecer, parecendo-me impossível sofrer por tantos dias a vida na ausência de Luscinda, e mais tendo-a deixado com a tristeza que vos contei; mas, com tudo isso, obedeci, como bom criado, ainda vendo que havia de ser à custa da minha saúde. Mas, aos quatro dias que lá cheguei, chegou um homem à minha procura com uma carta que me entregou, em cujo sobrescrito conheci ser de Luscinda, pois a letra ali era a dela. Abri-a temeroso e com sobressalto, pensando que coisa grande devia de ser o que a movera a me escrever estando ausente, pois presente poucas vezes o fazia. Perguntei ao homem, antes de lê-la, quem lha dera e o quanto tardara em trazê-la; disse ele que, passando por acaso numa rua da cidade à hora do meio-dia, uma senhora muito formosa o chamou de uma janela, com os olhos cheios de lágrimas, e que com muita pressa lhe disse: 'Irmão, se sois cristão, como pareceis, pelo amor de Deus vos rogo que encaminheis logo logo esta carta ao lugar e à pessoa dita no sobrescrito, que tudo é bem conhecido, e nisto fareis um grande serviço a Nosso Senhor; e para que não vos falte comodidade para o poder fazer, tomai o que vai neste lenço'. 'E, dizendo isto, jogou-me pela janela um lenço amarrado, onde vinham cem reais e este anel de ouro que aqui trago, com essa carta que vos entreguei. E logo, sem aguardar resposta minha, se afastou da janela, não sem antes me ver tomar a carta e o lenço e por sinais lhe dizer que faria o que me mandava. E assim, vendo-me tão bem pago pelo trabalho que podia ter em trazê-la, e conhecendo pelo sobrescrito que era a vós que se endereçava, porque eu, senhor, vos conheço muito bem, e movido outro tanto pelas lágrimas daquela formosa senhora, determinei de me não fiar de outra pessoa, mas eu mesmo vir trazê-la, e em dezesseis horas desde que ma deu fiz o caminho, que sabeis que é de dezoito léguas.'

"Enquanto o agradecido e novo correio isto me dizia, estava eu suspenso de suas palavras, trêmulas as pernas, de maneira que mal me mantinha em pé. Com efeito, abri a carta e vi que continha estas razões:

> *A palavra que D. Fernando vos deu de falar com vosso pai para que com o meu falasse, cumpriu-a mais a seu prazer que a vosso proveito. Sabei, senhor, que ele me pediu por esposa, e meu pai, levado da vantagem que ele pensa ter D. Fernando sobre vós, lhe consentiu a vontade, e com tantas veras que daqui a dois dias se fará o desposório, tão secreto e tão a sós, que só terá por testemunhas os céus e alguma gente de casa. Como eu fico, imaginai-o; se vos cumprir vir, o vereis; e se eu vos quero bem ou não, a conclusão deste negócio vo-lo dará a entender. Praza a Deus que esta chegue a vossas mãos antes que a minha se veja na contingência de se juntar com a de quem tão mal sabe guardar a fé prometida.*

"Estas, em suma, foram as razões que a carta continha e as que me fizeram pôr-me logo a caminho, sem esperar mais resposta nem mais dinheiro; pois bem às claras entendi então que não a compra dos cavalos, mas a do seu gosto, movera D. Fernando a enviar-me a seu irmão. O ódio que contra D. Fernando concebi, junto com o temor de perder a prenda que com tantos anos de favores e desejos eu tinha granjeada, puseram-me asas, pois, como que num voo, no dia seguinte já havia chegado ao meu lugar, ao ponto e à hora que convinha para ir ter com Luscinda. Entrei em segredo e deixei a mula em que vinha na casa do bom homem que me levara a carta, e quis a sorte que a minha fosse tão boa que achei Luscinda posta àquela grade testemunha dos nossos amores. Logo me conheceu Luscinda, e conheci-a eu, mas não como devia ela conhecer-me e eu conhecê-la. Mas quem há no mundo que se possa gabar de ter penetrado e sabido o confuso pensamento e caráter mudável de uma mulher? Ninguém, por certo. Digo, pois, que assim como Luscinda me viu, me disse: 'Cardenio, de boda estou vestida; já me aguardam na sala D. Fernando, o traidor, e meu pai, o cobiçoso, com outras testemunhas, que antes o serão da minha morte que do meu desposório. Não te turbes, amigo, mas procura estar presente a este sacrifício, o qual, se o não puderem atalhar as minhas razões, uma adaga levo escondida que poderá atalhar as mais determinadas forças, pondo fim à minha vida e princípio a que conheças a vontade que por ti guardei e guardo'. Eu lhe respondi turbado e à pressa, temeroso de não ter lugar para lhe responder: 'Que as tuas obras, senhora, façam verdadeiras as tuas palavras; pois, se tu levas adaga para te justificar, aqui levo eu espada para com ela te defender ou me matar se a sorte nos for adversa'. Não creio que ela tenha chegado a ouvir todas estas razões, porque escutei que a chamavam à pressa, pois o desposado a aguardava. Fechou-se com isto a noite da minha tristeza, pôs-se o sol da minha alegria, fiquei sem luz nos olhos e sem razão no entendimento. Não atinava a entrar em sua casa, nem conseguia me mover a parte alguma; mas, considerando o quanto importava a minha presença para o que pudesse acontecer naquele caso, me armei de toda a coragem e entrei na casa. E como já conhecia muito bem todas as suas entradas e saídas, e mais com o alvoroço que em segredo ali corria, ninguém reparou em mim; assim, sem ser visto, tive lugar de me postar no vão de uma janela da mesma sala, que com as pontas e arremates de duas alcatifas se cobria, por entre as quais podia eu ver, sem ser visto, tudo quanto na sala se fazia. Quem pudera dizer agora os sobressaltos que me deu o coração enquanto ali estive, os pensamentos que me ocorreram, as considerações que fiz, que foram tais e tantas que nem se podem dizer nem tampouco é bem que se digam? Basta que saibais que o desposado entrou na sala sem outro adorno que os mesmos trajes que de ordinário usava. Trazia por padrinho um primo-irmão de Luscinda, e em toda a sala não havia pessoa alguma de fora, salvo os criados de casa. Dali a pouco, saiu de uma recâmara Luscinda, acompanhada da mãe e de duas aias, tão bem adereçada e composta como sua qualidade e formosura mereciam, e como cabia a quem era a perfeição da gala e da pompa cortesãs. Não me deu lugar minha suspensão e arroubo para que olhasse e notasse em detalhe o que ela vestia: só reparei nas cores, que eram o encarnado e o branco, e nos brilhos que as pedras e joias do toucado e de todo o vestido espraiavam, a tudo avantajando a beleza singular dos seus formosos e louros cabelos, que, competindo com a luz das preciosas pedras e de quatro tochas que na sala havia, a sua com mais resplendor aos olhos se oferecia. Oh memória, inimiga mortal do meu descanso! De que serve representar-me agora a incomparável beleza daquela adorada inimiga minha? Não será melhor, cruel memória, que me lembres e representes o que ela então fez, para que, movido de tão manifesto agravo, procure, já que não a vingança, ao menos perder a vida? Não vos canseis, senhores, de ouvir estas digressões que faço, que não é minha pena daquelas que se possam nem devam contar-se sucintamente e de passagem, pois cada circunstância sua a mim parece digna de um longo discurso."

A isto respondeu o padre que não só não se cansavam de ouvi-lo, como que lhes davam muito prazer as minudências que contava, sendo elas tais que mereciam não passar em silêncio, e a mesma atenção que o principal do conto.

— Digo, pois — prosseguiu Cardenio —, que estando todos na sala entrou o pároco e, tomando os dois pela mão para fazer o que em tal ato se requer, disse: "Aceitais, senhora Luscinda, o senhor D. Fernando, aqui presente, como vosso legítimo esposo, como manda a Santa Madre Igreja?", ao que eu tirei toda a cabeça e o pescoço dentre as alcatifas e com atentíssimos ouvidos e a alma turbada me pus a escutar o que Luscinda respondia, esperando de sua resposta a sentença da minha morte ou a confirmação da minha vida. Oh, quem se atrevera a sair então, dizendo a altas vozes!: "Ah Luscinda, Luscinda! Vê o que fazes, considera o que me deves! Vê que és minha e que não podes ser de outro. Atenta que o dares o teu 'sim' e o acabar-se a minha vida será tudo um. Ah, traidor D. Fernando, roubador da minha glória, morte da minha vida! Que queres? Que pretendes? Considera que não podes cristãmente chegar ao fim dos teus desejos, porque Luscinda é minha esposa e eu sou seu marido". Ah, louco de mim! Agora que estou ausente e longe do perigo, digo que havia de ter feito o que não fiz! Agora que deixei roubar minha cara prenda, maldigo o roubador, de quem me poderia ter vingado se tivesse coração para tanto como o tenho para me queixar! Enfim, tendo sido então covarde e néscio, não é muito que eu morra agora vexado, arrependido e louco. Estava o padre esperando a resposta de Luscinda, que se demorou um bom espaço em dá-la, e quando eu pensei que tirava a adaga para se justificar ou desatava a língua para dizer alguma verdade ou desengano que em meu proveito redundasse, ouço que disse com voz desmaiada e fraca "Sim, aceito", e o mesmo disse D. Fernando; e dando-lhe o anel, ficaram em indissolúvel nó ligados. Chegou o desposado a abraçar sua esposa, e ela, pondo a mão no coração, caiu desmaiada nos braços da mãe. Resta agora dizer como fiquei eu ao ver, no "sim" que ouvira, burladas as minhas esperanças, falseadas as palavras e promessas de Luscinda, impossibilitado de obter em tempo algum o bem que naquele instante perdera: fiquei sem norte nem conselho, desamparado, ao meu parecer, de todo o céu, feito inimigo da terra que me sustentava, negando-me o ar alento para os meus suspiros, e a água humor para os meus olhos; só o fogo se acrescentou, de maneira que tudo ardia de raiva e de ciúmes. Alvoroçaram-se todos com o desmaio de Luscinda e, ao desabotoar-lhe a mãe o peito para que pudesse tomar ar, nele se descobriu um papel fechado, que D. Fernando logo tomou e se pôs a ler à luz de uma das tochas; e ao acabar de lê-lo sentou-se numa cadeira e levou a mão ao queixo, a jeito de homem muito pensativo, sem atentar ao socorro que a sua esposa davam para que do desmaio acordasse. Eu, vendo alvoroçada toda a gente da casa, me aventurei a sair, quer me vissem ou não, determinado, se fosse visto, a fazer tal desatino que todo o mundo viesse a entender a justa indignação do meu peito pelo castigo do falso D. Fernando, e até pela inconstância da desmaiada traidora. Mas minha sorte, que para maiores males, se é possível que os haja, me há de guardar, ordenou que naquele ponto me sobrasse o entendimento que depois me faltou; e assim, sem querer tomar vingança dos meus maiores inimigos (que, por estarem tão descuidados de mim, seria fácil tomar), quis tomá-la de minha mão e executar em mim a pena que eles mereciam, e até talvez com mais rigor do que com eles usaria se então lhes tivesse dado morte, pois a que se recebe repentina logo acaba o penar, mas a que se dilata com tormentos sempre mata sem acabar a vida. Enfim, saí daquela casa e fui à daquele onde deixara a mula; mandei que a arreasse e, sem me despedir dele, montei e saí da cidade, sem ousar, como novo Lot, voltar o rosto para olhá-la; e quando me vi no campo solitário, e que a escuridão da noite me encobria e seu silêncio convidava à queixa, sem respeito nem medo de ser escutado ou conhecido, soltei a voz e desatei a língua em tantas maldições contra Luscinda e D. Fernando como se com elas desagravasse a afronta que me haviam feito. Dei-lhe títulos de cruel, de ingrata, de falsa e mal-agradecida, mas acima de todos de cobiçosa, pois a riqueza do meu inimigo lhe fechara os olhos da vontade, para tirá-la de mim e entregá-la àquele com quem mais liberal e franca a fortuna se mostrara; e em meio à fuga dessas maldições e vitupérios eu a desculpava, dizendo que não era muito uma donzela recolhida na casa de seus pais, afeita e acostumada a sempre obedecê-los, ter preferido condescender a seu gosto, uma vez que lhe davam por esposo um cavaleiro tão principal, tão rico e tão gentil-homem que, se o não quisesse receber, se poderia pensar, ou que não tinha juízo, ou que em outro tinha posta sua vontade, coisa que tanto redundaria em prejuízo de sua boa opinião e fama. Logo eu voltava dizendo que, se ela dissesse que eu era seu prometido, veriam eles que ao me escolher não fizera ela tão má eleição que não a pudessem desculpar, pois antes que D. Fernando se lhes oferecesse não poderiam eles mesmos acertar a desejar, se com razão medissem seu desejo, outro melhor que eu para esposo de sua filha; e que bem poderia ela, antes de se pôr no transe forçoso e último de lhe dar a mão, ter dito que eu já lhe dera a minha: que eu concordaria e concederia em tudo quanto ela atinasse a fingir nesse caso. Por fim, concluí que pouco amor, pouco juízo, muita ambição e desejos de grandezas a fizeram esquecer as palavras com que me enganara, entretivera e mantivera em minhas firmes esperanças e honestos desejos. Com tais vozes e tal inquietude caminhei o que restava daquela noite, e ao amanhecer dei com uma entrada destas serras, pelas quais caminhei outros três dias, sem rumo nem caminho algum, até que vim parar em uns prados, que não sei em que parte destas montanhas ficam, e ali perguntei a uns pastores onde ficava o mais áspero destas serras. Disseram-me que desta parte. Logo me encaminhei para cá, na intenção de aqui acabar a vida, e, em entrando por estas asperezas, minha mula tombou morta, de cansaço e fome, ou, no que eu mais acredito, por se desfazer de tão inútil carga como em mim levava. Fiquei então a pé, rendido pela natureza, varado de fome, sem ter nem pensar em buscar quem me socorresse. Dessa maneira estive não sei quanto tempo, estirado no chão, ao cabo do qual me levantei sem fome e achei ao meu lado uns cabreiros, que sem dúvida deviam ser os que minha necessidade remediaram, pois eles me disseram de que maneira me haviam achado, e quantos disparates e desatinos estava dizendo, dando indícios claros de ter perdido o juízo; e desde então tenho sentido em mim que nem sempre o tenho bom, e sim tão minguado e fraco que faço mil loucuras, rasgando minhas roupas, dando vozes por estas solidões, maldizendo a minha sorte e repetindo em vão o amado nome da minha inimiga, sem ter então outro discurso nem intento que procurar acabar a vida dando vozes; e quando a mim volto me acho tão cansado e moído, que mal me posso mexer. Minha morada mais comum é no oco de um sobreiro, capaz de cobrir este miserável corpo. Os vaqueiros e cabreiros que andam por estas montanhas, movidos de caridade, é que me sustentam, pondo-me o alimento pelos caminhos e pelas penhas por onde entendem que eu poderei passar e achá-lo; e assim, ainda quando me falta o juízo, a necessidade natural me dá a conhecer o mantimento e desperta em mim o desejo de prová-lo e a vontade de comê-lo. Outras vezes eles me contam, quando me encontram com juízo, que saio ao caminho dos pastores para lhes tomar o sustento que levam do lugar para as malhadas, e que o faço por força ainda que mo deem de bom grado. Desta maneira passo minha miserável e extrema vida, até que o céu seja servido de conduzi-la a seu derradeiro fim, ou de dá-lo à minha memória, para que não recorde a formosura e a traição de Luscinda nem o agravo de D. Fernando: se isto ele fizesse sem me tirar a vida, eu volvera a melhor discurso meus pensamentos; quando não, não há senão rogar-lhe que tenha absoluta misericórdia da minha alma, pois não sinto em mim coragem nem forças para tirar o corpo desta estreiteza em que por meu querer o pus. Esta é, oh senhores!, a amarga história da minha desgraça: dizei-me se é tal que se possa celebrar com menos sentimentos que os que em mim vistes, e não vos canseis em persuadir-me nem aconselhar-me o que a razão vos disser que pode ser bom para o meu remédio, porque há de aproveitar comigo o que aproveita a medicina receitada de famoso médico ao doente que recebê-la não quer. Eu não quero saúde sem Luscinda; e como ela preferiu ser de outro, sendo ou devendo ser minha, prefira eu ser da desventura, podendo ter sido da boa fortuna. Ela quis com sua inconstância fazer constante a minha perdição; eu, buscando me perder, quero contentar sua vontade, e sirva de exemplo aos que hão de vir que só a mim faltou o que sobra a todos os infelizes, para os quais costuma ser consolo a impossibilidade de tê-lo, mas que para mim é causa dos maiores sentimentos e males, pois penso que não se hão de acabar nem com a morte.

Aqui findou Cardenio sua longa fala e tão infeliz quanto amorosa história; e quando o padre se preparava para lhe dizer algumas razões de consolo, suspendeu-o uma voz que chegou a seus ouvidos, que em lastimosos acentos ouviram que dizia o que se dirá na quarta parte desta narração, pois neste ponto deu fim à terceira o sábio e atilado historiador Cide Hamete Benengeli.

QUARTA PARTE

Capítulo XXVIII

QUE TRATA DA NOVA E AGRADÁVEL
AVENTURA ACONTECIDA AO PADRE
E AO BARBEIRO NA MESMA SERRA

Felicíssimos e venturosos foram os tempos em que saiu pelo mundo o audacíssimo cavaleiro D. Quixote de La Mancha, pois, por ter tido tão honrosa determinação de querer ressuscitar e restituir ao mundo a já perdida e quase morta ordem da andante cavalaria é que desfrutamos agora nesta nossa idade, necessitada de alegres entretenimentos, não só da doçura de sua verdadeira história, mas dos contos e episódios dela, que em parte não são menos agradáveis e artificiosos e verdadeiros que a história mesma; a qual, prosseguindo seu rastelado, torcido e fusado fio,[1] conta que, assim como o padre começou a se preparar para consolar Cardenio, impediu-o uma voz que chegou aos seus ouvidos, que, com tristes acentos, dizia desta maneira:

— Ai, Deus! Será possível que eu já tenha achado o lugar que possa servir de escondida sepultura à pesada carga deste corpo, que tão contra minha vontade suporto! Sim, será, se não me engana a solidão que prometem estas serras. Ai, infeliz, e quão mais agradável companhia estas escarpas e brenhas farão à minha intenção, pois me darão lugar para que com queixas comunique minha desgraça ao céu, do que a de nenhum homem huma-

---

[1] A alegoria segue os passos da elaboração do fio de linho.

no, pois não há ninguém na terra de quem se possa esperar conselho nas dúvidas, alívio nas queixas, nem remédio nos males!

Todas essas razões ouviram e entenderam o padre e os que com ele estavam, e por parecer-lhes, como de feito era, que ali bem perto eram ditas, se levantaram para procurar o dono delas, e nem vinte passos devem de ter andado quando, atrás de um penhasco, viram sentado ao pé de um freixo um moço vestido de lavrador, cujo rosto, estando inclinado por lavar-se os pés no regato que por ali corria, eles não podiam ver ainda, e se chegaram com tanto silêncio, que por ele não foram ouvidos, nem ele estava atento a outra coisa que a lavar seus pés, que eram tais, que pareciam tal qual dois pedaços de branco cristal que entre as outras pedras do regato tivessem nascido. Arrebatou-os a brancura e beleza dos pés, parecendo-lhes não estarem afeitos a pisar torrões, nem a andar atrás do arado e dos bois, como mostrava o hábito de seu dono; e assim, vendo que não tinham sido ouvidos, o padre, que ia à frente, fez sinais aos outros dois para que se agachassem ou escondessem atrás de uns pedaços de rochas que ali havia, e assim fizeram todos, olhando com atenção o que o moço fazia, o qual vestia um capotilho pardo de duas fraldas, muito cingido ao corpo com uma cinta branca. Vestia também uns calções e polainas de pano pardo, e na cabeça uma monteira parda. Tinha as polainas arregaçadas até a metade da perna, que sem dúvida alguma de branco alabastro parecia. Acabou de lavar os belos pés e em seguida, com um lenço de toucar, que tirou de baixo da monteira, os limpou; mas, no gesto de tirá-la da cabeça, levantou o rosto, dando lugar aos que o olhavam de ver uma beleza incomparável, tal, que Cardenio disse ao padre, em voz baixa:

— Esta, já que não é Luscinda, não é pessoa humana, senão divina.

O moço tirou então a monteira e, sacudindo a cabeça para um lado e para o outro, começou a soltar e espraiar uns cabelos que fariam inveja aos do sol. Com isto conheceram que o que parecia lavrador era mulher, e delicada, e até a mais formosa que até então os olhos dos dois tinham visto, e até os de Cardenio, se não tivessem olhado e conhecido Luscinda: pois ele mais tarde afirmaria que só a beleza de Luscinda podia contender com aquela. Os longos e louros cabelos não só lhe cobriram as costas, mas toda em volta a ocultaram, e, salvo os pés, nenhuma outra parte de seu corpo aparecia: tais e tantos eram. Nisto lhe serviram de pente umas mãos, que se os pés na água tinham parecido pedaços de cristal, as mãos nos cabelos semelhavam pedaços de cerrada neve; todo o qual em mais admiração e mais desejo de saber quem era punha os três que a contemplavam.

Por isto resolveram se mostrar; e ao movimento que fizeram de se pôr em pé, a formosa moça levantou a cabeça e, apartando os cabelos da frente dos olhos com as duas mãos, olhou os que o ruído faziam e, apenas os viu, quando se levantou e, sem se demorar em calçar os pés nem em recolher os cabelos, apanhou com muita presteza uma trouxa de roupa, que tinha junto de si, e tentou pôr-se em fuga, cheia de confusão e sobressalto; mas nem seis passos tinha dado quando, não podendo sofrer seus delicados pés a aspereza das pedras, deu consigo ao chão. Vendo o qual, os três foram a seu socorro, e o padre foi o primeiro a lhe falar:

— Detende-vos, senhora, quem quer que sejais, pois os que aqui vedes só têm a intenção de vos servir: não há razão para vos pordes em tão impertinente fuga, porque nem os vossos pés poderão sofrê-lo, nem nós outros consenti-lo.

A tudo isto ela não respondia palavra, atônita e confusa. Chegaram-se então a ela e, tomando-a pela mão, o padre prosseguiu dizendo:

— O que vosso traje, senhora, nos nega, vossos cabelos nos descobrem: sinais claros que não devem de ser de pouca monta as causas para disfarçar vossa beleza em hábito tão indigno, trazendo-a a uma tal solidão como esta, na qual foi ventura vos achar, se não para dar remédio aos vossos males, ao menos para dar-lhes conselho, pois nenhum mal pode fatigar tanto nem chegar a tal extremo (enquanto não se acaba a vida) que leve a não escutar sequer o conselho que com boa intenção se dá a quem o padece. Portanto, senhora minha, ou senhor meu, ou o que quiserdes ser, perdei o sobressalto que a nossa vista vos causou e contai-nos vossa boa ou má fortuna, que em nós juntos, ou em cada um, achareis quem vos ajude a sofrer vossas desgraças.

Enquanto o padre dizia essas razões, estava a disfarçada moça como que estupefata, olhando para todos, sem mover os lábios nem dizer palavra alguma, tal qual rústico aldeão a quem de improviso se mostram coisas raras e por ele nunca vistas. Mas, voltando o padre a lhe dizer outras razões ao mesmo efeito encaminhadas, dando ela um profundo suspiro, rompeu o silêncio e disse:

— Uma vez que a solidão destas serras não bastou para me ocultar, nem a soltura dos meus descompostos cabelos não permitiu à minha língua ser mentirosa, vão seria tornar a fingir agora o que, se mo acreditassem, seria mais por cortesia que por outra razão alguma. Isto posto, digo, senhores, que agradeço o vosso oferecimento, o qual me pôs na obrigação de vos satisfazer em tudo que me pedistes, porém temendo que a relação que eu vos fizer das minhas desditas vos há de causar, a par da compaixão, muito pesar, pois não haveis de achar remédio para as remediar, nem consolo para as aliviar. Mas, com tudo isso, para que não ande duvidosa a minha honra em vossas opiniões, tendo-me já conhecido por mulher e vendo-me moça, sozinha e neste traje, coisas estas, todas juntas e cada uma por si, que podem deitar por terra qualquer honesto crédito, hei de vos dizer o que preferiria calar, se pudesse.

Tudo isto disse sem parar aquela que tão formosa mulher se mostrava, com tão desembaraçada língua, com voz tão suave, que não menos os admirou sua discrição que sua formosura. E tornando a ouvir novos oferecimentos e novos rogos para que o prometido cumprisse, ela, sem mais se fazer rogar, calçando-se com toda a honestidade e recolhendo seus cabelos, se acomodou no assento de uma pedra e, postos os três em torno dela, fazendo força por conter algumas lágrimas que aos olhos lhe vinham, com voz pausada e clara começou a história de sua vida desta maneira:

— Há nesta Andaluzia um lugar do qual toma título um duque, coisa que o põe entre os chamados "grandes de Espanha". Tem esse duque dois filhos: o mais velho é herdeiro do seu estado[2] e, ao que parece, dos seus bons costumes; o mais novo não sei do que pode ser herdeiro senão das traições de Vellido e dos embustes de Ganelão. Desse senhor são vassalos meus pais, humildes em linhagem, mas tão ricos que, se seus bens de natureza igualassem os de fortuna, nem eles teriam mais o que desejar nem eu temeria ver-me na desgraça em que me vejo, pois talvez nasça minha pouca ventura da que eles não tiveram em não nascerem ilustres. Bem é verdade que não são tão baixos que se possam envergonhar do seu estado, nem tão altos para me tirar a ideia que tenho que da sua humildade provém a minha desgraça. Eles, enfim, são lavradores, gente chã, sem mistura com nenhuma raça

---

[2] No sentido, que se repetirá outras vezes, de posses, propriedades ou título nobiliárquico.

malsonante[3] e, como se usa dizer, cristãos-velhos rançosos, mas tão ricos que sua riqueza e magnífico trato vai pouco a pouco dando-lhes nome de fidalgos, e até de cavaleiros, bem que a maior riqueza e nobreza de que eles se prezavam era ter-me por filha; e fosse por não terem outra nem outro para herdá-los, fosse por serem pais e extremados, era eu uma das mais regaladas filhas pelos pais já regalada. Era eu o espelho em que eles se olhavam, o báculo da sua velhice e o sujeito a quem encaminhavam, medindo-os com o céu, todos os seus desejos, dos quais, por serem tão bons, os meus não se desviavam em nada. E do mesmo modo que eu era senhora dos seus ânimos, era-o dos seus haveres e fazeres: por mim se admitiam e despediam os criados; por minhas mãos passavam a razão e conta do que se semeava e colhia, as moendas do azeite, os lagares do vinho, o número do gado grosso e miúdo, o das colmeias; enfim, de tudo aquilo que um tão rico lavrador como meu pai pode ter e tem levava eu a conta e era ecônoma e senhora, com tanta solicitude minha e a tanto prazer dele, que não conseguirei encarecê-lo o bastante. Os momentos que do dia me restavam, depois de ter dado a parte que cabia aos maiorais, aos capatazes e a outros jornaleiros, eu os entretinha em exercícios que são para as donzelas tão lícitos quanto necessários, como são os que oferece a agulha e o bastidor, e a roca muitas vezes; e se alguma vez, por recrear o ânimo, estes exercícios deixava, me acolhia ao entretenimento de ler algum livro devoto, ou a tocar harpa, pois a experiência me mostrava que a música compõe os ânimos descompostos e alivia os trabalhos que nascem do espírito. Esta, pois, era a vida que eu levava na casa dos meus

---

[3] Os lavradores de Castela costumavam jactar-se de pertencer a uma "raça limpa", à diferença da nobreza e dos fidalgos, que eles consideravam de "estirpe impura".

pais, a qual, se com tais detalhes contei, não foi por ostentação nem por dar a entender que sou rica, mas para que se advirta quão sem culpa vim daquele bom estado que tenho dito ao infeliz em que agora me encontro. É pois o caso que, passando a minha vida com tantas ocupações e em tal encerramento que ao de um mosteiro se pudera comparar, sem ser vista, a meu parecer, por outra pessoa alguma além dos criados da casa, porque nos dias em que ia à missa o fazia tão de manhã, e tão acompanhada de minha mãe e de outras criadas, e tão coberta e recatada,[4] que mal viam meus olhos mais terra além daquela que pisava; com tudo isso, os do amor, ou por melhor dizer, os da ociosidade, a quem os do lince não se podem igualar, conseguiram ver-me, postos na solicitude de D. Fernando, que assim se chama o filho mais novo do duque que vos contei.

Nem bem mencionou o nome de D. Fernando aquela que o conto contava, ficou Cardenio sem cores no rosto e começou a tressuar, com tão grande alteração que o padre e o barbeiro, atentos a isso, temeram que viesse a sofrer aquele acesso de loucura que ouviram dizer que de quando em quando sofria. Mas Cardenio não fez mais que tressuar e permanecer quieto, olhando a lavradora fito a fito, imaginando quem ela era. A qual, sem reparar nas reações de Cardenio, prosseguiu sua história, dizendo:

— E apenas me tinham visto, quando, segundo o que ele disse depois, ficou tão cativo dos meus amores quanto o deram a entender suas demonstrações. Mas, por dar logo fim ao conto, que o não tem, das minhas desditas, quero passar por alto as diligências que D. Fernando fez para me declarar sua vontade: su-

---

[4] Era habitual as mulheres saírem à rua com a cabeça e o rosto cobertos. As assim chamadas *tapadas* são figuras muito frequentes na literatura e na vida da época.

bornou toda a gente da minha casa, deu e ofereceu dádivas e mercês aos meus parentes; os dias eram todos de festa e de regozijo na minha rua, as músicas noite adentro não deixavam ninguém dormir; infinitos eram os bilhetes que, sem saber como, às minhas mãos chegavam, cheios de amorosas razões e oferecimentos, com menos letras que promessas e juras. Todo o qual não só não me abrandava mas me endurecia, como se ele fosse meu mortal inimigo e todas as obras que fazia para me reduzir a sua vontade as fizesse para o efeito contrário; e não porque eu desgostasse da gentileza de D. Fernando nem tivesse por demasia as suas solicitudes, pois me dava um não sei quê de contentamento ver-me tão querida e estimada por um tão principal cavaleiro, nem porque me pesasse ver nos seus papéis o meu elogio (pois tenho para mim que, por mais feias que sejamos as mulheres, sempre nos dá gosto sermos chamadas de formosas), mas porque a tudo isto se opunha a minha honestidade e os conselhos que de contínuo recebia dos meus pais, os quais já bem a descoberto conheciam a vontade de D. Fernando, pois a ele já pouco se lhe dava que todo o mundo a soubesse. Diziam-me meus pais que só em minha virtude e bondade deixavam e depositavam sua honra e fama, e que considerasse a desigualdade que havia entre mim e D. Fernando, e que nisto deixava ele ver que seus pensamentos (se bem dissesse outra coisa) mais se encaminhavam a seu gosto que a meu proveito, e que, se eu de alguma maneira quisesse pôr algum inconveniente para que ele desistisse da sua injusta pretensão, eles depois me casariam com quem eu mais gostasse, assim dos mais principais do nosso lugar como de todos os circunvizinhos, pois tudo se podia esperar dos seus muitos haveres e da minha boa fama. Com tão certos prometimentos e com a verdade que eles me diziam fortificava eu a minha inteireza, e jamais quis responder a D. Fernando palavra que lhe pudesse mostrar a mais remota esperança de alcançar o seu desejo. Todos esses recatos meus, que ele devia de tomar por desdéns, decerto tiveram por efeito mais avivar o seu lascivo apetite, que este nome prefiro dar à vontade que por mim mostrava; a qual, se fosse como devia, não a conheceríeis agora, pois não teria havido ocasião de vo-la contar. Finalmente, D. Fernando soube que meus pais andavam prestes a dar-me estado, para tirar-lhe a esperança de me possuir, ou ao menos para que eu tivesse mais guardas para me guardar, e tal alvitre ou suspeita foi a causa de ele fazer o que agora ouvireis. E foi que uma noite, estando eu nos meus aposentos com a única companhia de uma donzela que de aia me servia, tendo bem trancadas as portas, temendo que num descuido a minha honestidade se visse em perigo, sem saber nem imaginar como, em meio a tantos recatos e prevenções e na solidão de tal silêncio e encerro, achei-o diante de mim, turbando-me sua visão de maneira que me roubou a dos olhos e me emudeceu a língua; e assim não fui poderosa de dar vozes, nem creio que ele mas deixasse dar, pois logo se chegou a mim e, tomando-me em seus braços (já que eu, como digo, não tive forças para me defender, tão turbada estava), começou a dizer tais razões que não sei como pode a mentira ter tanta habilidade para sabê-las compor de maneira que pareçam tão verdadeiras. Fazia o traidor que suas lágrimas abonassem suas palavras e os suspiros sua intenção. Eu, pobrezinha, sempre entre os meus, mal preparada para semelhantes casos, comecei, não sei como, a ter por verdadeiras tantas falsidades, mas não de sorte que suas lágrimas e seus suspiros me movessem a outra coisa que à mais casta compaixão; e assim, passado aquele primeiro sobressalto, recobrei algum tanto os meus perdidos espíritos e, com mais ânimo do que pensei que pudesse ter, lhe disse: "Se, como estou em teus braços, senhor, eu estivesse entre os de um fero leão, e o livramento deles se me assegurasse com fazer ou dizer algo em prejuízo da minha honestidade, seria tão possível eu fazê-lo ou dizê-lo como é possível que deixe de ser o que já foi. Portanto, se tens cingido o meu corpo com teus braços, eu tenho atada a minha alma com os meus bons desejos, que tanto diferem dos teus, como verás se por força quiseres levar os teus avante. Tua vassala sou, mas não tua escrava; nem tem nem deve ter império a nobreza do teu sangue para desonrar e ter em pouco a humildade do meu; e tanto me prezo eu, vilã e lavradora, como tu, senhor e cavaleiro. Comigo não terão efeito algum as tuas forças, nem valor as tuas riquezas, nem tuas palavras me poderão enganar, nem teus suspiros e lágrimas me enternecer. Se alguma de todas essas coisas que tenho dito eu visse naquele que meus pais me dessem por esposo, sua vontade se ajustaria à minha, e minha vontade da sua não se afastaria; de modo que, como ficasse com honra, ainda que sem gosto, de bom grado lhe entregaria o que tu, senhor, agora com tanta força procuras. Tudo isto digo para que não se pense que de mim possa conseguir coisa alguma quem não for o meu legítimo esposo". "Se teu reparo é este apenas, belíssima Dorotea (que este é o nome desta desventurada)", disse o desleal cavaleiro, "vê-me aqui dar-te a mão de tal, e sejam testemunhas desta verdade os céus, de quem nada se esconde, e esta imagem de Nossa Senhora que aqui tens".[5]

Quando Cardenio a ouviu dizer que se chamava Dorotea, voltou a seus sobressaltos e acabou de confirmar por verdadeira a sua primeira suspeita, mas não quis interromper o conto, por ver como terminava o que ele já quase sabia; apenas disse:

---

[5] Uma das fórmulas do matrimônio secreto, celebrado de palavra, mediante juramento. Proibido pelo Concílio de Trento, continuou a ser praticado depois que as normas conciliares entraram em vigor. É tema recorrente no teatro e na narrativa do século XVII.

— Dorotea é o teu nome, senhora? Outra do mesmo conheci de ouvida, cujas desditas talvez corram parelhas com as tuas. Segue adiante, pois tempo virá em que eu te diga coisas que te espantem no mesmo grau que te magoem.

Reparou Dorotea nas razões de Cardenio e em seu estranho e desastrado traje, e lhe rogou que, se alguma coisa sabia do seu negócio, lho dissesse logo, pois se alguma coisa a fortuna lhe deixara bom era o ânimo para sofrer qualquer desastre, certa de que, a seu parecer, nenhum podia ser tal que acrescentasse um ponto o que já padecia.

— Não o poria a perder, senhora — respondeu Cardenio —, em dizer-te o que penso, se for verdade o que imagino; mas por ora não se deu azo, nem nada te importa sabê-lo.

— Seja o que for — respondeu Dorotea —, o que no meu conto sucede é que D. Fernando apanhou uma imagem que naquele aposento havia e a pôs por testemunha do nosso desposório; com palavras eficacíssimas e juramentos extraordinários, me deu a palavra de ser meu marido, por mais que, antes que as acabasse de dizer, eu lhe dissesse que visse bem o que fazia e considerasse a sanha que seu pai havia de ter ao vê-lo casado com uma vilã, sua vassala; que o não cegasse a minha formosura, tal qual era, pois não era bastante para desculpar seu erro, e que, se algum bem me queria fazer, pelo amor que por mim tinha, deixasse correr a minha sorte igual ao que a minha qualidade podia, pois nunca tão desiguais casamentos se desfrutam nem duram muito no gosto em que começam. Todas essas razões que aqui tenho dito eu lhe disse, e outras muitas que não lembro, mas não bastaram para arredá-lo do seu intento, tal qual o trapaceiro que, ao preparar sua barataria, não repara em fazer dívidas, já pensando em não pagá-las. Eu então fiz um breve discurso lá comigo, dizendo a mim mesma: "De feito, não serei eu a primeira que por via de matrimônio suba de humilde a grande estado, nem será D. Fernando o primeiro a quem formosura, ou cega afeição, o que é mais certo, tenha feito tomar companhia desigual à sua grandeza. Portanto, se não faço mundo nem uso novo, bem é acudir a esta honra que a sorte me oferece, ainda que não lhe dure a vontade que me mostra mais além do cumprimento do seu desejo; pois, afinal, para Deus serei sua esposa. E se eu tentar despedi-lo com desdéns, bem vejo na sua disposição que, não usando do decoro, usará da força, vindo eu a ficar desonrada e sem desculpa da culpa que me poderá dar quem não souber quão sem ela vim a este ponto: pois que razões serão bastantes para persuadir meus pais, e os outros, de que este cavaleiro entrou nos meus aposentos sem o meu consentimento?". Todas essas demandas e respostas eu revolvi num instante na imaginação; e sobretudo começaram a me forçar e inclinar para o que foi, sem que eu o pensasse, a minha perdição, as juras de D. Fernando, as testemunhas que invocava, as lágrimas que derramava e, finalmente, sua disposição e gentileza, que, acompanhada de tantas mostras de verdadeiro amor, poderiam render qualquer tão livre e recatado coração como o meu. Chamei a minha criada, para que na terra acompanhasse as testemunhas do céu; tornou D. Fernando a reiterar e confirmar suas juras; acrescentou aos primeiros novos santos por testemunhas; lançou-se mil futuras maldições se não cumprisse o que me prometia; voltou a umedecer seus olhos e a multiplicar seus suspiros; apertou-me mais entre seus braços, os quais em nenhum momento me haviam soltado; com isto, e voltando a sair do aposento a donzela que me servia, deixei eu de sê-lo e acabou ele de ser traidor e fementido. O dia que se seguiu à noite da minha desgraça chegou não tão depressa como eu penso que D. Fernando desejava, porque, depois de cumprir aquilo que o apetite pede, o maior gosto que se pode seguir é afastar-se donde este se alcançou. Digo isto porque D. Fernando se deu pressa por se apartar de mim e, por indústria da minha aia, que era a mesma que ali o levara, antes do amanhecer se viu na rua. E ao se despedir de mim, se bem não com tanto afinco e veemência como de primeiro, me disse que tivesse certeza de sua fé e de serem firmes e verdadeiras as suas juras; e para maior confirmação da sua palavra tirou um rico anel do dedo e o colocou no meu. Com efeito, ele se foi, e eu fiquei nem sei se triste ou alegre; isto sei bem dizer: que fiquei confusa e pensativa e quase fora de mim com o novo acontecimento, e não tive ânimo, ou disso não me lembrei, para repreender minha aia pela traição de pôr D. Fernando no meu próprio aposento, pois ainda não me determinava se era bom ou ruim o que me ocorrera. Disse a D. Fernando, na sua partida, que pelo mesmo caminho daquela podia ver-me outras noites, pois eu já era sua, até que, quando ele quisesse, o fato se publicasse. Mas não veio noutra noite alguma além da seguinte, nem eu pude vê-lo na rua nem na igreja em mais de um mês, e em vão cansei de o solicitar, sabendo que estava na vila e que os mais dias ia caçar, exercício de que ele era muito aficionado. Esses dias e essas horas bem sei que para mim foram aziagos e minguadas, e bem sei que neles comecei a duvidar, e até a descrer, da fé de D. Fernando; e sei também que minha aia ouviu então as palavras que em repreensão por seu atrevimento antes não ouvira; e sei que me foi forçoso ter tento das minhas lágrimas e da compostura do meu rosto, para não dar ocasião a meus pais de perguntarem do que andava descontente e me obrigarem a buscar mentiras para lhes dizer. Mas tudo isto se acabou num momento, em chegando aquele em que se atropelaram conveniências e se acabaram os honrados discursos, e onde se perdeu a paciência e eu trouxe à luz os meus secretos pensamentos. E isto foi porque, dali a poucos dias, comentou-se no lugar que numa cidade dali perto se casara D. Fernando com uma donzela formosíssima ao extremo e de principalíssimos pais, se bem não tão rica que pelo dote pudesse aspirar a tão nobre casamento. Comentou-se que se chamava Luscinda, com outras coisas que em seu desposório aconteceram, dignas de admiração.

Ouviu Cardenio o nome de Luscinda, e não fez mais que encolher os ombros, morder os lábios, arquear as sobrancelhas e dali a pouco deixar rolar por seus olhos duas fontes de lágrimas. Mas nem por isso deixou Dorotea de prosseguir o seu conto, dizendo:

— Chegou essa triste nova aos meus ouvidos e, em vez de gelar-me o coração, foi tanta a cólera e a raiva que nele acendeu que por pouco não saí pelas ruas dando vozes, publicando a aleivosia e a traição que me fizera. Mas logo se aplacou essa fúria ao pensar que naquela mesma noite eu poria por obra o que pus, que foi vestir-me neste hábito, que me deu um dos que chamam "zagais" na casa dos lavradores, que era criado de meu pai, ao qual revelei toda a minha desventura, e lhe roguei que me acompanhasse até a cidade onde entendi que o meu inimigo estava. Ele, depois de ter repreendido o meu atrevimento e censurado a minha determinação, vendo-me determinada no meu parecer, se ofereceu para me acompanhar, como ele disse, até o cabo do mundo. No mesmo instante entrouxei numa fronha de lenço um vestido de mulher e algumas joias e algum dinheiro, para o que viesse, e na calada daquela noite, sem dar conta à minha traidora aia, deixei a minha casa, acompanhada do meu criado e de muitas imaginações, e pus-me a caminho da cidade a pé, dando-me asas o desejo de chegar, se não para atalhar o que eu dava por feito, ao menos para dizer a D. Fernando que me dissesse com que alma o tinha feito. Cheguei em dois dias e meio aonde queria e, em entrando na cidade, perguntei pela casa dos pais de Luscinda, e o primeiro a quem fiz a pergunta me respondeu mais do que eu quisera ouvir. Disse-me onde era a casa, e tudo o que havia acontecido no desposório de sua filha, coisa tão pública na cidade que por toda ela se formavam rodas para contá-la. Disse-me que na noite em que D. Fernando desposou Luscinda, depois de ter ela dado o "sim" de ser sua esposa, a tomara um rijo desmaio, e que, chegando seu esposo a desabotoar-lhe o peito para que pudesse tomar ar, achou-lhe um papel escrito com a mesma letra de Luscinda, onde dizia e declarava que não podia ser esposa de D. Fernando, porque já o era de Cardenio, que, segundo o homem me disse, era um cavaleiro mui principal da mesma cidade; e que, se dera o "sim" a D. Fernando, fora por não faltar à obediência de seus pais. Enfim, tais razões continha o papel, disse, que dava a entender que ela tinha intenção de se matar em acabando de se desposar, e dava ali as razões pelas quais se tirara a vida; sendo tudo isto confirmado por uma adaga que acharam em não sei que parte de suas roupas. Ao ver tudo isto D. Fernando, parecendo-lhe que Luscinda o burlara e escarnecera e menoscabara, arremeteu contra ela antes que do seu desmaio acordasse, e com a mesma adaga que lhe acharam quis ele apunhalá-la, e o teria feito se os pais dela e os demais presentes não lho atalhassem. Disseram mais: que logo se ausentou D. Fernando, e que Luscinda não voltara do seu paroxismo até o dia seguinte, que então contara aos pais como ela era verdadeira esposa daquele Cardenio que tenho dito. Soube mais: que o tal Cardenio, segundo diziam, presenciou o desposório, e que, em vendo-a desposada, coisa que ele jamais pensara, deixou a cidade desesperado, deixando-lhe antes escrita uma carta onde dava a entender o agravo que Luscinda lhe havia feito, e que ele se ia aonde as gentes não o vissem. Isso tudo era público e notório em toda a cidade, e todos o falavam, e mais falaram quando souberam que Luscinda desaparecera da casa de seus pais, e da cidade, pois não a acharam em toda ela, pelo qual perdiam o juízo seus pais e não sabiam que diligências fazer para encontrá-la. Isto que eu soube reanimou as minhas esperanças, e tive por melhor não ter achado D. Fernando que achá-lo casado, parecendo-me que ainda não estavam de todo fechadas as portas para o meu remédio, entendendo que o céu pusera aquele empecilho ao segundo matrimônio para dar a conhecer ao esposo o que pelo primeiro devia e para que tomasse tento de que era cristão e de que estava mais obrigado à sua alma que aos respeitos humanos. Todas essas coisas revolvia em minha fantasia, e me consolava sem ter consolação, inventando remotas e fracas esperanças, para entreter a vida que já detesto. Estando pois na cidade sem saber o que fazer de mim, pois D. Fernando não achava, chegou aos meus ouvidos um pregão público, onde se prometia grande achádego a quem me achasse, dando por sinais a minha idade e o mesmo traje que eu vestia; e ouvi dizer que se dizia que eu fora tirada da casa de meus pais pelo moço que comigo vinha, coisa que me calou na alma, por ver quão minguado andava o meu crédito, pois, não bastando arruiná-lo com a minha fuga, se acrescentava com quem havia sido, sendo um sujeito tão baixo e tão indigno dos meus bons pensamentos. No ponto em que ouvi o pregão, deixei a cidade com meu criado, que já começava a dar mostras de vacilar na fé que de fidelidade tinha a mim prometida, e aquela noite entramos pela espessura desta montanha, com medo de sermos achados. Mas, como se diz, um mal chama o outro e o fim de uma desgraça sói ser o princípio de outra maior, e assim me aconteceu, pois meu bom criado, até então fiel e constante, assim como me viu nesta solidão, incitado por sua própria velhacaria antes que por minha formosura, tentou aproveitar-se da ocasião que a seu parecer estes ermos lhe ofereciam e, com pouca vergonha e menos temor de Deus nem respeito por mim, solicitou o meu amor; e vendo que eu com duras e justas palavras respondia à desvergonha dos seus propósitos, pôs de parte os rogos, que de primeiro pensou aproveitarem, e começou a usar de força. Mas o justo céu, que poucas ou nenhumas vezes deixa de olhar e favorecer as justas intenções, favoreceu as minhas de maneira que com minhas poucas forças e com pouco trabalho dei com ele por um despenhadeiro, onde o deixei, nem sei se morto ou se vivo; e depois, com mais ligeireza que a que meu sobressalto e meu cansaço pediam, entrei por estas montanhas, sem outro pensamento nem desígnio que nelas me esconder e fugir do meu pai e daqueles que da parte dele estavam à minha procura. Com tal desejo não sei quantos meses há que entrei nelas, onde achei um pastor que me levou por seu criado a um lugar que fica nas entranhas desta serra, ao qual servi como zagal todo este tempo, procurando estar sempre no campo para encobrir estes cabelos que agora tão sem pensá-lo me descobriram. Mas toda minha indústria e toda minha solicitude foi e tem sido de nenhum proveito, pois o meu amo conheceu que eu não era varão, e nasceu nele o mesmo mau pensamento que no meu criado; e como nem sempre a fortuna com os trabalhos dá os remédios, não achei despenhadeiro nem barranco donde despenhar e despachar o amo, como achei para o criado, e assim tive por menor inconveniente deixá-lo e esconder-me de novo entre estas asperezas que medir com ele minhas forças ou minhas desculpas. Digo, pois, que tornei a me emboscar, e a buscar onde sem impedimento algum pudesse com suspiros e lágrimas rogar ao céu que se doa da minha desventura e me dê indústria e favor para sair dela, ou para deixar a vida entre estas solidões, sem que reste memória desta triste, que tão sem culpa terá dado matéria para que dela se fale e murmure na sua e em alheias terras.

Capítulo XXIX

QUE TRATA DA DISCRIÇÃO DA FORMOSA DOROTEA,
MAIS OUTRAS COISAS DE MUITO GOSTO E PASSATEMPO

— Esta é, senhores, a verdadeira história da minha tragédia: cuidai e julgai agora se os suspiros que escutastes, as palavras que ouvistes e as lágrimas que dos meus olhos saíam não tinham ocasião bastante para se mostrar em maior abundância; e considerada a qualidade da minha desgraça, vereis que há de ser vã a consolação, pois é impossível o remédio dela. Somente vos rogo, o que com facilidade podereis e deveis fazer, que me aconselheis onde poderei passar a vida sem que me consuma o temor e o sobressalto que tenho de ser achada por aqueles que me procuram; pois, se bem sei que o muito amor que meus pais me têm me assegura que serei por eles bem recebida, é tanta a vergonha que me toma só de pensar que não como eles pensavam hei de aparecer ante a sua presença, que tenho por melhor desterrar-me para sempre de ser vista que lhes ver no rosto refletido o pensamento de ser o meu alheio à honestidade que de mim deviam de ter por prometida.

Em dizendo isto, se calou, e seu rosto foi tomado de uma cor que mostrou às claras o sentimento e o pejo da sua alma. Na sua própria sentiram aqueles que a escutaram tanto dó quanto admiração por sua desgraça; e se bem o padre quisesse logo consolá-la e aconselhá-la, tomou-lhe a vez Cardenio, dizendo:

— Então, senhora, tu és a formosa Dorotea, a filha única do rico Clenardo.

Muito se admirou Dorotea quando ouviu o nome de seu pai, e de ver quão baixo era quem a nomeava, pois já se disse de que má guisa Cardenio estava vestido, e assim lhe disse:

— E quem sois vós, irmão, que assim sabeis o nome de meu pai? Porque eu, até agora, se mal não me lembro, em todo o discorrer do conto da minha desdita o não nomeei.

— Sou — respondeu Cardenio — aquele sem-ventura que, segundo vós, senhora, dissestes, Luscinda disse ser seu esposo. Sou o desditoso Cardenio, a quem a má tenção daquele que vos pôs no termo que estais me levou a ficar qual me vedes, roto, nu, falto de todo humano consolo e, o que é pior de tudo, falto de juízo, pois o não tenho senão quando o céu resolve mo dar por algum breve espaço. Eu, Dorotea, sou aquele que presenciou as sem-razões de D. Fernando até ouvir o "sim" que de ser sua esposa pronunciou Luscinda. Eu sou o que não teve ânimo para ver o desfecho do seu desmaio, nem o resultado do bilhete que lhe foi achado no peito, porque não teve minha alma resignação para ver tantas desventuras juntas; e assim saí da casa e do meu siso, deixando uma carta ao hospedeiro meu, a quem roguei que em mãos de Luscinda a pusesse, e vim para estas solidões, com a intenção de nelas acabar a vida, que desde aquele momento detestei, como mortal inimiga minha. Mas não quis a sorte tirar-ma, contentando-se em me tirar o juízo, talvez por me guardar para a boa ventura que tive em vos achar; pois sendo verdade, como creio que é, o que aqui contastes, ainda poderia ser que a nós ambos tivesse o céu reservado melhor sucesso em nossos desastres que o que pensávamos. Pois, pressuposto que Luscinda não se pode casar com D. Fernando, por ser minha, nem D. Fernando com ela, por ser vosso, e que ela tão manifestamente o declarou, bem podemos esperar que o céu nos restitua o que é nosso, pois ainda tem validade e não foi anulado nem alheado. E como tal consolo temos, nascido não de remota esperança nem fundado em desvairadas imaginações, eu vos suplico, senhora, que tomeis outra resolução nos vossos honrados pensamentos, pois eu penso em tomá-la nos meus, acomodando-os a esperar melhor fortuna; pois vos juro pela fé de cavaleiro e de cristão não vos desamparar enquanto vos não vir em poder de D. Fernando, e, se com razões o não puder levar a reconhecer o que vos deve, usar da liberdade que me concede o ser cavaleiro e poder com justo título desafiá-lo, em razão da desrazão que vos faz, esquecendo os meus agravos, cuja vingança deixarei aos céus, por acudir na terra aos vossos.

Com o que Cardenio disse, acabou de se admirar Dorotea e, por não saber que graças dar a tão grandes oferecimentos, fez menção de lhe beijar os pés; mas não o consentiu Cardenio, e o licenciado respondeu por ambos e aprovou o bom discurso de Cardenio e, sobretudo, os instou, aconselhou e persuadiu a irem com ele até sua aldeia, onde se poderiam prover das coisas que lhes faltavam, e que ali se veria o modo de procurar D. Fernando ou levar Dorotea a seus pais ou fazer o que mais lhes parecesse conveniente. Cardenio e Dorotea lhe agradeceram e aceitaram a mercê que se lhes oferecia. O barbeiro, que a tudo estivera suspenso e calado, também deitou seu verbo e se ofereceu com não menos vontade que o padre para tudo aquilo que fosse bom para os servir.

Contou também com brevidade a causa que ali os levara, com a estranheza da loucura de D. Quixote, e como aguardavam seu escudeiro, que o fora procurar. Veio à memória a Cardenio, como por sonhos, a briga que com D. Quixote tivera, e contou-a aos demais, mas não soube dizer qual fora a causa da questão.

Nisto ouviram vozes e conheceram que quem as dava era Sancho Pança, que, por não achá-los no lugar onde os deixara, os chamava a altas vozes. Foram ao seu encontro e, perguntando-lhe por D. Quixote, lhes contou que o achara em camisa, magro, amarelo e morto de fome, e suspirando por sua senhora Dulcineia; e que, se bem lhe tivesse dito que ela o mandava sair daquele lugar e ir a El Toboso, onde o estava esperando, ele lhe respondera que estava determinado a non parecer perante a sua fermosura até que houvesse feito façanhas que o fizessem digno da sua graça; e que, se aquilo seguisse assim, corria o risco de não ser imperador, como estava obrigado, nem sequer arcebispo, que era o menos que podia ser: por isso, que vissem o que se havia de fazer para tirá-lo dali.

O licenciado lhe respondeu que não se afligisse, que eles o tirariam dali, por muito que lhe pesasse. Contou em seguida a Cardenio e a Dorotea o que tinham pensado para remédio de D. Quixote, ao menos para o levar até sua casa. Ao que respondeu Dorotea que ela faria de donzela necessitada melhor que o barbeiro, e mais, que tinha ali vestidos com que fazê-lo ao natural, e que deixassem a seu cargo o saber de representar tudo aquilo que fosse mister para levar o intento avante, pois ela lera muitos livros de cavalaria e sabia bem o estilo que usavam as donzelas coitadas quando pediam seus dons aos andantes cavaleiros.

— Então não é mister — disse o padre — mais que pôr mãos à obra, pois, sem dúvida, a boa sorte se mostra ao nosso favor, porquanto, tão de improviso, a vós, senhores, começou a se abrir a porta para o vosso remédio, e a nós outros a se facilitar a que havíamos mister.

Tirou em seguida Dorotea do seu travesseiro um vestido de certa lãzinha rica e uma mantilha de outro vistoso pano verde e, de uma caixinha, um colar e outras joias, com o que num instante se adornou de maneira que uma rica e grande senhora parecia. Tudo aquilo, e mais, disse que tinha levado de sua casa para o que se apresentasse, e que até então não se lhe oferecera ocasião de o precisar. A todos contentou em extremo sua muita graça, donaire e formosura, e confirmaram D. Fernando por sujeito de pouco entendimento, pois tanta beleza desdenhara.

Mas quem mais se admirou foi Sancho Pança, por lhe parecer, como era verdade, que em todos os dias de sua vida jamais vira uma tão formosa criatura; e assim, com grande afinco pediu ao padre que lhe dissesse quem era aquela tão fermosa senhora e o que buscava naquelas quebradas.

— Esta formosa senhora — respondeu o padre —, irmão Sancho, é nada menos que a herdeira, por linha direta de varão, do grande reino de Micomicão, a qual vem em busca do vosso amo para lhe pedir um dom, que é que lhe desfaça um torto ou agravo que um mau gigante lhe fez; e pela fama que de bom cavaleiro tem o vosso amo por todo o descoberto do mundo, da Guiné veio buscá-lo esta princesa.

— Bendita busca e bendito achado — disse então Sancho Pança —, e mais se o meu amo for tão venturoso para desfazer esse agravo e endireitar esse torto, matando esse fideputa desse gigante que vossa mercê diz, que aposto que o matará se o encontrar, desde que não seja fantasma, pois contra fantasmas não tem o meu senhor poder algum. Mas uma coisa quero suplicar a vossa mercê entre outras, senhor licenciado, e é que, para que o meu amo não resolva ser arcebispo, que é o que eu temo, vossa mercê o aconselhe a que se case logo com essa princesa, que assim ficará impossibilitado de receber ordens arcebispais e conseguirá com facilidade o seu império, e eu o fim dos meus desejos; pois eu tenho cuidado muito nisso e acho aqui comigo que não é bom para mim que o meu amo seja arcebispo, porque eu sou inútil para a Igreja, pois sou casado, e andar agora atrás de dispensas para poder ter renda pela Igreja, tendo como tenho mulher e filhos, seria um nunca acabar. Portanto, senhor, o ponto está em que o meu amo se case logo com essa senhora, que até agora não sei sua graça, e por isso não a chamo pelo nome.

— Ela se chama — respondeu o padre — princesa Micomicona, porque, chamando-se seu reino Micomicão, claro está que ela se há de chamar assim.

— Disso não há dúvida — respondeu Sancho —, que eu tenho visto muitos tomarem apelido e sobrenome do lugar onde nasceram, chamando-se Pedro de Alcalá, Juan de Úbeda e Diego de Valladolid, e isso mesmo se deve de usar lá na Guiné, tomando as rainhas os nomes dos seus reinos.

— Assim deve de ser — disse o padre —; e quanto ao casamento do vosso amo, porei nisto todo o meu poderio.

Com o que ficou tão contente Sancho quanto o padre, admirado da sua ingenuidade e de ver quão metidos tinha na fantasia os mesmos disparates que seu amo, pois sem dúvida alguma tinha para si que havia de se fazer imperador.

Já então se pusera Dorotea sobre a mula do padre e o barbeiro acomodara ao rosto a barba de rabo de boi, e disseram a Sancho que os guiasse aonde D. Quixote estava (advertindo-lhe que não dissesse que conhecia o licenciado nem o barbeiro, porque em não os reconhecer estava a chave para que seu amo viesse a ser imperador), pois nem o padre nem Cardenio os quiseram acompanhar, para não lembrar a D. Quixote a briga que com Cardenio tivera, e o padre, porque então não era mister a sua presença, e assim os deixaram ir à frente, e eles os foram seguindo a pé, passo a passo. Não deixou o padre de avisar Dorotea do que tinha de fazer; ao que ela disse que se despreocupasse, pois tudo se faria tal qual o pediam e pintavam os livros de cavalarias.

Três quartos de légua haviam de ter andado, quando descobriram D. Quixote entre umas intricadas penhas, já vestido, ainda que não armado, e, assim como Dorotea o viu e foi informada por Sancho que aquele era D. Quixote, açoitou seu palafrém, seguindo-a o bem barbado barbeiro; e em chegando junto dele, o escudeiro saltou da mula e foi tomar Dorotea nos braços, a qual, apeando com grande desenvoltura, foi pôr-se de joelhos diante dos de D. Quixote; e por muito que ele porfiasse em levantá-la, ela sem se levantar lhe falou desta livresca guisa:

— Daqui não me alevantarei, oh, valeroso e esforçado cavaleiro!, até que a vossa bondade e cortesia me outorgue um dom, o qual redundará em honra e galardom da vossa pessoa e em prol da mais desconsolada e agravada donzela que o sol já viu. E se é que o valor do vosso forte braço corresponde à voz da vossa imortal fama, obrigado estais a favorecer esta sem ventura que de tão longes terras vem, empós do olor do vosso famoso nome, buscando-vos pera remédio das suas desditas.

— Não vos responderei palavra, fermosa senhora — respondeu D. Quixote —, nem ouvirei mais coisa alguma do vosso caso, até que vos levanteis do chão.

— Não me levantarei, senhor — respondeu a aflita donzela —, enquanto pola vossa cortesia não me for outorgado o dom que peço.

— Eu vo-lo outorgo e concedo — respondeu D. Quixote —, como não se tenha de cumprir em dano ou míngua do meu rei, da minha pátria e daquela que do meu coração e da minha liberdade tem a chave.

— Não será em dano nem míngua desses que dizeis, meu bom senhor — replicou a dolorosa donzela.

E, estando nisso, chegou-se Sancho Pança ao ouvido do seu senhor e bem baixinho lhe disse:

— Bem pode vossa mercê, senhor, conceder-lhe o dom que pede, que não é muito: só matar um gigantaço, e esta que o pede é a alta princesa Micomicona, rainha do grande reino Micomicão da Etiópia.

— Seja quem for — respondeu D. Quixote —, só farei o que sou obrigado e o que me dita a minha consciência, conforme o que professado tenho.

E, voltando-se para a donzela, disse:

— Levante-se a vossa grande fermosura, que eu lhe outorgo o dom que pedir-me quiser.

— Pois o que eu peço é — disse a donzela — que a vossa magnânima pessoa venha logo comigo aonde eu a levar e me prometa que não se há de intrometer noutra aventura nem demanda alguma até dar-me inteira vingança de um traidor que, contra todo o direito divino e humano, tem usurpado o meu reino.

— Digo que assim o outorgo — respondeu D. Quixote —; e assim podeis, senhora, desde já esquecer a malenconia que vos fatiga e fazer que ganhe novos brios e novas forças a vossa desmaiada esperança, pois, com a ajuda de Deus e a do meu braço, prestes vos vereis restituída ao vosso reino e sentada na cadeira do vosso antigo e grande estado, apesar e a despeito dos velhacos que contradizê-lo quiserem. E mãos à obra, pois na tardança dizem que sói estar o perigo.

A necessitada donzela pelejou com muita porfia por lhe beijar as mãos; mas D. Quixote, que em tudo era comedido e cortês cavaleiro, de modo algum o consentiu, antes a levantou e abraçou com muita cortesia e comedimento, e mandou que Sancho ajustasse as cilhas de Rocinante e logo o armasse sem detença. Sancho despendurou as armas, que, como troféu, de uma árvore pendiam, e, ajustando as cilhas, sem detença armou o seu senhor; o qual, vendo-se armado, disse:

— Vamo-nos embora daqui, em nome de Deus, favorecer esta grande senhora.

Estava o barbeiro ainda de joelhos, tendo grande cuidado em disfarçar o riso e de que a barba não caísse do seu rosto, pois com sua queda podiam ficar todos sem conseguir sua boa intenção; e vendo o dom já concedido e a diligência com que D. Quixote se aprestava para ir cumpri-lo, se levantou e tomou pela outra mão a sua senhora, e entre os dois a subiram na mula. Logo subiu D. Quixote em Rocinante, e o barbeiro se acomodou em sua cavalgadura, ficando Sancho a pé, o que de novo o ressentiu da perda do jerico, dada a falta que então lhe fazia; mas tudo ele suportava com gosto, por lhe parecer que seu senhor já estava a caminho e bem a pique de ser imperador, pois sem dúvida alguma pensava que se haveria de casar com aquela princesa e ser pelo menos rei de Micomicão: só lhe pesava o pensamento de ser aquele reino em terra de negros e que as gentes que por vassalos lhe dessem haviam de ser todas negras; para o qual logo achou em sua imaginação um bom remédio, dizendo a si mesmo:

— Que se me dá que meus vassalos sejam negros? Bastará carregar com eles e trazê-los para a Espanha, onde os poderei vender e por eles receber de contado, com cujo dinheiro poderei comprar algum título ou algum ofício com que viver sossegado todos os dias da minha vida. Eia, se não sou esperto e não tenho engenho e habilidade para tudo arranjar e vender trinta ou dez mil vassalos num piscar de olhos! Por Deus que os hei de passar adiante em grosso, ou como calhar, e que, por mais negros que sejam, logo os trocarei em brancos ou amarelos.[1] Vinde, e vereis se eu chupo o dedo!

Por isso andava ele tão solícito e tão contente que se esquecia o pesar de caminhar a pé.

---

[1] Vender, trocar por prata ou ouro, com jogo semântico apoiado na cor dos metais.

Tudo isto olhavam dentre umas brenhas Cardenio e o padre, e não sabiam o que fazer para se juntar a eles; mas o padre, que era grande invencioneiro, imaginou logo o que fariam para conseguir o que desejavam, e foi que com umas tesouras que levava num estojo cortou com muita presteza a barba de Cardenio, e lhe vestiu um capotilho pardo que ele trazia, e lhe deu um casaco preto, ficando ele em calções e gibão; e ficou Cardenio tão outro do que antes parecia, que ele mesmo não se reconheceria ainda que num espelho se mirasse. Feito isso, bem que os outros já tivessem passado adiante enquanto eles se disfarçavam, com facilidade deram na estrada real antes deles, porque os matagais e maus passos daqueles lugares não permitiam andar tão rápido a cavalo como a pé. De feito, eles logo chegaram ao plano à saída da serra, e assim como saiu dela D. Quixote com seus camaradas, o padre se pôs a olhá-lo bem de espaço, dando mostras de o reconhecer, e, depois de o olhar um bom trecho, foi-se até ele de braços abertos e dizendo em altas vozes:

— Para bem seja achado o espelho da cavalaria, o meu bom conterrâneo D. Quixote de La Mancha, flor e nata da gentileza, amparo e remédio dos necessitados, quintessência dos cavaleiros andantes.

E dizendo isto se abraçara ao joelho da perna esquerda a D. Quixote, o qual, espantado do que via e ouvia aquele homem dizer e fazer, se pôs a olhá-lo com atenção, e por fim o conheceu, e ficou muito espantado em vê-lo, e fez grande força por se apear; mas o padre o não consentiu, pelo que D. Quixote dizia:

— Deixe-me vossa mercê, senhor licenciado, que não é razão que eu vá a cavalo, enquanto uma tão reverenda pessoa como vossa mercê vai a pé.

— Tal não consentirei de modo algum — disse o padre. — Siga a vossa grandeza a cavalo, pois indo a cavalo leva a cabo as maiores façanhas e aventuras que na nossa idade se viram; quanto a mim, ainda que indigno sacerdote, me bastará montar na garupa de uma dessas mulas desses senhores que com vossa mercê caminham, se não o tiverem por estorvo, e até farei conta que vou cavaleiro sobre o cavalo Pégaso ou sobre a zebra ou o alfaraz em que cavalgava aquele famoso mouro Muzaraque, que até agora jaz encantado no grande monte Zulema, não longe da grande Compluto.[2]

— Tal não me ocorrera ainda, meu senhor licenciado — respondeu D. Quixote —, mas sei que minha senhora a princesa será servida, por meu amor, de mandar o seu escudeiro dar à vossa mercê a sela de sua mula; que ele poderá acomodar-se na garupa, se com isto não der a escoicear.

— Não o fará, pelo que eu creio — respondeu a princesa —, e também sei que nem será mister mandá-lo ao senhor meu escudeiro, pois ele é tão cortês e tão cortesão que não consentirá que uma pessoa eclesiástica vá a pé, podendo ir a cavalo.

— Assim é — respondeu o barbeiro.

E, apeando sem pestanejar, ofereceu a sela ao padre, que a aceitou sem muito se fazer rogar. Mas o mal foi que, ao montar o barbeiro na garupa, a mula, que de feito era de aluguel — e para dizer que era ruim isto basta —, levantou as ancas e deu dois coices no ar, que, se os tivesse acertado no peito do mestre Nicolás, ou na cabeça, teria ele amaldiçoado a hora em que foi por D. Quixote. Com tudo isso, assustou-se o barbeiro de maneira que rolou ao chão, com tão pouco cuidado das barbas, que rolaram pelo

---

[2] Zulema é um monte a sudoeste de Alcalá de Henares (a antiga Cómpluto latina). Conta uma lenda que o mouro Muzaraque extraiu as riquezas escondidas em suas entranhas, entre elas a mesa de Salomão, e como castigo por essa profanação foi condenado a vagar eternamente montado num cavalo selvagem.

chão; e ao se ver sem elas não teve outro remédio senão cobrir o rosto com ambas as mãos e se queixar de lhe terem quebrado os dentes. D. Quixote, ao ver todo aquele molho de barbas, sem queixadas nem sangue, longe do rosto do escudeiro caído, disse:

— Vive Deus que este é um grande milagre! As barbas lhe derrubou e arrancou do rosto, como de estudo!

O padre, que viu o perigo que corria sua invenção de ser descoberta, logo acudiu às barbas e foi com elas aonde jazia mestre Nicolás ainda dando vozes, e num pronto, chegando-lhe a cabeça ao peito, colocou-as de volta, murmurando sobre ele umas palavras, que disse serem uma certa reza apropriada para pregar barbas, como veriam; e quando as teve bem colocadas, se afastou, ficando o escudeiro tão bem barbado e tão são como dantes, do qual se admirou D. Quixote sobremaneira e rogou ao padre que, quando houvesse lugar, lhe ensinasse aquela reza, pois ele entendia que sua virtude se devia de estender a mais que pregar barbas, pois estava claro que donde se tirassem as barbas havia de ficar a carne chagada e machucada, e que, como tudo sarava, a mais que a barbas aproveitava.

— Assim é — disse o padre, e prometeu ensinar-lha na primeira ocasião.

Concertaram que primeiro montasse o padre e a trechos fossem os três revezando até chegarem à estalagem, que ficaria perto de duas léguas dali. Postos os três a cavalo, a saber, D. Quixote, a princesa e o padre, e os três a pé, Cardenio, o barbeiro e Sancho Pança, D. Quixote disse à donzela:

— Vossa grandeza, senhora minha, guie por onde mais gostar.

E, antes que ela respondesse, disse o licenciado:

— Para que reino quer guiar a vossa senhoria? É porventura para o de Micomicão? Este deve de ser, ou pouco sei eu de reinos.

Ela, que estava atenta a tudo, entendeu que tinha de responder que sim, e assim disse:

— Sim, senhor, para esse reino é o meu caminho.

— Se assim é — disse o padre —, pelo meio do meu povoado havemos de passar, e dali tomará vossa mercê o rumo de Cartagena, onde se poderá embarcar, com a boa ventura; e se houver vento próspero, mar tranquilo e sem borrascas, em pouco menos de nove anos poderá avistar a grande lagoa Mijótis, digo, Meotis,[3] que fica pouco mais de cem jornadas aquém do reino de vossa grandeza.

— Vossa mercê está enganado, senhor meu — disse ela —, porque não há dois anos que parti dele, e em verdade nunca tive bom tempo, e, no entanto, aqui cheguei para ver o que tanto desejava, que é o senhor D. Quixote de La Mancha, cujas notícias chegaram aos meus ouvidos assim como pus os pés na Espanha, e elas me moveram a buscá-lo, para me encomendar à sua cortesia e fiar a minha justiça ao valor de seu invencível braço.

— Basta: cessem meus louvores — disse então D. Quixote —, porque sou inimigo de todo gênero de adulação; e bem que esta o não seja, ainda ofendem as minhas castas orelhas semelhantes palavras. O que eu sei dizer, senhora minha, é que, tenha eu valor ou não, o que eu tiver ou não tiver hei de empregar em vosso serviço, até perder a vida; e assim, deixando isto para o seu devido tempo, rogo ao senhor licenciado que me diga qual é a causa que o trouxe por estas partes tão só e tão sem criados e tão à ligeira que me espanta.

---

[3] Também chamada Meótida, é um braço do Mar Negro, hoje conhecido como Mar de Azov, ao norte daquele. Junto com o rio Dom (Tanais), seu afluente, constitui um dos marcos naturais da fronteira entre a Europa e a Ásia na geografia clássica.

— Isto responderei com brevidade — respondeu o padre —, pois saberá vossa mercê, senhor D. Quixote, que eu e mestre Nicolás, nosso amigo e nosso barbeiro, íamos a Sevilha para cobrar certo dinheiro a mim enviado por um parente meu que passou às Índias há muitos anos, e não era pouca coisa, pois montava a mais de sessenta mil pesos aquilatados, o que vale um outro tanto; e passando ontem por estes lugares nos vieram de encontro quatro salteadores que nos tiraram até as barbas, e tanto as tiraram que teve o barbeiro que pôr umas postiças, e até este mancebo que aqui vai — apontando para Cardenio — o deixaram irreconhecível. E o melhor do caso é que é pública fama por todos estes contornos que aqueles que nos saltearam são parte de uns galeotes que dizem terem sido libertados quase nesse mesmo local por um homem tão valente que, apesar do aguazil e dos guardas, soltou a todos; e sem dúvida alguma devia ele de estar fora do seu juízo, ou ser tão grande velhaco como eles, ou algum homem desalmado e sem consciência, pois quis soltar o lobo entre as ovelhas, a raposa entre as galinhas, a mosca em meio ao mel; quis burlar a justiça, ir contra seu rei e senhor natural, pois foi contra seus justos mandamentos; quis ele, digo, privar as galés dos seus pés, pôr em alvoroço a Santa Irmandade, que havia muitos anos repousava; quis, finalmente, fazer um feito pelo qual se perde sua alma e não se ganha seu corpo.

Já havia Sancho contado ao padre e ao barbeiro a aventura dos galeotes, que seu amo acabara com tanta glória sua, e por isso o padre carregava nas tintas ao contá-la, para ver o que fazia ou dizia D. Quixote; o qual mudava de cor a cada palavra, sem ousar dizer que fora ele o libertador daquela boa gente.

— Estes foram — disse o padre — os que nos roubaram. Que Deus em sua misericórdia perdoe aquele que os não deixou levar ao devido suplício.

Capítulo XXX

QUE TRATA DO ENGRAÇADO ARTIFÍCIO E CONCERTO
QUE SE TEVE EM TIRAR O NOSSO ENAMORADO CAVALEIRO
DA ASPÉRRIMA PENITÊNCIA EM QUE SE PUSERA

Apenas acabara o padre, quando Sancho disse:

— Pois, à minha fé, senhor licenciado, que quem fez essa façanha foi meu amo, e não por falta de aviso meu de que visse o que fazia e que era pecado dar-lhes liberdade, pois todos iam ali por grandíssimos velhacos.

— Malhadeiro! — disse então D. Quixote. — Aos cavaleiros andantes não toca nem tange averiguar se os aflitos, acorrentados e opressos que encontram pelos caminhos vão desse jeito ou estão nessa angústia por suas culpas ou por suas graças: só lhes cumpre ajudá-los como a necessitados, com os olhos postos em suas penas, e não em suas velhacarias. Eu topei um rosário e fieira de gente mofina e desditosa, e fiz com eles o que minha religião me pede, e o mais pouco me importa; e a quem mal pareceu, salvo a santa dignidade do senhor licenciado e a sua honrada pessoa, digo que sabe pouco do achaque de cavalarias e que mente como um fideputa malnascido: e isto lhe farei conhecer com a minha espada, *et cetera*.

E disse isto firmando-se nos estribos e calcando o morrião, porque a bacia de barbeiro, que em seu parecer era o elmo de Mambrino, ia pendurada de seu arção dianteiro, à espera de ser reparada dos maus-tratos recebidos dos galeotes.

Dorotea, que era discreta e amiga de gracejar, sabendo o

destemperado humor de D. Quixote e que todos, exceto Sancho Pança, faziam troça dele, não lhes quis ficar atrás e, vendo-o tão zangado, lhe disse:

— Senhor cavaleiro, lembre-se vossa mercê o dom que me tem prometido, e que atento a ele não se pode intrometer em outra aventura, por urgente que seja. Sossegue vossa mercê o peito, que, se o senhor licenciado soubesse que por esse invicto braço haviam sido livrados os galeotes, ele se teria dado três pontos na boca, e inda mordido três vezes a língua, antes de dizer palavra que em desdouro de vossa mercê redundasse.

— Isto juro bem — disse o padre —, e ainda me teria arrancado um bigode.[1]

— Eu calarei, senhora minha — disse D. Quixote —, e reprimirei a justa cólera que já no meu peito se levantara, e irei quieto e pacífico até cumprir o dom prometido; mas em paga deste bom desejo vos suplico que me digais, se não vos vem a mal, qual é a vossa coita, e quantas, quem e quais são as pessoas de quem tenho de tomar-vos devida, satisfeita e inteira vingança.

— Isso farei de grado — respondeu Dorotea —, se é que vos não enfada ouvir lástimas e desgraças.

— Não enfadará, senhora minha — respondeu D. Quixote.

Ao que respondeu Dorotea:

— Pois, se assim é, estejam-me vossas mercês atentos.

Mal ela o dissera, quando Cardenio e o barbeiro se lhe puseram ao lado, desejosos de ver como fingia sua história a discreta Dorotea, e o mesmo fez Sancho, que tão enganado ia dela quanto seu amo. E ela, depois de bem acomodada na sela e prevenin-

---

[1] Era costume da época puxar das pontas dos bigodes ao se lançar uma jura, para enfatizá-la.

do-se com tossir e fazer outros ademanes, com muito donaire começou a dizer desta maneira:

— Primeiramente, quero que vossas mercês saibam, senhores meus, que me chamo...

E aqui se deteve um pouco por esquecer o nome que o padre lhe dera; mas ele acudiu em seu socorro, pois entendeu no que reparava, e disse:

— Não é maravilha, senhora minha, que a vossa grandeza se turbe e embarace contando suas desventuras, pois elas soem ser tais que muitas vezes tiram a memória daqueles que maltratam, de tal maneira que até seus próprios nomes não lhes lembram, como fizeram com vossa grande senhoria, que esqueceu que se chama a princesa Micomicona, legítima herdeira do grande reino Micomicão; e com este apontamento pode a vossa grandeza agora facilmente restituir à sua combalida memória tudo aquilo que contar quiser.

— Assim é a verdade — respondeu a donzela —, e daqui por diante creio que não será mister apontar-me nada, pois eu darei em bom porto com a minha verdadeira história. A qual é que o rei meu pai, que se chamava Tinácrio o Sabedor,[2] foi mui douto nisso que chamam arte mágica e descobriu por sua ciência que minha mãe, que se chamava a rainha Jaramilla, havia de morrer antes dele, e que dali a pouco tempo ele também havia de passar desta vida e eu havia de ficar órfã de pai e mãe. Mas dizia ele que não o afligia isto tanto quanto o punha em alvoroço saber como coisa mui certa que um descomunal gigante, senhor de uma grande ínsula que quase linda com o nosso reino, chamado Pandafi-

---

[2] Personagem da continuação do *Caballero del Febo*, de Pedro de la Sierra Infanzón.

lando da Fosca Vista,[3] pois é coisa averiguada que, sem bem tenha os olhos no seu lugar e direitos, sempre olha atravessado, qual se fosse vesgo, e faz isto de maligno e para meter medo e espanto naqueles que olha, digo que meu pai soube que esse gigante, em sabendo da minha orfandade, haveria de entrar com grande poderio no meu reino e me haveria de tirar tudo, sem me deixar nem uma pequena aldeia onde me recolher, mas que poderia escusar toda esta ruína e desgraça se eu me quisesse casar com ele, mas, pelo que ele entendia, jamais por vontade faria tão desigual casamento; e disse nisto a pura verdade, porque jamais me passou pelo pensamento casar-me com aquele gigante, e nem com outro algum, por grande e desaforado que fosse. Disse também meu pai que, depois que ele fosse morto e visse eu que Pandafilando começava a entrar no meu reino, que não o aguardasse para pôr-me em defesa, porque seria destruir-me, mas que livremente lhe deixasse desembaraçado o reino, se quisesse escusar a morte e total destruição dos meus bons e leais vassalos, porque não seria possível defender-me da endiabrada força do gigante; mas que logo, com alguns dos meus, me pusesse a caminho das Espanhas, onde acharia o remédio dos meus males achando um cavaleiro andante cuja fama neste tempo se estenderia por todo este reino, o qual se haveria de chamar, se mal não me lembro, "D. Chicote" ou "D. Gigote".

— "D. Quixote" há de ter dito, senhora — disse então Sancho Pança —, ou por outro nome o Cavaleiro da Triste Figura.

— Assim é a verdade — disse Dorotea. — E disse mais: que haveria de ser alto de corpo, seco de rosto, e que no lado direito,

---

[3] O nome traz ecos da gíria picaresca, em que *panda* significa trapaça no jogo e *filar*, enganar com palavras.

debaixo do ombro esquerdo, ou por ali perto, haveria de ter uma pinta parda com certos pelos à guisa de cerdas.

Em ouvindo isto D. Quixote, disse a seu escudeiro:

— Vem, Sancho, filho, ajuda-me a me despir, que quero ver se sou o cavaleiro que aquele sábio rei deixou profetizado.

— E para que quer vossa mercê se despir? — disse Dorotea.

— Para ver se tenho essa pinta que o vosso pai disse — respondeu D. Quixote.

— Não há para que se despir — disse Sancho —, pois eu sei que tem vossa mercê uma pinta assim no meio do espinhaço, que é sinal de ser homem forte.

— Isso basta — disse Dorotea —, pois com os amigos não se há de reparar em detalhes, e que esteja no ombro ou no espinhaço pouco importa: basta que haja pinta, esteja onde estiver, que é tudo uma mesma carne; e sem dúvida acertou meu bom pai em tudo, e eu acertei em me encomendar ao senhor D. Quixote, que ele é quem meu pai disse, pois os sinais do rosto vêm junto com os da boa fama que este cavaleiro tem, não só na Espanha, mas em toda La Mancha, pois apenas havia desembarcado em Osuna, quando ouvi dizer muitas façanhas suas, o que logo me deu o sentimento de que era quem eu vinha buscar.

— Mas como desembarcou vossa mercê em Osuna, senhora minha — perguntou D. Quixote —, se não é porto de mar?

E antes que Dorotea respondesse, o padre lhe tomou a vez, dizendo:

— Deve de querer dizer a senhora princesa que, depois de desembarcar em Málaga, a primeira parte onde ouviu novas de vossa mercê foi em Osuna.

— Isso quis dizer — disse Dorotea.

— E isto vai encaminhado a jeito — disse o padre —, e prossiga vossa majestade seu conto.

— Não há mais o que prosseguir — respondeu Dorotea —, salvo que finalmente minha sorte foi tão boa em achar o senhor D. Quixote, que já me conto e tenho por rainha e senhora de todo o meu reino, pois ele em sua cortesia e magnificência me prometeu o dom de vir comigo aonde quer que eu o leve, que não será a outra parte que a pô-lo diante de Pandafilando da Fosca Vista, para que o mate e me restitua o que tão contra razão me usurpou; e tudo isto há de suceder a pedir de boca, pois assim o deixou profetizado Tinácrio o Sabedor, meu bom pai, o qual também deixou dito, e escrito em letras caldeias ou gregas, que eu não sei ler, que, se este cavaleiro da profecia, depois de degolar o gigante, se quisesse casar comigo, que eu sem réplica alguma me outorgasse logo por sua legítima esposa e lhe desse a possessão do meu reino junto com a da minha pessoa.

— Então, Sancho amigo? — disse D. Quixote neste ponto. — Ouviste? Eu não te disse? Olha se já não temos reino onde mandar e rainha com quem casar.

— Isso juro eu — disse Sancho — para o puto que não se casar em abrindo o gasganete do senhor Pandaferrando! Pois olhe se não é boa a rainha! Assim fossem as pulgas da minha cama!

E dizendo isto, deu duas cabriolas, com mostras de grandíssimo contento, e em seguida foi tomar as rédeas da mula de Dorotea e, fazendo-a parar, se ajoelhou diante dela, suplicando que lhe desse as mãos para que as beijasse, em sinal de que a recebia por sua rainha e senhora. Quem dos circunstantes não havia de rir, vendo a loucura do amo e a simpleza do criado? Com efeito, Dorotea lhas deu, e lhe prometeu fazer dele um grande senhor no seu reino, quando o céu lhe fizesse tanto bem que lho deixasse reaver e desfrutar. Agradeceu-lhe Sancho com tais palavras que renovou o riso em todos.

— Esta, senhores — prosseguiu Dorotea —, é a minha história. Só resta por dizer que de toda a gente de acompanhamento que tirei do meu reino não me restou ninguém, salvo este bem barbado escudeiro, porque todos afogaram numa grande borrasca que tivemos à vista do porto, e ele e eu chegamos em terra agarrados a duas tábuas, como que por milagre: assim é todo milagre e mistério o discorrer da minha vida, como tereis reparado. E se nalguma coisa fui demasiosa, ou não tão acertada quanto deveria, ponde a culpa naquilo que o senhor licenciado disse no início do meu conto: que os trabalhos contínuos e extraordinários tiram a memória de quem os padece.

— De mim não tirarão, oh alta e valorosa senhora! — disse D. Quixote —, quantos eu passar em servir-vos, por maiores e não vistos que sejam; e assim, de novo confirmo o dom que vos prometi e juro de com vós ir ao cabo do mundo, até ver-me com o fero inimigo vosso, a quem penso, com a ajuda de Deus e do meu braço, cortar a cabeça soberba com os fios desta... não direi "boa" espada, mercê de Ginés de Pasamonte, que levou a minha. — Isto disse entre dentes, e prosseguiu dizendo: — E, depois de ter-lha cortado e de pôr-vos na pacífica possessão do vosso estado, ficará ao vosso talante fazer da vossa pessoa o que mais e melhor vos prouver; porque, enquanto eu tiver ocupada a memória e cativa a vontade, perdido o entendimento, naquela... não digo mais, não é possível, nem por pensamento, que eu arroste o casar-me, ainda que fosse com a ave fênix.

Pareceu tão mal a Sancho o que seu amo disse por último acerca de não querer casar que, com grande sanha levantando a voz, disse:

— Voto a mim e juro a mim que vossa mercê, senhor D. Quixote, não tem seu juízo perfeito! Pois como é possível que duvide em se casar com tão alta princesa como esta? Pensa que a fortuna lhe há de oferecer a cada esquina semelhante ventura como a que agora se lhe oferece? É por acaso mais formosa a minha senhora Dulcineia? Não, por certo, nem sequer a metade, e até estou para dizer que não chega à sola do sapato da que está aqui diante. Assim eu nunca jamais conseguirei o condado que espero, se vossa mercê andar procurando nabos em alto-mar. Case, case de uma vez, por Satanás, e tome esse reino que lhe vem tão de mão beijada e, em sendo rei, faça-me marquês ou adiantado, e que o diabo leve tudo o mais.

D. Quixote, que tais blasfêmias ouviu contra a sua senhora Dulcineia, não as pôde sofrer e, erguendo o chuço, sem dizer palavra a Sancho nem dizer água vai, lhe deu duas tamanhas pauladas que o deitou por terra; e se Dorotea não desse vozes para que não lhe desse mais, sem dúvida lhe teria tirado a vida ali mesmo.

— Pensais — disse-lhe ao cabo de algum tempo —, ruim vilão, que sempre tereis lugar para pôr-me a mão nas entrepernas[4] e que tudo será errardes vós e perdoar-vos eu? Pois não o penseis, velhaco excomungado, que sem dúvida o estás, pois manchaste com tua má língua a sem-par Dulcineia. E não sabeis vós, bruto, ganhão, biltre, que, se não fosse pelo valor que ela infunde no meu braço, não o teria eu nem para matar uma pulga? Dizei, intrujão de língua viperina, quem pensais que ganhou esse reino e cortou a cabeça desse gigante e vos fez marquês, que tudo isto dou já por feito e por coisa passada em julgado, se não é o valor de Dulcineia, tomando o meu braço por instrumento das suas façanhas? Ela peleja em mim e vence em mim, e eu vivo e respiro nela, e nela tenho vida e ser. Oh, fideputa velhaco, como

---

[4] Um possível eufemismo para "*tocar los cojones*", ou seja, importunar ou afrontar.

sois ingrato, que vos vedes levantado do pó da terra a ser senhor de título e correspondeis a tão boa obra com maldizer de quem vo-la fez!

Não estava tão estropiado Sancho que não ouvisse tudo quanto seu amo lhe dizia; e levantando-se com alguma presteza se foi postar atrás do palafrém de Dorotea e dali disse a seu amo:

— Mas me diga, senhor: se vossa mercê determinou de não se casar com esta grande princesa, claro está que o reino não será seu; e se o não for, que mercês me poderá fazer? É disto que me queixo. Case vossa mercê de uma vez com esta rainha, agora que a temos aqui como caída do céu, e depois pode voltar com a minha senhora Dulcineia, que reis amancebados já deve de ter havido no mundo. Quanto à formosura, não me intrometo, que em verdade, para dizê-la, as duas me parecem bem, ainda que eu nunca tenha visto a senhora Dulcineia.

— Como que não a viste, traidor blasfemo? — disse D. Quixote. — Pois não acabas de me trazer agora um recado de sua parte?

— Digo que não a vi com o bastante vagar — disse Sancho — para reparar na sua formosura e nas suas boas prendas ponto por ponto; mas assim, por alto, me pareceu boa peça.

— Agora estás desculpado — disse D. Quixote —, e perdoa-me a sanha, que dos primeiros movimentos não têm mão os homens.

— Já o pude ver — respondeu Sancho. — Quanto a mim, é sempre a vontade de falar o meu primeiro movimento, e não posso deixar de dizer, por uma vez que seja, o que me vem à língua.

— Com tudo isso, Sancho — disse D. Quixote —, vê o que falas, porque tantas vezes vai o cântaro à fonte, que..., não digo mais.

— Pois bem — respondeu Sancho —, Deus está no céu vendo todos os enredos e será juiz de quem faz mais mal: eu em falar muito ou vossa mercê em não obrar.

— Já basta — disse Dorotea. — Correi, Sancho, e beijai a mão do vosso senhor e pedi-lhe perdão, e daqui em diante andai mais a tento nos vossos elogios e vitupérios, e não digais mal dessa senhora Tobosa, que eu não conheço senão para servi-la, e tende fé em Deus, que não vos há de faltar um estado onde vivereis como um príncipe.

Lá foi Sancho cabisbaixo pedir a mão a seu senhor, que lha deu com repousado jeito; e já beijada deu este sua bênção a Sancho e lhe disse que se adiantassem um pouco, pois tinha de lhe perguntar e tratar com ele coisas de muita importância. Fê-lo assim Sancho, e se afastaram os dois um tanto à frente, e lhe disse D. Quixote:

— Depois que voltaste, não tive lugar nem espaço de te perguntar muitas coisas de pormenor acerca da embaixada que levaste e da resposta que trouxeste; e agora que a fortuna nos concedeu tempo e lugar, não me negues tu a ventura que podes me dar com tão boas novas.

— Pergunte vossa mercê o que quiser — respondeu Sancho —, que a tudo darei tão boa resposta como tive o recebimento. Mas suplico a vossa mercê, senhor meu, que não seja daqui em diante tão vingativo.

— Por que dizes isto, Sancho? — disse D. Quixote.

— Digo — respondeu Sancho — porque essas pauladas de agora há pouco foram mais pela briga que na outra noite o diabo travou entre nós dois que pelo que eu disse contra a minha senhora Dulcineia, que eu amo e reverencio como uma relíquia, ainda que dela nada espere, só por ser coisa de vossa mercê.

— Por tua vida, Sancho, não voltes a essas conversas — disse D. Quixote —, que me dão pesar; já te perdoei, e bem sabes que se sói dizer: "Para pecado novo, penitência nova".[5]

Enquanto isso acontecia, viram vir pelo caminho um homem cavaleiro num jumento, que, quando chegou perto, lhes pareceu ser cigano; mas Sancho Pança, que sempre que via um asno lhe deitava os olhos e junto o coração, apenas viu o homem, quando conheceu que era Ginés de Pasamonte, e pelo fio do cigano tirou o novelo do seu asno, como era a verdade, pois era seu o jerico em que Pasamonte vinha montado; o qual, para não ser conhecido e poder vender o asno, se pusera em trajes de cigano, cuja língua e outras muitas sabia falar como se fossem a sua natural. Viu-o Sancho e o conheceu e, nem bem o tinha visto e conhecido, a grandes vozes lhe disse:

— Ah, ladrão Ginesillo! Deixa a minha prenda, deixa a minha vida, não carregues com o meu alívio, deixa o meu asno, deixa o meu regalo! Foge, puto; some-te, ladrão, e abandona o que não é teu!

Nem houvera mister de tantas palavras e baldões, pois logo à primeira saltou Ginés e, pegando num trote que mais parecia carreira, num ápice se ausentou e afastou de todos. Sancho se chegou ao seu jerico e, abraçando-o, lhe disse:

— Como tem andado, meu bem, jerico do meu coração, companheiro meu?

E com isso o beijava e acariciava como se fosse gente. O asno calava e se deixava beijar e acariciar por Sancho sem responder palavra alguma. Chegaram todos e lhe deram os parabéns

---

[5] Na segunda edição de Juan de Cuesta, inseriu-se aqui o trecho grifado, complemento necessário à passagem acrescentada no capítulo XXIII, que narrara o roubo do jumento. Sendo ou não um texto de autoria de Cervantes, é presumível que ele tenha aprovado a interpolação.

pelo achado do jerico, especialmente D. Quixote, o qual lhe disse que nem por isso anulava a livrança dos três burricos. O que Sancho lhe agradeceu.

Ao tempo que os dois andavam nessas conversas, disse o padre a Dorotea que ela fora muito discreta, assim no conto como na brevidade dele e na sua semelhança com os dos livros de cavalarias. Ela disse que muitas horas se entretivera em sua leitura, mas que não sabia onde ficavam as províncias nem os portos de mar e que por isso dissera às cegas ter desembarcado em Osuna.

— Eu assim o entendi — disse o padre — e por isso logo acudi a dizer o que disse, com o que tudo se amanhou. Mas não é coisa estranha ver com quanta facilidade acredita esse desventurado fidalgo em todas essas invenções e mentiras, só porque têm o estilo e o modo das necedades de seus livros?

— É, sim — disse Cardenio —, e tão rara e nunca vista que duvido que, querendo inventá-la e fabricá-la mentirosamente, houvesse um tão agudo engenho que a pudesse atinar.

— Pois há outra coisa nisso — disse o padre. — É que, afora as tolices que este bom fidalgo diz tocantes à sua loucura, ao tratar de outras coisas discorre com boníssimas razões e mostra ter em tudo um entendimento claro e ponderado; de maneira que, como não lhe toquem nas suas cavalarias, ninguém o julgará senão como alguém de muito bom entendimento.

Enquanto eles estavam nessa conversa, prosseguiu D. Quixote com a sua e disse a Sancho:

— Ponhamos, Pança amigo, uma pedra sobre as nossas brigas, e dize-me agora, sem ter conta de sanha nem rancor algum: onde, como e quando achaste Dulcineia? Que fazia ela? Que lhe disseste? Que te respondeu? Que cara fez ao ler a minha carta? Quem ta trasladou? E tudo aquilo que vires que neste caso é digno de saber, de perguntar e satisfazer, sem nada acrescentares ou mentires por dar-me gosto, nem muito menos te acanhes para mo não tirar.

— Senhor — respondeu Sancho —, para dizer a verdade, a carta ninguém trasladou, porque eu não levei carta alguma.

— Assim é como tu dizes — disse D. Quixote —, porque o livrete de memória onde a escrevi vim a achá-lo em meu poder dois dias depois da tua partida, o qual me causou grandíssima pena, por não saber o que havias de fazer quando te visses sem carta, e sempre pensei que voltarias do lugar onde lhe desses por falta.

— Assim seria — respondeu Sancho —, se eu não a tivesse guardado na memória quando vossa mercê a leu, de maneira que a ditei a um sacristão, que a trasladou do meu entendimento tão ponto por ponto que disse que em todos os dias de sua vida, bem que tivesse lido muitas cartas de excomunhão, nunca tinha visto nem lido tão linda carta como aquela.

— E ainda a tens na memória, Sancho? — disse D. Quixote.

— Não, senhor — respondeu Sancho —, porque, depois que a disse, como vi que não tinha mais serventia, dei em esquecê-la, e se algo ainda me lembra, é aquilo de "barregana", digo, de "soberana senhora", e o fim: "Vosso até a morte, o Cavaleiro da Triste Figura". E no meio destas duas coisas pus mais de trezentas almas e vidas e olhos meus.

Capítulo XXXI

Das saborosas razões trocadas entre D. Quixote e Sancho Pança, seu escudeiro, mais outros sucessos

— Tudo isso não me descontenta; segue adiante — disse D. Quixote. — Chegaste, e o que fazia aquela rainha da formosura? Decerto a encontraste engranzando pérolas ou bordando alguma divisa com ouro em canutilho para este seu cativo cavaleiro.

— Não a achei — respondeu Sancho — senão joeirando duas sacas de trigo num quintal de sua casa.

— Pois faze conta — disse D. Quixote — que os grãos daquele trigo eram grãos de pérolas, tocados por suas mãos. E viste, amigo, se o trigo era candial ou tremês?

— Era só trigo vermelho — respondeu Sancho.

— Pois eu tenho para mim — disse D. Quixote — que, joeirado por suas mãos, sem dúvida alguma deu pão candial. Mas segue adiante: quando lhe entregaste a minha carta, ela a beijou? Colocou-a sobre a cabeça? Fez alguma cerimônia digna de tal carta? Ou que outra coisa fez?

— Quando lha ia entregar — respondeu Sancho —, ela estava sacudindo a peneira com gana para dar cabo do tanto que tinha ali metido, e me disse: "Deixa, amigo, essa carta em cima daquela saca, que não a poderei ler enquanto não acabar de peneirar tudo o que aqui está".

— Discreta senhora! — disse D. Quixote. — Isso deve de ter sido para poder lê-la sem pressa e recrear-se com ela. Adiante,

Sancho. E enquanto estava nos seus misteres, que colóquios teve contigo? Que te perguntou de mim? E tu, que lhe respondeste? Acaba, conta-me tudo, não deixes detalhe algum no tinteiro.

— Não me perguntou nada — disse Sancho —, mas eu lhe disse como, por seu serviço, tinha vossa mercê ficado em penitência, nu da cintura acima, metido nestas serras como um selvagem, dormindo no chão, sem comer à mesa posta e sem as barbas pentear, chorando e maldizendo sua fortuna.

— Em dizer que maldizia a minha fortuna disseste mal — disse D. Quixote —, porque antes a bendigo e bendirei todos os dias da minha vida, por ter-me feito digno de merecer amar tão alta senhora como Dulcineia d'El Toboso.

— Tão alta é — respondeu Sancho — que, à boa-fé, me avantaja em mais de uma mão-travessa.

— Como é, Sancho? — disse D. Quixote. — Por acaso te mediste com ela?

— Medi-me desta maneira — respondeu Sancho —: chegando-me para ajudá-la a pôr um costal de trigo sobre um jumento, chegamos tão perto que se deu a ver que me avantajava em mais de um grande palmo.

— É verdade — replicou D. Quixote —, e o quanto não acompanha essa grandeza adornando-a com mil milhões de graças da alma. Mas não me negarás, Sancho, uma coisa: quando chegaste junto dela, não sentiste um olor balsâmico, uma fragrância aromática e um não sei quê de bom, que eu nem consigo nomear? Digo, uma bafagem ou um bafejo como se estivesses na loja de algum curioso luveiro?

— O que eu sei dizer — disse Sancho — é que senti um cheirinho um tanto macho, e devia de ser porque ela, com o muito exercício, estava suada e um tanto emborralhada.

— Não seria isso — respondeu D. Quixote —, e sim que tu

devias de estar acatarrado ou deveste de cheirar a ti mesmo, pois eu sei muito bem qual o perfume daquela rosa entre espinhos, daquele lírio do campo, daquele âmbar sutil.

— Tudo pode ser — respondeu Sancho —, pois muitas vezes sai de mim aquele cheiro que então me pareceu que saía de sua mercê a senhora Dulcineia; e não há de que se maravilhar, pois dois diabos se parecem.

— E, então — prosseguiu D. Quixote —, acabou ela de limpar o seu trigo e de enviá-lo ao moinho. Que fez quando leu a carta?

— A carta — disse Sancho — ela não leu, porque disse que não sabia ler nem escrever, antes a rasgou e a fez em miúdos pedaços, dizendo que não queria dá-la a ler a ninguém, para que ninguém no lugar soubesse dos seus segredos, e que lhe bastava o que eu tinha dito de palavra acerca do amor que vossa mercê tinha por ela e da penitência extraordinária que por sua causa ficava fazendo. E finalmente disse que dissesse a vossa mercê que lhe beijava as mãos, e que ali ficava com mais desejo de o ver que de lhe escrever, e que, sendo assim, lhe suplicava e mandava que, em vista da presente, saísse destes matagais e deixasse de fazer disparates e se pusesse logo logo a caminho de El Toboso, se outra coisa de mais importância não lhe ocorresse, pois tinha grande desejo de ver vossa mercê. Riu-se muito quando eu lhe disse que vossa mercê se chamava o Cavaleiro da Triste Figura. Perguntei-lhe se tinha aparecido por lá o biscainho aquele; disse ela que sim e que era um homem muito de bem. Também lhe perguntei pelos galeotes, mas me disse que, até então, não tinha visto nenhum.

— Tudo corre bem até agora — disse D. Quixote. — Mas, dize-me, que joia te deu à despedida, pelas novas que de mim lhe levaste? Pois é usado e antigo costume entre os cavaleiros e damas andantes dar aos escudeiros, donzelas ou anões que lhes levam novas, de suas damas a eles, a elas dos seus andantes, alguma rica joia de alvíssaras, em agradecimento pelo seu recado.

— Bem pode ser assim, e me parece boa usança, mas isso deve de ter sido no tempo antigo, que agora só se deve de costumar dar um pedaço de pão e de queijo, pois foi isto o que a minha senhora Dulcineia me deu, por cima da cerca do quintal, quando dela me despedi; e por sinal o queijo era de ovelha.

— É em extremo liberal — disse D. Quixote — e, se não te deu joia de ouro, sem dúvida deve de ter sido por não ter alguma à mão para te dar; mas a paga é boa ainda que tardia: eu irei vê-la, e tudo se satisfará. Sabes do que estou maravilhado, Sancho? De que parece que foste e voltaste pelos ares, pois pouco mais de três dias tardaste em ir e voltar daqui a El Toboso, havendo daqui até lá mais de trinta léguas. Donde entendo que aquele sábio nigromante que tem conta das minhas coisas e é meu amigo, pois é força que tal haja e tenha de haver, senão eu não seria um bom cavaleiro andante, digo que esse tal deve de ter-te ajudado a caminhar sem que o sentisses; pois há sábios destes que apanham um cavaleiro andante dormindo em sua cama e, sem saber como ou de que jeito, amanhece no dia seguinte a mais de mil léguas donde anoiteceu. E se não fosse por isso, não se poderiam os cavaleiros andantes socorrer uns aos outros nos seus perigos, como a cada passo se socorrem, que acontece estar um deles batalhando nas serras da Armênia com algum endríago ou fero avejão, ou com outro cavaleiro, onde vai levando a pior da contenda e já está a pique de morrer, e, quando menos espera, surge acolá, sobre uma nuvem ou sobre um carro de fogo, outro cavaleiro amigo seu, que pouco antes se achava em Inglaterra, para favorecê-lo e livrá-lo da morte, e à noite já se acha em sua morada, jantando muito à sua vontade; e não raro há de uma a outra parte duas ou três mil léguas, e tudo isso se faz por indústria e

426

sabedoria destes sábios encantadores que têm cuidado desses valorosos cavaleiros. Portanto, amigo Sancho, não é difícil acreditar que em tão breve tempo tenhas ido e voltado deste lugar ao de El Toboso, pois, como tenho dito, algum sábio amigo te deve de ter levado num voo sem que o sentisses.

— Assim deve de ter sido — disse Sancho —, pois à boa-fé que andava Rocinante como se fosse asno de cigano com azougue nos ouvidos.[1]

— E o não levava?! — disse D. Quixote. — Azougue e mais uma legião de demônios, que é gente que caminha e faz caminhar sem cansaço o quanto bem quiserem. Mas, deixando isto de parte, que te parece que devo de fazer agora quanto ao mandamento da minha senhora de que vá vê-la? Pois, bem que eu me veja obrigado a cumprir o que ela me manda, vejo-me também impossibilitado pelo dom que tenho prometido à princesa que conosco vem, e a lei da cavalaria força-me a cumprir a minha palavra antes que a minha vontade. Por um lado, me acossa e lancina o desejo de ver a minha senhora; por outro, me incita e chama a prometida fé e a glória que hei de alcançar nesta empresa. Mas o que penso fazer é caminhar depressa e logo chegar aonde está esse gigante, e, em lá chegando, cortar-lhe a cabeça e pôr a princesa pacificamente no seu estado, e num ápice darei meia-volta para ir ver a luz que os meus sentidos alumia, à qual darei tais desculpas que ela virá a ter por boa a minha tardança, pois verá que tudo redunda em aumento da sua glória e fama, pois toda a que alcancei, alcanço e alcançarei pelas armas nesta vida vem do favor que ela me dá e de eu a ela pertencer.

---

[1] Pingar umas gotas de mercúrio (azougue) nos ouvidos das cavalgaduras era um truque para avivá-las.

— Ai — disse Sancho —, como está vossa mercê mal dos cascos! Pois diga-me, senhor, se vossa mercê pensa caminhar esse caminho em vão e deixar passar e perder um tão rico e tão principal casamento como esse, onde por dote lhe dão um reino, que de boa fonte ouvi dizer que tem mais de vinte mil léguas de contorno e que é abundantíssimo em todas as coisas necessárias para o sustento da vida humana e que é maior que Portugal e Castela juntos? Cale-se, pelo amor de Deus, e tenha vergonha do que disse, e tome meu conselho, e perdoe-me, e case logo no primeiro lugar onde houver padre; e senão, aí está o nosso licenciado, que o fará à maravilha. E olhe que eu já tenho idade para dar conselhos, e que este que eu lhe dou vem bem a calhar, e que mais vale pássaro em mão que abutre voando, pois quem bem tem e mal escolhe, por bem que se assanhe não se vinga.[2]

— Olha, Sancho — respondeu D. Quixote —, se o conselho que me dás para que eu me case é por que, em matando o gigante, logo seja eu rei e tenha azo para fazer-te mercês e dar-te o prometido, faço-te saber que sem casar poderei muito bem e facilmente cumprir o teu desejo, pois, antes de entrar em batalha, pedirei como adiafa que, saindo vencedor, já que não hei de casar, me deem uma parte do reino, para que a possa dar a quem eu quiser; e em recebendo-a, a quem pensas que a darei senão a ti?

— Isso está claro — respondeu Sancho —, mas cuide vossa mercê de escolhê-la perto da costa, para que, se a vivenda não me contentar, eu possa embarcar os meus negros vassalos e fazer deles o que já tenho dito. E vossa mercê nem pense agora em ir ver

---

[2] Alteração do ditado "*quien bien tiene y mal escoge, por mal que le venga no se enoje*" ("quem tem bem e escolhe mal, por pior que se saia, não se zangue"). Sancho inverte os termos da segunda parte, trocando o sentido do verbo, de "vir" para "vingar-se".

a minha senhora Dulcineia, mas vá logo matar o gigante, e liquidemos esse negócio; que por Deus eu cuido que há de ser de grande honra e proveito.

— Digo-te, Sancho — disse D. Quixote —, que estás certo e que hei de tomar o teu conselho quanto a ir antes com a princesa que ver Dulcineia. Mas não digas nada a ninguém, nem aos que vêm conosco, do que aqui discutimos e tratamos; pois, sendo Dulcineia tão recatada, tanto que não quer que se saibam os seus pensamentos, não será bem que eu nem outro por mim os revele.

— Se é assim — disse Sancho —, por que vossa mercê manda a todos aqueles que vence por seu braço que vão se apresentar diante da minha senhora Dulcineia, sendo isto sua firma de punho de que a quer bem e que é seu enamorado? E, sendo forçoso que os que lá vão se ajoelhar digam que vão de parte de vossa mercê para lhe prestar obediência, como se podem encobrir os pensamentos um do outro?

— Ah, quão simples e néscio és! — disse D. Quixote. — Não vês, Sancho, que tudo isso redunda em seu maior elogio? Porque hás de saber que neste nosso estilo de cavalaria é grande honra para uma dama ter muitos cavaleiros andantes ao seu serviço, sem que os pensamentos destes vão além de servi-la só por ser ela quem é, sem esperar outro prêmio por seus muitos e bons desejos senão que ela se contente em aceitá-los por seus cavaleiros.

— Com essa maneira de amor — disse Sancho — ouvi nos sermões que se deve amar Nosso Senhor, só por ele, sem esperança de glória nem temor de pena, bem que eu preferisse amá-lo e servi-lo pelo seu poder.

— Valha-te o diabo por vilão — disse D. Quixote —, e quantas discrições dizes às vezes! Até pareces estudado.

— Pois à fé minha que não sei ler — respondeu Sancho.

Nisto mestre Nicolás lhes deu vozes por que aguardassem

um pouco, que queriam fazer alto para beber de uma fontezinha que ali havia. Deteve-se D. Quixote, com não pouco gosto de Sancho, que já estava cansado de tanto mentir e temia que seu amo o apanhasse pelas palavras; porque, se bem ele soubesse que Dulcineia era uma lavradora de El Toboso, não a vira em toda sua vida.

Tinha nesse ínterim Cardenio se vestido com as roupas que Dorotea usava quando a acharam, as quais, bem que não fossem lá muito boas, em muito avantajavam as que ele deixava. Apearam junto à fonte e, com as provisões que o padre trouxera da estalagem, satisfizeram, ainda que pouco, a muita fome que todos tinham.

Estando nisto, acertou de passar por ali um rapaz que ia de caminho, o qual, pondo-se a olhar com muita atenção os que na fonte estavam, dali a pouco arremeteu para D. Quixote e, abraçando-o pelas pernas, começou a chorar com muita força, dizendo:

— Ai, senhor meu! Não me conhece vossa mercê? Olhe bem para mim, que eu sou aquele moço Andrés que vossa mercê tirou do carvalho onde estava amarrado.

Reconheceu-o D. Quixote, e tomando-o pela mão, voltou-se para os que ali estavam e disse:

— Por que vossas mercês vejam de quanta importância é haver cavaleiros andantes no mundo, que desfaçam os tortos e agravos feitos pelos insolentes e maus homens que nele vivem, saibam vossas mercês que, dias passados, passando eu perto de um bosque, ouvi uns gritos e umas vozes muito lastimosas, como de pessoa aflita e necessitada. Acudi logo, levado da minha obrigação, para a parte onde me pareceu que as lamentáveis vozes soavam, e achei amarrado a um carvalho este rapaz que agora está aqui diante, pelo qual eu folgo de coração, pois será testemunha que em nada me deixará mentir. Digo que estava ele amarrado ao carvalho, nu de meio corpo acima, e estava retalhando-o a açoites com as rédeas de uma égua um vilão, que depois vim a saber que era seu amo; e assim como o vi lhe perguntei a causa de tão atroz flagelação; respondeu o sáfaro que o açoitava porque era seu criado, e por certos descuidos que ele tinha e nasciam mais de ladrão que de simples; ao qual esta criança disse: "Senhor, ele me açoita só porque lhe peço meu salário". O amo replicou não sei que arengas e desculpas, as quais, se bem por mim ouvidas, não foram admitidas. Enfim, eu o mandei desamarrar e tomei juramento do vilão de que o levaria consigo e lhe pagaria real sobre real, mais cobres. Não é verdade tudo isto, filho Andrés? Não reparaste com quanto império lho mandei, e com quanta humildade prometeu ele fazer tudo quanto eu lhe impus e notifiquei e quis? Responde, não te embaraces nem hesites em nada, dize a estes senhores o que se passou, por que se veja e considere ser do proveito que digo haver cavaleiros andantes pelos caminhos.

— Tudo o que vossa mercê disse é muita verdade — respondeu o rapaz —, mas o fim do caso se deu justo ao contrário do que vossa mercê imagina.

— Como ao contrário? — replicou D. Quixote. — Não te pagou logo o vilão?

— Não só não me pagou — respondeu o rapaz —, mas assim como vossa mercê saiu do bosque e ficamos a sós, tornou a me amarrar na mesmo carvalho e me deu de novo tantos açoites que fiquei esfolado como um São Bartolomeu; e a cada açoite que me dava, me dizia uma graça e um remoque para fazer troça de vossa mercê, sendo tais as coisas que ele dizia que, se eu não sentisse tanta dor, muito me riria delas. Por fim me deixou tão mal, que até agora estive num hospital curando-me do mal que o ruim vilão então me fez. De todo o qual vossa mercê tem a culpa, porque, se tivesse seguido seu caminho adiante e não viesse aonde não era chamado, nem se metesse em negócios alheios, meu amo se teria contentado em me dar uma ou duas dúzias de açoites, e logo me teria soltado e pagado o que me devia. Mas, como vossa mercê o desonrou tão sem propósito e lhe disse tantas vilanias, lhe ferveu a cólera e, como não se pôde vingar em vossa mercê, quando se viu só, descarregou a borrasca em mim, de tal maneira que me parece que não serei mais homem em toda a minha vida.

— O mal foi — disse D. Quixote — eu ir-me embora de lá, pois não havia de ter ido enquanto não fosses pago, pois bem devia eu saber por longas experiências que não há vilão que guarde a palavra empenhada, se ele vê que não lhe convém guardá-la. Mas hás de lembrar, Andrés, que eu jurei que, se ele te não pagasse, havia eu de ir buscá-lo e achá-lo, ainda que se escondesse no ventre da baleia.

— É verdade — disse Andrés —, mas isso de nada valeu.

— Agora verás se vale — disse D. Quixote.

E dizendo isto se levantou com muita pressa e mandou que Sancho arreasse Rocinante, que estava pastando enquanto eles comiam.

Perguntou-lhe Dorotea que era o que fazer queria. Ele lhe respondeu que queria ir em busca do vilão para castigá-lo por tão má tenção, e fazê-lo pagar Andrés até o último maravedi, a despeito e pesar de quantos vilões houvesse no mundo. Ao que ela respondeu que cuidasse ele que não podia, conforme o dom prometido, se intrometer em nenhuma empresa até acabar a sua, e, sabendo ele disto melhor que outro algum, que sossegasse o peito até o retorno do seu reino.

— É verdade — respondeu D. Quixote —, e é forçoso que Andrés tenha paciência até o retorno, como vós, senhora, dizeis; mas a ele volto a jurar e a prometer de novo de não parar enquanto o não tiver vingado e pagado.

— Não me fio desses juramentos — disse Andrés. — Mais quisera eu ter agora com o que chegar a Sevilha que todas as vinganças do mundo. Dê-me, se tem aí, algo para comer e levar, e fique com Deus sua mercê e todos os cavaleiros andantes, que tão bem-andantes sejam eles consigo como o foram comigo.

Tirou Sancho do seu farnel um pedaço de pão e outro de queijo e, dando-o ao moço, lhe disse:

— Tomai, irmão Andrés, que a todos nos cabe parte da vossa desgraça.

— E que parte cabe a vós? — perguntou Andrés.

— Esta parte de queijo e pão que vos dou — respondeu Sancho —, que sabe Deus o quanto me há de fazer falta; pois vos faço saber, amigo, que os escudeiros dos cavaleiros andantes somos sujeitos a muita fome e má ventura, além de outras coisas que se sentem melhor do que se dizem.

Andrés apanhou seu pão e seu queijo e, vendo que ninguém lhe dava outra coisa, baixou a cabeça e, como se costuma dizer, deu ao pé. Bem é verdade que, ao partir, disse a D. Quixote:

— Pelo amor de Deus, senhor cavaleiro andante, se outra vez me encontrar, ainda que veja que alguém me faz em pedaços, não me socorra nem ajude, mas me deixe com a minha desgraça, que sempre será menor que a que terei com a ajuda de vossa mercê, que Deus maldiga, com quantos cavaleiros andantes já nasceram no mundo.

Ia-se levantar D. Quixote para castigá-lo, mas Andrés se pôs a correr de modo que ninguém se atreveu a segui-lo. Ficou vexadíssimo D. Quixote do conto do rapaz, e foi mister que os demais tivessem muito tento para não rir e não acabar de o vexar de todo.

Capítulo XXXII

Que trata do que sucedeu na estalagem com toda a quadrilha de D. Quixote

Acabou-se a boa comida, logo encilharam, e sem que lhes acontecesse coisa alguma digna de conto, chegaram no dia seguinte àquela estalagem que era espanto e assombro de Sancho Pança; e se bem ele quisesse não entrar nela, não pôde escapar. A estalajadeira, o estalajadeiro, sua filha e Maritornes, ao verem chegar D. Quixote e Sancho, foram recebê-los com mostras de grande alegria, e ele as recebeu com grave jeito e favor, e lhes disse que lhe arranjassem outro melhor leito que o da vez anterior. Ao que a hospedeira respondeu que, se lhe pagasse melhor que da outra vez, ela lhe daria um de príncipes. D. Quixote disse que assim faria, e assim lhe arranjaram um razoável no mesmo desvão de sempre, e ele logo se deitou, pois vinha muito alquebrado e falto de juízo.

Apenas se recolhera, quando a hospedeira arremeteu contra o barbeiro e, agarrando-o pela barba, disse:

— Por todos os santos, vossa mercê não se há de aproveitar mais do meu rabo para as suas barbas, e vai já devolver a minha peça, pois anda a do meu marido caindo pelo chão, que é uma vergonha: digo, o pente, que eu costumava pendurar do meu bom rabo.

Não lho queria dar o barbeiro, por mais que ela pelejasse, até que o licenciado lhe disse que lho desse, que já não era mais mister usar daquela indústria, mas que se descobrisse e mostrasse em sua própria forma e dissesse a D. Quixote que, quando fora despojado pelos ladrões galeotes, tinha fugido para aquela estalagem, e que, se ele perguntasse pelo escudeiro da princesa, lhe diriam que ela o enviara à frente para dar aviso aos do seu reino de que ela estava a caminho levando consigo o libertador de todos. Com isto entregou o barbeiro de bom grado o rabo à estalajadeira, e também lhe devolveram todos os adereços que ela emprestara para a libertação de D. Quixote. Maravilharam-se todos na estalagem da formosura de Dorotea, e também da boa presença do zagal Cardenio. Mandou o padre que lhes arranjassem de comer do que na estalagem houvesse, e o hospedeiro, na esperança de melhor paga, com diligência lhes arranjou uma razoável refeição. Enquanto isso, dormia D. Quixote, e foram de parecer de não acordá-lo, pois mais proveito lhe faria o sono que a comida.

Finda a refeição, trataram, na presença do estalajadeiro, sua mulher, sua filha, Maritornes e todos os viajantes, da estranha loucura de D. Quixote e do modo como o acharam. A hospedeira lhes contou o acontecido entre ele e o arreeiro e, olhando se acaso Sancho andava por ali, como não o visse, contou tudo sobre sua manteação, que não pouca graça lhes causou. E como o padre dissesse que os livros de cavalarias que D. Quixote lera lhe transtornaram o juízo, disse o estalajadeiro:

— Não sei como pode ser isso, pois em verdade entendo que não há melhor leitura no mundo, e tenho aí dois ou três deles, mais outros papéis, que verdadeiramente me têm dado a vida, e não só a mim, mas a outros muitos. Pois, quando é o tempo da ceifa, recolhem-se aqui para as sestas muitos ceifeiros, e sempre há algum que sabe ler, o qual toma um desses livros nas mãos, e o rodeamos mais de trinta e ficamos a escutá-lo com tanto gosto que nos tira as rugas. De mim, pelo menos, sei dizer que, quando ouço falar daqueles furibundos e terríveis golpes que dão os cavaleiros, me dá gana de sair fazendo o mesmo, e que gostaria de passar noites e dias a ouvi-los.

— E eu digo o mesmo — atalhou a estalajadeira —, pois o meu único sossego em casa é quando estais escutando as leituras, que ficais tão abobalhado que vos não lembrais de ralhar.

— Isso é verdade — disse Maritornes —, e à boa-fé que eu também gosto muito de ouvir essas coisas, que são lindas, e mais quando contam que está a outra senhora embaixo de umas laranjeiras abraçada ao seu cavaleiro, tendo uma duenha por sentinela, morta de inveja e com muito susto. E digo que tudo isto é mel na boca.

— E a vós que vos parece, senhora donzela? — disse o padre, falando com a filha do estalajadeiro.

— Não sei, senhor, por minha alma — respondeu ela. — Também eu o escuto, e é verdade que, se bem o não entenda, tenho gosto em ouvi-lo; mas não gosto dos golpes de que meu pai gosta, e sim dos lamentos que os cavaleiros dão quando estão longe de suas senhoras, que em verdade às vezes me fazem chorar, de compaixão que por eles tenho.

— Então os remediaríeis, senhora donzela — disse Dorotea —, se por vós chorassem?

— Não sei o que faria — respondeu a moça —, só sei que há algumas daquelas senhoras tão cruéis que seus cavaleiros as chamam tigres e leões e outras mil imundícies. E, Jesus!, eu não sei que gente é essa tão desalmada e tão sem consideração que, por não olhar um homem honrado, o deixam morrer ou acabar louco. Não sei para que tanto melindre: se o fazem por honradas, que se casem com eles, que eles não desejam outra coisa.

— Cala-te, menina — disse a estalajadeira —, que parece que sabes demais dessas coisas, e não fica bem às donzelas saber nem falar tanto.

— Como o perguntava este senhor — respondeu ela —, não pude deixar de o responder.

— Pois bem — disse o padre —, trazei-me, senhor hospedeiro, esses livros, que os quero ver.

— Com prazer — respondeu ele.

E, entrando em seu aposento, trouxe dele uma velha maleta, fechada com uma cadeia, e abrindo-a achou nela três livros grandes e uns papéis de muito boa letra, todos manuscritos. O primeiro livro que abriu viu que era *Don Cirongilio de Tracia*,[1] e o outro, *Felixmarte de Hircania*, e o outro, a *Historia del Gran Capitán Gonzalo Hernández de Córdoba, con la vida de Diego García de Paredes*.[2] Assim como o padre leu os dois primeiros títulos, se voltou para o barbeiro e disse:

— Falta nos fazem aqui e agora a ama e a sobrinha do meu amigo.

— Não fazem — respondeu o barbeiro —, pois eu também sei levá-los ao curral ou à cozinha, que em verdade há nela muito bom fogo.

— Quer acaso vossa mercê queimar meus livros? — perguntou o estalajadeiro.

---

[1] *Los cuatro libros del valeroso caballero Don Cirongilio de Tracia* [...] *hijo del noble rey Eleofrón de Macedonia, según lo escribió el célebre historiador suyo Nouarco en la lectura Griega y Promisus en la Latina, trasladada a nuestra lengua por Bernardo de Vargas* (Sevilha, 1545).

[2] Gonzalo de Córdoba, dito El Gran Capitán (1443-1515), comandou a batalha de Cerignola contra os franceses (1503), que afastou definitivamente Luís XII do reino de Nápoles. O livro citado é o anônimo *Crónica del Gran Capitán Gonzalo Hernández de Córdoba* (Sevilha, 1580), reedição ampliada de *Breve suma de la vida* [...] *de Diego García de Paredes* (Saragoça, 1505; Alcalá de Henares, 1584).

— Não mais — disse o padre — que estes dois: o de D. Cirongilio e o de Felixmarte.

— Porventura — disse o estalajadeiro — meus livros são hereges ou fleumáticos, que os quer queimar?

— "Cismáticos" quereis dizer, amigo — disse o barbeiro —, e não "fleumáticos".

— Assim é — replicou o estalajadeiro. — Mas, se algum quer queimar, que seja esse do Grande Capitão e desse Diego García, pois antes deixarei queimar um filho que algum dessoutros.

— Irmão — disse o padre —, estes dois livros são mentirosos e estão cheios de disparates e devaneios, enquanto este do Grande Capitão é história verdadeira e contém os feitos de Gonzalo Hernández de Córdoba, o qual por suas muitas e grandes façanhas mereceu que todo o mundo o chamasse "Grande Capitão", renome famoso e claro e só por ele merecido; e esse Diego García de Paredes foi um principal cavaleiro, natural da cidade de Trujillo, na Estremadura, valentíssimo soldado e de tantas forças naturais, que com um dedo parava uma roda de moinho em meio a sua fúria e, postado empunhando um montante na entrada de uma ponte, deteve todo um inumerável exército, que não passou por ela; e fez outras coisas tais que, se como ele as conta e também as escreve, com a modéstia de cavaleiro e de cronista próprio, as escrevesse outro livre e desapaixonado, poriam em esquecimento as dos Heitores, Aquiles e Roldães.

— Grandes coisas! — disse o estalajadeiro. — Olhai do que se espanta, parar uma roda de moinho! Por Deus, agora havia vossa mercê de ler o que fez Felixmarte de Hircânia, que de um só revés partiu cinco gigantes pela cintura, como se fossem feitos de favas, como as figurinhas com que brincam as crianças. E outra vez arremeteu contra um grandíssimo e poderosíssimo exército, enfrentando mais de um milhão e seiscentos mil soldados, todos armados dos pés à cabeça, e desbaratou a todos, como se fossem manadas de ovelhas. E que me dirão do bom D. Cirongilio de Trácia, que foi tão valente e animoso como se verá no livro, onde se conta que, navegando por um rio, lhe surgiu do meio das águas uma serpente de fogo, e ele, assim como a viu, se atirou sobre ela, e se pôs às cavaleiras sobre as suas escamosas costas, e com ambas as mãos lhe apertou a garganta com tanta força que, vendo a serpente que a sufocava, não teve outro remédio que se deixar ir ao fundo do rio, levando consigo o cavaleiro, que nunca a quis soltar? E, quando chegaram lá embaixo, se achou em uns palácios e uns jardins maravilhosos, e depois a serpe virou um velho ancião, que lhe disse tantas coisas, que mais não se pode ouvir. Cale-se, senhor, pois, se tais coisas ouvisse, ficaria louco de prazer. Duas figas para o Grande Capitão e para esse tal Diego García!

Dorotea, ouvindo isto, disse caladamente a Cardenio:

— Pouco falta ao nosso hospedeiro para secundar D. Quixote.

— O mesmo penso eu — respondeu Cardenio —, pois dá ele mostras de ter como certo que tudo o que esses livros contam sucedeu tal qual o trazem escrito, e nem Cristo o tiraria dessa crença.

— Olhai, irmão — tornou a dizer o padre —, que nunca houve no mundo Felixmarte de Hircânia, nem D. Cirongilio de Trácia, nem outros semelhantes cavaleiros que contam os livros de cavalarias, pois é tudo compostura e ficção de engenhos ociosos, que os compuseram para aquele efeito que dissestes de entreter o tempo, tal como o entretêm vossos ceifeiros quando os leem. Porque realmente eu vos juro que no mundo nunca existiram tais cavaleiros, nem tais façanhas e disparates nele aconteceram.

— A outro cão com esse osso! — respondeu o estalajadeiro. — Como se eu não soubesse quanto fazem dois mais dois e onde o sapato me aperta! Não pense vossa mercê que me fará engolir essa, pois por Deus que não sou parvo. Essa é mesmo boa, querer vossa mercê dar-me a entender que tudo o que estes bons livros dizem são disparates e mentiras, estando impressos com licença dos senhores do Conselho Real, como se eles fossem gente de deixar imprimir tanta mentira junta, e tantas batalhas, e tantos encantamentos que tiram o juízo!

— Já vos disse, amigo — replicou o padre —, que isto se faz para entreter os nossos ociosos pensamentos; e do mesmo modo que nas repúblicas bem ordenadas se consente que haja jogos de xadrez, de pelota e de truques,[3] para entreter aqueles que nem precisam, nem devem, nem podem trabalhar, assim se consente a impressão e existência de tais livros, acreditando-se, como é verdade, que não há de haver alguém tão ignorante que tenha por verdadeira história alguma desses livros. E se me fosse lícito agora e o auditório o requeresse, diria eu umas tantas coisas sobre o que os livros de cavalaria devem ter para ser bons, que talvez fossem de proveito e até de gosto para alguns; mas espero que chegue o dia em que eu o possa comunicar a quem o possa remediar, e nesse entrementes crede, senhor estalajadeiro, no que vos tenho dito, e tomai os vossos livros e entendei-vos com suas verdades ou mentiras, que bom proveito vos façam, e queira Deus que não coxeeis do pé que coxeia o vosso hóspede D. Quixote.

— Isso não — respondeu o estalajadeiro —, que não seria eu tão louco de me fazer cavaleiro andante, pois bem vejo que

---

[3] Jogo de truques: espécie de bilhar jogado em mesa com caçapas, semelhante à sinuca.

agora não se usa o que se usava naquele tempo, quando se diz que andavam pelo mundo esses famosos cavaleiros.

No meio dessa conversa, achou-se Sancho presente e ficou por demais confuso e pensativo com aquilo que ouvia dizer, que agora não se usavam cavaleiros andantes e que todos os livros de cavalarias eram necedades e mentiras, e propôs em seu coração esperar em que pararia aquela viagem do seu amo e determinou que, se não saísse com a felicidade que pensava, ele o deixaria e voltaria com sua mulher e seus filhos ao seu costumado trabalho.

Ia levando o estalajadeiro a maleta com os livros, mas o padre lhe disse:

— Esperai, que quero ver que papéis são esses que de tão boa letra estão escritos.

Tirou-os o hospedeiro e deu-lhos a ler, vendo o padre cerca de oito fólios manuscritos, que no início tinham um grande título que dizia: *Novela do Curioso Impertinente*. Leu para si três ou quatro linhas e disse:

— À vera que não me parece nada mau o título desta novela, tanto que tenho vontade de lê-la inteira.

Ao que respondeu o estalajadeiro:

— Bem a pode ler sua reverência, pois lhe faço saber que ela muito contentou alguns hóspedes que aqui a leram, e ma pediram com muito afinco; mas eu não quis dá-la, pensando em devolvê--la a quem aqui deixou esquecida esta maleta com estes livros e papéis, que bem pode seu dono voltar daqui a algum tempo, e, ainda sabendo que me hão de fazer falta os livros, à fé que os devolverei, pois, se bem seja estalajadeiro, ainda sou cristão.

— Tendes toda a razão, amigo — disse o padre —, mas, com tudo isso, se a novela me contentar, haveis de deixar-ma trasladar.

— De muito bom grado — respondeu o estalajadeiro.

Enquanto os dois essas coisas iam dizendo, apanhou Cardenio a novela e começou a ler; e parecendo-lhe o mesmo que ao padre, pediu a este que a lesse de modo que todos a ouvissem.

— Eu bem a leria — disse o padre —, se não fosse melhor usar esse tempo em dormir que em ler.

— Grande repouso será para mim — disse Dorotea — entreter o tempo ouvindo algum conto, pois ainda não tenho o espírito tão sossegado que me permita dormir quando seria razão.

— Sendo assim — disse o padre —, quero lê-la, por curiosidade ao menos: talvez traga algo de gosto.

Acudiu mestre Nicolás a pedir-lhe o mesmo, e Sancho também; em vendo isto o padre, e entendendo que a todos daria gosto e ele o receberia, disse:

— Sendo assim, estejam todos atentos, que a novela começa desta maneira:

Capítulo XXXIII

Onde se conta a
Novela do Curioso Impertinente

Em Florença, cidade rica e famosa da Itália, na província chamada Toscana, viviam Anselmo e Lotario, dois cavaleiros ricos e principais, e tão amigos que, por excelência e antonomásia, por todos que os conheciam "os dois amigos" eram chamados. Eram solteiros, moços da mesma idade e dos mesmos costumes, o que era causa bastante para que os dois com recíproca amizade se correspondessem. Bem é verdade que o Anselmo era um tanto mais inclinado aos passatempos amorosos que o Lotario, a quem muito atraíam os da caça; mas, quando era o caso, deixava Anselmo de entregar-se aos seus gostos por seguir os de Lotario, e Lotario deixava os seus por entregar-se aos de Anselmo, e desta maneira caminhavam tão a par as suas vontades que nem o mais concertado relógio assim caminhava.

Andava Anselmo perdido de amores por uma donzela principal e formosa da mesma cidade, filha de tão bons pais e ela por si tão boa, que se determinou, com o parecer do seu amigo Lotario, sem o qual nada fazia, a pedi-la aos pais por esposa, e assim o pôs em execução; e quem levou a embaixada foi Lotario, e quem concluiu o negócio, tão a gosto do seu amigo que em breve tempo se viu posto na possessão que desejava, e Camila tão contente de ter Anselmo por esposo, que não cessava de dar graças aos céus, e a Lotario, por cujo meio tanto bem alcançara. Nos primeiros dias, felizes como costumam ser os da boda, Lotario frequentou como costumava a casa do seu amigo Anselmo, procurando honrá-lo, festejá-lo e regozijá-lo com tudo aquilo que lhe foi possível; mas, findas as bodas e reduzida a frequência das visitas e parabéns, começou Lotario a com cuidado descuidar das idas à casa de Anselmo, por parecer-lhe (como é razão que pareça a todos os que são discretos) que se não devem visitar nem frequentar as casas dos amigos casados da mesma maneira que quando eram solteiros, pois, conquanto a boa e verdadeira amizade em nada possa nem deva ser suspeita, é, com tudo isso, tão frágil a honra do casado que parece poder-se ofender até dos próprios irmãos, quanto mais dos amigos.

Percebeu Anselmo o afastamento de Lotario e com ele muito se queixou, dizendo-lhe que, se soubesse que o casamento havia de ser razão para o não tratar como costumava, jamais se teria casado, e que, se pela boa correspondência que os dois tinham quando ele era solteiro granjearam tão doce renome como o de serem chamados "os dois amigos", que não permitisse, por se querer fazer de circunspecto, sem outra razão alguma, que tão famoso e tão agradável nome se perdesse; e que assim lhe suplicava, se tal termo de fala era lícito usar entre eles, que voltasse a ser senhor de sua casa e a entrar e sair nela como dantes, assegurando-lhe que sua esposa Camila não tinha outro gosto nem outra vontade que a que ele queria que tivesse, e que, sabendo ela com quantas veras os dois se amavam, estava confusa de ver nele tanta esquivança.

A todas estas e outras muitas razões que Anselmo disse a Lotario para persuadi-lo a voltar como costumava a sua casa, respondeu Lotario com tanta prudência, discrição e aviso, que Anselmo ficou satisfeito da boa intenção do seu amigo, e concertaram que dois dias na semana, mais os santos, fosse Lotario almoçar com ele; e ainda que os dois assim tivessem concertado,

444

propôs Lotario de fazer somente aquilo que visse que mais convinha à honra do seu amigo, cujo crédito estimava em mais que o seu próprio. Dizia ele, e dizia bem, que o casado a quem o céu concede uma mulher formosa tanto cuidado deve ter nos amigos que leva a sua casa como em olhar com que amigas sua mulher conversa, pois o que não se faz nem concerta nas praças nem nos templos nem nas festas públicas nem estações da paixão (coisas que nem sempre hão de negar os maridos a suas mulheres), bem se concerta e facilita na casa da amiga ou da parenta em que mais se tem confiança.

Também dizia Anselmo terem todos os casados necessidade de ter, cada um, algum amigo para adverti-lo dos descuidos em seu proceder, pois sói acontecer que, com o muito amor que tem o marido pela mulher, este ou não lhe adverte ou não lhe diz, para não aborrecê-la, que faça ou deixe de fazer algumas coisas de cujo fazer ou não depende a honra ou o vitupério, do qual, sendo pelo amigo advertido, com facilidade tudo remediaria. Mas onde se achará amigo tão discreto e tão leal e verdadeiro como o que Anselmo pede? Eu não sei, por certo. Só Lotario era este, que com toda a solicitude e todo o aviso olhava pela honra do amigo e procurava rarear, reduzir e abreviar as visitas concertadas, por que não parecesse mal ao vulgo ocioso e aos olhos vagabundos e maliciosos a entrada de um moço rico, gentil-homem e bem-nascido, e com os bons dotes que ele pensava ter, na casa de uma mulher tão formosa como Camila; pois, posto que sua bondade e valor pudesse pôr freio a toda maledicente língua, ainda assim não queria pôr em dúvida seu crédito nem o de seu amigo, e por isso os mais desses dias concertados ele os ocupava e entretinha com outras coisas que dava a entender serem inescusáveis. Assim, entre queixas de um e desculpas de outro, se passavam muitas horas e partes do dia.

Sucedeu pois que um dia, estando os dois passeando por um prado fora da cidade, Anselmo disse a Lotario as seguintes razões:

— Cuida, amigo Lotario, que, às mercês que Deus me fez em me fazer filho de tais pais como foram os meus e em me dar à farta os bens, assim os chamados de natureza como os de fortuna,[1] não posso eu corresponder com uma gratidão que iguale o bem recebido e sobeje o que me fez em me dar a ti por amigo e a Camila por mulher, duas prendas que estimo, se não no grau que devo, ao menos no que posso. Pois apesar dessas prendas todas, que soem ser o todo com que os homens soem e podem viver contentes, vivo eu como o mais despeitado e desgostoso de todo o mundo universo, pois não sei de quantos dias a esta parte me remói e oprime um desejo tão estranho e tão fora do uso comum aos outros, que eu me espanto de mim mesmo, e me culpo e me repreendo a sós, e procuro calá-lo e encobri-lo dos meus próprios pensamentos, o que não me impediu de revelar este segredo, como se de indústria o procurasse dizer a todo o mundo. E como de feito ele há de vir à luz, quero que seja na do arquivo do teu segredo, confiando em que, com ele e com o empenho que terás, como meu amigo verdadeiro, em me ajudar, eu logo me verei livre da angústia que me causa, e chegará minha alegria por tua solicitude ao grau que chegou meu desgosto por minha loucura.

Suspenso estava Lotario das razões de Anselmo, e não sabia aonde havia de chegar tão longa prevenção ou preâmbulo, e por mais que fosse rebuscando em sua imaginação qual desejo pudera ser aquele que tanto remoía seu amigo, deu sempre muito longe do alvo da verdade; e por sair logo da agonia que lhe causava aquela suspensão, disse que fazia notório agravo à sua muita ami-

---

[1] Consideravam-se bens "de natureza" (interiores) as virtudes e a linhagem e bens "de fortuna" (exteriores), as riquezas materiais.

zade buscando tantos rodeios para lhe dizer seus mais encobertos pensamentos, tendo por certo que se podia esperar dele, ou bem consolo para os entreter, ou bem remédio para os cumprir.

— Isto é verdade — respondeu Anselmo —, e com essa confiança te faço saber, amigo Lotario, que o desejo que me remói é pensar se Camila, minha esposa, é tão boa e tão perfeita quanto eu penso, e não me posso certificar dessa verdade quando não seja provando-a de maneira que a prova manifeste os quilates de sua bondade, como o fogo mostra os do ouro. Porque eu tenho para mim, oh amigo!, que a bondade da mulher só se descobre na medida em que é solicitada, e que só é forte aquela que não se dobra às juras, às dádivas, às lágrimas e às contínuas importunidades dos solícitos amantes. Pois que há para agradecer — dizia ele — na bondade de uma mulher se ninguém a convida a ser má? Que vale ser recatada e temerosa a que não tem ocasião de se soltar, e a que sabe ter marido que, em descobrindo sua primeira desenvoltura, lhe há de tirar a vida? Portanto, a que é boa por temor ou por falta de lugar não merece de mim a mesma estima em que terei a solicitada e perseguida que saiu com a coroa de vencedora. De modo que por essas razões, e por outras muitas que te poderia dizer para abonar e fortalecer a opinião que tenho, desejo que Camila, minha esposa, passe por essas dificuldades e se acrisole e aquilate no fogo de se ver requerida e solicitada, e por quem tenha valor para nela acender seus desejos; e se ela sair, como creio que sairá, com os louros dessa batalha, terei a minha ventura por sem-par: poderei eu dizer que está cheio o vazio dos meus desejos, direi que me coube por sorte a mulher forte, de quem o Sábio pergunta "quem a encontrará?".[2] E se isto aconte-

---

[2] O rei Salomão, que em seus Provérbios elogia a mulher forte e honesta.

cer contrariamente ao que penso, o gosto de ver que acertei na minha opinião me fará levar sem pena a que de razão me poderá causar tão custosa experiência. E pressuposto que nenhuma coisa de quantas me disseres contra meu desejo há de ter algum proveito para que eu o deixe de pôr por obra, quero, oh amigo Lotario!, que te disponhas a ser o instrumento que lavre esta obra do meu gosto, que eu te darei lugar para que o faças, sem que te falte nada do que eu cuide ser necessário para solicitar uma mulher honesta, honrada, recatada e desinteressada. E o que me move a confiar a ti tão árdua empresa é, entre outras coisas, saber que, se Camila for por ti vencida, não há de chegar o vencimento a todo transe e rigor, mas só a ter por feito o que se há de fazer, por bom respeito, e assim não ficarei eu ofendido mais que com o desejo, e minha injúria ficará oculta na virtude do teu silêncio, que bem sei que no que a mim tocar há de ser eterno como o da morte. Portanto, se queres que eu tenha vida digna desse nome, desde logo hás de entrar nesta amorosa batalha, não tíbia nem preguiçosamente, mas com o afinco e a diligência que o meu desejo pede e com a confiança que a nossa amizade me assegura.

Tais foram as razões que Anselmo disse a Lotario, a todas as quais esteve tão atento que, afora o já escrito que lhe disse, não despregou os lábios enquanto o amigo não acabou; e vendo que não dizia mais, depois de olhá-lo por um bom espaço, como se olhasse outra coisa que jamais tivesse visto, que lhe causasse admiração e espanto, lhe disse:

— Não me posso convencer, oh amigo Anselmo!, que não tenhas dito por burla as coisas que me disseste, pois, se eu pensasse que o fizeste à vera, não consentiria que tão longe chegasses, atalhando tua longa arenga com não te prestar ouvidos. Sem dúvida imagino, ou que não me conheces, ou que eu não te conheço. Mas não, pois bem sei que tu és Anselmo e que sabes que eu sou Lotario: o mal é que eu penso que não és o Anselmo que costumavas, e tu deves de ter pensado que eu também não sou o Lotario que devia ser, porque as coisas que me disseste, nem são daquele Anselmo meu amigo, nem as que me pedes se hão de pedir àquele Lotario que tu conheces, porque os bons amigos hão de pôr seus amigos à prova e se valer deles, como disse um poeta, *usque ad aras*,[3] que quis dizer que não se haviam de valer de sua amizade para coisas que fossem contra Deus. E se isto sentiu da amizade um gentio, quanto melhor é que o sinta o cristão, que sabe que por nenhuma amizade humana há de perder a divina? E quando o amigo fosse tão longe, que pusesse de parte os respeitos do céu por acudir aos do seu amigo, não há de ser por coisas ligeiras e de pouca monta, e sim por aquelas das quais dependa a honra e a vida de seu amigo. Pois dize-me agora, Anselmo: qual dessas duas coisas tens em perigo para que eu me aventure a te comprazer e a fazer uma coisa tão detestável como a que me pedes? Nenhuma, por certo, antes me pedes, segundo eu entendo, que me empenhe e esforce em tirar-te a honra e a vida, e tirar-ma de mim juntamente, pois, se eu me empenhar em tirar-te a honra, é claro que te tiro a vida, pois o homem sem honra é pior que um morto; e sendo eu o instrumento, como tu queres que o seja, de tanto dano teu, não fico eu desonrado e, pelo mesmo conseguinte, sem vida? Escuta, amigo Anselmo, e tende paciência de não responder enquanto eu não acabar de te dizer o que se me oferece acerca do que teu desejo te pediu, pois tempo haverá para que tu me repliques e eu te escute.

— Com prazer — disse Anselmo. — Dize o que quiseres.

---

[3] "Até o altar". Parte do adágio clássico que Plutarco atribui a Péricles. Completo, diz "*amicus usque ad aras*", dando a entender que a força da amizade não deve ceder nem mesmo diante de Deus.

E Lotario prosseguiu dizendo:

— Parece-me, oh Anselmo!, que tu tens agora o engenho como o que sempre têm os mouros, aos quais não se pode dar a entender o erro de sua seita com as rubricas da Santa Escritura, nem com razões que consistam em especulação do entendimento, nem nas que vão fundadas em artigos de fé, mas se lhes há de trazer exemplos palpáveis, fáceis, inteligíveis, demonstrativos, indubitáveis, com demonstrações matemáticas que não se podem negar, como quando dizem: "Se de duas partes iguais tirarmos partes iguais, as que restarem também serão iguais"; e quando isto não entendam de palavra, como de feito não entendem, há de se lhes mostrar com as mãos e pô-lo diante dos seus olhos, e ainda com tudo isto ninguém consegue persuadi-los das verdades da nossa sagrada religião. E esse mesmo termo e modo me convirá usar contigo, porque o desejo que em ti nasceu vai tão desencaminhado e tão fora de tudo aquilo que tenha sombra de razoável, que me parece que será tempo perdido o que eu ocupar em dar-te a entender tua simplicidade — que por ora não lhe quero pôr outro nome —, e estou até prestes a te deixar no teu desatino, em castigo do teu mau desejo; mas não me deixa usar deste rigor a amizade que tenho por ti, a qual não consente que te deixe em tão manifesto perigo de te perderes. E para que bem claro o vejas, dize-me, Anselmo: tu não me disseste que tenho de solicitar uma recatada, persuadir uma honesta, ofertar a uma desinteressada, servir a uma prudente? Isto bem me disseste. Pois se tu sabes que tens mulher recatada, honesta, desinteressada e prudente, que procuras? E, se pensas que de todos os meus assaltos há de sair vencedora, como sem dúvida sairá, que melhores títulos pensas dar-lhe além dos que tem agora, ou que será ela mais do que é agora? Ou tu não a tens pelo que dizes, ou não sabes o que pedes. Se não a tens pelo que dizes, para que queres pô-la à prova, e não, como a mulher ruim, fazer dela o que mais gostares? Mas se é tão boa como crês, impertinente coisa será fazer experiência dessa verdade, já que, depois de feita, há de ficar com a mesma estimação que tinha de primeiro. Portanto é razão concludente que intentar coisas das quais mais nos pode vir dano que proveito é próprio de juízos temerários e sem discurso, e mais quando se empenham em intentar aquelas a que não são forçados nem compelidos e que de longe mostram que é manifesta loucura intentá-las. As coisas dificultosas são intentadas por Deus ou pelo mundo ou por ambos juntos: as que se acometem por Deus são as que acometeram os santos, acometendo a viver vida de anjos em corpos humanos; as que se acometem por interesses do mundo são as daqueles que passam tanta infinidade de água, tanta diversidade de climas, tanta estranheza de gentes para adquirir os chamados bens de fortuna; e as que se intentam juntamente por Deus e pelo mundo são aquelas dos valorosos soldados, que tão logo veem no contrário muro aberta uma brecha tamanha como a que pode fazer uma redonda bala de artilharia, quando, posto à parte todo temor, sem fazer discurso nem cuidar no manifesto perigo que os ameaça, levados em voo das asas do desejo de tornar por sua fé, por sua nação e por seu rei, se lançam intrepidamente em meio a mil contrapostas mortes que os esperam. Estas coisas são as que se costumam intentar, e é honra, glória e proveito intentá-las, se bem tão cheias de inconvenientes e perigos; mas a que tu dizes que queres intentar e pôr por obra nem te há de proporcionar glória de Deus, bens de fortuna nem fama com os homens, pois, posto que ela saia tal como desejas, não hás de ficar nem mais ufano, nem mais rico, nem mais honrado que estás agora; e se não sair, te verás na maior miséria que se possa imaginar, pois não te há de aproveitar então pensar que ninguém sabe a desgraça que te aconteceu, porque o teu conhecimento dela bastará para te afligir e desfazer. E por confirmação desta verdade, quero dizer-te uma estrofe composta pelo famoso poeta Luigi Tansilo,[4] no fim de sua primeira parte de *As lágrimas de São Pedro*, que diz assim:

> Aumenta a dor parelha da vergonha
> em Pedro, quando o sol é levantado,
> e se não vê ninguém, se envergonha
> de si mesmo, por ver o seu pecado:
> que a todo nobre peito a ter vergonha
> não só há de mover o ser olhado,
> pois de si se envergonha quando erra,
> ainda que só veja céu e terra.

Portanto, não escusarás com o segredo a tua dor, antes terás que chorar de contínuo, se não lágrimas dos olhos, lágrimas de sangue do coração, como as chorava aquele simples doutor que o nosso poeta nos conta que fez a prova da taça, a mesma que com melhor discurso se escusou de fazer o prudente Reinaldo;[5]

---

[4] Luigi Tansillo (1510-1568): poeta napolitano, amigo de Garcilaso de la Vega, que o cita em seu soneto XXIV. Seu *Le lacrime di San Pietro*, poema religioso publicado postumamente, em 1585, foi traduzido ao castelhano em 1587 pelo poeta e narrador Luis Gálvez de Montalvo. A oitava aqui citada, porém, não corresponde a essa versão.

[5] Cruzamento de duas histórias interligadas, tradicionais do ciclo arturiano e retomadas por Ariosto (*Orlando furioso*, XLII, 98-104, e XLIII, 1-49). Na primeira, Ranaldo se recusa a beber de uma taça encantada que tinha o poder de revelar a infidelidade da mulher. A recusa provoca o choro do anfitrião, que, ao derramar o vinho, descobre-se marido enganado. A segunda história foi ouvida pelo mesmo Ranaldo de um barqueiro, que lhe contou o desgosto de um magistrado mantuano chamado Anselmo, ao submeter-se à mesma prova da taça.

que, conquanto aquilo seja ficção poética, encerra em si segredos morais dignos de serem advertidos, e entendidos, e imitados. Quanto mais que, com o que penso dizer-te agora, acabarás de vir em conhecimento do grande erro que queres cometer. Dize-me, Anselmo, se o céu ou a boa sorte te houvesse feito senhor e legítimo possuidor de um finíssimo diamante, de cuja bondade e quilates estivessem satisfeitos quantos lapidários o vissem, e que todos a uma só voz e de comum parecer dissessem que ele chegava em quilates, bondade e fineza ao máximo que pode chegar a natureza de tal pedra, e tu mesmo assim o acreditasses, sem nada saber em contrário, seria justo que te viesse em desejo tomar aquele diamante e pô-lo entre uma bigorna e um martelo, e ali, à viva força de golpes e braços, provar se é tão duro e tão fino quanto dizem? E mais, se tal pusesses por obra, e a pedra resistisse a tão néscia prova, nem por isso se lhe acrescentaria mais valor nem mais fama. E se se quebrasse, coisa que bem poderia ser, não se perderia tudo? Por certo que sim, e daria seu dono lugar a que todos o tivessem por simples. Pois faze conta, Anselmo amigo, que Camila é finíssimo diamante, assim na tua estimação como na alheia, e que não é razão pô-la em contingência de que se quebre, pois, ainda que fique com sua inteireza, não pode subir a mais valor que o que agora tem; e se fraquejasse e não resistisse, considera desde agora como ficarias sem ela e com quanta razão te poderias queixar de ti mesmo, por teres sido causa de sua perdição e da tua. Olha que não há joia no mundo que valha tanto quanto a mulher casta e honrada, e que toda a honra das mulheres consiste na boa opinião que delas se tem; e sendo a de tua esposa tal que chega ao extremo de bondade que sabes, para que queres pôr essa verdade em dúvida? Olha, amigo, que a mulher é animal imperfeito, e que não se lhe devem de pôr embaraços onde tropece e caia, e sim tirá-los e despejar-lhe o caminho de qualquer inconveniente, para que sem pesar corra ligeira empós da perfeição que lhe falta, que consiste em ser virtuosa. Contam os sábios naturais que o arminho é um bicho de pele branquíssima, e que, quando querem caçá-lo os caçadores, usam do seguinte artifício: conhecendo os trechos por onde ele costuma passar e acudir, atalham sua trilha com lodo e depois, traquejando, o encaminham para aquele lugar, e assim como o arminho chega ao lodo se aqueda e se deixa apanhar e cativar, a troco de não passar na lama e perder e sujar sua brancura, que tem em mais estima que a liberdade e a vida. A honesta e casta mulher é arminho, e é mais que neve branca e limpa a virtude da honestidade; e quem quiser que a não perca, antes a guarde e conserve, há de usar de um estilo diferente daquele que com o arminho se usa, pois não lhe devem pôr diante a lama dos favores e serviços dos importunos amantes, porque talvez, e ainda sem talvez, não tem ela tanta virtude e força natural que possa por si mesma atropelar e superar aqueles embaraços, e é necessário tirá-los do seu caminho e pô-la diante da limpeza da virtude e da beleza que em si encerra a boa fama. É também a boa mulher como espelho de cristal luzente e claro, mas sujeito a embaçar e escurecer com qualquer hálito que o toque. Há que usar com a mulher honesta o mesmo estilo que com as relíquias: adorá-las e não tocá-las. Há que guardar e estimar a mulher boa como se guarda e estima um formoso jardim cheio de flores e rosas, cujo dono não consente que ninguém nele passeie nem o toque: basta que de longe e por entre as grades de ferro gozem de sua fragrância e formosura. Finalmente, quero te dizer uns versos que me vieram à memória, os quais ouvi numa comédia moderna, pois me parece que vêm bem a propósito do que estamos tratando. Aconselhava um prudente velho a outro, pai de uma donzela, que a recolhesse, guardasse e encerrasse, e entre outras razões lhe disse as seguintes:

É toda em vidro a mulher,
porém não se há de provar
se se pode ou não quebrar,
pois tudo pudera ser.
E se é mais fácil quebrar-se,
não é cordura insistir
em arriscar-se a partir
o que não pode soldar-se.
Tomar meu conselho é bem
pois na prudência eu me fundo:
que se há Dânaes pelo mundo,
há chuvas de ouro também.[6]

Tudo o que até aqui tenho dito, oh Anselmo!, diz respeito ao que te toca, e agora é bom que ouças algo do que a mim concerne, e perdoa-me se for longo, pois tudo isto requer o labirinto onde entraste e de onde queres que eu te resgate. Tu me tens por amigo e me queres tirar a honra, coisa que é contra toda amizade; e não pretendes só isso, mas procuras que eu a tire de ti. Que queres tirar-me a minha está bem claro, pois, quando Camila veja que a solicito, como me pedes, é certo que me há de ter por homem sem honra e maldoso, pois intento e faço uma coisa tão contrária ao que o ser quem sou e tua amizade me obrigam. De que queres que tire a tua também não há dúvida, pois, vendo Camila que a solicito, há de pensar que nela vi alguma leviandade que me deu azo ao atrevimento de lhe revelar meu mau desejo, e, tendo-se por desonrada, atinge a ti, como a tudo que é dela, sua mes-

---

[6] Dânae, presa por seu pai, Acrísio, rei de Argos, numa torre de bronze, foi possuída por Júpiter que a visitou transmutado em chuva de ouro.

ma desonra. E daqui nasce o que comumente se diz: que o marido da mulher adúltera, posto que ele o não saiba, nem tenha dado ocasião para que sua mulher não seja a que deve, nem tenha estado a desgraça nas mãos dele, nem no descuido e pouco recato da esposa, contudo o chamam e o nomeiam com nome baixo e de vitupério, e os que da maldade de sua mulher sabem de certo jeito o olham com olhos de menosprezo, em vez de olhá-lo com os da lástima, vendo que não por sua culpa, e sim pelo gosto de sua má companheira está naquela desventura. Mas te quero dizer a causa por que com justa razão é desonrado o marido da mulher má, ainda que ele não saiba que o é, nem tenha culpa, nem tenha sido parte, nem dado ocasião para que ela o seja. E não te canses de me ouvir, pois tudo há de redundar em teu proveito. Quando Deus criou nosso primeiro pai no Paraíso terrenal, diz a divina Escritura que Deus infundiu sono em Adão e que, estando este dormindo, tirou-lhe uma costela do lado sinistro, da qual formou a nossa mãe Eva; e assim como Adão despertou e a viu, disse: "Esta é carne da minha carne e osso dos meus ossos"; e Deus disse: "Por esta deixará o homem pai e mãe, e serão dois numa só carne". E foi então instituído o divino sacramento do matrimônio, com tais laços que só a morte pode desatá-los. E tem tanta força e virtude este milagroso sacramento, que faz duas diferentes pessoas serem uma só carne, e ainda faz mais nos bem casados: pois, bem que tenham duas almas, têm uma só vontade. E daí resulta que, sendo a carne da esposa uma só com a do esposo, as manchas que nela caem ou os defeitos que ela acumula redundam na carne do marido, por mais que como tenho dito, ele não tenha dado ocasião para aquele dano. Pois do mesmo modo que a dor no pé ou em qualquer membro do corpo humano se ressente no corpo todo, por ser todo ele de uma só carne, e a cabeça sente o dano do tornozelo, sem que ela o tenha causado, assim o marido é participante da desonra da mulher, por ser uma só coisa com ela; e como as honras e desonras do mundo são todas de carne e sangue e daí nascem, e as da mulher ruim são desse gênero, é forçoso que caiba parte delas ao marido e seja ele tido por desonrado sem que o saiba. Olha então, oh Anselmo!, o perigo a que te expões em querer perturbar o sossego em que tua boa esposa vive; olha por quão vã e impertinente curiosidade queres revirar os humores que agora estão sossegados no peito de tua casta esposa; cuida que o que te aventuras a ganhar é pouco e o que perderás será tanto, que nem direi mais, por me faltarem palavras para encarecê-lo. Mas, se tudo quanto tenho dito não basta para te arredar do teu ruim propósito, bem podes buscar outro instrumento para a tua desonra e desventura, pois eu não penso em sê-lo, ainda que por isso eu perca a tua amizade, que é a maior perda que imaginar posso.

Calou em dizendo isto o virtuoso e prudente Lotario, e Anselmo ficou tão confuso e pensativo, que por um bom espaço não pôde responder palavra; mas, por fim, lhe disse:

— Com a atenção que viste escutei, Lotario amigo, tudo quanto me quiseste dizer, e em tuas razões, exemplos e comparações eu vi a muita discrição que tens e o extremo a que chega tua verdadeira amizade, e também vejo e confesso que, se eu não seguir teu parecer e for atrás do meu, irei fugindo do bem e correndo atrás do mal. Isto pressuposto, hás de considerar que eu sofro agora da mesma doença que soem ter algumas mulheres que têm desejos de comer terra, gesso, carvão e outras coisas piores, até asquerosas de olhar, quanto mais de comer. Portanto é mister usar de algum artifício para que eu sare, e isto se poderia fazer com facilidade só com que começasses, ainda que tíbia e fingidamente, a solicitar Camila, a qual não há de ser tão branda que nos primeiros encontros deite por terra a sua honestidade; e só com este princípio ficarei contente e tu terás cumprido o que deves à nossa amizade, não só dando-me a vida, mas persuadindo-me de não me ver desonrado. E estás obrigado a fazer isto por uma só razão, e é que, estando eu, como estou, determinado a pôr em prática esta prova, não hás tu de consentir que eu dê conta do meu desatino a outra pessoa, com o que aventurarias a honra que tu queres que eu não perca; e se a tua não parecer bem aos olhos de Camila quando a solicitares, isso pouco ou nada importa, pois logo, vendo nela a inteireza que esperamos, poderás dizer-lhe a pura verdade do nosso artifício, com o qual voltará teu crédito a ser como de primeiro. E como tão pouca aventura e tanto contento me podes dar aventurando-te, não o deixes de fazer, por mais inconvenientes que se te ponham diante, pois, como já disse, tão logo a comeces darei a causa por concluída.

Vendo Lotario a resoluta vontade de Anselmo e não sabendo que outros exemplos trazer nem que outras razões mostrar para que a não seguisse, e vendo que o ameaçava de dar a outro conta do seu mau desejo, por evitar um mal maior determinou de contentá-lo e fazer o que lhe pedia, com propósito e intenção de levar aquele negócio de modo que, sem alterar os pensamentos de Camila, ficasse Anselmo satisfeito; e assim lhe respondeu que não comunicasse seu pensamento com outro algum, que ele tomava a seu encargo aquela empresa, a qual começaria quando mais gosto lhe desse. Abraçou-o Anselmo terna e amorosamente, e lhe agradeceu seu oferecimento como se alguma grande mercê lhe tivesse feito, e se puseram os dois de acordo que já a partir do dia seguinte se começasse a obra, que ele lhe daria lugar e tempo para que a sós pudesse ter com Camila, e também lhe daria dinheiro e joias para lhe dar e oferecer. Aconselhou-o a dar-lhe músicas, a compor versos em seu louvor, e, quando não se quisesse dar ao trabalho de escrevê-los, ele mesmo os escreveria. Para tudo se ofereceu Lotario, ainda que com diferente intenção da que Anselmo pensava.

E com tal acordo voltaram à casa de Anselmo, onde acharam Camila com ânsias e cuidados à espera do seu esposo, porque demorava em chegar mais que o costumado.

Foi-se Lotario a sua casa, ficando Anselmo na sua tão contente como Lotario partira pensativo, sem saber que rumos traçar para levar a bom porto aquele impertinente negócio. Mas naquela noite atinou com um modo de enganar Anselmo sem ofender Camila, e no dia seguinte foi almoçar com seu amigo, sendo bem recebido por ela, a qual o recebia e regalava com muita vontade, por entender a boa vontade que por ele tinha seu esposo.

Acabaram de almoçar, tiraram a mesa, e Anselmo disse a Lotario que se ficasse ali com Camila enquanto ele ia resolver um negócio urgente, que dentro de uma hora e meia voltaria. Rogou-lhe Camila que não fosse, e Lotario se ofereceu para acompanhá-lo, mas nada aproveitou com Anselmo, que antes importunou Lotario para que ficasse e o aguardasse, pois tinha ainda que tratar com ele um assunto de muita importância. Disse também a Camila que não deixasse Lotario sozinho enquanto não voltava. De feito, ele soube tão bem fingir a necessidade ou necedade da sua ausência, que ninguém poderia entender que era fingida. Foi-se Anselmo, e ficaram a sós à mesa Camila e Lotario, porque toda a demais gente de casa se retirara para almoçar. Viu-se Lotario posto na baila que seu amigo tanto desejava, e com o inimigo à frente, que só com sua formosura poderia vencer todo um esquadrão de cavaleiros armados: vede se não era razão que Lotario o temesse.

Mas o que ele fez foi apoiar o cotovelo no braço da cadeira e a mão aberta na face, e, pedindo desculpas a Camila pelas más maneiras, disse que queria repousar um pouco enquanto Anselmo não voltava. Camila lhe respondeu que melhor descansaria no estrado que na cadeira, e assim rogou-lhe que passasse à sala para nele se deitar. Não o quis Lotario, e ali ficou dormindo até a volta de Anselmo, o qual, ao achar Camila no seu aposento e Lotario dormindo, pensou que, como se demorara demais, já teriam os dois tido lugar para conversar, e até para dormir, e não via a hora de que Lotario despertasse, para sair com ele e lhe perguntar por sua ventura.

Tudo sucedeu como ele quis: Lotario despertou, e logo saíram os dois de casa, e assim lhe perguntou o que tanto desejava, e lhe respondeu Lotario que não lhe parecera ser bem se descobrir de todo da primeira vez, e assim não fizera mais que elogiar Camila por formosa, dizendo-lhe que em toda a cidade não se falava de outra coisa senão sua formosura e discrição, e que este lhe parecera um bom começo para ir ganhando sua vontade e dispondo-a a que da vez seguinte o escutasse com gosto, usando nisto do artifício que o demônio usa quando quer enganar alguém bem atalaiado no cuidado de si: transforma-se em anjo de luz, sendo ele das trevas, e, oferecendo-se em aparências boas, por fim revela quem é e executa seu intento, se de início não é descoberto seu engano. Tudo isso muito contentou Anselmo, quem disse que todos os dias lhes daria a mesma ocasião, ainda quando não saísse de casa, pois nela se ocuparia em coisas que não levantassem em Camila suspeita alguma do seu artifício.

Aconteceu pois que se passaram muitos dias em que, sem que Lotario dissesse palavra a Camila, respondia este a Anselmo que lhe falava e nunca conseguia tirar dela o menor aceno de ceder em coisa alguma que ruim fosse, não lhe dando nem um sinal de sombra de esperança, e antes dizia que o ameaçava de contar tudo a seu esposo se daquele mau pensamento não arredasse.

— Está bem — disse Anselmo. — Até aqui resistiu Camila às palavras; agora é mister ver como resiste às obras. Eu vos darei amanhã dois mil escudos de ouro para que lhos ofereçais, e até lhos deis, e outros tantos para que compreis joias para cevá-la; pois soem as mulheres gostar muito, e mais se são formosas, por mais castas que sejam, de andar bem-vestidas e engalanadas, e, se ela resistir a essa tentação, eu ficarei satisfeito e não vos darei mais pesar.

Lotario respondeu que, já que havia começado, levaria aquela empresa até o fim, posto que dela saísse cansado e vencido. No dia seguinte recebeu os quatro mil escudos, e com eles quatro mil confusões, pois não sabia que nova mentira inventar; mas, de feito, determinou de dizer-lhe que Camila fora tão invencível às dádivas e promessas como às palavras, e que não tinha por que se cansar mais, pois todo esse tempo se gastava em vão.

Mas a sorte, que as coisas guiava de outra maneira, ordenou que, tendo Anselmo deixado Lotario e Camila a sós, como outras vezes costumava, foi-se fechar num aposento e pelo buraco da fechadura esteve olhando e escutando o que os dois tratavam, e viu que em mais de meia hora Lotario não falou palavra a Camila, nem lha falaria se ali estivesse um século, e caiu na conta de que tudo quanto seu amigo lhe dissera das respostas de Camila era ficção e mentira. E para ver se isto era assim, saiu do aposento e, chamando Lotario à parte, lhe perguntou quais eram as novas e a disposição de Camila. Lotario lhe respondeu que não pensava insistir mais naquele negócio, pois respondia ela tão áspera e desabridamente, que ele não teria ânimo para voltar a lhe dizer coisa alguma.

— Ah — fez Anselmo —, Lotario, Lotario, quão mal correspondes ao que me deves e ao muito que em ti confio! Agora te estive olhando pelo lugar que concede a entrada desta chave, e vi que não disseste palavra a Camila, por onde me dou a entender que ainda as primeiras lhe tens por dizer; e se isto é assim, como sem dúvida é, por que me enganas ou me queres tirar com tua indústria os meios que eu poderia achar para alcançar o meu desejo?

Não disse mais nada Anselmo, mas bastou o que tinha dito para deixar Lotario vexado e confuso. Este, quase que tomando como ponto de honra o ter sido surpreendido em mentira, jurou a Anselmo que a partir daquele momento tomava tão a seu encargo o contentá-lo sem mentiras como o veria se com curiosidade o espiasse, quanto mais que não seria preciso usar de nenhum artifício, pois o que ele pensava pôr por obra para satisfazê-lo lhe tiraria toda suspeita. Acreditou-lhe Anselmo e, para dar-lhe comodidade mais segura e menos sobressaltada, determinou se ausentar de sua casa por oito dias, indo à de um amigo seu, que ficava numa aldeia, não longe da cidade, com cujo amigo concertou que o mandasse chamar com muitas veras, para dar pretexto a Camila de sua partida.

Desditoso e mal-avisado de ti, Anselmo! Que é que fazes? Que é que traças? Que é que ordenas? Cuida que obras contra ti mesmo, traçando tua desonra e ordenando tua perdição. Boa é tua esposa Camila; quieta e sossegadamente a possuis; ninguém desvia seu gosto por ti; seus pensamentos não saem das paredes de sua casa; tu és seu céu na terra, o alvo dos seus desejos, o cumprimento dos seus gostos e a medida com que mede sua vontade, em tudo ajustando-a com a tua e com a do céu. Pois se a mina da sua honra, formosura, honestidade e recato te dá sem nenhum trabalho toda a riqueza que tem e tu podes desejar, para que queres escavar a terra e buscar novos veios de novo e nunca visto tesouro, arriscando-te a que toda ela venha abaixo, pois afinal se sustenta sobre os fracos arrimos de sua débil natureza? Cuida que quem busca o impossível, é justo que o possível se lhe negue, como melhor disse um poeta, dizendo:

Procuro na morte a vida,
saúde na enfermidade,
nas masmorras liberdade,
no que é fechado saída
e no traidor lealdade.
Mas minha sorte, de quem
jamais espero algum bem,
c'o céu decidiu de brusco
que, como o impossível busco,
nem o possível me deem.

Lá se foi no dia seguinte Anselmo para a aldeia, deixando dito a Camila que, no tempo em que estivesse ausente, viria Lotario olhar pela casa e almoçar com ela, que cuidasse de tratá-lo como à sua própria pessoa. Afligiu-se Camila, como mulher discreta e honrada, da ordem que seu marido lhe deixava, e lhe disse que advertisse não ser bem que outra pessoa, estando ele ausente, ocupasse sua cadeira à mesa, e que, se o fazia por não confiar que ela saberia governar a casa, que o provasse dessa vez e veria por experiência como para maiores cuidados ela se bastava. Anselmo lhe replicou que aquele era seu gosto, e que ela não tinha mais que baixar a cabeça e obedecer. Camila disse que assim faria, se bem contra sua vontade.

Partiu Anselmo, e no dia seguinte veio Lotario à casa, onde foi recebido por Camila com amoroso e honesto acolhimento, mas sem nunca ficar onde Lotario pudesse ter com ela a sós, porque sempre andava rodeada dos seus criados e criadas, especialmente de uma donzela sua chamada Leonela, de quem ela muito gostava, por se terem criado desde meninas as duas juntas na casa dos pais de Camila, levando-a consigo ao se casar com Anselmo. Nos três primeiros dias, Lotario não lhe disse nada, ainda que o pudesse, quando se tirava a mesa e os criados se retiravam para comer a muita pressa, pois assim dispusera Camila, e também Leonela tinha ordem de comer primeiro que Camila e do seu lado jamais arredar; mas ela, que noutras coisas do seu gosto tinha posto o pensamento e tinha mister daquelas horas e daquele lugar para ocupá-lo nos seus prazeres, nem sempre cumpria o mandamento de sua senhora, antes os deixava a sós, como se aquilo lhe tivessem mandado. Porém a honesta presença de Camila, a gravidade do seu rosto, a compostura de sua pessoa era tanta, que punha freio à língua de Lotario.

Mas o proveito que as muitas virtudes de Camila fizeram, silenciando a língua de Lotario, redundou mais em dano dos dois, porque, se a língua calava, o pensamento discorria e tinha lugar de contemplar parte por parte todos os extremos de bondade e formosura que tinha Camila, bastantes para enamorar uma estátua de mármore, quanto mais um coração de carne.

Olhava-a Lotario no lugar e espaço em que lhe devia falar, e considerava quão digna era de ser amada, e essa consideração começou pouco a pouco a socavar os respeitos que por Anselmo tinha, e mil vezes quis se ausentar da cidade e ir-se aonde jamais Anselmo o visse nem ele visse Camila; mas já lhe punha impedimentos e retinha o gosto que achava em olhá-la. Fazia força e lutava consigo mesmo por afastar e não sentir o gosto que tinha em olhar Camila; culpava-se a sós do seu desatino; chamava-se mau amigo, e até mau cristão; discorria consigo mesmo e fazia comparações entre ele e Anselmo, e delas todas concluía que mais fora a loucura e a confiança de Anselmo que sua pouca fidelidade, e que, se essa desculpa ele tinha, perante Deus como perante os homens, do que pensava fazer, não havia de temer pena por sua culpa.

Com efeito, a formosura e a bondade de Camila, juntamente com a ocasião que o ignorante marido lhe pusera nas mãos, deram com a lealdade de Lotario por terra; e sem olhos para outra coisa que aquela a quem seu gosto o inclinava, ao cabo de três dias da ausência de Anselmo, nos quais esteve em contínua batalha por resistir a seus desejos, começou a requerer Camila, com tanto enleio e tão amorosas razões, que Camila ficou suspensa e não fez mais que levantar-se donde estava e entrar no seu aposento sem lhe responder palavra alguma. Mas não por esta secura arrefeceu em Lotario a esperança, que sempre nasce juntamente com o amor, antes lhe aumentou a estima de Camila. A qual, tendo visto em Lotario o que jamais pensara, não sabia o que fazer e, parecendo-lhe não ser coisa segura nem bem feita dar-lhe ocasião nem lugar a que outra vez lhe falasse, determinou de enviar naquela mesma noite, como o fez, um criado seu com um bilhete para Anselmo, onde lhe escreveu estas razões:

Capítulo XXXIV

ONDE SE PROSSEGUE A
NOVELA DO CURIOSO IMPERTINENTE

Assim como se costuma dizer que não vale exército sem general nem castelo sem castelão, digo eu que muito menos vale a mulher casada e moça sem marido ao lado, quando justíssimas escusas o não impedem. Eu me acho tão mal sem vós e tão impossibilitada de não poder sofrer esta ausência, que, se logo não vierdes, hei de entreter esta espera na casa dos meus pais, ainda que deixe a vossa sem guardião, pois o que me deixastes, se é que merece tal título, creio que olha mais pelo seu gosto que por aquilo que a vós tange; e como sois discreto, nada mais vos direi, nem é bem que mais vos diga.

Essa carta recebeu Anselmo, e por ela entendeu que Lotario já começara a empresa e que Camila devia de ter respondido como ele desejava; e sobremaneira contentado por tais novas, respondeu a Camila, de palavra pelo portador, que de modo algum fizesse mudança de sua casa, porque ele voltaria com muita brevidade. Muito se admirou Camila da resposta de Anselmo, que aumentou ainda mais sua confusão, porque nem se atrevia a ficar em sua casa, nem menos ir à de seus pais, pois na ficada corria perigo sua honestidade, e na ida contrariava o mandamento do seu esposo.

Enfim se resolveu pelo pior, que foi ficar, com determinação de não fugir à presença de Lotario, por não dar o que falar aos seus criados, e já lhe pesava ter escrito o que escrevera a seu esposo, temerosa de que pensasse que Lotario tinha visto nela alguma desenvoltura que o tivesse movido a não lhe guardar o devido respeito. Mas, confiante em sua bondade, confiou-se a Deus e a seu bom pensamento, com o qual pensava resistir calando a tudo que Lotario dizer-lhe quisesse, sem dar mais conta ao seu marido, por não pô-lo nalguma pendência ou tribulação; e até andava buscando um modo de desculpar Lotario ante Anselmo, quando este lhe perguntasse a ocasião que a levara a lhe escrever aquele bilhete. Com tais pensamentos, mais honrados que acertados nem proveitosos, esteve ao outro dia escutando Lotario, o qual investiu de modo que a firmeza de Camila começou a vacilar, e sua honestidade teve muito que fazer em acudir aos olhos, para que não dessem indício de alguma amorosa compaixão que as lágrimas e as razões de Lotario em seu peito haviam despertado. Tudo isto notava Lotario, e tudo o animava.

Finalmente, ele entendeu que era mister, no espaço e lugar que a ausência de Anselmo lhe dava, apertar o cerco àquela fortaleza, e assim acometeu sua presunção com os louvores de sua formosura, pois não há nada que mais rápido renda e expugne as encasteladas torres da vaidade das formosas que a própria vaidade, posta nas línguas da adulação. Com efeito, ele, com toda a diligência, minou a rocha da sua inteireza com tais petrechos que, ainda que Camila fosse toda de bronze, viria por terra. Chorou, implorou, ofereceu, adulou, porfiou e afetou Lotario com tanto sentimento, com mostras de tantas veras, que abateu o recato de Camila e veio a ganhar o que menos pensava e mais desejava.

Rendeu-se Camila, Camila se rendeu... Mas é isto muito, quando a amizade de Lotario não mais estava em pé? Exemplo claro que nos mostra que só se vence a paixão amorosa fugindo-se e que ninguém se há de pôr a braços com tão poderoso inimigo, porque são mister forças divinas para vencer as suas humanas. Só Leonela soube a fraqueza de sua senhora, porque não lha puderam encobrir os dois maus amigos e novos amantes. Não quis Lotario revelar a Camila a pretensão de Anselmo, nem que ele lhe dera lugar para chegar àquele ponto, por que não tivesse em menos seu amor e pensasse que assim, por acaso e sem pensar, e não de propósito, ele a solicitara.

Voltou dali a poucos dias Anselmo a sua casa e não deu conta do que nela faltava, que era o que ele em menos tinha e mais estimava. Foi logo ver Lotario e achou-o em sua casa; abraçaram-se os dois, e aquele perguntou pelas novas de sua vida ou de sua morte.

— As novas que te poderei dar, oh amigo Anselmo! — disse Lotario —, são de que tens uma mulher que dignamente pode ser exemplo e coroa de todas as mulheres boas. As palavras que lhe disse foram levadas pelo vento; os oferecimentos se tiveram em pouco, as dádivas não se admitiram; de algumas lágrimas fingidas minhas fez ela notável troça. Em suma, assim como Camila é cifra de toda a beleza, assim também é arquivo onde assiste a honestidade e vive o comedimento e o recato e todas as virtudes que podem fazer louvável e bem-afortunada uma honrada mulher. Toma de volta o teu dinheiro, amigo, que aqui o tenho, sem ter havido necessidade de nele tocar, pois a inteireza de Camila não se rende a coisas tão baixas como são dádivas e promessas. Contenta-te, Anselmo, e não queiras fazer mais provas que as feitas; e como a pé enxuto cruzaste o mar das dificuldades e suspeitas que das mulheres soem e podem ter-se, não queiras entrar de novo no profundo pego de novos inconvenientes, nem queiras com outro piloto fazer experiência da bondade e fortaleza do navio que o céu te deu em sorte para que nele cruzasses o mar deste mundo, mas faz de conta que já estás em porto seguro e aferra-te com as âncoras da boa consideração, e deixa-te estar até que te venham cobrar a dívida que não há fidalguia humana que de pagá-la se escuse.

Contentíssimo ficou Anselmo das razões de Lotario e nelas se fiou qual se fossem ditas por algum oráculo, mas, com tudo isso, rogou-lhe que continuasse a empresa, ainda que não fosse mais que por curiosidade e entretenimento e não mais se valesse dali em diante de tão aferradas diligências como até então, e que só queria que lhe escrevesse alguns versos em seu louvor, sob o nome de Clori, que ele daria a entender a Camila que andava enamorado de uma dama a quem dera aquele nome, por poder celebrá-la com o decoro que sua honestidade merecia; e que, se Lotario não se quisesse dar ao trabalho de escrever os versos, que ele os faria.

— Isso não será mister — disse Lotario —, pois não me são tão inimigas as musas, que alguns momentos do ano não me visitem. Dize tu a Camila o que disseste do fingimento dos meus amores, que os versos eu farei: se não tão bons como o sujeito merece, serão ao menos os melhores que eu puder.

Ficaram deste acordo o impertinente e o traidor amigo, e, voltado Lotario[1] a sua casa, perguntou a Camila o que ela já estranhava que não lhe tivesse perguntado, que foi que lhe dissesse a ocasião por que lhe escrevera o bilhete que lhe enviara. Camila lhe respondeu que lhe parecera que Lotario a olhava um pouco mais desenvoltamente que quando ele estava em casa, mas que já

---

[1] Por presumível lapso, o nome de Lotario aparece aqui no lugar do de Anselmo.

estava desenganada e cuidava que tinha sido imaginação sua, pois já Lotario evitava vê-la e de estar com ela a sós. Disse-lhe Anselmo que ela bem se podia despreocupar daquela suspeita, pois ele sabia que Lotario andava enamorado de uma donzela principal da cidade, que ele celebrava sob o nome de Clori, e que, ainda que o não estivesse, não havia que temer da verdade de Lotario e da muita amizade entre eles dois. E se já não estivesse avisada Camila por Lotario de que eram fingidos aqueles amores de Clori, e que ele o dissera a Anselmo por poder entregar-se algumas horas aos mesmos louvores de Camila, ela sem dúvida cairia nas desesperadas malhas dos ciúmes; mas, estando já advertida, passou aquele sobressalto sem pesar.

Ao outro dia, estando os três à sobremesa, rogou Anselmo a Lotario que dissesse alguma coisa das que compusera para sua amada Clori, pois, como Camila não a conhecia, podia seguramente dizer o que quisesse.

— Ainda que a conhecesse — respondeu Lotario —, não encobrira eu nada, pois, quando algum amante louva sua dama por formosa e a nota de cruel, nenhum opróbrio faz a seu bom crédito. Mas, seja como for, sei dizer que ontem compus um soneto à ingratidão desta Clori, que diz assim:

Soneto

E no silêncio de uma noite, quando
ocorre o suave sono dos mortais,
a pobre conta dos meus ricos ais
estou ao céu e a Clori recontando.

E ao tempo em que o sol se vai mostrando
pelas rosadas portas orientais,

com suspiros e acentos desiguais
sigo a antiga querela renovando.

E quando o sol pelo ástreo céu remonta,
direitos raios para a terra envia,
o pranto cresce e dobro meus gemidos.

Voltando a noite, eu volto à triste conta
e sempre encontro, na mortal porfia,
o surdo céu, e Clori sem ouvidos.

Agradou o soneto a Camila, porém mais a Anselmo, que o elogiou e disse que era demasiado cruel a dama que a tão claras verdades não correspondia. Ao que disse Camila:

— Então, tudo aquilo que os poetas enamorados dizem é verdade?

— Como poetas, não a dizem — respondeu Lotario —; mas, como enamorados, tão verdadeiros são, que sempre lhe ficam aquém.

— Quanto a isso não há dúvida — replicou Anselmo, em tudo apoiando e abonando os pensamentos de Lotario com Camila, tão descuidada do artifício de Anselmo como já enamorada de Lotario.

E assim, com o gosto que de suas coisas tinha, e mais entendendo que seus desejos e escritos se dirigiam a ela e que era ela a verdadeira Clori, rogou-lhe Camila que, se outro soneto ou outros versos sabia, os dissesse.

— Sei, sim — respondeu Lotario —, mas não creio que seja tão bom quanto o primeiro, ou, por melhor dizer, menos ruim. E bem o podereis julgar, pois é este:

Soneto

Eu sei que morro, e se não sou ouvido,
é mais certo o morrer, maior conforto
ver-me a teus pés, oh bela ingrata!, morto,
primeiro que adorar-te arrependido.

E que eu me encontre na região do olvido,
de vida e glória e de favor deserto,
ali se poderá em meu peito aberto
o belo rosto teu ver-se esculpido.

Que esta relíquia guardo para o duro
transe que me ameaça tal porfia,
que em teu mesmo rigor se fortalece.

Ai daquele que navega, a céu escuro,
por mar sem uso e perigosa via,
onde nem norte ou porto lhe aparece!

Também elogiou este segundo soneto Anselmo como fizera com o primeiro, e desta maneira ia acrescentando elo a elo à cadeia com que se enlaçava e travava sua desonra, pois quanto mais Lotario o desonrava, aquele lhe dizia que estava mais honrado; e com isto todos os degraus que Camila descia para o centro do seu menosprezo, subia-os, na opinião de seu marido, para o cume da virtude e de sua boa fama.

Nisto aconteceu que, achando-se uma vez, entre outras, Camila a sós com sua donzela, lhe disse:

— Vexada estou, amiga Leonela, de ver em quão pouco eu soube me estimar, pois sequer fiz que com o tempo comprasse Lotario a inteira possessão que tão ligeira lhe dei da minha vontade. Temo que há de desestimar a minha presteza ou ligeireza, sem considerar a força que ele me fez para o não poder resistir.

— Não te aflijas por isso, senhora minha — respondeu Leonela —, pois não importa nem é causa para míngua da estimação entregar-se o que se entrega ligeiro, se de feito o que se entrega é bom, e por si digno de ser estimado. E até se costuma dizer que quem dá logo, dá duas vezes.[2]

— Também se costuma dizer — disse Camila — que o que custa pouco em menos se estima.

— Não vale para ti esse dito — respondeu Leonela —, porque o amor, segundo ouvi dizer, por vezes voa e por vezes caminha: com este corre e com aquele anda devagar; uns entibia e outros abrasa; uns fere e outros mata; num mesmo ponto começa a carreira dos seus desejos e naquele mesmo ponto a acaba e conclui; de manhã sói sitiar uma fortaleza e de noite já tê-la rendida, porque não há força que lhe resista. E sendo assim, de que te espantas, ou que temes, se o mesmo deve de ter acontecido a Lotario, tendo tomado o amor por instrumento para vos render na ausência do meu senhor? E era forçoso que nela se concluísse o que o amor tinha determinado, sem dar tempo ao tempo para que Anselmo o tivesse de voltar e com sua presença ficar imperfeita a obra; porque o amor não tem outro melhor ministro que a ocasião para executar o que deseja: da ocasião se serve em todos os seus feitos, principalmente nos princípios. Tudo isto eu sei muito bem, mais de experiência que de ouvida, e algum dia to direi, senhora, pois eu também sou de carne, e de sangue moço. Quanto mais, senhora Camila, que não te entregaste nem deste tão ligeira, que primeiro não tenhas visto nos olhos, nos suspiros, nas

---

[2] Tradução do adágio latino *"Qui cito dat, bis dat"*.

razões e nas promessas e dádivas de Lotario toda sua alma, vendo nela e em suas virtudes quão digno era Lotario de ser amado. Sendo assim, não te assaltem a imaginação esses escrupulosos e melindrosos pensamentos, mas assegura-te que Lotario te estima como tu a ele, e vive com contento e satisfação de que, já que caíste no laço amoroso, é quem te aperta de valor e de estima, e que ele não tem só aqueles quatro "s" que dizem que devem de ter os bons enamorados,[3] mas todo um abecê inteiro: se não escuta-me, e verás como to digo de cor. Ele é, segundo eu vejo e me parece, agradecido, bom, cavalheiro, dadivoso, enamorado, firme, galhardo, honrado, ilustre, leal, moço, nobre, honesto, principal, quantioso, rico e aqui os "s" que dizem, e ainda tácito e verdadeiro. O "x" não quadra, porque é letra áspera; o "y" já fica dito no "i"; o "z", zeloso da tua honra.

Riu-se Camila do abecê de sua donzela e a teve por mais prática nas coisas do amor que ela dizia, e ela assim o confessou, revelando à sua senhora que tinha amores com um mancebo bem-nascido, da mesma cidade; do qual se turbou Camila, temendo que fosse aquele caminho por onde sua honra podia correr risco. Indagou-lhe se suas conversas iam além disto. Ela, com pouca vergonha e muita desenvoltura, lhe respondeu que passavam, sim. Porque é coisa já bem certa que os descuidos das senhoras tiram a vergonha das criadas, as quais, quando veem as amas dar tropeços, a elas pouco importa coxear, nem que isto se saiba.

Nada pôde fazer Camila senão rogar a Leonela que não dissesse nada do seu feito àquele que dizia ser seu amante, e que tratasse seus assuntos com segredo, porque não chegassem à notícia

---

[3] São eles "sábio, só, solícito e secreto". Trata-se de um tópico literário que se transformou em frase feita, encontrado desde o cancioneiro popular até em autores como Calderón de la Barca.

de Anselmo nem de Lotario. Leonela respondeu que assim faria, mas o cumpriu de maneira que confirmou o temor de Camila de que por ela havia de perder seu crédito. Porque a desonesta e atrevida Leonela, depois que viu que o proceder de sua ama não era o costumado, atreveu-se a entrar e a pôr dentro de casa o seu amante, confiada de que, ainda que sua senhora o visse, não ousaria descobri-lo. Este, entre outros, é o dano que acarretam os pecados das senhoras: que se tornam em escravas de suas próprias criadas e se obrigam a encobrir-lhes suas desonestidades e vilezas, como sucedeu a Camila; pois, vendo uma e muitas vezes que sua Leonela estava com seu galã num aposento de sua casa, não só não ousava repreendê-la, mas lhe dava lugar a que o recolhesse e lhe tirava todos os estorvos, para que não fosse visto por seu marido.

Mas não conseguiu tirá-los de jeito que Lotario uma vez o visse sair ao amanhecer; o qual, sem conhecer quem era, pensou primeiro que devia de ser algum fantasma, mas quando o viu caminhar, emboçar-se e encobrir-se com cuidado e recato, saiu do seu simples pensamento e deu em outro, que seria a perdição de todos se Camila o não remediasse. Pensou Lotario que aquele homem que vira sair tão a desoras de casa de Anselmo não tinha entrado nela por Leonela, nem sequer se lembrou se havia Leonela no mundo: só pensou que Camila, da mesma maneira que fora fácil e ligeira com ele, era-o agora para outro; tais acréscimos traz consigo a maldade da mulher má, pois perde o crédito de sua honra aos olhos daquele mesmo a quem se entregou rogada e persuadida, o qual pensa que com maior facilidade se entrega a outros e dá infalível crédito a toda suspeita que daí resulta. E por todos os sinais parece que aqui faltou a Lotario todo seu bom entendimento e lhe fugiram da memória todos seus avisados discursos, pois, sem fazer nenhum que fosse bom, nem sequer razoável, sem mais nem mais, antes que Anselmo acordasse, impaciente e cego da zelosa raiva que as entranhas lhe roía, morrendo por vingar-se de Camila, que em nada o ofendera, foi procurar Anselmo e lhe disse:

— Sabe, Anselmo, que há muitos dias venho lutando comigo mesmo, fazendo força por não te dizer o que já não é possível nem justo que mais te oculte. Sabe que a fortaleza de Camila está já rendida, e sujeita a tudo aquilo que eu quiser fazer com ela; e se demorei em te revelar esta verdade, foi por ver se era algum leviano capricho seu, ou se o fazia por me provar e ver se eram com firme propósito tratados os amores que com tua licença com ela comecei. Pensei também que ela, se fosse quem devia ser e quem nós dois pensávamos que era, já te houvesse dado conta da minha solicitude; mas, vendo que se demora, conheço que são verdadeiras as promessas que me deu de que, da próxima vez que vez te ausentares da tua casa, falará comigo na recâmara onde guarda as tuas alfaias — e era a verdade que ali lhe costumava falar Camila. — E não quero que vás precipitosamente correndo tomar alguma vingança, pois não está ainda cometido o pecado senão em pensamento, e poderia ser que desde agora até o tempo de o pôr por obra mudasse o de Camila e nascesse em seu lugar o arrependimento. E assim, já que em tudo ou em parte sempre seguiste os meus conselhos, segue e guarda este que agora te direi, para que sem engano e com temeroso aviso te satisfaças daquilo que julgares mais conveniente. Finge que te ausentas por dois ou três dias, como já outras vezes fizeste, e faze de jeito que fiques escondido na tua recâmara, pois as alcatifas que há ali e outras coisas com que te possas encobrir te oferecem muita comodidade, e então verás com teus próprios olhos, e eu pelos meus, o que Camila quer; e se for a maldade que se pode temer antes que esperar, com silêncio, sagacidade e discrição poderás ser o carrasco do teu agravo.

Absorto, suspenso e admirado ficou Anselmo com as razões de Lotario, porque o apanharam quando menos as esperava ouvir, já tendo Camila por vencedora dos fingidos assaltos de Lotario e começando a gozar a glória do vencimento. Calando esteve por um bom espaço, fitando o chão sem mover pestana, e por fim disse:

— Nisto fizeste, Lotario, o que eu esperava da tua amizade; em tudo hei de seguir o teu conselho: faze o que quiseres e guarda aquele segredo que vês que convém em caso tão impensado.

Jurou-o Lotario e, em se afastando dele, arrependeu-se totalmente de tudo que tinha dito, vendo quão nesciamente procedera, pois poderia ele mesmo tomar vingança de Camila, e não por caminho tão cruel e desonrado. Maldizia seu entendimento, enfeava sua ligeira determinação e não sabia que rumo tomar para desfazer o feito ou para lhe dar algum razoável desfecho. Por fim, resolveu dar conta de tudo a Camila; e como não lhe faltava lugar de fazê-lo, naquele mesmo dia a encontrou a sós, mas então, e ela, assim como viu que lhe podia falar, lhe disse:

— Sabei, amigo Lotario, que uma pena me aperta o coração, de sorte que parece meu peito a ponto de rebentar, e é maravilha que o não faça; pois chegou a desvergonha de Leonela a tanto, que toda noite acolhe um galã seu nesta casa e fica com ele até de manhã, tão à custa do meu crédito quanto vasto o lugar que dará a julgá-lo mal a quem o vir deixar minha casa em horas tão inusitadas. E o que me rói é não podê-la castigar nem repreender, pois o fato de ser ela secretária dos nossos tratos me pôs um freio na boca para calar os dela, e temo que disso venha a nascer algum ruim sucesso.

Tão logo Camila começou a dizer isto, pensou Lotario que fosse um artifício para o fazer crer que o homem que tinha visto sair era de Leonela, e não dela própria; mas ao vê-la chorar e se afligir e lhe pedir remédio, veio a acreditar na verdade e, em acreditando-a, acabou de se turbar e arrepender de tudo. Mas, contudo, respondeu a Camila que não se afligisse, que ele arranjaria remédio para atalhar a insolência de Leonela. Contou-lhe também o que, instigado pela furiosa raiva dos ciúmes, tinha dito a Anselmo, e como ficara concertado que se esconderia na recâmara, para dali ver às claras a pouca lealdade que ela lhe guardava. Pediu-lhe perdão dessa loucura, e conselho para poder remediá-la e saírem a salvo de tão revolto labirinto como seu mau discurso o pusera.

Espantada ficou Camila de ouvir o que Lotario lhe dizia, e com muita sanha e muitas discretas razões o repreendeu e enfeou seu mau pensamento e a simples e má determinação que tivera; mas como naturalmente tem a mulher, mais que o varão, o engenho lesto para o bem e para o mal, posto que lhe costume faltar quando de propósito se põe a fazer discursos, dali a pouco atinou Camila o modo de remediar aquele caso que parecia tão irremediável, e disse a Lotario que fizesse com que logo ao outro dia se escondesse Anselmo onde tinha dito, porque ela pensava tirar do seu escondimento comodidade para dali em adiante os dois se poderem desfrutar sem sobressalto algum; e sem lhe declarar de todo seu pensamento, advertiu-lhe que, estando Anselmo escondido, ele tratasse de vir quando Leonela o chamasse e que a tudo o que ela dissesse lhe respondesse como responderia se não soubesse que Anselmo o escutava. Insistiu Lotario em que lhe acabasse de declarar sua intenção, para com mais segurança e aviso poder guardar tudo o que ela visse ser necessário.

— Digo — disse Camila — que não há mais o que guardar, mas só me responder ao que eu vos perguntar (não querendo Camila dar-lhe conta antes do que pensava fazer, temendo que não quisesse seguir o parecer que a ela tão bom parecia e seguisse ou buscasse outros que não poderiam ser tão bons).

Com isto se foi Lotario; e Anselmo, ao outro dia, com o pretexto de ir àquela aldeia de seu amigo, partiu e voltou para se esconder, o que pôde fazer com toda comodidade, porque de indústria lha deram Camila e Leonela. Escondido pois Anselmo, com aquele sobressalto que se pode imaginar que teria quem esperava ver com os próprios olhos o destroço das entranhas de sua honra, ia-se a pique de perder o sumo bem que ele pensava ter em sua querida Camila. Já seguras e certas Camila e Leonela de que Anselmo estava escondido, entraram na recâmara; e apenas Camila tinha posto os pés nela, quando dando um grande suspiro disse:

— Ai, Leonela amiga! Não seria melhor que, antes que eu chegasse a executar o que não quero que saibas, para que o não tentes estorvar, que apanhasses a adaga de Anselmo que te pedi e trespassasses com ela este infame peito meu? Mas não faças tal, que não será razão que eu leve a pena da alheia culpa. Antes quero saber que é o que viram em mim os atrevidos e desonestos olhos de Lotario que fosse causa para que se atrevesse a me declarar tão mau desejo como o que me declarou, em menosprezo de seu amigo e em desonra minha. Põe-te, Leonela, a essa janela e chama por ele, que, sem dúvida alguma, deve de estar na rua, esperando apor em efeito sua má intenção. Mas antes se levará a minha, tão cruel quanto honrada.

— Ai, senhora minha! — respondeu a sagaz e avisada Leonela. — E que é o que queres fazer com essa adaga? Queres porventura tirar-te a vida ou tirá-la de Lotario? Pois qualquer dessas coisas há de redundar em perda do teu crédito e fama. Melhor é que dissimules teu agravo e não dês lugar a que esse ruim homem entre agora nesta casa e nos ache a sós. Olha, senhora, que somos frágeis mulheres, e ele é homem e determinado; e como vem com aquela ruim tenção, cego e apaixonado, talvez antes que tu ponhas em execução o teu fará ele o que te seria pior que tirar-te a vida.

Maldito seja o meu senhor Anselmo, que tanta rédea deu a tal sicário em sua casa! E quando, senhora, o matares, como eu penso que queres fazer, que havemos de fazer dele depois de morto?

— Quê, amiga? — respondeu Camila. — Deixá-lo para que Anselmo o enterre, pois será justo que ele tenha por descanso o trabalho de pôr sua própria infâmia sob a terra. Chama-o de uma vez, que todo o tempo que demoro em tomar a devida vingança do meu agravo parece que ofendo a lealdade que ao meu esposo devo.

Tudo isto escutava Anselmo, e a cada palavra que Camila dizia se lhe mudavam os pensamentos; mas quando entendeu que estava resolvida a matar Lotario, quis sair e se descobrir, para que tal coisa não se fizesse, mas deteve-o o desejo de ver aonde havia de dar tanta galhardia e honesta resolução, com o propósito de sair a tempo de impedi-la.

Nisto Camila foi tomada de um forte desmaio e, jogando-se numa cama que ali havia, começou Leonela a chorar muito amargamente e a dizer:

— Ai de mim, não seja eu tão desventurada que morra aqui entre meus braços a flor da honestidade do mundo, a coroa das boas mulheres, o exemplo da castidade...!

Mais outras coisas a estas semelhantes, que ninguém que a escutasse deixaria de tê-la pela mais lastimada e leal donzela do mundo, e sua senhora por outra nova e perseguida Penélope. Pouco demorou Camila em despertar do seu desmaio e, ao voltar em si, disse:

— Por que não vais, Leonela, chamar o mais leal amigo de amigo que já viu o sol ou cobriu a noite? Vai, corre, avia-te, caminha, não deixes que se abafe com a tardança o fogo da cólera que tenho e fique em ameaças e maldições a justa vingança que espero.

— Já vou chamá-lo, senhora minha — disse Leonela —, mas antes hás de dar-me essa adaga, para que não faças nada, enquanto eu falto, que deixe chorando toda a vida todos os que te querem bem.

— Vai segura, Leonela amiga, que o não farei — respondeu Camila —, pois sendo eu, a teu parecer, atrevida e simples em defender a minha honra, não o hei de ser tanto quanto aquela Lucrécia de quem dizem que se matou sem ter cometido erro algum e sem antes ter matado quem fora a causa de sua desgraça.[4] Eu morrerei, se morrer, mas há de ser vingada e desagravada de quem me deu ocasião de acabar chorando assim os seus atrevimentos, nascidos tão sem culpa minha.

Muito se fez rogar Leonela antes de ir chamar Lotario, mas por fim saiu, e, enquanto esperava sua volta, ficou Camila dizendo, como que falando consigo mesma:

— Valha-me Deus! Não seria mais acertado despedir Lotario, como outras muitas vezes fiz, que não lhe dar lugar, como já lhe dei, para que me tenha por desonesta e má, sequer neste tempo que tardarei em desenganá-lo? Melhor seria, sem dúvida, mas não ficaria eu vingada, nem a honra do meu marido desagravada, se tão de mãos lavadas e passo sossegado voltasse a sair donde seus maus pensamentos o levaram. Pague o traidor com a vida o que tentou com tão lascivo desejo: saiba o mundo, se acaso chegar a sabê-lo, que Camila não só guardou a lealdade a seu esposo, mas lhe tomou vingança de quem se atreveu a ofendê-lo. Mas ainda assim penso que melhor fora dar conta disto a Anselmo;

---

[4] Na Espanha da época, considerava-se a romana Lucrécia, que se matou depois de ser violentada por Sexto Tarquínio, um exemplo de insensatez, a ponto de ser satirizada como "Lucrécia néscia".

porém já fiz menção de dá-la na carta que lhe escrevi à aldeia, e cuido que o não acudir ele em remédio do dano que lhe apontei deve de ter sido porque, em sua muita bondade e confiança, não quis nem pôde acreditar que no peito do seu tão firme amigo pudesse caber qualquer gênero de pensamento que contra sua honra fosse; nem eu mesma o acreditei por muitos dias, nem jamais o acreditaria, se sua insolência não chegasse a tanto, se as manifestas dádivas e as grandes juras e contínuas lágrimas não mo manifestassem. Mas para que faço eu agora estes discursos? Tem porventura uma resolução galharda necessidade de conselho algum? Não, por certo. Fora então, traidores! A mim, vinganças! Entre o falso, venha, chegue, morra e acabe, e aconteça o que acontecer! Limpa entrei em poder daquele que o céu me deu por meu, limpa hei de sair dele; e quando menos sairei banhada em meu casto sangue e no impuro do mais falso amigo que jamais viu a amizade no mundo.

E dizendo isto andava pela sala com a adaga desembainhada, dando tão desconcertados e desaforados passos e fazendo tais acenos, que parecia falta de juízo e não mulher delicada, quando não um rufião desesperado.

Tudo olhava Anselmo, oculto atrás de umas alcatifas onde se escondera, e de tudo se admirava, e já lhe parecia que o que tinha visto e ouvido era satisfação bastante para maiores suspeitas e já queria que a prova de entrar Lotario faltasse, temeroso de algum repentino e mau sucesso. E estando já prestes a sair e se manifestar, para abraçar e desenganar sua esposa, ainda se deteve porque viu que Leonela voltava trazendo Lotario pela mão; e assim como Camila o viu, fazendo no chão com a adaga uma grande risca diante dela, lhe disse:

— Lotario, adverte o que te digo: se acaso te atreveres a passar desta raia que vês, ou sequer tocá-la, no instante em que eu vir que o tentas, nesse mesmo cravarei no peito esta adaga que nas mãos tenho. E antes que a isto me respondas palavra, quero que outras tantas me escutes, e depois responderás o que mais gostares. Primeiro quero, Lotario, que me digas se conheces Anselmo, meu marido, e que opinião tens dele; segundo, quero também saber se me conheces. Responde-me e não te turbes nem penses muito no que hás de responder, pois não há dificuldade no que te pergunto.

Não era tão ignorante Lotario que, desde o primeiro momento em que Camila lhe disse que tratasse de esconder Anselmo, não tivesse atinado no que ela pensava em fazer, e assim correspondeu com sua intenção tão discretamente e tão a tempo, que fizeram os dois passar aquela mentira por mais que certa verdade; e assim, respondeu ele a Camila desta maneira:

— Não pensei, formosa Camila, que me chamavas para me perguntar coisas tão fora da intenção com que eu aqui venho. Se o fazes por dilatar-me a prometida mercê, de mais longe poderias entretê-la, pois tanto mais mortifica o bem desejado quanto mais perto está a esperança de o possuir; mas, para que não digas que não respondo às tuas perguntas, digo que conheço teu esposo Anselmo e nos conhecemos os dois desde nossa mais tenra idade; e não quero aqui dizer o que tu também sabes da nossa amizade, por não me tornar testemunha do agravo que o amor faz que lhe faça, poderosa desculpa de maiores erros. A ti bem conheço e tenho na mesma estima; pois, se não fosse assim, por menos prendas que as tuas não havia eu de ir contra o que devo por ser quem sou e contra as santas leis da verdadeira amizade, agora por tão poderoso inimigo como o amor por mim rompidas e violadas.

— Se isto confessas — respondeu Camila —, inimigo mortal de tudo quanto justamente merece ser amado, com que cara

483

ousas aparecer ante quem sabes ser o espelho onde se mira aquele em quem tu te haverias de mirar, para que visses com quão pouca ocasião o agravas? Mas já me dou conta, ai, desditada de mim!, do que te fez ter em tão pouca aquilo que a ti mesmo deves, que deve de ter sido alguma desenvoltura minha, que a não quero chamar desonestidade, pois não terá resultado de deliberada determinação, e sim de algum descuido daqueles que as mulheres que pensam não ter por que se recatar costumam fazer inadvertidamente. Se não, dize-me: quando, oh traidor!, respondi a teus rogos com alguma palavra ou gesto que pudesse despertar em ti alguma sombra de esperança de cumprir teus infames desejos? Quando tuas amorosas palavras não foram enjeitadas e repreendidas pelas minhas com rigor e com aspereza? Quando tuas muitas promessas e maiores dádivas foram por mim acreditadas ou admitidas? Mas, por entender que ninguém pode perseverar por longo tempo no intento amoroso se não é sustentado por alguma esperança, quero a mim atribuir a culpa da tua impertinência, pois sem dúvida algum descuido meu sustentou por tanto tempo o teu cuidado, e assim me quero castigar e dar a mim a pena que tua culpa merece. E para que visses que, sendo eu comigo tão desumana, não era possível deixar de o ser contigo, quis trazer-te para que sejas testemunha do sacrifício que penso fazer à ofendida honra do meu tão honrado marido, agravado por ti com o maior cuidado que te foi possível, e de mim também com o pouco recato que tive em fugir à ocasião, se alguma te dei, de favorecer e autorizar tuas más intenções. Volto a dizer que a suspeita que tenho que algum descuido meu engendrou em ti tão desvairados pensamentos é a que mais me rói e a que eu mais desejo castigar com minhas próprias mãos, porque, castigando-me outro carrasco, talvez fosse mais pública a minha culpa; mas antes que tal se faça prefiro matar morrendo e comigo levar quem me acabe de satisfazer o desejo de vingança que espero e tenho, vendo lá, onde quer que seja, a pena que dará a justiça desinteressada e que não se dobra a quem em tão desesperados termos me pôs.

E, dizendo essas razões, com incrível força e ligeireza arremeteu contra Lotario com a adaga nua, com tais mostras de querer cravar-lha no peito, que por pouco ele não duvidou da falsidade daquelas demonstrações, pois lhe foi forçoso valer-se de sua indústria e de sua força para evitar que Camila lhe acertasse. A qual tão vivamente fingia aquele estranho embuste e falsidade, que por dar-lhe cores de verdade quis matizá-la com seu próprio sangue; porque, vendo que não podia ferir Lotario, ou fingindo que não podia, disse:

— Como a sorte não quer de todo satisfazer o meu tão justo desejo, ao menos não será tão poderosa que me impeça de satisfazê-lo em parte.

E, forcejando por desvencilhar a mão que empunhava a adaga e que Lotario segurava, safou-a e, guiando a ponta aonde se pudesse ferir não profundamente, a entrou e escondeu logo acima da axila esquerda, junto ao ombro, deixando-se em seguida cair no chão, como desmaiada.

Estavam Leonela e Lotario atônitos e suspensos de tal sucesso, e até duvidavam da veracidade do feito, vendo Camila deitada por terra e banhada em seu sangue. Acudiu Lotario com muita presteza, espavorido e sem alento, para tirar a adaga e, ao ver o pequeno ferimento, perdeu o temor que o assaltara e de novo se admirou da sagacidade, prudência e muita discrição da formosa Camila; e por acudir com a parte que a ele cabia, começou a fazer uma longa e triste lamentação sobre o corpo de Camila, como se fosse falecida, fazendo muitas maldições, não só a si próprio, mas àquele por cuja causa a levara àquele termo. E como sabia que era escutado por seu amigo Anselmo, dizia tais coisas que quem o ouvisse lhe teria muito mais pena que de Camila, ainda que por morta a tivesse.

Leonela tomou Camila nos braços e a deitou no leito, suplicando a Lotario que fosse em busca de quem secretamente a pudesse curar; também lhe pediu conselho e parecer do que diriam a Anselmo daquela ferida de sua senhora, se acaso voltasse antes que dela sarasse. Ele respondeu que dissessem o que bem quisessem, que ele não estava em termos de dar conselho algum que de proveito fosse: só lhe disse que procurasse estancar-lhe o sangue, porque ele partia para onde ninguém o visse. E com mostras de muita dor e sentimento, deixou a casa e, quando se viu sozinho e onde ninguém o via, benzeu-se umas tantas vezes, maravilhado da indústria de Camila e dos tão acertados movimentos de Leonela. Considerava quão inteirado havia de ficar Anselmo de que tinha por mulher uma segunda Pórcia,[5] e desejava logo ter com ele para juntos celebrarem a mentira e a verdade mais dissimulada que jamais se pudesse imaginar.

Leonela estancou, como se disse, o sangue de sua senhora, que era só o bastante para confirmar seu embuste, e, lavando o ferimento com um pouco de vinho, enfaixou-o o melhor que pôde, dizendo tais razões enquanto a curava que, ainda que outras a não tivessem precedido, bastariam para convencer Anselmo de que tinha em Camila uma imagem acabada da honestidade.

Juntaram-se às palavras de Leonela outras de Camila, chamando-se covarde e de pouco ânimo, pois este lhe faltara no transe em que mais o necessitara, para tirar-se a vida, que ela tanto

---

[5] Mulher de Marco Bruto, que segundo Plutarco se feriu gravemente para provar ao marido que era capaz de resistir à tortura, e que, portanto, ele podia confiar-lhe o segredo da conspiração contra César. Suicidou-se ao saber da morte do marido.

agora detestava. Pediu conselho à sua donzela se contar ou não todo aquele sucesso a seu querido esposo, ao que esta respondeu que não lho contasse, porque o poria em obrigação de se vingar de Lotario, o que não poderia ser sem muito risco seu, e que a boa mulher era obrigada a não dar ao marido motivos de repreendê--la, e sim evitá-los o quanto lhe fosse possível.

Respondeu Camila que lhe parecia muito bem seu parecer, e que ela o seguiria, mas que, em todo o caso, convinha buscar o que dizer a Anselmo da causa daquela ferida, que ele não poderia deixar de ver; ao que Leonela respondeu que ela nem sequer por jogo não sabia mentir.

— Pois eu, irmã — replicou Camila —, que hei de saber, que não me atreveria a forjar nem sustentar uma mentira, ainda que disso dependesse a minha vida? E, se não atinarmos com uma saída, melhor será contar-lhe a verdade nua, e não que nos descubra em mentiroso trato.

— Não te aflijas, senhora: daqui até amanhã — respondeu Leonela — eu pensarei em que lhe diremos, e talvez por ser a ferida onde é a possas encobrir sem que ele a veja, e que praza ao céu favorecer os nossos tão justos e honrados pensamentos. Sossega-te, senhora minha, e procura sossegar tua alteração, por que o meu senhor não te ache sobressaltada, e deixa o mais ao meu cargo e ao de Deus, que sempre olha pelos bons desejos.

Atentíssimo estivera Anselmo em escutar e ver representar a tragédia da morte de sua honra, a qual com tão estranhos e eficazes afetos fora representada por seus personagens, que pareceu que se tinham transformado na verdade mesma do que fingiam. Desejava muito que chegasse logo a noite e o lugar para sair de sua casa e ir ter com seu bom amigo Lotario, congratulando-se com ele da pérola preciosa que achara no desengano da bondade de sua esposa. Cuidaram as duas de dar-lhe lugar e comodidade

487

para que saísse, e ele, sem perdê-la, saiu e logo foi à procura de Lotario; e ao encontrá-lo não se pode boamente contar os abraços que lhe deu, as coisas que do seu contentamento lhe disse, os louvores que fez de Camila. Todo o qual escutou Lotario sem poder dar mostra alguma de alegria, porque se lhe representava na memória quão enganado estava seu amigo e quão injustamente ele o agravava; e se bem Anselmo visse que Lotario não se alegrava, pensava que era por ter deixado Camila ferida e por ter sido ele a causa; e assim, entre outras razões, lhe disse que não se afligisse pelo estado de Camila, porque o ferimento era sem dúvida ligeiro, já que as duas concertaram de escondê-lo dele e, sendo assim, não havia o que temer, e sim dali em diante muito do que se contentar e alegrar com ele, pois por sua indústria e meio ele se via alçado à mais alta felicidade que se poderia desejar, e queria que não fossem outros seus entretenimentos que em fazer versos em louvor de Camila para eternizá-la na memória dos séculos vindouros. Lotario elogiou sua boa determinação e disse que ele, de sua parte, o ajudaria a erguer tão ilustre edifício.

Com isto ficou Anselmo o homem mais saborosamente enganado que pôde haver no mundo: ele mesmo levava pela mão a sua casa, crendo que levava o instrumento de sua glória, toda a perdição de sua fama. Recebia-o Camila com a cara por fora fechada, mas com a alma risonha. Durou esse engano alguns dias, até que, passados alguns meses, virou Fortuna sua roda e veio a público a maldade com tanto artifício até então encoberta, custando a Anselmo a vida sua impertinente curiosidade.

Capítulo XXXV

ONDE SE FINDA A
NOVELA DO CURIOSO IMPERTINENTE

Pouco mais restava por ler da novela quando, do desvão onde D. Quixote repousava, veio Sancho Pança todo alvoroçado, dizendo a altas vozes:

— Acudi logo, senhores, e socorrei o meu senhor, que anda metido na mais renhida e travada batalha que os meus olhos já viram. Por Deus que ele deu uma cutilada no gigante inimigo da senhora princesa Micomicona que lhe cortou a cabeça cerce e rente, como se fosse um nabo!

— Que dizes, irmão? — disse o padre, deixando de ler o que da novela faltava. — Estais em vós, Sancho? Como diabos pode ser isso que dizeis, estando o gigante a duas mil léguas daqui?

Nisto ouviram um grande ruído vir do aposento e que D. Quixote dizia a altas vozes:

— Guarda-te, ladrão facinoroso, velhaco, que aqui te tenho e de nada te valerá a tua cimitarra!

E parecia que dava grandes cutiladas pelas paredes. E disse Sancho:

— Não parem a escutar, mas entrem para apartar a briga ou ajudar meu amo; bem que já não seja mister, pois sem dúvida alguma o gigante já está morto e dando conta a Deus da sua passada e má vida, que eu vi correr o sangue pelo chão, e a cabeça cortada e caída a um lado, que é tamanha como um grande odre de vinho.

— Que me matem — disse então o estalajadeiro — se D. Quixote ou dom diabo não deu alguma cutilada nalgum dos odres de vinho tinto que à sua cabeceira estavam cheios, e o vinho derramado deve de ser o que a este bom homem parece sangue.

E com isto entrou no aposento, e todos atrás dele, e acharam D. Quixote no mais estranho traje do mundo. Estava em camisão, o qual não era tão comprido que por diante lhe cobrisse de todo as coxas, e era por trás seis dedos mais curta; as pernas eram muito compridas e finas, peludas e nada limpas; tinha na cabeça um gorro vermelho, sebento, que era do estalajadeiro; no braço esquerdo tinha enrolada a manta da cama, da qual Sancho tinha ojeriza, e ele sabia bem o porquê, e na direita, desembainhada a espada, com a qual dava cutiladas a torto e a direito, dizendo palavras como se realmente estivesse lutando com algum gigante. E o melhor da história é que não estava de olhos abertos, porque estava dormindo e sonhando-se em batalha com o gigante: tão intensa foi a imaginação da aventura que ia levar a termo, que o fez sonhar que já chegara ao reino de Micomicão e que já estava lidando com seu inimigo; e tinha dado tantas cutiladas nos odres, imaginando dá-las no gigante, que todo o aposento estava cheio de vinho. Em vendo isto o estalajadeiro, foi tamanha a sua fúria que arremeteu contra D. Quixote e a punho cerrado começou a lhe dar tantos golpes que, se Cardenio e o padre não o apartassem, teria ele acabado a guerra do gigante; e, com tudo isso, não acordava o pobre cavaleiro, até que o barbeiro trouxe um grande caldeirão de água fria do poço e de súbito a jogou por todo o corpo de D. Quixote, com o que este acordou, mas não o bastante para atinar na maneira em que estava.

Dorotea, que viu quão curta e sutilmente estava ele vestido, não quis entrar para ver a batalha do seu ajudador com o seu contrário. Andava Sancho procurando a cabeça do gigante por todo o chão e, como não a achava, disse:

— Já sei que tudo nesta casa é encantamento, pois da outra

vez, neste mesmo lugar onde agora me acho, levei muitos sopapos e porradas sem saber quem mas dava, e nunca pude ver ninguém; e agora não aparece por aqui esta cabeça, que vi cortar com os meus próprios olhos, com o sangue jorrando do corpo como de uma fonte.

— Mas que sangue e que fonte dizes, inimigo de Deus e dos seus santos? — disse o estalajadeiro. — Não vês, ladrão, que o sangue e a fonte não são outra coisa que estes odres que aqui estão furados e o vinho tinto que encharca este aposento, que encharcada eu veja nos infernos a alma de quem os furou?

— Eu não sei de nada — respondeu Sancho —, só sei que serei tão desgraçado que, por não achar essa cabeça, se há de desmanchar o meu condado como sal na água.

E estava pior Sancho acordado que seu amo dormindo: assim o deixaram as promessas de seu amo. O estalajadeiro desesperava em ver a pachorra do escudeiro e o malefício do senhor, e jurava que não havia de ser como da outra vez, quando se foram sem pagar, e que agora não lhe haveriam de valer os privilégios da sua cavalaria para deixar de pagar isto e aquilo, e mais o que pudessem custar os remendos que se haveriam de fazer nos estropiados odres.

Segurava o padre D. Quixote pelas mãos, o qual, cuidando que já terminara a aventura e que se achava diante da princesa Micomicona, caiu de joelhos aos pés do padre, dizendo:

— Bem pode a vossa grandeza, alta e fermosa senhora, viver de hoje em diante segura sem que lhe possa fazer mal esta malnascida criatura; e eu também de hoje em diante estou quite da palavra que vos dei, pois, com a ajuda do alto Deus e com o favor daquela por quem vivo e respiro, tão bem a cumpri.

— Eu não disse? — soltou Sancho ao ouvir isto. — Aí tendes que não estava eu bêbado: olhai se o meu amo já não tem bem salmourado o tal gigante! É claro como a água: o meu condado são favas contadas!

Quem não havia de rir com os disparates dos dois, amo e criado? Todos riam, menos o estalajadeiro, que se encomendava a Satanás. Mas, por fim, tanto fizeram o barbeiro, Cardenio e o padre que, com não pouco trabalho, levaram D. Quixote à cama, onde ele logo adormeceu, com mostras de grandíssimo cansaço. Ali o deixaram e foram para diante da estalagem consolar Sancho Pança por não ter encontrado a cabeça do gigante, se bem mais lhes tenha custado aplacar o estalajadeiro, que estava desesperado pela repentina matança dos seus odres. E a estalajadeira dizia com a voz em grita:

— Maldita e minguada a hora em que entrou na minha casa esse cavaleiro andante, que nunca os meus olhos o tivessem visto, pois tão caro me custa. Da outra vez se foi com o custo de uma noite, jantar, cama, palha e cevada, para ele e para o seu escudeiro e um rocim e um jumento, dizendo que era cavaleiro aventureiro, que má ventura lhe dê Deus, a ele e a quantos aventureiros há no mundo, e que por isso não era obrigado a pagar nada, pois assim estava escrito nos assentos da cavalaria andantesca; e depois por sua causa veio estoutro senhor e levou o meu rabo, e o devolveu muito estragado e pelado, que já não pode servir para aquilo que o meu marido o quer; e por fim e arremate de tudo, vem rasgar os meus odres e derramar o meu vinho, que derramado eu veja o seu sangue. Mas que ninguém pense, pelos ossos do meu pai e pela vida da minha mãe, que não me hão de pagar tudo tim-tim por tim-tim, ou eu não me chamaria como me chamo nem seria filha de quem sou!

Estas e outras semelhantes razões dizia a estalajadeira com grande fúria, ajudada por sua boa criada Maritornes. A filha calava e de quando em quando sorria. O padre tudo sossegou, prometendo compensá-los de sua perda o melhor que pudesse, assim dos odres como do vinho, e principalmente do menoscabo do rabo, que tanta falta lhes fazia. Dorotea consolou Sancho Pança dizendo-lhe que, quando se mostrasse ser verdade que o seu amo descabeçara o gigante, ela lhe prometia, em se vendo pacífica em seu reino, dar-lhe o melhor condado que nele houvesse. Consolou-se com isto Sancho e garantiu à princesa que podia ter como certo que ele vira a cabeça do gigante, que por maior sinal tinha uma barba que lhe chegava à cintura, e que, se não aparecia, era porque tudo quanto naquela casa se passava era por via de encantamento, como ele o provara da outra vez que ali pousara. Dorotea disse que bem lhe acreditava e que não se afligisse, que tudo se faria bem e sucederia a contento.

Sossegados todos, quis o padre acabar de ler a novela, porque viu que faltava pouco. Cardenio, Dorotea e todos os demais rogaram que a acabasse. Ele, que a todos quis dar gosto, e também pelo que ele mesmo tinha de lê-la, prosseguiu o conto, que dizia assim:

"Aconteceu pois que, pela certeza que tinha Anselmo da bondade de Camila, vivia ele uma vida contente e descuidada, e Camila, de indústria, fazia má cara a Lotario, para que Anselmo entendesse ao contrário a vontade que lhe tinha; e para maior confirmação, pediu licença Lotario para não mais frequentar a casa, pois saltava aos olhos o pesar que sua presença causava a Camila. Mas o enganado Anselmo lhe disse que de maneira alguma fizesse isso; e desta maneira, por mil maneiras era Anselmo o fabricador de sua desonra, acreditando sê-lo do seu gosto.

"Nisto, o que tinha Leonela de se ver qualificada e notada por seus amores chegou a tanto que, sem olhos para outra coisa, seguia após dele à rédea solta, certa de que sua senhora a acobertaria e até a avisaria do melhor modo para sem receio pô-lo em execução. Enfim, certa noite ouviu Anselmo passos no aposento de Leonela, e, querendo entrar para ver quem os dava, sentiu que lhe seguravam a porta, coisa que lhe aumentou a vontade de abri-la, e tanta força fez, que a abriu e entrou a tempo de ver que um homem saltava pela janela à rua; e acudindo com presteza para alcançá-lo ou conhecê-lo, não conseguiu uma nem outra coisa, porque Leonela se abraçou a ele, dizendo-lhe:

"— Sossega, senhor meu, e não te alvoroces nem sigas quem daqui saltou: é coisa minha, e tanto, que é meu esposo.

"Não o quis crer Anselmo, antes, cego de fúria, tirou a adaga e quis ferir Leonela, dizendo-lhe que lhe dissesse a verdade; se não, que a mataria. Ela, com o medo, sem saber o que se dizia, lhe disse:

"— Não me mates, senhor, que eu te direi coisas de mais importância que as que podes imaginar.

"— Dize-as logo — disse Anselmo —; se não, morta és.

"— Por ora será impossível — disse Leonela —, segundo estou turbada; deixa-me até a manhã, que então saberás de mim o que te há de admirar; e podes estar certo que o que saltou por esta janela é um mancebo desta cidade, que me deu a mão de ser meu esposo.

"Sossegou-se com isto Anselmo e quis aguardar o termo que se lhe pedia, porque não pensava ouvir coisa que contra Camila fosse, por estar de sua bondade tão satisfeito e seguro; e assim saiu do aposento, nele deixando Leonela trancada, dizendo-lhe que dali não sairia até que lhe dissesse o que tinha a dizer.

"Em seguida procurou Camila para lhe dizer, como lhe disse, tudo aquilo que com sua donzela passara e a palavra que ela dera de lhe dizer coisas grandes e de importância. Ocioso dizer se Camila se turbou ou não, pois foi tanto o temor que a assaltou crendo verdadeiramente, como era de crer, que Leonela havia de dizer a Anselmo tudo o que sabia de sua pouca fé, que não teve ânimo para esperar se sua suspeita se mostrava falsa ou não, e naquela mesma noite, quando lhe pareceu que Anselmo dormia, recolheu as melhores joias que tinha, mais algum dinheiro e, sem ser por ninguém ouvida, saiu de casa e foi à de Lotario, a quem contou o que se passava e lhe pediu que a pusesse a bom recato ou que se ausentassem os dois onde pudessem estar a salvo de Anselmo. A confusão em que Camila pôs Lotario foi tal, que ele não sabia responder palavra, nem menos sabia o que fazer.

"Enfim, decidiu levar Camila a um mosteiro que tinha por priuresa uma irmã sua. Consentiu Camila nisso, e, com a presteza que o caso pedia, Lotario a levou e deixou no mosteiro, e ele também se ausentou da cidade em seguida, sem dar parte a ninguém da sua ausência.

"Quando amanheceu, sem perceber Anselmo que Camila faltava do seu lado, tanto era seu desejo de saber o que Leonela lhe queria dizer, se levantou e foi aonde a deixara trancada. Abriu e entrou no aposento, mas nele não achou Leonela: não achou mais que uns lençóis amarrados à janela, indício e sinal que por ali descera e se fora. Voltou então muito triste para contá-lo a Camila, e, ao não achá-la na cama nem em toda a casa, se assombrou. Perguntou por ela aos criados da casa, mas ninguém lhe soube dar conta do que pedia.

"Enquanto buscava Camila, acertou de ver seus cofres abertos e que deles faltavam as mais das suas joias, e com isto acabou de cair na conta da sua desgraça e em que não era Leonela a causa de sua desventura; e assim como estava, sem acabar de se vestir, triste e pensativo, foi dar conta de sua desventura a seu amigo Lotario. Mas, quando o não achou e seus criados lhe disseram que aquela noite faltara de casa e levara consigo todo o dinheiro que tinha, pensou perder o juízo. E para acabar de tudo concluir, ao voltar para sua casa não achou nela nenhum dos criados nem criadas que tinha, mas só a casa deserta e solitária.

"Não sabia que pensar, que dizer, nem que fazer, e pouco a pouco ia-se-lhe transtornando o juízo. Em se contemplando se via num instante sem mulher, sem amigo e sem criados, desamparado, a seu parecer, do céu que o cobria, e sobretudo sem honra, porque na falta de Camila viu sua perdição.

"Resolveu-se, enfim, ao cabo de um grande trecho, de ir até a aldeia do seu amigo, onde estivera quando deu lugar à maquinação de toda aquela desventura. Fechou as portas de sua casa, montou no cavalo e com desmaiado alento se pôs a caminho; e nem meio tinha andado quando, acossado por seus pensamentos, foi-lhe forçoso apear e amarrar seu cavalo a uma árvore, ao pé de cujo tronco se deixou cair, dando ternos e dolorosos suspiros, e ali ficou quase até o anoitecer; e nessa hora viu que vinha um homem a cavalo da cidade, e, depois de o cumprimentar, perguntou-lhe que novas trazia de Florença. O cidadão respondeu:

"— As mais estranhas que há muitos dias nela se ouviram, porque se diz publicamente que Lotario, aquele grande amigo de Anselmo, o rico, que vivia perto de São João, levou esta noite Camila, mulher de Anselmo, o qual também desapareceu. Tudo isto disse uma criada de Camila, que ontem à noite foi achada pelo governador descendo por uns lençóis das janelas da casa de Anselmo. De feito não sei pontualmente como se deu o caso: só sei que toda a cidade está admirada dele, porque não se podia esperar semelhante coisa da muita e familiar amizade dos dois, que dizem que era tanta, que os chamavam 'os dois amigos'.

"— Sabe-se porventura — disse Anselmo — o caminho que seguiram Lotario e Camila?

"— Nem por sombra — disse o cidadão —, posto que o governador usou de muita diligência em buscá-los.

"— Ide com Deus, senhor — disse Anselmo.

"— Com Ele ficai — respondeu o cidadão, e se foi.

"Com tão infaustas novas, a um ponto esteve Anselmo, não só de perder o juízo, mas de dar cabo da vida. Levantou-se como pôde e chegou à casa de seu amigo, que ainda não sabia de sua desgraça, mas como o viu chegar amarelo, consumido e seco, entendeu que de algum grave mal vinha mortificado. Pediu logo Anselmo que o deitassem e que lhe trouxessem com o que escrever. Assim se fez, e o deixaram deitado e só, porque ele assim quis, e até que lhe fechassem a porta. Vendo-se a sós, começou a carregar tanto a imaginação com sua desventura, que claramente conheceu que se lhe ia acabando a vida, e assim resolveu deixar notícia da causa de sua estranha morte; e tendo começado a escrever, antes que acabasse de pôr tudo o que queria, faltou-lhe o alento e deixou a vida nas mãos da dor que lhe causou sua curiosidade impertinente.

"Vendo o senhor da casa que já era tarde e que Anselmo não chamava, resolveu entrar para saber se sua indisposição passava e o achou deitado de bruços, metade do corpo na cama e a outra metade sobre a escrivaninha, sobre a qual estava o papel escrito e aberto, e ele ainda com a pena na mão. Chegou-se o hospedeiro, depois de chamar por ele; e travando-o pela mão, vendo que não respondia e achando-o frio, viu que estava morto. Disto se admirou e afligiu sobremaneira, e chamou as gentes da casa para que vissem a desgraça a Anselmo acontecida, e finalmente leu o papel, que conheceu estar escrito de sua mesma mão, o qual continha estas razões:

> *Um néscio e impertinente desejo me tirou a vida. Se as novas da minha morte chegarem aos ouvidos de Camila, saiba que a perdoo, porque não estava ela*

obrigada a fazer milagres, nem tinha eu necessidade de querer que ela os fizesse; e como eu fui o fabricador da minha desonra, não há para quê...

"Até aqui escreveu Anselmo, por onde se viu que naquele ponto, sem poder acabar a razão, acabou-se-lhe a vida. No dia seguinte, deu aviso o amigo de Anselmo da morte deste aos seus parentes, os quais já sabiam de sua desgraça, e ao mosteiro onde Camila estava quase a termo de acompanhar seu esposo naquela forçosa viagem, não pelas novas do morto esposo, mas pelas que soube do ausente amigo. Diz-se que, conquanto se visse viúva, não quis sair do mosteiro, nem menos tomar o hábito de freira, até que dali a muitos dias lhe chegaram novas de que Lotario tinha morrido numa batalha que naquele tempo deu monsiur de Lautrec[1] ao Grande Capitão Gonzalo Fernández de Córdoba no reino de Nápoles, onde fora parar o tarde arrependido amigo; o qual sabido por Camila, tomou hábito e acabou em breves dias a vida nas rigorosas mãos de tristezas e melancolias. Este foi o fim que tiveram todos, nascido de um tão desatinado princípio".

— Boa me parece esta novela — disse o padre —, mas não me posso convencer de que isto seja verdade; e se é fingido, fingiu mal o autor, pois não se pode imaginar que exista um marido tão néscio que queira fazer tão custosa experiência como fez Anselmo. Se o caso corresse entre um galã e uma dama, ainda se poderia acreditar, mas entre marido e mulher, algo tem de impossível; já quanto ao modo de contá-lo, não me desagrada.

---

[1] Provável referência à batalha de Cerignola (1503), da qual participou, aos dezoito anos, aquele que mais tarde viria a ser o general francês Odet de Foix, senhor de Lautrec. "Monsiur", do francês *monsieur*, é a grafia corrente na época, tanto em castelhano como em português.

Capítulo XXXVI

QUE TRATA DA BRAVA E DESCOMUNAL BATALHA
QUE D. QUIXOTE TEVE COM UNS ODRES DE VINHO TINTO,
MAIS OUTROS RAROS SUCESSOS
QUE NA ESTALAGEM LHE ACONTECERAM[1]

Estando nisto o estalajadeiro, que estava à porta da estalagem, disse:

— Essa que vem vindo é uma bela tropa de hóspedes; se eles pararem aqui, *gaudeamus*[2] teremos.

— Que gente é essa? — perguntou Cardenio.

— Quatro homens — respondeu o estalajadeiro — vêm a cavalo, à gineta, com lanças e adargas, e todos com rebuços pretos; e junto com eles vem uma mulher vestida de branco, montada em andilhas, também coberto seu rosto, mais dois moços a pé.

— Estão perto? — perguntou o padre.

— Tão perto — respondeu o estalajadeiro —, que já chegam.

Ouvindo isto, Dorotea cobriu o rosto, e Cardenio entrou no aposento de D. Quixote; e mal o haviam feito quando entraram

---

[1] A "batalha" em questão foi narrada no capítulo anterior. Em algumas edições, suprimiu-se a menção ao episódio. Novamente, o erro pode ser atribuído à paródia dos livros de cavalarias.

[2] Em latim, literalmente, "alegremo-nos". Tomado como substantivo, sinônimo de regozijo e festa.

na estalagem todos os que o estalajadeiro dissera e, apeando os quatro dos cavalos, todos de muito gentil porte e disposição, foram apear a mulher que nas andilhas vinha e, tomando-a um deles nos braços, sentou-a numa cadeira que estava à entrada do aposento onde Cardenio se escondera. Em todo esse tempo, nem ela nem eles tinham desvelado o rosto, nem falado palavra alguma: só ao se sentar a mulher na cadeira deu um profundo suspiro e deixou cair os braços, como pessoa doente e desmaiada. Os moços a pé levaram os cavalos à cavalariça.

Vendo isto o padre, desejoso de saber que gente era aquela que em tais trajes e tal silêncio estava, foi-se aonde estavam os moços e a um deles perguntou o que tanto desejava; o qual lhe respondeu:

— Por Deus, senhor, que não sei dizer que gente é essa: só sei que mostra ser muito principal, especialmente aquele que foi tomar nos braços aquela senhora que vistes; e isto digo porque todos os demais lhe têm respeito e não se faz nada que ele não ordene e mande.

— E a senhora quem é? — perguntou o padre.

— Também não sei dizer — respondeu o moço —, porque em todo o caminho não lhe vi o rosto; já suspirar a ouvi muitas vezes, e dar uns gemidos que em cada um parecia querer entregar a alma ao Criador. E não é de maravilhar que não saibamos mais do que temos dito, porque não faz mais de dois dias que meu companheiro e eu os acompanhamos; e quando os encontramos na estrada, nos rogaram e persuadiram a ir com eles até a Andaluzia, oferecendo muito boa paga.

— E ouvistes o nome de algum deles? — perguntou o padre.

— Não, por certo — respondeu o moço —, porque todos caminham com tanto silêncio que é maravilha, porque não se ouve entre eles nada além dos suspiros e soluços da coitada senhora, que nos enchem de pena, e acreditamos sem dúvida que, aonde quer que ela vá, deve de ir à força; e pelo que se pode entender do seu hábito, ou ela é freira, ou vai ser, que é o mais certo, e talvez porque a freirice não lhe nasça da vontade vai assim triste, como parece.

— Tudo pode ser — disse o padre.

E, deixando-os, voltou aonde estava Dorotea, a qual, como ouvira suspirar a embuçada, movida de natural compaixão, chegou-se até ela e lhe disse:

— Que mal sentis, senhora minha? Olhai se é algum dos que as mulheres temos uso e experiência de curar, que de minha parte vos ofereço a boa vontade de vos servir.

A tudo isso calava a lastimosa senhora, e por muito que Dorotea tornasse com maiores oferecimentos, não saía do seu silêncio, até que se achegou o cavaleiro embuçado que dissera o moço que os demais obedeciam e disse a Dorotea:

— Não vos canseis, senhora, em oferecimentos a esta mulher, pois é seu costume não agradecer coisa alguma que por ela se faça, nem espereis que vos responda, se não quereis ouvir alguma mentira de sua boca.

— Eu jamais disse nenhuma — disse nesse instante aquela que até então calara —, antes é por ser tão verdadeira e tão sem traças mentirosas que me vejo agora em tamanha desventura; e disto quero que vós mesmo sejais testemunha, pois minha pura verdade vos faz falso e mentiroso.

Ouviu essas razões Cardenio bem clara e distintamente, por estar bem perto de quem as dizia, pois só a porta do aposento de D. Quixote estava de permeio; e assim como as ouviu, disse em altas vozes:

— Valha-me Deus! Que é isto que ouço? Que voz é essa que chegou aos meus ouvidos?

Voltou a cabeça a esses gritos aquela senhora, toda sobressaltada, e, não vendo quem os dava, se levantou em menção de entrar no aposento; em vendo o qual, o cavaleiro logo a deteve, sem lhe deixar dar um passo. Ela, com a turbação e o desassossego, deixou cair o tafetá que lhe cobria o rosto, descobrindo uma formosura incomparável e um rosto milagroso, ainda que descorado e ensombrecido, pois corria os olhos por todos os lugares que sua vista alcançava, com tanto afinco que parecia pessoa fora do seu juízo; sinais estes que, sem saber por que os fazia, deram muita pena a Dorotea e a quantos a olhavam. O cavaleiro a segurava fortemente pelos ombros e, por estar tão ocupado em segurá-la, não pôde aparar o embuço que do seu rosto ia caindo, como de feito caiu de todo; e erguendo os olhos Dorotea, que abraçada à senhora estava, viu que quem também a tinha abraçada era seu esposo D. Fernando, e assim como o conheceu, lançando do fundo das entranhas um longo e tristíssimo "ai!", caiu de costas desmaiada; e se não se achasse ali perto o barbeiro, que a recebeu nos braços, teria dado consigo no chão.

Acudiu logo o padre a lhe tirar o embuço, para lhe jogar água no rosto, e assim como a descobriu foi conhecida por D. Fernando, que era quem estava abraçado à outra e ficou como morto ao vê-la; mas nem por isso deixou de segurar Luscinda, que era quem forcejava por se safar dos seus braços, tendo conhecido Cardenio em seu suspiro, e ele conhecido a ela. Ouviu também Cardenio o "ai!" que deu Dorotea ao cair desmaiada, e, pensando ser a voz de sua Luscinda, saiu do aposento espavorido, e o primeiro com quem topou foi D. Fernando, que segurava Luscinda. Também D. Fernando logo conheceu Cardenio; e todos os três, Luscinda, Cardenio e Dorotea, ficaram mudos e suspensos, quase sem saber o que lhes acontecera.

Calavam todos e se olhavam todos, Dorotea para D. Fernando, D. Fernando para Cardenio, Cardenio para Luscinda, e Luscinda para Cardenio. Mas quem primeiro rompeu o silêncio foi Luscinda, falando a D. Fernando desta maneira:

— Deixai-me, senhor D. Fernando, por aquilo que deveis por ser quem sois, já que por outro respeito o não faríeis, deixai-me achegar ao muro do qual sou hera, ao arrimo de que não me puderam afastar vossas importunações, vossas ameaças, vossas promessas nem vossas dádivas. Reparai como o céu, por desusados e a nós ocultos caminhos, me pôs o meu verdadeiro esposo diante, e bem sabeis por mil custosas experiências que só a morte seria bastante para tirá-lo da minha memória. Sejam, pois, esses tão claros desenganos parte para que torneis, já que outra coisa não podeis fazer, o amor em raiva, a vontade em despeito, e acabai-me com ele a vida, pois, como eu a renda diante do meu bom esposo, a darei por bem empregada; talvez com a minha morte fique ele satisfeito da fé que lhe mantive até o último transe da vida.

Nesse ínterim Dorotea voltara a si e estivera escutando todas as razões que Luscinda dizia, pelas quais veio em conhecimento de quem era ela; e vendo que D. Fernando ainda não afrouxava os braços nem respondia a suas razões, esforçando-se ao máximo, se levantou para ir pôr-se de joelhos aos seus pés e, derramando grande quantidade de puras e lastimosas lágrimas, assim começou a lhe dizer:

— Se não é, senhor meu, que os raios desse sol que em teus braços tens eclipsado tiram e ofuscam os dos teus olhos, já terás visto que esta que aos teus pés está ajoelhada é a sem ventura enquanto quiserdes e desditosa Dorotea. Eu sou aquela humilde lavradora a quem tu, por tua bondade ou por teu gosto, quiseste alçar à alteza de se poder dizer tua; sou aquela que, encerrada nos limites da honestidade, viveu vida contente até que, às vozes das tuas impertinências e, ao que parece, justos e amorosos sentimentos, abriu as portas do seu recato e te entregou as chaves da sua liberdade, dádiva por ti tão mal-agradecida como bem claro o mostra ter sido forçoso eu me achar no lugar em que me achas e ver-te da maneira que te vejo. Mas, com tudo isso, não quisera eu que ocorresse à tua imaginação pensar que vim aqui com os passos da minha desonra, tendo-me trazido só os da dor e do sentimento de me ver por ti esquecida. Tu quiseste que eu fosse tua, e o quiseste de maneira que, ainda que agora queiras que o não seja, não será possível que deixes de ser meu. Vê, senhor meu, que bem pode compensar a formosura e nobreza por que me deixas a incomparável vontade que por ti guardo. Tu não podes ser da formosa Luscinda, porque és meu, nem ela pode ser tua, porque é de Cardenio; e mais fácil te será, se nisto cuidas, reduzir tua vontade a querer bem a quem te adora, que não forçar o benquerer daquela que te detesta. Tu solicitaste o meu descuido, tu rogaste a minha inteireza, tu não ignoraste a minha qualidade, tu bem sabes da maneira que me entreguei a toda tua vontade: não te resta lugar nem acolhida de alegar engano; e se isto for assim, como é, e tu fores tão cristão quanto cavaleiro, por que com tantos rodeios dilatas o fazer-me tão venturosa nos fins como me fizeste nos princípios? E, se não me queres por quem sou, sendo eu tua verdadeira e legítima esposa, quere-me ao menos e aceita-me por tua escrava; pois, como eu esteja em teu poder, ter-me-ei por ditosa e bem-afortunada. Não permitas, com me deixar e desamparar, que se façam e juntem corrilhos em minha desonra; não dês tão má velhice aos meus pais, pois eles o não merecem pelos leais serviços que, como bons vassalos, aos teus sempre fizeram. E se te parece que aniquilarás o teu sangue ao misturá-lo com o meu, considera que pouca ou nenhuma nobreza há no mundo que não tenha cursado tal caminho, e que o que se toma das mulheres não é o que importa nas ilustres descendências, quanto mais que a verdadeira nobreza reside na virtude, e, se esta te faltar ao negar--me o que tão justamente me deves, eu ficarei com mais timbres de nobre que os que tu tens. Enfim, senhor, o que por último te digo é que, querendo ou não, eu sou tua esposa: testemunhas são as tuas palavras, que não são nem devem ser mentirosas, se é que te prezas daquilo por que me desprezas; testemunha será a jura que me fizeste, e testemunha o céu, a quem tu chamaste por testemunha da tua promessa. E se tudo isto faltar, não deixará tua própria consciência de, às vozes, vir calar tuas alegrias, tornando por esta verdade que tenho dito e turbando teus melhores gostos e contentamentos.

Essas e outras razões disse a pungida Dorotea, com tanto sentimento e lágrimas, que até os mesmos que acompanhavam D. Fernando e todos os demais presentes a acompanharam nelas. Escutou-a D. Fernando sem replicar palavra, até que ela deu fim às suas e princípio a tantos soluços e suspiros que houvera de ser de bronze o coração que com mostras de tanta dor não se abrandasse. Fitando-a estava Luscinda, não menos compungida do seu sentimento que admirada da sua muita discrição e formosura; e se bem quisesse se achegar a ela e lhe dizer algumas palavras de consolo, não a deixavam os braços de D. Fernando, que com firmeza a seguravam. Este, cheio de confusão e espanto, ao cabo de um bom espaço em que atentamente esteve fitando Dorotea, abriu os braços e, libertando Luscinda, disse:

— Venceste, formosa Dorotea, venceste; pois não há como ter alma para negar tantas verdades juntas.

Com o desmaio que Luscinda sofrera ao ser largada por D. Fernando, ia ela caindo ao chão; mas achando-se Cardenio ali perto, que às costas de D. Fernando se postara para que o não conhecesse, superando todo temor e aventurado a todo risco, acudiu a amparar Luscinda, e tomando-a nos braços, lhe disse:

— Se o piedoso céu gostar e quiser que já tenhas algum descanso, leal, firme e formosa senhora minha, em parte alguma creio eu que o terás mais seguro que nestes braços que agora te recebem e noutro tempo te receberam, quando a fortuna quis que eu te pudesse dizer minha.

Em ouvindo estas razões, pôs Luscinda em Cardenio os olhos e, tendo começado a conhecê-lo, primeiro pela voz, e assegurando-se com a vista que era ele, quase sem sentidos e sem conta de nenhum honesto respeito, lançou-lhe os braços ao pescoço e, juntando seu rosto ao de Cardenio, lhe disse:

— Vós sim, senhor meu, sois o verdadeiro dono desta vossa cativa, ainda que mais o impeça a contrária sorte e que mais ameaças sofra esta vida que na vossa se sustenta.

Estranho espetáculo foi este para D. Fernando e para todos os circunstantes, admirados de tão nunca visto sucesso. Cuidou Dorotea que D. Fernando perdera a cor do rosto e que fazia menção de querer tomar vingança de Cardenio, porque o viu encaminhar a mão à espada; e assim como o pensou, com não vista presteza o abraçou pelos joelhos, beijando-os e mantendo-o apertado, de jeito que o não deixava mover, e sem arredar um ponto em suas lágrimas lhe dizia:

— Que é que pensas fazer, único refúgio meu, em tão impensado transe? Aos teus pés tens tua esposa, e a que queres que o seja está nos braços de seu marido. Cuida se te será bem ou te será possível desfazer o que o céu fez, ou se mais te convém levantar e igualar a ti mesmo aquela que, superando todo inconveniente, confirmada em sua verdade e firmeza, diante dos teus olhos tem os seus, banhados em amoroso licor o rosto e o peito do seu verdadeiro esposo. Por quem é Deus eu te imploro e por quem tu és te suplico que o presente e tão notório desengano não só não acrescente tua ira, mas que a míngue de tal guisa que, com quietação e sossego, permitas que estes dois amantes o tenham sem o teu impedimento por todo o tempo que o céu lhes quiser conceder, e nisto mostrarás a generosidade do teu ilustre e nobre peito, e verá o mundo que tem em ti mais força a razão que o apetite.

Enquanto estas coisas dizia Dorotea, Cardenio, sempre abraçado a Luscinda, não tirava os olhos de D. Fernando, com a determinação de, em vendo algum movimento em seu prejuízo, procurar como melhor pudesse defender-se e ofender aqueles que em seu dano se mostrassem, ainda que isto lhe custasse a vida. Mas nesse momento acudiram os amigos de D. Fernando, mais o padre e o barbeiro, que tudo tinham presenciado, incluído o bom Sancho Pança, e todos rodearam D. Fernando, suplicando-lhe que houvesse por bem de olhar as lágrimas de Dorotea, e que, sendo verdade, como sem dúvida eles acreditavam que o era, aquilo que em suas razões ela dissera, não permitisse que fossem defraudadas suas tão justas esperanças; que considerasse que não por acaso, como parecia, e sim por particular providência do céu, tinham todos se encontrado em lugar tão impensado; e que advertisse — disse o padre — que só a morte poderia separar Luscinda de Cardenio, e que, ainda que os dividisse o gume de alguma espada, eles teriam por felicíssima tal morte, e que, face aos irremediáveis laços, era suma cordura, com esforço e vencimento de si mesmo, que ele mostrasse um generoso peito, permitindo que por sua expressa vontade os dois gozassem o bem que o céu já lhes concedera; que também pusesse os olhos na beldade de Dorotea e veria então que poucas ou nenhuma se lhe podia igualar, quanto mais avantajá-la, e que juntasse à sua formosura a sua humildade e o extremo amor que lhe tinha, e sobretudo advertisse que, se ele se prezava de cavalheiro e de cristão, não podia fazer outra coisa senão cumprir com a palavra que lhe dera, e que, cumprindo-a, cumpriria com Deus e satisfaria as gentes discretas, as quais sabem e conhecem que é prerrogativa da formosura, ainda que esteja em sujeito humilde, sempre que acompanhada da honestidade, o poder ser alçada e igualada a qualquer alteza, sem nota de menoscabo de quem a alça e iguala a si mesmo; e quando se cumprem as fortes leis do gosto, como nisso não intervenha pecado, não deve de ser culpado quem as segue.

Com efeito, a essas razões todos acrescentaram outras, tais e tantas que o valoroso peito de D. Fernando — afinal alimentado com ilustre sangue — se abrandou e se deixou vencer da verdade, que ele não pudera negar ainda que o quisesse; e o sinal que deu de se ter rendido e entregado ao bom parecer que se lhe propusera foi abaixar-se e abraçar Dorotea, dizendo-lhe:

— Levantai-vos, senhora minha, que não é justo que esteja ajoelhada a meus pés a que eu tenho na minha alma; e se até aqui não dei mostras do que digo, foi quiçá por ordem do céu, para que, vendo em vós a fé com que me amais, eu vos saiba estimar o quanto mereceis. O que vos rogo é que não repreendais o meu mau proceder e o meu grande descuido, pois a mesma ocasião e força que me moveu a vos aceitar por minha, essa mesma me impeliu a procurar não ser vosso. E em prova dessa verdade, voltai os olhos e olhai os da já contente Luscinda, que neles achareis a desculpa de todos os meus erros; e como ela achou e alcançou o que desejava, e eu achei em vós o que me cumpre, viva ela segura e contente longos e felizes anos com o seu Cardenio, que eu rogarei ao céu que mos deixe viver com a minha Dorotea.

E, dizendo isto, tornou a abraçá-la e a juntar seu rosto ao dela, com tão terno sentimento, que lhe foi necessário ter grande tento para que as lágrimas não acabassem de dar indubitáveis sinais do seu amor e arrependimento. Não foi assim com as de Luscinda e Cardenio, bem como as de quase todos os que ali presentes estavam, porque começaram a derramar tantas, uns do contentamento próprio e outros do alheio, que não parecia senão que algum grave e mau sucesso a todos tivesse acontecido. Até Sancho Pança chorava, se bem depois tenha dito que o seu choro era por ver que Dorotea não era, como ele pensava, a rainha Micomicona, de quem ele tantas mercês esperava. Durou algum espaço, junto com o pranto, a admiração de todos, e depois Cardenio e Luscinda foram pôr-se de joelhos aos pés de D. Fernando, agradecendo-lhe a mercê que lhes fizera, com tão corteses razões que D. Fernando não atinava com a resposta; e assim os levantou e abraçou com mostras de grande amor e cortesia.

Pediu então a Dorotea que lhe dissesse como havia chegado àquele lugar, tão longe do seu. Ela, com breves e discretas razões, contou tudo o que antes contara a Cardenio, o que tanto gosto deu a D. Fernando e aos que com ele vinham que quiseram que mais durasse o conto: tanta era a graça com que Dorotea contava as suas desventuras. E apenas havia terminado, disse D. Fernando o que na cidade lhe acontecera depois de achar o bilhete no seio de Luscinda, onde declarava ser esposa de Cardenio e não poder ser sua. Disse que a quis matar, e que o teria feito se seus pais não lho impedissem, e que assim deixou a casa despeitado e vexado, com a determinação de se vingar com mais comodidade; e que no dia seguinte soube que Luscinda desaparecera da casa dos pais, sem que ninguém soubesse dizer aonde tinha ido, e que, enfim, passados alguns meses veio a saber que ela estava num convento, com a determinação de ali ficar por toda a vida, se a não pudesse passar com Cardenio; e que, assim como soube disso, escolhendo para sua companhia aqueles três cavaleiros, foi até o lugar onde ela estava, mas não lhe quis falar, temeroso de que, em sabendo que ele estava ali, houvessem de reforçar a guarda do convento; e assim, aguardando por um dia até que a portaria estivesse livre, deixou os dois à guarda da porta, e ele entrou com o outro no convento em busca de Luscinda, que acharam no claustro conversando com uma freira, e, arrebatando-a, sem lhe dar lugar a nada, foram com ela até um lugar onde se proveram do necessário para trazê-la; todo o qual puderam fazer muito a seu salvo, por ficar o convento no campo, bem longe do povoado. Disse que, assim como Luscinda se viu em seu poder, perdeu todos os sentidos e que, depois de voltar a si, não fizera nada mais que chorar e suspirar, sem falar palavra alguma, e que assim acompanhados de silêncio e lágrimas tinham chegado àquela estalagem, que para ele foi chegar ao céu, onde se rematam e têm fim todas as desventuras da terra.

Capítulo XXXVII

Onde se prossegue a história da famosa infanta Micomicona, mais outras engraçadas aventuras

Tudo isso escutava Sancho com não pouca dor na alma, vendo que sumiam desfeitas em fumaça as esperanças do seu título e que a bela princesa Micomicona se lhe mudava em Dorotea, e o gigante em D. Fernando, e que seu amo continuava dormindo a sono solto, bem descuidado de todo o acontecido. Não sabia ao certo Dorotea se era sonhado o bem que possuía; Cardenio estava no mesmo pensamento, e o de Luscinda corria pela mesma trilha. D. Fernando dava graças aos céus pela mercê recebida e por tê-lo tirado daquele intrincado labirinto, onde se achava tão a pique de perder o crédito e a alma; e finalmente, todos quantos na estalagem estavam contentes e gozosos do bom sucesso que tiveram tão travados e desesperados negócios.

Tudo apurava o padre, como discreto, e a cada qual dava os parabéns pelo bem alcançado; mas quem mais se jubilava e contentava era a estalajadeira, pela promessa que Cardenio e o padre lhe haviam feito de pagar todas as perdas e danos que por conta de D. Quixote lhe tivessem advindo. Só Sancho, como já se disse, era o aflito, o desventurado e o triste; e assim, com malencônico semblante, abordou o seu amo, o qual acabava de acordar, dizendo-lhe:

— Bem pode vossa mercê, senhor Triste Figura, dormir o quanto quiser, sem cuidado de matar nenhum gigante nem devolver o reino à princesa, pois tudo já está feito e concluído.

— Isto bem creio — respondeu D. Quixote —, pois tive com o gigante a mais descomunal e desmesurada batalha que penso ter em todos os dias da minha vida, e de um revés, zás!, fiz rolar sua cabeça pelo chão, e foi tanto o sangue que dele saiu, que os regatos corriam pela terra como se fossem de água.

— Como se fossem de vinho tinto, diria melhor vossa mercê — respondeu Sancho —, pois quero que vossa mercê saiba, se é que o não sabe, que o gigante morto é um odre furado, e o sangue, seis potes de vinho tinto que guardava em seu ventre, e a cabeça cortada é a puta que me pariu, e que Satanás tudo leve.

— Que é o que estás dizendo, louco? — replicou D. Quixote. — Estás em teu siso?

— Levante-se vossa mercê — disse Sancho — e verá a bela obra que fez e o que temos que pagar, e verá a rainha transformada numa dama particular chamada Dorotea, mais outros sucessos que, se cair na conta deles, muito se admirará.

— Nada disso me maravilharia — replicou D. Quixote —, pois, se bem te lembras, da outra vez que aqui estivemos eu te disse que tudo o que aqui ocorria eram coisas de encantamento, e não seria estranho que agora fosse o mesmo.

— Tudo acreditaria eu — respondeu Sancho —, se também a minha manteação fosse coisa desse jaez, mas não o foi, e sim real e verdadeira; e bem vi que o estalajadeiro, esse mesmo que está aqui agora, pegava de uma ponta da manta e me jogava para o céu com muito donaire e brio, e com tanto riso quanta força; e quanto ao conhecimento das pessoas, tenho cá para mim, ainda que simples e pecador, que não há encantamento algum, e sim muita paulada e má ventura.

— Pois bem, Deus dará o remédio — disse D. Quixote. — Traze-me de vestir e deixa-me sair lá fora, que quero ver os sucessos e transformações que dizes.

Trouxe-lhe de vestir Sancho, e, no ínterim em que se vestia, contou o padre a D. Fernando e aos demais as loucuras de D. Quixote, e o artifício que usaram para tirá-lo da Penha Pobre, onde ele imaginava estar por desdéns de sua senhora. Contou-lhes também quase todas as aventuras que Sancho havia contado, das quais não pouco se admiraram e riram, por lhes parecer o que a todos parecia: que era o mais estranho gênero de loucura que podia caber num disparatado pensamento. Disse mais o padre: que, como agora o bom sucesso da senhora Dorotea os impedia de prosseguir com seu intento, era mister inventar e achar outro para poder levá-lo até sua terra. Ofereceu-se Cardenio de continuar o começado, e que Luscinda faria e representaria a personagem de Dorotea.

— Não — disse D. Fernando —, não há de ser assim, pois eu quero que Dorotea prossiga em sua invenção; e como não fique muito longe daqui o lugar desse bom cavaleiro, eu folgarei em que se providencie o seu remédio.

— Não fica a mais de duas jornadas.

— Ainda que fossem mais, gostaria de caminhá-las, a troco de fazer tão boa obra.

Nisto apareceu D. Quixote, armado de todos os seus petrechos, com o elmo, ainda que estropiado, de Mambrino na cabeça, embraçando sua rodela e apoiado no seu tronco ou chuço. Pasmaram D. Fernando e os demais em vendo a estranha presença de D. Quixote, seu rosto de meia légua de comprido, seco e amarelo, a desigualdade das suas armas e seu mesurado jeito, e permaneceram calados, até ver o que ele dizia; o qual, com muita gravidade e repouso, postos os olhos na formosa Dorotea, disse:

— Fui informado, formosa senhora, por este meu escudeiro, que a vossa grandeza se aniquilou e vosso ser se desfez, pois de rainha e grande senhora que usáveis ser vos tornastes numa particular donzela. Se isto foi por ordem do rei nigromante, vosso pai, temeroso de que eu vos não desse a necessária e devida ajuda, digo que ele não soube nem sabe da missa a metade e que foi pouco versado em histórias cavaleirescas; pois, se ele as tivesse lido e passado tão atentamente e com tanto espaço como eu as passei e li, teria visto a cada passo como outros cavaleiros de menor fama que a minha acabaram coisas mais dificultosas, não sendo grande coisa matar um gigantelho, por mais arrogante que seja; pois não faz muitas horas que eu me vi com ele, e aqui me calo, porque não digam que minto, mas o tempo, descobridor de todas as coisas, tudo dirá quando menos o pensarmos.

— Vós vos vistes foi com dois odres, e não com um gigante — disse então o estalajadeiro.

O qual mandou D. Fernando que se calasse e não interrompesse a fala de D. Quixote de maneira alguma; e D. Quixote prosseguiu dizendo:

— Digo, enfim, alta e deserdada senhora, que, se pela causa que tenho dito, vosso pai fez tais metamorfoseios na vossa pessoa, não lhe haveis de dar crédito algum, pois não há nenhum perigo na terra por que não abra caminho a minha espada, com a qual, pondo a cabeça do vosso inimigo por terra, vos porei a coroa da vossa na cabeça em breves dias.

Não disse mais D. Quixote e esperou a resposta da princesa; a qual, já sabendo da determinação de D. Fernando de que se seguisse adiante no engano até levar D. Quixote a sua terra, com muito donaire e gravidade lhe respondeu:

— Quem quer que vos tenha dito, valoroso Cavaleiro da Triste Figura, que eu me mudara e trocara do meu ser, não vos disse a verdade, pois sou hoje a mesma que ontem fui. Verdade é que alguma mudança obraram em mim certos acontecimentos de boa ventura, pois a tive, e a melhor que eu pudera desejar; mas nem por isso deixei de ser aquela dantes nem de ter os mesmos pensamentos de valer-me do valor do vosso valoroso e invencível braço que sempre tive. Portanto, senhor meu, devolva a vossa bondade a honra ao pai que me gerou e tenha-o por homem avisado e prudente, pois com sua ciência achou caminho tão fácil e tão verdadeiro para remediar a minha desgraça, pois creio que se por vós, senhor, não fosse, eu jamais chegaria a ter a ventura que tenho; e nisto digo tanta verdade como são boas testemunhas dela os mais destes senhores aqui presentes. O que resta fazer é amanhã nos pormos a caminho, pois hoje já se poderá fazer pouca jornada, e quanto ao fim do bom sucesso que espero, tudo entregarei a Deus e ao valor do vosso peito.

Isto disse a discreta Dorotea, e em ouvindo-o D. Quixote, voltou-se para Sancho e com mostras de grande sanha lhe disse:

— Agora eu te digo, Sanchelho, que és o maior velhaquelho de toda a Espanha. Dize-me, ladrão, vagamundo, não me acabaste de dizer agora que esta princesa se tornara numa donzela chamada Dorotea, e que a cabeça que entendo que cortei de um gigante era a puta que te pariu, mais outros disparates que me puseram na maior confusão em que jamais estive em todos os dias da minha vida? Voto... — e olhou para o céu e cerrou os dentes — que estou por fazer em ti um estrago que escarmente quantos mentirosos escudeiros de cavaleiros andantes houver no mundo daqui em diante!

— Sossegue vossa mercê, senhor meu — respondeu Sancho —, que bem poderia ser que eu me tivesse enganado quanto à mudança da senhora princesa Micomicona; mas quanto à cabeça do gigante, ou pelo menos à furação dos odres e a ser vinho tinto o sangue, não me engano, por Deus, pois os odres ali estão feridos, à cabeceira do leito de vossa mercê, e o vinho tinto fez do quarto um lago, e se não, no frigir dos ovos o verá: quero dizer que o verá quando aqui o senhor estalajadeiro lhe pedir conta do prejuízo. No mais, de que a senhora rainha esteja como estava, eu me regozijo na alma, pois aí me cabe uma parte, como a cada filho de vizinho.

— Agora eu te digo, Sancho — disse D. Quixote —, que és um mentecapto, e perdoa-me, e basta.

— Basta — disse D. Fernando —, e não se fale mais nisto; e como a senhora princesa diz que nos ponhamos a caminho amanhã, porque hoje já é tarde, que assim se faça, e esta noite a poderemos passar em boa conversação até a chegada do dia, quando todos acompanharemos o senhor D. Quixote, porque queremos ser testemunhas das valorosas e inauditas façanhas que há de fazer no discorrer desta grande empresa que a seu cargo tem.

— Sou eu quem vos há de servir e acompanhar — respondeu D. Quixote —, e muito agradeço a mercê que se me faz e a boa opinião que de mim se tem, a qual procurarei confirmar por verdadeira, ou me custará a vida, e até mais, se mais me puder custar.

Muitas palavras de comedimento e muitos oferecimentos trocaram D. Quixote e D. Fernando, mas tudo silenciou um viajante que então entrou na estalagem, o qual mostrava em seu traje ser cristão recém-chegado de terra de mouros, pois vinha vestido com um jaleco de linhão azul,[1] de fraldas curtas, com meias-mangas e sem gola; os calções eram também de linho azul, com um barrete da mesma cor; trazia uns borzeguins atamarados e um alfanje mourisco, posto num talim a tiracolo. Logo atrás dele entrou, montada num jumento, uma mulher vestida à mourisca, toucada e coberto seu rosto; trazia uma barretina de brocado e vestia uma túnica que dos ombros até os pés a cobria.

---

[1] A cor azul, ou turqui, distinguia as roupas dos cativos.

Era o homem de robusto e aprumado porte, idade pouco acima dos quarenta, o rosto um tanto moreno, longos bigodes e a barba muito cuidada; em suma, ele mostrava em sua apostura que, se estivesse bem-vestido, o julgariam por pessoa de qualidade e bem-nascida.

Pediu logo ao entrar um aposento, e como lhe disseram que na estalagem não havia, mostrou pesar e, chegando-se àquela que no traje parecia moura, apeou-a em seus braços. Luscinda, Dorotea, a estalajadeira, sua filha e Maritornes, atraídas pelo novo e por elas nunca visto traje, rodearam a moura, e Dorotea, que sempre foi graciosa, comedida e discreta, cuidando que tanto a forasteira como aquele que a trazia se afligiam pela falta do aposento, lhe disse:

— Não vos cause muita pena, senhora minha, a falta de cômodo e regalo que aqui se tem, pois é próprio de estalagens nelas não se achar; mas, com tudo isso, se gostardes de pousar conosco — apontando para Luscinda —, talvez no discorrer deste caminho não tereis achado outro tão bom acolhimento.

Nada respondeu a embuçada, nem fez outra coisa que se levantar donde sentada estava e, postas ambas as mãos cruzadas sobre o peito, inclinada a cabeça, dobrou o corpo em sinal de agradecimento. Por seu silêncio imaginaram que, sem dúvida alguma, devia de ser moura, e que não sabia fala cristã. Chegou-se nisto o cativo, que estivera até então ocupado noutras coisas, e, vendo que todas tinham cercada aquela que com ele vinha, e que esta calava a quanto lhe diziam, disse:

— Senhoras minhas, esta donzela mal entende a minha língua, nem sabe falar outra alguma afora a de sua terra, e por isto não deve de ter respondido nem responderá ao que se lhe pergunta.

— Não se lhe pergunta coisa alguma — respondeu Luscinda — senão se ela aceita por esta noite a nossa companhia e parte do lugar onde nos acomodaremos, onde se lhe fará o regalo que o cômodo permitir, com a boa vontade que obriga a servir a todos os estrangeiros que tiverem necessidade, especialmente sendo mulher a quem se serve.

— Por ela e por mim — respondeu o cativo — eu vos beijo as mãos, senhora minha, e em muito estimo, como é razão, a mercê oferecida, que em tal ocasião, e de tais pessoas como vosso parecer mostra, bem se dá a ver que há de ser muito grande.

— Dizei-me, senhor — disse Dorotea —, esta senhora é cristã ou moura? Pois seu traje e seu silêncio nos leva a crer que é o que não quiséramos que fosse.

— Moura é no traje e no corpo, mas na alma é grandíssima cristã, pois é muito grande seu desejo de o vir a ser.

— Então não foi batizada? — replicou Luscinda.

— Não houve lugar para tanto — respondeu o cativo — depois que saiu de Argel, sua pátria e terra, e até agora não se viu em perigo de morte tão próxima que obrigasse a batizá-la sem antes aprender todas as cerimônias que manda nossa Santa Madre Igreja; mas Deus há de querer que logo seja batizada, com a decência que a qualidade de sua pessoa merece, que é mais alta do que mostra seu hábito e o meu.

Com essas razões nasceu em todos os que escutando estavam a vontade de saber quem eram a moura e o cativo, mas ninguém lho quis perguntar ainda, por ver que o momento era mais para lhes proporcionar descanso que para lhes perguntar suas vidas. Dorotea a tomou pela mão e a levou a sentar ao seu lado, rogando-lhe que tirasse o embuço. Ela olhou para o cativo, como pedindo que lhe dissesse o que diziam e o que ela devia fazer. Ele lhe disse, em língua arábica, que lhe pediam que tirasse o embuço, e que o fizesse; e assim ela o tirou e descobriu um rosto tão formoso, que Dorotea a teve por mais formosa que Luscinda, e

Luscinda por mais formosa que Dorotea, e todos os circunstantes conheceram que, se alguma formosura se podia igualar à das duas, era a da moura, e houve até quem a avantajasse um tanto. E como a formosura tem por prerrogativa e graça reconciliar os ânimos e atrair as vontades, logo todos se renderam ao desejo de servir e afagar a formosa moura.

Perguntou D. Fernando ao cativo como a moura se chamava, ao que este respondeu que Lela Zoraida;[2] e assim como ouviu o nome, ela entendeu o que haviam perguntado ao cristão e disse com muita pressa, cheia de aflição e donaire:

— Não, não Zoraida: Maria, Maria! — dando a entender que se chamava Maria e não Zoraida.

Essas palavras, e o grande afeto com que a moura as disse, fizeram derramar mais de uma lágrima dos olhos de alguns dos que a escutaram, especialmente das mulheres, que por natureza são ternas e compassivas. Abraçou-a Luscinda com muito amor, dizendo-lhe:

— Sim, sim, Maria, Maria.

Ao que respondeu a moura:

— Sim, sim, Maria: Zoraida *macanje*! — que quer dizer "não".

Já nisto ia chegando a noite, e, por ordem dos que vinham com D. Fernando, tinha o estalajadeiro posto diligência e cuidado em lhes preparar o melhor jantar que lhe foi possível. Chegada pois a hora, sentaram-se todos em volta de uma longa mesa, como de tinelo, pois não havia redonda nem quadrada na estalagem, e deram a cabeceira e principal assento, posto que ele o re-

---

[2] Fórmula de respeito equivalente a "nobre dama" usada no árabe norte-africano.

cusasse, a D. Quixote, o qual quis que estivesse a seu lado a senhora Micomicona, sendo ele seu guardador. Depois se sentaram Luscinda e Zoraida, e, fronteiros a elas, D. Fernando e Cardenio, seguidos pelo cativo e os demais cavaleiros, e do lado das senhoras, o padre e o barbeiro. E assim jantaram com muito gosto, e mais tiveram ao ver que, deixando de comer D. Quixote, levado de outro semelhante espírito àquele que o levara a falar tanto como falara ao jantar com os cabreiros, começou a dizer:

— Verdadeiramente, senhores meus, se bem considerarmos, grandes e inauditas coisas veem os que professam a ordem da andante cavalaria. Se não, que vivente deste mundo, que agora pela porta deste castelo entrasse e da sorte que estamos nos visse, julgaria e creria que nós somos quem somos? Quem poderia dizer que esta senhora que está ao meu lado é a grande rainha que todos sabemos, e que eu sou aquele Cavaleiro da Triste Figura que anda por aí na boca da fama? Aqui não resta dúvida que esta arte e exercício excede todas aquelas e aqueles que os homens inventaram, e tanto mais se há de estimar quanto a mais perigos se sujeita. Que arredem os que disserem que as letras avantajam as armas, pois lhes direi, sejam eles quem forem, que não sabem o que dizem. Porque a razão que esses tais costumam alegar e ao que eles mais se atêm é que os trabalhos do espírito excedem os do corpo e que as armas só com o corpo se exercitam, como se fosse seu exercício ofício de ganhões, para o qual não é mister mais que boas forças, ou como se nisto que nós, que as professamos, chamamos armas não se encerrassem os atos da fortaleza, os quais pedem muito entendimento para a sua execução, ou como se o ânimo do guerreiro que tem a seu cargo um exército ou a defesa de uma cidade sitiada não trabalhasse tanto com o espírito quanto com o corpo. Se não, vejamos se bastam as forças corporais para saber e conjeturar o intento do inimigo, os desígnios, os estratagemas, as dificuldades, a prevenção dos danos que se temem; pois todas estas coisas são atos do entendimento, nos quais não tem parte alguma o corpo. Dado pois que as armas requerem tanto espírito quanto as letras, vejamos agora qual dos dois espíritos, o do letrado ou o do guerreiro, trabalha mais, e isto se dará a conhecer pelo fim e pela meta à qual cada um deles se encaminha, pois mais se há de estimar a intenção que mais nobre fim tiver por objeto. É o fim e a meta das letras (e já não falo das divinas, que têm por alvo levar e encaminhar as almas ao céu, pois a um fim tão sem-fim como este nenhum outro se lhe pode igualar: falo das letras humanas,[3] cujo fim é apurar a justiça distributiva e dar a cada um o que é seu) entender e fazer com que as boas leis sejam guardadas. Fim por certo generoso, e alto, e digno de grande louvor, mas não de tanto quanto merece aquele a que atentam as armas, cujo objeto e fim é a paz, que é o maior bem que os homens podem desejar nesta vida. E assim as primeiras boas-novas que teve o mundo e tiveram os homens foram as que os anjos deram na noite que foi o nosso dia, quando cantaram pelos ares: "Glória seja nas alturas, e paz na terra aos homens de boa vontade"; e à saudação que o melhor mestre da terra e do céu ensinou aos seus achegados e favorecidos foi dizer-lhes que, quando entrassem nalguma casa, dissessem: "Que a paz esteja nesta casa";[4] e outras muitas vezes lhes disse: "Minha paz vos dou, minha paz vos deixo; a paz esteja convosco", como

---

3 Por letras divinas entendia-se a teologia. As "letras humanas" se referiam exclusivamente ao direito, não se aplicando à literatura nem à história, nem tampouco à filosofia leiga e outras humanidades.

4 Tradução de "*pax huic domui*", palavras com que se começa o ritual de visita e cura dos doentes, da extrema-unção e da encomenda das almas.

prenda e joia dada e deixada de sua própria mão, joia sem a qual nem na terra nem no céu pode haver bem algum. Esta paz é o verdadeiro fim da guerra, e o mesmo vale dizer armas que guerra. Pressuposta, pois, esta verdade, que o fim da guerra é a paz, e que nisto avantaja o fim das letras, cuidemos agora nos trabalhos do corpo do letrado e nos do professor das armas, e vejamos quais são maiores.

De tal maneira e com tão bons termos ia prosseguindo D. Quixote em sua fala, que obrigou a que nenhum dos que o escutavam o tivesse então por louco. Antes, como todos os mais eram cavaleiros, aos quais são anexas as armas, o escutavam de muito bom grado; e ele prosseguiu dizendo:

— Digo, pois, que os trabalhos do estudante são estes: principalmente a pobreza, não porque todos sejam pobres, mas por chegarem nela ao seu máximo extremo; e com dizer que padece de pobreza penso que nada mais haveria a dizer de sua má ventura, pois quem é pobre não tem coisa boa. Essa pobreza ele a padece por partes, ora em fome, ora em frio, ora em desnudez, ora em tudo junto; mas, com tudo isso, não é tanta que não coma, ainda que seja um pouco mais tarde do que se usa, ainda que seja das sobras dos ricos, que a maior miséria do estudante é aquela que entre eles chamam "viver à sopa" dos outros; e não lhes falta algum alheio braseiro ou lareira, que, se não esquenta, ao menos amorne seu frio, e, enfim, à noite dormem muito bem a céu coberto. Não descerei a outras minudências como, a saber, a falta de camisas e a não sobra de sapatos, a raleira e pouco pelo das roupas, nem aquele empanturrar-se com tanto gosto quando a boa sorte lhes depara algum banquete. Por essa trilha que pintei, áspera e dificultosa, tropeçando aqui, caindo ali, levantando-se acolá, tornando a cair aqui, chegam ao grau que desejam; o qual alcançado, muitos temos visto que, em passando por tais

Sirtes e tais Cilas e Caribdes,[5] como que levados em voo pela favorável fortuna, digo que os temos visto mandar e governar o mundo de uma cadeira, trocada sua fome em fartura, seu frio em refrigério, sua desnudez em galas e seu dormir numa esteira em repousar entre holandas e damascos, prêmio justamente merecido por sua virtude. Mas contrapostos e comparados seus trabalhos com os do mílite guerreiro, em tudo lhes ficam muito atrás, como agora direi.

---

[5] Sirtes: bancos de areia; nome dado pelos antigos a dois golfos do Mediterrâneo na costa setentrional da África; a grande Sirte (hoje golfo de Sidra), na costa de Trípoli (atual Líbia), e a pequena Sirte (hoje golfo de Gabès), na costa da Tunísia. Cila e Caribde: na tradição greco-latina, dois temidos escolhos — um penhasco e um redemoinho — que dificultam a navegação pelo estreito de Messina e, desde Homero, são personificados em duas ninfas monstruosas devoradoras de homens. Deram lugar à expressão "entre Cila e Caribde", equivalente a "entre a cruz e a caldeirinha" ou "entre a espada e a parede", para denotar impasse ou dilema.

Capítulo XXXVIII

QUE TRATA DO CURIOSO DISCURSO QUE D. QUIXOTE FEZ DAS ARMAS E DAS LETRAS

Prosseguindo D. Quixote, disse:

— Já que começamos no estudante pela pobreza e suas partes, vejamos se é mais rico o soldado, e veremos que não há ninguém mais pobre na pobreza mesma, tendo que se ater à miséria de sua paga, que chega tarde ou nunca, ou àquilo que por suas mãos pilhar, com notável perigo de sua vida e sua consciência. E por vezes é tanta sua desnudez, que um colete acutilado lhe serve de gala e de camisa, e em pleno inverno não raro se repara das inclemências do céu, estando em campo raso, só com o hálito de sua boca, que, como sai de lugar vazio, tenho por averiguado que deve de sair frio, contra toda natureza. Esperai então que espere a chegada da noite para se restaurar de todas essas incomodidades na cama que o aguarda, a qual, se não por sua culpa, jamais pecará por estreita: pois bem pode medir na terra quantos pés ele quiser e nela revirar-se a seu sabor, sem temer que as cobertas lhe fiquem curtas. Chega pois ao fim de tudo o dia e a hora de receber o grau do seu exercício: chega um dia de batalha, e ali lhe porão a borla na cabeça, feita de chumaços, para curar-lhe algum balaço que talvez lhe tenha tocado as têmporas ou estropiado um braço ou uma perna. E ainda que isto não aconteça, mas o céu piedoso o guarde e conserve vivo e são, poderá ser que fique na mesma pobreza que dantes e que seja mister buscar embate após embate, batalha após batalha, e de todas sair vencedor, para medrar um pouco; mas esses milagres raras vezes se veem. Agora, dizei-me, senhores, se já cuidastes nisto: quantos menos são os premiados pela guerra que os que nela perecem? Sem dúvida respondereis que não têm os mortos comparação nem conta, e que se poderão contar os premiados vivos com três algarismos. Tudo isto se dá ao contrário entre os letrados, pois com batas (para não dizer com peitas ou botas)[1] todos têm com que se entreter. Portanto, ainda que seja maior o trabalho do soldado, muito menor é seu prêmio. Mas a isto se pode responder que é mais fácil premiar dois mil letrados que trinta mil soldados, porque os primeiros se premiam com os ofícios reservados aos de sua profissão, enquanto os segundos não podem ser premiados senão com os bens do senhor a que servem, esta impossibilidade mais fortifica a razão que tenho. Mas deixemos isto à parte, pois é labirinto de dificílima saída, e voltemos à preeminência das armas sobre as letras, matéria ainda por averiguar, conforme as razões alegadas de parte a parte. E entre as que já disse, dizem as letras que sem elas não se poderiam sustentar as armas, porque a guerra também tem suas leis e está sujeita a elas, e que as leis são da seara das letras e dos letrados. A isto respondem as armas que as leis não se poderiam sustentar sem elas, pois com as armas se defendem as repúblicas, se conservam os reinos, se guardam as cidades, se asseguram os caminhos, se livram os mares de corsários, e, finalmente, se por elas não fosse, as repúblicas, os reinos, as monarquias, as cidades, os caminhos de mar e de terra estariam sujei-

---

[1] Jogo de palavras entre batas (*faldas*) — referência metonímica aos letrados, e por extensão aos seus proventos lícitos — e peitas (*mangas*), isto é, propina, suborno. Além dessa leitura, que contrasta benefícios legais e ilegais, cabe outra, entendendo-se uma alusão às mulheres e ao vinho, já que *manga* significa também uma espécie de odre, ou bota.

tos ao rigor e à confusão que a guerra traz consigo enquanto dura, quando tem licença de usar de seus privilégios e suas forças. E é razão averiguada que aquilo que mais custa em mais se estima e se deve de estimar. Chegar alguém a ser eminente em letras lhe custa tempo, vigílias, fome, desnudez, vertigens, indigestões e outras coisas a estas aderentes, já em parte referidas; mas alguém chegar por si a ser bom soldado custa o mesmo que ao estudante, mas em tão mais alto grau que não há comparação, pois a cada passo está a pique de perder a vida. E que temor de necessidade e pobreza pode chegar e fatigar o estudante, que chegue ao que tem um soldado que, achando-se cercado nalgum forte e estando de sentinela perdida nalgum revelim ou cavaleiro,[2] sente que os inimigos estão minando o ponto onde ele está, e não pode arredar dali por causa alguma, nem fugir do perigo que de tão perto o ameaça? A única coisa que pode fazer é dar notícia ao seu capitão do que se passa, para que o remedeie com alguma contramina, e ele permanecer quedo, temendo e esperando quando imprevistamente há de subir às nuvens sem asas e descer ao profundo sem sua vontade. E caso isto pareça um perigo menor, vejamos se o iguala ou avantaja o de se investirem pela proa duas galeras em meio ao mar espaçoso, quando, encravilhadas e travadas, não resta ao soldado mais espaço do que concedem os dois pés de tábua do esporão; e com tudo isso, vendo que tem diante de si tantos ministros da morte a ameaçá-lo quantos canhões de artilharia se assestam da parte contrária, que não distam do seu corpo uma lança, e vendo que ao primeiro descuido dos pés iria visitar os abismos de Netuno, e, apesar de tudo, com intrépido co-

---

[2] Neste contexto, no sentido de pequena fortificação, especialmente a que se encontra numa elevação do terreno.

ração, levado da honra que o incita, põe-se como alvo de tanta arcabuzaria e tenta passar por tão estreito passo ao navio contrário. E o que é mais de admirar: apenas um soldado cai donde não se poderá levantar até o fim do mundo, outro vem ocupar seu mesmo lugar; e se este também cai no mar, que como inimigo o aguarda, outro e mais outro o sucedem, sem dar tempo ao tempo das suas mortes. Valentia e atrevimento como estes, maiores não se pode achar em todos os transes da guerra. Bem hajam aqueles benditos séculos que careceram da espantável fúria desses endemoninhados instrumentos da artilharia, a cujo inventor tenho para mim que no inferno está recebendo o prêmio por sua diabólica invenção, com a qual deu ocasião a que um infame e covarde braço tire a vida a um valoroso cavaleiro, e que, sem saber como ou por onde, em meio à coragem e brio que inflama e anima os valentes peitos, chega uma bala desmandada (disparada por quem talvez fugiu e se espantou do brilho que fez o fogo ao disparar da maldita máquina) e num instante corta e acaba os pensamentos e a vida de quem a merecia gozar por longos séculos. E assim, considerando isto, estou para dizer que na alma me pesa o ter tomado este exercício de cavaleiro andante em idade tão detestável como é esta em que agora vivemos; porque, bem que nenhum perigo me dê medo, dá-me receio pensar que a pólvora e o estanho podem tirar-me a ocasião de ser famoso e conhecido pelo valor do meu braço e pelo fio da minha espada, por todo o descoberto da terra. Mas que seja como o céu quiser, pois, se eu alcançar o que pretendo, tanto mais serei estimado quanto os perigos que afronto forem maiores que aqueles afrontados pelos cavaleiros andantes dos passados séculos.

Todo esse longo preâmbulo disse D. Quixote enquanto os demais jantavam, esquecendo-se de levar bocado à boca, posto que algumas vezes Sancho Pança lhe tivesse dito que jantasse, que depois teria ocasião de dizer tudo o que quisesse. Aqueles que o escutaram sentiram nova pena ao ver que um homem que mostrava tão bom entendimento e bom discurso em todas as coisas que tratava, o tivesse perdido tão rematadamente em se tratando de sua negra e pezenha cavalaria. O padre lhe disse que tinha muita razão em tudo quanto dissera em favor das armas, e que ele, se bem letrado e graduado, era do mesmo parecer.

Acabaram de jantar, alçaram a mesa, e enquanto a estalajadeira, sua filha e Maritornes preparavam o desvão de D. Quixote de La Mancha, onde tinham determinado que naquela noite só as mulheres nele se recolheriam, D. Fernando rogou ao cativo que lhes contasse o discorrer de sua vida, que devia de ser grato e peregrino, segundo as mostras que começara a dar, vindo na companhia de Zoraida. Ao que respondeu o cativo que de muito bom grado faria o que se lhe mandava, e que só temia que o conto não houvera de ser tal que lhes desse o gosto que ele desejava, mas que, para não lhe faltar à obediência, ainda assim o contaria. O padre e todos os demais lho agradeceram, e de novo lho rogaram; e ele, vendo-se rogar por tantos, disse que não eram mister rogos onde tinha o mandamento tanta força.

— E assim, estejam vossas mercês atentos e ouvirão um discurso verdadeiro, que talvez não igualassem os mentirosos que com curioso e calculado artifício se costumam compor.

Isto dizendo, fez com que todos se acomodassem e lhe prestassem atento e silencioso ouvido; e ele, vendo que já calavam e esperavam o que dizer quisesse, com voz agradável e pausada começou a dizer desta maneira:

Capítulo XXXIX

Onde o cativo conta sua vida e seus sucessos

— Num lugarejo nas montanhas de Leão[1] teve início a minha linhagem, com a qual foi mais grata e liberal a natureza que a fortuna, ainda que, na estreiteza daqueles povoados, meu pai ainda tivesse fama de rico, e verdadeiramente o seria se ele soubesse conservar suas posses como sabia gastá-las; e essa sua condição de liberal e gastador lhe vinha dos anos da sua juventude, quando foi soldado, pois é a soldadesca escola onde o avarento se faz generoso, e o generoso, pródigo, e, se alguns soldados se acham miseráveis, são eles como monstros, que raras vezes se veem. Passava meu pai dos termos da liberalidade e raiava os de ser pródigo, coisa de nenhum proveito ao homem casado e com filhos que hão de o suceder no nome e no ser. Os de meu pai eram três, todos varões e todos em idade de tomar estado. Vendo pois meu pai que, segundo ele dizia, não conseguia vencer a sua condição, quis privar-se do instrumento e da causa de ser ele gastador e dadivoso, que foi privar-se de suas posses, sem o qual o mesmíssimo Alexandre pareceria mesquinho. Até que, um dia, chamando a nós três a sós num aposento, nos disse umas razões semelhantes às que agora direi: "Filhos, para dizer que vos quero bem, basta saber e dizer que sois meus filhos; e para entender que vos quero

---

[1] As montanhas que separam os reinos de Leão e Astúrias. Estes, junto com o sudeste da Galiza, formam a região considerada berço primordial da nobreza castelhana.

mal basta saber que não está em mim conservar as vossas posses. Assim, para que daqui em diante entendais que vos quero como pai, e que não vos quero destruir como padrasto, quero fazer uma coisa convosco que há muitos dias tenho pensada e com madura consideração disposta. Vós já estais em idade de tomar estado, ou ao menos de escolher exercício que vos honre e aproveite quando tiverdes mais idade. E o que tenho pensado é dividir as minhas posses em quatro partes: três delas as darei a vós, a cada qual o que couber, sem exceder em coisa alguma, ficando eu com a quarta para viver e me sustentar nos dias que o céu houver por bem me dar de vida. Mas quisera que cada um, depois de ter em seu poder a parte que lhe cabe, seguisse um dos caminhos que direi. Há um ditado em nossa Espanha, a meu parecer muito verdadeiro, como todos o são, por serem sentenças breves tiradas da longa e discreta experiência; e esse que eu digo diz: 'Igreja, ou mar, ou casa real', como se mais claramente dissesse: 'Quem quiser valer e ser rico, que siga a Igreja, ou navegue, exercitando a arte do mercadejo,[2] ou entre a servir os reis nas suas casas'; pois dizem: 'Mais vale migalha de rei que mercê de senhor'. Digo isto porque quisera e é minha vontade que um de vós seguisse as letras, o outro, o mercadejo, e o outro servisse o rei na guerra, pois é difícil entrar a servi-lo em sua casa; e ainda que a guerra não dê muitas riquezas, sói dar muito valor e muita fama. Dentro de oito dias vos darei toda a vossa parte em dinheiro, sem vos defraudar um cobre, como vereis no resultado. Dizei-me agora se quereis seguir meu parecer e conselho nesta proposta." E mandando a mim, por ser o mais velho, que respondesse, eu, depois de lhe

---

[2] Embora as normas da fidalguia vedassem a atividade mercantil, não era raro os fidalgos se dedicarem ao comércio.

dizer que não se desfizesse de seus bens, mas gastasse o quanto fosse sua vontade, que nós já éramos moços para saber ganhá-la, acabei concedendo ao seu gosto e disse que o meu era seguir o exercício das armas, nele servindo a Deus e ao meu rei. O segundo irmão fez os mesmos oferecimentos e escolheu ir para as Índias, levando empregado o quinhão que lhe coubesse. O menor, e a meu entender o mais discreto, disse que queria seguir a Igreja ou terminar seus começados estudos em Salamanca. Assim como acabamos de nos pôr em acordo e escolher nossos exercícios, meu pai abraçou todos três e, com a brevidade já dita, pôs por obra o prometido; e tendo dado a cada um a sua parte, que pelo que eu me lembro foi de três mil ducados em dinheiro (pois um tio nosso comprou toda a fazenda e pagou de contado, por que não saísse do tronco da casa), no mesmo dia nos despedimos, todos três, do nosso bom pai. Mas antes de partir, por parecer-me uma desumanidade que meu pai ficasse velho e com tão poucas posses, convenci-o a tomar dois mil dos meus três mil ducados, pois o resto bastaria para me prover dos misteres de um soldado. Meus dois irmãos, movidos do meu exemplo, lhe deram mil ducados cada um; de modo que meu pai ficou com quatro mil em dinheiro, mais os três mil que, ao que parece, valia a parte dos bens que lhe coubera, os quais não quis vender, mas ficar com eles em raiz. Digo, enfim, que nos despedimos dele e daquele nosso tio, não sem muito sentimento e lágrimas de todos, encarecendo-nos que lhes déssemos notícia, sempre que houvesse comodidade para tanto, dos nossos sucessos, prósperos ou adversos. Assim lho prometemos, e, depois de nos abraçarmos e receber deles a bênção, um tomou o caminho de Salamanca, o outro de Sevilha, e eu o de Alicante, onde sabia haver um navio genovês que dali carregava lã para Gênova. Neste ano fará vinte e dois que saí da casa de meu pai, e em todos, posto que lhe escrevi algumas cartas, não soube dele nem dos meus irmãos nova alguma. Quanto ao que nesse discurso de tempo me sucedeu, tratarei de dizê-lo brevemente. Embarquei em Alicante, cheguei a Gênova com próspera viagem, fui dali a Milão, onde me provi de armas e de algumas galas de soldado, e propus de ir assentar minha praça no Piemonte; mas, estando já a caminho de Alexandria da Palha,[3] tive novas de que o grande Duque de Alba[4] se dirigia para Flandres. Mudei meu propósito, fui com ele, servi-o nas jornadas que fez, presenciei a morte dos condes de Egmont e de Horn,[5] cheguei a tenente de um famoso capitão de Guadalajara, chamado Diego de Urbina,[6] e algum tempo depois de entrar em Flandres, chegaram novas da aliança que sua Santidade o papa Pio V, de feliz recordação, fizera com Veneza e com a Espanha, contra o inimigo comum, que é o Turco, que por aquele tempo ganhara com sua armada a famosa ilha do Chipre,[7] até então sob o domínio dos venezianos, e foi perda lamentável e desafortunada. Soube-se ao certo que vinha por general dessa liga o sereníssimo D. Juan de Áustria, irmão natural do nosso bom rei D. Felipe; divulgou-se o grandíssimo apa-

---

[3] Alessandria della Paglia, cidade fortificada do Milanês. Foi ponto de reunião dos exércitos que partiam para a campanha de Flandres.

[4] D. Fernando Álvarez de Toledo, comandante das tropas enviadas a Bruxelas para sufocar uma rebelião flamenga contra a coroa espanhola.

[5] Lamoral d'Egmont e Philippe Montmorency-Nivelle, conde de Horn, tomaram partido contra Felipe II nos pleitos comerciais dos Países Baixos católicos. Os dois foram decapitados em Bruxelas em 5 de junho de 1568.

[6] Comandante do regimento em que Cervantes lutou na batalha de Lepanto.

[7] A guerra do Chipre começou em julho de 1570; os turcos tomaram Nicosia em 9 de setembro, restando apenas Famagusta em poder dos venezianos. A Santa Liga se constituiu em 25 de maio de 1571, por instâncias do papa Pio V.

rato de guerra que se fazia, todo o qual incitou e comoveu meu ânimo e meu desejo de me ver nessa esperada jornada; e bem que tivesse esperanças, e quase a certeza, de que na primeira ocasião que se oferecesse eu seria promovido a capitão, resolvi deixar tudo e ir, como fui, à Itália. E quis minha boa sorte que o senhor D. Juan de Áustria acabasse de chegar a Gênova, de passagem para Nápoles para ali se reunir com a armada de Veneza, como depois fez em Messina. Digo, enfim, que eu me achei naquela felicíssima jornada, já como capitão de infantaria, a cujo honroso cargo fui alçado mais por minha boa estrela que por meus merecimentos; e aquele dia, tão ditoso para a cristandade,[8] porque nele o mundo e todas as nações se desenganaram do erro em que estavam de crer que os turcos eram invencíveis no mar, naquele dia, digo, em que o orgulho e a soberba otomana foram quebrantados, entre tantos venturosos como ali houve (pois mais ventura tiveram os cristãos que ali morreram que aqueles que saíram vivos e vencedores), eu fui o único desditoso; pois, em vez da coroa naval, que eu bem poderia esperar se fosse nos romanos séculos, me vi naquela noite que se seguiu a tão famoso dia com grilhões nos pés e algemas nas mãos. E sucedeu desta sorte: tendo o Uchali,[9] rei de Argel, atrevido e venturoso corsário, acometido e rendido a capitânia de Malta, da qual só três cavaleiros saíram vivos, e ainda malferidos, acudiu em seu socorro a capitâ-

---

[8] O dia 7 de outubro de 1571, data da batalha de Lepanto, que pôs fim à supremacia turca no Mediterrâneo.

[9] Alcunha de Ali Pachá (1508-1587), reduzida de Euch Ali (Ali, o renegado). Antes de comandar as forças navais turcas, foi rei de Trípoli, de Argel e da Tunísia. Por ter sobrevivido à batalha de Lepanto, tornou-se vilão do romanceiro espanhol.

nia de Andrea Doria,[10] na qual eu ia com a minha companhia; e fazendo o que devia em semelhante ocasião, saltei na galera contrária, a qual, esquivando-se daquela que a investira, impediu que meus soldados me seguissem, e assim me achei só entre meus inimigos, aos quais não pude fazer frente, por serem tantos: por fim me renderam cheio de feridas. E como já tereis, senhores, ouvido dizer que o Uchali se salvou com toda sua esquadra, eu vim a ficar cativo em seu poder, e fui o único triste entre tantos alegres e cativo entre tantos livres, pois foram quinze mil os cristãos que naquele dia alcançaram a desejada liberdade, todos ao remo na armada turca. Fui levado a Constantinopla, onde o Grão-Turco Selim[11] alçou meu amo a general do mar, por ter feito seu dever na batalha, levando por mostra de sua coragem o cruzado estandarte de Malta. Achei-me no segundo ano, que foi o de setenta e dois, em Navarino,[12] vogando na capitânia das três lanternas.[13] Vi e notei a ocasião que ali se perdeu de surpreender toda a armada turca no porto, pois todos os levantes e janízaros[14] que nela vinham tiveram por certo que os haviam de acometer dentro do mesmo porto, tendo por isso pronta sua roupa e seus *passamaques*, que são seus sapatos, para logo fugirem por terra, sem esperar ser combatidos: tamanho era o medo que a nossa armada

---

[10] Giovani Andrea Doria, (1539-1606), militar de origem genovesa, herdeiro de uma famosa família de navegadores, foi comandante de tropas cristãs em Lepanto.

[11] Nome pelo qual se conhecia o sultão de Constantinopla Selim II (1524--1574), filho de Solimão o Magnífico.

[12] Porto ao sul do golfo de Lepanto.

[13] Galera real que comandava toda a frota cristã.

[14] Levantes (ou leventes): soldados da marinha em navios armados em corso. Janízaros: soldados de infantaria, especialmente os da guarda do Grão-Turco.

lhes punha. Mas o céu dispôs de outra maneira, não por culpa nem descuido do general que os nossos regia, mas pelos pecados da cristandade e porque Deus quer e permite que sempre tenhamos carrascos para nos castigar. Com efeito, o Uchali se recolheu a Modon, que é uma ilha perto de Navarino, e, lançando sua gente em terra, fortificou a boca do porto e esteve quedo até a volta do senhor D. Juan. Nessa viagem se tomou a galera chamada *La Presa*, da qual era capitão um filho daquele famoso corsário Barba Ruiva.[15] Tomou-a a capitânia de Nápoles, chamada *La Loba*, regida por aquele raio da guerra, pelo pai dos soldados, por aquele venturoso e jamais vencido capitão D. Álvaro de Bazán, marquês de Santa Cruz.[16] E não quero deixar de dizer o que sucedeu no apresamento de *La Presa*. Era tão cruel o filho de Barba Ruiva e tratava tão mal os seus cativos que, em vendo aqueles que vinham ao remo que a galera *Loba* os seguia e ia alcançando, largaram os remos todos a um só tempo e apanharam seu capitão, que estava no tombadilho gritando que vogassem depressa, e, passando-o de banco em banco, da popa à proa, lhe deram tantas dentadas que, passado o mastro grande já passara sua alma ao inferno: tal era, como já disse, a crueldade com que tratava os cativos e o ódio que tinham por ele. Voltamos a Constantinopla e, no ano seguinte, que foi o de setenta e três, ali soubemos que

---

[15] Mahomet Bey não era filho, e sim neto de Khair ed-Din, dito Capitão Barba Ruiva. A menção faz sentido porque a batalha de Lepanto foi vista como uma espécie de vingança dos cristãos pela derrota de 1538, em que a frota turca, comandada por Barba Ruiva, pôs o Mediterrâneo sob o domínio turco e berbere, inseguro para a navegação cristã.

[16] D. Álvaro de Bazán (1526-1588): marquês de Santa Cruz, o mais célebre almirante espanhol na época de Felipe II. Cervantes o elogia em um dos seus sonetos.

o senhor D. Juan tinha tomado Túnis e tirado esse reino das mãos turcas, pondo-o na possessão de Mulei Hamet e cortando assim as esperanças que de voltar a reinar nele tinha Mulei Hamida,[17] o mouro mais cruel e mais valente que já houve no mundo. Sentiu muito essa perda o Grão-Turco, e, usando da sagacidade que têm todos os de sua casa, fez pazes com os venezianos, que muito mais que ele o desejavam, e no ano seguinte, o de setenta e quatro, acometeu La Goleta[18] e o forte que o senhor D. Juan erguera junto a Túnis. Em todos esses transes estava eu ao remo, sem esperança de liberdade alguma; ao menos não esperava tê-la por resgate, pois tinha a determinação de não escrever as novas da minha desgraça ao meu pai. Perdeu-se, enfim, La Goleta, perdeu-se o forte, contra cujas praças se lançaram, de turcos, setenta e cinco mil soldados pagos e, de mouros e alárabes de toda a África, mais de quatrocentos mil, acompanhado tão grande número de gente com tantas munições e petrechos de guerra e com tantos sapadores, que só com as mãos e aos punhados de terra podiam ter coberto La Goleta e o forte. Perdeu-se primeiro La Goleta, tida até então por inexpugnável, e não foi perdida por culpa de seus defensores, que fizeram em sua defesa tudo aquilo que deviam e podiam, mas porque a experiência mostrou a facilidade com que se podiam levantar reparos naquela areia deser-

---

[17] Mulei Hamida (Ahmad Sultan): rei da Tunísia desde 1542, depois de destronar o próprio pai, até 1569, quando foi deposto pelos turcos. Mulei Hamet (Mulei Muhammad): irmão de Hamida, foi nomeado rei da Tunísia em 1573, por D. Juan de Áustria, depois da vitória da Liga sobre os turcos. "Mulei" (senhor, amo) era o título que se dava aos soberanos.

[18] Cidade insular e portuária situada na entrada do lago de Túnis. Foi tomada pelos espanhóis em 1535, onde ergueram a fortaleza de La Carraca, e retomada pelos turcos em 1574.

ta, pois se a dois palmos se achava água, os turcos não a acharam a duas varas; e assim, com muitos sacos de areia, levantaram tão altos reparos que sobrepujavam as muralhas da fortificação, e atirando-lhes a cavaleiro, ninguém podia deter o ataque nem se defender. Foi comum opinião que os nossos não se haviam de ter recolhido em La Goleta, mas esperar em campo aberto no desembarcadouro, e os que isto dizem falam sem conhecimento nem experiência de casos semelhantes; porque, se em La Goleta e no forte havia quando muito sete mil soldados, como podia tão pequeno número, por mais esforçados que fossem, sair à campanha e ficar nas fortalezas contra um tão grande como era o dos inimigos? E como deixar de perder uma fortaleza que não é socorrida, e mais quando é cercada de inimigos muitos e porfiados, e em sua mesma terra? Mas muitos, eu incluso, entenderam que foi particular graça e mercê que o céu fez a Espanha permitir a destruição daquela oficina e couto de maldades, e daquele sumidouro ou esponja e traça da infinidade de dinheiro que ali sem proveito se gastava, sem servir para outra coisa que não fosse conservar a lembrança de ter sido tomada pelo invictíssimo Carlos V, de felicíssima memória, como se fosse mister para fazê-la eterna, como é e será, que aquelas pedras a sustentassem. Perdeu-se também o forte, mas foi sendo ganhado pelos turcos palmo a palmo, porque os soldados que o defendiam pelejaram tão valorosa e fortemente, que passaram de vinte e cinco mil os inimigos que mataram em vinte e dois assaltos que lhes deram. Dos trezentos cristãos que saíram com vida, nenhum foi cativado são, sinal certo e claro de seu esforço e valor, e de quão bem defenderam e guardaram suas praças. Entregou-se em capitulação um pequeno forte ou torre que ficava no meio da laguna, a cargo de D. Juan Zanoguera, cavaleiro valenciano e famoso soldado. Cativaram D. Pedro Puertocarrero, general de La Goleta, que fizera todo o possível para defender sua praça e tanto sentiu sua perda que morreu de pesar a caminho de Constantinopla, aonde o levavam cativo. Cativaram também o general do forte, que se chamava Gabrio Cervellón, cavaleiro milanês, grande engenheiro e valentíssimo soldado. Morreram nessas duas praças muitas outras pessoas de conta, uma das quais foi Pagano Doria, cavaleiro do hábito de São João, de condição generoso, como mostrou a suma liberalidade que usou com seu irmão, o famoso Andrea Doria; e o que mais lastimosa fez sua morte foi ter morrido nas mãos de uns alárabes dos quais se fiou, vendo já perdido o forte, que se ofereceram para levá-lo em hábito de mouro a Tabarca, que é um pequeno porto ou feitoria que têm naquelas ribeiras os genoveses que se dedicam à pesca de coral, os quais alárabes lhe cortaram a cabeça e a levaram para o general da armada turca, que com eles fez valer aquele nosso ditado que diz "a traição apraz, mas não quem a faz"; e assim conta-se que mandou o general enforcar os que lhe levaram o presente, porque o não levaram vivo. Entre os cristãos que no forte se perderam, um deles foi D. Pedro de Aguilar, natural de não sei que lugar da Andaluzia, que fora tenente no forte, soldado de muita conta e de raro entendimento; e tinha ele particular graça no que chamam poesia. Digo isto porque sua sorte o trouxe à minha galera e ao meu banco e a ser escravo do mesmo patrão meu, e, antes de partirmos daquele porto, fez este cavaleiro dois sonetos à maneira de epitáfios, um para La Goleta e outro para o forte. E à vera que os tenho de dizer, pois os sei de cor e creio que antes causarão gosto que pesar.

No ponto em que o cativo citou o nome de D. Pedro de Aguilar, D. Fernando olhou para seus camaradas e todos três se sorriram; e quando mencionou os sonetos, disse um deles:

— Antes que vossa mercê siga adiante, eu lhe suplico que me diga que foi feito desse D. Pedro de Aguilar.

— O que eu sei — respondeu o cativo — é que, depois de dois anos em Constantinopla, fugiu em trajes de albanês com um espião grego, e não sei se veio a conseguir a liberdade, mas creio que sim, porque dali a um ano eu vi o grego em Constantinopla, se bem não pude perguntar pelo fim daquela viagem.

— Foi bom — respondeu o cavaleiro —, porque esse D. Pedro é meu irmão e está agora no nosso lugar, bem e rico, casado e com três filhos.

— Graças sejam dadas a Deus — disse o cativo — por tantas mercês como lhe fez, porque não há na terra, segundo o meu parecer, contento que se iguale a recuperar a liberdade perdida.

— E mais — replicou o cavaleiro —, que eu sei os sonetos que meu irmão fez.

— Diga-os então vossa mercê — disse o cativo —, que os saberá dizer melhor que eu.

— Com prazer — respondeu o cavaleiro. — O de La Goleta dizia assim:

Capítulo XL

Onde se prossegue a história do cativo

Soneto

Almas ditosas que do mortal véu,[1]
livres e isentas pelo bem que obrastes,
da torpe e baixa terra vos alçastes
até o mais alto e mais honrado céu.

E ardendo vossa ira em fogaréu,
dos corpos toda a força exercitastes,
e em próprio e sangue alheio colorastes
o mar vizinho à guisa de troféu.

Primeiro que o valor faltou a vida
aos fatigados braços, que expirando,
com ser vencidos levam a vitória.

E esta vossa mortal, triste caída,
entre muros e ferros, vos vai dando
a fama deste mundo, e do céu glória.

— Assim mesmo é que eu o sei — disse o cativo.
— Pois o do forte, se mal não me lembro — disse o cavaleiro —, diz assim:

---

[1] O corpo físico, que oculta a alma.

Soneto

Dentre esta terra estéril, derribada,
e dos pétreos torrões ao chão deitados,
as almas santas de três mil soldados
subiram vivas a melhor morada.

Sendo primeiro em vão exercitada
a força de seus braços esforçados,
até que ao fim, de poucos e cansados,
deram a vida ao fio de alguma espada.

Este é o chão e sempre este tem sido
de mil memórias lamentáveis cheio
nos séculos passados e presentes.

Mas não mais justas, do seu duro seio,
terão ao claro céu almas subido,
nem sustentou já corpos tão valentes.

Não pareceram maus os sonetos, e o cativo se alegrou com
as novas que do seu camarada lhe deram, e, prosseguindo seu
conto, disse:

— Rendidos, pois, La Goleta e o forte, os turcos deram ordem de desmantelar a primeira (porque o forte ficou de tal maneira que nem houve o que deitar por terra) e, para fazê-lo com
mais brevidade e menos trabalho, minaram o edifício por três
lados, mas não conseguiram fazer voar o que parecia menos forte, que eram as muralhas velhas, e tudo aquilo que restara em pé
da fortificação nova feita pelo Fratino[2] veio por terra com muita

---

[2] Giacomo Palearo, ou Paleazzo, dito "Il Fratino" (o fradinho). Engenheiro

facilidade. Em suma, a armada voltou a Constantinopla triunfante e vencedora, e dali a poucos meses morreu Uchali, meu amo, que era chamado "Uchali Fartax", que em língua turca quer dizer "o renegado tinhoso", porque ele o era, e é costume entre os turcos dar às pessoas o nome de alguma falta ou virtude sua. E isto porque não há entre eles mais que quatro sobrenomes de linhagens, que descendem da casa otomana, e os demais, como já disse, tomam nome e sobrenome, ou das pechas do corpo, ou das virtudes da alma. Esse Tinhoso vogou ao remo, como escravo do Grande Senhor, por catorze anos e, com mais de trinta e quatro de idade, movido do rancor de um turco que, estando ao remo, lhe deu um bofetão, renegou de sua fé para poder tomar vingança deste; e foi tanto o seu valor que, sem subir pelos torpes meios e caminhos por que os mais achegados do Grão-Turco sobem,[3] veio a ser rei de Argel, e depois general do mar, que é o terceiro cargo que há naquele senhorio.[4] Era de nação calabrês, e moralmente foi homem de bem, tratando os seus cativos com muita humanidade, dos quais chegou a ter três mil, que depois de sua morte foram repartidos, como ele deixou dito em seu testamento, entre o Grão-Senhor (que também é filho herdeiro de quantos morrem e entra na partilha com os demais filhos que deixa o falecido) e entre seus renegados; e eu coube a um renegado veneziano que, sendo grumete de um navio, foi cativado pelo Uchali,

---

militar lombardo que, a serviço de Carlos I e Felipe II, foi responsável pelo restauro das fortificações de Gibraltar, Melilla e La Goleta.

[3] Era opinião corrente entre os cristãos que só se podia ascender aos postos da corte turca por venalidade ou sodomia, ou submetendo-se à castração.

[4] Cervantes traduz assim o cargo de *Kapudã Pachá*, criado em 1533, responsável pelo comando da frota e pela administração dos portos do Galípoli, Cavalla e Alexandria.

o qual tanto gostou dele que o fez um dos seus mais regalados pajens, que depois veio a ser o mais cruel renegado que jamais se viu. Chamava-se Assan Agá,[5] e chegou a ser muito rico e a ser rei de Argel; com ele eu vim de Constantinopla, com certo contento, por ficar tão perto da Espanha, não porque pensasse escrever a alguém o infeliz sucesso meu, mas para ver se a sorte me era mais favorável em Argel que em Constantinopla, onde eu já tentara mil maneiras de fugir, todas sem êxito nem fortuna, e pensava em Argel buscar outros meios de conseguir o que tanto desejava, pois jamais me desamparou a esperança de ter a liberdade, e, se naquilo que eu maquinava, pensava e punha por obra não correspondia o sucesso à intenção, logo sem esmorecer fingia e buscava outra esperança que me sustentasse, ainda que fraca e leve. Assim eu entretinha a vida, encerrado numa prisão ou casa que os turcos chamam "banho",[6] onde encerram os cativos cristãos, tanto os do rei como os de alguns particulares, e os que chamam "do armazém", que é como dizer cativos do concelho, que servem a cidade nas suas obras públicas e em outros ofícios; e a liberdade desses tais cativos é muito dificultosa, pois, como são do comum e não têm amo particular, não há com quem negociar o seu resgate, ainda que o possam pagar. A esses banhos, como já disse, costumam levar alguns particulares do lugar os seus cativos, principalmente quando são de resgate, porque ali os têm ociosos e seguros à espera do seu resgate. Também os cativos do rei, quando são de resgate, não saem ao trabalho com a

---

[5] Também chamado Hassan Pachá, ou Hassan o Veneziano, foi governador de Argel durante o cativeiro de Cervantes e, posteriormente, *Kapudã Pachá* (almirante ou "general do mar"). Casou-se com Zahra, filha de Agi Morato, que parece ser o modelo de Zoraida. *Agá*: "general das tropas".

[6] Pátio fechado onde ficavam as tendas para alojamento dos cativos.

chusma, salvo quando demora o seu resgate; pois então, para fazer com que escrevam por ele com mais afinco, os fazem trabalhar e recolher lenha com os demais, que é um não pequeno trabalho. Eu assim era tido como um dos de resgate, pois, ao saberem que era capitão, posto que eu lhes dissesse as minhas parcas posses e rendas, porfiaram em me colocar entre os cavaleiros e gente de resgate. Puseram-me grilhões, mais para sinalar que eu era de resgate que para com eles me guardar,[7] e assim passava a vida naquele banho, com outros muitos cavaleiros e gente principal, assinalados e tidos por cativos de resgate. E ainda que a fome e a desnudez por vezes, ou quase sempre, nos pudesse afrontar, nada nos afrontava tanto como ouvir e ver a cada passo as nunca vistas nem ouvidas crueldades que meu amo usava com os cristãos. Todos os dias enforcava um, empalava este, desorelhava aquele, e tudo com tão pouco motivo, ou sem nenhum, que os turcos conheciam que o fazia só por fazê-lo e por ser natural condição sua ser homicida de todo o gênero humano. O único a ter bom trato com ele foi um soldado espanhol de sobrenome Saavedra, o qual, ainda que tenha feito coisas que por muitos anos ficarão na memória daquela gente, e todas por alcançar a liberdade, jamais recebeu nenhum açoite, nem lho mandou dar o seu senhor, nem o repreendeu de palavra; e pela menor coisa das muitas que fez temíamos todos que havia de ser empalado, e o mesmo temeu ele mais de uma vez; e se o tempo me desse lugar, eu vos diria agora coisas que esse soldado fez que seriam parte para vos entreter e admirar muito melhor que o conto da minha história. Digo, pois, que sobre o pátio da nossa prisão se abriam as

---

[7] Indicando que era cativo, e não um europeu visitante ou um renegado, que podiam, ambos, circular livremente por Argel.

janelas da casa de um mouro rico e principal, as quais, como são de ordinário as dos mouros, mais eram buracos que janelas, e ainda cobertos com gelosias muito grossas e apertadas. Aconteceu pois, que um dia, estando num terraço da nossa prisão com outros três companheiros, fazendo provas de saltar com os grilhões, por passar o tempo, estando sozinhos, porque todos os demais cristãos tinham saído para trabalhar, ergui por acaso os olhos e vi que por aquelas pequenas e cerradas janelas que disse aparecia um caniço, e na ponta dele um lenço amarrado, e que o caniço era brandido e balançado, quase como se alguém fizesse sinais para que o fôssemos tomar. Reparamos nisso, e um dos que comigo estavam se foi pôr embaixo do lenço, por ver se o baixavam ou o que faziam; mas, assim como chegou, levantaram o caniço e o moveram para os dois lados, como a fazer que não com a cabeça. Voltou-se o cristão, e o tornaram a baixar e a fazer os mesmos movimentos que de primeiro. Foi outro dos meus companheiros, e lhe sucedeu o mesmo que com o primeiro. Finalmente, foi o terceiro, e foi igual que com o primeiro e o segundo. Vendo isto, não quis eu deixar de tentar a sorte e, assim como me pus embaixo do caniço, o soltaram, caindo aos meus pés dentro do banho. Depressa acudi a soltar o lenço, que vinha amarrado em trouxa, trazendo dentro dez *zianis*, que são umas moedas de ouro de baixo quilate que usam os mouros, cada uma das quais vale dez dos nossos reais. Se folguei com o achado, nem há por que dizê-lo, pois foi tanto o contentamento quanto a admiração de pensar de onde podia vir aquele bem, especialmente para mim, pois as mostras de não quererem soltar o caniço senão a mim dizia bem claro que a mim se fazia a mercê. Tomei meu bom dinheiro, quebrei o caniço, voltei ao terraço, fitei a janela e vi que por ela saía uma mão branquíssima, que se abria e fechava muito depressa. Disso entendemos ou imaginamos que alguma mulher que naquela casa vivia nos devia de ter feito aquele benefício, e em sinal de gratidão fizemos reverências ao uso dos mouros, inclinando a cabeça, dobrando o corpo e cruzando os braços sobre o peito. Dali a pouco mostraram pela mesma janela uma pequena cruz feita de varas e logo a tornaram a entrar. Tal sinal nos deu a entender que alguma cristã devia de estar cativa naquela casa, e era ela que aquele bem nos fazia; mas a brancura da mão e as axorcas que nela vimos nos arredaram desse pensamento, mas ainda imaginamos que podia ser cristã renegada, as quais seus próprios amos de ordinário tomam por legítimas mulheres, e até têm isto por ventura, pois as estimam em mais que às de sua nação. Em todos os nossos discursos demos muito longe da verdade do caso, e assim, dali em diante todo o nosso passatempo foi fitar e ter por norte a janela onde nos aparecera a estrela do caniço, mas se passaram bem quinze dias em que o não vimos, nem tampouco a mão, nem outro sinal algum. E bem que nesse tempo procuramos com toda solicitude saber quem morava naquela casa e se havia nela alguma cristã renegada, ninguém nos disse outra coisa senão que ali morava um mouro rico e principal chamado Agi Morato,[8] que fora alcaide da fortaleza de Pata,[9] que entre eles é ofício de muita qualidade. Mas quando mais descuidados estávamos de que por ali haviam de chover mais *zianis*, vimos o caniço aparecer de improviso, e na ponta dele outro lenço, numa trouxa mais bojuda, e isto foi num momento em que o banho estava, como da outra vez, solitário e sem gente. Fizemos a costumada prova, indo cada um antes de mim, dos mesmos três

---

[8] Personagem histórico, amplamente documentado, que Cervantes retrabalha aqui e em sua peça *Los Baños de Argel*. *Agi*, ou *Haggi*, é o epíteto reservado a quem cumpriu a peregrinação a Meca.

[9] Fortaleza de Al-Batha, próxima de Orã.

que ali estávamos, mas a ninguém se rendeu o caniço senão a mim, pois só quando eu me acheguei o deixaram cair. Desatei o nó e achei quarenta escudos de ouro espanhóis e um bilhete escrito em arábico, e ao fim do escrito uma grande cruz. Beijei a cruz, recolhi os escudos, voltei ao terraço, fizemos todos as nossas reverências, tornou a aparecer a mão, fiz sinais de que leria o bilhete, fecharam a janela. Ficamos todos confusos e alegres com o acontecido, e como nenhum de nós entendia o arábico, era grande o desejo que tínhamos de entender o que o bilhete dizia, e maior a dificuldade de achar quem o lesse. Por fim resolvi fiar-me de um renegado, natural de Múrcia, que se declarara grande amigo meu e me dera tais penhores que o obrigavam a guardar o segredo que lhe confiasse; pois alguns renegados, quando têm intenção de passar a terra de cristãos, soem trazer consigo algumas cartas de cativos principais em que dão fé, como podem, de que o tal renegado é homem de bem e que sempre fez bem a cristãos e que deseja fugir na primeira ocasião que se lhe apresentar. Há aqueles que se provêm dessas fés com boa intenção; outros se servem delas de indústria e mau propósito: pois, indo pilhar em terras de cristãos, quando por acaso se perdem ou os cativam, puxam de suas cartas e dizem que naqueles papéis se vê sua verdadeira tenção, que é a de ficar em terra de cristãos, e só por isso viajaram embarcados com os demais turcos. Assim escapam do primeiro perigo e se reconciliam com a Igreja, sem que se lhes faça dano algum;[10] e, em vendo ocasião, voltam para a Berbéria e a ser o que eram antes. Outros há que usam desses papéis e deles se provêm com bom intento, e ficam em terra de cristãos. Pois um des-

---

[10] Ao voltar para a Espanha, todo renegado devia se apresentar perante o Tribunal da Inquisição para se reconciliar com a Igreja Católica.

ses renegados era aquele meu amigo, que tinha cartas de todos os nossos camaradas, todas abonando-o ao máximo possível; tanto que, se os mouros o achassem com esses papéis, o queimariam vivo. Eu soube que ele sabia muito bem o arábico, e não somente falá-lo, mas escrevê-lo; mas, antes de me confiar a ele, lhe pedi que lesse aquele bilhete, que eu por acaso achara num canto da minha tenda. Ele o abriu e esteve por um bom espaço olhando-o e examinando-o, murmurando entre dentes. Perguntei-lhe se o entendia; disse-me que muito bem, e que, se eu queria que o vertesse palavra por palavra, que lhe desse tinta e pena, para que melhor o fizesse. Logo lhe demos o que pedia, e ele o foi traduzindo pouco a pouco e, ao acabar, disse: "Tudo o que vai aqui em romance, sem faltar letra, é o que contém este papel mourisco, e há-se de advertir que, onde se diz 'Lela Marién' quer dizer 'Nossa Senhora a Virgem Maria'". Lemos o bilhete, que dizia assim:

> Quando eu era menina, tinha meu pai uma escrava que na minha língua me mostrou a salá cristã e me disse muitas coisas de Lela Marién. A cristã morreu, e eu sei que não foi para o fogo, e sim com Alá, porque depois a vi duas vezes e ela me disse que eu devia ir a terra de cristãos para ver Lela Marién, que me queria muito bem. Eu não sei como ir. Muitos cristãos tenho visto por esta janela, mas nenhum me pareceu cavaleiro senão tu. Eu sou muito moça e formosa, e tenho muito dinheiro para levar comigo. Vê se encontras como possamos ir, e lá serás meu marido, se quiseres, e, se não quiseres, não se me dará, pois Lela Marién me dará o cristão com quem me casar. Eu mesma escrevi isto, vê bem a quem o darás a ler; não te fies de nenhum mouro, porque são todos fingidos. Isto me en-

che de pena, pois quisera que não te revelasses a ninguém, porque, se o meu pai souber disto, me jogará num poço e me cobrirá de pedras. No caniço porei um cordel: amarra ali a resposta; e se não tens quem te escreva em arábico, responde-me por sinais, que Lela Marién fará com que eu te entenda. Ela e Alá te guardem, e essa cruz que eu beijo muitas vezes, tal como a cativa me ensinou.

Cuidai, senhores, se não era razão que as razões desse bilhete nos admirassem e alegrassem; e foram tais as nossas mostras que o renegado entendeu que não por acaso se tinha achado aquele bilhete, mas que realmente para algum de nós fora escrito, e assim nos rogou que, se era verdade o que suspeitava, que nos fiássemos dele e lho disséssemos, que ele arriscaria a vida pela nossa liberdade. E dizendo isto, tirou do peito um crucifixo de metal e com muitas lágrimas jurou pelo Deus que aquela imagem representava, em quem ele, ainda que vil e pecador, bem e fielmente cria, de nos guardar lealdade e segredo em tudo que lhe quiséssemos confiar, pois entendia e quase adivinhava que por meio da autora daquele bilhete havíamos todos de ter liberdade, e ele de conseguir o que tanto desejava, que era tornar ao seio de sua Santa Madre Igreja, da qual, como membro podre, estava separado e apartado, por sua ignorância e pecado. Com tantas lágrimas e com mostras de tanto arrependimento disse isto o renegado, que todos num mesmo parecer consentimos e concordamos em lhe declarar a verdade do caso, e assim lhe demos conta de tudo, sem nada lhe encobrir. Também lhe mostramos a janela por onde aparecia o caniço, e ele dali guardou bem a casa e ficou de ter especial e grande cuidado em se informar quem nela entrava. Acordamos ainda que seria bem responder ao bilhete da moura e, como tínhamos quem o soubesse fazer, de imediato o renegado escreveu as razões que eu lhe fui ditando, que foram pontualmente as que direi, porque de todos os pontos substanciais que neste sucesso me aconteceram nenhum me fugiu da memória, nem me fugirá enquanto eu tiver vida. Então, o que se respondeu à moura foi o seguinte:

> *O verdadeiro Alá te guarde, senhora minha, e aquela bendita Marién, que é a verdadeira mãe de Deus e quem te pôs no coração a vontade de ir a terra de cristãos, porque te quer bem. Roga-lhe tu que seja servida de te dar a entender como poderás pôr por obra o que te manda, que ela é tão boa, que assim o fará. De minha parte e da de todos estes cristãos que estão comigo te ofereço de fazer por ti tudo o que pudermos, até morrer. Não deixes de me escrever e avisar o que pensares fazer, que eu te responderei sempre, pois o grande Alá nos deu um cristão cativo que sabe falar e escrever tua língua tão bem como verás por este bilhete. Portanto podes nos avisar sem medo de tudo o que quiseres. Quanto ao que dizes que, se fores a terra de cristãos, hás de ser minha mulher, eu to prometo como bom cristão; e sabe que os cristãos cumprem o que prometem melhor que os mouros. Alá e Marién sua mãe olhem por ti, senhora minha.*

Escrito e fechado o bilhete, aguardei dois dias até que o banho estivesse solitário como das passadas vezes, e então saí para a costumada parte do terraço, por ver se o caniço aparecia, que não demorou muito em despontar. Assim como o vi, se bem não podia ver quem o colocava, mostrei o bilhete, como dando a entender que pusessem o cordel; mas já vinha posto no caniço, ao qual amarrei o bilhete, e dali a pouco tornou a aparecer a nossa estrela, com a branca bandeira da paz do lenço. Deixaram-na cair, e eu a recolhi e achei dentro do lenço, em toda sorte de moedas de prata e de ouro, mais de cinquenta escudos, os quais cinquenta vezes mais dobraram o nosso contentamento e confirmaram a esperança de alcançar a liberdade. Naquela mesma noite voltou o nosso renegado e nos disse ter averiguado que naquela casa morava o mesmo mouro que nos tinham dito, chamado Agi Morato, riquíssimo por máximo extremo, o qual tinha uma única filha, herdeira de toda a sua riqueza, que, segundo a opinião corrente na cidade, era a mais formosa mulher de toda a Berbéria; e que muitos dos vice-reis que ali vinham a pediram por mulher, e que ela nunca se quisera casar, e que também soube que tivera uma cristã cativa, já falecida; todo o qual concordava com o que se dizia no bilhete. Entramos logo em conselho com o renegado para buscar um meio de tirar a moura de sua casa e irmos todos a terra de cristãos, e por fim se acordou que por ora esperaríamos o segundo aviso de Zoraida, que assim se chamava a que agora se quer chamar Maria, pois bem vimos que era ela e mais ninguém quem havia de remediar todas aquelas dificuldades. Isto concertado, disse o nosso renegado que não nos afligíssemos, que ele daria a vida por nos pôr em liberdade. Por quatro dias houve outras gentes no banho, e quatro dias demorou a aparecer o caniço; ao cabo dos quais, na costumada solidão do banho, apareceu com o lenço tão prenhe, que um felicíssimo parto prometia. Inclinou-se a mim o caniço e o lenço; achei nele outro bilhete e cem escudos de ouro, sem outra moeda alguma. Estava junto o renegado; lhe demos a ler o bilhete dentro da nossa tenda, e disse ele que assim dizia:

Eu não sei, meu senhor, como fazer para irmos à Espanha, nem Lela Marién mo disse, por muito que eu lho perguntasse. O que posso fazer é vos dar por esta janela muitíssimos dinheiros de ouro: resgatai-vos com eles, tu e vossos amigos, e que um vá a terra de cristãos e compre lá uma barca e volte pelos demais; quanto a mim, me acharão no jardim do meu pai, que fica à porta do Bab-Azzun,[11] junto ao mar, onde tenho de estar todo este verão com meu pai e meus criados. Dali, de noite, me podereis tirar sem medo e me levar à barca; mas vê que hás de ser o meu marido, porque, senão, eu pedirei a Marién que te castigue. Se não te fias de ninguém para ir buscar a barca, resgata-te e vai tu, que eu sei que voltarás melhor que outro, pois és cavaleiro e cristão. Procura saber onde fica o jardim, e sempre que passeares por lá saberei que está o banho solitário e te darei muito dinheiro. Alá te guarde, senhor meu.

Isto dizia e continha o segundo bilhete; em vista do qual cada um se ofereceu para ser o resgatado e prometeu de ir e voltar com toda a pontualidade, e eu também me ofereci para o mesmo; a todo o qual se opôs o renegado, dizendo que de maneira alguma consentiria que um de nós saísse em liberdade enquanto não fossem todos juntos, porque a experiência lhe mostrara quão mal cumprem os livres as palavras que dão no cativeiro, pois muitas vezes tinha visto usarem daquele remédio alguns principais cativos, resgatando um escolhido para que fosse até Valência ou

---

[11] Porta de Azoun, ou Ason-bab ("das ovelhas"). Era o portão da cidade que se abria para o porto e o cemitério dos cristãos.

Maiorca com dinheiro para comprar e munir uma barca e voltar por aqueles que o resgataram, e nunca voltou o resgatado. Porque, dizia, a liberdade alcançada e o temor de voltar a perdê-la lhes varriam da memória todas as obrigações do mundo. E em confirmação da verdade que nos dizia, nos contou brevemente um caso acontecido havia bem pouco a uns cavaleiros cristãos, o mais estranho que jamais ocorreu naquelas plagas, onde a cada momento ocorrem coisas de grande espanto e admiração. Enfim, veio o renegado a dizer que o que se podia e devia fazer era dar a ele o dinheiro do resgate do cristão, que ele iria até Argel para ali comprar uma barca, com o pretexto de se fazer mercador para comerciar em Tetuã e naquela costa; e que, sendo ele senhor da barca, facilmente acharia um meio de tirar todos do banho e depois embarcá-los. E mais se a moura, como ela dizia, dava dinheiro para o resgate de todos, pois, uma vez livres, seria coisa facílima embarcar até em pleno dia, e que a maior dificuldade que se apresentava era os mouros não consentirem que renegado algum comprasse ou tivesse barca, como não seja baixel para sair em corso, pois temem que quem compra barca, principalmente se é espanhol, não a queira senão para ir a terra de cristãos, mas que ele resolveria esse inconveniente pondo um mouro tagarino por seu parceiro na compra da barca e no trato das mercadorias, e sob essa aparência ele viria a ser senhor da barca, com o quê dava tudo o mais por concluído. E posto que a mim e a meus camaradas parecera melhor enviar algum dos nossos a Maiorca para trazer a barca, como a moura dizia, não ousamos contradizê-lo, temerosos de que, se não fizéssemos como ele dizia, viesse a pôr nossa vida em perigo, revelando o trato de Zoraida, por cuja vida daríamos todos a nossa; e assim determinamos de pôr tudo nas mãos de Deus e do renegado, e no mesmo instante respondemos a Zoraida dizendo-lhe que faríamos tudo como nos aconselhava, pois o atinara tão bem como se Lela Marién lho tivesse dito, e que somente dela dependia a tardança daquele negócio ou sua pronta execução. De novo me ofereci como seu esposo, e, com isto, outro dia que calhou de estar o banho solitário, tirou várias vezes o caniço com o lenço e nos deu dois mil escudos de ouro e um bilhete onde dizia que no seguinte *jumá*, que é a sexta-feira, ela iria ao jardim[12] de seu pai, mas que antes de ir nos daria mais dinheiro, e que, se aquilo não bastasse, que lhe avisássemos, que nos daria o quanto lhe pedíssemos, pois seu pai tinha tanto que não daria por falta dele, quanto mais que ela tinha as chaves de tudo. Demos logo quinhentos escudos ao renegado para a compra da barca; com oitocentos me resgatei, dando o dinheiro a um mercador valenciano que então se achava em Argel, o qual me resgatou do rei, fiando-me da sua palavra de que, quando aportasse o primeiro navio de Valência, ele pagaria o meu resgate; pois, se desse logo o dinheiro, poderia despertar suspeitas no rei de que havia muitos dias que o meu resgate estava em Argel e que o mercador o calara e retivera para seu proveito. Enfim, meu amo era tão caviloso, que não me atrevi a que logo se comprasse o meu resgate. Na véspera daquela sexta-feira em que a formosa Zoraida se havia de ir para o jardim, nos deu ela outros mil escudos e nos avisou de sua partida, rogando-me que, se me resgatasse, procurasse logo o jardim de seu pai, e que, em todo caso, achasse um meio de ir lá e vê-la. Eu lhe respondi em breves palavras que assim faria e que tivesse cuidado de nos encomendar a Lela Marién com todas aquelas orações que a cativa lhe ensinara. Feito isto, decidiu-se o resgate dos três companheiros nossos, para facilitar

---

[12] Sítio de recreio fora da cidade. Talvez interpretação do árabe norte-africano *grassi*.

a saída do banho e para evitar que, vendo-me resgatado e eles não, havendo dinheiro para o resgate de todos, não se alvoroçassem nem o diabo os persuadisse a fazer alguma coisa em prejuízo de Zoraida; pois, ainda que o serem eles quem eram me pudesse assegurar desse temor, eu não quis, com tudo isso, meter o negócio em risco, e assim providenciei o seu resgate pelo mesmo meio que usei para o meu, entregando todo o dinheiro ao mercador, para que com certeza e segurança ele fosse o nosso garante; mas tudo sem revelarmos a ele o nosso trato e segredo, por causa do risco que corríamos.

Capítulo XLI

Onde o cativo ainda prossegue seu caso

Nem quinze dias se haviam passado, e o nosso renegado já tinha comprada uma muito boa barca, com capacidade para mais de trinta pessoas; e para acreditar seu feito e dar-lhe mais cores de verdade, quis fazer, como fez, uma viagem a um lugar chamado Sargel,[1] que fica a trinta léguas de Argel para o lado de Orã, onde há grande comércio de figos secos. Fez ele essa viagem duas ou três vezes, em companhia do tagarino que tinha dito. ("Tagarinos" é como se chamam na Berbéria os mouros de Aragão; e os de Granada, "mudéjares"; e no reino de Fez chamam os mudéjares "elches", que são a gente da qual aquele rei mais se serve na guerra.) Pois bem, cada vez que ele passava com sua barca, fundeava numa enseada que ficava a menos de dois tiros de balestra do jardim onde Zoraida esperava, e ali se punha muito de propósito o renegado com os mourinhos que vogavam ao remo, ou a rezar salás, ou como a ensaiar por burla o que pensava fazer à vera; e assim ia até o jardim de Zoraida e lhe pedia fruta, e seu pai lha dava sem o conhecer, e por muito que ele quisesse falar com Zoraida, como depois me disse, e lhe dizer que era ele o que por ordem minha a havia de levar a terra de cristãos, e que ficas-

---

[1] Atual Cherchell, pequeno porto situado cerca de cem quilômetros a oeste de Argel, muito próximo da costa espanhola, habitado na época por mouriscos fugidos da Andaluzia e de Valência. Era um centro corsário, de onde partiam frequentes incursões às costas peninsulares, para o sequestro de pessoas e o tráfico de armas.

556

se à espera contente e segura, nunca o pôde fazer, porque as mouras não se deixam ver por nenhum mouro nem turco, salvo que seu marido ou seu pai lho mandem. Com cristãos cativos se deixam tratar e até comunicar mais do que seria razoável; mas muito me pesaria que ele tivesse falado com ela, pois talvez a afligisse, vendo que seu negócio andava em boca de renegados. Mas Deus, que dispunha de outro modo, não deu lugar ao bom desejo do nosso renegado; o qual, vendo quão seguramente ia e vinha de Sargel, e que fundeava quando, como e onde queria, e que o tagarino seu companheiro não tinha outra vontade afora o que a sua ordenava, e que eu já estava resgatado, e que só faltava buscar alguns cristãos para vogarem ao remo, ele me disse que escolhesse quem queria levar comigo, além dos resgatados, e que os tivesse apalavrados para a primeira sexta-feira, no local determinado para a nossa partida. Assim, falei com doze espanhóis, todos valentes homens do remo e daqueles que mais livremente podiam sair da cidade; e não foi fácil achar tantos naquela conjuntura, pois havia vinte navios em corso que tinham levado toda a gente de remo, e estes não se teriam achado se não fosse porque seu amo ficara aquele verão sem ir em corso, para terminar uma galeota que tinha no estaleiro. A eles não disse outra coisa senão que na primeira sexta-feira à tarde saíssem um a um, disfarçadamente, e fossem até a esquina do jardim de Agi Morato, e que ali me esperassem. Dei esse aviso a cada um por separado, com ordem de que, se ali vissem outros cristãos, não lhes dissessem senão que eu os mandara esperar naquele lugar. Feita essa diligência, faltava fazer outra, a que mais me convinha, que era avisar a Zoraida em que ponto estavam os negócios, para que estivesse pronta e de sobreaviso, e que não se sobressaltasse se de improviso a assaltássemos antes do tempo em que ela imaginava que a barca de cristãos podia voltar. E assim determinei de ir ao jardim e ver se lhe podia falar; e com o pretexto de colher algumas verduras, na véspera da minha partida fui lá, e a primeira pessoa que encontrei foi seu pai, o qual me disse na língua que em toda a Berbéria e até em Constantinopla é falada entre cativos e mouros, que não é mourisca nem castelhana nem de outra nação alguma, e sim uma mistura de todas as línguas, com a qual todos nos entendemos, digo pois que nesse gênero de linguagem ele me perguntou o que eu procurava naquele seu jardim e quem eu era. Respondi que era escravo de Arnaute Mamí (e isto porque eu sabia muito ao certo que era um grandíssimo amigo seu) e que andava à cata daquelas verduras todas para fazer salada. Perguntou-me então se eu era homem de resgate ou não, e quanto pedia o meu amo por mim. Estando em todas essas perguntas e respostas, saiu da casa do jardim a bela Zoraida, a qual já havia muito que me tinha visto; e como as mouras não têm melindre algum de se mostrar aos cristãos, nem tampouco se esquivam, como já disse, não se importou de vir aonde seu pai comigo estava: antes, tão logo seu pai viu que vinha devagar, chamou por ela e mandou que se chegasse a nós. Demais seria eu dizer agora a muita formosura, a gentileza, o galhardo e rico adorno com que minha querida Zoraida se mostrou aos meus olhos: só direi que mais pérolas pendiam de seu belíssimo colo, orelhas e cabelos que cabelos tinha na cabeça. Aos tornozelos, que trazia descobertos, à sua usança, trazia dois *carcasses* (que assim se chamavam as manilhas ou axorcas dos pés em mourisco) de puríssimo ouro, com tantos diamantes engastados que ela me disse depois que seu pai os estimava em dez mil dobrões, e as que trazia nos pulsos valiam outro tanto. As pérolas eram em grande quantidade e muito boas, porque a maior gala e bizarria das mouras é se enfeitarem de ricas pérolas e aljôfares, e assim há mais pérolas e aljôfares entre mouros que entre todas as demais nações, e o pai de Zoraida tinha fama de ter muitas e das melhores que em Argel havia, e de ter também mais de duzentos mil escudos espanhóis, de tudo o qual era senhora esta que agora é a minha. Quem quiser calcular sua formosura com todos aqueles adornos, que deduza, das relíquias que ela ainda guarda depois de tantos trabalhos, como devia de ser nas prosperidades, pois bem se sabe que a formosura de algumas mulheres tem dias e estações e requer acidentes para minguar ou medrar, e é coisa natural que as paixões do ânimo a levantem ou abatam, posto que o mais das vezes a destruam. Digo, enfim, que então chegou em extremo adereçada e em extremo formosa, ou ao menos a mim pareceu a mais de quantas já vira; e assim, cuidando nas obrigações que eu tinha com ela, me pareceu que eu tinha diante de mim uma deidade do céu, vinda à terra para meu gosto e meu remédio. Assim como ela se chegou, seu pai lhe disse em sua língua que eu era cativo do seu amigo Arnaute Mamí e que vinha apanhar verdura. Ela me tomou a mão, e naquela mistura de línguas me perguntou se eu era cavaleiro e por que não tinha sido resgatado. Eu lhe respondi que já o fora e que, pelo preço pago, se dava a ver o quanto o meu amo me estimava, pois dera por mim 1.500 *zoltanis*.[2] Ao que ela respondeu:

— Em verdade, se tu fosses do meu pai, eu faria por que nem pelo dobro ele te deixasse resgatar; porque vós, cristãos, sempre mentis em tudo que dizeis e vos fingis de pobres para enganar os mouros.

— Bem poderia ser isso, senhora — lhe respondi —, mas a verdade é que com meu amo usei da mais absoluta, a mesma que uso e usarei com todas as pessoas do mundo.

— E quando partes? — disse Zoraida.

---

[2] Moeda argelina de ouro.

— Amanhã, creio — disse —, porque há aqui um navio de França que amanhã se fará à vela, e penso partir nele.

— Não seria melhor — replicou Zoraida — esperar que venham navios de Espanha para com eles partir, e não com os de França, que não são vossos amigos?

— Não — respondi —; se bem que, em sendo certa a notícia de que logo chegará um navio de Espanha, talvez ainda o espere, mas o mais certo é que eu parta amanhã, porque é tamanho o desejo que tenho de me ver na minha terra e com as pessoas que quero bem, que não me deixará esperar outra ocasião, por melhor que seja.

— Sem dúvida, deves de ser casado na tua terra — disse Zoraida — e por isso desejas reencontrar tua mulher.

— Não sou casado — respondi —, mas tenho dada a palavra de me casar em lá chegando.

— E é formosa a dama a quem lha deste? — disse Zoraida.

— Tão formosa — respondi —, que, para encarecê-la e dizer a verdade, muito se parece contigo.

Seu pai muito se riu disso, e disse:

— Por Alá, cristão, que deve de ser muito formosa se ela se parece com minha filha, que é a mais formosa de todo este reino. Se não, olha bem para ela e verás que te digo a verdade.

No mais dessas palavras e razões, servia-nos de intérprete o pai de Zoraida, como mais ladino,[3] pois ainda falando a bastarda língua que, como tenho dito, ali se usa, mais declarava sua intenção por sinais que por palavras. Estando nessas e noutras muitas razões, veio um mouro correndo e dizendo a grandes vo-

---

[3] Mouro que domina alguma língua peninsular; neste contexto, mais precisamente, conhecedor da língua franca.

zes que pelos muros ou paredes do jardim tinham saltado quatro turcos e estavam apanhando a fruta, que nem madura estava. Sobressaltou-se o velho, e também Zoraida, porque é comum e quase natural o medo que os mouros têm dos turcos, especialmente dos soldados, que são tão insolentes e têm tanto império sobre os mouros a eles sujeitos, que os tratam pior que se fossem seus escravos. Digo pois que disse seu pai a Zoraida:

— Filha, recolhe-te em casa e fica ali enquanto eu vou falar com esses cães; e tu, cristão, colhe tua verdura e vai-te embora, e que Alá te leve bem à tua terra.

Eu me inclinei, e ele se foi em busca dos turcos, deixando-me a sós com Zoraida, que fez menção de ir aonde seu pai lhe mandara. Mas, assim como as árvores do jardim o encobriram, ela, voltando-se para mim, cheios seus olhos de lágrimas, me disse:

— *Ámexi*, cristão, *ámexi*? (Que quer dizer: "Vais-te, cristão, vais-te?")

Eu lhe respondi:

— Vou, sim, senhora, mas nunca sem ti: aguarda-me no próximo *jumá*, e não te sobressaltes quando nos vires, pois sem dúvida alguma iremos a terra de cristãos.

Eu lhe disse isto de maneira que ela entendeu muito bem todas as razões que tivemos, e, abraçando-me pelo pescoço, com desmaiados passos começou a caminhar para casa. E quis a sorte, que poderia ser muito má se o céu não dispusesse de outro modo, que, indo os dois da maneira e postura que vos contei, ela com um braço enlaçado ao meu pescoço, seu pai, que já voltava de enxotar os turcos, nos viu da sorte e maneira que íamos, e nós vimos que ele nos tinha visto. Mas Zoraida, avisada e discreta, não tirou o braço do meu pescoço, antes se chegou mais a mim e pousou a cabeça em meu peito, dobrando um pouco os joelhos, dando claros sinais e mostras de que desmaiava, e eu por meu lado dei a entender que a segurava a contragosto. Seu pai veio correndo aonde estávamos e, vendo sua filha daquele jeito, lhe perguntou o que havia com ela; mas, como Zoraida não lhe respondesse, disse seu pai:

— Sem dúvida alguma, desmaiou com o susto da entrada desses cães.

E, tirando-a do meu peito, a atraiu para o seu, e ela, dando um suspiro com os olhos ainda em lágrimas, voltou a dizer:

— *Ámexi*, cristão, *ámexi*. ("Vai, cristão, vai.")

Ao que seu pai respondeu:

— Não importa, filha, que o cristão se vá, pois ele nenhum mal te fez, e os turcos já se foram. Não te sobressalte coisa alguma, que não há nenhuma que te possa dar pesar, pois, como já te disse, os turcos, ao meu apelo, voltaram por onde entraram.

— Foram eles, senhor, que a assustaram, como bem disseste — eu disse a seu pai —, mas, como ela pede que eu me vá, não lhe quero dar pesar: fica em paz, e, com tua licença, voltarei, se for mister, pelas verduras deste jardim, pois, como diz meu amo, em nenhum há melhores para salada do que nele.

— Podes voltar e colher quantas quiseres — respondeu Agi Morato —, pois minha filha não o disse porque tu nem nenhum cristão a tenha perturbado, mas, por dizer que os turcos se fossem, disse a ti que te fosses, ou porque já era hora de colheres tuas verduras.

Com isso me despedi dos dois, e ela, arrastando a alma, se foi com o pai, e eu, com o pretexto de colher verduras, percorri muito bem e a meu prazer todo o jardim: olhei bem as entradas e saídas e a fortaleza da casa e as facilidades que ali se ofereciam para todo o nosso negócio. Feito isto, fui-me embora e dei conta de tudo o que se passara ao renegado e aos meus companheiros, e já não via a hora de desfrutar sem sobressalto do bem que a sorte me oferecia na formosa e bela Zoraida. Enfim, o tempo se passou e chegou o dia e o prazo por nós tão desejado; e seguindo à letra os passos que com discreta consideração e longo discurso tantas vezes concertáramos, tivemos o bom sucesso que desejávamos; pois, na sexta-feira seguinte ao dia em que eu falei com Zoraida no jardim, nosso renegado, ao anoitecer, fundeou a barca quase defronte ao lugar onde a formosíssima Zoraida estava.

Os cristãos que haviam de vogar ao remo já estavam prevenidos e escondidos em diversas partes daqueles contornos. Todos à minha espera suspensos e alvoroçados, desejosos de logo investir ao barco que tinham à vista: porque eles não sabiam do arranjo do renegado, mas pensavam que à força de braços haveriam de ter e ganhar a liberdade, tirando a vida dos mouros que dentro da barca estavam. Aconteceu pois que, assim como apareci diante dos meus companheiros, todos os demais escondidos que nos viram se foram chegando a nós. Isto se deu já a hora em que a cidade já estava fechada e por todo aquele campo não aparecia pessoa alguma. Logo que nos reunimos, hesitamos se era melhor primeiro ir buscar Zoraida ou antes render os mouros *bagarinos*[4] que vogavam ao remo na barca; e estando nessa dúvida, veio a nós o nosso renegado perguntando o que estávamos esperando, pois já era a hora em que todos os seus mouros estavam descuidados, e os mais deles dormindo. Explicamos o nosso reparo, e ele disse que o mais importante era primeiro render o barco, o que se podia fazer com grandíssima facilidade e sem perigo algum, e que depois podíamos ir apanhar Zoraida. Pareceu-nos bem o que ele disse, e assim, sem mais demora, fazendo ele de guia, fomos

---

[4] Remeiros voluntários, em oposição aos forçados e cativos.

até o barco e, saltando ele primeiro, puxou de um alfanje e disse em mourisco:

— Que ninguém se mova daqui, se não quiser perder a vida.

Nisto já estavam dentro quase todos os cristãos. Os mouros, que eram de pouco valor, vendo seu arrais falar daquele modo, ficaram espantados, e sem que nenhum deles lançasse mão das armas, que eram poucas ou quase nenhuma, se deixaram maniatar pelos cristãos, sem dizer palavra, enquanto aqueles os rendiam com muita presteza, ameaçando-os de que, se de algum jeito ou maneira levantassem a voz, logo todos seriam passados pela espada. Feito isto, ficaram à guarda deles metade dos nossos, e os demais, outra vez guiados pelo renegado, fomos até o jardim de Agi Morato, e quis a boa sorte que, em lá chegando para abrir o portão, este se abrisse com tanta facilidade como se não existisse; e assim, com grande quietude e silêncio, chegamos à casa sem sermos ouvidos por ninguém.

Estava a belíssima Zoraida aguardando por nós a uma janela e, assim como ouviu movimento de gente, perguntou em voz baixa se éramos *nizarani*, como se dissesse ou perguntasse se éramos cristãos. Eu lhe respondi que sim e que descesse. Quando ela me conheceu, não teve mais hesitações, pois, sem me responder palavra, desceu num instante, abriu a porta e se mostrou a todos tão formosa e ricamente vestida, que me faltam as palavras para encarecê-la. Logo que a vi, tomei-lhe uma das mãos e a comecei a beijar, e o renegado fez o mesmo, e também meus dois camaradas; e os demais que do caso não sabiam fizeram o que nos viram fazer, pois demonstrávamos clara gratidão por ela e a reconhecíamos por senhora da nossa liberdade. O renegado lhe perguntou em língua mourisca se estava seu pai no jardim. Ela respondeu que sim e que dormia.

— Pois será mister acordá-lo — replicou o renegado — e

levá-lo conosco, com tudo o que há de valor neste formoso jardim.

— Não — disse ela —, meu pai não se há de tocar de modo algum, e nesta casa não há mais nada além do que eu levo, que é tanto, que bem chegará para que todos fiqueis ricos e contentes, e esperai um pouco e o vereis.

E dizendo isto voltou a entrar na casa, dizendo que voltaria logo, que estivéssemos quedos, sem fazer nenhum ruído. Perguntei ao renegado o que falara com ela, e ele mo contou, ao que eu disse que tudo se havia de fazer tal qual Zoraida queria; a qual já voltava carregada com uma arqueta cheia de escudos de ouro, tantos que mal a conseguia segurar. Quis a má sorte que seu pai acordasse no ínterim e ouvisse o ruído que vinha do jardim, e, saindo à janela, logo conheceu que todos os que nele estavam eram cristãos, e dando muitas, grandes e desaforadas vozes, começou a dizer em arábico:

— Cristãos, cristãos! Ladrões, ladrões!

Tais gritos nos tomaram de grandíssima e temerosa confusão; mas o renegado, vendo o risco que corríamos e o quanto lhe importava encaminhar aquela empresa antes de ser surpreendido, com grandíssima presteza subiu onde Agi Morato estava, e juntamente com ele foram alguns outros, não ousando eu desamparar Zoraida, que como desmaiada se abandonara nos meus braços. Enfim, os que subiram fizeram de jeito que logo desceram com Agi Morato, trazendo-o de mãos atadas e com um lenço na boca, que não o deixava falar palavra, e ainda ameaçado de que qualquer uma que falasse lhe haveria de custar a vida. Quando sua filha o viu, cobriu os olhos para não vê-lo, e seu pai ficou espantado, ignorando quão de sua vontade viera cair em nossas mãos. Mas, sendo então mais necessários os pés, com diligência e presteza fomos para a barca, pois os que nela tinham ficado nos esperavam, temerosos de algum mau sucesso nosso. Teriam passado pouco mais de duas horas desde o anoitecer, quando já estávamos todos na barca, na qual se tirou do pai de Zoraida a atadura das mãos e o lenço da boca, mas tornou a lhe dizer o renegado que não falasse palavra, senão lhe tirariam a vida. Ele, vendo sua filha ali, começou a suspirar com grandíssima ternura, e mais quando viu que eu a abraçava estreitamente, e que ela, sem se defender, nem se queixar, nem se esquivar, ficava quieta em meus braços; mas ainda assim calava, por que não se pusessem em efeito as muitas ameaças que o renegado lhe fazia. Vendo-se Zoraida já na barca, e que estávamos prestes a dar os remos à água, e ali vendo seu pai e os demais mouros amarrados, disse ao renegado que me pedisse a mercê de soltar aqueles mouros e de dar liberdade ao seu pai, pois preferia se jogar no mar que ver com seus olhos e por sua causa levarem cativo um pai que tão bem a quisera. O renegado mo disse, e eu respondi que o faria de bom grado, mas ele respondeu que não convinha, porque, se ali os deixassem, logo dariam rebate e poriam a cidade em alvoroço, e fariam com que os perseguissem com algumas fragatas ligeiras, e que lhes vedassem terra e mar, de modo que não pudéssemos escapar; e o que se podia fazer era libertá-los em chegando à primeira terra de cristãos. Concordamos todos com esse parecer, e Zoraida, depois que lhe foram explicadas as causas que nos moviam a não fazer logo o que ela queria, também se satisfez; e então, com regozijado silêncio e alegre diligência, cada um dos nossos valentes remeiros tomou seu remo, e, encomendando-nos a Deus de todo coração, começamos a navegar para as ilhas do reino de Maiorca, que é a terra de cristãos mais próxima. Mas por soprar um pouco de tramontana e estar o mar um tanto encrespado, não foi possível manter o rumo de Maiorca, e nos foi forçoso ir costeando para o lado de Orã, não sem muito pesar nosso, pois temíamos ser descobertos ao passar por Sargel, que fica naquela costa a sessenta milhas de Argel; e também temíamos encontrar naquele trecho alguma galeota das que costumam trazer mercadorias de Tetuã, ainda que cada um por si e todos juntos pensássemos que, encontrando uma galeota de mercadoria, como não fosse das que andam em corso, não só não nos perderíamos, mas tomaríamos um barco onde com mais segurança pudéssemos acabar a nossa viagem. Ia Zoraida, nessa navegação, com a cabeça posta entre as minhas mãos para não ver o seu pai, e eu ouvia que ia chamando por Lela Marién para que nos ajudasse. Devíamos ter navegado bem trinta milhas, quando amanheceu, estando a três tiros de arcabuz de terra, toda a qual vimos deserta e sem ninguém que nos pudesse descobrir; mas, ainda assim, fomos a força de braços entrando um pouco no mar, que já estava um pouco mais calmo; e tendo entrado quase duas léguas, deu-se ordem de vogar por turnos enquanto comíamos alguma coisa, pois ia bem provida a barca, posto que os que vogavam dissessem que não era aquela ocasião para tomar repouso algum: que lhes dessem de comer os que não vogavam, que eles não queriam soltar os remos das mãos de maneira alguma. Assim se fez, e nisto começou a soprar um vento largo, que nos obrigou a logo deixar os remos e abrir velas, apontando para Orã, por ser impossível seguir outro rumo. Tudo se fez com muita presteza, e assim, à vela, navegamos a mais de oito milhas por hora, sem levar nenhum temor que não fosse o de encontrar com algum navio de corso. Demos de comer aos mouros *bagarinos*, e o renegado os consolou dizendo-lhes como não iam cativos, e que na primeira ocasião lhes dariam liberdade. O mesmo se disse ao pai de Zoraida, que respondeu:

— Qualquer outra coisa eu poderia, oh cristãos!, esperar e crer da vossa liberalidade e cortesia, mas dar-me a liberdade, não me tomeis por pessoa tão simples que creia que o fareis, pois não vos teríeis dado ao risco de tirar-ma para devolvê-la tão liberalmente, e mais sabendo quem eu sou e o ganho que podeis tirar dela; para o qual ganho, se assim o quiserdes chamar, daqui mesmo vos ofereço tudo aquilo que quiserdes por mim e por essa desventurada filha minha, ou, senão, somente por ela, que é a maior e melhor parte da minha alma.

Em dizendo isto, começou a chorar tão amargamente, que a todos nos moveu à compaixão e forçou Zoraida a olhá-lo; a qual, vendo-o chorar, tanto se enterneceu que se levantou dos meus pés e foi abraçar seu pai, e, juntando seu rosto ao dele, começaram os dois tão terno pranto, que muitos dos que íamos na barca os acompanhamos nele. Mas quando seu pai reparou nos seus adornos de festa e nas muitas joias que levava postas, lhe disse em sua língua:

— Que é isto, filha, se ontem ao anoitecer, antes que nos acontecesse esta terrível desgraça em que nos vemos, eu te vi com teus trajes ordinários e caseiros, e agora, sem que tenhas tido tempo de te vestir e sem que haja alguma nova alegre a celebrar com teus adornos e atavios, eu te vejo composta com os melhores vestidos que eu soube e pude dar-te quando nos foi a ventura mais favorável? Responde-me isto, que me tem mais suspenso e admirado que a desgraça mesma em que me encontro.

Tudo o que o mouro dizia à filha o renegado nos repetia na nossa língua, e ela não lhe respondia palavra. Mas quando ele viu a um lado da barca a arqueta onde ela costumava guardar as suas joias, a qual ele bem sabia ter deixado em Argel, e não levado ao jardim, ficou mais confuso, e lhe perguntou como aquele cofre chegara às nossas mãos e o que trazia dentro. Ao que o renegado, sem esperar a resposta de Zoraida, lhe respondeu:

— Não te canses, senhor, em perguntar tantas coisas a Zoraida, tua filha, pois com uma que eu te responda saberás todas: e assim quero que saibas que ela é cristã e foi a lima dos nossos grilhões e a liberdade do nosso cativeiro; ela vai aqui por sua vontade, tão contente, ao que imagino, de se ver neste estado como quem sai das trevas à luz, da morte à vida e da pena à glória.

— É verdade o que ele diz, filha? — disse o mouro.

— É, sim — respondeu Zoraida.

— Então — replicou o velho — tu és cristã e a que pôs o próprio pai nas mãos dos seus inimigos?

Ao que Zoraida respondeu:

— A que é cristã eu sou, mas não a que te pôs neste transe, pois o desejo que me move não foi nunca te deixar nem te fazer mal, mas fazer bem a mim.

— E qual o bem que te fizeste, filha?

— Isso — respondeu ela — deves perguntar a Lela Marién, que ela to saberá dizer melhor que eu.

Assim como o mouro ouvira essas palavras, com uma incrível presteza se atirou de cabeça no mar, onde sem dúvida alguma se teria afogado, se suas roupas longas e embaraçosas o não tivessem mantido um pouco à tona. Deu vozes Zoraida para que o salvassem, e assim acudimos todos e, pegando-o pelas abas do seu manto, o tiramos meio afogado e sem sentido; com o que tanto se doeu Zoraida, que, como se ele já estivesse morto, deitava sobre o pai um terno e doloroso pranto. Então o colocamos de bruços, e verteu ele muita água, voltando a si ao cabo de duas horas, nas quais o vento mudou e houvemos por bem de voltar a terra e fazer força de remos para não investir contra com ela. Mas quis nossa boa sorte que chegássemos a uma enseada que se abre ao pé de um pequeno promontório ou cabo que os mouros chamam Cava Rumía, que na nossa língua quer dizer "má mulher cristã", e é tradição entre os mouros que naquele lugar está enterrada a Cava, por culpa de quem se perdeu a Espanha,[5] pois *cava*, em sua língua, quer dizer "mulher má", e *rumía*, "cristã"; e eles têm até por mau agouro chegar e fundear ali quando a necessidade os força — pois sem ela nunca o fazem —, posto que para nós outros não foi abrigo de má mulher, e sim porto seguro de nosso remédio, tão alterado estava o mar. Pusemos as nossas sentinelas em terra e em nenhum momento deixamos os remos de mão; comemos daquilo que o renegado provera e rogamos a Deus e a Nossa Senhora, de todo nosso coração, que nos ajudasse e favorecesse para que déssemos feliz fim a tão promissor começo. Decidiu-se, atendendo às súplicas de Zoraida, deixar em terra seu pai e todos os demais mouros que na barca iam atados, porque não eram suas entranhas duras nem seu ânimo forte o bastante para ter diante dos olhos atado seu pai e presos aqueles seus conterrâneos. Prometemos assim fazer quando partíssemos, pois não havia perigo em deixá-los naquele lugar, que era despovoado. Não foram tão vãs nossas orações, que não fossem ouvidas pelo céu, pois logo o vento tornou a nosso favor, calmo o mar, convidando-nos a reembarcar alegres a prosseguir nossa começada viagem. Vendo isto, desatamos os mouros, e um a um os fomos deixando em terra, do que eles admiraram; mas, à hora de desembarcar o pai de Zoraida, que já estava bem acordado, ele disse:

— Por que pensais, cristãos, que esta má fêmea folga em que me deis liberdade? Pensais que é por piedade de mim? Não, por certo. Faz isto para livrar-se do estorvo que lhe dará a minha pre-

---

[5] Alusão à lenda da violação cometida pelo rei visigodo Rodrigo contra Dª Florinda, filha de D. Julião, conde e governador de Ceuta (então Septem). Como vingança pelo ultraje, este teria facilitado o desembarque das tropas de Tariq ibn Ziyad nas costas andaluzas em 711, desencadeado a invasão moura da península. O episódio é tema recorrente do romanceiro velho.

sença quando quiser pôr em execução os seus maus desejos. Nem penseis que a moveu a mudar de religião entender ela que a vossa à nossa se avantaja, mas saber que na vossa terra se usa da desonestidade mais livremente que na nossa.

E voltando-se para Zoraida, seguro dos braços por mim e outro cristão, por que não fizesse algum desatino, lhe disse:

— Oh moça infame e mal-aconselhada rapariga! Aonde vais, cega e desatinada, em poder desses cães, naturais inimigos nossos? Maldita seja a hora em que eu te gerei e malditos sejam os regalos e deleites em que te criei!

Mas, vendo eu que aquilo levava jeito de não acabar tão cedo, dei pressa em deixá-lo em terra, e dali a altas vozes prosseguiu em suas maldições e lamentos, rogando a Maomé que rogasse a Alá que nos destruísse, confundisse e aniquilasse; e quando, por ter-nos feito à vela, não pudemos mais ouvir as suas palavras, vimos as suas obras, que eram arrancar-se as barbas, puxar dos cabelos e arrastar-se pelo chão; mas por um momento forçou a voz de tal maneira, que pudemos entender que dizia:

— Volta, filha amada, volta à terra, que tudo te perdoo; entrega a esses homens esse dinheiro, que já é deles, e volta a consolar este teu triste pai, que nesta deserta areia deixará a vida, se tu o deixares.

Tudo isto escutava Zoraida, e por tudo se sentia e chorava, e não soube dizer nem responder palavra, que não fosse:

— Reza a Alá, meu pai, para que Lela Marién, que foi a causa de eu ser cristã, te console em tua tristeza. Alá bem sabe que eu não podia fazer senão o que fiz, e que estes cristãos nada devem à minha vontade, pois, ainda que eu resolvesse não vir com eles e ficar em casa, tal me seria impossível, tanta era a pressa que a minha alma me dava a pôr por obra esta que a mim parece tão boa quanto a ti, meu pai amado, te parece má.

Isto disse quando já nem seu pai a ouvia, nem nós o víamos; e assim, tratando eu de confortar Zoraida, atentamos todos à nossa viagem, agora facilitada pelo próspero vento, de tal maneira que tivemos por certo achar-nos ao amanhecer do outro dia nas costas de Espanha. Mas, como poucas vezes, ou nunca, vem o bem puro e simples, sem ser acompanhado ou seguido de algum mal que o empane ou sobressalte, quis nossa ventura, ou quem sabe as maldições que o mouro à sua filha havia lançado, que estas são muito de temer, venham do pai que vierem, digo que quis nossa ventura que, estando já em alto-mar e já tendo se passado quase três horas da noite, indo com toda a vela desfraldada, recolhidos os remos, porque o próspero vento nos poupava o trabalho de vogar, vimos à luz da lua, que claramente brilhava, perto de nós um navio redondo,[6] com todas as velas içadas, seguindo quase à bolina, que pela nossa frente atravessava, e tão perto, que nos foi forçoso amainar para o não abalroar, e eles por seu lado também forçaram o leme para nos dar passagem. Tinham-se posto a bordo do navio a nos perguntar quem éramos e para onde navegávamos e donde vínhamos, mas, ao conhecer que o perguntavam em língua francesa, disse o nosso renegado:

— Ninguém responda, porque estes são sem dúvida corsários franceses, que roubam o que acham pelo caminho.

Com esse advertimento, ninguém respondeu palavra, e tendo passado um pouco adiante, caindo já o navio a sotavento, de improviso lançaram duas peças de artilharia, e, ao que parecia,

---

[6] Embarcação com o aparelho redondo, isto é, com os mastros cruzados por paus horizontais e velas quadradas ou redondas, que permite navegar com vento em popa ou à bolina, com a proa bem cingida à linha do vento, manobrando só com o leme.

vinham encadeadas, pois cortaram nosso mastro grande ao meio e deram com ele e com a vela no mar; e logo disparando outra peça, veio dar a bala no meio da nossa barca, de modo que a abriu inteira, sem fazer outro mal algum; mas como nós nos vimos afundar, começamos todos a pedir socorro a grandes vozes e a rogar aos do navio que nos recolhessem, porque nos afogávamos. Então amainaram e, pondo o esquife ou barca ao mar, entraram nele cerca de doze franceses bem armados, com seus arcabuzes de mechas acesas, e assim chegaram junto a nós; e vendo quão poucos éramos e como nosso barco afundava, nos recolheram, dizendo que aquilo nos acontecera por termos usado da descortesia de não lhes responder. Nosso renegado apanhou o cofre das riquezas de Zoraida e o jogou no mar, sem que ninguém se desse conta do que fazia. Enfim, fomos todos com os franceses, os quais, depois de se informarem de tudo aquilo que de nós saber quiseram, como se fossem nossos capitais inimigos, nos despojaram de tudo quanto tínhamos, e de Zoraida tiraram até os *carcasses* que trazia nos pés. Mas isto não me dava tanto pesar como a Zoraida, pois mais me pesava o temor de que, depois de tirar-lhe suas riquíssimas e preciosíssimas joias, lhe quisessem tirar a joia que mais valia e que ela mais estimava. Mas os desejos daquela gente não são por nada que não seja dinheiro, e dele nunca se farta a sua cobiça, que então chegou a tanto, que até as roupas de cativos nos tirariam se algum proveito lhes rendesse. E resolveram entre eles que nos lançariam ao mar envoltos numa vela, pois traziam intenção de tratar em alguns portos da Espanha fazendo-se passar por bretões,[7] e, se nos levassem vivos, seriam castigados quando se revelasse o seu furto. Mas o capitão, que era quem ti-

---

[7] Os bretões foram aliados ocultos da Espanha no final do século XVI.

nha despojado a minha querida Zoraida, disse que ele se contentava com a presa feita e não queria mais tocar em nenhum porto da Espanha, e sim passar o estreito de Gibraltar de noite, ou como pudesse, e ir até La Rochelle,[8] de onde saíra; e assim resolveram de nos dar o esquife do seu navio e todo o necessário para a curta navegação que nos restava, como o fizeram ao outro dia, já à vista da terra da Espanha, a cuja vista esquecemos de pronto todos os nossos pesares e pobrezas, como se não tivessem acontecido conosco: tanto é o gosto de alcançar a liberdade perdida. Perto do meio-dia seria quando nos largaram na barca, dando-nos dois barris de água e algum biscoito; e o capitão, movido não sei de que misericórdia, quando embarcou a formosíssima Zoraida, lhe deu cerca de quarenta escudos de ouro e não consentiu que seus soldados lhe tirassem estes mesmos vestidos que agora traz. Entramos no barco; lhe agradecemos o bem que nos faziam, mostrando-nos mais agradecidos que queixosos; eles se fizeram ao largo, seguindo o rumo do estreito; nós, sem mirar outro norte que a terra que se nos mostrava à frente, nos demos tanta pressa a vogar, que ao pôr do sol estávamos tão perto, que bem poderíamos, ao nosso parecer, chegar antes que fosse noite cerrada; mas por não aparecer a lua naquela noite e o céu se mostrar escuro, e por ignorar a paragem em que estávamos, não nos pareceu seguro desembarcar em terra, como a outros de nós parecia, os quais diziam que logo déssemos nela, ainda que fosse em rochedos e longe de povoado, porque assim nos asseguraríamos do temor que de razão se devia ter que por ali andassem navios de corsários de Tetuã, os quais anoitecem na Berbéria e amanhecem

---

[8] Durante o século XVI, La Rochelle se constituíra praticamente numa cidade-estado, abrigo de corsários huguenotes.

nas costas da Espanha, onde de ordinário ali fazem presa e voltam para dormir em suas casas; mas desses contrários pareceres tomou-se o de chegarmos pouco a pouco e, se o sossego do mar o permitisse, desembarcar onde pudéssemos. Assim se fez, e seria pouco antes da meia-noite quando chegamos ao pé de uma disformíssima e alta montanha, não tão pegada ao mar que não concedesse um pouco de espaço para poder desembarcar comodamente. Abicamos na areia, saltamos em terra, beijamos o chão e, com lágrimas de alegríssimo contento, demos todos graças a Deus Nosso Senhor pelo tão incomparável bem que nos fizera. Tiramos os bastimentos que restavam na barca, a puxamos para a terra e subimos um grandíssimo trecho da montanha, pois bem que ali estávamos, ainda não conseguíamos sossegar o peito, nem acabávamos de crer que era terra de cristãos a que já nos sustentava. Amanheceu mais tarde, a meu parecer, do que quiséramos. Acabamos de subir toda a montanha, por ver se do topo se avistava algum povoado ou algumas cabanas de pastores; mas, por muito que apuramos a vista, nem povoado, nem pessoa, nem trilha, nem estrada descobrimos. Com tudo isso, determinamos de caminhar terra adentro, pois, quando menos, logo haveríamos de achar quem nos dissesse que parte era aquela. Mas o que mais me fatigava era ver Zoraida ir a pé por aquelas asperezas, que, posto que por momentos a levei sobre meus ombros, mais cansava a ela o meu cansaço que a repousava o seu repouso, e assim nunca mais quis que eu tivesse aquele trabalho; e com muita paciência e mostras de alegria, levando-a sempre pela mão, pouco menos de um quarto de légua devíamos de ter andado, quando chegou aos nossos ouvidos o som de um chocalho, sinal claro de que havia gado por perto, e, olhando todos com atenção por ver se algum aparecia, vimos ao pé de um sobreiro um moço pastor que com grande sossego e descuido estava lavrando um galho com um faca. Demos vozes, e ele, erguendo a cabeça, se pôs ligeiramente em pé e, segundo o que depois soubemos, os primeiros que se lhe ofereceram à vista foram o renegado e Zoraida, e, como ele os viu em hábito de mouros, pensou que todos os da Berbéria estavam a pique de atacá-lo e, entrando com rara ligeireza pelo bosque à frente, começou a dar os maiores gritos do mundo, dizendo:

— Mouros, mouros na terra! Mouros, mouros! Às armas, às armas!

Ao ouvir essas vozes, ficamos todos confusos, e não sabíamos o que fazer; mas, considerando que as vozes do pastor haviam de alvoroçar a terra e que a cavalaria da costa[9] havia de logo vir ver o que acontecia, resolvemos que o renegado se despojasse das roupas de Turco e vestisse uma casaca ou jaleco de cativo que um de nós lhe deu de imediato, bem que ficasse em camisa. E assim, encomendando-nos a Deus, seguimos o mesmo caminho que vimos que o pastor levara, sempre esperando quando havia de nos acometer a cavalaria da costa; e não nos enganou nosso pensamento, porque não se teriam passado nem duas horas, quando, tendo já saído daquelas matas a uma campina, avistamos cerca de cinquenta cavaleiros, que com grande ligeireza, correndo a meio galope, contra nós se vinham, e assim como os vimos, ficamos quietos à sua espera. Mas, como eles chegaram e viram, em vez dos mouros que buscavam, tanto pobre cristão, ficaram confusos, e um deles nos perguntou se acaso éramos nós o motivo por que um pastor apelara às armas.

— Somos, sim — disse eu; e quando ia começar a contar a minha história e de onde vínhamos e quem éramos, um dos cris-

---

[9] Corpo de cavaleiros lanceiros que combatiam as incursões dos corsários magrebinos.

tãos dos que vinham conosco conheceu o guarda que nos fizera a pergunta e disse, sem me deixar dizer mais nada:

— Graças sejam dadas a Deus, senhores, que a tão bom porto nos trouxe! Porque, se não me engano, a terra que pisamos é a de Vélez Málaga[10] e, se os anos do meu cativeiro não me tiraram da memória a lembrança de que vós, senhor, que nos perguntais quem somos, sois Pedro de Bustamante, meu tio.

Apenas disse isso o cristão cativo, quando o guarda saltou do cavalo e correu a abraçar o moço, dizendo-lhe:

— Sobrinho da minha alma e da minha vida, já te conheço e já te chorei por morto, eu e minha irmã, tua mãe, e todos os teus, que ainda vivem, e a quem Deus foi servido de dar vida para que tenham o prazer de te ver. Já sabíamos que estavas em Argel, e pelos sinais e mostras das tuas roupas, e a de todos os desta companhia, compreendo que tivestes milagrosa liberdade.

— Assim é — respondeu o moço —, e tempo teremos para que tudo vos conte.

Tão logo os guardas entenderam que éramos cristãos cativos, apearam dos seus cavalos e cada um nos ofereceu o seu para nos levar à cidade de Vélez Málaga, que ficava a uma légua e meia dali. Alguns deles voltaram para pegar a barca e levá-la até a cidade, indicando-lhes nós onde a tínhamos deixado; outros nos levaram na garupa, e Zoraida foi na do cavalo do tio do cristão. Toda a gente do lugar saiu para nos receber, pois já sabiam, por um dos guardas que se adiantara a nós, da nova de nossa chegada. Não se admiravam de ver cativos livres, nem mouros cativos, porque toda a gente daquela costa está afeita a ver uns e outros;

---

[10] Cidade andaluza situada cerca de 25 km a leste de Málaga e a 3 km da costa mediterrânea.

mas se admiravam da formosura de Zoraida, a qual naquele instante e sazão estava em seu ponto, fosse pelo cansaço do caminho, fosse pela alegria de já se ver em terra de cristãos, sem sobressalto de se perder, e tudo lhe pusera tais cores no rosto, que, se a afeição então não me enganava, ousarei dizer que mais formosa criatura não havia no mundo, pelo menos que eu tivesse visto. Fomos diretos à igreja para dar graças a Deus pela mercê recebida, e assim como nela entrou, Zoraida disse que ali havia rostos que se pareciam com o de Lela Marién. Tratamos de lhe explicar que eram imagens dela, e o renegado lhe deu a entender, o melhor que pôde, o que elas significavam, para que ela as adorasse como se cada uma fosse verdadeiramente a própria Lela Marién que falara com ela. Ela, que tem bom entendimento e de índole fácil e clara, logo entendeu tudo quanto das imagens lhe foi dito. Dali nos levaram e repartiram por diversas casas do povoado; mas o renegado, Zoraida e eu fomos levados pelo cristão que veio conosco à casa de seus pais, que eram medianamente favorecidos dos bens da fortuna, e eles nos acolheram com tanto amor como a seu próprio filho. Seis dias passamos em Vélez, ao cabo dos quais o renegado, tendo colhido informação de quanto lhe convinha, foi-se à cidade de Granada para tornar por meio da Santa Inquisição ao grêmio santíssimo da Igreja.[11] Os demais cristãos libertos se foram cada um onde melhor lhe pareceu. Só ficamos Zoraida e eu, só com os escudos que a cortesia do francês deu a Zoraida, com os quais comprei este animal em que ela vem, e, servindo-lhe eu até agora de pai e escudeiro, e não de esposo,

---

[11] Era obrigação de todos os que renegavam a fé cristã no cativeiro, mesmo que forçados, apresentar-se imediatamente perante o Tribunal da Inquisição mais próximo ao lugar do desembarque. Granada abrigava a sede do Tribunal da Andaluzia Oriental.

vamos com intenção de ver se meu pai é vivo, ou se algum dos meus irmãos teve ventura mais próspera que a minha, posto que, por ter-me feito o céu companheiro de Zoraida, creio que nenhuma outra sorte me pudera vir, por boa que fosse, que eu mais estimasse. A paciência com que Zoraida leva as incomodidades que a pobreza traz consigo e o desejo que ela mostra de já logo se ver feita cristã é tanto e tal, que me admira e me move a servi-la todo o tempo da minha vida, posto que o gosto que tenho de me ver seu e de que ela seja minha seja empanado e desfeito por não saber se acharei na minha terra algum recanto onde recolhê-la e se terão feito o tempo e a morte tal mudança nos bens e na vida de meu pai e meus irmãos, que eu mal encontre quem me conheça, se eles faltarem. Não tenho mais, senhores, que vos dizer da minha história; se ela é agradável e peregrina, que o julgue vosso bom entendimento, o que de mim sei dizer é que eu a quisera ter contado com maior brevidade, posto que mais de quatro vezes o temor de vos enfadar me refreou a língua.

Capítulo XLII

QUE TRATA DO QUE MAIS SUCEDEU NA ESTALAGEM E DE OUTRAS MUITAS COISAS DIGNAS DE SE SABER

Em dizendo isto, calou-se o cativo, a quem D. Fernando disse:

— Por certo, senhor capitão, o modo como contastes este estranho caso foi tal, que iguala à novidade e estranheza do mesmo caso: tudo é peregrino e raro e cheio de acidentes que maravilham e suspendem a quem os ouve; e é tal o gosto que recebemos em escutá-lo, que, ainda que nos achasse o dia de amanhã entretidos no mesmo conto, folgaríamos com que de novo se começasse.

E em dizendo isto, Cardenio e todos os demais se ofereceram ao capitão com tudo o que podiam para servi-lo, com palavras e razões tão amorosas e tão verdadeiras, que ele se teve por bem satisfeito de suas vontades. Especialmente lhe ofereceu D. Fernando se queria voltar para o Sul com ele, que ele faria que o marquês seu irmão fosse padrinho de batismo de Zoraida, e que ele, por seu lado, o acomodaria de maneira que pudesse entrar em sua terra com a autoridade e o cômodo que sua pessoa merecia. Tudo agradeceu cortesissimamente o cativo, mas de ninguém quis aceitar seus liberais oferecimentos.

Nisto já ia chegando a noite, e, ao cerrar-se de todo, chegou à estalagem uma carruagem, acompanhada de alguns homens a cavalo. Pediram pousada; ao que a estalajadeira respondeu que não havia em toda a estalagem um palmo desocupado.

— Pois, ainda que assim seja — disse um dos que vinham a

cavalo e que tinham entrado —, não há de faltar para o senhor ouvidor, que aqui vem.

Ao ouvir esse nome, turbou-se a hospedeira e disse:

— Senhor, o que acontece é que não tenho camas: se o senhor ouvidor traz uma,[1] que deve de trazer, que entre embora, que eu e meu marido sairemos do nosso aposento por acomodar a sua mercê.

— Seja embora — disse o escudeiro.

Mas já então saíra da carruagem um homem, que nos trajes logo mostrou o seu ofício e cargo, pois a roupa longa com as mangas enfunadas que vestia mostraram ser ele ouvidor,[2] como seu criado tinha dito. Trazia pela mão uma donzela, aparentando cerca de dezesseis anos, vestida para viagem, tão bizarra, tão formosa e tão galharda, que sua vista a todos admirou, e de tal sorte que, se não tivessem já visto Dorotea e Luscinda e Zoraida, que na estalagem estavam, cuidariam que outra formosura como a dessa donzela dificilmente se poderia achar. Presenciou D. Quixote a entrada do ouvidor e da donzela, e assim como o viu disse:

— Pode vossa mercê entrar seguro e se espraiar neste castelo, pois, ainda que estreito e mal acomodado, não há no mundo estreiteza nem incomodidade que não dê lugar às armas e às letras, e mais se as armas e as letras trazem por guia e adail a formosura, como a trazem as letras de vossa mercê nessa formosa donzela, a quem devem não só abrir-se e manifestar-se os castelos, mas apartar-se as penhas e dividir-se e abaixar-se as monta-

---

[1] Era habitual os viajantes levarem sua própria comida às estalagens; os mais ricos, todos os objetos necessários para a estadia, incluídas as camas.

[2] Por ordem real de 1579, as altas autoridades judiciais eram obrigadas a vestir uma toga longa e aberta, com mangas enfunadas no braço e justas no antebraço. O conjunto das vestes recebia o nome de garnacha.

nhas para dar-lhe acolhida. Entre vossa mercê, digo, neste paraíso, que aqui achará estrelas e sóis que hão de acompanhar o céu que vossa mercê traz consigo, aqui achará as armas em seu ponto e a formosura em seu extremo.

Admirado ficou o ouvidor do razoamento de D. Quixote, a quem se pôs a olhar bem de propósito, e não menos o admirava seu porte que suas palavras; e sem achar nenhuma com que lhe responder, tornou a se admirar de novo quando viu diante de si Luscinda, Dorotea e Zoraida, que, ao terem a nova dos novos hóspedes, mais as que a estalajadeira lhes dera da formosura da donzela, tinham vindo vê-la e recebê-la. Mas D. Fernando, Cardenio e o padre lhe fizeram mais gentis e mais corteses oferecimentos. Com efeito, o senhor ouvidor entrou confuso, assim do que via como do que escutava, e as formosas da estalagem deram as boas-vindas à formosa donzela.

Enfim, bem viu o ouvidor que era gente principal toda a que ali estava, mas o porte, a visagem e a apostura de D. Quixote o desatinavam. Tendo todos feito seus corteses oferecimentos, e verificada a comodidade da estalagem, ordenou-se o que já estava ordenado: que todas as mulheres se recolhessem no já referido desvão, e que os homens ficassem fora, como à sua guarda. E assim contentou-se o ouvidor de que sua filha, que era a donzela, fosse com aquelas senhoras, o que ela fez de muito bom grado. E com parte da estreita cama do estalajadeiro, e com a metade da que o ouvidor trazia, se acomodaram naquela noite melhor do que pensavam.

O cativo, que desde o momento em que vira o ouvidor lhe palpitava o coração em suspeitas de que aquele era seu irmão, perguntou a um dos criados que com ele vinham como se chamava e se sabia de que terra era. O criado lhe respondeu que o licenciado se chamava Juan Pérez de Viedma e que tinha ouvido dizer que era de um lugar das montanhas de Leão. Com essa relação e com o que ele tinha visto, acabou de se certificar de que aquele era seu irmão, que, por conselho de seu pai, seguira as letras; e alvoroçado e contente, chamando à parte D. Fernando, Cardenio e o padre, lhes contou o que se passava, certificando-lhes que aquele ouvidor era seu irmão. Dissera-lhe também o criado que estava a caminho das Índias, nomeado ouvidor na Audiência do México; soube também que aquela donzela era sua filha, de cujo parto morrera a mãe, e que ele ficara muito rico com o dote que com a filha lhe ficara em casa. Pediu-lhes conselho sobre como fazer para se apresentar ou para primeiro saber se, em se apresentando, seu irmão, por vê-lo pobre, se afrontava ou o recebia de boa mente.

— Deixai que eu farei essa experiência — disse o padre —; quanto mais que não há porque esperar senão que vós, senhor capitão, sereis muito bem recebido, pois o valor e prudência que em seu bom parecer revela vosso irmão não dá indícios de ser arrogante nem desconhecido, nem que não há de saber pôr os reveses da fortuna no devido ponto.

— Ainda assim — disse o capitão —, eu quisera dar-me a conhecer não de improviso, mas por rodeios.

— Já vos disse — respondeu o padre — que eu farei de jeito que todos havemos de ficar satisfeitos.

Já então estava preparado o jantar, e todos se sentaram à mesa, exceto o cativo, e as senhoras, que jantaram à parte em seu aposento. No meio do jantar, disse o padre:

— Do mesmo nome de vossa mercê, senhor ouvidor, tive eu um camarada em Constantinopla, onde estive cativo alguns anos; o qual camarada era um dos mais valentes soldados e capitães que havia em toda a infantaria espanhola, mas, tanto quanto tinha de esforçado e valoroso, tinha de desafortunado.

— E como se chamava esse capitão, senhor meu? — perguntou o ouvidor.

— Chamava-se — respondeu o padre — Ruy Pérez de Viedma e era natural de um lugar das montanhas de Leão, e me contou um caso a ele acontecido com seu pai e seus irmãos, que, se não mo contasse um homem tão verdadeiro como ele, eu o tivera por conto daqueles que as velhas contam ao fogo no inverno. Pois me disse que seu pai tinha dividido seus bens entre os três filhos que tinha, e lhes tinha dado certos conselhos melhores que os de Catão.[3] E sei dizer que, ao filho que ele escolhera para ir à guerra, tudo correra tão bem, que em poucos anos, por seu valor e esforço, sem outro braço que o da sua muita virtude, chegou a capitão de infantaria e a ver-se encaminhado e predicado para logo ser promovido a mestre de campo.[4] Mas foi-lhe a fortuna adversa, pois, onde a poderia esperar e ter boa, ali a perdeu, com perder a liberdade na felicíssima jornada onde tantos a ganharam, que foi na batalha de Lepanto. Eu a perdi em La Goleta, e depois, por diferentes caminhos, nos achamos camaradas em Constantinopla. Dali veio ele a Argel, onde sei que lhe aconteceu um dos mais estranhos casos que no mundo aconteceram.

Daí foi prosseguindo o padre, e com brevidade sucinta contou o que com Zoraida e o capitão acontecera, a tudo prestando tanta atenção o ouvidor, que jamais fora tão ouvidor. Chegou o padre até o ponto em que os franceses despojaram os cristãos que

[3] Referência a *Castigos y ejemplos de Catón*, coleção de sentenças morais, amplamente difundidas, erroneamente atribuídas ao romano Marco Pórcio Catão, o Censor (ver cap. XX, nota 3).

[4] Antiga denominação dos oficiais de alta patente que tinham vários regimentos sob seu comando. Equivale *grosso modo* ao atual vice-almirante ou general de divisão.

na barca vinham, dando conta da pobreza e necessidade em que seu camarada e a formosa moura tinham ficado, dos quais não soubera o que fora feito, nem se tinham chegado à Espanha ou sido levados pelos franceses à França.

Tudo o que o padre dizia estava escutando o capitão um tanto retirado dali, e notava todos os movimentos que seu irmão fazia; o qual, vendo que o padre já findara seu conto, dando um grande suspiro e com os olhos marejados, disse:

— Oh senhor, se soubésseis as novas que me haveis contado e quão fundo me tocam, que me é forçoso dar mostras disso com estas lágrimas que contra toda minha discrição e recato escapam dos meus olhos! Esse capitão tão valoroso que dizeis é o meu irmão mais velho, o qual, como mais forte e dono de mais altos pensamentos que eu e meu outro irmão, escolheu o honroso e digno exercício da guerra, que foi um dos três caminhos que nosso pai nos propôs, segundo vos disse o vosso camarada na fábula que ao vosso parecer dele ouvistes. Eu segui o das letras, nas quais Deus e minha diligência me levaram ao grau em que me vedes. Meu outro irmão está no Peru, tão rico que, com o que tem mandado a meu pai e a mim já mais que satisfez a parte que ele levou, e até deu a meu pai com o que poder fartar sua liberalidade natural; e graças a ele eu também pude com mais decência e autoridade dedicar-me aos meus estudos e chegar ao posto em que me vejo. Vive ainda meu pai, morrendo com o desejo de saber do seu primeiro filho, e pede a Deus com contínuas orações que não feche a morte seus olhos enquanto não vir com vida os de seu filho. O que me espanta, sendo ele tão discreto, é que em tantos trabalhos e aflições, ou prósperos sucessos, se tenha descuidado de dar notícia de si a seu pai: pois se ele o soubesse, ou algum de nós, não houvera necessidade de aguardar o milagre do caniço para obter o seu resgate. Mas meu temor vem agora de pensar se aqueles franceses lhe terão dado liberdade ou o terão matado para encobrir seu furto. Tudo isso fará que eu prossiga a minha viagem não com aquele contentamento com que a comecei, e sim com toda melancolia e tristeza. Oh meu bom irmão, quem me dera saber agora onde estás, que eu te buscaria e livraria dos teus trabalhos, ainda que fosse à custa dos meus! Oh quem levara novas ao nosso velho pai de que tens vida, ainda que fosse nas masmorras mais escondidas da Berbéria, que dali te tirariam as suas riquezas, as do meu irmão e as minhas! Oh Zoraida formosa e liberal, quem pudera pagar o bem que a um irmão fizeste! Quem pudera presenciar o renascer da tua alma e as bodas que tanto gosto a todos nos dariam!

Estas e outras semelhantes palavras dizia o ouvidor, cheio de tanta compaixão com as novas que do seu irmão recebera, que todos os que o ouviam o acompanhavam nas mostras do sentimento de sua pena.

Vendo o padre que tão bem se saíra com sua intenção e com o desejo do capitão, não quis sustentar aquela tristeza por mais tempo, e assim se levantou da mesa e, entrando onde estava Zoraida, tomou-a pela mão, e atrás dela vieram Luscinda, Dorotea e a filha do ouvidor. Estava o capitão à espera de ver o que o padre pensava fazer, que foi que, tomando também a ele da outra mão, com ambos os dois foi aonde o ouvidor e os demais cavaleiros estavam, e disse:

— Cessem, senhor ouvidor, as vossas lágrimas e encha-se o vosso desejo de todo o bem que puder desejar, pois tendes aqui o vosso bom irmão e a vossa boa cunhada. Este que aqui vedes é o capitão Viedma, e esta, a formosa moura que tanto bem lhe fez. Os franceses que vos disse os puseram na estreiteza que vedes, para que vós mostreis a liberalidade do vosso bom coração.

Acudiu o capitão a abraçar seu irmão, mas este o reteve espalmando as mãos no seu peito, por olhá-lo com mais espaço; mas quando o acabou de conhecer, o abraçou tão estreitamente, derramando tão ternas lágrimas de contentamento, que os mais dos presentes o houveram de acompanhar nelas. As palavras que os dois irmãos se disseram, os sentimentos que mostraram, creio que mal se podem pensar, quanto mais escrever. Ali em breves razões se deram conta de sua vida, ali mostraram em seu melhor ponto a boa amizade de dois irmãos, ali o ouvidor abraçou Zoraida, ali lhe ofereceu sua riqueza, ali fez que a abraçasse sua filha, ali a cristã formosa e a moura formosíssima renovaram as lágrimas de todos.

Ali D. Quixote estava atento, sem dizer palavra, considerando aqueles tão estranhos sucessos, atribuindo-os todos a quimeras da andante cavalaria. Ali concertaram que o capitão e Zoraida voltariam com seu irmão a Sevilha e avisariam seu pai do seu achado e liberdade, para que, como pudesse, viesse assistir às bodas e ao batismo de Zoraida, por não ser possível ao ouvidor mudar o caminho que seguia, por ter novas que dali a um mês partia frota de Sevilha para a Nova Espanha[5] e lhe seria de grande incomodidade perder a viagem.

Em suma, todos ficaram contentes e alegres pelo bom sucesso do cativo; e como já se tinham passado quase dois terços da noite, acordaram de se recolher e repousar no que dela lhes restava. D. Quixote se ofereceu para fazer a guarda do castelo, por que não fossem acometidos de algum gigante ou outro mal-andante velhaco, cobiçosos do grande tesouro de formosura que naquele castelo se encerrava. Agradeceram-lho os que o conhe-

---

5 O primeiro e mais extenso vice-reinado espanhol. À época em seu apogeu, compreendia grande parte da América do Norte, toda a América Central e se estendia pelo Pacífico até o arquipélago das Filipinas.

ciam, e deram ao ouvidor conta do estranho humor de D. Quixote, com o que não pouco se divertiu.

Só Sancho Pança se desesperava com a demora do recolhimento, e só ele se acomodou melhor que todos, deitando-se sobre os arreios do seu jumento, que tão caros lhe custaram, como logo se dirá.

Recolhidas, pois, as damas a seu aposento, e os demais acomodados como menos mal puderam, D. Quixote saiu da estalagem para fazer a sentinela do castelo, como tinha prometido.

Aconteceu pois que, faltando pouco para o alvorecer, chegou aos ouvidos das damas uma voz tão entoada e tão boa, que fez com que todas lhe prestassem atento ouvido, especialmente Dorotea, que desperta estava, a cujo lado dormia Dona Clara de Viedma, que assim se chamava a filha do ouvidor. Ninguém podia imaginar quem era a pessoa que tão bem cantava, sendo uma voz só, sem que a acompanhasse instrumento algum. Por vezes parecia cantar no pátio; por vezes, na cavalariça, e, estando nesta confusão muito atentas, chegou Cardenio à porta do aposento e disse:

— Quem não dorme, que escute, pois ouvirá a voz de um moço de mulas que de tal maneira canta, que encanta.

— Já o ouvimos, senhor — respondeu Dorotea.

E com isto se foi Cardenio, e Dorotea, prestando toda a atenção possível, entendeu que o que se cantava era o seguinte:

Capítulo XLIII

ONDE SE CONTA A AGRADÁVEL
HISTÓRIA DO MOÇO DE MULAS,
MAIS OUTROS ESTRANHOS ACONTECIMENTOS
NA ESTALAGEM SUCEDIDOS

— Marinheiro sou de amor
e em seu pélago profundo
navego sem esperança
de tocar porto seguro.

Seguindo vou uma estrela
que já de longe descubro,
mais bela e resplandecente
que quantas viu Palinuro.[1]

Eu não sei aonde me guia
e assim navego confuso,
minh'alma a mirá-la atenta,
cuidadosa e com descuido.

Recatos impertinentes,
honestidade sem curso,
são as nuvens que ma encobrem
quando mais vê-la procuro.

---

[1] Personagem da *Eneida* de Virgílio, piloto do navio de Eneias.

Oh clara e luzente estrela
a cujo lume eu me apuro!
O ponto em que te encobrires,
será o do meu fim mais duro.

Em chegando quem cantava a esse ponto, pensou Dorotea que não era direito que Clara deixasse de ouvir tão bela voz, e assim, sacudindo-a, acordou-a dizendo:

— Perdoa, menina, que te acorde, mas o faço para teres o gosto de ouvir a melhor voz que talvez já tenhas ouvido em toda tua vida.

Clara despertou toda sonolenta, e de primeiro não entendeu o que Dorotea lhe dizia, e, tornando aquela a perguntá-lo, tornou Dorotea a dizê-lo, o que fez Clara prestar ouvido; mas apenas escutou dois versos, que quem cantava ia prosseguindo, quando foi tomada de um tremor tão estranho como se um grave acidente de quartã estivesse sofrendo, e abraçando-se estreitamente com Dorotea, lhe disse:

— Ai, senhora da minha alma e da minha vida! Para que me despertastes? Pois o maior bem que a fortuna me podia fazer agora era ter fechados meus olhos e ouvidos, para não ver nem ouvir esse desventurado músico.

— Que é o que dizes, menina? Cuida que dizem que quem canta é um moço de mulas.

— Não é ele senão senhor de lugares[2] — respondeu Clara —, e que tem um tão seguro no meu coração, que, se o não quiser deixar, não lhe será tirado em toda a eternidade.

---

[2] Senhor de vassalos, o que tem jurisdição sobre alguma aldeia e os casarios de sua redondeza. Era um título superior ao de fidalgo, geralmente comprado.

Admirada ficou Dorotea das sentidas razões da moça, parecendo-lhe que avantajavam em muito a discrição que seus poucos anos prometiam, e assim lhe disse:

— Falais de modo, senhora Clara, que vos não posso entender: declarai-vos mais e dizei-me que é o que dizeis de alma e de lugares e desse músico cuja voz tão desassossegada vos tem... Mas não me digais nada por ora, pois não quero perder, por acudir ao vosso sobressalto, o gosto que recebo em ouvir este cantor, que me parece que com novos versos e novo tom volta a seu canto.

— Que seja embora — respondeu Clara.

E, para não ouvi-lo, tapou com as mãos ambos os ouvidos, do que também se admirou Dorotea; a qual, estando atenta ao que se cantava, viu que prosseguiam nesta maneira:

> — Doce esperança minha,
> que rompendo por brenhas tão estreitas,
> segues firme pela trilha,
> que tu mesma te forjas e te enfeitas,
> não te esmoreça a sorte
> de ver-te a cada passo ao pé da morte.
>
> Não ganha o preguiçoso
> honrados triunfos nem vitória alguma,
> nem pode ser ditoso
> quem, sem nunca contrapor-se à vil fortuna,
> entrega desvalido
> ao ócio brando inteiro o seu sentido.
>
> Que amor as glórias venda
> caras, bem é razão e pressuposto,
> pois a mais rica prenda
> é a que mais se aquilata por seu gosto,

e é bem sabido fato
que não se estima o que se dá barato.

Amorosas porfias
por vezes ganham coisas impossíveis,
e assim, se eu noite e dia
sigo as do amor por trilhas tão difíceis,
quem isto aposta erra,
que não hei de ganhar meu céu na terra.

Aqui findou a voz, e principiou Clara novos soluços; todo
o qual acendia o desejo de Dorotea, que desejava saber a causa
de tão suave canto e de tão triste choro, e assim tornou a lhe perguntar que era o que havia pouco estava por dizer. Então Clara,
temerosa de que Luscinda a escutasse, abraçando Dorotea estreitamente, chegou a boca tão perto de seu ouvido, que pôde falar
certa de que nenhum outro a ouviria, e assim lhe disse:
— Esse que canta, senhora minha, é filho de um cavaleiro
natural do reino de Aragão, senhor de dois lugares, o qual morava na casa fronteira à de meu pai na corte; e se bem meu pai
tivesse as janelas de sua casa vedadas com cortinas no inverno e
gelosias no verão, eu não sei como nem quando este cavaleiro,
que ali andava estudante, me viu, nem sei se na igreja ou em outra parte. Em suma, ele se enamorou de mim e o deu a entender
pelas janelas de sua casa com tantos sinais e com tantas lágrimas,
que o tive de crer, e até benquerer, sem saber o bem que me queria. Entre os sinais que me fazia, um deles era juntar uma mão à
outra, dando-me a entender que se casaria comigo, e se bem eu
muito folgara de que assim fosse, por ser sozinha e sem mãe, não
sabia com quem me aconselhar, e assim deixei-o estar, sem lhe
conceder favor algum, exceto, quando estava meu pai fora de casa

592

e o dele também, suspender um pouco a cortina ou a gelosia e deixar-me ver inteira, ao que ele fazia tanta festa, que dava sinais de enlouquecer. Chegou nisto o tempo da partida do meu pai, da qual ele soube, e não por mim, pois nunca lho pude dizer. Adoeceu, segundo entendo, de pesar, e assim, no dia em que partimos, não tive ocasião de vê-lo para dele me despedir sequer com os olhos; mas, ao cabo de dois dias de viagem, ao entrar numa pousada, num lugar a uma jornada daqui, eu o vi à porta, posto em hábito de moço de mulas, tão ao natural que, se o não trouxesse tão retratado na alma, jamais o teria conhecido. Conheci-o, admirei-me e alegrei-me; ele me olhou a furto de meu pai, de quem sempre se esconde quando passa por mim pelas estradas e nas pousadas aonde chegamos; e como eu sei quem é e considero que por amor por mim vem a pé e com tantos trabalhos, morro de pesar, e onde ele põe os pés, ponho eu os olhos. Não sei com que intenção ele vem, nem como escapou de seu pai, que o ama extraordinariamente, porque não tem outro herdeiro e porque ele o merece, como bem verá vossa mercê quando o vir. E mais sei dizer: que tudo o que ele canta sai de sua cabeça, pois ouvi dizer que é grandíssimo estudante e poeta. E mais ainda: que cada vez que o vejo ou o ouço cantar tremo toda e me sobressalto, temerosa de que meu pai o conheça e venha em conhecimento dos nossos desejos. Nunca na vida trocamos palavra alguma e, com tudo isso, eu o quero tão bem que não poderei viver sem ele. Isto é, senhora minha, tudo o que vos posso dizer deste músico cuja voz tanto contentamento vos deu: e somente nela bem podereis ver que não é moço de mulas, como dizeis, e sim senhor de almas e lugares, como vos tenho dito.

— Não digais mais, senhora Dona Clara — disse então Dorotea, beijando-a mil vezes —, não digais mais, digo, e esperai que chegue o novo dia, pois espero em Deus que se hão de encaminhar vossos negócios de jeito que tenham o feliz fim que tão honestos princípios merecem.

— Ai, senhora! — disse Dona Clara —, que fim se pode esperar, se o pai dele é tão principal e tão rico, que cuidará que não posso ser nem criada do seu filho, quanto mais esposa? Porque casar-me a furto do meu pai é algo que não farei por nada deste mundo. Só quisera que esse moço voltasse para o seu lugar e não mais me seguisse: talvez deixando de vê-lo e separada pelo grande trecho de caminho que já fizemos se aliviasse a pena que trago no peito; se bem eu saiba dizer que esse remédio que imagino me há de aproveitar bem pouco. Não sei como diabos isto aconteceu, nem por onde entrou esse amor, sendo os dois tão jovens, pois creio que temos a mesma idade, e eu não tenho feitos nem dezesseis anos, que no próximo dia de São Miguel[3] diz meu pai que os farei.

Não pôde conter o riso Dorotea ao ouvir quão a jeito de menina falava Dona Clara, a quem disse:

— Descansemos, senhora, o pouco que parece restar da noite, que Deus madrugará e nos ajudará, pois isto é remédio que não falha.

Isto dito, as duas sossegaram, e em toda a estalagem se guardava um grande silêncio. As únicas que não dormiam eram a filha da estalajadeira e Maritornes, sua criada, as quais, como já sabiam o humor em que pecava D. Quixote, e que estava fora da estalagem armado e a cavalo montando guarda, resolveram as duas fazer-lhe alguma burla, ou pelo menos passar um pouco o tempo ouvindo seus disparates.

---

[3] O dia 29 de setembro, que em quase toda a Espanha assinala o início do ano agrícola.

É pois o caso que em toda a estalagem não havia janela que se abrisse para o campo, mas só um buraco no muro do palheiro, por onde jogavam a palha fora. A essa brecha se puseram as duas semidonzelas[4] e viram que D. Quixote estava a cavalo, apoiado no seu chuço, dando de quando em quando tão dolentes e profundos suspiros, que parecia que a cada um se lhe desgarrava a alma; e também ouviram que dizia com voz suave, delicada e amorosa:

— Oh minha senhora Dulcineia d'El Toboso, extremo de toda a fermosura, fim e arremate da discrição, arquivo do melhor donaire, depósito da honestidade e, ultimadamente, ideia de quanto há de proveitoso, honesto e deleitável neste mundo! Que fará agora a tua mercê? Terás porventura a mente posta no teu cativo cavaleiro, que, só por servir-te e de sua inteira vontade, a tantos perigos se quis expor? Dá-me novas dela, oh tu, luminar das três faces! Quiçá invejosa da sua a estejas agora mirando, vendo-a passear por alguma galeria dos seus suntuosos palácios, ou debruçada nalguma sacada, a considerar como, salva a sua honestidade e grandeza, há de amainar a tormenta que por ela este meu coitado coração padece, que glória há de dar às minhas penas, que sossego ao meu cuidado e, finalmente, que vida à minha morte e que prêmio aos meus serviços. E tu, sol, que já deves de estar prestes a selar os teus cavalos, por madrugar e ir ver a minha senhora, assim como a vires te suplico que da minha parte a saúdes; mas guarda-te de saudá-la beijando-lhe o rosto, pois terei mais ciúmes de ti que tu daquela ligeira ingrata que tanto te fez suar e correr

---

[4] Jogo com a dupla acepção da palavra "donzela", como dama de companhia e como virgem.

pelos campos da Tessália ou pelas ribeiras do Peneu,[5] que não me lembro bem por onde correste então ciumento e apaixonado.

Nesse ponto do seu tão lastimoso arrazoado estava D. Quixote quando, aos sussurros, a filha da estalajadeira começou a chamá-lo e a lhe dizer:

— Senhor meu, seja servido de achegar-se aqui vossa mercê.

A cujos sinais e voz voltou D. Quixote a cabeça, e viu à luz da lua, que então brilhava com toda sua plenitude, que o chamavam da brecha que a ele pareceu janela, e até com grades douradas, como convém às de tão ricos castelos como ele imaginava que era aquela estalagem; e no mesmo instante se lhe representou em sua louca imaginação que outra vez, como da passada, a donzela fermosa, filha da senhora daquele castelo, vencida do seu amor tornava a solicitá-lo, e com este pensamento, por não se mostrar descortês e ingrato, volteou as rédeas de Rocinante e se chegou à brecha e, assim como viu as duas moças, disse:

— Muito me compadece, fermosa senhora, que tenhais postas as vossas amorosas intenções em parte onde não é possível que eu vos corresponda tal como merece o vosso grande valor e gentileza, do que não deveis culpar este miserável andante cavaleiro, a quem tem amor impossibilitado de poder entregar a sua vontade a outra senão aquela que, no instante em que seus olhos a viram, ele fez senhora absoluta de sua alma. Perdoai-me, boa senhora, e recolhei-vos ao vosso aposento e não queirais que, comunicando-me mais os vossos desejos, eu me mostre mais ingrato; e se pelo amor que me tendes achais em mim outra coisa com que satisfazer-vos que o mesmo amor não seja, pedi-ma, que eu

---

[5] Alusão ao mito de Dafne, ninfa perseguida por Apolo. O rio Peneu, pai de Dafne, corre pela Tessália.

vos juro por aquela ausente e doce inimiga minha de dar-vo-la incontinenti, inda que me pedísseis uma guedelha dos cabelos de Medusa, que eram todos cobras, ou os mesmíssimos raios do sol recolhidos numa redoma.

— Nada disso há mister a minha senhora, senhor cavaleiro — disse então Maritornes.

— Então que há mister, discreta duenha, a vossa senhora? — respondeu D. Quixote.

— Só uma das vossas formosas mãos — disse Maritornes —, por poder com ela desafogar o grande desejo que a esta brecha a trouxe, tão a risco da sua honra, pois, se o senhor seu pai a ouvisse, estaria ela agora em pedaços, sendo o maior deles a orelha.

— Ele que ousasse! — respondeu D. Quixote. — Mas bem se guardará disso, se não quiser ter o mais desastroso fim que já teve um pai no mundo, por ter posto as mãos nos delicados membros de sua enamorada filha.

Achou Maritornes que sem dúvida D. Quixote lhes daria a mão que pediam, e, já atinando no que havia de fazer, desceu da brecha e foi até a cavalariça, onde apanhou o cabresto do jumento de Sancho Pança e, com muita presteza, voltou a sua brecha, no momento em que D. Quixote se punha de pé sobre a sela de Rocinante por alcançar a janela gradeada onde imaginava estar a ferida donzela; e ao dar-lhe a mão, disse:

— Tomai, senhora, esta mão, ou, por melhor dizer, este carrasco dos malfeitores do mundo; tomai esta mão, digo, a qual não tocou outra de mulher alguma, nem sequer a daquela que tem inteira possessão de todo o meu corpo. Não vo-la dou para que a beijeis, senão para que olheis a contextura dos seus nervos, o fornimento dos seus músculos, a largura e vasteza das suas veias, donde tirareis quão tamanha será a força do braço que em semelhante mão se arremata.

— Agora veremos — disse Maritornes.

E, fazendo um nó corrediço com o cabresto, enlaçou seu pulso e, descendo da brecha, amarrou a ponta ao ferrolho da porta do palheiro, bem fortemente. D. Quixote, ao sentir a aspereza do cordel em seu pulso, disse:

— Mais parece que vossa mercê me rala e não que me regala a mão: não a trateis tão mal, pois ela não tem culpa do mal que minha vontade vos faz, nem é bem que em tão pequena parte vingueis a vossa inteira sanha. Cuidai que quem quer bem não se vinga tão mal.

Mas todas essas razões de D. Quixote já não as escutava ninguém, porque, assim como Maritornes o amarrou, ela e a outra se foram, mortas de rir, e o deixaram amarrado de maneira que lhe foi impossível soltar-se.

Estava pois, como se disse, de pé sobre Rocinante, metido todo seu braço pela brecha, e amarrado pelo pulso ao ferrolho da porta, com grandíssimo temor e cuidado de que, se Rocinante se afastasse para um lado ou para o outro, havia de ficar pendurado pelo braço; e assim não ousava fazer movimento algum, posto que da paciência e quietude de Rocinante bem se podia esperar que ficaria imóvel um século inteiro.

Em suma, vendo-se D. Quixote atado, e que as damas já se tinham ido, se deu a imaginar que tudo aquilo se fazia por via de encantamento, como da vez anterior, quando naquele mesmo castelo fora moído a pauladas por aquele mouro encantado do arreeiro; e maldizia lá consigo sua pouca discrição e discurso, pois, tendo da vez primeira saído tão mal daquele castelo, se aventurara a entrar nele a segunda, sendo avisamento de cavaleiros andantes que, quando provam uma aventura e não se saem bem, é sinal de que não era guardada para si, mas para outro, e assim não têm necessidade de tentá-la uma segunda vez. Ainda assim, puxava o braço por ver se conseguia se soltar, mas estava tão bem amarrado, que todas suas tentativas foram em vão. Bem é verdade que puxava com tento, para que Rocinante não se mexesse; e ainda que ele quisesse se sentar na sela, não podia senão permanecer em pé ou arrancar a mão.

Ali desejou a espada de Amadis, contra a qual não tinha força encantamento algum; ali maldisse a sua fortuna; ali exagerou a falta que faria no mundo a sua presença no tempo em que ali ficasse encantado, como sem dúvida alguma acreditava estar; ali evocou de novo a sua querida Dulcineia d'El Toboso; ali chamou por seu bom escudeiro Sancho Pança, que, sepultado no sono e deitado sobre a albarda do seu jumento, não se lembrava nesse transe nem da mãe que o tinha parido; ali clamou pela ajuda dos sábios Lirgandeu e Alquife; ali invocou sua boa amiga Urganda para que o socorresse;[6] e finalmente ali o achou a manhã tão desesperado e confuso, que bramava como um touro, pois não esperava que com o dia se remediasse sua coita, que tinha por eterna, tendo-se por encantado: e o que o levava a crer nisto era ver que Rocinante não se mexia, nem pouco nem muito, e cria que daquela sorte, sem comer, nem beber, nem dormir, haviam de ficar ele e seu cavalo até que aquele mal influxo das estrelas se passasse ou até que outro mais sábio encantador o desencantasse.

Mas muito se enganava em sua crença, porque, apenas começou a amanhecer, quando chegaram à estalagem quatro homens a cavalo, muito bem-postos e aderençados, com suas espingardas sobre os arções. Chamaram aos portões da estalagem, que ainda estavam fechados, com grandes golpes; o qual visto por D.

---

[6] Lirgandeu: o mestre e cronista de *Caballero del Febo*. Alquife: mago que aparece no *Amadis de Grecia*, casado em segundas núpcias com Urganda. Esta, por ser madrinha de Amadis de Gaula, era amiga de todos os cavaleiros andantes.

Quixote, como ele ainda estava de sentinela, com voz arrogante e alta disse:

— Cavaleiros ou escudeiros ou lá quem fordes, não tendes para que chamar aos portões deste castelo, pois bem claro está que, a tais horas, ou os que estão dentro dormem, ou não têm por costume abrir a fortaleza enquanto o sol não deitar seus raios por todo o chão. Apartai-vos e esperai que clareie o dia, que então veremos se é justo ou não que vos abram.

— Que diabo de fortaleza ou castelo é este — disse um —, para nos obrigar a guardar essas cerimônias? Se sois o estalajadeiro, mandai que nos abram, pois somos viajantes e não queremos mais que dar cevada às nossas cavalgaduras e seguir viagem, pois vamos com pressa.

— Parece-vos, cavaleiros, que tenho eu jeito de estalajadeiro? — respondeu D. Quixote.

— Não sei do que tendes jeito — respondeu o outro —, mas sei que dizeis disparates em chamar castelo esta estalagem.

— Castelo é — replicou D. Quixote —, e dos melhores de toda esta província, e gente há dentro dele que teve cetro na mão e coroa na cabeça.

— Melhor seria ao contrário — disse o viajante —, o cetro na cabeça e a coroa na mão. E será, se for, que deve haver aí dentro alguma companhia de farsantes, os quais costumam ter essas coroas e cetros que dizeis; porque, numa estalagem tão pequena e onde se guarda tanto silêncio como nesta, não creio que se alojem pessoas dignas de cetro e coroa.

— Pouco sabeis do mundo — replicou D. Quixote —, pois ignorais os casos que soem acontecer na cavalaria andante.

Já se cansavam os companheiros que vinham com o perguntante da conversa que este mantinha com D. Quixote, e assim tornaram a chamar com grande fúria; e foi de modo que o estalajadeiro acordou, e todos os que na estalagem estavam, e assim se levantou para perguntar quem chamava. Aconteceu então que uma das cavalgaduras em que vinham os quatro que chamavam ao portão se chegou para cheirar Rocinante, que, melancólico e triste, com as orelhas caídas, sustentava sem se mexer o seu estirado senhor; e como afinal era de carne, ainda que parecesse de lenho, não pôde ficar impassível sem devolver a cheirada a quem se lhe chegava em carícias, e assim, ao primeiro e mínimo movimento, os pés de D. Quixote se desviaram juntos, e, escorregando da sela, teriam dado no chão, com ele todo, se não ficasse suspenso pelo braço, coisa que lhe causou tanta dor, que pensou que lhe cortavam o pulso, ou que lhe arrancavam o braço. Porque ele ficou tão perto do chão, que com os extremos das pontas dos pés roçava a terra, o que vinha piorar as coisas, pois, como sentia o pouco que lhe faltava para firmar as plantas na terra, se fatigava e estirava o quanto podia por alcançar o chão, tal como os que estão no tormento da garrucha, postos a "toca, não toca", sendo eles mesmos a causa de aumentar sua dor, com o empenho que põem em se estirar, enganados pela esperança que se lhes representa que com pouco mais que se estirem tocarão o chão.

Capítulo XLIV

Onde se prosseguem
os inauditos sucessos da estalagem

Com efeito, foram tantas as vozes que deu D. Quixote, que, abrindo de súbito os portões da estalagem, saiu o estalajadeiro desabalado, por ver quem dava tais gritos, e os que estavam fora fizeram o mesmo. Maritornes, que já acordara com as mesmas vozes, bem imaginando o que podia ser, foi até o palheiro e, sem que ninguém a visse, desatou o cabresto que prendia D. Quixote, e ele deu logo no chão, à vista do estalajadeiro e dos viajantes, que, chegando-se a ele, lhe perguntaram o que tinha, que tais vozes dava. Ele, sem responder palavra, tirou o cordel do pulso e, pondo-se em pé, montou em Rocinante, embraçou sua adarga, enristou seu chuço e, afastando-se um bom trecho de campo, voltou a meia-rédea, dizendo:

— Quem disser que eu fui com justo título encantado, se a minha senhora a princesa Micomicona me der licença para tanto, eu o desminto, o envido e desafio a singular batalha.

Admirados ficaram os novos viajantes das palavras de D. Quixote, mas o estalajadeiro os tirou daquela admiração, dizendo-lhes que era D. Quixote e que não deviam fazer caso dele, porque estava fora de juízo.

Perguntaram ao estalajadeiro se acaso tinha chegado àquela estalagem um rapaz de cerca de quinze anos de idade, que vinha vestido como moço de mulas, de tais e tais sinais, dando os mesmos que trazia o amante de Dona Clara. O estalajadeiro respondeu que havia tantas pessoas na estalagem, que não reparara se havia alguma como a que perguntavam. Mas, tendo visto um deles a carruagem onde viera o ouvidor, disse:

— Aqui deve de estar sem dúvida, pois essa é a carruagem que dizem que ele segue. Fique um de nós à porta e entrem os demais a procurá-lo; e até seria bem que um de nós rodeasse toda a estalagem, por que não fugisse pelos muros dos fundos.

— Assim faremos — respondeu outro.

E, entrando dois deles, um terceiro ficou à porta e o quarto foi rodear a estalagem: todo o qual via o estalajadeiro, e não conseguia atinar para que se faziam aquelas diligências, posto que bem entendeu que estavam à procura daquele moço cujos sinais lhe tinham dado.

Já então clareava o dia, e, fosse por isso, fosse pelo ruído que D. Quixote fizera, estavam todos acordados e se levantavam, especialmente Dona Clara e Dorotea, pois, uma pelo sobressalto de ter tão perto o seu amante, outra com o desejo de vê-lo, bem mal tinham conseguido dormir naquela noite. D. Quixote, que viu que nenhum dos quatro viajantes fazia caso dele, nem respondiam à sua demanda, morria e raivejava de despeito e sanha; e se ele achasse nas ordenanças da sua cavalaria que licitamente podia o cavaleiro andante abraçar e empreender outra empresa tendo dado a sua palavra e fé de não se lançar a nenhuma enquanto não acabasse a prometida, ele investiria contra todos e os faria responder mau grado seu. Mas, por cuidar que não convinha nem era bem começar nova empresa enquanto não reconduzisse a Micomicona ao seu trono, houve de calar e sossegar, esperando ver que fim teriam as diligências daqueles viajantes, um dos quais encontrou o mancebo que procurava dormindo ao lado de um moço de mulas, muito descuidado de que alguém o procurasse, nem menos de que o achasse. O homem o travou pelo braço e lhe disse:

— Vede, senhor D. Luis, se o hábito que tendes corresponde a quem vós sois e a cama em que vos acho condiz com o regalo com que vossa mãe vos criou.

Limpou-se o moço os sonolentos olhos e olhou demoradamente aquele que o segurava, e logo conheceu que era um criado do seu pai, com o que tanto se sobressaltou, que não acertou ou não pôde falar palavra por um bom espaço; e o criado continuou dizendo:

— Aqui não há o que fazer, senhor D. Luis, senão baixar a cabeça e tomar o rumo de casa, se é que vossa mercê não quer que seu pai e meu senhor tome o do outro mundo, porque não se pode esperar outra coisa da pena em que está por causa da vossa ausência.

— E como soube meu pai — disse dom Luis — que eu seguia este caminho e nestes trajes?

— Um estudante — respondeu o criado — a quem destes conta dos vossos pensamentos foi quem o revelou, com pena da muita que viu o vosso pai sentir quando vos deu por falta; e assim despachou quatro dos seus criados à vossa procura, e todos estamos aqui ao vosso serviço, mais contentes do que imaginar-se pode, pelo bom despacho com que voltaremos, levando-vos aos olhos que tão bem vos querem.

— Isso será como eu quiser ou como o céu ordenar — respondeu D. Luis.

— Que haveis de querer ou que há de ordenar o céu, senão consentir que retorneis? Porque outra coisa não será possível.

Todas essas razões entre os dois trocadas ouviu o moço de mulas junto a quem D. Luis estava, e, levantando-se dali, foi dizer o que se passava a D. Fernando e a Cardenio e aos demais, que já estavam vestidos, aos quais contou como aquele homem chamava aquele rapaz de "dom" e as razões que trocavam, e como o queria levar à casa de seu pai e o moço não queria. Por isto, e pelo que dele sabiam da boa voz que o céu lhe dera, vieram todos com grande desejo de saber mais exatamente quem era ele, e até de ajudá-lo se alguma força lhe quisessem fazer, e assim foram para a parte onde ainda estava falando e porfiando com seu criado.

Saía então Dorotea do seu aposento, e atrás dela Dona Clara, muito desassossegada; e chamando Cardenio à parte, aquela lhe contou em breves razões a história do músico e de Dona Clara, contando-lhe Cardenio por seu lado o que estava se passando, da vinda dos criados do pai do rapaz à sua procura, e não o disse tão baixo para que Clara o deixasse de ouvir, com o que ficou tão fora de si que, se Dorotea não chegasse para segurá-la, teria dado consigo no chão. Cardenio disse a Dorotea que voltassem ao aposento, que ele procuraria tudo remediar, e elas assim fizeram.

Já estavam todos os quatro buscadores de D. Luis dentro da estalagem e em volta dele, persuadindo-o a que logo e sem a menor detença voltasse a consolar seu pai. Ele respondeu que de maneira alguma o podia fazer enquanto não resolvesse um negócio do qual dependia sua vida, sua honra e sua alma. Apertaram-no então os criados, dizendo-lhe que de modo algum voltariam sem ele e que o levariam, querendo ou não.

— Tal não fareis — replicou D. Luis —, salvo que me leveis morto; ainda que, de qualquer maneira que me leveis, haveis de me levar sem vida.

Já então haviam acudido à porfia todos os mais que na estalagem estavam, especialmente Cardenio, D. Fernando, seus camaradas, o ouvidor, o padre, o barbeiro e D. Quixote, que já cuidava não haver mais necessidade de guardar o castelo. Cardenio, já sabendo a história do moço, perguntou aos que levá-lo queriam o que os movia a querer levar aquele rapaz contra sua vontade.

— Move-nos — respondeu um dos quatro — dar a vida a seu pai, que pela ausência deste cavaleiro está a pique de perdê-la.

Nisto disse D. Luis:

— Não há por que dar conta aqui das minhas coisas: eu sou livre e voltarei se assim o quiser, e se não, nenhum de vós outros me há de fazer força.

— A razão há de fazê-la com vossa mercê — respondeu o homem —, e, quando ela não bastar, bastaremos nós para fazer aquilo pelo qual viemos e ao que somos obrigados.

— Averiguemos o que é isto de raiz — disse então o ouvidor.

Mas o homem, que o conheceu como vizinho de sua casa, respondeu:

— Não conhece vossa mercê, senhor ouvidor, este cavaleiro que é o filho do seu vizinho, o qual se ausentou da casa de seu pai em hábito tão impróprio à sua qualidade como vossa mercê pode ver?

Olhou-o então o ouvidor mais atentamente e conheceu-o, e, abraçando-o, disse:

— Que tolices são estas, senhor D. Luis, ou que causas tão poderosas, que vos tenham movido a vir desta maneira, e nestes trajes, que tão mal dizem com a vossa qualidade?

Os olhos do moço se encheram de lágrimas, e não pôde ele responder palavra. O ouvidor disse aos quatro que sossegassem, que tudo se resolveria; e tomando D. Luis pela mão, puxou-o à parte e lhe perguntou a razão daquela sua vinda.

E enquanto lhe fazia esta e outras perguntas, ouviram grandes vozes à porta da estalagem, e a causa delas era que dois hóspedes que aquela noite nela haviam pousado, vendo toda a gente ocupada em saber o que os quatro buscavam, tinham tentado ir-se embora sem pagar o que deviam; mas o estalajadeiro, sempre mais atento ao seu negócio que aos alheios, os apanhou quando iam saindo, e exigiu sua paga e enfeou sua má intenção com tais palavras, que os moveu a responderem com os punhos, e assim começaram a lhe dar tamanha surra, que o pobre do estalajadeiro se viu obrigado a gritar por socorro. A estalajadeira e sua filha não viram outro mais desocupado para poder socorrê-lo que D. Quixote, a quem a filha da estalajadeira disse:

— Socorra vossa mercê, senhor cavaleiro, pela virtude que Deus lhe deu, o meu pobre pai, que dois homens ruins o estão sovando mais que a um pão.

Ao que D. Quixote respondeu, com muito vagar e muita fleuma:

— Fermosa donzela, não tem cabida agora a vossa petição, porque estou impedido de intrometer-me noutra aventura enquanto não der cima a uma em que a minha palavra me pôs. Mas o que eu poderei fazer por servir-vos é o que agora direi: correi e dizei ao vosso pai que se entretenha nessa batalha o melhor que puder e que não se deixe vencer de modo algum, enquanto eu peço licença à princesa Micomicona para poder socorrê-lo em sua coita; que, se ela ma der, tende por certo que o salvarei.

— Pecadora de mim! — disse então Maritornes, que estava perto. — Antes que vossa mercê consiga essa licença que diz já estará meu senhor no outro mundo.

— Deixai, senhora, que eu obtenha a licença que digo — respondeu D. Quixote —, que, em tendo-a, pouco importará que ele esteja no outro mundo, pois dali o tirarei ainda que o mesmo mundo o contradiga, ou pelo menos tomarei por vós tal vingança dos que lá o houverem enviado, que ficareis mais que medianamente satisfeita.

E, sem dizer mais, foi-se pôr de joelhos diante de Dorotea, pedindo-lhe com palavras cavaleirescas e andantescas que a sua grandeza fosse servida de lhe dar licença de acorrer e socorrer ao castelão daquele castelo, que estava posto em grave aperto. A princesa lha deu de bom grado, e ele então, embraçando sua adarga e arrancando sua espada, acudiu à porta da estalagem, onde ainda tratavam os dois hóspedes de maltratar o estalajadeiro; mas assim como chegou, estacou hesitante, por mais que Maritornes e a estalajadeira lhe perguntassem por que se detinha, quando seu senhor e marido necessitava seu socorro.

— Detenho-me — disse D. Quixote — porque não me é lícito arrancar a espada contra gente escudeira; mas chamai-me aqui o meu escudeiro Sancho, pois a ele toca e tange esta defesa e vingança.

Isto se passava à porta da estalagem, onde corriam as punhadas e bofetadas à solta, tudo em dano do estalajadeiro e raiva de Maritornes, da estalajadeira e de sua filha, que se desesperavam de ver a covardia de D. Quixote e o mau bocado em que estava seu marido, senhor e pai.

Mas deixemos o estalajadeiro, que não faltará quem o socorra, ou se não, que sofra e cale quem se atreve a mais do que suas forças lhe prometem, e voltemos atrás cinquenta passos, para ver que foi o que D. Luis respondeu ao ouvidor, pois os deixamos à parte, perguntando-lhe este a causa de sua vinda a pé e com tão vil traje vestido; ao qual o moço, segurando-o fortemente das mãos, como em sinal de que alguma grande dor lhe apertava o coração, e derramando lágrimas em grande abundância, lhe disse:

— Senhor meu, eu nada vos sei dizer senão que, desde o ponto em que o céu quis e facilitou a nossa vizinhança que eu visse a minha senhora Dona Clara, filha vossa e senhora minha, desde aquele instante eu a fiz dona da minha vontade; e se a vossa, verdadeiro senhor e pai meu, não o impedir, neste mesmo dia há de ser a minha esposa. Por ela deixei a casa de meu pai, e por ela me pus nestes trajes, para segui-la aonde quer que fosse, como a seta o alvo ou como o marinheiro o norte. Ela não sabe dos meus desejos mais do que pôde entender de algumas vezes que viu ao longe meus olhos chorarem. Já sabeis, senhor, a riqueza e a nobreza dos meus pais, e como eu sou seu único herdeiro: se vos parece que estas são razões bastantes para que vos aventureis a me fazer em tudo venturoso, recebei-me logo por vosso filho; que, se meu pai, levado de outros desígnios seus, não gostar deste bem que eu soube procurar, mais força tem o tempo para desfazer e mudar as coisas que as humanas vontades.

Calou em dizendo isto o enamorado mancebo, e o ouvidor, ao ouvi-lo, ficou suspenso, confuso e admirado, tanto de ter ouvido o modo e a discrição com que D. Luis lhe descobrira seu pensamento como de se ver na situação de não saber o que decidir em tão repentino e inesperado negócio; e assim limitou-se a responder que por ora sossegasse e tratasse de entreter os seus criados, para que naquele dia não o levassem e ele tivesse tempo de considerar o que fosse melhor para todos. Beijou-lhe as mãos por força D. Luis, e até as banhou com lágrimas, coisa que poderia enternecer um coração de mármore, não só o do ouvidor, que, como discreto, já entendera quão bem seria para sua filha aquele matrimônio, posto que, se possível, preferisse efetuá-lo com o consentimento do pai de D. Luis, do qual sabia que pretendia dar título a seu filho.

Já então estavam em paz os hóspedes com o estalajadeiro, pois, por persuasão e boas razões de D. Quixote, mais que por ameaças, tinham pagado tudo o que ele quis, e os criados de D. Luis aguardavam o fim da conversa do ouvidor e a resolução de seu amo, quando o demônio, que não dorme, ordenou que naquele mesmo ponto entrasse na estalagem o barbeiro de quem D. Quixote tirara o elmo de Mambrino e Sancho Pança os arreios do asno que trocou com os do seu, o qual barbeiro, ao levar seu jumento à cavalariça, viu Sancho Pança ajeitando não sei quê da albarda, e assim como a viu a conheceu, e se atreveu a arremeter contra Sancho, dizendo:

— Ah, dom ladrão, que aqui vos tenho! Venha aqui a minha bacia e a minha albarda, com todos os meus arreios que me roubastes!

Sancho, que se viu acometer tão de improviso e ouviu os insultos que lhe diziam, com uma das mãos agarrou a albarda e com a outra deu um murro no barbeiro, que lhe banhou os dentes em sangue. Mas nem por isso largou o barbeiro a presa que tinha feito da albarda, antes levantou a voz de tal maneira, que todos os da estalagem acudiram ao ruído e à pendência, e dizia:

— Aqui del rei e da justiça! Além de roubar o que é meu, quer me matar este ladrão, salteador de estradas!

— Mentis — respondeu Sancho —, pois eu não sou salteador de estradas, já que em boa guerra ganhou o meu senhor D. Quixote estes despojos.

Já estava ali D. Quixote, muito contente de ver quão bem se defendia e ofendia seu escudeiro, e o teve dali em diante por homem de prol, e propôs em seu coração de armá-lo cavaleiro na primeira ocasião que se lhe oferecesse, por entender que nele seria bem empregada a ordem da cavalaria. Entre outras coisas que o barbeiro dizia no decorrer da pendência, veio a dizer:

— Senhores, esta albarda é tão minha como a morte que devo a Deus, e a conheço como se a tivesse parido, e aí está o meu asno no estábulo, que não me deixará mentir: vão prová-la nele e, se não lhe cair como uma luva, eu ficarei por infame. E mais: que no mesmo dia em que ela me foi roubada, me roubaram também uma bacia de aljôfar nova, ainda por estrear, que valia um escudo.

Aqui não conseguiu D. Quixote se conter e, pondo-se entre

610

os dois e apartando-os, depositando a albarda no chão, como em juízo até que a verdade se esclarecesse, disse:

— Por que vejam vossas mercês clara e manifestamente o erro em que está este bom escudeiro, pois chama bacia o que foi, é e será elmo de Mambrino, o qual lho tirei em boa guerra, e me fiz senhor dele com legítima e lícita possessão! Quanto à albarda não me intrometo, mas o que nisto sei dizer é que meu escudeiro Sancho me pediu licença para tirar os jaezes do cavalo deste vencido covarde e com eles adornar o seu; eu lha concedi, e ele os tomou, mas da transformação de jaez em albarda não saberei dar outra razão que não seja a ordinária: que transmutações como essa se veem nos casos da cavalaria; para cuja confirmação, corre, Sancho filho, e mostra aqui o elmo que este bom homem diz ser bacia.

— Por Deus, senhor — disse Sancho —, se não temos outra prova de nossa intenção que a que vossa mercê diz, tão bacia é o elmo de Malino como o jaez deste bom homem albarda!

— Faze o que te mando — replicou D. Quixote —, que não todas as coisas deste castelo hão de ser guiadas por encantamento.

Sancho foi até onde estava a bacia e a trouxe; e assim como D. Quixote a viu, tomou-a das mãos e disse:

— Olhem vossas mercês se este escudeiro podia, sem mentir, dizer que esta é bacia, e não o elmo que tenho dito; e juro pela ordem de cavalaria que professo que este elmo foi o mesmo que dele tirei, sem tirado nem posto coisa alguma.

— Isso sem dúvida — disse então Sancho —, pois desde que o meu senhor o ganhou até agora, não fez com ele mais que uma batalha, quando libertou aqueles presos sem ventura; e se não contasse com esse bacielmo, não passara ele então muito bem, pois foi grande a chuva de pedradas.

Capítulo XLV

Onde se acaba de averiguar a dúvida do elmo de Mambrino e da albarda, e outras aventuras acontecidas, com toda a verdade

— Que lhes parece, senhores — disse o barbeiro —, o que afirmam estes gentis-homens, que ainda porfiam em que esta não é bacia, e sim elmo?

— E a quem o contrário disser — disse D. Quixote —, eu mostrarei que mente, se for cavaleiro, e, se escudeiro, que mil vezes remente.

O nosso barbeiro, que a tudo assistia, como já tão bem conhecia o humor de D. Quixote, quis atiçar seu desatino e levar a burla avante, para o riso de todos, e disse, dirigindo-se ao outro barbeiro:

— Senhor barbeiro, ou lá quem fordes, sabei que eu também sou do vosso ofício, e há mais de vinte anos tenho carta de exame[1] e conheço muito bem todos os instrumentos da barbearia, sem exceção; e igualmente fui por algum tempo soldado na minha mocidade, e sei também o que é elmo, o que é morrião e o que é celada, e outras coisas tocantes à milícia, ou seja, aos gêneros de armas dos soldados; e afirmo, salvo melhor parecer, sempre me remetendo ao melhor entendimento, que esta peça que

---

[1] Certificado oficial que facultava o exercício da medicina, exigido de boticários, parteiras e barbeiros, que também realizavam pequenas cirurgias.

612

está aqui diante e que este bom senhor tem nas mãos não só não é bacia de barbeiro, mas está tão longe de sê-lo como está longe o branco do preto e a verdade da mentira; também digo que este, conquanto seja elmo, não é elmo inteiro.

— Não, por certo — disse D. Quixote —, porque lhe falta a metade de baixo, que é a babeira.[2]

— Assim é — disse o padre, que já tinha entendido a intenção de seu amigo o barbeiro.

E o mesmo confirmaram Cardenio, D. Fernando e seus camaradas; e até o ouvidor, se não estivesse tão pensativo no caso de D. Luis, teria participado da burla, mas as veras do que pensava o tinham tão suspenso, que pouco ou nada atentava àqueles donaires.

— Valha-me Deus! — disse então o burlado barbeiro. — É possível que tanta gente honrada diga que isto não é bacia, e sim elmo? Parece coisa de deixar admirada toda uma universidade, por mais discreta que seja. Basta. Se esta bacia for elmo, também esta albarda será jaez de cavalo, como este senhor disse.

— Pois a mim albarda me parece — disse D. Quixote —, mas já disse que nisso não me intrometo.

— Se é albarda ou jaez — disse o padre — ninguém melhor para dizê-lo que o senhor D. Quixote, pois nessas coisas da cavalaria todos estes senhores e eu lhe reconhecemos a primazia.

— Por Deus, senhores meus — disse D. Quixote —, que são tantas e tão estranhas as coisas que neste castelo me aconteceram, nas duas vezes que nele me hospedei, que não me atrevo a assegurar firmemente coisa alguma que me perguntarem sobre o que

---

[2] Peça da armadura, integrada ao elmo, que protegia a boca, o queixo e parte do pescoço.

nele se contém, pois imagino que tudo quanto nele se trata vai por via de encantamento. Da primeira vez, muito me afrontou um mouro encantado que nele habita, e Sancho não se saiu muito bem com outros seus sequazes; e ontem à noite estive pendurado deste braço por quase duas horas, sem saber como nem por que vim a cair nessa desgraça. Portanto, meter-me eu agora a dar meu parecer em matéria de tanta confusão será incorrer em juízo temerário. Quanto a dizerem que esta é bacia e não elmo, já dei a minha resposta; mas quanto a declarar se essa é albarda ou jaez, não me atrevo a dar definitiva sentença: entrego-a ao bom parecer de vossas mercês; talvez por não serem armados cavaleiros, como eu sou, não tenham que ver com vossas mercês os encantamentos deste lugar e tenham os entendimentos livres para julgar as coisas deste castelo como elas são real e verdadeiramente, e não como a mim me pareciam.

— Sem dúvida alguma — respondeu D. Fernando —, como tão bem disse o senhor D. Quixote, cabe a nós outros a definição deste caso; e por mais fortalecer seu fundamento, recolherei em segredo o voto destes senhores, e darei do resultado inteira e clara notícia.

Para aqueles que a tinham do humor de D. Quixote, era tudo matéria de grandíssimo riso, mas para os que o ignoravam parecia o maior disparate do mundo, especialmente para os quatro criados de D. Luis, e igualmente para D. Luis e para outros três viajantes que acaso tinham chegado à estalagem, que pareciam ser quadrilheiros, como de feito o eram. Mas quem mais se desesperava era o barbeiro, cuja bacia ali diante de seus olhos se transformara em elmo de Mambrino, e cuja albarda pensava sem dúvida alguma que se havia de transformar em rico jaez de cavalo; e uns e outros se riam de ver como andava D. Fernando recolhendo os votos de todos, falando ao ouvido de cada um para que em segredo declarasse se era albarda ou jaez aquela joia pela qual tanto se brigara; e depois de recolher os votos daqueles que conheciam D. Quixote, disse em voz alta:

— O fato, bom homem, é que eu já estou cansado de recolher tantos pareceres, pois ninguém a quem pergunto o que desejo saber deixa de confirmar que é disparate dizer que isto é albarda de jumento, e não jaez de cavalo, e até de cavalo castiço; e assim tereis de vos resignar, porque, muito ao vosso pesar e ao do vosso asno, isto é jaez, e não albarda, e vós alegastes e provastes muito mal a vosso favor.

— Que me falte o do céu — disse o sobrebarbeiro — se vossas mercês todos não se enganam, e que tão bem pareça minha alma a Deus como ela a mim parece albarda, e não jaez; mas lá vão leis[3] etc., e mais não digo, e à fé que não estou bêbado, pois estou em jejum de tudo, quando não seja de pecado.

Não menos riso causavam as necedades que dizia o barbeiro que os disparates de D. Quixote, que então disse:

— Aqui não há nada a fazer senão tomar cada um o que é seu, e a quem Deus deu, São Pedro que o benza.

Um dos quatro disse:

— Se isto não for burla pensada, não posso aceitar que homens de tão bom entendimento, como são ou parecem todos os presentes, ousem dizer e afirmar que isto não é bacia, nem aquilo albarda; mas, como vejo que o afirmam e o dizem, suspeito que algum mistério deve de haver em porfiar numa coisa tão contrária ao que nos mostra a mesma verdade e a mesma experiência; pois voto a tal (e lançou a jura inteira) que não me farão crer todos os que hoje vivem no mundo que isto não é bacia de barbeiro e isto, albarda de asno.

---

3 O ditado completo reza "lá vão leis aonde querem reis".

— Bem poderia ser de burrica — disse o padre.

— Tanto faz — disse o criado —, porque não é essa a questão, mas se é ou não albarda, como vossas mercês dizem.

Ouvindo isto um dos quadrilheiros, que tinha entrado e ouvido a pendência e o pleito, cheio de cólera e de sanha, disse:

— Tão albarda é como sou filho do meu pai, e quem outra coisa disse ou disser deve de estar mais bêbado que um tonel.

— Mentis como velhaco vilão — respondeu D. Quixote.

E, levantando o chuço, que jamais largava, ia dando-lhe tamanho golpe na cabeça, que, se não se desviasse o quadrilheiro, o teria deixado ali estirado. O chuço se fez em pedaços no chão, e os demais quadrilheiros, ao verem o trato dado ao companheiro, deram vozes em nome da Santa Irmandade.

O estalajadeiro, que também pertencia à Irmandade,[4] foi no ato buscar sua vareta e sua espada, e voltou para o lado dos companheiros; os criados de D. Luis trataram logo de rodear seu amo, para que não fugisse no meio do alvoroço; o barbeiro, vendo a casa em tumulto, tornou a agarrar de sua albarda, e o mesmo fez Sancho; D. Quixote arrancou sua espada e arremeteu contra os quadrilheiros; D. Luis dava vozes aos seus criados para que o deixassem e socorressem D. Quixote, e Cardenio e D. Fernando, que ambos favoreciam D. Quixote; o padre dava vozes; a estalajadeira gritava; sua filha se afligia; Maritornes chorava; Dorotea estava confusa; Luscinda, suspensa, e Dona Clara, desmaiada. O barbeiro aporreava Sancho; Sancho moía o barbeiro; D. Luis, que um criado seu se atrevera a segurar pelo braço para que não fugisse,

---

[4] Não raro, os estalajadeiros integravam a Santa Irmandade, em princípio para ajudar a proteger as estradas, mas também para não serem punidos pelos maus-tratos ou roubo dos hóspedes.

lhe acertou uma punhada que lhe banhou os dentes em sangue; o ouvidor o defendia; D. Fernando tinha a seus pés um quadrilheiro, cujo corpo moía a pontapés muito a seu sabor; o estalajadeiro tornou a reforçar a voz, pedindo favor para a Santa Irmandade... De modo que a estalagem toda era choros, vozes, gritos, confusões, temores, sobressaltos, desgraças, cutiladas, bofetadas, pauladas, pontapés e efusão de sangue. E em meio a esse caos, máquina e labirinto de coisas, representou-se na memória de D. Quixote que estava metido da cabeça aos pés na discórdia do campo de Agramante, e assim disse com uma voz que estremeceu a estalagem:

— Detenham-se todos, todos embainhem, todos sosseguem, ouçam-me todos, se todos quiserem ficar com vida!

A cuja grande voz todos pararam, e ele prosseguiu, dizendo:

— Já não vos disse, senhores, que este castelo era encantado, e que uma região de demônios deve de habitar nele? Em confirmação disto, quero que vejais com vossos olhos como aqui se passou e se trasladou entre nós a discórdia do campo de Agramante. Olhai como ali se briga pela espada, aqui pelo cavalo, acolá pela águia, aqui pelo elmo, e todos brigamos e todos não nos entendemos. Venha, pois, vossa mercê, senhor ouvidor, e vossa mercê, senhor padre, e que um faça de rei Agramante e o outro de rei Sobrino, e ponham-nos em paz. Pois por Deus Todo-Poderoso que é grande velhacaria que tanta gente principal como aqui temos se mate por causas tão ligeiras.

Os quadrilheiros, que não entendiam o fraseio de D. Quixote e se viam maltratar por D. Fernando, Cardenio e seus camaradas, não queriam sossegar; o barbeiro, sim, pois na pendência lhe desfizeram a barba e a albarda; Sancho, à mínima voz de seu amo, obedeceu, como bom criado; os quatro criados de D. Luis também se aquietaram, vendo quão pouco ganhavam em não fazê-

-lo; só o estalajadeiro porfiava em que se haviam de castigar as insolências daquele louco, que a cada passo tumultuava a sua estalagem. Finalmente, se apaziguou a vozearia, a albarda ficou por jaez até o dia do juízo, a bacia por elmo e a estalagem por castelo na imaginação de D. Quixote.

Postos assim todos em sossego e feitos amigos por persuasão do ouvidor e do padre, voltaram os criados de D. Luis a porfiar em que fosse com eles de imediato; e enquanto ele com eles se avinha, o ouvidor se aconselhou com D. Fernando, Cardenio e o padre sobre o que devia fazer naquele caso, contando-lho com as razões que D. Luis lhe dissera. Por fim foi acordado que D. Fernando diria aos criados de D. Luis quem ele era e como era seu gosto que D. Luis seguisse com ele para Andaluzia, onde seu irmão, o marquês, o estimaria com o valor que D. Luis merecia; isto porque já bem mostrara D. Luis que não voltaria daquela feita aos olhos de seu pai, ainda que o fizessem em pedaços. Entendida pelos quatro a qualidade de D. Fernando e a intenção de D. Luis, determinaram entre si que três dos quatro voltariam para contar ao pai dele o que se passava, e o outro ficaria para servir a D. Luis e não deixá-lo ir enquanto os outros não voltassem para buscá-lo, ou fazer o que o pai dele lhes ordenasse.

Desse modo se apaziguou aquela máquina de pendências, pela autoridade de Agramante e prudência do rei Sobrino;[5] mas, vendo-se o inimigo da concórdia e êmulo da paz menosprezado e escarnecido, e o pouco fruto que granjeara de ter posto aquela gente em tão confuso labirinto, resolveu tentar nova sorte, ressuscitando novas pendências e desassossegos.

---

[5] Um dos reis sarracenos que, no *Orlando furioso*, apoiam Agramante na guerra contra Carlos Magno.

É pois de saber que os quadrilheiros sossegaram, por terem entreouvido a qualidade dos que com eles tinham combatido, e se retiraram da pendência, por entenderem que, fosse qual fosse o final da batalha, haviam de levar a pior; mas um deles, aquele que fora moído a pontapés por D. Fernando, se lembrou de que, entre alguns mandados que levava para prender alguns delinquentes, levava um contra D. Quixote, que a Santa Irmandade mandara prender pela liberdade que dera aos galeotes, tal como Sancho com muita razão temera.

Com essa imaginação, decidiu verificar se os sinais que de D. Quixote trazia quadravam e, tirando do peito um pergaminho, logo achou o que buscava e se pôs a ler bem devagar, porque não era bom leitor, parando a cada palavra para pôr os olhos em D. Quixote e ir cotejando os sinais do mandado com o rosto de D. Quixote, até que achou que sem dúvida alguma era ele quem o mandado rezava. E apenas se certificou disso, quando enrolando o pergaminho, na mão esquerda tomou o mandado e com a direita agarrou D. Quixote pela gola com tanta força que o não deixava respirar, enquanto dizia a grandes vozes:

— Favor à Santa Irmandade! E, para que vejam que o peço à vera, leiam este mandado, onde se ordena a prisão deste salteador de estradas.

Tomou o mandado o padre e viu como era verdade tudo o que o quadrilheiro dizia e como coincidiam os sinais com D. Quixote; o qual, vendo-se maltratar por aquele vilão facinoroso, fervendo sua cólera e rangendo-lhe os ossos do corpo, como melhor pôde agarrou o quadrilheiro pela garganta com ambas as mãos, de tal maneira que, se não fosse socorrido por seus companheiros, ali teria deixado a vida antes que D. Quixote a presa. O estalajadeiro, que por força havia de favorecer os do seu ofício, logo acudiu em favor do quadrilheiro. A estalajadeira, que viu de novo seu marido metido em pendências, de novo levantou a voz, cujo tom imitaram Maritornes e sua filha, pedindo favor ao céu e aos que ali estavam. Sancho disse, ao ver o que se passava:

— Por Deus que é verdade tudo quanto meu amo diz dos encantos deste castelo, pois nele não é possível viver uma hora com sossego!

D. Fernando apartou o quadrilheiro e D. Quixote e, para alívio de ambos, lhes desencravou as mãos, que um na gola do saio do outro e o outro na garganta do um bem encravelhadas tinham; mas nem por isso deixaram os quadrilheiros de exigir seu preso e a ajuda para levá-lo atado e sujeito à sua inteira vontade, pois assim convinha ao serviço do rei e da Santa Irmandade, de cuja parte de novo lhes pediam socorro e favor para fazer aquela prisão daquele ladrão e salteador de trilhas e carreiros. Ria-se de ouvir dizer estas razões D. Quixote, e com muito sossego disse:

— Vinde aqui, gente soez e malnascida: saltear estradas chamais o dar liberdade aos acorrentados, soltar os presos, socorrer os miseráveis, levantar os caídos, remediar os necessitados? Ah, gente infame, digna por vosso baixo e vil entendimento de que o céu não vos comunique o valor que se encerra na cavalaria andante, nem vos dê a entender o pecado e a ignorância em que estais em não reverenciar a sombra, quanto mais a presença, de qualquer cavaleiro andante! Vinde aqui, quadrilha de ladrões, e não quadrilheiros, salteadores de estradas com licença da Santa Irmandade, dizei-me: quem foi o ignorante que firmou mandado de prisão contra semelhante cavaleiro como eu sou? Quem o que ignorou que são isentos os cavaleiros andantes de todo judicial foro e que sua lei é sua espada, seus foros os seus brios, sua pragmática a sua vontade? Quem foi o mentecapto, volto a dizer, que não sabe que não há carta de fidalguia com tantas preeminências nem isenções como a que adquire um cavaleiro andante no dia em que se arma cavaleiro e se entrega ao duro exercício da cavalaria? Que cavaleiro andante pagou peita, alcavala, chapim de rainha, visitação, pedágio ou barcagem?[6] Que alfaiate lhe cobrou feitio de roupa que lhe fizesse? Que castelão o acolheu em seu castelo que lhe tenha pedido escote? Que rei não o assentou à sua mesa? Que donzela não se lhe afeiçoou e se lhe entregou rendida a todo seu talante e sua vontade? E, finalmente, que cavaleiro andante houve, há ou haverá no mundo que não tenha brios para dar, ele sozinho, quatrocentas pauladas em quatrocentos quadrilheiros que se lhe ponham diante?

---

6 Elenco de tributos da época. Vale detalhar um deles em particular, o *chapín de reina*, imposto que começou sendo cobrado para custear as bodas reais e com o tempo se tornou um expediente para cobrir gastos extraordinários.

Capítulo XLVI

Da notável aventura dos quadrilheiros e da grande ferocidade do nosso bom cavaleiro D. Quixote

Enquanto D. Quixote isso dizia, o padre estava persuadindo os quadrilheiros de que D. Quixote era falto de juízo, como viam por suas obras e suas palavras, e que não tinham para que levar aquele negócio avante, pois, ainda que o prendessem e levassem, logo o haviam de deixar por louco; ao que respondeu o do mandado que não cabia a ele julgar a loucura de D. Quixote, mas fazer o que seu comandante lhe mandava, e que, uma vez que o prendesse, podiam soltá-lo trezentas.

— Com tudo isso — disse o padre —, desta vez não haveis de levá-lo, nem ele se deixará levar, pelo que eu entendo.

Com efeito, tanto lhes soube dizer o padre e tantas loucuras soube D. Quixote fazer, que mais loucos seriam os quadrilheiros se não conhecessem a falta de D. Quixote, e assim houveram por bem de se apaziguar e até de serem mediadores das pazes entre o barbeiro e Sancho Pança, ainda entregues com grande rancor a sua pendência. Finalmente, eles, como membros da justiça, mediaram a causa e foram árbitros dela, de tal modo, que ambas as partes ficaram, se não de todo contentes, ao menos em parte satisfeitas, pois destrocaram as albardas, mas não as cilhas e xáquimas. E quanto ao elmo de Mambrino, o padre, à socapa e sem que D. Quixote percebesse, deu ao barbeiro oito reais pela bacia, e este lhe fez uma cédula de recibo e de renúncia a revisões futuras, para todo sempre, amém.

Assim sossegadas essas duas pendências, que eram as mais principais e de maior monta, faltava que os criados de D. Luis aceitassem voltar em três, ficando um deles para acompanhá-lo aonde D. Fernando queria levá-lo; e como a boa sorte e melhor fortuna já começava a facilitar dificuldades e a quebrar lanças em favor dos amantes da estalagem e dos valentes dela, quis tudo levar a cabo com feliz sucesso, porque os criados aceitaram quanto D. Luis queria: com o que tanto se contentou Dona Clara, que ninguém que então a olhasse no rosto deixaria de conhecer o regozijo de sua alma.

Zoraida, ainda que não entendesse bem todos os sucessos que tinha visto, se entristecia e alegrava em grosso, conforme via e notava o semblante a cada um, especialmente o do seu espanhol, em quem sempre tinha postos os olhos e a alma. O estalajadeiro, a quem não passou despercebida a dádiva e recompensa que o padre fizera ao barbeiro, pediu o escote de D. Quixote, mais a reparação pelo estrago dos seus odres e pela perda do vinho, jurando que não sairia da estalagem Rocinante, nem o jumento de Sancho, sem que antes lhe pagassem até o último cobre. Tudo apaziguou o padre e o pagou D. Fernando, posto que o ouvidor, de muito boa vontade, também tinha oferecido a paga; e de tal maneira ficaram todos em paz e sossego, que já não parecia a estalagem a discórdia do campo de Agramante, como D. Quixote dissera, mas a mesma paz e quietude do tempo de Otaviano;[1] de todo o qual foi comum opinião que se deviam dar as graças à boa

---

[1] Referência ao longo período de paz que Roma desfrutou com o fim da última guerra dos triúnviros, em 30 a.C.

intenção e muita eloquência do senhor padre e à incomparável liberalidade de D. Fernando.

Vendo-se pois D. Quixote livre e desembaraçado de tantas pendências, assim do seu escudeiro como das suas, pensou que seria bem seguir sua começada viagem e dar fim àquela grande aventura para a qual fora chamado e escolhido, e assim, com resoluta determinação se pôs de joelhos aos pés de Dorotea, a qual não lhe consentiu que falasse palavra enquanto não se levantasse, e ele, por obedecê-la, se pôs em pé e lhe disse:

— Diz o comum provérbio, fermosa senhora, que a diligência é mãe da boa ventura, e em muitas e graves coisas tem mostrado a experiência que a solicitude do negociante leva a bom fim o pleito duvidoso; mas em coisa alguma se mostra mais esta verdade do que nas da guerra, onde a celeridade e a presteza previnem os discursos do inimigo e alcançam a vitória antes que o contrário se ponha em defesa. Tudo isto digo, alta e preciosa senhora, porque me parece que a estada nossa neste castelo já é sem proveito, e poderia ser tão em nosso prejuízo, que logo se nos daria a ver, pois quem sabe se por ocultos e diligentes espiões não saberá já vosso inimigo o gigante que eu vou destruí-lo, e, dando-lhe lugar o tempo, venha a se fortificar nalgum inexpugnável castelo ou fortaleza contra o qual de pouco valerão as minhas diligências e a força do meu incansável braço? Portanto, senhora minha, previnamos, como tenho dito, com a nossa diligência os seus desígnios, e partamos logo à boa ventura, pois só tardará a vossa grandeza em tê-la como deseja o quanto eu tardar em ver-me com o vosso contrário.

Calou e não disse mais D. Quixote, esperando com muito sossego a resposta da fermosa infanta, a qual, com gesto senhoril e acomodado ao estilo de D. Quixote, lhe respondeu desta maneira:

— Agradeço-vos, senhor cavaleiro, o desejo que mostrais ter de favorecer-me em minha grande coita, bem assim como cavaleiro a quem é anexo e concernente favorecer os órfãos e necessitados, e queira o céu que o vosso e o meu desejo se cumpram, para que vejais que há agradecidas mulheres no mundo; e quanto à minha partida, que seja logo, pois eu não tenho outra vontade que a vossa: disponde vós de mim a toda vossa guisa e talante, que esta que já vos entregou a defesa da sua pessoa e pôs em vossas mãos a restauração dos seus senhorios não há de querer contrariar o que a vossa prudência ordenar.

— Pela graça de Deus — disse D. Quixote. — Pois assim como a vossa senhoria se me humilha, não quero eu perder a ocasião de levantá-la e pô-la em seu herdado trono. Que seja logo a partida, pois me vai esporeando o desejo e já pondo a caminho o dizer que na tardança está o perigo; e como jamais criou o céu nem viu o inferno ninguém que me espante nem acobarde, anda, Sancho, sela Rocinante e aparelha o teu jumento e o palafrém da rainha, e despeçamo-nos do castelão e destes senhores, e vamos-nos logo daqui direto ao ponto.

Sancho, que a tudo estava presente, disse, meneando a cabeça de parte a parte:

— Ai, senhor, senhor, saiba que na vila, que não é boa, há mais mal que o que soa, com o perdão das toucadas honradas![2]

— Que mal pode haver em vila alguma, ou em todas as cidades do mundo, que se possa soar em meu desdouro, vilão?

— Se vossa mercê se zangar — respondeu Sancho —, eu ca-

---

[2] Fórmula de desculpas pela possibilidade de ferir ouvidos, neste caso, os das damas respeitáveis. Sancho distorce maliciosamente a expressão, aproveitando o duplo sentido de *tocada*, como "toucada" e "apalpada".

larei e deixarei de dizer o que sou obrigado como bom escudeiro e como deve um bom criado dizer ao seu senhor.

— Dize o que quiseres — replicou D. Quixote —, como tuas palavras não se encaminhem a me amedrontar: pois se tu tens medo, fazes como quem és, e se eu o não tenho, faço como quem sou.

— Não é isso, Deus me livre! — respondeu Sancho —, e sim que eu tenho por certo e averiguado que essa senhora que se diz rainha do grande reino Micomicão não o é mais do que a minha mãe, pois, se ela fosse o que diz, não andaria se agarrando pelos cantos com um dos que estão nesta roda.

Corou Dorotea em ouvindo as razões de Sancho, porque era verdade que seu esposo D. Fernando, vez por outra, a furto de outros olhares tinha cobrado com os lábios parte do prêmio merecido por seus desejos, o qual visto por Sancho, entendeu este que aquela desenvoltura era mais de dama cortesã que de rainha de tão grande reino, e ela não pôde nem quis responder palavra a Sancho, mas o deixou prosseguir em sua fala, e ele foi dizendo:

— Isto digo, senhor, porque, se, depois de andar caminhos e carreiros e passar más noites e piores dias, o fruto dos nossos trabalhos vier a ser colhido por essa que anda folgando nesta estalagem, não tenho por que dar-me pressa em selar Rocinante, albardar o jumento e adereçar o palafrém, pois será melhor que fiquemos quietos, e cada puta que cuide de si, e em paz comamos.

Oh, valha-me Deus! Quão grande foi a sanha que tomou D. Quixote em ouvindo as descompostas palavras do seu escudeiro! Direi que foi tanta, que com voz atropelada e tartamuda língua, lançando vivo fogo pelos olhos, disse:

— Oh, velhaco vilão, desaforado, indecoroso, ignorante, infacundo, deslinguado, atrevido, murmurador e maledicente! Tais palavras ousaste dizer na minha presença e na destas ínclitas senhoras e tais desonestidades e atrevimentos ousaste pôr em tua confusa imaginação? Desaparece da minha presença, monstro da natureza, depositário de mentiras, almário de embustes, celeiro de velhacarias, inventor de maldades, publicador de sandices, inimigo do respeito que se deve às reais pessoas! Some, não apareças diante de mim, sob pena da minha ira!

E, dizendo isto, arqueou as sobrancelhas, inflou as bochechas, correu os olhos por toda parte e deu com o pé direito um grande golpe no chão, sinais todos da ira que encerrava em suas entranhas. Em vista de cujas palavras e furibundos gestos ficou Sancho tão encolhido e medroso, que folgaria se naquele instante a terra se abrisse debaixo dos seus pés e o tragasse, e não soube que fazer, senão virar as costas e retirar-se da raivosa presença do seu senhor. Mas a discreta Dorotea, que já tão bem conhecia o humor de D. Quixote, disse, para amainar sua ira:

— Não vos despeiteis, senhor Cavaleiro da Triste Figura, das sandices que o vosso bom escudeiro disse, pois quiçá não as diga sem ocasião, nem do seu bom entendimento e cristã consciência se pode suspeitar que levante testemunho contra quem quer que seja; e assim se há de crer, sem dúvida, que, como neste castelo, segundo vós, senhor cavaleiro, dizeis, todas as coisas correm e acontecem por modo de encantamento, poderia ser, digo, que Sancho houvesse visto por essa diabólica via o que ele diz que viu tão em ofensa da minha honestidade.

— Juro por Deus onipotente — disse então D. Quixote — que a vossa grandeza acertou no ponto, e que alguma má visão se pôs diante do pobre Sancho, fazendo-o ver o que seria impossível por outro modo que de encantos não fosse: pois bem sei eu da bondade e inocência deste desventurado que não sabe levantar testemunhos contra ninguém.

— Assim é e assim será — disse D. Fernando —; e por isto

deve vossa mercê, senhor D. Quixote, perdoá-lo e torná-lo ao grêmio da sua graça, *sicut erat in principio*,[3] antes que as tais visões o tirem do seu juízo.

D. Quixote respondeu que o perdoava, e o padre foi buscar Sancho, o qual veio muito humilde e, pondo-se de joelhos, pediu a mão a seu amo, e este lha deu e, depois de deixá-la beijar, lhe deu a bênção, dizendo:

— Agora acabarás de entender, Sancho filho, ser verdade o que outras muitas vezes eu te disse, que todas as coisas deste castelo são feitas por via de encantamento.

— Assim creio eu — disse Sancho —, afora o caso da manta, que realmente aconteceu por via ordinária.

— Não creias — respondeu D. Quixote —, pois, se assim fosse, eu te houvera vingado então, e até agora; mas nem então nem agora pude nem vi de quem tomar vingança pelo teu agravo.

Desejaram todos saber que era aquilo da manta, e o estalajadeiro lhes contou ponto por ponto a volataria de Sancho Pança, do que não pouco se riram todos, e do que não menos se teria vexado Sancho, se de novo não lhe assegurasse seu amo que era encantamento: posto que jamais chegou a tanto a sandice de Sancho para acreditar que não foi verdade pura e averiguada, sem mescla de engano algum, a sua manteação por pessoas de carne e osso, e não por fantasmas sonhados nem imaginados, como seu senhor acreditava e afirmava.

Dois dias já haviam se passado desde que toda aquela ilustre companhia estava na estalagem; e cuidando que já era tempo

---

[3] Início da oração Gloria Patri (Glória ao Pai), que se rezava nas cerimônias de reconciliação depois do Pater Noster e da Ave Maria. A sentença completa diz *"sicut erat in principio, et nunc, et semper, et in sæcula sæculorum"* ("como era no princípio, agora e sempre, e pelos séculos dos séculos").

de partir, buscaram um modo para que, sem se darem ao trabalho Dorotea e D. Fernando de voltar com D. Quixote a sua aldeia, mas ainda com a invenção da liberdade da rainha Micomicona, pudessem o padre e o barbeiro levá-lo como desejavam até sua terra para ali procurar a cura de sua loucura. E o que resolveram foi contratar um carreteiro de bois, que por acaso ia passando por ali, para que o levasse desta forma: fizeram uma sorte de jaula, de paus engradados,[4] grande o bastante para nela caber folgadamente D. Quixote, e depois D. Fernando e seus camaradas, mais os criados de D. Luis e os quadrilheiros, juntamente com o estalajadeiro, todos, por ordem e parecer do padre, cobriram o rosto e inventaram cada qual um disfarce, de jeito que D. Quixote pensasse não ser essa gente a mesma que naquele castelo tinha visto.

Feito isso, com grandíssimo silêncio entraram onde ele estava dormindo e descansando das passadas refregas. Chegaram-se a ele, que dormia inocente e desprevenido de tal acontecimento, e, segurando-o fortemente, lhe amarraram muito bem as mãos e os pés, de modo que, quando ele acordou sobressaltado, não se pôde mexer nem nada além de se admirar e aturdir ao ver diante de si tão estranhas visagens; e logo se lhe afigurou o que sua contínua e desvairada imaginação lhe representava, e acreditou que todas aquelas figuras eram fantasmas daquele encantado castelo, e que sem dúvida alguma já estava encantado, pois não se podia mexer nem defender: tudo exatamente como pensara o padre, maquinador daquele enredo. Entre todos os presentes, somente Sancho estava em seu próprio juízo e em sua própria figura, e

---

[4] A jaula de madeira era normalmente empregada para prender os "loucos furiosos".

assim, ainda que lhe faltasse bem pouco para sofrer da mesma doença de seu amo, não deixou de conhecer quem eram todas aquelas fingidas figuras, mas não ousou despregar os lábios, até ver no que dava aquele assalto e prisão do seu amo, o qual também não dizia palavra, atento que estava ao rumo que tomaria a sua desgraça: e foi que trouxeram a jaula e o meteram ali dentro, pregando as estacas tão fortemente que não qualquer tranco as poderia romper.

Logo carregaram a jaula sobre os ombros, e, ao sair do aposento, ouviu-se uma voz medonha, tanto quanto soube afetá-la o barbeiro, não o da albarda, mas o outro, que dizia:

— Oh, Cavaleiro da Triste Figura!, não tenhas pesar da prisão em que vais, pois assim convém para mais presto acabar a aventura em que teu grande esforço te pôs. A qual se acabará quando o furibundo leão manchado e a branca pomba tobosina folgarem em um, depois de humilhadas as altas cervizes ao brando jugo matrimoniesco, de cujo inaudito consórcio virão à luz do orbe as bravas crias que imitarão as rampantes garras do valoroso pai; e isto será antes que o perseguidor da fugitiva ninfa repita por duas vezes sua visita às luzentes imagens em seu rápido e natural curso. E tu, oh mais nobre e obediente escudeiro que teve espada à cintura, barbas no rosto e olfato nos narizes!, não te esmoreça nem descontente o ver levar assim diante dos teus mesmos olhos a flor da cavalaria andante, que presto, se ao plasmador do mundo assim prouver, ver-te-ás tão alto e tão sublimado, que não te conhecerás, e não serão defraudadas as promessas do teu bom senhor; e asseguro-te, de parte da sábia Mentironiana, que o teu salário te será pago, como verás pela obra; e segue os passos do valoroso e encantado cavaleiro, que convém que vás aonde parardes os dois ambos. E porque não me é lícito dizer mais, com Deus ficai, que eu volto aonde eu sei.

E, ao acabar da profecia, ergueu um tanto a voz, e depois a baixou com tão suave acento, que até os sabedores da farsa estiveram a ponto de crer que era verdade o que ouviam.

Ficou D. Quixote consolado com a dita profecia, pois de tudo logo coligiu de todo a sua significação e viu que encerrava a promessa de se ver ajuntado em santo e devido matrimônio com sua querida Dulcineia d'El Toboso, de cujo feliz ventre sairiam as crias, que eram seus filhos, para a perpétua glória de La Mancha; e crendo nisso bem e firmemente, ergueu a voz e, dando um grande suspiro, disse:

— Oh tu, quem quer que sejas, que tanto bem me prognosticaste! Rogo-te que peças de minha parte ao sábio encantador que as minhas coisas tem a cargo que não me deixe perecer nesta prisão onde agora me levam, enquanto não vir cumpridas tão alegres e incomparáveis promessas como são as que aqui se me fizeram; que, como isto seja, terei por glória as penas da minha prisão, e por alívio estes grilhões que me cingem, e não por duro campo de batalha este leito em que me deitam,[5] mas por branda cama e tálamo ditoso. E no que toca à consolação de Sancho Pança, meu escudeiro, eu confio que, por sua bondade e bom proceder, ele não me deixará em boa nem em má sorte; pois ainda que não se dê, por míngua da sua ou da minha ventura, a possibilidade de conceder-lhe a ínsula ou outra coisa equivalente que lhe tenho prometida, pelo menos seu salário não se poderá perder, pois no meu testamento, que já está feito, deixo declarado o que se lhe há de dar, não conforme os seus muitos e bons serviços, mas as possibilidades minhas.

---

[5] Citação de Petrarca (*Canzoniere*, CCXXVI, 8), "*È duro campo di battaglia il letto*".

Sancho Pança se inclinou com muito comedimento e lhe beijou ambas as mãos, pois só uma não podia, por estarem atadas. Logo carregaram aquelas visões a jaula nos ombros e a puseram sobre o carro de bois.

Capítulo XLVII

DO ESTRANHO MODO COMO FOI ENCANTADO
D. QUIXOTE DE LA MANCHA,
MAIS OUTROS FAMOSOS SUCESSOS

Quando D. Quixote se viu daquela maneira enjaulado e sobre o carro, disse:

— Muitas e muito graves histórias tenho eu lido de cavaleiros andantes, mas jamais li, nem vi, nem ouvi que os cavaleiros encantados sejam levados desta maneira e com o vagar que prometem estes preguiçosos e tardos animais, pois sempre os costumam levar pelos ares com rara ligeireza, encerrados nalguma parda e escura nuvem ou nalgum carro de fogo, ou sobre algum hipogrifo ou outra besta semelhante; mas que me levem agora sobre um carro de bois, vive Deus que me tem confuso! Mas quiçá a cavalaria e os encantos deste nosso tempo sigam por outro caminho que não aquele dos tempos antigos. E também poderia ser que, como eu sou novo cavaleiro no mundo, e o primeiro que ressuscitou o já esquecido exercício da cavalaria aventureira, também novamente tenham inventado para mim outros gêneros de encantamentos e outros modos de levar os encantados. Que pensas disso, Sancho, meu filho?

— Não sei o que penso — respondeu Sancho —, por não ser tão lido como vossa mercê nas escrituras andantes; mas, ainda assim, ousaria dizer e jurar que estas visões que por aqui andam não são de todo católicas.

— Católicas? Por meu pai! — respondeu D. Quixote. — Como haveriam de ser católicas, se são todos demônios que tomaram corpos fantásticos para fazer isto que fazem e pôr-me neste estado? E, se queres confirmar essa verdade, toca-os e apalpa-os, e verás como não têm corpo senão de ar e como não consistem em mais do que aparência.

— Por Deus, senhor — replicou Sancho —, que eu já os toquei, e esse diabo que anda aí tão solícito é roliço de carnes e tem outra propriedade bem diferente da que ouvi dizer que têm os demônios; porque, segundo o que se diz, todos cheiram a pedra enxofrada e a outros maus cheiros, mas este cheira a âmbar a meia légua.

Dizia isto Sancho por D. Fernando, que, como tão senhor que era, devia de cheirar àquilo que Sancho dizia.

— Não te maravilhes disso, Sancho amigo — respondeu D. Quixote —, pois faço-te saber que os diabos sabem muito, e, posto que trazem cheiros consigo, eles mesmos não cheiram a nada, porque são espíritos, e, se cheiram, não podem cheirar a coisas boas, senão más e hediondas. E a razão disto é que, como eles levam o inferno consigo aonde quer que eles vão e não podem receber nenhum gênero de alívio nos seus tormentos, e o bom cheiro é coisa que deleita e contenta, não é possível que eles cheirem a coisa boa. E se te parece que esse demônio que dizes cheira a âmbar, ou tu te enganas, ou ele quer enganar-te fazendo que o não tenhas por demônio.

Todos esses colóquios tiveram amo e criado; e temendo D. Fernando e Cardenio que Sancho alcançasse inteira a sua invenção, do que não andava muito longe, determinaram de antecipar a partida e, chamando o estalajadeiro à parte, deram ordem de arrear Rocinante e albardar o jumento de Sancho, no que foram prontamente atendidos.

Já então o padre tratara com os quadrilheiros que o acompanhassem até seu lugar, dando-lhes um tanto por dia. Cardenio pendurou da sela de Rocinante, de um lado, a adarga e, do outro, a bacia, e, por sinais, mandou Sancho montar em seu asno e tomar das rédeas Rocinante, e pôs aos dois lados do carro os dois quadrilheiros com suas espingardas. Mas, antes que o carro se movesse, saiu a estalajadeira, sua filha e Maritornes para se despedirem de D. Quixote, fingindo chorar de dor por sua desgraça; às quais disse D. Quixote:

— Não choreis, boas senhoras, que todas estas desditas são anexas aos que professam o que eu professo, e, se estas calamidades não me acontecessem, não me tivera eu por famoso cavaleiro andante, porque aos cavaleiros de pouco nome e fama nunca acontecem semelhantes coisas, e não há no mundo quem se lembre deles: aos valorosos sim, que têm invejosos da sua virtude e valentia muitos príncipes e muitos outros cavaleiros, que procuram por más vias destruir os bons. Mas, com tudo isso, a virtude é tão poderosa que, por si só, apesar de toda a nigromancia sabida por seu primeiro inventor, Zoroastro, sairá vencedora de todo transe e de si dará luz no mundo tal como o sol no céu. Perdoai-me, fermosas damas, se algum desaforo por descuido meu vos fiz, que de intenção e a sabendas jamais o fiz a ninguém, e rogai a Deus que me tire destas prisões onde algum mal-intencionado encantador me pôs: pois, se delas me vir livre, não se me sairão da memória as mercês que neste castelo me tendes feito, para gratificá-las, servi-las e recompensá-las como elas merecem.

Enquanto as damas do castelo isto ouviam de D. Quixote, o padre e o barbeiro se despediram de D. Fernando e seus camaradas e do capitão e de seu irmão e de todas aquelas contentes senhoras, especialmente de Dorotea e Luscinda. Todos se abraçaram e prometeram de se dar notícia dos seus sucessos, dando D. Fernando ao padre o endereço ao qual havia de escrever para avisá-lo do destino de D. Quixote, afirmando que nada lhe daria mais gosto que sabê-lo, e que ele por seu lado o avisaria de tudo aquilo que visse que poderia dar-lhe gosto, tanto do seu casamento como do batismo de Zoraida e do caso de D. Luis e da volta de Luscinda à sua casa. O padre se ofereceu a fazer tudo que lhe mandava, com toda pontualidade. Tornaram a se abraçar outra vez, e outra vez tornaram a fazer novos oferecimentos.

O estalajadeiro se chegou ao padre e lhe entregou uns papéis, dizendo-lhe que os achara num bolso daquela maleta onde se achou a *Novela do Curioso Impertinente*, e que, como seu dono nunca mais voltara por ali, podia levá-los todos, pois, como ele não sabia ler, não os queria. O padre lhe agradeceu os papéis e, abrindo-os sem seguida, viu que no começo do escrito dizia: *Novela de Rinconete e Cortadillo*,[1] donde entendeu ser alguma novela e coligiu que, como a do *Curioso Impertinente* era boa, aquela também o seria, pois talvez fossem as duas de um mesmo autor; e assim guardou-a com a intenção de lê-la quando tivesse comodidade.

Montou a cavalo, e o mesmo fez seu amigo o barbeiro, ambos com suas máscaras, para não serem conhecidos por D. Quixote, e se puseram a caminho atrás do carro. E a ordem que seguiam era a seguinte: à frente ia o carro, guiado por seu dono; aos dois lados iam os quadrilheiros, como já foi dito, com suas espingardas; logo atrás ia Sancho Pança sobre seu asno, levando Rocinante pelas rédeas. Atrás de tudo isto iam o padre e o barbeiro sobre suas poderosas mulas, cobertos os rostos, como já foi dito, com grave e repousado jeito, não caminhando mais do que per-

---

[1] Texto de Cervantes que só viria a ser publicado em 1613, dentro das *Novelas exemplares*.

mitia o passo tardo dos bois. D. Quixote ia sentado na jaula, as mãos atadas, estendidos os pés e encostado às grades, com tanto silêncio e tanta paciência que não parecia homem de carne, e sim estátua de pedra.

E assim, com aquele vagar e silêncio, caminharam cerca de duas léguas, até chegarem a um vale, que o carreiro entendeu ser local apropriado para repousar e dar de pastar aos bois; e dizendo-o ao padre, foi o barbeiro de parecer que caminhassem mais um pouco, pois ele sabia que atrás de uma ladeira que ali perto se mostrava havia um vale mais verde e muito melhor que aquele onde parar queriam. Tomou-se o parecer do barbeiro, e assim retomaram seu caminho.

Nisto o padre voltou o rosto e viu que às suas costas vinham cerca de seis ou sete homens a cavalo, bem-postos e aderçados, os quais os alcançaram num instante, pois caminhavam, não com a pachorra e calma dos bois, e sim como quem ia sobre mulas de cônegos e com o desejo de logo sestear na estalagem que a menos de uma légua dali se avistava. Chegaram os diligentes junto aos preguiçosos e cumprimentaram-se cortesmente; e um dos que vinham, que de feito era cônego de Toledo e senhor dos demais que o acompanhavam, vendo a ordenada procissão de carro, quadrilheiros, Sancho, Rocinante, padre e barbeiro, e mais D. Quixote enjaulado e aprisionado, não pôde deixar de perguntar que significava levar aquele homem daquela maneira, se bem já tivesse entendido, vendo as insígnias dos quadrilheiros, que aquele devia de ser algum temível salteador ou outro delinquente cujo castigo coubesse à Santa Irmandade. Um dos quadrilheiros, a quem foi feita a pergunta, respondeu assim:

— Senhor, o que significa ir este cavaleiro desta maneira que o diga ele, porque nós o não sabemos.

Ouviu D. Quixote o colóquio e disse:

— Por acaso vossas mercês, senhores cavaleiros, são versados e entendidos em coisas da cavalaria andante? Porque, se o forem, lhes comunicarei as minhas desgraças, mas do contrário não há por que cansar-me em dizê-las.

E já então se haviam chegado o padre e o barbeiro, vendo que os viajantes estavam em conversas com D. Quixote de La Mancha, para responder de modo que seu artifício não fosse descoberto.

O cônego, em resposta a D. Quixote, disse:

— Em verdade, irmão, eu sei mais de livros de cavalarias que das *Súmulas* de Villalpando.[2] Portanto, se é só disso que se trata, certamente podeis comunicar comigo o que quiserdes.

— Graças a Deus — replicou D. Quixote. — Sendo assim, senhor cavaleiro, quero que saibais que eu vou encantado nesta jaula por inveja e fraude de maus encantadores, que mais é a virtude perseguida pelos maus que amada pelos bons. Cavaleiro andante sou, e não daqueles de cujos nomes jamais a fama se lembrou para eternizá-los em sua memória, mas dos que, a despeito e pesar da mesma inveja, e de quantos magos criou a Pérsia, brâmanes a Índia, gimnosofistas a Etiópia,[3] há de deixar seu nome

---

[2] A *Summa Summularum* (1557) de Gaspar Cardillo de Villalpando, catedrático de Artes de Alcalá e filósofo aristotélico antiescolástico. A obra é um resumo crítico da dialética tradicional que busca desmontar a escolástica para reabilitar a leitura direta de Aristóteles.

[3] Magos, brâmanes, gimnosofistas: os três tipos de encantadores aparecem na mesma ordem no livro XV das *Floridas*, de Apuleio. Na época, pensava-se que os brâmanes eram sacerdotes que seguiam a doutrina de Pitágoras. Os gimnosofistas, citados por Plínio, Cícero e Santo Agostinho, e que reaparecem na lenda medieval de Alexandre, eram os integrantes de uma antiga seita indiana de filósofos ascetas.

no templo da imortalidade, para que sirva de exemplo e modelo nos vindouros séculos, em que os cavaleiros andantes vejam os passos que hão de seguir, se quiserem chegar ao cume e honrosa alteza das armas.

— Diz a verdade o senhor D. Quixote de La Mancha — disse então o padre —, pois ele vai encantado nesse carro, não por suas culpas e pecados, mas pela má intenção daqueles a que a virtude afronta e a valentia desgosta. Este é, senhor, o Cavaleiro da Triste Figura, de quem já haveis de ter ouvido falar, cujas valorosas façanhas e grandes feitos serão escritos em bronzes duros e em eternos mármores, por mais que a inveja se canse em empaná-los e a malícia em ocultá-los.

Quando o cônego ouviu o preso e o livre falarem em semelhante estilo, por pouco não se benzeu de admiração, sem entender o que estava acontecendo, e na mesma admiração caíram todos os que com ele vinham. Nisto Sancho Pança, que se aproximara para ouvir a conversa, para tudo amanhar, disse:

— Agora, senhores, queiram-me bem ou queiram-me mal pelo que eu disser, o fato é que o meu senhor D. Quixote vai aí tão encantado quanto a minha mãe: ele tem seu inteiro juízo, ele come e bebe e faz suas necessidades como os demais homens e como as fez até ontem, antes de ser enjaulado. Sendo assim, como me querem fazer entender que vai encantado? Pois eu ouvi dizer de muita gente que os encantados não comem, nem dormem, nem falam, e o meu amo, se o deixarem, fala mais que trinta procuradores.

E voltando-se para o padre, prosseguiu dizendo:

— Ah, senhor padre, senhor padre! Pensava vossa mercê que eu não o conheço e pensará que eu não percebo e adivinho para onde se encaminham estes novos encantamentos? Pois saiba que o conheço, por mais que cubra o rosto, e saiba que o entendo, por mais que disfarce os seus embustes. Enfim, onde reina a inveja não pode viver a virtude, nem onde há escassez, a liberalidade. Maldito seja o diabo, pois, se não fosse pela sua reverência, já teria o meu senhor se casado com a infanta Micomicona e eu seria conde, no mínimo, pois não se podia esperar outra coisa, tanto da bondade do meu senhor, o da Triste Figura, como da grandeza dos meus serviços! Mas já vejo que é verdade o que dizem por aí: que a roda da fortuna gira mais ligeira que uma roda de moinho, e que os que ontem estavam por cima hoje estão pelo chão. Tenho pena dos meus filhos e da minha mulher, pois, quando podiam e deviam esperar ver seu pai entrar por suas portas feito governador ou vice-rei de alguma ínsula ou reino, o verão entrar feito cavalariço. Tudo isto que digo, senhor padre, é tão só por encarecer que a sua paternidade faça consciência dos maus-tratos que a meu senhor se dão, e peça a Deus que não lhe cobre na outra vida esta prisão do meu amo e o culpe por todos os socorros e bens que meu senhor D. Quixote deixa de fazer enquanto está aqui preso.

— Por minhas barbas! — disse então o barbeiro. — Também vós, Sancho, sois da confraria do vosso amo? Por Deus que estou vendo que lhe haveis de fazer companhia na jaula e que haveis de ficar tão encantado como ele, pelo que vos tocou do seu humor e da sua cavalaria! Em mau ponto vos emprenhastes das suas promessas e em má hora vos entrou no casco a ínsula que tanto desejais.

— Eu não estou prenhe de ninguém — respondeu Sancho —, nem sou homem de me deixar emprenhar nem pelo rei, e, ainda que pobre, sou cristão-velho e não devo nada a ninguém; e se ínsulas desejo, outros desejam coisas piores, e cada um é filho das suas obras; e sendo homem, posso vir a ser papa, quanto mais governador de uma ínsula, e mais podendo ganhar tantas o meu senhor que lhe há de faltar a quem dá-las. Vossa mercê veja lá como fala, senhor barbeiro, que nem tudo é fazer barbas, e muito vai de Pedro a Pedro. Isto digo porque todos aqui nos conhecemos, e que ninguém me venha jogar com dado falso. E quanto ao encanto do meu amo, Deus sabe a verdade, e fiquemos por aqui, pois mais vale não bulir.

Não quis o barbeiro responder a Sancho, por que este não descobrisse com suas simplicidades o que ele e o padre tanto fizeram por encobrir; e por esse mesmo temor dissera o padre ao cônego que caminhassem um pouco adiante, que ele lhe diria o mistério do enjaulado, mais outras coisas que lhe dariam gosto. Assim fez o cônego e adiantou-se com seus criados, e com ele esteve atento a tudo o que lhe quis dizer da condição, vida, loucura e costumes de D. Quixote, contando-lhe brevemente o princípio e causa do seu desvario e toda a sucessão dos seus episódios, até ser posto naquela jaula, e também o propósito que tinham de levá-lo a sua terra, para ver se por algum meio encontravam remédio para sua loucura. Admiraram-se de novo os criados e o cônego de ouvir a peregrina história de D. Quixote e, em acabando-a de ouvir, disse aquele:

— De minha parte, senhor padre, eu realmente acho que os assim chamados livros de cavalarias são prejudiciais para a república; e se bem eu tenha lido, levado de um ocioso e falso gosto, o início de todos os mais já impressos, nunca consegui ler nenhum do princípio ao fim, por me parecer que, uns mais, outros menos, são todos uma mesma coisa, e não tem este mais do que aquele, nem estoutro do que o outro. E segundo me parece, esse gênero de escritura e composição entra naquele das fábulas que chamam *milésias*, que são contos disparatados, que buscam somente deleitar, e não ensinar, ao contrário do que fazem as fábulas apologéticas, que deleitam e ensinam a um só tempo. E posto que o principal intento de semelhantes livros seja o deleitar, não sei como podem consegui-lo, vindo cheios de tantos e tão desaforados disparates: pois o deleite que na alma se concebe há de ser da formosura e concordância que ela vê ou contempla nas coisas que a vista ou a imaginação lhe oferecem, e toda coisa que tem em si fealdade e desconcerto não nos pode causar contentamento algum. Pois que formosura pode haver, ou que proporção das partes com o todo e do todo com as partes, num livro ou fábula onde um moço de dezesseis anos dá uma cutilada num gigante do tamanho de uma torre e o parte ao meio como se fosse de alfenim, e que, quando querem representar uma batalha, depois de terem dito que há do lado dos inimigos um milhão de competidores, como seja contra eles o herói e senhor do livro, forçosamente, por muito que nos pese, havemos de entender que o tal cavaleiro alcançou a vitória só pelo valor do seu forte braço? E que dizer da facilidade com que uma rainha ou imperatriz herdeira se lança aos braços de um andante e desconhecido cavaleiro? Que engenho, se não for de todo bárbaro e inculto, poderá contentar-se lendo que uma grande torre cheia de cavaleiros vai pelo mar afora, como nau com próspero vento, e hoje anoitece na Lombardia e amanhã amanhece nas terras do Preste João das Índias, ou em outras que nem descobriu Ptolomeu nem viu Marco Polo? E se a isto me responderem que quem tais livros compõe os escreve como coisas de mentira, e que assim não é obrigado a reparar em delicadezas nem verdades, responder-lhes-ia eu que tanto melhor é a mentira quanto mais verdadeira parece, e tanto mais agrada quanto mais tem de provável e possível. Devem de casar as fábulas mentirosas com o entendimento dos que as lerem, escrevendo-se de sorte que, facilitando os impossíveis, aplainando as grandezas e suspendendo os ânimos, admirem, suspendam, alvorocem e entretenham, de modo que andem parelhas e compassadas a admiração e a alegria; e todas estas coisas não poderá fazer quem fugir da verossimilhança e da imitação, nas quais reside a perfeição do que se escreve. Nunca vi nenhum livro de cavalarias que fizesse um corpo de fábula inteiro com todos os seus membros, de modo que o meio correspondesse ao começo, e o fim ao começo e ao meio, sendo eles compostos com tantos membros, que mais parece terem a intenção de formar uma quimera ou um monstro que de fazer uma figura proporcionada. Além disso, são no estilo duros; nas façanhas, inacreditáveis; nos amores, lascivos; nas cortesias, malvistos; longos nas batalhas, néscios nas razões, disparatados nas viagens, e, finalmente, alheios de todo discreto artifício e por isso dignos de serem desterrados da república cristã, como gente inútil.

O padre o escutava com muita atenção, e lhe pareceu ser homem de bom entendimento e que tinha razão em tudo que dizia, e assim lhe disse que, por ser ele de sua mesma opinião e ter ojeriza dos livros de cavalarias, tinha queimado todos os de D. Quixote, que eram muitos. E lhe contou o escrutínio que deles tinha feito, e os que tinha condenado ao fogo e deixado com vida, do que não pouco se riu o cônego, e disse que, a despeito de todo o mal que dissera de tais livros, achava neles uma coisa boa, que era a matéria que ofereciam para que um bom entendimento se pudesse mostrar neles, pois davam vasto e largo campo por onde sem embaraço algum pudesse correr a pena, descrevendo naufrágios, tormentas, encontros e batalhas, pintando um capitão valoroso com todas as qualidades que para ser tal se requerem, mostrando-se prudente prevenindo as astúcias dos seus inimigos e eloquente orador persuadindo ou dissuadindo os seus soldados, maduro no conselho, lesto na determinação, tão valente no esperar como no acometer; pintando ora um lamentável e trágico sucesso, agora um alegre e não pensado acontecimento; ali uma formosíssima dama, honesta, discreta e recatada; aqui um cavaleiro cristão, valente e comedido; acolá um desaforado bárbaro fanfarrão; aqui um príncipe cortês, valoroso e bem-visto; representando bondade e lealdade de vassalos, grandezas e mercês de senhores. Ora pode mostrar-se astrólogo, ora cosmógrafo excelente, ora músico, ora inteligente nas matérias de Estado, e talvez até se lhe ofereça a ocasião de mostrar-se nigromante, se ele quiser. Pode mostrar as astúcias de Ulisses, a piedade de Eneias, a valentia de Aquiles, as desgraças de Heitor, as traições de Sinon, a amizade de Euriálio, a liberalidade de Alexandre, o valor de César, a clemência e verdade de Trajano, a fidelidade de Zópiro, a prudência de Catão, e, finalmente, todas aquelas ações que podem fazer perfeito um varão ilustre, ora pondo-as em um só, ora dividindo-as em muitos.

— E, fazendo-se isto com aprazibilidade de estilo e engenhosa invenção, tirante o mais possível à verdade, sem dúvida comporá um pano de vários e formosos laços tecido, que, depois de acabado, mostre tal perfeição e formosura, que consiga o melhor fim que se persegue nos escritos, que é ensinar e deleitar a um só tempo, como já disse. Porque a escritura desatada[4] destes livros dá lugar a que o autor se possa mostrar épico, lírico, trágico, cômico, com todas aquelas qualidades que encerram em si as dulcíssimas e agradáveis ciências da poesia e da oratória: pois a épica pode tão bem ser escrita em prosa como em verso.

---

[4] Aquela que, adaptando o conceito retórico de "oratio soluta", não se sujeita a regras predeterminadas, sobretudo da métrica.

Capítulo XLVIII

ONDE PROSSEGUE O CÔNEGO
A MATÉRIA DOS LIVROS DE CAVALARIAS,
MAIS OUTRAS COISAS DIGNAS DO SEU ENGENHO

— É como vossa mercê diz, senhor cônego — disse o padre —, e por essa causa são mais dignos de repreensão aqueles que têm composto semelhantes livros, sem atentarem a nenhum bom discurso nem à arte e às regras por onde se pudessem guiar e ganhar fama em prosa, como a têm em verso os dois príncipes da poesia grega e latina.

— Eu, ao menos — replicou o cônego —, tive certa tentação de compor um livro de cavalarias, guardando nele todos os preceitos que expus; a confessar a verdade, tenho escritas mais de cem folhas, e, para verificar se correspondiam à minha estima, fiz a experiência de mostrá-las a homens apaixonados desse gênero de leituras, doutos e discretos, e a outros ignorantes, que só respondem ao gosto de ouvir disparates, e de todos recebi grata aprovação. Mas, com tudo isso, não prossegui adiante, assim por me parecer que faço coisa alheia à minha profissão como por ver que é maior o número dos simples que dos prudentes, e que, conquanto seja melhor ser louvado pelos poucos sábios que escarnecido pelos muitos néscios, não me quero sujeitar ao confuso juízo do vulgo fátuo, a quem pela maior parte toca ler semelhantes livros. Mas o que mais mo tirou das mãos e até do pensamento de acabá-lo foi um argumento que aleguei a mim mesmo, tirado das comédias que agora se representam, dizendo: "Se estas agora em voga, assim as imaginadas como as de história, são todas ou as mais notórios disparates e coisas sem pés nem cabeça, e, ainda assim, o vulgo as ouve com gosto, e as aprova e tem por boas, estando tão longe de sê-lo; e se os autores que as compõem e os atores que as representam dizem que elas assim devem de ser, porque assim as quer o vulgo, e não de outra maneira; e se as comédias que miram e seguem a fábula como pede a arte não servem senão para quatro discretos que as entendem, ficando todos os demais jejunos de entender seu artifício; e se aqueles preferem ganhar comida dos muitos que aprovação dos poucos; será esse o fim do meu livro, depois de eu ter queimado as pestanas por guardar os preceitos referidos, e eu terei cosido em vão, como o alfaiate da esquina".[1] E ainda que algumas vezes eu tenha procurado persuadir os atores que se enganam em ter a opinião que têm, e que mais gente atrairão e mais fama ganharão representando comédias que sigam a arte e não com as disparatadas, já estão tão agarrados e compenetrados da sua opinião, que não há razão nem evidência que dela os arrede. Lembro que um dia eu disse a um desses pertinazes: "Dizei-me, não recordais que há poucos anos se representaram na Espanha três tragédias compostas por um famoso poeta destes reinos, as quais foram tão excelentes que admiraram, alegraram e enlevaram a todos que as viram, assim simples como prudentes, assim do vulgo como dos eleitos, e só elas três renderam mais dinheiro aos representantes que trinta das melhores que depois aqui se montaram?". "Sem dúvida — respondeu o outro — que deve vossa mercê se referir a *La Isabela*, *La Filis* e

---

[1] Alusão ao ditado "*El sastre del cantillo, que cosía de balde y ponía el hilo*" ("o alfaiate da esquina, que costurava de graça e pagava a linha"), que denota perda de tempo e dinheiro.

La Alejandra".[2] "A essas mesmas — repliquei —, e reparai se elas guardavam os preceitos da arte, e se, por guardá-los, deixaram de parecer o que eram e de agradar a todo o mundo. Portanto, a falta não é do vulgo, que pede disparates, e sim daqueles que não sabem representar outra coisa. Pois que também não foi disparate *La ingratitud vengada*, nem o teve *La Numancia*, nem se achou nenhum na do *Mercader amante*, nem menos em *La enemiga favorable*,[3] nem em outras algumas por alguns entendidos poetas compostas, para sua fama e renome e para o ganho dos que as representaram". E outras coisas acrescentei a estas, com as quais, a meu parecer, o deixei um tanto confuso, mas não satisfeito nem convencido para arredá-lo do seu errado pensamento.

— Tocou vossa mercê num ponto, senhor cônego — disse então o padre —, que despertou em mim uma antiga aversão que tenho pelas comédias que agora se usam, e é tamanha que iguala a que tenho pelos livros de cavalarias; porque, havendo de ser a comédia, segundo o parecer de Túlio, espelho da vida humana, exemplo dos costumes e imagem da verdade,[4] as que agora se re-

---

[2] Obras de Lupercio Leonardo da Argensola (1559-1613), poeta e cronista de Aragão e secretário do conde de Lemos, protetor de Cervantes. As três peças, escritas provavelmente entre 1581 e 1584, situam-se na transição entre o teatro classicista e a Comedia Nueva.

[3] *La ingratitud vengada*: comédia de Lope de Vega escrita entre 1585 e 1595, impressa em 1620. *La Numancia* (ou *El cerco de Numancia*): tragédia do próprio Cervantes, que só viria a ser publicada em 1784. *Mercader amante*: comédia de Gaspar de Aguilar (1561-1623), que Cervantes elogia no prólogo às suas *Comédias e entremezes*. *La enemiga favorable*: comédia do cônego Francisco Agustín Tárrega (1553-1602), também elogiada por Cervantes por sua "discrição e inumeráveis conceitos".

[4] Adaptação do aforismo, não de Túlio, mas de Cícero "*Comœdia est imi-*

presentam são espelhos de disparates, exemplos de necedades e imagens de lascívia. Pois que maior disparate pode haver no objeto que tratamos que entrar uma criança em cueiros na primeira cena do primeiro ato, e na segunda já entrar homem-feito e barbado? E que maior que pintar um velho valente e um moço covarde, um lacaio retórico, um pajem conselheiro, um rei ganhão e uma princesa fregona? Que dizer, então, da observância que guardam dos tempos em que podem ou podiam acontecer as ações que representam, tendo eu visto comédia em que a primeira jornada começou na Europa, a segunda na Ásia, a terceira acabou na África, e ainda que fosse de quatro jornadas, a quarta acabaria na América, e assim se dariam em todas as quatro partes do mundo? E, se a imitação é o principal que a comédia há de ter, como é possível que satisfaça algum mediano entendimento fingindo uma ação que se passa no tempo do rei Pepino e de Carlos Magno e apresentando como personagem principal o imperador Heráclio, que entrou com a Cruz em Jerusalém e ganhou a Casa Santa, como Godofredo de Bulhão, havendo uma infinidade de anos entre uma coisa e outra?[5] E como é possível, fundando-se a comédia sobre coisa fingida, atribuir-lhe verdades de história e misturar-lhe pedaços de outras acontecidas a diferentes pessoas e em tempos vários, e isto não com traços verossímeis, mas com

---

tatio vitæ, speculum consuetudinis, imago veritatis", difundido pelo gramático Donato em seus comentários a Terêncio (*Commentum Terentii*, V, 1).

[5] O rei Pepino o Breve e seu filho Carlos Magno reinaram entre 714 e 814; o imperador bizantino Heráclio, entre 610 e 641. Godofredo de Bulhão (Godefroy de Bouillon) foi general da Primeira Cruzada, que entrou em Jerusalém em 1099, e herói do poema épico *Gerusalemme liberata* (Ferrara, 1581), de Torquato Tasso. Há aqui um jogo com a frase feita *"en tiempos del rei Pepino"*, que indica um passado vago e remoto.

patentes erros, absolutamente imperdoáveis? E o pior é que há ignorantes que dizem que isto é o perfeito e que o mais são floreios. E que dizer das comédias divinas? Quantos falsos milagres se fingem nelas, quantas coisas apócrifas e mal entendidas, atribuindo a um santo os milagres de outro! E até nas profanas se atrevem a fazer milagres, sem outro respeito nem consideração que não seja entender que ali ficará bem o tal milagre e efeito, como eles os chamam, para que o ignorante se admire e vá ao teatro. E tudo isso é em prejuízo da verdade e em menoscabo das histórias, e até em opróbrio dos engenhos espanhóis, porque os estrangeiros, que com muita pontualidade guardam as leis da comédia, nos tomam por bárbaros e ignorantes, vendo os absurdos e disparates que nelas fazemos. E não seria desculpa bastante dizer que o principal intento das repúblicas bem-ordenadas, ao permitir que se levem comédias públicas, é entreter a comuna com alguma honesta recreação e diverti-la por momentos dos maus humores que a ociosidade sói engendrar, e que, como isto se consegue com qualquer comédia, boa ou má, não há para quê pôr leis, nem forçar os seus autores e atores a que as façam como deveriam ser feitas, pois, como disse, com qualquer uma se consegue o que se pretende. Ao que eu responderia que tal fim se alcançaria muito melhor, sem termo de comparação, com comédias boas que com as outras, pois depois de assistir a uma comédia feita com arte e boa ordem sairia a assistência alegre com as burlas, ensinada com as veras, admirada dos sucessos, discreta com as razões, avisada com os embustes, sagaz com os exemplos, furiosa contra o vício e enamorada da virtude: pois todos estes afetos há de despertar a boa comédia no ânimo de quem a assiste, por mais rústico e obtuso que seja, e a comédia que todas estas qualidades tiver jamais deixará de alegrar e entreter, satisfazer e contentar muito mais do que aquela que delas carecer, como carece a maior parte dessas que agora de ordinário se representam. E não têm culpa disso os poetas que as compõem, porque alguns deles há que conhecem muito onde está o erro e o que devem fazer para o emendar. Mas como as comédias se tornaram em mercadoria vendável, dizem, e dizem verdade, que os representantes não as comprariam se não fossem daquele jaez; e assim o poeta procura se acomodar com o que pede o representante que lhe há de pagar pela peça encomendada. E como prova desta verdade aí estão as muitas e infinitas comédias que compôs um felicíssimo engenho destes reinos, com tanta gala, com tanto donaire, com tão elegante verso, com tão boas razões, com tão graves sentenças, e, finalmente, tão cheias de elocução e alteza de estilo, que sua fama se espalhou pelo mundo; e por querer contentar o gosto dos representantes, não chegaram todas, como chegaram algumas, ao requerido ponto da perfeição. Outros as compõem tão sem cuidar no que fazem, que, depois de representá-las, têm os atores necessidade de fugir e se ausentar, temorosos de serem castigados, como o foram muitas vezes, por representarem coisas em prejuízo de alguns reis e em desonra de algumas linhagens. E todos esses inconvenientes cessariam, e ainda outros muitos que não digo, se houvesse na corte uma pessoa inteligente e discreta que examinasse todas as comédias antes de serem representadas (não só as compostas na corte, mas todas as que se quisesse representar na Espanha), sem cuja aprovação, chancela e rubrica nenhuma autoridade deixasse representar comédia alguma na sua jurisdição, e assim os comediantes teriam o cuidado de enviar as comédias à corte, podendo depois representá-las com segurança, e aqueles que as compõem veriam com mais cuidado e estudo o que faziam, temerosos de ter de passar suas obras pelo rigoroso exame de quem entende da matéria; e assim se fariam boas comédias e se conseguiria felicissimamente o que nelas se pretende: tanto o entretenimento do povo como a aprovação dos engenhos da Espanha, o interesse e a segurança dos recitantes, além de escusar o seu castigo. E confiando a outro, ou a esse mesmo, o encargo de examinar os livros de cavalarias que de novo se compusessem, sem dúvida alguns poderiam sair com a perfeição que vossa mercê disse, enriquecendo nossa língua do agradável e precioso tesouro da eloquência, dando ocasião para que os livros velhos se ofuscassem à luz dos novos que saíssem, para honesto passatempo, não somente dos ociosos, mas dos mais ocupados, pois não pode o arco estar de contínuo armado, nem a condição e a fraqueza humanas se podem suportar sem alguma lícita recreação.

Nesse ponto do colóquio estavam o cônego e o padre quando o barbeiro, adiantando-se até alcançá-los, disse ao padre:

— Aqui, senhor licenciado, é o lugar que eu disse ser bom para sestearmos, e onde teriam os bois fresco e abundoso pasto.

— Assim também me parece — respondeu o padre.

E, dizendo ao cônego o que pensava fazer, quis este também ficar com eles, convidado à paragem por um belo vale que à vista se lhes oferecia. E assim por desfrutar dele como da conversa do padre, de quem já se ia afeiçoando, e por saber mais por miúdo as façanhas de D. Quixote, mandou que alguns dos seus criados fossem até a estalagem que não longe dali estava e trouxessem dela o que houvesse de comer, para todos, pois ele determinava de passar a sesta naquele lugar; ao que um de seus criados respondeu que a mula de carga, que já devia de ter chegado à estalagem, trazia o bastante para não terem de tomar da estalagem mais que cevada.

— Se é assim — disse o cônego —, ide com todas as cavalgaduras e trazei de volta a mula.

Enquanto isso se passava, vendo Sancho que podia falar com seu amo sem a contínua assistência do padre e do barbeiro, que ele tinha por suspeitos, se chegou à jaula onde seu amo estava e lhe disse:

— Senhor, por descargo da minha consciência quero dizer-lhe a verdade sobre o seu encantamento, e é que esses dois que aí vão com o rosto coberto são o padre do nosso lugar e o barbeiro, e imagino que maquinaram tudo isto para levá-lo assim de pura inveja, por verem como vossa mercê, e não eles, faz famosos feitos. Isto posto, segue-se que não vai encantado, e sim enganado e tolo. Como prova do qual quero perguntar-lhe uma coisa; e se vossa mercê me responder como eu penso que responderá, verá bem claro o engano e que não está encantado, e sim transtornado do juízo.

— Pergunta o que quiseres, Sancho, meu filho — respondeu D. Quixote —, que eu te satisfarei e responderei o que quiseres. Quanto a serem aqueles que ali vão e vêm conosco o padre e o barbeiro, nossos conterrâneos e conhecidos, até pode ser que pareçam ser eles mesmos; mas que o sejam realmente e de feito, não o creias de modo algum: o que hás de crer e entender é que, se estes se parecem com os nossos amigos, como dizes, deve de ser porque os meus encantadores tomaram essa aparência e semelhança, por ser fácil para eles tomar a figura que quiserem, e devem de ter tomado a que dizes para dar-te ocasião de pensares o que pensas e meter-te num labirinto de imaginações, do qual não poderias sair nem que tivesses a corda de Teseu; e também o devem de ter feito para que eu vacile no meu entendimento, sem saber atinar de onde me vem este dano. Porque, se, por um lado, tu me dizes que estes que me acompanham são o barbeiro e o padre do nosso lugar, e, por outro, eu me vejo aqui enjaulado, sabendo de mim que nenhuma força humana, que não seja sobrenatural, bastaria para me enjaular, que posso dizer ou pensar senão que a maneira do meu encantamento excede a quantas eu já li em todas as histórias que tratam de cavaleiros andantes que foram encantados? Portanto, podes tranquila e sossegadamente abandonar essa tua crença, pois eles são quem dizes tanto quanto eu sou turco. E pergunta o que quiseres, que eu te responderei, ainda que me perguntes daqui até amanhã.

— Valha-me Nossa Senhora! — respondeu Sancho levantando a voz. — Será possível que vossa mercê seja tão duro da moleira e tão mole dos miolos que não veja que é a pura verdade o que eu lhe digo, e que essa sua prisão e desgraça é mais fruto da malícia que do encantamento? Mas, já que é assim, eu quero provar evidentemente como não está encantado. Senão, vossa mercê me diga, e que Deus o tire dessa borrasca e o ponha nos braços da minha senhora Dulcineia quando menos imaginar...

— Deixa de me esconjurar — disse D. Quixote — e pergunta logo o que queres, que eu já te disse que responderei com toda pontualidade.

— É o que eu peço — replicou Sancho —, e o que quero saber é que me diga, sem tirar nem pôr coisa alguma, mas com toda a verdade, como se espera que a digam e a dizem todos aqueles que professam as armas, como vossa mercê professa, a título de cavaleiros andantes...

— Digo que não mentirei em coisa alguma — respondeu D. Quixote. — E acaba logo de perguntar, pois a verdade é que já me cansas com tanta cerimônia, rogo e prevenção, Sancho.

— Digo que estou certo da bondade e verdade do meu amo, e assim, por vir ao caso no nosso conto, eu lhe pergunto, falando com acatamento, se acaso depois que vossa mercê foi enjaulado e a seu parecer encantado nessa jaula teve vontade e necessidade de fazer águas, como se diz, ou outras obras mais consistentes.

— Não entendo que é isso de "fazer águas", Sancho; fala mais claro, se queres que eu te responda direito.

— Será possível que vossa mercê não entenda o que é fazer águas, se na escola desmamam os garotos com esses dizeres? Pois saiba que eu quero dizer se vossa mercê teve vontade de fazer o que ninguém pode no seu lugar.

— Ah, entendi, Sancho! Tive, sim, e muitas vezes, e agora mesmo a tenho. Tira-me deste perigo, que não cheira nada bem!

Capítulo XLIX

Onde se trata do discreto colóquio que Sancho Pança teve com seu senhor D. Quixote

— Ah — disse Sancho —, apanhei vossa mercê! Isto é o que eu queria saber com toda a minha alma e com toda a minha vida. Pense comigo, senhor. Pode vossa mercê negar o que se costuma dizer por aí quando uma pessoa anda de maus humores: "Não sei o que tem fulano, que não come, nem bebe, nem dorme, nem responde direito ao que lhe perguntam, que até parece que está encantado"? Donde se tira que quem não come, nem bebe, nem dorme, nem faz as obras naturais que digo, esses tais estão encantados, mas não aqueles que têm a vontade que vossa mercê tem, e que bebe quando lhe dão de beber e come quando tem o que comer e responde a tudo o que lhe perguntam.

— Verdade dizes, Sancho — respondeu D. Quixote —, mas já te disse que há muitos gêneros de encantamentos, e pode ser que com o tempo eles tenham mudado e que agora seja uso que os encantados façam tudo o que eu faço, ainda que antes o não fizessem. De modo que contra o uso dos tempos não há o que arguir nem concluir. Eu sei e tenho para mim que estou encantado, e isto basta para a segurança da minha consciência, e muito a carregaria se eu pensasse que não estou encantado e me deixasse estar nesta jaula preguiçoso e covarde, negando o socorro que pudera dar a muitos desvalidos e necessitados que, ora agora, devem de ter precisa e extrema necessidade da minha ajuda e amparo.

— Pois, ainda assim — replicou Sancho — digo que, para

maior confirmação, seria bem que vossa mercê tentasse sair dessa prisão, que eu aqui me obrigo, com todo o meu poder, a ajudá-lo, e até a tirá-lo dela, para que tente montar de novo no seu bom Rocinante, que também parece encantado, tão malencônico e triste que vai, e feito isto, que tentássemos outra vez a sorte em buscar mais aventuras; e se não correr ao nosso favor, tempo teremos de voltar à jaula, na qual, à lei de bom e leal escudeiro, prometo me encerrar juntamente com vossa mercê, se por acaso vossa mercê for tão desventurado, ou eu tão simples, que não consiga sair como digo.

— Farei contente o que dizes, irmão Sancho — replicou D. Quixote —, e quando tu vires a ocasião de pôr em obra a minha liberdade, eu te obedecerei em tudo e por tudo; mas tu, Sancho, verás como te enganas no conhecimento da minha desgraça.

Nessas conversas se entretiveram o cavaleiro andante e o mal-andante escudeiro, até que chegaram onde, já apeados, os aguardavam o padre, o cônego e o barbeiro. Desjungiu então os bois o carreiro e deixou-os andar à larga por aquela verde e aprazível paragem, cujo frescor convidava a querê-la desfrutar, não às pessoas tão encantadas como D. Quixote, mas aos tão avisados e discretos como seu escudeiro; o qual rogou ao padre que permitisse que seu senhor saísse um pouco da jaula, porque, se não o deixassem sair, não ficaria tão limpa aquela prisão como exigia a decência de um tal cavaleiro como seu amo. Entendeu-o o padre e disse que de muito bom grado faria o que lhe pedia, se não temesse que, ao ver-se o seu senhor em liberdade, voltasse a fazer das suas e se fosse aonde jamais o pudessem achar.

— De sua fuga eu zelo — respondeu Sancho.

— E eu também — disse o cônego —, e mais se ele me der a sua palavra de cavaleiro de que não se afastará de nós enquanto não for a nossa vontade.

— Dada está — respondeu D. Quixote, que tudo estava escutando —, quanto mais que quem está encantado, como eu, não tem liberdade para obrar como quiser, pois quem o encantou pode fazer que não saia do lugar em três séculos e, se sair, fazê-lo voltar num sopro.

E acrescentou que, sendo assim, bem podiam soltá-lo, e mais sendo tão em benefício de todos; pois, se o não soltassem, lhes participava que não poderia deixar de lhes ofender o olfato, se dali não se afastassem.

Tomou-lhe a mão o cônego, assim mesmo atadas como estavam, e debaixo de sua palavra e boa-fé o desenjaularam, do que ele se alegrou infinita e imensamente por se ver fora da jaula; e a primeira coisa que fez foi esticar todo o corpo e em seguida foi até onde estava Rocinante e, dando-lhe duas palmadas nas ancas, disse:

— Ainda espero em Deus e Sua Mãe bendita, flor e espelho das cavalgaduras, que prestes nos havemos de ver os dois como desejamos: tu, com teu senhor às costas; e eu, sobre ti, exercitando o ofício para o qual Deus me pôs no mundo.

E, dizendo isto, D. Quixote se afastou com Sancho a um recanto afastado, de onde voltou mais aliviado e com mais desejos de pôr em obra o que seu escudeiro ordenasse.

Olhava-o o cônego, e admirava-se de ver a estranheza da sua grande loucura e de que, em tudo quanto falava e respondia, mostrava ter boníssimo entendimento: só perdia as estribeiras, como já se disse outras vezes, em tratando de cavalaria. E assim, movido de compaixão, depois de se sentarem todos na verde relva para esperar as provisões do cônego, lhe disse:

— É possível, senhor fidalgo, que tanto poder tenha tido sobre vossa mercê a amarga e ociosa leitura dos livros de cavalarias, a ponto de transtornar-lhe o juízo e fazê-lo crer que está encantado, mais outras coisas deste jaez, tão longe de serem verdadeiras quanto dista a mentira mesma da verdade? E como é possível haver entendimento humano que entenda ter havido no mundo aquela infinidade de Amadises e aquela turbamulta de tanto famoso cavaleiro, tanto imperador de Trebizonda, tanto Felixmarte de Hircânia, tanto palafrém, tanta donzela andante, tantas serpes, tantos dragões, tantos gigantes, tantas inauditas aventuras, tanto gênero de encantamentos, tantas batalhas, tantos desaforados encontros, tanta bizarria de trajes, tantas princesas enamoradas, tantos escudeiros condes, tantos anões graciosos, tanto bilhete de amor, tanto galanteio, tantas mulheres valentes e, finalmente, tantos e tão disparatados casos como os livros de cavalarias contêm? De mim sei dizer que, quando os leio, enquanto não me ponho a pensar que é tudo mentira e leviandade, eles me dão algum contentamento; mas, quando caio na conta do que são, atiro o melhor deles na parede, e ainda o atiraria no fogo, se perto ou presente o tivesse, como merecedores de tal pena, por serem falsos e embusteiros e desviados do trato que pede a comum natureza, e como inventores de novas seitas e novo modo de vida, e como quem dá ocasião para que o vulgo ignorante venha a crer e a ter por verdadeiras tantas necedades como contêm. E ainda é tanto o seu atrevimento que se atrevem a perturbar os engenhos de discretos e bem-nascidos fidalgos, como bem se vê no que fizeram com vossa mercê, pois o trouxeram a tais extremos que é forçoso prendê-lo numa jaula e levá-lo sobre um carro de bois, como quem leva ou traz um leão ou um tigre de vila em vila, para com ele ganhar deixando que o vejam. Eia, senhor D. Quixote, doa-se de si mesmo e torne ao grêmio da discrição e saiba usar da muita que o céu foi servido de lhe dar, empregando o felicíssimo talento do seu engenho em outra leitura que redunde em aproveitamento da sua consciência e em aumento da sua honra! E se ainda, levado da sua natural inclinação, quiser ler livros de façanhas e de cavalarias, leia na Sagrada Escritura o dos Juízes, que aí achará verdades grandiosas e feitos tão verdadeiros quanto valentes. Um Viriato teve a Lusitânia;[1] um César, Roma; um Aníbal, Cartago; um Alexandre, a Grécia; um conde Fernán González, Castela;[2] um Cid, Valência; um Gonzalo Fernández, a Andaluzia;[3] um Diego García de Paredes, Estremadura;[4] um Garci Pérez de Vargas, Xerez; um Garcilaso, Toledo; um D. Manuel de León, Sevilha,[5] podendo a lição dos seus valorosos feitos entreter, ensinar, deleitar e admirar os mais altos engenhos que os lerem. Esta sim será leitura digna do bom entendimento de vossa mercê, meu senhor D. Quixote, da qual sairá erudito na história, enamorado da virtude, instruído na bondade, melhorado nos costumes, valente sem temeridade, ousado sem cobardia, e tudo isto, para honra de Deus, proveito seu e fama de La Mancha, onde, segundo eu soube, tem vossa mercê o seu princípio e origem.

---

[1] Caudilho lusitano, legendário por sua resistência ao Império Romano.

[2] Um dos máximos heróis castelhanos, por ter conseguido a autonomia do condado de Castela frente ao reino de Leão. Sua figura foi largamente celebrada no teatro do Século de Ouro, bem como no *Poema de Fernán González* e numa crônica popular que ainda se reimprimia em 1605.

[3] "El Gran Capitán" (ver cap. XXXII, nota 2).

[4] Soldado famoso por sua força, apelidado "o Sansão de Estremadura".

[5] Garci Pérez de Vargas, Garcilaso, D. Manuel de Leão: três cavaleiros cujas proezas eram celebradas no romanceiro. O primeiro é um dos que aparecem no exemplo XV do *Conde Lucanor*, de D. Juan Manuel (1335), cuja façanha foi penetrar nos exércitos mouros para buscar uma touca bordada que perdera em combate. O feito do segundo, antepassado do célebre poeta, foi ir até os portões da Granada moura para neles pregar um cartaz com a ave-maria. A proeza do terceiro, entrar numa jaula com leões para recolher a luva que uma amiga deixara cair.

Atentissimamente esteve D. Quixote escutando as razões do cônego, e, quando viu que lhes pusera fim, depois de fitá-lo por um bom espaço, lhe disse:

— Parece-me, senhor fidalgo, que com seu arrazoado quis vossa mercê me convencer de que não houve cavaleiros andantes no mundo e que todos os livros de cavalarias são falsos, mentirosos, nocivos e inúteis para a república, e que eu fiz mal em lê--los, e pior em crê-los, e pior ainda em imitá-los, pondo-me a seguir a duríssima profissão da cavalaria andante que eles ensinam, e nega ter havido no mundo Amadises, tanto de Gaula como de Grécia, e todos os outros cavaleiros de que as escrituras estão cheias.

— Tudo ao pé da letra como vossa mercê vai relatando — disse o cônego.

Ao que respondeu D. Quixote:

— Ainda acrescentou vossa mercê que muito mal me fizeram tais livros, pois me transtornaram o juízo e meteram numa jaula, e que seria melhor que me emendasse e mudasse de leitura, lendo outros mais verdadeiros e que melhor deleitam e ensinam.

— Assim é — disse o cônego.

— Pois eu — replicou D. Quixote — tenho para mim que o sem juízo e o encantado é vossa mercê, pois se pôs a dizer tantas blasfêmias contra uma coisa tão aceita no mundo e tida por verdadeira, que quem a negar, como vossa mercê a nega, merece a mesma pena que vossa mercê diz que dá aos livros quando os lê e não lhe agradam. Porque querer convencer alguém de que no mundo não houve Amadis, nem todos os outros cavaleiros aventureiros de que estão cheias as histórias, será querer persuadir que o sol não ilumina, nem o gelo esfria, nem a terra sustenta; pois que engenho pode haver no mundo capaz de persuadir um outro de que não foi verdade o caso da infanta Floripes e Guy de Borgonha, e o de Ferrabrás na ponte de Mantible,[6] que aconteceu no tempo de Carlos Magno, que voto a tal que é tanta verdade como que agora é dia? E se isto é mentira, também o há de ser a vida de Heitor e de Aquiles, e a guerra de Troia, e os Doze Pares de França, e o rei Artus da Inglaterra, que até hoje anda por aí em forma de corvo, e por momentos o esperam no seu reino. E também ousarão dizer que é mentirosa a história de Guarino Mesquino,[7] e a da demanda do Santo Graal, e que são apócrifos os amores de D. Tristão e a rainha Isolda, assim como os de Ginevra e Lançarote, havendo pessoas que quase se lembram de ter visto a duenha Quintañona, pois nunca houve na Grã-Bretanha quem escançasse o vinho como ela.[8] E tanto isto é assim, que eu me lembro de ouvir a minha avó, mãe do meu pai, dizer quando via alguma duenha de toucado respeitável: "Aquela, meu neto, se parece com a duenha Quintañona"; donde tiro que ela decerto a conheceu, ou pelo menos chegou a ver algum retrato seu. Pois quem poderá negar ser verdadeira a história de Pierres e a linda Magalona, pois até hoje se vê na armaria real a cavilha com que se governava o cavalo de madeira em que galopava pelos ares o valente Pierres, que é pouco maior que uma lança de carreta?[9] E

---

[6] Infanta Floripes, Guy de Borgonha, Ferrabrás na ponte de Mantible: as peripécias de todos esses personagens são narradas na anônima *Historia del emperador Carlomagno* (Sevilha, 1525), uma das mais populares novelas de cavalarias, reimpressa muitas vezes e resumida em folhetos.

[7] Provável referência à *Crónica del noble caballero Guarino Mesquino* (Sevilha, 1548), tradução da obra *Guerrin Meschino*, de Andrea da Barberino (Pádua, 1473).

[8] Nova citação do romance de Lançarote, agora ao verso "*esa dueña Quintañona, — ésa le escanciaba el vino*".

[9] D. Quixote mistura a *Historia de la linda Magalona, hija del Rey de Ná-*

junto à cavilha está a sela de Babieca, e em Roncesvalles está o corno de Roldão, tamanho como uma grande viga.[10] Donde se infere que houve Doze Pares, que houve Pierres, que houve Cides e outros semelhantes cavaleiros,

> desses que dizem as gentes
> que a suas aventuras vão.

Então também me digam que não é verdade que foi cavaleiro andante o valente lusitano Juan de Merlo,[11] que foi a Borgonha e se bateu na cidade de Arras com o famoso senhor de Charny, chamado *mossén*[12] Pierres, e na cidade da Basileia, com *mossén* Henrique de Remestan, saindo de ambas as empresas vencedor e cheio de honrosa fama; e as aventuras e desafios que também levaram a cabo em Borgonha os valentes espanhóis Pedro Barba e Gutierre Quijada[13] (de cuja casta eu descendo por linha

---

poles, y de Pierres, hijo del conde de Provenza* (Sevilha, 1519), em que não aparece nenhum cavalo voador de madeira, com *Clamades, hijo del rey de Castilla, de la linda Clarmonda, hija del rey de Tuscana* (Burgos, 1521), onde de fato consta esse precursor de Cravilenho, que aparecerá no segundo *Quixote*.

[10] O olifante que Roldão não quis tocar na batalha de Roncesvalles. Contudo, "corno de Roldão" também poderia encerrar um segundo sentido malicioso, cabível no marco do *Orlando furioso*.

[11] As façanhas relatadas no trecho a seguir são todas de cavaleiros espanhóis do século XV; a fonte de Cervantes parece ser a *Crónica de Juan II*. Juan de Merlo foi um famoso cavaleiro castelhano de origem portuguesa que de fato combateu com Pierre de Beaufremont, senhor de Charny, e com Henri de Ramestan.

[12] Título honorífico que se aplicava a cavaleiros espanhóis ou italianos da Coroa de Aragão.

[13] Dois primos que, nas justas celebradas em Saint-Omer em 1435, venceram os filhos bastardos do conde de Saint-Pol.

direta de varão), vencendo os filhos do conde de Saint-Pol. Neguem-me também que em busca de aventuras foi D. Fernando de Guevara à Alemanha, onde se bateu com *micer* Jorge, cavaleiro da casa do duque de Áustria;[14] digam que não foram à vera as justas de Suero de Quiñones, o do Passo;[15] as empresas de *mossén* Luis de Falces contra D. Gonzalo de Guzmán,[16] cavaleiro castelhano, mais outras muitas façanhas feitas por cavaleiros cristãos, destes reinos e dos estrangeiros, tão autênticas e verdadeiras, que torno a dizer que quem as negar carece de toda razão e bom discurso.

Admirado ficou o cônego de ouvir a mistura que D. Quixote fazia de verdades e mentiras, e de ver a notícia que tinha de todas aquelas coisas tocantes e concernentes aos feitos da sua andante cavalaria, e assim lhe respondeu:

— Não posso negar, senhor D. Quixote, que parte do que vossa mercê disse seja verdade, especialmente no que toca aos cavaleiros andantes espanhóis, e também devo conceder que houve Doze Pares de França, mas não creio que tenham feito todas aquelas coisas que o arcebispo Turpin[17] deles escreve, porque a verdade disso é que foram cavaleiros escolhidos pelos reis da França, e que foram chamados pares por serem todos iguais em valor, em qualidade e em valentia: ao menos, se o não eram, era razão

---

[14] Jorge Vourapag, da casa do duque Alberto, desafiou D. Fernando de Guevara e lutou com ele em Viena, em 1436.

[15] A defesa da ponte de Órbigo, no Caminho de Santiago, no ano de 1434, por Suero de Quiñones e seus companheiros, conhecida como "o passo honroso", era um dos mais celebrados feitos cavaleirescos do século XV.

[16] O duelo entre Luis de Falces e D. Gonzalo de Guzmán teve lugar em Valladolid em 1428, na corte de Juan II.

[17] Ver cap. VI, nota 10.

que o fossem, e era como uma das ordens ora em uso, de Santiago ou de Calatrava, pressupondo-se que os que a professam são ou devem ser cavaleiros valorosos, valentes e bem-nascidos; e como agora dizem "cavaleiro de São João" ou "de Alcântara",[18] assim diziam naquele tempo "cavaleiro dos Doze Pares", porque foram doze iguais os escolhidos para essa ordem militar. Quanto a ter havido El Cid, disso não há dúvida, e o mesmo vale para Bernardo del Carpio; mas de terem feito as façanhas que dizem, creio que há, sim, e grandíssima. Quanto à cavilha do conde Pierres que vossa mercê diz, e que está junto à sela de Babieca na armaria real, confesso o meu pecado, pois, se bem tenha visto a sela, não vi a cavilha, por ignorância ou curteza de vista, sendo ela tão grande como vossa mercê disse que é.

— Pois lá está ela, sem dúvida alguma — replicou D. Quixote —, e, por sinal, dizem que está metida num forro de vaqueta, para que não seja tomada de ferrugem.

— Tudo pode ser — respondeu o cônego —, mas pelas ordens que recebi que não me lembro de tê-la visto. Mas, ainda que eu conceda que ela está lá, nem por isso me obrigo a crer nas histórias de tantos Amadises, nem nas de tanta turbamulta de cavaleiros como por aí nos contam, nem é razão que um homem como vossa mercê, tão honrado e de tão boas qualidades e dotado de tão bom entendimento, se convença de que são verdadeiras tantas e tão estranhas loucuras como as que estão escritas nos disparatados livros de cavalarias.

---

[18] As ordens de Santiago, Calatrava, San Juan e Alcántara eram as quatro "religiões" mais importantes e ricas na Castela dos séculos XVI e XVII.

Capítulo L

DAS DISCRETAS ALTERCAÇÕES
QUE D. QUIXOTE E O CÔNEGO TIVERAM,
MAIS OUTROS ACONTECIMENTOS

— Boa história! — respondeu D. Quixote. — São acaso mentira os livros impressos com licença dos reis e com aprovação daqueles a quem foram dedicados, e que com gosto geral são lidos e celebrados por grandes e pequenos, por pobres e ricos, letrados e ignorantes, plebeus e cavaleiros..., enfim, por todo gênero de pessoas de qualquer estado e condição que sejam? E mais com tanta aparência de verdade, pois nos contam o pai, a mãe, a pátria, os parentes, a idade, o lugar e as façanhas, ponto por ponto e dia por dia, que o tal cavaleiro fez, ou cavaleiros fizeram? Cale-se vossa mercê, não diga tal blasfêmia, e creia-me que nisto o aconselho a fazer o que deve como discreto; se não, leia-os, e verá o gosto que recebe da sua leitura. Senão, diga-me: há maior contentamento que ver, digamos, que aqui agora se mostra diante de nós um grande lago de pez fervente e borbulhante, e que vão nadando e passando por ele muitas serpentes, cobras e lagartos, e outros muitos gêneros de animais ferozes e medonhos, e que do meio do lago sai uma voz tristíssima que diz: "Tu, cavaleiro, quem quer que sejas, que o temeroso lago estás fitando, se queres alcançar o bem que debaixo destas negras águas se encobre, mostra o valor do teu forte peito e lança-te em meio ao seu negro e candente licor, porque, se assim o não fizeres, não serás digno de ver as altas maravilhas que em si encerram e contêm os sete castelos das sete fadas que debaixo desta negregura jazem"? E que, apenas o cavaleiro acabou de ouvir a voz temível, quando, sem cuidar em si nem pôr-se a considerar o perigo a que se expõe, e até sem se despojar do peso de sua forte armadura, encomendando--se a Deus e a sua senhora, se lança no meio do borbulhante lago, e quando menos espera, e não sabe onde há de parar, se acha entre uns floridos campos, com os quais nem os Elísios se igualam em coisa alguma? Ali lhe parece que o céu é mais transparente e que o sol reluz com claridade mais nova. Aos olhos se lhe oferece uma aprazível floresta de tão verdes e frondosas árvores composta, que alegra à vista sua verdura, e entretém os ouvidos o doce e não aprendido canto dos pequenos, infinitos e pintados passarinhos que pelos intricados ramos vão passando. Aqui descobre um regato, cujas frescas águas, que líquidos cristais parecem, correm sobre miúdas areias e brancas pedrinhas, que ouro crivado e puras pérolas semelham; acolá vê uma artística fonte de jaspe variegado e de liso mármore composta; aqui vê outra ao grutesco jeito adornada, onde as miúdas conchas das amêijoas com as torcidas casas brancas e amarelas do caracol, postas com ordem desordenada, mesclados entre elas pedaços de cristal luzente e de contrafeitas esmeraldas, fazem um variado lavor, de maneira que a arte, imitando a natureza, parece que ali a vence. Acolá de improviso se lhe apresenta um forte castelo ou vistoso alcácer, cujas muralhas são de maciço ouro, as ameias de diamantes, as portas de topázios: enfim, ele é de tão admirável compostura, que, sendo a matéria de que está formado não menos que de diamantes, de carbúnculos, de rubis, de pérolas, de ouro e de esmeraldas, é de mais estimação a sua feitura. E há algo mais para ver, depois de ter visto isso, que ver surgir pela porta do castelo um bom número de donzelas, cujos elegantes e vistosos trajes, se eu me pusesse agora a descrevê-los como as histórias no-los con-

666

tam, seria um nunca acabar, e a que parece mais principal de todas tomar logo pela mão o atrevido cavaleiro que se lançou no fervente lago, e levá-lo, sem dizer-lhe palavra, dentro do rico alcácer ou castelo, e fazê-lo desnudar como sua mãe o pariu, e banhá-lo em tépidas águas, e depois untá-lo inteiro com perfumosos unguentos e vestir-lhe uma camisa de seda finíssima, toda olorosa e perfumada, e acudir outra donzela e pôr-lhe um manto sobre os ombros, que, pelo menos menos, dizem que sói valer uma cidade, e ainda mais. Não é coisa para ver quando nos contam que, depois de tudo isso, o levam a outra sala, onde encontra as mesas postas com tanto concerto, que fica absorto e admirado? E quando vemos deitarem-lhe água nas mãos, toda de âmbar e de perfumosas flores filtrada? E quando o fazem sentar numa cadeira de marfim? E o vemos ser servido por todas as donzelas, guardando um maravilhoso silêncio? E lhe trazem tanta variedade de manjares, tão saborosamente preparados, que não sabe o apetite para qual estender a mão? Que será ouvir a música que enquanto ele come soa sem que se saiba quem a canta nem onde soa? E, finda a refeição e alçadas as mesas, ficar o cavaleiro recostado na cadeira, e quiçá limpando os dentes,[1] como é costume, de improviso entrar pela porta da sala outra muito mais formosa donzela que todas as primeiras, e sentar-se ao lado do cavaleiro e começar a dar-lhe conta de que castelo é aquele e de como ela está nele encantada, mais outras coisas que absorvem o cavaleiro e admiram os ledores que estão lendo sua história? Não quero estender-me mais nisto, pois do que tenho dito se pode coligir que qualquer parte que se leia de qualquer história de cavaleiro andante

---

[1] Embora o hábito em si não fosse malvisto, o gesto de palitar ostensivamente os dentes, fingindo ter mesa farta, tornou-se um tópico literário para definir a figura do fidalgo faminto.

há de causar gosto e maravilha a qualquer pessoa que a ler. Creia-me vossa mercê e, como já lhe disse, leia estes livros, e verá como lhe desterram a melancolia que tiver e lhe melhoram a condição, se acaso a tiver má. De mim sei dizer que, desde que sou cavaleiro andante, sou valente, comedido, liberal, bem-criado, generoso, cortês, atrevido, brando, paciente, sofredor de trabalhos, de prisões, de encantos; e ainda que há tão pouco me tenha visto preso numa jaula como louco, penso, pelo valor do meu braço, favorecendo-me o céu e não me sendo contrária a fortuna, em poucos dias ver-me rei de algum reino, onde eu possa mostrar o agradecimento e liberalidade que o meu peito encerra. Pois, à minha fé, senhor, o pobre é impedido de poder mostrar a virtude da liberalidade com quem quer que seja, ainda que em sumo grau a possua, e a gratidão que não passa de desejo é coisa morta, como é morta a fé sem obras. Por isso quisera que a fortuna me oferecesse logo alguma ocasião em que me fizesse imperador, para mostrar as virtudes do meu peito fazendo bem aos meus amigos, especialmente a este pobre Sancho Pança, meu escudeiro, que é o melhor homem do mundo, e quisera dar-lhe um condado que lhe tenho há muitos dias prometido, se bem eu tema que não há de ter habilidade para governar o seu Estado.

Só estas últimas palavras ouviu Sancho do seu amo, a quem disse:

— Trabalhe vossa mercê, senhor D. Quixote, para me dar esse condado tão prometido por vossa mercê quanto por mim esperado, que eu lhe prometo que não me há de faltar a habilidade para governá-lo; e quando me faltar, eu ouvi dizer que há homens no mundo que tomam em arrendamento os Estados dos senhores e lhes dão um tanto por ano, e eles se encarregam do governo, enquanto o senhor vive à larga, desfrutando da renda que lhe dão, sem cuidar de outra coisa: e assim farei eu, e não me porei a regatear, mas logo desistirei de tudo para desfrutar da minha renda como um duque, e os outros lá que se arranjem.

— Isso, irmão Sancho — disse o cônego —, pode ser quanto ao usufruto da renda; mas da administração da justiça há de cuidar o senhor do Estado, e aqui entra a habilidade e bom juízo, e principalmente a boa intenção de acertar: pois se esta falta nos princípios, sempre irão errados os meios e os fins, e por isto sói Deus ajudar o bom desejo do simples como desfavorecer o mau do discreto.

— Não sei dessas filosofias — respondeu Sancho Pança —, mas só sei que, tão logo eu tivesse o condado, saberia regê-lo, pois tenho tanta alma como qualquer um, e tanto corpo também, e tão rei seria eu do meu Estado como cada um do seu: e sendo-o, faria o que quisesse; e fazendo o que quisesse, faria meu gosto; e fazendo meu gosto, estaria contente; e em estando a pessoa contente, não tem mais que desejar; e não tendo mais que desejar, acabou-se, e que venha o Estado, e adeus e até mais ver, como disse um cego ao outro.

— Não são más filosofias essas, como tu dizes, Sancho, mas, com tudo isso, há muito que dizer sobre essa matéria dos condados.

Ao que replicou D. Quixote:

— Eu não sei que mais pode haver: só me guio pelo exemplo que me dá o grande Amadis de Gaula, que fez seu escudeiro conde da Ínsula Firme, e assim eu posso sem escrúpulo de consciência fazer conde a Sancho Pança, que é um dos melhores escudeiros já tidos por cavaleiro andante.

Admirado ficou o cônego dos concertados disparates que D. Quixote dissera, do modo como pintara a aventura do Cavaleiro do Lago, da impressão que nele fizeram as pensadas mentiras dos livros que tinha lido, e, finalmente, admirava-o a necedade de

Sancho, que com tanto afinco desejava receber o condado que seu amo lhe prometera.

Já nisto voltavam os criados do cônego que até a estalagem tinham ido buscar as provisões, e fazendo mesa de um tapete e da verde relva do prado, à sombra de umas árvores se sentaram, e comeram ali, para que o carreiro pudesse aproveitar a comodidade daquela paragem, como já se disse. E enquanto comiam, de súbito ouviram um forte estrondo e um som de chocalho que vinha de umas sarças e espessas moitas que ali junto havia, e no mesmo instante viram sair daquelas brenhas uma bela cabra, com manchas pretas, brancas e pardas. Atrás dela vinha um cabreiro dando-lhe vozes e dizendo-lhe palavras a seu uso, para que parasse ou ao rebanho voltasse. A fugitiva cabra, temerosa e espavorida, correu para junto das gentes, como a buscar o favor delas, e ali estacou. Chegou o cabreiro e, apanhando-a pelos chifres, como se fosse capaz de discurso e entendimento lhe disse:

— Ah, manhosa, manhosa, Manchada, Manchada, como andais arisca por estes dias! Os lobos vos espantam, filha? É isto, minha flor? Mas que outra coisa pode ser senão que sois fêmea e não podeis estar sossegada? Maldita seja a vossa condição e a de todas aquelas que imitais! Voltai, voltai, amiga, que, se não tão contente, ao menos estareis mais segura em vosso aprisco ou com vossas companheiras: pois se vós, que as haveis de guardar e encaminhar, andais tão sem guia e tão desencaminhada, onde poderão elas parar?

Com muito agrado foram ouvidas as palavras do cabreiro, especialmente pelo cônego, que lhe disse:

— Por vida vossa, irmão, sossegai um pouco e não vos apresseis em devolver essa cabra ao seu rebanho, pois como ela é fêmea, como dizeis, há de seguir seu natural instinto, por mais que vós vos empenheis em impedi-lo. Tomai algum bocado e bebei um pouco, com o que tempereis a cólera, e enquanto isso descansará a cabra.

E ao dizer isto já dava com a ponta da faca nos lombos de um coelho defumado. Aceitou e agradeceu a oferta o cabreiro; bebeu e sossegou, e então disse:

— Não quisera eu que, por ter falado com esta alimária tão de siso, vossas mercês me tomassem por homem simples, pois em verdade não carecem de mistério as palavras que lhe disse. Rústico sou, mas não tanto que não entenda como se há de tratar com os homens e com as bestas.

— Disto não tenho dúvida — disse o padre —, pois sei por experiência que os montes criam letrados e as cabanas dos pastores encerram filósofos.

— Pelo menos, senhor — replicou o cabreiro —, abrigam homens escarmentados; e para que possais crer nesta verdade e tocá-la com as mãos, se bem pareça que sem ser rogado me convido, se tal não vos fatigar e quiserdes, senhores, um breve espaço prestar-me atento ouvido, vos contarei uma verdade que confirme a que esse senhor disse — apontando para o padre —, e a minha própria.

Ao que D. Quixote respondeu:

— Por ver que tem este caso um não sei quê de sombra de aventura de cavalaria, eu, de minha parte, vos ouvirei, irmão, de muito bom grado, e assim farão todos estes senhores, pelo muito que têm de discretos e por serem amigos de curiosas novidades que suspendam, alegrem e entretenham os sentidos, como sem dúvida penso que o há de fazer o vosso conto. Começai, pois, amigo, que todos escutaremos.

— Eu passo esta rodada — disse Sancho —, e me retiro àquele riacho com este empadão, onde penso me fartar por três dias; pois ouvi o meu senhor D. Quixote dizer que o escudeiro de cavaleiro andante há de comer, quando se lhe oferece, até não mais poder, pois calha às vezes de terem de se meter numa selva tão fechada que não atinam a sair dela em seis dias, e, se o homem não vai bem farto, ou bem fornidos os alforjes, ali pode ficar, como muitos ficam, feito múmia.

— Tens toda a razão, Sancho — disse D. Quixote. — Vai aonde quiseres e come o quanto puderes, que eu já estou satisfeito, e só me falta dar refeição à alma, como darei escutando o conto deste bom homem.

— Assim a daremos todos à nossa — disse o cônego.

E então rogou ao cabreiro que principiasse o que tinha prometido. O cabreiro deu duas palmadas no lombo da cabra, que pelos chifres segurava, dizendo-lhe:

— Deita-te ao meu lado, Manchada, que temos tempo para voltar ao nosso rebanho.

Parece que a cabra o entendeu, porque, em se sentando seu dono, deitou-se ela ao lado dele com muito sossego e, fitando-lhe o rosto, dava a entender que estava atenta ao que o cabreiro ia dizendo. O qual começou sua história desta maneira:

Capítulo LI

Que trata do que contou o cabreiro a todos os que levavam D. Quixote

— A três léguas deste vale há uma aldeia, a qual, ainda que pequena, é das mais ricas de todo seu contorno, onde vivia um lavrador muito honesto, e tão honesto que, se bem o ser honesto seja anexo ao ser rico, mais ele o era por sua virtude que por sua riqueza; porém o que o fazia mais ditoso, segundo ele dizia, era ter uma filha de tão extremada formosura, rara discrição, graça e virtude, que quem a conhecia e olhava se admirava de ver as extremadas qualidades com que o céu e a natureza a enriqueceram. Já desde menina era formosa, e sempre foi crescendo em beleza, e à idade de dezesseis anos foi formosíssima. A fama de sua beleza começou a correr por todas as circunvizinhas aldeias. Que digo eu pelas circunvizinhas tão só? Correu até as distantes cidades e entrou pelos salões dos reis e pelos ouvidos de todo gênero de gente, que como a coisa rara ou como a imagem milagreira de toda parte vinham vê-la. Era guardada por seu pai e por ela mesma,[1] e não há cadeado, guarda nem fechadura que guarde melhor uma donzela que o próprio recato.

"A riqueza do pai e a beleza da filha moveram muitos, assim da aldeia como forasteiros, a pedi-la por mulher; mas o pai,

---

[1] Reminiscência da canção popular "*Madre, la mi madre, — guardas me ponéis:/ si yo no me guardo — mal me guardaréis*".

como a quem cumpria dispor de tão rica joia, andava confuso, sem saber decidir a qual dentre os infinitos que a importunavam a entregaria. E dos muitos que tão bom desejo tinham eu fui um, a quem deu muitas e grandes esperanças de bom sucesso saber que o pai sabia quem eu era, sendo natural do mesmo lugar, limpo de sangue, na flor da idade, muito rico nos haveres e no engenho não menos abonado. Com todas estas mesmas qualidades também a pediu outro do mesmo lugar, o que foi causa de suspender na balança a vontade do pai, a quem parecia que com qualquer um de nós estaria sua filha bem casada; e por sair dessa indecisão, determinou de dizê-lo a Leandra, que assim se chama a rica que na miséria me tem posto, entendendo que, como os dois éramos iguais, era bem entregar à vontade de sua querida filha a escolha a seu gosto, coisa digna de ser imitada por todos os pais que querem pôr seus filhos em estado: não digo que os deixem escolher entre coisas ruins e más, mas que, propondo-as boas, entre as boas escolham a seu gosto. Não sei qual foi o de Leandra, só sei que o pai entreteve a nós ambos com alegar a pouca idade de sua filha e com palavras vagas, que nem o obrigavam nem tampouco nos desobrigavam. Chama-se meu competidor Anselmo, e eu me chamo Eugênio, para que tenhais notícia dos nomes das pessoas que desta tragédia participam, cujo fim ainda está pendente, mas bem se dá a entender que há de ser desastroso.

"Por esse tempo apareceu no nosso lugar um tal Vicente de la Rosa, filho de um pobre lavrador do mesmo lugar, o qual Vicente vinha de ser soldado nas Itálias e noutras diversas partes. Levara-o do nosso lugar, sendo rapaz de uns doze anos, um capitão que com sua companhia por ali acertou de passar, e voltou o moço dali a outros doze vestido à soldadesca, pintado com mil cores, cheio de mil berloques de cristal e sutis cordões de aço. Hoje vestia uma gala e amanhã outra, mas todas sutis, falsas, de pouco peso e menos tomo. A gente lavradora, que é por natureza maliciosa e, dando-lhe o ócio ocasião, é a malícia mesma, logo reparou nele, e contou uma por uma suas galas e alfaias, e viu que os trajes eram três, de diferentes cores, com suas ligas e meias, mas ele fazia com aquilo tantos arranjos e invenções que, se não os contassem, haveria quem jurasse ter ele exibido mais de dez pares de trajes com mais de vinte plumagens. E não pareça impertinência e demasia isso que das roupas vou contando, porque elas têm importante papel nesta história. Sentava-se num banco que embaixo de um grande álamo há na nossa praça e ali nos tinha a todos de boca aberta, pendentes das façanhas que ia contando. Não havia terra em todo o orbe que ele não tivesse visto, nem batalha onde não se tivesse achado; tinha matado mais mouros do que têm Marrocos e Tunísia juntos, e lidado em mais singulares combates, segundo ele dizia, que Gante e que Luna,[2] que Diego García de Paredes e outros mil que referia, e de todos saíra vitorioso, sem que lhe tivessem derramado uma só gota de sangue. Por outra parte, mostrava sinais de ferimentos que, se bem ninguém os enxergasse, a todos convencia que eram arcabuzaços recebidos em diversos embates e feitos guerreiros. Finalmente, com uma nunca vista arrogância chamava de *vos* os seus iguais e os mesmos que o conheciam,[3] e dizia que seu pai era seu braço, sua linhagem suas obras, e que, por ser soldado, nem ao mesmo

---

[2] Não há certeza quanto à identidade desses dois personagens. Poderia tratar-se do soldado espanhol Juan de Gante, que protagonizou um combate citado por Luis Zapata em seu poema *Carlo famoso* (1566), ou de Marco Antonio Lunel, um fidalgo que participou de um duelo relatado por Pedro Vallés em sua *Historia del Capitán don Hernando de Avalos* (Saragoça, 1562).

[3] O tratamento de *vos* se reservava às classes inferiores ou para marcar distância.

rei devia nada. Para coroar tantas arrogâncias, era ele um pouco músico e tocava uma guitarra rasqueada à andaluza, de tal maneira que alguns diziam que a fazia falar; mas não paravam aí suas graças, pois também tinha lá a sua de poeta, e assim, para cada ninharia que acontecia na aldeia, compunha um romance de légua e meia de escritura. Pois este soldado que aqui pintei, este Vicente de la Rosa, este bravo, este galã, este músico, este poeta foi visto e olhado muitas vezes por Leandra, de uma janela de sua casa que dava para a praça. Enamorou-a o ouropel dos seus vistosos trajes; encantaram-na os seus romances, que de cada um que ele compunha fazia vinte cópias;[4] chegaram aos seus ouvidos as façanhas que ele de si mesmo referira: finalmente, pois assim o diabo o devia de haver ordenado, ela veio a se enamorar dele, antes de que nele nascesse a presunção de solicitá-la; e como nos casos de amor não há nenhum que com mais facilidade se cumpra que o que tem o desejo da dama a seu favor, logo com facilidade Leandra e Vicente se entenderam, e antes que algum dos seus muitos pretendentes caísse na conta do seu desejo, já ela o tinha cumprido, deixando a casa do seu querido e amado pai, pois mãe ela não tem, e ausentando-se da aldeia com o soldado, que saiu com mais triunfo dessa empresa que de todas as muitas que ele se atribuía. O acontecido admirou a aldeia inteira, e até a todos os que dele tiveram notícia; eu fiquei estarrecido, Anselmo atônito, o pai triste, seus parentes afrontados, avisada a justiça, os quadrilheiros prontos; bateram-se os caminhos, esquadrinharam os bosques e tudo que se podia, e ao cabo de três dias acharam a caprichosa Leandra na gruta de um monte, em camisa, sem os

---

[4] Era usual entre os autores de romances copiar seus versos para vendê-los sob a forma de folhetos, como na tradição do cordel brasileiro.

muitos dinheiros e preciosíssimas joias que de sua casa tinha levado. Devolveram-na à presença do lastimoso pai, perguntaram-lhe sua desgraça: confessou sem constrangimento que Vicente de la Rosa a enganara e, debaixo de sua palavra de ser seu esposo, persuadiu-a a deixar a casa paterna, pois ele a levaria à mais rica e luxuriosa cidade que havia em todo o mundo universo, que era Nápoles; e que ela, mal-avisada e pior enganada, acreditara nele e, roubando seu pai, tudo lhe entregou na mesma noite em que fugira de sua casa, e que ele a levou a um áspero monte e a lançou naquela gruta onde a encontraram. Contou também como o soldado, sem lhe tirar a honra, lhe roubou tudo o que tinha e a deixou naquela cova e se foi, sucesso que de novo a todos admirou. Duro se nos fez crer na continência do moço, mas ela o afirmou com tantas veras, que foram bastantes para que o desconsolado pai se consolasse, não fazendo conta das riquezas que lhe levaram, pois lhe haviam deixado a filha com a joia que, uma vez perdida, não deixa esperança de jamais ser recuperada. No mesmo dia em que Leandra apareceu, seu pai a fez desaparecer dos nossos olhos e a enclausurou num mosteiro de uma vila aqui perto, esperando que o tempo gaste ao menos parte da má fama que sua filha ganhou. A pouca idade de Leandra serviu de desculpa de sua culpa, ao menos para aqueles a quem não importava se ela era boa ou má; mas os que conheciam sua discrição e muito entendimento não atribuíam seu pecado à ignorância, e sim à sua desenvoltura e à natural inclinação das mulheres, que é no mais das vezes desatinada e descomposta. Enclausurada Leandra, ficaram os olhos de Anselmo cegos, quando menos sem ter coisa a olhar que contentamento lhe desse; os meus, em trevas, sem luz que os encaminhasse a coisa alguma de gosto. Com a ausência de Leandra crescia a nossa tristeza, apoucava-se a nossa paciência, maldizíamos as galas do soldado e abominávamos do pouco recato do pai de Leandra. Finalmente, Anselmo e eu resolvemos deixar a aldeia e vir a este vale, onde, ele apascentando uma grande quantidade de ovelhas, suas próprias, e eu um numeroso rebanho de cabras, minhas também, passamos a vida entre as árvores, dando vau às nossas paixões ou cantando juntos louvores ou vitupérios da formosa Leandra, ou suspirando sozinhos e a sós, comunicando com o céu nossas querelas. À imitação nossa, outros muitos pretendentes de Leandra vieram a estes ásperos montes seguindo o mesmo exercício nosso, e são tantos, que parece que estas paragens se transformaram na pastoral Arcádia, tão cumulado está de pastores e de apriscos, e não há parte nele onde não se escute o nome da formosa Leandra. Este a maldiz e a chama caprichosa, vária e desonesta; aquele a condena por fácil e ligeira; tal a absolve e perdoa, e tal a condena e vitupera; um celebra sua formosura, outro renega de sua condição, e, enfim, todos a desonram e todos a adoram, e de todos se estende a tanto a loucura, que há quem se queixe de desdém sem jamais lhe ter falado, e até quem se lamente e sinta a raivosa doença dos ciúmes, que ela jamais deu a ninguém, pois, como já tenho dito, antes se soube o seu pecado que o seu desejo. Não há oco de penha, nem margem de regato, nem sombra de árvore que não esteja ocupada por algum pastor que suas desventuras aos ares conte; o eco repete o nome de Leandra onde quer que se possa formar: "Leandra" ressoam os montes, "Leandra" murmuram os riachos, e Leandra nos tem a todos absortos e encantados, esperando sem esperança e temendo sem saber o que tememos. Entre estes disparatados, quem mostra ter menos e mais juízo é o meu competidor Anselmo, o qual, tendo tantas outras coisas de que se queixar, só se queixa da ausência; e ao som de um arrabil que toca admiravelmente, com versos onde mostra seu bom entendimento, cantando se queixa. Eu sigo outro caminho mais fácil, e a meu ver mais acertado, que é maldizer da ligeireza das mulheres, de sua inconstância, de seu doble trato, de suas promessas mortas, de sua fé rompida e, finalmente, do pouco discurso que têm em saber colocar seus pensamentos e as intenções que têm. E este foi o porquê, senhores, das palavras e razões que eu disse a esta cabra quando aqui cheguei, que, por ser fêmea, a tenho em pouco, ainda que seja a melhor de todo o meu rebanho. Esta é a história que vos prometi contar. Se fui no conto demais longo, não serei curto no vosso serviço: perto daqui tenho a minha malhada e nela tenho fresco leite e saborosíssimo queijo, mais outras várias e sazonadas frutas, não menos à vista que ao gosto agradáveis.

Capítulo LII

DA PENDÊNCIA QUE TEVE D. QUIXOTE COM O CABREIRO,
MAIS A RARA AVENTURA DOS DISCIPLINANTES,[1]
À QUAL DEU FELIZ FIM À CUSTA DO SEU SUOR

Gosto geral causou o conto do cabreiro a todos os que o escutaram; especialmente ao cônego, que com rara curiosidade notou a maneira como o tinha contado, tão longe de parecer rústico cabreiro quanto perto de se mostrar discreto cortesão, e assim disse que dissera muito bem o padre ao dizer que os montes criavam letrados. Todos ofereceram apoio a Eugênio, mas quem mais liberal nisto se mostrou foi D. Quixote, que lhe disse:

— Por certo, irmão cabreiro, que, se eu me achasse possibilitado de poder começar alguma aventura, logo logo me poria a caminho por que a vossa ventura fosse boa, pois eu tiraria Leandra do mosteiro (onde sem dúvida alguma deve de estar contra sua vontade), apesar da abadessa e de quantos o quisessem impedir, e pô-la-ia nas vossas mãos, para que dela fizésseis tudo quanto fosse de vossa vontade e talante, guardando, porém, as leis da cavalaria, que mandam que a nenhuma donzela se faça desaforo algum; posto que eu espero em Deus nosso Senhor que não há de poder tanto a força de um encantador malicioso, que não possa mais

---

[1] Penitentes que açoitam as próprias costas com disciplinas (cordas de algodão ou cânhamo com farpas nas pontas), em pagamento de promessa ou para pedir uma graça. Costumavam sair em procissão com as costas nuas e a cabeça coberta com capuz.

a de outro encantador mais bem-intencionado, e para então vos prometo o meu favor e ajuda, como me obriga a minha profissão, que não é outra senão favorecer os desvalidos e necessitados.

Olhou-o o cabreiro e, ao ver D. Quixote de tão má roupagem e catadura, admirou-se e perguntou ao barbeiro, que tinha perto de si:

— Senhor, quem é esse homem que de tal jeito se apresenta e de tal maneira fala?

— Quem há de ser — respondeu o barbeiro — senão o famoso D. Quixote de La Mancha, desfazedor de agravos, endireitador de tortos, o amparo das donzelas, o espanto dos gigantes e o vencedor das batalhas?

— Isso me parece — respondeu o cabreiro — o que se lê nos livros de cavaleiros andantes, que faziam tudo isso que vossa mercê diz desse homem, posto que tenho para mim, ou que vossa mercê faz burla, ou que este gentil-homem deve de ter vazios os aposentos da cabeça.

— Sois um grandíssimo velhaco — disse então D. Quixote —, e sois vós o vazio e o frouxo, pois eu estou mais rijo e pleno do que jamais esteve a mui fideputa puta que vos pariu.

E passando da palavra à ação, apanhou um pão que tinha junto de si e deu com ele em pleno rosto do cabreiro, com tamanha fúria que lhe amassou os narizes; mas o cabreiro, que não sabia daquelas burlas, vendo com quantas veras o maltratavam, sem respeito pelo tapete, nem pelas toalhas, nem por todos aqueles que comendo estavam, saltou sobre D. Quixote e, agarrando-o do pescoço com ambas as mãos, não hesitaria em esganá-lo, se Sancho Pança não aparecesse naquele momento e o agarrasse pelas costas e desse com ele sobre o serviço, quebrando pratos, estilhaçando taças e derramando e espalhando tudo que sobre o tapete havia. D. Quixote, ao se ver livre, tratou logo de montar sobre o cabreiro, o qual, com o rosto cheio de sangue, moído a pontapés por Sancho, ia engatinhando em busca de uma faca para tomar alguma sanguinolenta vingança, do que o impediam o cônego e o padre; mas o barbeiro fez de jeito que o cabreiro logo apanhou D. Quixote debaixo de si, sobre quem choveu tamanha quantidade de bofetões, que do rosto do pobre cavaleiro chovia tanto sangue quanto do outro.

Rebentavam de rir o cônego e o padre, pulavam de gosto os quadrilheiros, açulavam uns e outros, como fazem com os cães quando travados em briga; só Sancho Pança se desesperava, porque não conseguia safar-se de um criado do cônego, que o impedia de ajudar seu amo.

Enfim, estando todos em regozijo e festa, exceto os dois aporreadores atracados, ouviram o som de uma trombeta, tão triste, que os fez voltar o rosto para onde lhes pareceu que soava; mas quem mais se alvoroçou ao ouvi-lo foi D. Quixote, o qual, bem que estava embaixo do cabreiro, muito a contragosto e mais que medianamente moído, lhe disse:

— Irmão demônio, que não é possível que outra coisa sejas, pois tiveste valor e forças para sujeitar as minhas, rogo-te que assentemos tréguas, não mais que por uma hora, porque o doloroso som daquela trombeta que aos nossos ouvidos chega me parece que a uma nova aventura me chama.

O cabreiro, que já estava cansado de moer e ser moído, logo o deixou, e D. Quixote se levantou, também voltando o rosto para onde o som se ouvia, e de súbito viu que por uma ladeira desciam muitos homens vestidos de branco, a modo de disciplinantes.

Acontece que naquele ano tinham as nuvens negado seu orvalho à terra, e por todos os lugares daquela comarca se faziam procissões, rezas públicas e penitências, pedindo a Deus que abrisse as mãos de sua misericórdia e lhes desse a chuva; e por isso a gente de uma aldeia dali perto vinha em procissão para uma devota ermida que numa ladeira daquele vale havia.

D. Quixote, ao ver os estranhos trajes dos disciplinantes, sem lhe passar pela memória as muitas vezes que os devia de ter visto, imaginou que era coisa de aventura e que só a ele, como cavaleiro andante, cabia acometê-la, e mais lhe confirmou essa imaginação pensar que uma imagem que traziam coberta de luto era alguma principal senhora sendo levada à força por aqueles facinorosos e descomedidos velhacos; e assim como semelhante ideia lhe veio à mente, com grande ligeireza correu até Rocinante, que pastando estava, e, tirando-lhe do arção o freio e a adarga, num pronto o enfreou, e, pedindo a Sancho sua espada, montou sobre Rocinante, embraçou sua adarga e disse em alta voz para todos os presentes:

— Agora, valorosa companhia, vereis quanto importa que haja no mundo cavaleiros que professem a ordem da andante cavalaria; agora digo que vereis, na libertação daquela boa senhora que ali vai cativa, se não se hão de estimar os cavaleiros andantes.

E, em dizendo isto, deu de pernas em Rocinante, pois esporas não tinha, e a todo o galope, pois carreira puxada não se lê em toda esta verdadeira história que jamais tenha dado Rocinante, lá se foi bater com os disciplinantes, por mais que o padre, o cônego e o barbeiro tentassem detê-lo; mas tal não lhes foi possível, nem menos o detiveram as vozes que Sancho lhe dava, dizendo:

— Aonde vai, senhor D. Quixote? Que demônios leva no peito que o incitam a ir contra a nossa fé católica? Repare, por minha alma, que aquela é procissão de disciplinantes e que aquela senhora que levam sobre o andor é a imagem benditíssima da Virgem imaculada; olhe o que faz, senhor, que desta vez pode ter certeza que não é o que parece.

Fatigou-se em vão Sancho, porque seu amo ia tão empenhado em alcançar os encapuzados e livrar a senhora enlutada, que não ouviu palavra, e, ainda que a ouvisse, não voltaria, nem que o rei em pessoa lho ordenasse. Chegou, pois, à procissão e deteve Rocinante, que já ia desejoso de sossegar um pouco, e com embargada e rouca voz disse:

— Vós, que quiçá por não serdes bons encobris vosso rosto, atentai e escutai o que dizer-vos quero.

Os primeiros a parar foram os que levavam a imagem; e um dos quatro clérigos que cantavam as ladainhas, vendo a estranha figura de D. Quixote, a magreza de Rocinante e outras circunstâncias de riso que notou e descobriu em D. Quixote, lhe respondeu, dizendo:

— Senhor irmão, se tem algo a nos dizer, diga-o logo, pois estes irmãos vão abrindo suas carnes, e não podemos nem é razão que nos detenhamos a ouvir coisa alguma, como não seja tão breve que em duas palavras se diga.

— Numa o direi — replicou D. Quixote —, e é esta: que sem detença deixeis livre essa formosa senhora, cujas lágrimas e triste semblante dão claras mostras de que a levais contra sua vontade e de que algum notório desaforo lhe fizestes; e eu, que nasci no mundo para desfazer semelhantes agravos, não consentirei que se dê um só passo adiante sem dar-lhe a desejada liberdade que merece.

Por essas razões perceberam os que as ouviram que D. Quixote devia de ser algum homem louco, e pegaram a rir com muito gosto, e tal riso foi pólvora na cólera de D. Quixote, que, sem dizer mais palavra, arrancando a espada, arremeteu contra o andor. Um daqueles que o levavam, deixando a carga aos seus companheiros, foi de encontro a D. Quixote, arvorando uma forquilha ou cajado em que apoiava o andor quando descansava; e recebendo nela uma grande cutilada que lhe lançou D. Quixote, que a partiu ao meio, com o último pedaço que lhe restou na mão deu tal golpe sobre um ombro de D. Quixote, pelo mesmo lado da espada — não podendo aparar a adarga a vilã força —, que o pobre D. Quixote foi ao chão muito estropiado.

Sancho Pança, que ia ofegante ao seu encalço, vendo-o caído, deu vozes a seu espancador que não lhe desse outra paulada, porque era um pobre cavaleiro encantado, que não tinha feito mal a ninguém em todos os dias da sua vida. Mas o que deteve o vilão não foram as vozes de Sancho, mas ver que D. Quixote não bulia pé nem mão, e por isso, pensando que o matara, levantou as fraldas do hábito e saiu correndo pelo campo como um gamo.

Já então chegaram todos os da companhia de D. Quixote aonde ele estava; mas os da procissão, que os viram vir correndo, e com eles os quadrilheiros com suas armas, temeram algum ruim sucesso e fizeram todos uma roda em torno da imagem e, levantando as carapuças, empunhando as disciplinas, e os clérigos os ciriais, esperavam o assalto com determinação de se defender dos seus atacantes, e até de ofendê-los se pudessem. Mas a fortuna fez melhor do que se pensava, porque Sancho não fez mais que se lançar sobre o corpo do seu senhor, fazendo sobre ele o mais doloroso e risível pranto do mundo, pensando que estava morto.

O padre foi conhecido por outro padre que vinha na procissão, cujo conhecimento sossegou o concebido temor dos dois esquadrões. O primeiro padre, em duas razões, deu conta ao segundo de quem era D. Quixote, e tanto ele como toda a turba dos disciplinantes foram ver se estava morto o pobre cavaleiro e ouviram que Sancho Pança, com lágrimas nos olhos, dizia:

— Oh flor da cavalaria, que de uma paulada acabaste a carreira dos teus tão bem gastos anos! Oh honra da tua linhagem, orgulho e glória de toda La Mancha, e até de todo o mundo, o qual, faltando tu nele, ficará cheio de malfeitores sem temor de serem castigados dos seus malfeitos! Oh liberal sobre todos os

Alexandres, pois por oito escassos meses de serviço tinhas dado a mim a melhor ínsula que o mar cinge e rodeia! Oh humilde com os soberbos e arrogante com os humildes, acometedor de perigos, sofredor de afrontas, enamorado sem causa, imitador dos bons, açoite dos maus, inimigo dos ruins, enfim, cavaleiro andante, que é tudo o que dizer-se pode!

Com as vozes e gemidos de Sancho reviveu D. Quixote, e a primeira palavra que disse foi:

— Este que de vós vive ausente, dulcíssima Dulcineia, a maiores misérias que estas está sujeito. Ajuda-me, Sancho amigo, a pôr-me sobre o carro encantado, que já não estou para apertar a sela de Rocinante, pois tenho todo este ombro feito em pedaços.

— Tal farei de muito bom grado, senhor meu — respondeu Sancho —, e voltemos à minha aldeia na companhia destes senhores que seu bem desejam, e ali trataremos de preparar outra saída que nos seja de mais proveito e fama.

— Bem dizes, Sancho — respondeu D. Quixote —, e será grande prudência deixar passar o mau influxo das estrelas agora em curso.

O cônego e o padre e barbeiro lhe disseram que faria muito bem em fazer o que dizia, e assim, depois de muito folgar com as simplicidades de Sancho Pança, puseram D. Quixote no carro, como antes vinha. A procissão retomou sua ordem e seu caminho; o cabreiro se despediu de todos; os quadrilheiros não quiseram seguir adiante, e o padre lhes pagou o que lhes devia; o cônego pediu ao padre que lhe desse aviso de D. Quixote, se sarava de sua loucura ou se continuava nela, e com isto pediu licença para seguir sua viagem.

Finalmente, todos se separaram e afastaram, ficando só o padre e o barbeiro, D. Quixote e Pança e o bom Rocinante, que depois de tudo o que vira continuava com tanta paciência como seu amo. O carreiro jungiu seus bois e acomodou D. Quixote sobre um feixe de feno e com sua costumada pachorra seguiu o caminho que o padre quis, e ao cabo de seis dias chegaram à aldeia de D. Quixote, na qual entraram na metade do dia, que calhou de ser domingo, e toda a gente estava na praça, por onde atravessou o carro de D. Quixote. Acudiram todos a ver o que o carro trazia e, quando conheceram o seu compatrício, ficaram maravilhados, e um rapaz foi correndo dar as novas a sua ama e a sua sobrinha de que seu tio e seu senhor vinha magro e amarelo deitado num monte de feno e sobre um carro de bois. Coisa de pena foi ouvir os gritos que as duas boas senhoras soltaram, as bofetadas que se deram, as maldições que de novo lançaram contra os malditos livros de cavalarias, todo o qual se renovou quando viram entrar D. Quixote por suas portas.

Às novas dessa chegada de D. Quixote, acudiu a mulher de Sancho Pança, que já sabia que o marido fora com aquele servindo-o de escudeiro, e assim como viu Sancho, a primeira coisa que lhe perguntou foi se o asno estava bom. Sancho respondeu que estava melhor que seu amo.

— Graças sejam dadas a Deus — devolveu ela —, que tanto bem me fez; mas contai-me agora, amigo, que bem ganhastes das vossas escuderias. Que vestidos me trazeis? Que sapatinhos para os vossos filhos?

— Não trago nada disso, mulher minha — respondeu Sancho —, mas trago outras coisas de mais mérito e consideração.

— Muito gosto isso me dá — respondeu a mulher. — Mostrai-me essas coisas de mais consideração e mérito, amigo meu, que as quero ver, para que se alegre este meu coração, que tão triste e descontente tem estado em todos os séculos da vossa ausência.

— Em casa vo-las mostrarei, mulher — disse Pança —, mas

ficai contente por ora, pois, sendo Deus servido de que outra vez saiamos em busca de aventuras, vós logo me vereis conde, ou governador de uma ínsula, e não das que há por aí, mas da melhor que se pode achar.

— Queira o céu que assim seja, marido meu, pois bem havemos mister. Mas dizei-me que é isso de ínsulas, que o não entendo.

— Não é o mel para a boca do asno — respondeu Sancho —; no seu tempo verás o que é, mulher, e até te admirarás de te ouvires chamar de senhoria por todos os teus vassalos.

— Que é o que dizeis, Sancho, de senhorias, ínsulas e vassalos? — respondeu Juana Pança, que assim se chamava a mulher de Sancho, não porque fossem parentes, mas porque em La Mancha é uso tomarem as mulheres a alcunha do marido.

— Não te afanes, Juana, por saber tudo tão à pressa: basta saberes que te digo verdade, e prega teus lábios. Só te sei dizer, assim de passagem, que não há melhor coisa no mundo que ser um homem honrado escudeiro de um cavaleiro andante buscador de aventuras. Bem é verdade que as mais que se acham não saem tão a contento como o homem gostaria, pois, de cem que se encontram, noventa e nove saem avessas e erradas. Isto eu sei por experiência, pois de umas saí manteado e de outras moído; mas, ainda assim, é linda coisa esperar os sucessos atravessando montes, esquadrinhando selvas, batendo penhas, visitando castelos, hospedando-se em estalagens a toda discrição, sem pagar, oferecido seja ao diabo, um maravedi.

Toda essa conversa tiveram Sancho Pança e Juana Pança, sua mulher, enquanto a ama e a sobrinha de D. Quixote o recebiam, e o despiam, e o deitavam no seu antigo leito. Ele as fitava com olhos transtornados, sem atinar onde estava. O padre encareceu à sobrinha que tivesse grande cuidado em bem tratar o seu tio e que estivessem alerta de que não escapasse outra vez, contando o que fora mister para trazê-lo para casa. Aí as duas soltaram novos gritos; aí se renovaram as maldições dos livros de cavalarias, aí pediram ao céu que castigasse no fundo do abismo os autores de tantas mentiras e disparates. Finalmente, ficaram as duas confusas e temerosas de se verem sem o seu amo e tio no momento em que ele tivesse alguma melhoria, e de feito sucedeu como elas imaginaram.

Mas o autor desta história, a despeito da sua muita curiosidade e diligência em buscar os feitos de D. Quixote em sua terceira saída, não pôde achar notícia dela, ao menos por escrituras autênticas: só a fama guardou, nas memórias de La Mancha, que, da terceira vez que saiu de sua casa, D. Quixote foi a Saragoça, onde se achou numas famosas justas que nessa cidade se celebraram, e ali lhe aconteceram coisas dignas do seu valor e bom entendimento. Nem do seu fim e acabamento pôde ele descobrir coisa alguma, e jamais a descobriria nem saberia se a boa sorte não lhe deparasse um velho médico que tinha em seu poder uma caixa de chumbo, que, segundo ele disse, se achara entre as ruínas de uma antiga ermida em reconstrução; dentro dessa caixa se acharam uns pergaminhos escritos com letras góticas, mas em versos castelhanos, que continham muitas das suas façanhas e davam notícia da formosura de Dulcineia d'El Toboso, da figura de Rocinante, da fidelidade de Sancho Pança e da sepultura do próprio D. Quixote, com diversos epitáfios e elogios da sua vida e costumes.

E os que se puderam ler e passar a limpo foram os que abaixo transcreve o fidedigno autor desta nova e jamais vista história. O qual autor não pede a quem a ler, como prêmio pelo imenso trabalho que lhe custou inquirir e esquadrinhar todos os arquivos manchegos para a poder dar a lume, senão que lhe deem o mesmo crédito que os discretos costumam dar aos livros de cavalarias, que tão reputados andam no mundo, pois com isto se terá por bem pago e satisfeito e se animará a dar e buscar outras, se não tão verdadeiras, ao menos de tanta invenção e passatempo.

As primeiras palavras que vinham escritas no pergaminho encontrado na caixa de chumbo eram as seguintes:

Os acadêmicos da Argamasilla,[2]
lugar de La Mancha,
em vida e morte do valoroso
D. Quixote de La Mancha,
hoc scripserunt[3]

O Monicongo,[4] acadêmico de Argamasilla,
à sepultura de D. Quixote

Epitáfio

O calva em chamas que adornou La Mancha
de mais despojos que Jasão de Creta,[5]

---

[2] Pode referir-se tanto a Argamasilla de Alba como a Argamasilla de Calatrava, duas vilas na atual província de Ciudad Real. O aposto de "lugar de La Mancha" levou alguns comentadores a supor que aqui se revelaria a localidade de origem de D. Quixote, hipótese hoje afastada.

[3] "Escreveram isto".

[4] Nome pelo qual eram conhecidos tanto o soberano do reino do Congo como seus súditos, que tinham fama de eruditos em comparação com outros povos vizinhos.

[5] Na edição *princeps* constava "Jasão decreta", que a maioria dos estudio-

o juízo que seguiu do vento a seta
no rumo em que a derrota se desmancha.

O braço cuja força tanto ensancha
e que foi de Catai até Gaeta,[6]
a musa mais horrenda, e mais discreta,
que versos já gravou em brônzea prancha.

Aquele que ofuscou os Amadises
e os Galaores suplantou em bando,
firmado em seu amor e bizarria.

Aquele que calou os Belianises,
e sobre Rocinante andou errando
jaz aqui embaixo desta campa fria.

DO APANIGUADO, ACADÊMICO DE ARGAMASILLA,
IN LAUDEM DULCINEÆ D'EL TOBOSO

SONETO

Vedes aqui, de rosto arrepolhado,
alta de peitos e ademã brioso,
Dulcineia, rainha de El Toboso,
por quem foi Dom Quixote apaixonado.

---

sos considera uma errata, embora Creta apareça na lenda dos Argonautas, mas
apenas como cenário de um episódio menor.

[6] Catai: antigo nome da China setentrional; Angélica, a amada de Orlando,
era princesa desse reino. Gaeta: porto próximo de Nápoles, cenário da vitória do
Grande Capitão sobre os franceses.

Por ela pisou ele ambos os lados
da grande Serra Negra e o famoso
campo de Montiel, até o herboso
prado de Aranjuez (a pé e cansado,

culpa de Rocinante). Oh dura estrela,
que esta manchega dama e este invicto
andante cavaleiro, em tenros anos,

ela deixou, morrendo, de ser bela,
e ele, ainda que em mármores escrito,
não se furtou de amor, iras e enganos

DO CAPRICHOSO, DISCRETÍSSIMO
ACADÊMICO DE ARGAMASILLA,
EM LOUVOR DE ROCINANTE,
CAVALO DE D. QUIXOTE DE LA MANCHA

SONETO

No alto e soberbo trono diamantino
que com sangrentas solas pisa Marte,
frenético o Manchego o estandarte
tremula com esforço peregrino,

pendura as armas e seu aço fino
com que destroça, assola, racha e parte...
Novas proezas!, mas inventa a arte
um novo estilo ao novo paladino.

Se tanto de Amadis se preza Gaula,
cujos valentes filhos sempre afanam
por Grécia glórias mil e a fama ensancham,

hoje é Quixote o coroado n'aula
onde Belona[7] rege, e já se ufana,
mais do que Grécia ou Gaula, a nobre Mancha.

Jamais o olvido tantas glórias mancha,
pois até Rocinante, em ser galhardo,
é mais que Bridadoiro e que Baiardo.[8]

Do Burlador, acadêmico argamasilhesco
a Sancho Pança

Soneto

Sancho Pança aqui está, corpo nanico
porém grande em valor, milagre insano,
escudeiro o mais simples sem engano
que teve o mundo, vos juro e certifico.

A conde não chegou por um tantico,
só porque conspiraram em seu dano
insolências do século profano,
que não têm dó nem mesmo de um burrico.

---

[7] Divindade bélica latina, companheira ou irmã de Marte, a quem cabia preparar o carro de combate e os cavalos do deus da guerra.

[8] Cavalos de Orlando e Reinaldo no *Orlando furioso*.

Sobre ele andou (e com perdão se mente)
este manso escudeiro, atrás do manso
cavalo Rocinante, e atrás do dono.

Oh quão vãs esperanças tem a gente,
que passa a vida a prometer descanso
pra terminar em sombra, em fumo, em sonho![9]

DO CACHIMANHOSO,[10]
ACADÊMICO DE ARGAMASILLA,
NA SEPULTURA DE D. QUIXOTE

EPITÁFIO

Aqui jaz o cavaleiro
bem moído e mal-andante
que carregou Rocinante
por trilha, estrada e carreiro.

Sancho Pança, o malhadeiro,
jaz ao seu lado também,
fiel como ele ninguém
já viu o trato escudeiro.

---

[9] Citação do célebre verso de Gôngora "*En tierra, en humo, en polvo, en sombra, en nada*", que fecha o soneto "Mientras por competir con tu cabello".

[10] O original *Cachidiablo* evoca, por um lado, uma figura burlesca comum nas procissões ou em representações teatrais; por outro, um personagem histórico, pirata argelino que lutou ao lado de Barba Ruiva.

Do Trebelhico,[11] acadêmico de Argamasilla
na sepultura de Dulcineia d'El Toboso

EPITÁFIO

Repousa aqui Dulcineia,
se bem um tanto roliça,
em pó volveu e caliça
a morte espantosa e feia.

Foi de castiça raleia
e teve assomos de dama;
de Dom Quixote foi chama
e foi glória de sua aldeia.

Estes foram os versos que se puderam ler; os demais, por
estar carcomida a letra, foram entregues a um acadêmico para
que por conjeturas os esclarecesse. Tem-se notícia de que o fez, à
custa de muitas vigílias e muito trabalho, e que tem intenção de
dá-los a lume, na esperança da terceira saída de D. Quixote.

Forsi altro canterà con miglior plectro.[12]

FINIS

---

[11] O onomatopaico *Tiquitoc* do original designava dois brinquedos, o joão-
-teimoso e o bilboquê.

[12] "Talvez outro cantará com melhor plectro", citação levemente alterada
de *Orlando furioso* (XXX, 16). A oitava que esse verso encerra começa "*Lasciamo
il paladin ch'errando vada:/ ben di parlar di lui tornerà tempo*".

Sobre o autor

Embora não se saiba ao certo o dia e local de seu nascimento, muito já se escreveu sobre a vida e as obras de Miguel de Cervantes. Acredita-se que ele tenha nascido no dia de São Miguel, 29 de setembro, do ano de 1547, em Alcalá de Henares, nas proximidades de Madri, sendo o quarto dos sete filhos de Rodrigo de Cervantes e Leonor de Cortinas. Segundo as indicações que o próprio autor deixou em suas obras, sua primeira composição literária teria sido um soneto dedicado à rainha Isabel, falecida em 1568. Apesar do gosto pelas letras, tenta a sorte alistando-se numa companhia de soldados. Aos 22 anos, as circunstâncias o levam a percorrer várias cidades da Itália renascentista.

Em 7 de outubro de 1571, Cervantes participa da célebre batalha de Lepanto, quando é ferido por tiros de arcabuz e perde a mão esquerda. Em 1575, o navio em que viaja de volta à Espanha é aprisionado pelos turcos e conduzido para Argel, onde permanece preso por cinco anos, à espera de resgate. Nesse período começa a redigir a composição pastoral *A Galateia*, publicada anos depois. De regresso à Espanha em 1580, o escritor, soldado e ex-prisioneiro precisa encontrar meios de vida. Vive em Valência, depois em Madri e Toledo. Com uma atriz, tem uma filha natural, de nome Isabel. Em 1584, casa-se com Catalina de Salazar. Nessa época, aproxima-se de alguns dos melhores escritores espanhóis de seu tempo: Gôngora, Calderón de la Barca, Quevedo, Tirso de Molina e outros.

Sempre em meio a dificuldades financeiras, integra-se ao esforço de guerra da Invencível Armada católica de Felipe II, que pretendia atacar a Inglaterra protestante. Na função de comissário do abastecimento, Cervantes viaja por toda a Espanha arrecadando alimentos, convivendo com os tipos mais variados do povo, da Igreja e da administração, experiência que transparece em seus escritos futuros. Com a derrota da Armada, Cervantes pede ao Conselho das Índias uma posição na América em 1593. Negada a petição, volta ao cargo de comissário, mas desta vez coletando impostos, o que lhe acarreta suspeitas nas prestações de contas e três prisões; uma delas em Sevilha, em cujo cárcere teria concebido a primeira parte do *D. Quixote*.

Em 1601, a corte muda-se para Valladolid. Cervantes transfere-se para lá com a família em busca de favores, mas só consegue encontrar mais problemas: a filha Isabel, acusada de comportamento leviano, acaba causando escândalo público, justamente em 1605, quando o pai conseguia a licença de impressão para o *D. Quixote*. Apesar do desprezo de Lope de Vega, que tinha por Cervantes profunda inimizade, a obra foi um sucesso instantâneo, sendo reimpressa seis vezes no primeiro ano.

Em meio a revezes de todo tipo — perdas familiares, protestos de dívidas, processos e apelações, menosprezo dos poderosos —, o escritor publica em 1613 suas *Novelas exemplares*, em cujo prólogo indica o plano para a continuação do *Quixote*. Em 1614, um certo Avellaneda, aproveitando o sucesso do personagem, lança um "falso Quixote", obra frágil e postiça, que será ridicularizada por Cervantes na segunda parte de seu livro, publicada em 1615. Nesse meio-tempo, edita o livro de poemas *Viagem do Parnaso* (1614) e o de teatro *Oito comédias e entremezes* (1615). Em 1616, ingressa na Ordem Terceira de São Francisco, com votos de pobreza e humildade. Miguel de Cervantes morre em 22 de abril desse ano, em Madri. No ano seguinte, é publicada sua última obra, o romance *Os trabalhos de Persiles e Sigismunda*.

Sobre o tradutor

Nascido em Buenos Aires, Argentina, em 1964, Sérgio Molina mudou-se com a família para o Brasil aos dez anos de idade. Passou pelos cursos de Ciências Sociais, Letras, Espanhol, Editoração e Jornalismo, todos da Universidade de São Paulo.

Iniciou sua carreira profissional como tradutor em 1986, dedicando-se sobretudo à narrativa espanhola e hispano-americana. Além de traduzir a obra máxima de Cervantes — trabalho que lhe valeu o Prêmio Jabuti de Tradução em 2004 —, Sérgio Molina verteu para o português livros de Alejo Carpentier, Jorge Luis Borges, Ernesto Sabato, Rodolfo Walsh, Ricardo Piglia, Mario Vargas Llosa, Roberto Arlt, Carmen Martín Gaite, Luis Gusmán, César Aira, Tomás Eloy Martinez, Antonio Muñoz Molina, entre outros, totalizando cerca de sessenta títulos publicados em nossa língua.